녹음의 관

I

시야 장편소설

녹음의 관

I

시야 장편소설

녹음의 관 1

초판 1쇄 인쇄 2019년 6월 12일
초판 1쇄 발행 2019년 7월 10일

지은이 시야
발행인 오영배
편집 편집부
디자인 Purpleplum
본문디자인 오정인
제작 조하늬

펴낸곳 (주)삼양출판사 · 피오렛
주소 서울시 강북구 도봉로 173
대표 전화 02-980-2112 / 팩스 02-983-0660
편집부 전화 02-987-9393 / 팩스 02-980-2115
블로그 blog.naver.com/dan_gul
출판등록 1999년 3월 11일 제9-00046호

ISBN 979-11-283-9674-8 (04810) / 979-11-283-9673-1 (세트)

fioret 은 (주)삼양출판사의 로맨스 판타지 문학 브랜드입니다.

Contents

Chapter 1.

임시 가주

덱—
덱—

검은 숲 너머, 멀리서 장례식의 마지막을 알리는 종소리가 울려 퍼졌다. 새까만 상복을 입은 한 무리의 사람들이 고개를 깊게 숙여 묵념했다.

천천히 관이 구덩이로 내려가기 시작했다.

무덤은 모두 세 개였다.

란은 그 관을 멍하니 바라보았다.

'막지 못했어.'

이렇게 될 걸 알고 있었다.

왜냐면 그녀가 이 이야기를 썼으니까.

원작자니까.

그러니까 알고 있었는데도 막지 못했다.

그녀는 고개를 들어 자신의 남동생을 바라보았다.

피가 한 방울도 섞이지 않은 남동생.

그가 이 소설의 남자 주인공이었다.

검푸른 아카데미 제복을 갖춰 입은 그가 그녀의 시선을 느꼈는지 마른 눈을 들어 란을 똑바로 바라보았다.

빙하처럼 새파란 눈동자가 흔들림 없이 그녀를 직시했다.

란은 자신도 모르게 시선을 피했다가 아차 싶어 그를 다시 보았지만, 이미 그는 시선을 돌린 후였다.

마지막 묵념이 끝나자 관 위로 흙이 떨어지기 시작했다.

아버지,

어머니,

그리고 어린 남동생 타스.

란은 검은 드레스 자락을 꽉 쥐었다. 그때 누군가가 자신의 어깨를 쥐었다.

"란."

란은 퍼뜩 놀라 고개를 들었다.

"숙부님."

란은 경계심을 숨기려고 애쓰며 상대를 보았다. 드리워진 검은색 베일이 그나마 표정을 가려 주었다.

숙부인 린드버그 남작은 야심만만한 사내였다. 얼마나 야심만만하냐면, 공작가를 삼키고 싶어 할 정도의 야심이였다.

"마음이 많이 상하겠지만 말이다. 너에게 꼭 해야 할 이야기가 있구나."

"말씀하세요."

"란, 나는 널 친조카처럼 여기지만, 공작가 사람들은 그렇지 않지. 피도 섞이지 않은 네가 공작가에서 쫓겨나는 건 시간문제야."

린드버그 남작은 주변을 둘러보고 작게 속살거렸다.

"하지만 난 너에게 공작가의 성을 준 형님의 의지를 따르고 싶다. 네가 차기 가주가 되어야 한다고 생각해."

"그런……."

란이 당혹스러워하며 말끝을 흐리자 린드버그 남작은 흐릿하게 웃으며 말했다.

"아니면 넌 길바닥에 쫓겨나게 될 거다. 지금까지 가졌던 모든 것을 뺏기고 말이야. 네 드레스나 모자는 물론, 너 자신부터가 하루 먹을 빵도 없어서 길바닥을 구르게 되겠지."

이제 갓 성인식을 끝낸, 세상 물정 모르는 사람을 협박하기에는 충분한 말이었다. 린드버그 남작은 창백한 얼굴로 고개를 푹 숙인 란을 만족스럽게 바라보았다.

"그러니 이 숙부를 믿으렴. 응?"

"알겠습니다."

흘러나온 란의 대답에 린드버그 남작은 속으로 쾌재를 불렀다.

"그래, 잘 생각했다."

"숙부님, 잠시 다른 손님을 뵈어도 될까요?"

란의 말에 린드버그 남작은 고개를 끄덕였다. 란은 그가 붙잡았던 어깨를 문지르고 싶은 생각을 떨치고 그 자리를 벗어났다.

힐끗 남동생인 유스타프가 있는 쪽을 바라보니, 그 역시 몇몇 사람들에게 둘러싸여 있었다.

'아, 진짜 미치겠네.'

란은 당장 유스타프에게 달려가고 싶은 마음을 꽉꽉 눌러 참았다.

대신 그녀는 흙이 떨어지는 무덤 가까이 다가갔다.

"아가씨."

흙을 덮던 사내 한 명이 난색을 보이자 란은 고개를 저었다.

"괜찮아요, 계속하세요."

그녀의 말에 서로 힐끗 눈치를 보고 사내들은 다시 일을 시작했다.

매끄러운 관 위로 흙이 빠르게 덮이기 시작한다.

란은 물끄러미 그걸 바라보며 생각에 잠겼다.

4년.

그녀가 이 세계에 떨어진 지 벌써 4년째였다.

이 세계에 떨어지기 전에 란은 이십 대 중반의 대학원생이었다. 주말이었고, 자차 운전으로 본가에서 자취집으로 돌아가던 길이었다.

그러다가 갑자기 쿵! 하고 커다란 충격을 받고 모든 게 암전.

일어나 보니 엉뚱한 세계에 떨어져 있었다. 한 주나 걸려서 간신히 파악한 것은 자신이 쓴 글 속 인물이 되어 있다는 것이었다.

'제목을 '영원한 사랑'으로 지었었나. 열다섯의 센스란……'

그나마 내용이 기억났던 건, 본가에서 컴퓨터 정리를 하다가 발견한 폴더 덕분이었다.

처음에는 "이게 뭐지?" 했었는데 열어서 파일을 보자마자 무슨 내용인지 알 수 있었다.

스위치가 팟 들어온 것처럼 촤르륵 내용이 생각나 웃음을 삼키며 글을 읽었던 게 그나마 다행이었다.

'그런데 들어와도 하필.'

그것도 남주에게 깊은 트라우마를 남긴 계모의 딸이라니.

'하필 태어나도 이쪽이야? 게다가 원작 한참 전이잖아?'

자신이 쓴 이야기의 여주인공은 차원 이동자다. 남주가 여주와 만났을 때 남주의 나이는 스무 살.

지금 남주인 유스타프는 열일곱 살.

원작 이야기가 시작하려면 아직 3년이나 남아 있다. 자신이 4년 전에 떨어졌으니까 7년.

무려 원작 시작 7년 전에 빙의된 것이었다. 그래서 내용을 파악하는 게 더 어려웠고.

'원래라면 란은 죽었어야 했는데.'

란 로미아 드 라치아.

계모가 재혼할 때 데려온 딸로, 라치아 공작가와는 피 한 방울도 섞여 있지 않다. 사실 원작자인 자신은 이름도 설정해 두지 않았다.

이름을 알게 된 것도 여기에 와서부터였다.

하지만 젊은 새 아내에게 푹 빠져 있던 공작은 기꺼이 란을 입적시켰고, 그래서 자신은 공작 영애가 되었다.

그러다 계모가 새로 남동생인 타스를 낳으면서 전 부인의 아들인 유스타프를 향한 괴롭힘이 시작되었다.

란 역시도 거기에 한몫했고 말이다. 그래도 그녀가 죽기까지는 그렇게 심하지는 않았다.

'원래대로라면, 실수로 나무에서 떨어진 유스타프에게 깔려서 죽었어야 했는데 말이지.'

그러고 나서 계모는 반쯤 미친 사람이 되어, 더더욱 유스타프를 집요하게 괴롭히기 시작한다. 거기에 그에게 붙인 가정교사 역시 혹독하게 유스타프를 다뤄서 여성에 대한 트라우마를 만들 정도였다.

'하지만 내가 여기에 들어왔지.'

자신이 이 몸에 들어오면서, 란은 살아났다.

그리고 분노에 몸을 떠는 계모에게 간곡하게 부탁해서, 유스타프를 제국 아카데미로 보내게 되었다.

계모도 그를 멀리 떨어트려 놓는 안에 찬성하며 영리하다고 란을 칭찬했다.

'사실 그 가정교사에게서 유스타프를 떨어트리고 싶었을 뿐이지만.'

유스타프는 잠시 고민하는 듯했고 몇몇 가신들의 반발이 있었지만, 결국 제국 아카데미로 떠났다.

'그래, 유스도 그 가정교사의 손에서 벗어나고 싶었겠지.'

란은 속으로 고개를 끄덕였다.

거기까지는 그래도 나쁘지 않게 잘 처신해 왔다고 생각했다.

'했는데……'

결국, 부모님과 타스가 마차 사고로 전원 사망했다.

이런 일이 있을 거라고 알고 있었는데 막지 못했다.

수도에 있는 유스타프를 보러 가는 길이었다. 제국 아카데미의 학술제가 열리는 중이었고, 란은 부모님을 졸랐다.

다 같이 유스타프를 보러 가자고.

그리고 정작 자신은 정신을 잃을 정도로 고열에 시달렸고, 긴 준비를 무를 수 없었던 부모님과 남동생만이 출발했다가 그만 산사태를 만나고 만 것이다.

전원 사망.

'이게 아니었는데……'

분명히 자신이 쓴 글에서는 배 사고로 가족이 죽었다. 그러니까 배만 피하면 될 줄 알았다.

하지만 그게 아니었다.

란은 양손으로 얼굴을 감쌌다.

고작 4년이었지만, 긴 4년이었다. 진짜 가족은 아니지만, 그래도 기억에 혼란이 있는 자신을 잘 대해 주었다.

"누님."

들려온 낮은 목소리에 란은 퍼뜩 고개를 들었다.

유스타프가 서 있었다. 자신보다 두 살 어린 남동생은 이미 키가 자신과 비슷했다.

"몸도 안 좋으신데, 이제 들어가시죠."

걱정한다고 하기에는 차가운 얼굴이었다.

란은 잠시 그의 얼굴을 바라보다가 고개를 끄덕였다. 그녀는 몸을 돌려 멀리 보이는 저택을 바라보았다.

공작령의 지역 대부분에서 산맥 초입에 있는 공작 저택이 쉽게 눈에 들어온다.

끝없이 높은 산맥을 배경으로 우뚝 서 있는 거대한 저택은 인간의 손이 만든 게 아니었다.

마법사의 손으로 만들어진 작품이었다. 그리고 그 저택 뒤쪽에 서 있는 거대한 산맥.

그 산맥은 빙벽(氷壁)이라고 불렸고, 그게 라치아 공작가 '빙벽의 라치아'라 불리는 이유였다.

저 거대한 산맥 안에는 아름다운 새하얀 문이 있다.

대현자 이브리아가 어둠을 밀어 넣고 봉인한 새하얀 문.

라치아 가문은 그 문의 수호자였다.

제국보다 더 오래된 가문. 대륙이 전란에 잠기고, 왕과 제후들이 바뀌어도 가문은 계속 이곳에 존재하고 있었다.

'그야 물론 토지가 척박하기 때문이기도 하지만.'

란은 한숨을 작게 내쉬었다.

라치아 공작령은 척박했다.

땅이야 넓다.

넓지만, 1년의 절반이 겨울이다. 제대로 농사를 지을 수가 없었고, 농작물이 자라는 땅은 적었다.

그러다 보니 공작가의 재정은 항상 빠듯했다.

'지금은 파탄 직전이고.'

어머니의 사치 때문이었다.

'녹음(綠陰)을 드리우시길.'

라치아 가문의 안주인에게 대대로 내려오는 인사였다.

녹음(綠陰)의 관(冠).

그렇게 불리는 티아라가 안주인의 것이기 때문이다.

겨울이 절반인 공작령에서 녹색은 고귀한 색이다. 더군다나 녹음이 드리울 정도로 모든 것들이 충만해진다는 건 축복이다.

그래서 짙은 녹색의 최상급 에메랄드를 박아 넣은 백금의 관, 그것의 이름이 '녹음의 관'인 건 이상하지 않은 일이었다.

그리고 그런 녹음이 축복이 되어 퍼지듯이, 안주인의 자비 역시 퍼지길.

녹음을 드리우시길.

이 인사는 그렇게 나온 인사였다.

하지만 어머니는 그 관을 싫어했다. 대신 루비나 사파이어로 만든 관을 새로 제작했다.

거기에 맞춰 사들인 목걸이며 반지, 드레스, 귀걸이, 팔찌, 허리띠 등등 모든 것이 흘러넘쳤다.

그리고 말했다시피,

'공작가 재정은 빠듯해.'

긴 겨울에 대비도 해야 하는데 사치품을 사들이고 있으니.

빚이 생긴 것은 당연한 일이었다.

'게다가 지금 후계자인 유스타프는 아직 미성년이야.'

란은 힐끗 자신의 옆에 걷고 있는 남동생을 바라보았다.

새까만 머리카락에 새파란 눈동자. 극적인 대비로, 눈동자가 더 푸르게 보였다.

날카로운 인상만큼이나 그는 능력자였다.

'그야 남주인걸.'

하지만, 남주였으니 그에게는 시련이 많았다.

'일단 계모와 가정교사의 괴롭힘도 그렇고.'

이 이후의 일도 있다.

린드버그 남작.

부모님이 돌아가신 후, 그가 미성년자인 걸 이용해서 숙부가 섭정 직위를 맡는다.

그리고 자신이 공작인 것처럼 거들먹거리며 공작가의 재산을 야금야금 린드버그 남작가의 재산으로 바꿔 놓는다.

남작가는 백작가가 되고, 결국에는 유스타프와 자신의 딸을 억지로 결혼시키기까지 한다.

그리고 그를 암살하려고 하는데, 충성스러운 가신의 도움으로 유스타프는 살아남는다.

'그 가신은 죽지만.'

란은 그런 생각을 하며 한발 떨어져서 자신들을 쫓아오는 기사를 바라보았다.

'와, 완전히 날 노려보고 있네.'

눈길로 쏘아 죽일 수 있다면, 그는 이미 란을 쏘아 죽였을 거다.

로스 와일드.

원래대로라면 죽게 될 인물이다.

'막아야 해.'

란은 그렇게 생각하며 유스타프에게 작게 말했다.

"유스타프."

"네, 누님."

란은 그가 그렇게 깍듯하게 누님이라고 부를 때마다 비꼬는 것 같은 기분이 들었다.

'누님으로 불리는 건 싫지 않지만.'

미묘한 이 기분.

"나는 네 편이야."

똑바로 내뱉은 말에 유스타프는 멈칫하지도 않았고, 대답도 하지 않았다.

"그걸 알아줬으면 좋겠어."

그가 그러든 말든, 란은 이야기를 계속했다. 이제 마차까지 얼마 남지 않았다.

"숙부님은 날 가주로 만들 작정인가 봐."

그 말에 처음으로 유스타프의 걸음이 느려졌다. 란은 빙긋 웃고 그를 슬쩍 돌아보았다.

"난 가주가 될 거야."

"그리고요?"

이어진 그의 물음에 란의 미소가 좀 더 짙어졌다.

"숙부님이 공작가에 손가락 하나 대지 못하게 할 거야. 그리고 네가 성년이 되면, 모든 걸 고스란히 너에게 돌려줄 거고."

란은 그렇게 말했다.

마차에 도착한 두 사람은 이제 각자 마차를 탈 예정이었다. 둘이 한 마차에 타지 않는다는 것이, 둘 사이의 거리감을 보여 주었다.

살짝 무릎을 굽혀, 남동생에게 하기에는 정중한 인사를 하며 란이 낮게 속삭였다.

"청염(靑炎)을 떨치시길."

라치아의 가주에게 하는 인사다.

유스타프는 속눈썹 하나 까닥하지 않고 낮게 맞받아쳤다.

"불꽃의 가호가 있길."

*   *   *

유스타프는 관자놀이를 살짝 문질렀다.

"그 여우가 뭐라고 했습니까?"

자신의 기사가 묻는 말에 유스타프는 낮게 대꾸했다.

"자신은 내 편이라고."

"쯧."

로스는 통렬하게 혀를 찼다.

"직접 그렇게 말했다고요?"

"그래."

"여우도 못 되는군요."

"그런가."

"그렇지요."

로스가 눈을 찡그리며 뭔가 더 말하려는데 유스타프는 생각에 잠겼다.

란 로미아 드 라치아.

물론 어렸을 때의 괴롭힘을 잊은 게 아니다.

하지만 나무에서 떨어졌을 때.

그때를 기점으로 뭔가가 바뀌었다. 꼬박꼬박 편지를 보내기도 하고, 용돈을 보내기도 했다.

아카데미에 찾아오는 유일한 가족이기도 했다.

'차기 가주인 나에게 잘 보이려고 하는 짓이라고 생각했지.'

제 어미가 미모로 아버님을 홀렸듯이, 그녀도 그렇게 자신을 홀리려고 그러는 거라고.

반짝이고 보드라운 밀빛 머리카락에, 여름철 나무 같은 짙은 녹색 눈동자.

북쪽에서는 볼 수 없는, 익은 과일과 햇빛 냄새가 나는 듯한 외모는 확실히 진귀하다.

그는 목에 걸린 반지를 만지작거렸다.

이게 가주의 상징인 청염이었다.

불꽃의 정령이 봉인된 이 반지는 가주가 아닌 사람이 끼면 그대로 사람을 불태워 버린다.

반지를 낀 사람은 정령의 힘을 빌릴 수 있고 말이다.

이게 가주에게 하는 인사가

'청염을 떨치시길.'

인 이유였다.

"하지만 로스, 난 아직 미성년이야. 가주 직위를 잇기에는 나이가 부족해."

"지금은 비상시이지 않습니까."

"그래, 하지만 숙부가 섭정을 주장한다면."

그 말에 로스가 얼굴을 구겼다.

"그 너구리가 말입니까?"

"침을 질질 흘리는 게 빤히 보이던데. 아까 란에게 접근한 것도 그런 이유겠지."

란 본인도 그렇게 말했고.

뒷말을 삼키고 유스타프는 그녀를 다시 떠올렸다.

'어떻게 할까.'

"선택지가 너무 적어."

유스타프는 그렇게 말하며 쓴웃음을 짓고 반지를 만지던 손을 놓았다.

"란과 숙부를 이간하는 게 가장 낫겠어."

그 말에 로스 역시 고개를 끄덕였다.

"그게 가장 좋을 것 같습니다."

란은 자신의 차림을 점검했다.

새까만 상복이 그녀의 얼굴을 더 창백하게 보이게 만들었다. 란은 손으로 레이스 베일을 붙잡아 내렸다.

거미줄 같은 레이스가 그녀의 얼굴을 반쯤 가렸다.

'이래야 표정이 잘 보이지 않을 테니까.'

회의장 문 앞에 서서 란은 마지막으로 생각을 점검했다.

곧 회의가 시작될 것이고, 의제는 차기 가주직 문제가 될 터였다.

'할 수 있어.'

숙부의 섭정을 벗어던지고, 오롯이 우뚝 선 가주가 될 자신.

그 자신이 란은 있었다.

'청염.'

그녀는 청염을 낄 수 있었다.

'물론 100% 확신은 아니지만.'

이곳의 정령들은 이름을 가진다.

인간이 자신의 이름을 가진 것처럼, 정령 역시 이름이 있고 그 이름은 숨겨져 있다.

그 이름을 알면 정령을 조종하는 것이 가능하기 때문이다.

그리고 자신은 원작자다.

당연히 청염의 이름 역시 알고 있었다. 그러니까, 반지를 끼고 이름을 부르면 된다.

그러면 자신을 태우지 않을 테지.

청염의 주인.

그것은 곧 라치아 가문의 가주를 뜻하는 말이기도 하다. 누구도 이의를 제기할 수 없는 방법이었다.

'뭐, 나중에 혈통 문제로 걸고넘어질지도 모르지만, 그건 잠시 내가 맡아 두는 거라고 하면 되니까. 지금은 인정받는 게 가장 중요해!'

아마 모두가 놀라 뒤집어질 거고, 그 틈을 노리면 어떻게든 될 거다.

란은 그렇게 생각하고 깊게 숨을 들이마신 다음 가볍게 문손잡이에 손을 올렸다.

그것만으로도 거대한 문은 소리 없이 스르륵 열렸다.

"늦어서 죄송합니다."

란이 가볍게 인사하자 가신들이 몸을 일으켰다.

공작가를 가신으로 섬기는 가문은 셋이다.

와일드.

란스.

일루미니티.

세 가문의 가주들이 전부 와 있었다.

섬긴다고 해도, 예전처럼 영지전이 흔하지 않은 이 시대에는 그냥 형식만 남아 있었다.

'굳이 말하자면 둘째와 셋째를 라치아 공작가 기사단이나 행정직에 잘 넣는다는 것 정도.'

그리고 그 외 주요 직위에 있는 자들과 더불어 숙부인 린드버그 남작이 서 있었다.

원래대로라면 그 역시도 공작가의 가신이어야겠지만, 숙부라는 위치를 구실로 충성 맹세를 슬쩍 피하고 있었다.

"저희가 일찍 모인 거지요."

유스타프가 그렇게 말하며 의자를 빼 주었다.

란은 검은 베일 아래로 그에게 가볍게 고개를 끄덕이고 자리에 앉았다.

이어 유스타프가 자리에 앉자, 모인 사람들 모두가 자리에 앉았다.

그러자 "크흠." 하고 린드버그 남작이 헛기침을 해 시선을 모았다.

"바로 의제로 들어가는 게 어떻습니까? 여기에 모인 이유야 딱 한 가지 아닙니까?"

아직 유스타프나 란이 발언하지 않았는데도 가장 먼저 발언하며 회의를 끌어가려는 모습에 몇몇은 마음속으로 눈을 찌푸렸다.

하지만 유스타프는 별말 하지 않고 고개를 끄덕였다.

"그게 좋겠지요."

린드버그 남작은 침통한 얼굴로 고개를 숙이며 말했다.

"형님 부부와 어린 조카가 떠난 것에 대해서는 저도 매우 가슴이 아픕니다. 하지만 공작가는 아직 건재하지요. 조카가 둘이나 남아 있으니 말입니다."

그가 다시 헛기침을 하고 말했다.

"하지만 유스타프는 아직 미성년이니, 당연히 가주는 란이 되어야 한다고 생각합니다."

그러자 란스 남작이 눈을 찌푸리며 말했다.

"란 님은 공작가의 성을 잇기는 했지만, 공작가의 혈통은 아니오. 그런데 어떻게 가주가 된단 말이오?"

"어허! 란을 입적한 것은 전 가주님의 뜻이오!"

린드버그 남작은 전 가주의 권위를 들먹거렸다. 그 말에 란스 남작이 더 뭐라고 하려는데 란이 살짝 손을 들었다.

탁자 위가 조용해졌다.

그녀가 자리에서 일어나며 느리게 말했다.

"제가 가주가 되는 것에 대해 염려하시는 분이 많다는 걸 압니다. 하지만 아직 유스타프가 미성년이라는 것 역시 사실이지요."

란이 유스타프를 돌아보았다. 베일 때문에 그의 얼굴이 흐릿하게 보였다.

"그래서 저는 유스타프가 성년이 될 때까지, 딱 2년간만 임시 가주직을 맡고자 합니다."

임시 가주.

새 단어에 가볍게 웅성거림이 일어났다.

"유스타프가 성년이 되는 대로, 전 그에게 가주직을 물려줄 것입니다. 그리고, 제 혈통 때문에 문제가 된다고 떠드는 사람이 있다면."

란은 가볍게 숨을 들이마시고 유스타프에게 말했다.

"반지를 잠시 빌려주시겠어요?"

차가운 침묵이 방을 가득 채웠다.

유스타프는 잠시 란을 바라보다가 느리게 목걸이를 벗어서 란에게 건네주었다.

린드버그 남작은 가주의 상징을 탐욕에 서린 눈으로 바라보았다.

청염.

저것을 낄 수 없으면 진정한 가주가 될 수 없다.

란은 반지를 목걸이에서 뺐냈다. 푸른색 보석이 반짝였다.

그녀는 망설임 없이 청염을 손가락에 끼워 넣었다.

순간 푸른색 불꽃이 확 일어났다.

"아니!"

"저런!!"

몇몇이 움찔하며 몸을 뒤로 물렸고, 몇몇은 자리에서 일어났다.

유스타프 역시 자신도 모르게 그녀의 손목을 붙잡았다.

'이스타리프! 잠잠해져라!'

란은 마음속으로 크게 소리쳤다. 그녀를 삼킬 듯했던 불꽃은 스르륵 다시 반지 안으로 빨려 들어갔다.

침묵이 회장 안을 가득 채웠다.

란은 손이 떨리는 것을 느끼며 모두가 볼 수 있게 손을 들어 보였다.

그녀의 손가락에서 청염이 반짝인다. 모두가 경악한 얼굴로 그걸 바라보았다.

유스타프의 푸른 눈 역시 크게 흔들렸다.

모두가 숨을 멈춘 듯했다.

"말도 안 돼!"

비명처럼 소리를 지른 것은 린드버그 남작이었다.

"뭐가 말이 안 되나요, 숙부님."

란이 침착하게 대꾸했다.

"그 반지는, 그 반지는, 혈통이 아니면 낄 수 없어. 가주가 아니면 낄 수 없단 말이다!"

"맞습니다. 가주가 아니면 낄 수 없지요. 그러니 청염은 저를 임시 가주로 인정해 준 게 아닐까요. 차기 가주에게 무사히 직위를 넘길 사람으로요."

"그런……."

린드버그의 목소리가 떨렸다.

란이 가주가 되어 봤자, 자신의 힘이 없으면 흔들리는 계집이다.

그러니 그가 얼마든지 조종할 수 있다. 자기 아들과 결혼을 시킬 수도 있다.

아니면 피가 섞이지 않았으니 자신과 결혼하게 하면 된다.

하지만 저 반지의 주인이 된 이상, 란은 제 뜻대로 흔들리지 않아도 될 권위를 손에 넣은 것이다.

'아냐, 아직 아니야.'

린드버그는 입술을 깨물었다.

그래 봐야 어린 계집.

가주 직위에 눌려서 자질이 형편없다는 게 밝혀지면 결국 기댈 곳은 없다.

게다가 공작가의 빚은 산더미다.

저 계집은 모르겠지만, 공작 부인에게 사채업자를 소개해 준 것은 그였다. 또한, 자신에게 진 빚도 있다.

린드버그는 마른 입술을 핥고 말했다.

"그렇군요. 청염도 란을 인정했다니."

어차피 그녀의 편이 되기로 하지 않았는가?

조금 돌아가는 길이 되었을 뿐이다. 린드버그는 다시 침착함을 되찾았다.

"누구 이견이 있는 사람이 있소?"

아무도 이견을 제기하지 않았다. 아니, 도무지 눈앞에서 벌어진 광경을 믿을 수가 없었다.

"그럼 란이 임시 가주가 되는 것으로 회의를 마무리하겠소."

린드버그가 큰 소리로 말하고 나니 다들 마법에서 풀린 듯 숨을 내쉬었다.

란 역시 어깨에서 힘이 쭉 빠졌다. 그녀는 반지를 손가락에서 뽑아 유스타프에게 도로 건네주며 말했다.

"절 가주라고 부르실 필요는 없습니다. 청염의 인사도 하실 필요가 없고요. 전 어디까지나 임시 가주니까요."

란은 그렇게 말하고 가신들을 바라보았다.

모두가 미심쩍은 얼굴로, 묘한 표정으로 자신을 바라보고 있다.

이 세 가문 모두가 자신에게 충성을 맹세하는 것은 아니다.

'와일드는 확실하게 유스타프의 편이고.'

란스 남작은 고지식하니 공작가를 배신할 만하지 않아.

'남은 건…….'

란은 일루미니티 백작에게 시선을 돌렸다.

적갈색 머리카락이 마치 사자 같은 모습을 한 백작은 이제 마흔 초반.

속을 알 수 없는 사람.

그녀는 그렇게 원작에서 그를 묘사했었다.

공작가의 방계인 일루미니티 백작가는 린드버그 남작가를 빼면 가장 가까운 승계권을 가지고 있는 친척이기도 했다.

하지만 숙부처럼 노골적으로 권력을 탐하는 사람도 아니다.

'유스타프의 힘이 되어주면 좋을 텐데.'

란은 그렇게 생각하며 그에게 빙긋 미소를 지어 보였지만, 백작은 아무런 반응도 없었다.

'흐흥, 하지만 난 원작자라고? 기본적인 설정은 다 안다고요?'

그렇게 생각하며 란은 미소를 지웠다.

"그럼 회의를 끝내도록 하죠. 남아서 이야기하고 싶으신 분들을 위한 시간은 따로 내겠습니다."

란은 그렇게 말하며 회의를 닫았다. 하지만 모두가 움직이지 않았다. 다들 란에게 하고 싶은 이야기가 있는 터다.

그녀는 한숨을 삼키며 느릿하게 말했다.

"그럼 뒤쪽의 알현실에서 한 분씩 만나도록 하겠습니다."

유스타프가 자리에서 일어나며 말했다.

"같이 가시죠."

란은 고개를 끄덕였다.

회의실 뒤쪽에 딸린 작은 알현실은 친밀한 대담을 위해 만들어진 장소로, 부드러운 색조로 담백하게 꾸며져 있었다.

란은 한숨을 내쉬고 크림색 소파에 앉으며 그에게도 자리를 권했다.

"앉아."

유스타프는 자리에 앉아 다리를 꼬았다. 란은 그를 다리부터 머리까지 쭉 훑어보았다.

'과연 남주.'

상상했던 것보다 훨씬 더 잘생겼으면서도, 생각했던 것과 같았다. 어떻게 그럴 수 있는지는 모르겠지만 말이다.

"어떻게 하신 겁니까?"

"응?"

"청염을 끼신 것 말입니다."

"으음, 말했잖아. 임시 가주로 인정받는 것뿐이라고."

란의 말에 유스타프의 푸른색 눈이 가늘어졌다.

"그런 게 가능하다면, 청염을 끼다가 죽은 사람은 존재하지 않았겠지요."

"나도 라치아니까. 입적되어 있기도 하고…… 사실 확신은 없었어."

란의 말에 유스타프의 동작이 일순간 멈칫했다.

"도박한 거야."

"불에 타 죽을 도박을 말입니까."

"그거 외에 다른 방법은 없어 보였으니까."

숙부의 손을 빌리게 되면, 확실하게 유스타프와는 적대 관계에 서게 될 터였다.

본인은 아니라고 해도, 주변이 그렇게 된다.

유스타프는 그래도 여전히 의심이 남아 있는 눈치였지만, 곧 다시 무표정한 얼굴로 돌아왔다.

"그러면 이제 어떻게 하실 생각입니까?"

"일단 빚을 갚아야겠지. 재정 문제가 가장 시급하니까."

"저에 대해서는요?"

"아카데미로 돌아가서 마저 졸업해 줘."

"제가 거절한다면요."

"네가 없는 사이에 내가 무슨 짓을 할까 봐?"

란은 가볍게 웃고 말했다.

"로스 경을 붙여 놓고 가도 괜찮아."

"누님에게 말입니까."

"감시 역을 붙여도 괜찮다고 말하고 있는 거야. 헛된 짓을 하지 않도록 말이야."

유스타프는 잠시 란을 바라보았다. 이건 로스 경을 자신에게서 떼어 놓으려는 속셈인 걸까.

믿을 만한 호위를 구하는 건 쉬운 일이 아니다.

'물론 제국 아카데미야 마법으로 보호받고 있지만.'

그래서 그동안 공작 부인이 자신에게 손을 뻗지 못한 것이기도 했다.

"좋습니다."

유스타프는 고개를 끄덕였다. 로스는 여기에 두고, 자신은 다른 자를 데리고 가면 된다.

"그런데 한 가지."

"응?"

"왜 이렇게까지 하시는 겁니까?"

유스타프의 말에 란은 묘한 미소를 지었다.

원작에서 내가 널 너무 심하게 굴려서 미안해서?

이런 말을 할 수는 없다.

"가족이니까."

대신 대답한 말 역시, 거짓은 아니다.

진짜 여주가 올 때까지.

그녀가 와서 너와 사랑에 빠지고, 행복하게 될 때까지.

최선을 다해서 응원할 생각이었다.

'그리고 서브 남자 주인공도 찾아봐야지.'

왜 나는 남주와 서브 남주를 피폐하게 굴렸는가.

그야 열다섯짜리, 중2의 마음에 흑염룡이 자라며 피폐를 키웠겠지.

란은 느리게 마음속으로 후회했다.

'하지만 그 전에 일단은 빚부터 처리하자.'

한참 후에야 여주가 발견하는 것이긴 하지만 란은 지금 미리 끌어다 쓰기로 했다.

바로 빙벽의 광산이었다.

마력석.

이 세계에는 마법사가 있다. 뭐, 빙벽을 끌어올리고, 문을 만들고, 저택을 세운 위대한 대현자 이브리아 이야기만 들어도 알겠지만 말이다.

마법사는 상당히 흔해서, 백작 이상의 영주라면 다들 마법사를 한둘은 데리고 있었다.

단, 라치아 공작가에는 마법사가 없다. 이유는 간단했다.

대현자 이브리아가 빙벽 10km 내외에 마법사의 출입을 금지했기 때문이었다.

오래된 금기와 침묵의 룰은 지금도 완벽하게 전해져 내려오고 있었다. 그래서 마법사 없는 공작가, 라고 하면 그건 라치아 공작가를 가리키는 말이었다.

하지만 마법사가 없는 귀족들도 마법의 혜택은 보고 싶어 했고, 그러면서 고안된 것이 마법 용품이었다.

마력석이라는, 마력이 담겨 있는 돌이 있다. 그걸 이용해 마법사들은 마력을 계속 주입하지 않아도 동작하도록 마법진을 고안해 냈다.

하지만 곧 마법 물품에 대한 관심은 시들해졌다. 일단 마력석의 순도가 높지 않아서 소모되는 양이 많아, 유지비를 생각하면 그냥 마법사를 고용하는 편이 나았기 때문이다.

그러다 보니 실패로 돌아갔다고 하지만, 마력석의 힘이 거의 들지 않는 희미한 조명은 꽤 오래가서 초 대신에 마력석을 사용하는 곳도 있었다. 그렇게 간신히 마법 물품을 만드는 마법 세공사의 존재만 이어져오는 형편이었다.

'하지만 빙벽의 마력석은 매장량도 어마어마한 데다가, 순도도 엄청나게 높으니까.'

한마디로 지금까지 불가능했던 일이 가능했다.

화목 연료 시장에 석탄, 아니 석유를 들고나온 것과 다름없었다.

'게다가 원작자인 나는 한발 더 나아갈 수 있지.'

수정과 똑같이 육각형으로 솟아오른 마력석은 순도가 높아 얼음처럼 투명하다.

처음에 여주가 발견하는 얼음수정은 무색투명.

하지만 광산에는 투명한 얼음수정만 있는 것이 아니다.

'붉은색과 푸른색 마력석.'

이 마력석이 대현자 이브리아가 마법사들을 빙벽 근처로 다가오지 못하게 한 이유였다.

이 마력석에서 나오는 마력은 지금의 마력과는 전혀 다른 형질을 가지고 있고, 마법사가 쌓아둔 마력을 변질시킨다.

즉, 그 마력석과 접촉하는 순간 마법사는 마법을 쓰지 못하고, 자칫하면 폐인이 되는 거다.

그래서 빙벽에 다가오지 말라고 엄중하게 경고해 둔 것이었다.

'인간은 다루지 못하지만.'

서쪽 끝에 사는 이종족인 드워프와 엘프의 마법 체계에서는 마력석과 같은 물건이다.

'즉, 이종족과의 교류를 할 수 있어.'

란은 마음속으로 미소 지었다. 드워프나 엘프만 다룰 수 있는 광물들은 상당히 고가에 거래되었다.

'어차피 북부에 광대한 식량 사업을 일으킬 수는 없으니까 말이지.'

석유 산업(?)도 확보하지만, 중계무역도 나쁘지는 않으리라.

'하지만 일단 첫발은 광산부터인가……'

생각하고 란은 한숨을 내쉬었다.

'위치가 어디쯤이더라?'

그때 그녀의 생각을 끊으며 유스타프가 말했다.

"누님."

"어? 응."

"전 이만 물러가도록 하겠습니다."

"아카데미, 졸업할 거지?"

"지금 가주는 누님이시니까요."

"임시지만."

"청염을 떨치시길."

"아냐."

눈을 찌푸리며 란은 손을 들었다.

"그 인사는 과분해. 청염은 네 것이야. 난 그냥 평범한 인사로 족해."

란은 슬그머니 덧붙였다.

"그리고 가족이고."

그 말에 유스타프가 똑바로 그녀를 바라보며 말했다.

"누님과 가족이라고는 한 번도 생각해 본 적 없습니다."

푹.

마음이 푹 찔렸다.

란은 어색한 미소를 지으며 "그러니?" 하고 말했다.

유스타프는 그녀의 반응이 아무렇지도 않은 듯이 깍듯한 인사를 하고 알현실을 떠났다.

란은 힘없이 자리에 앉았다.

'아직인가.'

이러다가 진짜로, 가주직을 내려놓는 순간 유스타프에게 쫓겨날지도 모르겠다.

하지만 그렇게 된다고 해도.

'해야 할 일은 해야지.'

그래도 용돈은 따로 조금 모아놔야 할지도……

란은 그렇게 생각하며 설렁줄을 당겨 다음 사람이 들어오게 했다.

*　　*　　*

일주일간의 장례 절차가 모두 끝나고, 유스타프가 다시 수도의 아카데미로 돌아가는 날이 되었다.

그가 저택을 떠나는 순간, 일거수일투족을 감시당할 거라는 걸 란은 잘 알고 있었다.

'로스에게.'

그가 유스타프에게 뭔가 간곡하게 여러 번 말하는 걸 보며 란은 한숨을 삼켰다.

드디어 로스가 유스타프에게서 멀어지고 나서야, 란은 그에게 다가갈 수 있었다.

"잘 다녀와."

"네, 누님도 안녕하시길."

란은 그의 목에 걸린 청염을 바라보았다가 다시 유스타프를 보고 싱긋 웃었다.

"수석으로 졸업해 줘."

심술궂게 한 말이었는데, 그는 꿈쩍하지 않고 답했다.

"원하신다면."

"그게 그냥 원하면 되는 거야?"

란의 되물음에 유스타프는 픽 웃고 마차 안으로 들어갔다.

란은 뒤로 물러섰고, 풋맨이 정중하게 마차 문을 닫았다. 마부는 가볍게 모자를 들어 인사해 보이고 휙 휘파람을 불었다.

말이 경쾌하게 달리기 시작하며 마차는 순식간에 멀어졌다. 완전히 멀어지고 나서야 란은 한숨을 내쉬고 돌아섰다.

"로스 경."

"네."

헤이즐색 눈동자가 할 말 있으면 해 보라는 듯이 똑바로 란을 보았다.

"유스타프가 없는 동안, 당신이 제 호위가 되어 줬으면 좋겠어요."

"알겠습니다."

이미 유스타프와 말이 되어 있었던 일이라, 로스는 별다른 대꾸 없이 고개를 숙여 보였다.

"좋아요."

란은 다시 한숨을 내쉬었다.

"그럼 일을 시작하도록 하지요."

'죽겠다.'

집사에게 회계 관련 서류를 전부 가져오라고 할 때만 해도 란은 일할 마음이 만만이었다.

'하지만 상황이 안 좋은걸.'

생각보다도 상황이 안 좋았다.

'사채업자에게 영지를 저당 잡혔잖아?'

그야, 라치아 공작령은 넓고, 쓸모없는 땅도 많다.

하지만 쓸모없는 땅을 저당 잡혔을 리는 없지.

'유일한 곡창지대를 저당 잡혔어. 이거 없으면 우리 다 굶어. 굶는다고 오.'

물론 아직 상환 기간은 반년 정도 남아 있지만, 이자는 매달 나가는 실정이었다.

게다가 재정이 마이너스다.

마이너스.

마이너스라는 것은 현재 융통할 수 있는 목돈이 없다는 거고, 광산 개발에 목돈이 들어갈 거라는 건 비전문가인 란이라도 어렵지 않게 알 수 있는 사실이다.

'채굴권의 일부를 판매할까.'

그 전에 일단 광산부터 발견해야 하는데.

린드버그 남작은 아직도 돌아가지 않고 저택에 머물고 있었다. 유스타프가 떠나자마자 그는 당장에 란을 만나고자 했다.

'일이 많다고 미뤘지만.'

툭툭 란은 깃펜대로 머리를 두들겼다.

공작가는 크고, 당연히 일하는 가신도 많다. 공작가에서 일하는 담당자는 크게 넷이다.

저택의 모든 일을 관리하는 집사와 시녀장, 시종장.

영지의 일을 담당하는 행정관.

회계를 담당하는 회계관.

병사나 기사단 같은 무력을 담당하는 기사단장.

그중에서 회계관은 쓰레기다. 공적자금을 자기 주머니로 착복하는 인간.

'왜 회계관을 쓰레기로 설정했지. 아, 진짜.'

가장 중요한 부분인데.

하긴 그러니까 공작가가 무너지는 게 그렇게 쉬웠던 거지만. 그나마 다행인 것은 나머지 사람들은 공작가에 깊은 충성심을 가지고 있는 사람이라는 거였다.

'특히 기사단장은.'

란은 로스를 보았다. 기사단장은 그의 큰형이었다.

"로스 경."

"네."

"행정관과 기사단장을 불러 주겠어요?"

란의 명령에 로스는 별말 없이 시종을 시켜 두 사람을 부른 후 물었다.

"무엇을 하시려고요?"

"회계가 엉망이에요."

"공작 부인은 사치스러우셨죠."

"그랬죠."

네 엄마가 잘못한 거야, 하는 비꼬는 말에 란은 순순히 고개를 끄덕였다. 그야 사실이니까.

"문제는 그런 보석을 팔아 봐야 헐값이라는 사실이에요. 가격이 비싸고—"

잠시 말을 멈췄다가 란은 이어 말했다.

"재정 상황에 대해서 얼마나 알고 있죠?"

"빠듯하다는 정도는 압니다."

"이건 빠듯한 정도가 아니에요."

란은 서류 뭉치를 두들겼다.

"우리 회계관이 공작 각하를 확실히 속였던 것 같군요. 하긴, 회계 장부를 들여다보시는 분은 아니셨죠."

그런 건 귀족적이지 못하다고 생각했을 거다. 회계관이 자금을 빌릴 수 있다거나, 융통할 수 있다고 하면 그렇다고 생각하셨겠지.

사채를 쓰는 것도, 그렇게 큰일이라고 생각하지 않았던 것 같고.

'무섭다, 그 위기의식 없음이.'

그녀의 말에 로스의 표정이 살짝 굳었다.

"감히 회계관 따위가, 공작 각하를 속였단 말입니까?"

"그래요."

고개를 끄덕이고, 란은 쓴웃음을 삼켰다.

그렇게 생각한다는 것 자체가 꽉 막힌 귀족적인 사고방식이라고 보는데요, 하는 말은 아꼈다.

여기는 북부고, 저들은 명예를 중시하는 자들이다.

금전의 유혹 앞에 상관을 속인다는 일 자체를 이해할 수 없겠지.

마치 희귀 동물처럼 매력적이며, 좋은 상관이라는 보호막 없이는 사라질 사람들.

란은 미소 지었다.

유스타프는 더없이 훌륭한 보호막이지.

그녀의 미소에 로스가 눈을 찌푸리는데 문 두드리는 소리가 났다.

똑똑.

"들어와."

의자를 살짝 뒤로 밀며 란이 뚜렷하게 말했다. 문이 열리고 들어온 행정관은 이제 마흔 중반 정도 나이의 여성이었다.

기사단장은 삼십 대 초반으로 갑옷을 갖춰 입고 있었다.

"가주님을 뵙습니다."

행정관인 엘리자벳이 먼저 인사하고, 기사단장인 블레인이 따라 인사했다.

가주에게 하는 정식 인사를 하지 말라는 말을 잘 따라 주는 것 같아, 란은 마음이 가벼워졌다.

"두 사람 다 자리에 앉아요."

행정관 엘리자벳과 기사단장 블레인은 서로를 힐끗 바라보았다.

문 앞에서 만났지만 두 사람 다 왜 그녀가 자신들을 불렀는지는 알지 못했다.

'물론 짐작 가는 바가 없는 건 아니지.'

엘리자벳은 눈앞의 어린 가주를 바라보았다.

란이 청염을 낄 때, 엘리자벳 역시 그 자리에 있었다. 뭐가 어떻게 된 건지는 알 수 없지만 확실히 청염은 그녀의 손에 끼워졌다.

란을 불살라 먹지도 않았다.

란은 몇 번이나 자신이 임시 가주라고 말했지만, 발톱을 움키기 전에 몸을 낮추는 것이라면?

가주의 자리에 오르자마자 회계 장부를 살펴보고, 행정관과 기사단장을 부른다.

'평범한 열아홉 살 여자아이가 할 행동은 아니지.'

엘리자벳은 그렇게 생각하며 란과 눈이 마주치자 살며시 눈을 내리깔았다.

"갑작스럽게 두 사람을 불러서 어쩐 일인가 하겠지. 단도직입적으로 말하자면."

란이 쌓인 서류를 손가락으로 툭툭 두들겼다.

"공작가의 빚이 어마어마하오."

"어마어마하다면요?"

엘리자벳이 되물었다. 란은 씁쓸하게 웃으며 말했다.

"영지와 작위를 다 팔아 치워야 할 정도, 라고 하면 어느 정도인지 짐작이 갈까?"

란의 말에 서재 안에 있던 세 사람 모두가 숨을 삼켰다. 그러나 곧 엘리자벳이 항의했다.

"그럴 리가요? 저도 회계 자료를 보았습니다. 물론 빠듯하기는 하지만 나오는 이득은—"

"분식회계였어."

"분식회계요?"

처음 듣는 용어에 블레인이 되물었다. 란이 손끝을 모아 탑처럼 세우며 말했다.

"간단히 말하면 사기. 예를 들면—"

란은 잠시 생각했다가 가장 단순한 예를 들었다.

"물건을 사지 않고, 샀다고 적어 두는 거야."

란이 서류 한 장을 펴서 블레인에게 밀어줬다.

"작년에 기사단 장비를 갖추기 위해서 3천 베라트를 지급했더군."

그 말에 블레인이 허겁지겁 서류를 당겨 보았다.

정말로 지급금 3천 베라트라고 쓰여 있다.

그는 저도 모르게 항의했다.

"말도 안 됩니다!"

자신은 한 푼도 받은 적이 없는 돈이었다. 오히려 너덜거리는 장비를 바꿔 달라는 장계를 수없이 올렸지만, 돈이 들어오지는 않았다.

"그런 것 같았어. 게다가 이쪽을 보면 말을 사는 데 엄청난 돈을 쏟아부었는데, 우리에게는 말이 그렇게 많지 않잖아?"

엘리자벳의 얼굴이 창백해졌다.

"행정 쪽에도 분명히 비슷한 일이 있을 겁니다."

"알아. 엘리자벳은 자금 요청 부분을 따로 기록해 뒀더군. 덕분에 비교해서 찾기가 쉬웠어. 하지만."

란이 서늘하게 웃었다.

"분식회계는 항상 횡령, 배임, 사기와 함께 다니는 법이지."

재고는 없는데, 샀다고 적혀 있다.

입출장부가 엉망이다.

그렇다면.

　"내가 손대도 모르겠는데?"

당연히 그런 생각도 따라오는 법.

"하지만 가주님, 저희는 어떻게 믿으시는 거죠?"

엘리자벳의 말에 란이 손가락으로 자신의 눈을 가리켰다.

"여기 와서 있는 동안 눈은 그냥 둔 게 아니거든."

엘리자벳은 입을 꾹 다물었다. 란이 스스로 관찰하고 결정했다는데 그것만으로 믿는다니 이상하다고 하는 건 가주의 안목을 의심하는 발언이다.

게다가 자신을 믿어 준다는 게 싫지 않았다.

"그래서, 회계관을 쳐낼 거야."

그녀가 목 근처에서 손바닥을 가볍게 좌우로 흔들었다.

"하지만 그렇다고 해도 빚이 사라지는 건 아니지. 그나마 다행인 건 6개월 후가 상환이라는 것? 그리고 분할상환인지 일시상환인지 정해지지 않았어."

블레인은 눈을 찌푸렸다.

"그럼 어떻게 하실 생각입니까?"

그의 물음에 란은 잠시 갸웃했다가 말했다.

"일단은 회계관을 쳐내고, 조사해서 재산을 몰수하는 게 먼저인데, 그 전에 해 줘야 할 일이 있어."

"하명하십시오."

"북쪽 산맥을 조사해보고 싶은데 말이야."

"빙벽을요?"

이 상황에서?

그런 얼굴이었지만, 란은 미소를 지으며 말했다.

"응. 그러니까……."

란은 광산의 위치를 더듬어 보았다. 여주가 이곳에 떨어지고 나서, 산맥을 헤매다가 발견한 장소니까 '문'에서 그렇게 멀지 않을 거다.

"문 근처의 동굴을 집중적으로 찾아 줬으면 해."

"문 근처를 말입니까?"

그의 얼굴이 딱딱해졌다.

"그래, 내가 같이 갈 수 있다면 좋겠지만."

란은 그렇게 말하고 어깨를 으쓱했다.

'문'.

그것은 이 이야기의 근원이기도 하고, 라치아 가문의 시작이기도 하다.

대현자 이브리아가 어둠을 봉인하며 만든 것은 세 가지.

빙벽이라고 불리는 이 산맥.

산맥의 핵심인 '문'.

그리고 문지기인 라치아 가문을 위해서 만들어 준 하늘 저택.

그래서 문은 북부에서는 두려움과 경외의 상징이었다.

물론 라치아 공작가의 기사단인 청염 기사단은 그나마 문과 가까웠지만, 그래도 문 근처를 조사하라는 건 내키지 않을 터였다.

'하지만!'

"꼼꼼하게 조사해 줘. 그 동굴 안에 라치아 가문을 살릴 비책이 들어 있으니까."

"그렇습니까."

블레인은 별다른 고민 없이 고개를 끄덕였다.

"알겠습니다. 팀을 꾸려 보도록 하겠습니다."

"맡길게. 하지만 그 동굴에서 발견한 게 무엇이든 함구할 수 있는, 믿을 만한 자들로만 부탁하지."

란의 말에 블레인은 물끄러미 그녀를 보았다가 고개를 숙였다.

"명심하겠습니다."

"그래."

그렇게 말하고 란은 블레인에게 나가보라는 손짓을 했다. 그는 자리에서 일어나 정중하게 인사를 한 뒤에 서재를 나갔다.

그리고 란은 남은 엘리자벳을 바라보며 말했다.

"사실 증거를 수집할 것도 없어. 내가 그냥 슥 보기만 해도 허점투성이야. 아마 몇 년 동안 해 왔는데도 문제가 없었으니까, 최근 들어서는 장부 조작도 귀찮아졌겠지."

"그래도 문서화하기를 원하시는군요."

엘리자벳의 말에 란은 고개를 끄덕였다. 엘리자벳은 책상 위의 서류를 바라보았다가 힘주어 말했다.

"전부 제 방으로 보내 주십시오."

"부탁할게."

란은 그렇게 말하고 엘리자벳에게도 나가보라고 말했다.

이어 시종을 불러 서류를 엘리자벳의 사무실로 옮기게 한 후, 란은 늘어졌다.

'피곤하다.'

슬쩍 로스를 보았지만, 그는 자신을 위해서 손가락 하나 까닥하지 않을 얼굴을 하고 있었다.

"차 한 잔."

란이 손가락을 하나 펴며 슬그머니 말하자 로스는 시녀를 불렀다.

란은 양손으로 이마를 꾹꾹 누르며 차가 우려지는 걸 기다렸다.

'피곤해.'

다시 한번 생각하며 그녀는 머릿속을 가득 메운 숫자들을 하나씩 넘겨 보았다.

시녀가 조용히 차를 따라 찻잔을 내주었다. 시녀가 나가자마자 로스가 물었다.

"일부러 보내신 겁니까?"

"뭘?"

란이 고개를 들며 물었다. 로스가 그녀를 바라보며 대답했다.

"기사단장 말입니다."

"어딜?"

"문 근처로요."

"방금 못 들었어?"

그렇게 말하며 란은 컵을 들어 후후 불었다. 우아한 귀족 영애의 표본은 아니지만, 뜨거운 차에 혀를 데는 것보단 낫다.

뜨거운 찻물을 조금씩 삼키는데 로스가 다시 물었다.

"기사단장을 처리하려고 문으로 보내신 거 아닙니까?"

문 근처는 가장 위험한 마물들이 나오는 곳이니까.

"내가 왜?"

그제야 란은 찻물에서 신경을 떼고 로스에게 집중했다.

"유스타프 님의 세력을 없애기 위해서 말입니다."

음침한 어조로 말하는 그를 보고 란은 저도 모르게 웃었다. 그녀의 웃음에 로스가 인상을 썼다.

"뭡니까?"

"그렇게 직설적으로 물어보는 거 이상하지 않아? '너 내 형을 살해하려는 거지!'라고 본인한테 물어보다니."

명랑하게 웃고 란은 턱을 괴었다. 그녀의 비취색 눈동자는 이상할 정도로 투명했다.

"그렇지 않아. 믿고 맡긴 것뿐이야."

"믿는다고요."

"유스가 믿으니까, 나도 믿는 거지. 그러면 안 되는 거야?"

로스의 얼굴이 미심쩍어졌다. 그가 이어 말했다.

"게다가 어떻게 그러실 수가 있는 겁니까?"

"또 뭐가?"

"당신은 가주로서 교육을 받은 것도 아니죠. 물론, 최근에는 가정교사에게 수업을 열심히 듣는 것 같았지만⋯⋯."

그렇다고 해도 열아홉 살짜리 여자아이가 덜컥 가주 직위를 맡아서, 이렇게 능숙하게 일을 해낸다고?

"마치 준비해 뒀던 것 같습니다. 이렇게 되기를 기다리고 있었던 것처럼 말입니다."

"그런 건 아닌데."

란은 그렇게 말하고 붉은 찻물을 바라보았다. 사실 이렇게 되는 사태를 가장 피하고 싶었다.

가족의 죽음을 막기를 바랐다.

하지만 가족은 죽어 버렸고, 란은 한 가지 이론을 세웠다.

아무리 자신이 난리를 쳐도 주요한 부분은 바뀌지 않는 게 아닐까?

운명의 분기점이라고 할 만한 부분은, 어떻게 되든 유지가 되는 것이 아닐까.

"그냥 할 수 있는 곳에서 최선을 다하고 있는 거지. 이래 봬도 머릿속은 터질 것 같다고."

그렇게 말하고 란은 덧붙였다.

"유스타프에게 전할 때는 너무 걱정하게 하지 말아 줘."

"그분이 당신 걱정을 하신다면요."

로스의 말에 란은 웃었다.

"그거 정답이네."

"화내지 않으십니까?"

로스의 물음에 란은 손끝으로 찻잔을 감쌌다. 홍차용 잔은 넓어서, 찻물이 금방 식는다.

적당히 식은 찻잔을 들며 란이 물었다.

"왜 화내?"

"그야……."

드물게 로스는 뒷말을 잇지 못했다. 란은 차를 마시며 말했다.

"유스와 가족이 되고 싶어. 사이좋은 남매까지는 무리라고 할지 몰라도, 그렇게 되고 싶어."

란이 로스를 보았다.

"하지만 그걸 강요할 생각은 없어. 난 나대로 그냥 열심히 할 뿐이야. 유스가 내 어머니에게 괴롭힘당했던 거나―"

그녀는 멋쩍게 말했다.

"내가 그를 괴롭혔던 걸 없었던 거로 하겠다는 것도 아니고. 과거에는 그랬지만, 지금은 좀 다르게 가고 싶어."

달칵.

빈 잔을 내려놓고 란은 두 번째 잔을 따랐다. 수증기와 함께 달콤한 차 향기가 소용돌이치며 올라왔다.

"그러니까 화내지 않아. 모든 건 유스에게 달린 문제니까."

로스는 정말로 이상한 걸 본 사람 같은 얼굴을 했다.

란은 슬그머니 뒤쪽에 쌓인 서류 더미에서 서류를 끌어다가 책상 위에 올렸다.

재정 상황이 최악이라는 건 알았다. 그렇다면 그동안 밀린 일은 어떨까?

사실 행정관인 엘리자벳은 밀린 일을 해 달라고 자신의 멱살이라도 잡고 싶었을 거다.

'그걸 티 내지 않다니. 훌륭한 행정관이지.'

게다가 올라온 장계의 대부분은 자금이 필요한 일이다. 벌써 몇 년째 보수를 요청하고 있는 종탑이라든가…….

'이것보다는 다리 보수가 먼저 아닌가. 아니 3년 전에 산사태로 덮인 길도 아직 복구가 안 되고 있잖아?'

일단 저 서류의 산더미를 전부 훑어보는 게 목표다.

'힘내자.'

란은 심호흡하고 빠르게 서류를 훑어 내려가기 시작했다. 속독은 그녀가 가지고 있는 잡기 중 하나였다.

이 서류의 산에서, 속독이 가능한 게 다행이다.

게다가.

'형식이 엉망이야.'

서류라면 기본적으로 갖춰야 할 형식을 갖추고 있지 않았다. 이쯤 되면 서류라기보다는 영주에게 올리는 편지에 가까웠다.

'이것부터 먼저 고쳐야겠네.'

기본 서식을 지정해야겠다.

그것만으로도 서류를 보는 시간이 확 줄어들 거다.

팔락팔락.

빠르게 서류를 넘기는 속도에 로스는 그녀가 정말로 그 모든 글을 꼼꼼하게 읽고 있는지 궁금해졌다.

슬슬 그가 그녀의 속도에 질릴 때쯤, 문 두들기는 소리가 요란하게 들렸다.

로스도 란도 깜짝 놀라 고개를 들었다.

로스가 검에 손을 올리는데 벌컥 문이 열렸다.

"란!"

소리를 치며 들어온 것은 숙부인 린드버그 남작이었다.

"숙부님."

란이 자리에서 일어났다.

"여기는 어쩐 일이십니까?"

"도무지 널 만날 수가 없더구나. 너에게 무슨 일이 생겼는지 걱정했다."

린드버그 남작은 씩씩거리며 안으로 들어왔다. 로스가 그 앞을 가로막았다.

"허락 없이는 가주님을 뵐 수 없습니다."

"난 그녀의 숙부다! 게다가 너같이 무도한 놈이 이 자리에 있는 게 더 걱정이야!"

"숙부님, 그는 충성스러운 가신입니다."

란이 그를 감싸, 로스는 내심 놀랐다. 린드버그는 콧방귀를 뀌었다.

"충성은 무슨."

란이 로스에게 말했다.

"자리를 내어 드려."

로스는 말없이 비켜섰고, 린드버그는 의기양양하게 들어와 앉으라는 말도 없었는데 자리에 털썩 앉았다.

도무지 가신의 행위라고 볼 수 없는 무례한 행동이었다.

그러나 란은 별말 없이, 착석하며 물었다.

"무슨 일이세요."

"너에게 다른 호위를 붙여 주려고 한다."

"다른 호위요?"

"그래! 저런 충성심 없는 녀석이 아니라, 내가 권하는 진짜배기로 말이다."

린드버그는 속내가 빤하게 들여다보이는 말을 했다.

"아뇨, 로스 경이면 충분합니다. 제 호위를 더 늘려야 할 필요도 없고요."

린드버그가 미간을 찡그리더니 낮은 목소리로 말했다.

"란아."

"네."

"네 어머니가 나에게 빚을 졌다는 걸 알고 있니?"

린드버그 남작은 허를 찌르듯이 말하고 품에서 서류를 꺼냈다.

"예전에 목걸이를 사느라 말이다. 갑작스럽게 빌린 돈이라, 나도 매우 힘들었단다."

그가 서류를 란에게 내밀었고, 란은 무표정한 얼굴로 서류를 열어 보았다.

차용증이었다.

어머니가 그에게 1만 베라트를 빌렸단 내용이었다. 이자는 월 10%.

매달 천 베라트씩 불어난다는 얘기다. 어마어마한 고리대금이었다.

3천 베라트면 기사단 장비를 모두 새것으로 바꾸는 게 가능하다.

'만 베라트만 빌린 걸 다행이라 해야 하나.'

하긴, 린드버그 남작이 현금으로 만 베라트 이상의 돈을 탁탁 내놓기도 어려울 것이다.

남작령에서 나오는 돈이 연 만오천 베라트 정도 되니까.

일단 베라트라는 돈 단위 자체를 귀족이 아니면 거의 쓰지 않는다.

'만 베라트짜리 목걸이라니.'

란은 어머니의 화려한 장신구들을 떠올렸다.

'마리 앙투아네트의 다이아몬드 목걸이가 생각나는군.'

그녀는 목에 걸어 보지도 못한 그 목걸이로 어마어마한 추문에 휩싸이고 만다.

"이 차용증에 따르면, 갚는 날짜는 올해 말로 되어 있군요."

"그래, 하지만 네 어머니에게 큰 사고가 있지 않았니?"

남작은 짐짓 어두운 얼굴을 했다.

"나에게도 큰돈이야. 그래서 혹시나 네가 모를까 싶어서, 특별히 알려 주는 거란다."

그가 가볍게 헛기침을 하더니 더더욱 노골적으로 헛바닥을 놀렸다.

"하지만 넌 내 조카지. 그래서 말인데, 이 빚을 탕감해 줄까 하고 생각도 하고 있단다."

"탕감이라고요?"

란은 의아한 눈으로 그를 바라보았다. 린드버그 남작은 잘 다듬은 콧수염을 만지작거리고 말했다.

"너와 진짜 가족이 되고 싶다는 말이란다."

"이미 저희는 혈족인데요."

가족이라는 말은 하고 싶지 않아서, 란은 다른 단어를 선택했다. 하지만 그 거리감을 눈치채지 못한 남작이 웃으며 말했다.

"내 아들을 너와 짝지어 주고 싶다는 말이란다."

맙소사.

란은 헛웃음이 나오려는 걸 삼켰다.

"아들이라면, 사촌인 로비 말인가요?"

그러면 란도 몇 번 얼굴을 봐서 알고 있었다.

'남자답게' 호방한 것을 앞으로 내세우며 그는 주색잡기를 즐겼다.

즉, 란의 기준으로 말하면 쓰레기에 가까운 인간이었다.

'도박도 슬슬 손대고 있지, 아마.'

"그래. 너도 알고 있겠지, 나이 차이도 고작 네댓 살밖에 나지 않아. 딱 좋은 때지."

개뿔.

하지만 란은 그런 내색은 하지 않았다.

아직,

아직 노골적으로 적으로 만들 때는 아니다. 좀 더 공작가의 재정과 사무가 튼튼해지고 나서.

그때.

청염으로 밀어붙이기는 했지만, 그녀가 임시 가주가 된 사실에 불만을 가진 세력은 여전히 존재할 거다.

린드버그 남작이 여기저기 돈을 꽤 뿌렸으니 내부에도 줄이 닿아 있을 거고.

'뭐, 남작만은 아니지만.'

그나마 다행인 건 자신이 원작자라 충성하는 가문이 누군지는 확실히 알고 기용할 수 있다는 거다.

'다행이지.'

란은 민망한 듯 웃으며 말했다.

"숙부님, 말씀은 정말로 감사드립니다. 하지만, 결혼이라니…… 너무 갑작스럽네요. 게다가, 음─"

란은 뺨을 긁적였다.

"빚 때문에 그렇게 결혼하는 건 좀…… 그러네요."

소녀다운 말이라면 소녀다운 말이지만, 린드버그 남작에게는 물정 모르는 소리로 들렸다.

"하지만 1만 베라트다. 너 이게 얼마나 큰돈인지 아는 거냐? 게다가 공작가에는 다른 빚도 있어. 너 혼자서 감당할 수 있는 문제가 아니야."

린드버그가 상체를 앞으로 숙였다.

"좀 더 현명한 사람의 조언이 필요할 거다."

"숙부님 같은 분의 조언 말이지요."

"그래."

드디어 말이 통하는가, 하고 린드버그는 고개를 끄덕였다.

란은 쌓인 서류를 바라보았다.

아직 할 일이 잔뜩 남아 있는데.

그녀는 웃으며 고개를 들었다.

"그거 꼭 들어보고 싶네요."

*　　*　　*

"안 주무십니까?"

로스의 물음에 란은 "응……." 하고 애매한 대답을 했다. 그는 그녀가 전혀 자신의 말을 듣고 있지 않다는 사실을 깨닫고 가까이 다가가 서류 위에 손을 올렸다.

그제야 란은 그를 바라보았다.

"로스 경?"

"새벽이 깊었습니다."

"조금만 더 보고."

"내일 아침에 보시는 게 어떠신가요."

"그럴까."

란은 빡빡한 눈을 문질렀다.

초를 환하게 밝혀 두기는 했지만, 그래도 눈이 피곤한 건 피곤한 거였다.

로스는 그런 란을 바라보았다.

린드버그 남작이 와서 지껄일 때는 정말로 베고 싶다고 생각했다. 그녀와 그가 독대할 때는, 올 게 왔구나 싶었고.

'그런데.'

그녀는 린드버그 남작과 나눴던 이야기를 전부 로스에게 해 주었다.

물론 전부 믿지는 않았다.

그렇게 신뢰를 쌓아 놓고, 배신을 때리는 일이야 얼마든지 있으니까.

'비밀 구멍을 알려 줄 때까지는 말이지.'

"다음부터 나랑 숙부랑 단둘이 이야기할 때는 이쪽으로 와서 들으면 돼."

그녀는 안쪽 방과 연결된 다른 방으로 그를 안내해 주고, 연통을 가리켰다.

"저걸 열면 소리가 잘 들려."

"그러고서 필담을 하거나 쪽지를 주고받는 거 아닙니까?"

로스의 말에 란은 눈을 깜박이더니 어깨를 늘어트렸다.

"그런가, 그런 방법도 있네. 그럴 생각은 없지만."

"왜 이렇게까지 하시죠?"

"으음, 오히려 역효과인가? 그야 신뢰를 쌓고 싶으니까 그렇지."

"신뢰."

"그래, 이렇게 할 만한 가치가 있는 충분한 거지."

란은 어깨를 으쓱하며 이어 말했다.

"뭐, 유스타프가 졸업하고 오면, 그때는 좀 더 쉬우려나."

올해가 마지막 학기다.

겨울이 지나면 졸업을 하고, 봄이 되면 저택으로 돌아올 거다.

그러면, 서로 가까이서 보면 그래도 신뢰가 좀 생기지 않을까.

란의 말에 로스는 아무런 대답도 하지 않았다.

주군의 생각은 주군의 것.

감히 자신이 입을 댈 것이 아니다.

란은 서류에 갈피를 끼워 두고 자리에서 일어났다.

"그럼 충고를 받아들여서 자러 가 볼까."

로스는 눈을 내리깔았을 뿐 아무런 말도 하지 않았다.

자신의 방으로 돌아간 란은 시녀의 시중을 받아 옷을 갈아입었다.

원래라면 가주의 방으로 옮겨야겠지만, 그녀는 계속 그녀의 방을 쓰겠다고 피력했다. 어차피 임시 가주라고 하며 말이다.

익숙한 침대에 눕자마자 잠이 쏟아졌다.

*　　*　　*

제국 아카데미.

이름 그대로, 제국에서 설립한 고등교육기관이다.

전원 기숙사제로, 전통적으로 황제는 제국 아카데미 출신이기 때문에 귀족의 대다수가 아카데미로 자식을 보냈다.

그러면 졸업 기수가 생기고, 그것으로 학연이 생긴다.

본래 거기에서 한발 뒤로 물러나 있는 게 라치아였다.

그래서 라치아에서 최초로 아카데미에 입학한 유스타프는 주목의 대상이었다.

제국의 공작가는 셋이다.

빙벽의 라치아.

백은의 미로.

장미의 우슬라.

그중에서도 가장 폐쇄적이며 배타적인 곳이 바로 라치아였다.

그런 만큼 궁금증도 많고, 환상도 많았다.

대현자의 마지막이 잠든 곳.

빙벽.

마수.

실제로 존재하는 문.

그리고 제국보다 더 길고 길게 이어져 내려온 가문.

전통과 혈통을 중요시하는 귀족들에게, 라치아는 특별했다.

실제로 나라를 세운 첫 번째 제후들이 얻고 싶어 하는 것은 라치아의 핏줄이었다.

제국의 첫 황후 역시, 라치아 공녀였고 말이다.

심지어 그들만의 인사가 있는 것조차도 멋지게 들렸다.

정작 유스타프는 그런 관심이 달갑지 않았다. 자신에게 "청염을 떨치소서." 하고 인사하는 건 달갑지 않다 못해 짜증이 났다.

그건 가주에게 하는 인사라고, 경멸하는 얼굴로 차갑게 내뱉은 후에야 그 인사를 하는 사람이 없었다.

마지막 학년에 공작가의 특권으로 독실을 얻은 유스타프는 느긋한 마음으로 편지를 열었다.

란에게 온 편지였다.

그가 아카데미에 온 이후로, 그녀는 일주일에 최소 한 통씩은 꼬박꼬박 편지를 보냈다.

일상적인 이야기였다.

저택에서 일어난 일을 소소하게 적어서 보내던 것이, 그녀가 임시 가주직을 맡은 후로는 보고서 같은 느낌을 띠고 있었다.

숙부와 했던 이야기, 빚에 관한 이야기, 재정 상황.

그리고 피곤해 죽겠어, 하는 하소연까지.

유스타프는 자신이 미소 짓고 있다는 사실을 눈치채지 못하고 편지를 읽었다.

마지막은 '빨리 졸업하고 와서 도와줘'였다.

'정말로.'

정말로 그녀는 자신을 가주로 인정하고 올리려고 하는 건가.

유스타프는 손끝으로 글자를 훑었다. 그렇게 하면 진의를 읽을 수 있는 것처럼 말이다.

새어머니는 굉장한 미인이었다.

그런 금색 머리카락에 선명한 초록색 눈동자는 처음 봤다. 그리고 그녀의 치맛자락을 붙들고 서 있던 새 누이.

그는 그쪽이 더 편했다.

부드럽게 반짝이는 밀빛 머리카락에 북부의 여름빛 녹색 눈동자.

약간의 기대가 있었기에, 실망은 더욱 컸다. 그리고 실망을 넘어서 절망에 빠지던 찰나.

'그날.'

자신이 나무에 올라갔다가 란의 위로 떨어진 그날.

그날이 전환점이었다.

의식을 잃은 란은 한번 숨이 끊어졌었고, 다시 살아났을 때는 다른 사람이 되어 있었다.

　"유스타프, 너와 진짜 가족이 되고 싶어."

　작게 속삭이던 목소리와 다정한 미소.
　유스타프는 눈을 꾹 감았다가 뜨고 다음 편지로 손을 뻗었다.
　두 번째는 로스의 편지였다. 로스는 란의 행적을 꼼꼼하게 적어서 보고하고 있었다.
　'동굴이라.'
　그 안에 뭐가 있는 걸까?
　이건 란의 편지에는 언급되지 않은 내용이었다.
　'게다가 그 동굴을 어떻게 알고? 그 안에 빚을 갚을 방법이 있다고?'
　의문이 뭉글뭉글 솟아올랐다.
　유스타프는 망설임 없이 잉크병에 손을 뻗었다. 그는 자신의 의문을 가감 없이 적어서 봉인했다.
　수신자는 당연히 란이었다.

　　　　　　*　　　*　　　*

　회계관 러드의 처형은 빠르게 이루어졌다.
　그의 죄목을 적은 방문이 영지 곳곳에 붙었다. 임시 가주라고는 하나, 가주의 첫 처벌이 사형이며 그게 부패를 잘라 내는 첫걸음이라는 것에 내부 가신 중 몇은 기뻐했고, 몇은 창백해졌다.
　필사적으로 사형은 너무하다고, 도가 지나치고 새 가주가 잔혹하다고 외치는 소리도 있었다.

란은 다 무시했지만 말이다.

불행히도 몰수한 재산은 그렇게 많지 않았다.

'아니, 대체 이걸 다 어디에다가 쓴 거야?'

란은 생각보다 적은 재산 목록에 신음을 뱉었다. 노름에 썼다는 건 알았지만, 이렇게 많이 노름에 썼을지는 몰랐지.

회계관 쪽 라인 대다수가 징계받고 해고되었다.

행정 쪽 일이 가중되었지만, 행정관들은 입을 열 수 없었다. 지금 가장 과로에 시달리고 있는 게 가주라는 걸 누구나 다 알고 있기 때문이었다.

그녀의 서재가 가장 늦게 불이 꺼지고, 가장 먼저 불이 들어왔다.

그래서 돌아온 블레인은 가주의 창백한 낯빛과 거뭇해진 눈 밑을 보고 놀랐다.

"몸은 괜찮으신 겁니까?"

저도 모르게 나온 말이었다.

란은 피식 웃고 고개를 끄덕였다.

"아직 안 죽었으니까, 괜찮은 거지. 그래, 성과가 있었다고 들었네만?"

"네, 동굴을 발견했습니다. 그리고 말씀하신 것도 발견했지만……."

그가 조심스럽게 바구니를 내밀었다. 란은 얼른 바구니 뚜껑을 열어보았다.

팔뚝만 한 마력석이 들어 있었다. 그녀의 얼굴이 환해지는 것을 보고 블레인이 덧붙였다.

"하지만 보석은 아닙니다. 수정은 아니라고 하더군요."

"응, 보석은 아냐. 이건 마력석이야."

"마력석이라고요? 이렇게 큰 것이?"

놀란 블레인을 보고 란은 고개를 끄덕였다.

"이 투명함, 이 경도. 순도 높은 마력석은 이렇게 생겼어."

블레인은 눈을 껌벅였다. 그도 마법 물품이나 마력석은 몇 번 본 적이 있었다.

하지만 그가 본 마력석은 평범한 돌처럼 생긴 물건이 전부였다.

란은 마력석을 손마디로 가볍게 똑똑 두들겼다.

"마법 물품 자체를 만드는 건 어렵지 않아, 가격도 그렇게 비싼 편은 아니야. 하지만 마력석의 마력이 너무 적어서 할 수 있는 일에는 한계가 있었지."

지금은 마법사가 아니라, 마법 물품에 들어가는 마법진만 만드는 마법 세공사가 따로 있었다. 큰돈이 되지 않는 일이니 고급 인력인 마법사를 사용하지 않았다.

굳이 마법사가 아니더라도, 마법진은 그릴 수 있는 거다. 마법 세공사들은 저임금 노동자들이었다.

"하지만 이런 마력석이 공급되면, 완전히 달라질 거야."

마법진으로 할 수 있는 일이 무궁무진해진다.

란의 중얼거림에 블레인이 고개를 끄덕였다.

"그렇지요."

"응. 이렇게 빠르게 찾을지는 몰랐는데. 블레인 덕분이야."

"아닙니다."

블레인이 눈을 내리뜨며 공손하게 대답했다.

"좋아, 그러면."

란은 히죽 웃으며 조각을 손끝으로 문질렀다.

"거래처를 찾아봐야지."

란의 머릿속은 빙글빙글 돌아가고 있었다. 그녀는 원작자고, 본편에 써먹지 않은 설정도 상당히 있었다.

상단.

대륙에는 삼대 상단이 있다.

'그중 한 곳과 거래를 튼다면.'

역시 골든로즈지.

란은 깊게 숨을 들이마시고 고개를 들었다.

"블레인 경, 혹시 하나 더 물어봐도 될까?"

"부탁하실 필요 없습니다. 명령하시면 됩니다."

그의 깍듯한 말에 란은 저절로 몸에 힘이 풀리는 걸 느꼈다. 란은 펜을 들어 가볍게 종이에 그림을 그렸다.

"혹시 잎이 이렇게 생긴 나무를 본 적 있어?"

그녀의 그림을 보고 블레인은 고개를 끄덕였다. 로스도 마찬가지였다.

"압니다. 북부에서는 꽤 흔한 나무지요."

"역시 그런가."

란은 잠시 창문을 바라보았다.

"음, 아냐. 계절이 아니니까, 이건 미뤄 두자."

그렇게 말하고 란은 종이를 접으며 말했다.

"수고했어. 가서 쉬도록."

블레인은 경례하고 서재를 나갔다. 란은 자리에 앉았다.

로스가 탁자 위의 마력석을 바라보다가 물었다.

"어떻게 아셨습니까?"

"음?"

"저런 게 있다는 걸요."

"나도 확신은 못 했어."

로스가 의아한 눈으로 란을 돌아보았다. 란은 그사이 짜 맞춘 이야기가 들어맞기를 원하며 말했다.

"마법사들이 여기 못 오는 이유가 뭔가 있을 거라 생각했어."

"그거 하나로 말입니까? 게다가 마법사와 마력석은 상관없지 않습니까?"

로스는 어이가 없어져서 물었다. 란은 고개를 끄덕이고 덧붙였다.

"그리고 예전에 문에 갔을 때, 내가 사라졌던 거 기억나?"

란,

그러니까 자신이 아닌 실제 란은 어렸을 때, 문에 갔다가 길을 잃은 적이 있다.

유스타프가 일부러 자신의 딸을 길 잃게 만들었다면서, 계모가 그를 벌주는 첫 번째 사건이었다.

"압니다."

로스의 얼굴이 딱딱해졌다.

그날 계모는 매를 들었고, 어린 유스타프의 등은 피투성이가 되었다. 지금도 그의 등에는 매질의 상처가 남아 있다.

"그때 발견했었어. 그래서 어릴 때 기억이랑 옛날 자료를 합쳤을 때 혹시, 하고 생각한 거지."

란은 어색하게 미소 지으며 어깨를 움츠렸다.

"운이 좋았을 뿐이야."

로스는 대답하지 않았다.

운이 좋았다.

그녀는 그렇게 말하지만, 조각난 자료들을 하나로 통합해서 결론을 도출하는 건 쉬운 일이 아니다.

그것도 이렇게 말도 안 되는 결론일 경우 말이다.

하지만 란은 도출했고, 그게 정답이었다.

'투명한 마력석.'

상업을 잘 모르는 자신도, 가치가 어마어마할 거라는 정도는 알 수 있었다.

공작가는 빚에서 벗어날 것이다.

"왜 미리 말씀하지 않으셨습니까?"

"틀리면 민망하잖아."

"……."

로스의 눈초리에 란은 다시 웃으며 말했다.

"이제 확실히 알았으니까, 유스에게도 편지를 보내야겠어. 그리고— 골든로즈 쪽에도."

"골든로즈요?"

"응, 대륙의 삼대 상단 중 하나지. 그쯤 되어야 이걸 거래할 수 있지 않겠어?"

가치가 높은 상품을 가지고 있다는 건 로또에 당첨된 것과 마찬가지다. 뒤통수를 맞을 일이 많다는 거지.

게다가 나중에 붉은 마력석과 푸른 마력석을 거래하려면 서쪽 끝까지 연줄이 있는 대상단이 필요했다.

이제 마력석의 마력이 부족해서 실행하지 못했던 일들도 얼마든지 가능할 거다.

앞으로의 가능성은 그야말로 무궁무진하다.

'게다가 이런 순도 높은 마력석이 나오는 곳은 빙벽뿐이야.'

즉 오일머니를 손에 넣은 것과 다름없다.

란은 히죽 웃었다.

이걸로 유스타프의 고생은 끝이다. 그리고 차원 이동해서 온 여주가 가난한 공작가 때문에 구르는 것도 끝이다.

여주.

란은 문득 그 단어를 다시 떠올렸다. 여주의 이름은 이시나.

시나.

사랑스러운 여주였다.

'열심히 굴렸지만.'

생각하니 미안해진다.

'이번에는 내가 호의호식하게 해 줄게.'

그리고 유스타프와 시나는 행복하게 살게 되겠지.

'물론 돈으로 해결되지 않는 문제도 있지만, 일단 돈 때문에 문제가 생기지는 않으니까.'

그것만 해도 문제의 절반은 해결되는 듯하다.

'일이 일단락되면 서브 남주도 찾아야 하고……'

지금쯤 노예로 부려지고 있을 터였다. 그래도 아직은 아슬아슬하다. 내년이 지나기 전에 찾아야 했다.

내년에 불법 투기장으로 넘어가면 정말로 더더욱 심한 지옥이 시작되니까.

'그래도 남주는 건져 냈어…… 일단.'

란은 입술을 깨물었다.

2년.

앞으로 2년만 버티면 유스타프가 가주 자리를 이을 거다.

'그리고 어차피 반년 후면 유스타프도 졸업이고.'

그러면 임시 가주직은 그냥 허수아비가 되는 거지.

'빨리 그렇게 됐으면.'

란은 그렇게 생각하며 편지를 다시 한번 검토했다.

잘못 쓴 부분은 없었다.

'아, 맞다.'

란은 유스타프에게 쓴 편지에 추신을 덧붙였다.

인재 좀 데려와!

* * *

유스타프는 편지 맨 마지막에 덧붙은 문구를 보고 고개를 기울였다.

'인재라.'

제국 아카데미는 확실히 연줄을 대는 곳이기도 했다.

아카데미 학생의 대부분이 귀족이지만, 백 년 전부터는 귀족 세력의 대항마를 키우기 위해서 황제가 평민의 입학도 허락했다.

시험만 통과한다면, 작위가 없는 자에게는 어마어마한 입학금이 면제된다.

그리고 졸업자 대다수는 황궁의 하급 관리가 되고, 하급 관리에서 끝난다.

유스타프는 책상을 가볍게 두들겼다.

'눈에 드는 인물은 몇 있지.'

아카데미에서 사교는 지겹지만.

이건 또 다른 문제다.

'본격적으로 해도 된다는 말이니까.'

그는 아카데미에서 인물들을 주의 깊게 보면서도 절대로 직접적으로 영입하지 않았다.

가주인 아버지가 아직 살아 계신데 그런 일을 하는 것 자체가, 계모에게 힘을 실어 주는 일이기 때문이다.

"보세요, 당신이 멀쩡히 살아 있는데, 당신 아들은 벌써부터 공작이 되려고 준비하는군요."

그런 말을 할 것이 뻔했다.

그러나 란이 가주가 된 후에는.

'가주가 직접 명령한 거니 괜찮겠지.'

유스타프는 그렇게 생각하고 편지를 접었다.

공작가의 빚에 대해 자세한 자료를 보고, 그는 숨이 막혔다. 아무리 생각해도 공작가에서 나오는 이익으로는 빚을 갚을 수가 없었다.

'그런데.'

마력석이라…….

유스타프는 청염을 어루만졌다. 차갑고 서늘한 표면은 아무리 만져도 따뜻해지지 않는다.

유스타프는 그게 좋았다.

'정말로 네 선택이 옳았어.'

청염을 향해 그렇게 속삭이고 그는 상념에 잠겼다.

*　　*　　*

란은 숨을 헐떡였다.

눈앞에 단두대가 시퍼런 빛을 내고 있었다.

"죽여, 죽여, 죽여!"

광장에 모인 사람들이 소리 지르고 있었다.

싫어, 싫어, 아냐, 아냐.

말을 해야 하는데 말이 나오지 않는다. 꼼짝도 할 수가 없었다.

혀가 입천장에 딱 붙은 것 같았다.

유스타프가 차가운 파란 눈동자로 자신을 내려다보았다.

"이제 청염의 주인이 된 나, 유스타프 라반 드 라치아의 이름으로 사형을 집행한다."

아냐.

난 란이 아냐.

나는, 나는—

양팔을 붙잡은 사람들이 그녀를 질질 끌어다 목을 구멍에 끼웠다. 아래를 내려다보는 게 아니라, 단두대 칼날이 보이도록 거꾸로.

"집행하라."

푸른 칼날이 빠르게 내려오고—

"—!!!"

란은 꿈에서 번쩍 깨었다.

"윽, 하, 하아, 하…….'"

꿈이었구나…….

목덜미를 만져보니 끈적한 땀이 느껴졌다. 자면서 어지간히 몸부림치고 식은땀을 흘린 모양이었다.

아직도 현실감이 들지 않아 멍하니 허공을 바라보다가 란은 비틀거리며 자리에서 일어났다.

'나 진짜 스트레스 심하구만.'

그녀는 그렇게 생각하며 준비된 자리끼를 마셨다.

처음 이곳에서 눈을 떴을 때.

도무지 상황을 파악할 수 없었다. 자신의 얼굴은 전혀 다른 얼굴이고, 어머니라고 주장하는 사람은 일그러진 얼굴로 울고 있고.

'간신히 소설 속이라고 알아차리게 됐지만.'

그래도 실감이 나지 않았다.

실감이 난 건, 유스타프가 사과하러 왔을 때였다.

'그때는 시간 개념이 좀 없어서…… 대충 내가 정신 차리고 한 달쯤 지난 후였나? 더 지났던가?'

그가 사과하러 온다는 말을 들었을 때는 '아, 남주가 오는 거야?' 하는, 어딘지 현실감 없는 느낌이었다.

실제 유스타프를 만났을 때는 충격을 받았다.

도무지 평범한 아이의 얼굴이 아니었다.

미안하다거나 사과의 감정이 담겨 있는 게 아니라, 완전히 무표정한 ─ 감정이 마모된 듯한 얼굴.

그때를 회상하면, 지금도 기분이 좋지 않다. 란은 스스로를 껴안듯 양팔을 꽉 움켜쥐었다.

"죄송합니다. 누님."

그렇게 말하며 깊게 허리를 숙이는 유스타프를 보자 정신이 번쩍 드는 것 같았다.

미처 숨기지 못한 피맺힌 매질의 흔적이 소매 아래로 얼핏 보였다.

내가 저렇게 만들었어.

자신이 그렇게 글을 썼다.

하지만 지금 저 얼굴을 보자 도저히, 이건 소설이고 넌 나중에 여주인공을 만나서 행복해지니까, 지금 조금만 참으라는─

'그딴 말은 못 하지.'

란은 한숨을 내쉬었다.

그래서 필사적으로 그때부터 어떻게든 유스타프를 보호해 주려고 애썼다.

'아직도 유스타프의 신뢰를 얻지 못했으니.'

란은 입술을 깨물었다.

정말로 이러다가 2년이 지난 후에 유스타프가 자신의 목을 치면?

'아냐, 아냐, 괜찮을 거야. 2년 동안 열심히 잘하면 되잖아.'

마력석도 찾았고, 앞으로도 열심히 일할 거고.

'목숨은 살려 주겠지. 에이.'

스스로 그렇게 위로하며 란은 다시 목을 어루만졌다.

슬쩍 창문가로 다가가 덧창을 열어 보니 먼동이 터 오고 있었다.

'좋아.'

오늘은 골든로즈에서 나온 사람을 만나는 날이다.

'지점장이라고 했었지?'

란은 깊게 숨을 들이마셨다.

'사기 계약은 당하지 않게 해 주세요.'

손을 모아 란은 그렇게 기원했다.

다크서클을 가려 주며 시녀가 걱정스럽게 말했다.

"요즘 너무 고생하십니다."

"초반이니까, 어쩔 수 없지."

란이 그렇게 대답하며 미소 지었다. 요즘 공작 저택 내에서 란의 인기는 나날이 상승 중이었다.

그녀가 가주가 되자마자 모든 시스템이 정상으로 돌아가기 시작했고, 그건 고용인들이 가장 먼저 느낄 수 있었다.

옷을 갈아입고 란은 방을 나섰다.

저택에 알현실은 모두 4개가 존재했다.

하나는 단체로 여럿을 만나는 회의실을 겸하는 알현실. 보통 이곳에서 신분이 낮은 자를 만났다. 여기는 그냥 알현실이라고 불렸다.

두 번째는 작위가 있는 사람을 위한 알현실인 비단 방, 세 번째는 귀빈을 위한 알현실인 에메랄드 방, 마지막으로 네 번째는 독대를 위한 알현실인 진주 방이었다.

상단 사람이지만 란은 귀빈을 위한 알현실인 에메랄드 방을 지정했다. 파격적인 행동이었지만, 상관없었다.

그만큼 중요한 일이니까.

에메랄드 방은 그 이름에 걸맞게 녹색 빛깔로 아름답게 꾸며져 있었다.

'공작 부인이 손님을 대접하는 방이기도 하니까.'

녹음의 관, 그 아름다운 티아라 주인에게 딱 맞는 방이기도 하다.

"안녕하십니까, 만나 뵙게 되어서 영광입니다."

란이 방에 들어서자, 앉아 있던 사람이 자리에서 일어나며 모자를 벗고 우아하게 인사를 해 왔다.

'여자.'

란은 약간 놀라 눈을 깜박였다가, 상대의 외모를 보고 두 번째로 놀랐다.

보는 것만으로도 눈이 정화되는 것 같은 굉장한 미녀였다. 어머니와 닮은 화려한 금발에 금색 눈동자가 마치 크게 박힌 샛별처럼 또렷했다. 무엇보다도 뾰족한 귀가 눈에 들어왔다.

나이는 이제 삼십 대 중반쯤 되었을까?

란은 까닥 묵례하고 미소를 지으며 말했다.

"설마 상단주가 직접 오실 줄은 몰랐는데요."

골든로즈의 상단주는 하프 엘프다.

란의 말에 여성이 "어머?" 하고 눈을 동그랗게 떴다가 웃었다.

"라치아 공작가의 정보망을 얕보면 안 되겠군요."

대외적으로 골든로즈 상단주는 남자라고 알려져 있었다. 아무래도 여자로는, 심지어 이종족으로는 활동하기가 어려워서 그렇겠지.

하지만 상단의 힘이 커지면, 몇 년 안에 그녀는 그림자에서 나와서 전면에 서게 될 거다.

'난 그걸 알고 있는 것뿐이고.'

하지만 이걸 미끼로 상대가 자신의 정보망을 얕보지 못하게 첫 번째 흔들기를 해 뒀다.

"란 로미아 드 라치아입니다."

란이 자기소개를 하며 자리를 권했다.

"청염을 떨치시길. 레버리 리버티입니다."

이미 아시겠지만, 하고 덧붙이며 레버리가 붉은 입술로 뚜렷한 호선을 그려 보였다.

라치아 공작가에서 동봉한 작은 마력석 조각과 편지.

레버리는 그게 진짜 마력석인지 마법사에게 의뢰했고, 그 마법사는 거품을 물고 이게 어디서 난 거냐며 캐물었다.

이건 혁명이다.

라치아 마력석이 가져올 세계의 변화와 그에 따른 어마어마한 이익이 저절로 그려졌다.

절대로 놓칠 수 없다.

레버리는 그래서 직접 이 자리에 나온 터였다. 라치아 공작가에 대해서도 여러 방면으로 알아보았다.

'워낙 폐쇄적인 공작가이긴 하지만.'

그렇다고 빚을 줄일 수도 없고, 후계 싸움의 양상을 드러내지 않을 수도 없다.

레버리는 피 한 방울 섞이지 않았으면서도 라치아의 가주가 된 눈앞의 소녀를 바라보았다.

흘러내린 밀빛 머리카락과 짙은 녹색 눈동자, 겉모습만 보면 훌륭한 미소녀다.

외모는 확실히 이점이나, 그것만으로 어찌 가주의 자리에 오를 수 있겠는가?

'그것도 라치아의 피가 흐르지도 않으면서.'

보통내기가 아닐 터.

심지어 자신이 상단주라는 걸 알고 있지 않은가?

아무리 망해 가는 공작가라고 해도 얕보면 당한다.

레버리는 각오를 단단히 다졌다.

란은 레버리에게 자리를 권하고 직접 차를 타기 시작했다. 안주인이 차를 타 주는 것만 해도 환대의 표시인데, 가주가 직접 타는 차다.

"진하게 괜찮으신가요?"

란의 물음에 레버리는 "좋아합니다." 하고 답했다.

고급 찻잎을 아낌없이 포트 안에 넣고 뜨거운 물을 넉넉하게 부은 후, 티코지로 감쌌다.

일련의 동작을 하며 란이 말했다.

"저는 돌려 말하는 걸 잘하지 못합니다. 그러니, 바로 이야기하도록 하지요."

"말씀하세요."

"골든로즈 상단에 마력석을 팔고 싶습니다."

레버리의 눈이 반짝 빛났다.

"저희 상단은 언제든지 공작가와의 거래를 환영합니다."

"어차피, 공작가의 빚도 전부 조사했겠지요. 그래서 거래액을 제시하겠어요. 6개월간, 골든로즈 상단에 독점권을 주지요. 대신 선매금 100만 베라트를 원합니다."

레버리의 얼굴이 굳었다.

란은 벌렁거리는 심장을 숨기기 위해서 차로 시선을 내렸다. 이래서 일부러 차를 직접 끓인 거다.

그래도 뭔가 동작을 하면 침착해 보이니까.

100만 베라트.

어마어마한 금액이었다.

라치아 공작령의 1년 수익금이 20만 베라트다.

공작령이 현재 지고 있는 빚은 80만 베라트고.

'일부러 크게 불렀지만.'

너무 크게 부른 게 아닌가, 하고 흔들리는 얼굴을 감추기 위해서 란은 찻잔에 차를 따랐다.

쪼르륵.

물소리가 심신을 안정시켜 주는 것 같다.

"가주님은 너무하시는군요."

찻잔을 바라보던 레버리가 고개를 들어 란을 바라보았다.

역시, 이 여자는 보통이 아니다.

'딱 내가 융통할 수 있는 자금 최대치만큼 불렀어.'

도대체 공작가는 얼마나 많은 정보를 쥐고 있는 걸까?

사실 란은 그냥 불러 본 것에 불과했지만, 이미 그녀의 정체를 알고 있다고 초기에 흔들어 놓은 게 유효타였다.

레버리는 란이 골든로즈 상단의 자금 사정까지 꿰고 있다고 생각했다.

'하지만.'

그녀는 설탕 시럽을 차에 부어 넣었다.

"아무런 말씀도 없이, 선매금이라니요. 마력석이 정말로 이곳에서 나오는지, 어떻게 나오는 건지, 아무것도 알려 주시지 않고서요."

란은 자신의 잔을 채운 후 자리에 앉았다. 설탕 시럽을 왕창 붓고 싶은 마음을 참았다.

설탕은 매우 고가의 물건이다.

매우, 매우.

'설탕도 비싸서 아껴야 하는 공작가라니 누가 들으면 웃겠어.'

그녀는 약간의 설탕 시럽을 차에 붓고 미소 지었다.

"마력석에 얼음수정이라고 이름을 붙일까 해요. 빙벽에서 나오는 물건이니까, 모순적인 이름이 잘 어울린다고 생각했어요."

브랜딩을 해서 다른 저가 마력석들과 확실히 차별점을 두는 거지.

빙벽.

레버리의 귀가 쫑긋했다. 이 북부 산맥에서 저것이 나온단 말이지.

란은 말을 이었다.

"상단주님도 그 가치를 알아보셨으니, 이 북부까지 직접 오신 거겠죠."

그래, 북부의 길이 얼마나 험한데. 특히 빙벽에 위치한 라치아 저택까지 오는 길은 더하지.

란은 고개를 들고 똑바로 레버리를 바라보았다. 녹색 눈동자와 금색 눈동자가 서로를 마주 보았다.

"상행위의 기본은 신뢰지요."

레버리는 말없이 란을 바라보았다. 역시, 이 어린 가주는 보통이 아니다.

"100만 베라트에, 공작가와 거래하는 신뢰를 산다면 어떤가요."

"이론을 따지지 않는 신뢰를 원하시는 건가요."

"그럴 만한 가치가 있다고 생각하신다면, 계약하겠다고 하시면 됩니다. 그렇지 않다면,"

란은 어깨를 으쓱했다.

"출구는 저쪽입니다."

레버리는 찻잔을 비웠다. 달콤하고 따뜻한 차가 몸 안으로 들어가자 기분이 산뜻해졌다.

잔을 내려놓으며 레버리가 싱긋 웃었다. 그녀의 미모가 환하게 빛을 발했다.

'남자라면 미인계라도 쓸 텐데.'

하지만 이런 것도 나쁘지 않아.

"좋습니다."

레버리가 그렇게 말하고 손가락을 하나 세웠다.

"대신 독점 기간은 1년으로 해 주십시오. 신뢰란 오고 가는 것이지요."

레버리의 말에 란은 옳다구나, 하고 답하고 싶은 마음을 꾹 눌러 참고 고개를 끄덕였다.

"좋습니다. 1년이요."

"좋네요."

"좋군요."

두 여자는 마주 보고 후후 웃었다. 란이 가벼운 어조로 말했다.

"그럼 이제 구체적인 이야기는 식사라도 하면서 나눌까요?"

"꼭 함께하고 싶네요."

레버리가 웃으며 대답했다.

*　　*　　*

레버리는 일주일간 라치아 공작저에 머물렀다. 직접 광산까지 가본 것은 물론이었다.

란 역시 동행했다.

블레인은 기사단을 끌고 함께했다. 동굴 안으로 들어서자 레버리는 탄성을 내뱉었다.

사방이 다 얼음수정이었다. 거대한 마력석이 육각형 모양으로 비죽비죽하게 서 있었다.

동굴 안 가득한 그것들이 촛불을 반사해 반사광을 내뿜고 또 그것을 반사해 동굴 안을 가득 채웠다.

장관이었다.

레버리는 그 아름다움을 찬탄하고, 그 양에 찬탄했다.

"이 정도면 매장량이 어마어마하겠군요."

"그래요."

란은 고개를 끄덕였다. 매장량을 엄청난 양으로 설정했으니까.

동굴 안을 둘러보고 나오며 레버리가 생글생글 웃었다.

"겨울이 되기 전에 빠르게 채굴을 시작하면 좋겠네요."

"그럴 계획이에요."

란은 고개를 끄덕였다.

'이런 순도 높은 마력석이라니.'

레버리의 머릿속은 벌써부터 빠르게 빙글빙글 돌고 있었다.

공증인을 두고 계약서를 작성한 후, 레버리는 계약금의 10%를 먼저 그 자리에서 지급했다.

"상단으로 돌아가면 다시 절반을, 그리고 한 달 후에 나머지를 보내도록 하겠습니다."

레버리는 그렇게 말하고 돌아갔다. 그녀가 돌아가고 나자 란은 진이 빠졌다.

"아, 진짜 죽을 것 같아."

란은 소파에 늘어졌다.

서류를 가지고 들어온 엘리자벳이 그런 란을 위로했다.

"고생하셨습니다. 가주님."

"맞아, 나 고생했어."

란은 그렇게 말하며 손을 뻗어 책상 위의 서류를 끌어당겼다. 서류를 가져왔으면서도, 엘리자벳은 불안해져 말했다.

"조금이라도 휴식 시간을 가지시는 게 낫지 않을까요?"

"하지만 급한 일이니까 직접 가져온 거 아닌가?"

중얼거리다가 란은 "어?" 하고 몸을 일으켰다.

"코피 나……."

그녀는 손으로 코 밑을 훔쳤다. 그냥 피가 주르륵 흘러나왔다.

"가주님!"

놀라 엘리자벳이 소리쳤고, 서 있던 로스도 서둘러 치료사를 불렀다.

'헐, 나 코피 나는 거 처음이야.'

그렇게 생각하며 란은 몸을 일으키다가 핑그르르 시야가 도는 걸 느꼈다.

"가주님!"

비명 같은 목소리가 들리고, 란은 그대로 정신을 잃어버렸다.

Chapter 2.

귀향

란은 눈을 살며시 떴다.

어둑어둑한 방이 먼저 눈에 들어왔다. 살짝 고개를 돌리자.

'어?'

유스타프가 앉아 있었다.

'꿈인가.'

참 리얼한 꿈도 다 있다. 란은 그렇게 생각하며 유스타프를 바라보았다. 그는 손에 든 서류를 읽는 중이었다. 거기에 집중해 있어서 란은 방해 없이 그의 옆모습을 볼 수 있었다.

어두운 방 안에서도 그의 눈이 푸른빛을 띠고 있다는 걸 알아볼 수 있었다.

키는 이제 자신보다 조금 더 큰가?

'이제부터 훌쩍 자라겠지.'

란은 가볍게 웃었다. 그러자 유스타프가 그녀를 돌아보았다.

"안녕."

"깨셨습니까?"

"응."

대답하고 란은 다시 웃었다. 유스타프가 손을 뻗어 그녀의 이마를 손등으로 가볍게 눌러보았다.

"열은 없네요."

"응, 유스 손가락 예쁘네."

내뱉은 말에 유스타프가 움찔했다. 란이 다시 히힛 웃었다.

꿈이니까, 편하게 말할 수 있다는 게 좋다.

"예쁜가요."

유스타프는 제 손을 들여다보며 말했고 란은 고개를 끄덕였다.

"응, 길고 곧아서 예쁘지. 악기를 잘 다룰 것같이 생겼으니까. 아, 피아노는 치려나?"

"조금은 칩니다."

"들어 보고 싶다."

"시간이 되면 들려 드리지요."

유스타프의 대답에 란은 가볍게 웃고 "치사해." 하고 내뱉었다.

"뭐가 말입니까?"

"잘생겼는데, 손도 예쁘고, 피아노도 치고—"

"……."

"치사해, 유스타프."

웃으며 한 말에도, 푸른 눈은 꿈쩍도 하지 않았다. 꿈인데도 무슨 생각을 하는지 모르겠다.

"피곤하다……."

습관처럼 중얼거리고 란은 손등으로 자신의 눈을 덮었다.

"불을 끌까요?"

"아니, 그냥……."

머뭇거리다 란은 살며시 내뱉었다.

"유스."

"네."

"나 죽이지 마."

"……."

대답이 돌아오지 않았다.

"열심히 할 테니까……."

란은 한숨처럼 작게 내뱉고 다시 잠에 빠져들었다.

그녀가 다시 깨어난 건 동이 틀 무렵이었다. 이제 밝아진 침대 천장을 멍하니 바라보다가 란은 고개를 돌려 유스타프를 발견했다.

그는 꿈속과 똑같은 자세로 앉아있었다. 이번에는 서류를 보는 게 아니라 자신을 보고 있었지만.

"깨어나셨습니까?"

"유스……?"

"네."

"이것도 꿈이야?"

유스타프의 차가운 얼굴이 약간 찡그려졌다.

"아닙니다."

"어……?"

제대로 사태가 인식되지 않아서 멍하니 그를 바라보다가 란은 벌떡 상체를 일으켰다.

"진짜야?!"

휙 일어나자 갑자기 머리가 핑 돌았다. 란은 눈을 꽉 감았고 유스타프가 자리에서 일어나 그녀의 어깨를 눌러 도로 눕혔다.

"치료사를 부를 테니, 누워 계십시오."

"어떻게 된 거야? 겨울이야? 나 반년 동안 잔 거야?"

횡설수설하는 란을 보고 유스타프는 설렁줄을 당기며 말했다.

"아닙니다. 쓰러지신 지 이제 이틀째니까요."

"그런데 유스가 왜 여기에 있어……?"

묻고 란은 손을 저었다.

"아니, 그게, 여기 있는 게 싫은 게 아니라. 아직 학기 중이니까—"

"돌아오는 길이었습니다. 시간이 맞아서 다행이군요."

"돌아와?"

란의 얼굴이 굳었다.

"아카데미에서 무슨 일 있었던 거야? 누가 괴롭혔어?"

"아닙니다."

유스타프는 그렇게 말하고, 뭔가를 생각하듯이 빤히 란을 바라보았다. 란은 이제 걱정이 되어 물었다.

"그런데 왜? 어떻게 된 거야?"

"아카데미에는 조기 졸업이라는 제도가 있습니다."

"어?"

"수석, 원하신다고 하셨죠."

"어?"

"학점은 이수했고, 시험도 당겨서 치렀습니다. 이후 만점자가 나오지 않는 이상 수석은 저겠지요."

란은 눈을 휘둥그레 떴다.

"만족하십니까?"

"굉장하다!"

란은 환하게 웃었다.

"굉장해. 진짜 대단하다, 유스타프. 진짜, 정말."

조기 졸업에, 만점이라니.

"대단해, 유스."

"누님보다는 아니죠."

"응?"

되묻는데, 때마침 치료사가 들어왔다. 나이가 지긋한 치료사는 이리 저리 란을 살펴보고 결론을 내렸다.

"역시 과로이십니다. 잘 드시고, 며칠 동안 푹 쉬십시오."

"그럴 수 있나."

란은 그렇게 대답하며 웃었다. 치료사가 한숨을 내쉬며 말했다.

"일단 몸을 보하는 약을 만들어 올리겠습니다."

"응."

란은 고개를 끄덕였다. 치료사가 나가고 나자 란은 침대 아래로 발을 내렸다.

새하얀 맨발이 푹신한 카펫에 닿았다. 유스타프는 저도 모르게 맨발 끝을 보았다가 휙 시선을 돌리며 말했다.

"쉬셔야 한다고 하지 않습니까?"

"응, 하지만, 일은 이제 시작인걸. 지금이 가장 일이 많을 때고."

유스타프는 일어나려는 란의 어깨를 붙잡아 눌렀다.

"유스?"

초록색 눈이 놀라 자신을 바라본다. 유스타프는 약간의 힘으로 그녀를 도로 침대에 눕혔다. 손바닥 밑의 어깨가 생각보다 훨씬 가냘파서 유스타프는 숨을 짧게 삼켰다가 말을 이었다.

"쉬시죠. 일이 바쁘시다고 해서 온 거니까요."

그 말에 그녀의 입술이 헤벌어졌다.

"일부러?"

"어차피 조기 졸업 조건은 갖추고 있었으니까요."

란의 몸에서 힘이 빠졌다.

"그렇구나…… 음, 편지에 적은 대로 일은 진행되고 있고, 자세한 건 엘리자벳이 서류를 가지고 있을 거야."

"어제 읽어 봤습니다."

"그래……."

대답하고 란은 문득 어젯밤 꿈을 떠올렸다.

"유스."

"네."

"어, 음, 그러니까."

란이 눈동자를 데굴 굴리고 조심스럽게 물었다.

"어젯밤에도 여기 있었니?"

"네."

세상에.

란은 양손으로 얼굴을 감쌌다. 그러면 어젯밤 그게 꿈이 아니란 말이야? 어제 한 헛소리를 전부 들었단 말이야?

"미안."

"뭐가 말입니까?"

"어, 내가 좀 헛소리를 한 거. 그냥 잊어."

"손가락이 예쁘다는 칭찬은 처음 받아봐서요."

으아아아—!

란의 얼굴이 홧홧하게 달아올랐다. 그러니까 꿈이라고 생각했다고, 꿈이라고, 꿈!

"그리고."

유스타프는 양손으로 얼굴을 푹 가린 란을 바라보았다. 귀 끝까지 붉어진 게 보였다.

'죽이지 말라는 말은, 잊을 수가 없죠.'

죽인다.

유스타프는 란을 내려다보았다. 그녀를 죽인다는 선택지가 있다는 건 알고 있었다. 하지만 죽인다면 자신의 부모가 먼저일 거라고 생각했다.

그 미친 여자와 그녀에게 홀린 아버지.

하지만 두 사람은 모두 마차 사고로 죽어 버렸다. 그렇다고 해도 죽이지 말라니. 목표를 잃은 분노가 자신에게 향할 거라 생각한 건가.

여러 가지 생각을 하며 유스타프는 뭐라고 변명을 늘어놓는 란을 바라보았다.

한참 변명하다가 란은 살그머니 손가락을 벌리고 유스타프를 힐끗 보았다.

너무 조용해서 거기에 없는 줄 알았더니, 여전히 서서 자신을 보고 있다. 얼굴이 뜨거워진 것도 좀 진정이 된 것 같아 란은 헛기침을 하고 말했다.

"그러니까 그냥 잊어 주면 고맙겠어."

유스타프는 대답 대신 그녀의 이마를 다시 살며시 손등으로 쓸어 주고 말했다.

"쉬십시오."

그가 나가고 나자 란은 "아아! 진짜!" 하고 몸을 뒤집어 베개에 얼굴을 묻었다.

죽이지 마, 라니. 유스가 뭐라고 생각했겠어?

'아냐, 잘된 걸지도 몰라.'

내가 자기를 무서워하고 있다는 걸 알게 된 거 아닌가. 그러면 좀 더 나에게 관대해질 수도 있지 않을까.

핑핑 머리를 굴리는 가운데 시녀가 약을 들고 돌아왔다.

'윽……'

정체불명의 검붉은 핏빛 약에서는 지독한 약초 향이 피어오르고 있었다.

"이거 다 마셔야 해?"

그녀의 물음에 시녀는 "마셔야 하세요." 하고 단호하게 말했다. 란은 울상을 지으며 코를 잡고 약을 마셨다. 코를 잡았는데도, 냄새가 지독하다.

약을 마시자마자 얼른 물컵을 비우고 란은 침대에 다시 누웠다.

"좀 더 쉬세요, 가주님."

란은 고개를 끄덕였다. 시녀가 곧 잔을 챙겨서 나가자 방 안은 조용해졌다. 란은 눈을 감고 잠을 청해 보려 애썼다.

얼마나 시간이 흘렀을까?

'잠이 안 와.'

생각해보니 쓰러진 지 이틀째라고 했잖아? 이틀이나 쿨쿨 잔 거잖아? 잠이 올 리가 없지.

란은 천천히 몸을 일으켰다. 약 때문인지 아니면 일어나고 어느 정도 시간이 지나서인지 어지럼증도 사라졌다.

살그머니 침대에서 빠져나와 그녀는 겉옷을 걸쳤다.

'도서관이라도 갈까.'

가서 책이라도 좀 빼 올까. 아냐, 사실 도서관에서 책을 읽을 정도면 서류를 읽는 편이 더 나을 것 같은데. 광산 인부나 감독 뽑는 문제에 대해서도 얘기해야 하고……

슬리퍼를 꿰신고 란은 살그머니 방을 나섰다.

유스타프는 팔락팔락 서류를 넘겼다. 서류는 이제 대부분이 일정 형식을 갖추고 있어서, 한눈에 알아보기 쉬웠다.

'100만 베라트.'

그 어마어마한 금액은 유스타프도 실감이 나지 않을 정도였다. 게다가 초안은 란이 잡아 둬서 그대로 진행하는 데 별다른 어려움이 없었다.

그는 자신의 책상 위에 올려진 얼음수정을 바라보았다.

'그때 찾았단 말이지.'

그날은 지금도 뚜렷하게 기억하고 있었다. 매해 신년이 되면, 라치아 공작가는 문을 살피는 의식을 가진다. 봉인이 깨진 곳은 없는지, 흠집 난 곳은 없는지.

기사단을 사열하고, 문까지 갔다가 돌아와 신년회를 연다. 오랫동안 내려오는 전통이었다.

그리고 그해는 계모와 란이 함께 간 첫해였다. 문을 살피고 돌아오는 와중에 숲에서 둘이 살짝 빠져나간 것까지는 기억났다.

그리고 자신은 도로 돌아왔는데, 란은 오지 않았고.

'처음으로 아버님에게 맞았어.'

간신히 란을 찾았을 때, 계모가 그녀를 치마폭에 감싸고서 무시무시한 눈으로 자신을 노려보던 것도 기억났다.

마치 자신이 란을 숲으로 보내기라도 한 듯이.

아니라고 했지만 믿어 주지 않았고, 란 역시 입을 열지 않았다.

결국 호되게 아버님께 언어맞았다. 그 뒤에 계모에게 연이어 매질을 당했고 그 흉터는 지금도 남아 있었다.

하지만 계모의 매질보다 아버지에게 맞았다는 충격이 더 컸다.

'이걸 발견했었단 말이지.'

유스타프는 생각했다가 눈을 감고 가볍게 수정을 쓸어내렸다.

그때 느꼈던 수치와 분노와 아픔과 억울함과 100만 베라트, 그 이상의 가치를 가진 광물이라.

나쁘지 않은 거래지.

그는 그렇게 생각하며 서류를 내려놓았다.

"이대로 진행하면 될 것 같군. 새 회계관을 뽑는 문제는 어떻게 됐지?"

엘리자벳은 서류를 받아 들며 공손하게 대답했다.

"눈에 띄는 사람을 후보로 추려서 가주님께 올렸습니다."

"그렇군."

그의 대답에 엘리자벳은 머뭇거리며 그 자리에 서 있었다.

"뭐지?"

"가주님은 괜찮으십니까?"

조심스러운 물음에 유스타프의 손끝이 멈칫했다. 그가 처음으로 고개를 들어 엘리자벳을 보았다.

눈이 마주쳐 그녀는 얼른 고개를 숙였다.

"누님은 괜찮으셔. 과로라고 하더군. 그러니 서류는 당분간 내가 보는 걸로 하지."

"알겠습니다."

엘리자벳은 허리를 숙여 보이고 얼른 서재를 나섰다. 닫힌 문 뒤에 서서 엘리자벳은 짧게 한숨을 내쉬었다.

'잘못 건드린 건가.'

란이 임시 가주가 된 지 이제 한 달 반을 좀 넘은 시간인데 너무 많은 일이 있었다. 모든 것들이 란을 중심으로 빠르게 돌아가서, 이제 와 유스타프가 그 자리를 차지하자 오히려 약간의 균열이 느껴졌다.

불안에서 오는 균열이었다.

윗사람이 바뀌면, 시스템도 바뀌고, 그러면 모든 걸 새로 시작해야 할지도 모른다.

그런 불안감이었다.

"엘리자벳."

그때 누군가가 자신을 불러 놀라 고개를 드니 저쪽에서 란이 손짓을 하고 있었다.

"가주님?"

엘리자벳은 허둥지둥 걸음을 옮겼다. 옷차림을 보니, 잠자리에서 나와 로브 하나만 질끈 묶어 걸친 모습이었다.

"왜 여기에 계시는 겁니까?"

"잠이 안 와서, 도서관이라도 갈까 하다가 엘리자벳을 발견한 거지."

란이 가볍게 웃어 보이고 손을 내밀어 엘리자벳은 홀린 듯 서류를 건넸다.

서류를 넘겨보는 란을 보고 엘리자벳이 주변을 살핀 후 조용히 속삭였다.

"유스타프 도련님이 돌아오셨습니다."

"응, 알아. 조기 졸업하고 돌아왔대. 굉장하지 않아?"

엘리자벳은 순간 할 말을 잃었다. 이분은 정말로 욕심이 없는 걸까? 조금도? 아니면 연기를 하고 있는 걸까?

그 능력을 가지고, 조금의 야심도 없단 말인가?

"유스가 지금 서류 결재하고 있는 거네?"

"네, 그렇습니다."

"그럼 됐어."

란은 서류를 도로 닫아서 엘리자벳에게 넘겨주었다.

"뭔가 덧붙이실 내용은 없습니까?"

"응."

란은 고개를 끄덕였다.

"뒤에서 이렇게 이야기하실 거면 그냥 서재로 오시죠, 누님. 그리고 행정관."

뒤에서 들린 목소리에 두 사람 모두 화들짝 놀라 휙 몸을 돌렸다. 유스타프가 그림자처럼 서 있었다.

엘리자벳의 앞을 란이 가로막듯 한 걸음 앞으로 나오며 말했다.

"내가 서류 보여 달라고 한 거야. 행정관은 아무런 잘못 없어."

"제가 잘못했다고 하기라도 했습니까?"

유스타프의 말에 란은 "그건 아니지만……." 하고 작게 중얼거리며 손을 꼼지락거렸다.

"더 할 말 있나?"

유스타프가 서늘한 눈을 들어 말하자 엘리자벳은 "아닙니다." 하고 얼른 인사한 후 복도를 빠르게 떠났다.

란은 침을 삼켰다.

유스타프가 성큼 다가왔다.

'아.'

그 사이에 또 키가 컸나? 이제 한 달 반 지났는데?

이제 자신보다 조금 더 크다.

"옷차림은 이게 뭡니까."

"편한 옷차림. 그냥, 도서관 가려는 중이었어."

"쉬라고 한 치료사의 말은 안 들으시고요?"

"이틀이나 잤잖아. 충분히 잤고, 쉬었어."

"제가 못 미더우신 겁니까?"

"어?"

란은 눈을 동그랗게 떴다. 한 번도 그렇게 생각해 본 적 없는 얼굴이었다.

"그럴 리가 없잖아."

투명한 녹색 눈동자를 바라보며, 유스타프는 어떤 충동을 느꼈다.

하지만 그게 뭔지도 알기 전에, 란이 눈을 내리깔며 말했다.

"뒤에서 이야기한 것처럼 돼서 미안해. 그냥 일이 어떻게 진행되나 좀 궁금했어."

유스타프는 그녀의 손을 잡았다. 그의 미간이 찌푸려졌다. 손이 차가웠다. 다른 사람의 체온은 잘 모르지만, 그래도 이렇게 차갑게 느껴지는 건 정상이 아니겠지.

"들어오시죠."

유스타프는 그렇게 말하고 서재로 란을 끌고 들어갔다. 어어 하며 란이 그에게 끌려 서재로 들어섰다. 로스가 의아한 얼굴이 되었다.

"가주님?"

란은 그가 칭하는 가주가 자신일까, 아니면 유스일까 궁금해졌다.

"불 피워."

유스타프의 명령에 로스는 '여름인데요?' 같은 말을 하지 않고, 충실하게 불을 피웠다.

유스타프는 의자를 끌어다가 난로 앞에 놓고 란을 앉게 했다.

"몸이 차갑습니다."

"고마워."

란은 그렇게 말하며 발끝을 뻗었다. 안 그래도 손발이 시린 참이었다.

"아, 맞아. 유스."

"네."

"린드버그 남작에게 1만 베라트를 갚아야 해. 이자가 매월 천 베라트 씩 나간단 말이야. 게다가."

"결혼, 말이죠."

"그래."

란이 고개를 끄덕였다. 불을 쬐니 금방 몸이 훈훈해졌다.

"상대가 괜찮았으면 혹시 모를까. 로비라니, 말도 안 되지."

"괜찮으면 결혼하셨을 겁니까?"

그 말에 란이 이마를 찌푸리고 고민했다.

"음, 빚을 탕감해 준다고 하고, 얼음수정이 없었다면 했어야겠지. 그 런데 아마 하지는 않았을 거야. 왜냐면 지금 나와 결혼하는 사람들은 대 부분 라치아 공작가를 노리는 걸 테니까."

벽난로는 이제 기세 좋게 타오르고 있었다. 일렁이는 주홍빛 불꽃을 보며 란이 고요히 말했다.

"그러니 가주를 그만두기 전까지는 결혼하지 않을 거야. 걱정하지 않 아도 돼."

"다행이군요."

유스타프가 그렇게 말하며 그녀의 흐트러진 머리카락을 살며시 그러 모았다.

'부드러워.'

약간 놀라움마저 느끼며 그는 살짝 머리카락을 정돈해 주었다. 란의 부드럽게 물결치는 밀빛 머리카락은 길어서, 그녀의 가슴 아래까지 흘러 내려 오고 있었다.

"머리 엉망이야?"

하긴, 자다가 왔지, 하고 란이 쑥스러워하자 유스타프가 고개를 저었다.

"이제 괜찮습니다."

로스는 어쩐지 그 장면에서 슬그머니 눈을 돌렸다.

여자의 풀어 내린 머리카락을 어루만지는 남자라니, 침실에서나 볼 법한 광경이었다.

'두 분은 남매시니까.'

남매라고 해도 도를 약간 넘었지만, 유스타프가 아직 미성년이니 눈 감을 법한 일이다.

'하지만.'

정말로 두 사람을 남매라고 봐야 하는 걸까?

'아니, 남매는 맞지.'

호적상 확실하게 두 사람은 남매다.

'피 한 방울 섞이지 않은 타인이라는 것만 빼면.'

게다가 같이 생활한 시간은 아주 짧았다. 이런저런 소동 탓에 유스타 프는 아카데미로 떠났으니까. 그리고 3년 반 만에 다시 돌아왔다.

'아냐, 에이 설마.'

로스는 그렇게 생각하며 란을 바라보았다. 눈이 마주친 란이 빙긋 웃 어왔다.

"로스 경은 좋겠네요."

느닷없는 말에 로스는 눈을 찡그렸다.

"뭐가 말입니까?"

"주군이 돌아와서요."

"그렇군요."

"뭐예요, 안 좋아요?"

눈을 동그랗게 뜨며 묻는다. 게다가 유스타프도 빤히 자신을 보고 있 다.

"좋습니다."

당당히 인정하니 란 역시 웃었다.

"저도 좋아요."

유스타프는 란을 내려다보았다가 말했다.

"누님."

"응?"

"누님은 왜 저를 믿으시는 겁니까?"

"어?"

질문에 눈을 껌벅였다가, 란은 대답했다.

"그야, 유스타프니까."

그의 입매가 슬쩍 틀어졌다.

"그게 어째서 이유가 되는 건지?"

"아니, 비꼬는 게 아니라—"

란은 자신이 설정한—물론 그게 전부는 아니지만— 유스타프를 생각했다.

"항상 열심히 하잖아. 난 알아. 유스가 열심히 하고 있는 거. 포기하지 않는 거. 힘들어도 내색하지 않지만, 그렇다고 힘들지 않은 건 아니니까."

란은 무릎을 모아 웅크리고, 거기에 살며시 머리를 대며 그를 보고 웃었다.

"그러니까 굉장해. 그러니까 믿고 있고. 그러니까 좋아해."

말하고 란은 고개를 번쩍 들었다.

"하지만 그렇다고 무리하는 건 싫어. 일을 나눠서 할 수 있게 해 줘."

그녀의 얼굴에 유스타프는 한숨을 내쉬었다.

"가주님은 누님이시고, 쓰러지신 것도 누님이신데 왜 그렇게 말씀하시는지 모르겠군요."

어라, 그런가.

란이 고개를 기웃하자 유스타프가 말했다.

"저야말로 도울 수 있게 해 주십시오. 너무 많은 일을 하고 계시니까요."

"당연하지."

란은 고개를 끄덕였다. 같이 일하는 게 쉬운 것만은 아니겠지만, 그래도 같이 하면 나중에 인수인계할 필요도 없을 거고, 여러모로 편할 거다.

"아, 그리고 인재 영입 말입니다."

"아카데미에서 괜찮은 사람 건졌어?"

"네."

유스타프는 고개를 끄덕였다. 눈에 든 사람 몇몇에게 얘기했고, 그들 중 몇은 기꺼이 찾아오기로 했던 터였다.

"졸업하고 나서, 고향 집에 들렀다가 오겠지요. 시간이 좀 걸리기는 하겠군요."

란이 고개를 끄덕였다.

"하긴 임관되면 이 영지에 뿌리를 내리게 될 테니까. 가족까지 오라고 한다든가?"

"그건 그쪽이 알아서 할 일입니다."

"하긴."

란은 고개를 끄덕였다.

"어떤 사람이야?"

"평민입니다."

"그렇군, 그래서 어떤 사람이야?"

"회계관을 삼으면 적당한 사람이죠."

아무래도 안 되겠다 싶어, 란은 구체적인 질문을 던지기 시작했다.

"여자야? 남자야?"

"남자입니다."

"이름은?"

"카루소와 데릴입니다."

"두 사람?"

"네."

"괜찮네."

고등교육을 받은 사람, 게다가 평민이라면 더더욱 공부도 열심히 했을 거고.

두 사람이라도 크다.

란은 고개를 끄덕였다. 게다가 회계관이라니 지금 딱 필요한 인재 아닌가.

'시간이 좀 걸린다고 하니 당분간은 임시 회계관으로 땜빵을 해야겠군.'

엘리자벳이 회계관 후보를 올렸는데, 하고 고민하는데 유스타프가 물었다.

"그런데 광산 말입니다."

"응."

"다른 가문도 참여하게 할 겁니까?"

"그럴 필요가 있어?"

란이 고개를 갸우뚱했다.

물론 란스, 와일드, 일루미니티, 세 가문 모두 공작가에 충성을 바치고 있지만, 그것과 이것은 별개다.

"역시 그렇지요."

"아, 그러고 보니."

란이 다리를 도로 펴며 의자에 기대어 말했다.

"일루미니티 백작의 딸이 아프다고 하던걸."

"그런가요?"

"응, 치료사도 무슨 병인지 모른다고 하더라고."

"그건 큰일이네요."

"그렇지."

그래서 백작은 치료약을 주겠다는 말에 넘어가, 크게 공작가의 뒤통수를 치게 된다.

'하지만 지금은 그걸 막을 수 있겠지.'

"그래서, 골든로즈를 통해서 약을 알아봐 주면 어떨까 하고."

"나쁘지 않군요."

"그렇지?"

란은 고개를 끄덕였다. 유스타프가 물었다.

"정말로 쉬지 않으실 겁니까?"

"으음, 쉬고 싶기는 하지만, 일이 많기도 하고ㅡ"

"그럼 오늘까지만 쉬는 걸로 하시죠."

"그럴까?"

"네."

유스타프는 고개를 끄덕이고는 팔을 뻗었다.

"어? 잠깐, 유스? 우와?!"

순간 그가 자신을 끌어안나 했던 란은 번쩍 들어 올려져 깜짝 놀랐다. 유, 유스 말랐는데 힘이 좋구나. 아니, 이제 마르지도 않은 건가?

머릿속의 유스타프는 항상 상처 입고 깡마른 남자아이라, 란은 그가 자신을 들어 올리자 진짜 놀랐다.

"내려놔, 무거워. 떨어트리겠어."

"안 떨어트립니다."

유스는 그렇게 말하고 걷기 시작했다. 놀란 토끼 눈을 했던 로스가 허둥지둥 방문을 열었다.

유스타프는 그녀의 침실까지 들어가 도로 란을 침대에 내려놓고 말했다.

"그럼 쉬십시오."

"어, 어, 으응."

어안이 벙벙한 채로 고개를 끄덕이자 유스타프는 픽 웃고 그대로 방을 나갔다.

방문이 닫히자마자 란은 털썩 그대로 침대에 누웠다.

'진짜 놀랐다.'

유스타프, 힘세졌구나.

팔은 단단했고, 조금의 떨림도 없었다.

'놀랍다.'

그렇게 생각하고 란은 이불 속으로 파고들었다.

'오늘까지만 쉬고.'

잠이 오지 않을 거라고 생각했는데, 그 잠깐 사이 움직였기 때문인지 스르르 잠이 밀려와 란은 그대로 잠들었다.

*　　　*　　　*

린드버그 남작의 눈이 크게 흔들렸다.

"원금과 이자입니다. 숙부님."

유스타프의 말에 린드버그 남작의 얼굴이 일그러졌다.

'어떻게?'

어떻게 저 돈을 마련했지?

"설마 형수님의 보석이라도 판 건가?"

"그럴 리가요."

유스타프의 대답에 린드버그 남작은 자신도 모르게 말을 내뱉었다는 걸 깨달았다.

그만큼 충격이었다.

물론 돈을 돌려받은 게 싫은 건 아니다. 그에게도 큰돈이니까.

하지만 저 돈을 통해서 라치아 공작가를 흔들려던 계획이 다 틀어져 버렸다.

"숙부님, 차용증을 돌려주시죠."

조카의 저 빳빳한 낯짝에 주먹을 날려 주고 싶어졌다.

'어린 것이!'

감히 웃어른인 자신에게 고개를 치켜들고 있다. 물론 공작 영식인 그의 지위가 실제로 훨씬 더 높지만, 자신에게 불리한 생각은 원래 밀어 두는 법.

'애답잖은 얼굴을 하곤.'

유스타프의 무표정한 얼굴은 언제나 린드버그 남작을 찜찜하게 만들었다. 서늘한 푸른 눈동자는 더욱 그랬다.

어린아이에게 위압을 느꼈다고 생각하지 못하고, 그는 항상 어린애답지 못한 얼굴이라고 수없이 지적하고는 했다.

형수에게도, 형에게도 '표정도 없고, 백치가 아닌가 싶다.' 하는 말을 서슴없이 내뱉었다.

"그렇군, 맞는지 세어 보지."

보통이라면 모욕당했다고 생각할 법한 발언이었다. 게다가 하대까지.

로스는 발끈해서 검 손잡이를 붙잡았지만 유스타프는 태연히 고개를 끄덕했다.

그야 자신은 아직 가주가 아니니까.

건방진 끄덕임에 린드버그 남작은 이를 악물고 주머니를 열어 보았다.

육각형의 금화가 주머니 안에서 빛을 발했다. 한 닢 꺼내 앞뒤로 살피고 이로 깨물어 보기까지.

정말로 금화, 정말로 베라트였다.

"조카님은 어디 계시지?"

린드버그 남작이 손수건으로 이마의 땀을 닦으며 물었다.

"누님께서는 다른 일로 바쁘십니다."

"숙부를 보러 올 시간도 없다는 건가? 내가 직접 보러 가겠네."

이렇게 그냥 끝내라고?

말도 안 된다.

그가 뚱뚱한 몸을 일으키자 유스타프가 말했다.

"알현을 원하시면 미리 약속을 잡으셔야 합니다."

"난 그 애의 숙부야! 가족이란 말이다."

"그리고 누님은 라치아 공작가의 가주시지요. 가족이라고 해도, 위아래가 있는 겁니다."

린드버그는 순간 욕을 내뱉을 뻔했다. 얼마 전까지만 해도 그는 기분이 좋았다.

라치아 공작가가 그의 입 앞에 잘 익은 열매처럼 달랑달랑거리고 있었다.

그랬는데!

린드버그가 씩씩거리며 유스타프에게 삿대질을 하며 소리를 치려다가 입술을 꽉 깨물었다.

"그렇군."

그가 부들부들 떨리는 손가락을 접었다. 불도그같이 늘어진 뺨이 푸들푸들 떨렸지만 그는 이를 악물고 말했다.

"그렇지. 아무리 그래도 가주님은 가주님이시지."

유스타프의 눈이 더 깊게 가라앉았다.

"내가 실례했어."

린드버그가 그렇게 말하며 자리에 도로 앉아 차용증을 내밀었다.

"여기."

이어 그가 말했다.

"가주님께 뵙고 싶다고 전해 주시게, 약속시간이 잡힐 때까지 여기서 꼼짝하지 않을 거라고 말이야."

유스타프는 차용증을 확인하고 자리에서 일어났다.

"알겠습니다."

그는 그렇게 대답하고 쌩하니 로스와 함께 방을 나섰다.

'제법이군.'

보통이 아니다. 거기서 화를 내고 자신을 모욕이라도 하면, 그대로 쫓아낼 생각이었는데.

"가주님께 전하실 겁니까?"

로스의 말에 유스타프가 "그래야지. 아니면 기다리겠다는데." 하고 비소했다.

로스는 갈색 눈동자로 힐끗 앞서는 주군을 보았다가 물었다.

"주군."

유스타프의 눈동자가 힐끗 로스를 보았다.

"란 님을 믿으십니까?"

"어떤 의미에서?"

"네? 그게."

로스는 고민하다가 말했다.

"적인지 아군인지 말입니다."

"적이라면 그보다 더 무서운 사람은 없겠지."

유스타프는 그렇게 생각하며 눈을 가늘게 떴다. 그녀가 가주가 된 것은 그야말로 잠깐, 아주 잠깐이었다. 하지만 모두가 그녀를 신뢰하고 있다는 걸 알 수 있었다.

'그리고 나도.'

자신 역시 흔들린다는 걸 유스타프는 잘 알았다. 만약 자신이 6개월 후에 졸업하고 돌아왔다면, 끼어들 여지조차 없게 됐을 터였다.

"너무 빨라."

유스타프는 저도 모르게 중얼거렸다.

"주군?"

유스타프는 그 자리에 잠시 멈춰 섰다가 다시 걷기 시작했다.

"블레인 경에게 가지."

'란 님께 가는 게 아니라 말입니까?' 하는 말은 충실한 로스의 입에서는 나오지 않았다.

"단장님이라면 지금 훈련장에 계실 겁니다."

단지 그는 그렇게 말했을 뿐이었다.

"숙부님이?"

란이 갸웃하며 물었다. 그녀의 책상에는 서류 더미가 한가득이었다.

"네. 그리고 차용증입니다."

차용증을 내려놓고, 유스타프는 서류 뭉치의 반을 덜어서 자신의 책상 위로 옮겼다. 서재에 책상을 하나 더 들여놓는 건 어려운 일이 아니라, 니은 자로 책상을 붙이고 거기서 유스타프는 비서처럼 일을 돕고 있었다.

란은 차용증을 확인하고 흥, 콧김을 내뿜었다. 도무지 숙녀의 행동은 아니었다.

"시원하다."

란은 그렇게 말하고 차용증을 잘 정리해서 서랍에 넣었다.

"그런데 만나자니. 또 무슨 이야기를 하려고."

란은 한숨을 내쉬며 "일부러 유스에게 미룬 건데." 하고 슬쩍 그를 바라보았다.

"죄송합니다."

"아냐, 어쩔 수 없지. 만나 보는 수밖에."

무슨 말을 하려고 그러나.

'할 말이야 뻔하지만.'

란은 시종을 불러 숙부를 뒤쪽 방으로 안내하라고 말했다. 전에 로스에게 보여 줬던, 도청이 잘되는 방이었다. 란은 자리에서 일어났다.

'그나마 여기 코르셋은 본격적이 아니라 다행이지.'

코르셋이 아니라, 코르셋의 조상쯤 되는 코르피스를 착용하는 게 그나마 다행이었다. 만약 진짜 코르셋으로 꽉 조이는 거였다면…….

18세기의 이상적인 허리 사이즈가 43cm~46cm.

'이것도 지금 조이는데…… 생각만 해도 무섭다. 절대로 오랫동안 앉아서 서류를 볼 수 없을 거야.'

정말 다행이다.

그렇게 생각하며 란은 얼른 방으로 들어갔다. 미리 와 있던 린드버그 남작은 초조한 얼굴로 자리에 서 있었다.

"숙부님, 늦어서 죄송합니다. 일이 많아서."

"유스타프가 돌아왔더군."

인사도 없이 다짜고짜 본론이었다. 란은 자리에 앉으며 답했다.

"네, 조기 졸업을 하고 왔더군요."

"알고 있었나?"

"아뇨. 저도 놀랐어요."

린드버그 남작의 얼굴에 쾌재가 서렸다. 그가 얼른 마주 앉으며 진지하게 말했다.

"조심해야 해."

"뭘 말인가요?"

"당연히 유스타프지. 그가 네 자리를 노리고 있는 게야. 가주가 되려한단 말이다."

"어차피 2년 후면 가주 자리는 유스타프의 것인데요."

그 말에 남작은 코웃음을 쳤다.

"넘겨주고 나면? 네 목은 무사할 것 같으냐?"

"……."

란은 대답하지 못했다. 그건 자신도 장담할 수 없는 부분이니까. 란의 침묵에 남작은 더더욱 흥이 붙었다.

"게다가 벌써 가주 행세를 하고 있지 않아, 응?"

"그가 가주가 될 거니까요."

"널 없애고 말이지? 얼마 전에 몸이 안 좋아서 쓰러졌다지. 정말로 네몸이 안 좋아서 쓰러진 것 같아? 너 같은 팔팔한 나이에?"

그는 독 같은 말을 쏟아부었다.

"그리고 약을 먹고 있다지? 그 치료사에 대해서 알고 있니? 네 어머니도 치료사에게 두통약을 지으라고 했지만, 조금도 낫지 않았지. 그 치료사가 전 부인이 데려온 치료사라는 걸 알고는 있는 거냐?"

란은 대답하지 않았다.

'몰랐어!'

생각해 보면 설정하지 않은 부분들이 나머지 90%쯤을 차지할 텐데 어떻게든 메워져 있다.

그걸 생각하면 자신이 모르는 일이 일어나는 것도 이상하지 않았다.

그녀가 대답이 없는 걸 보고 린드버그 남작은 의기양양해졌지만, 속내를 숨기며 말했다.

"하지만 난 널 진짜 내 친조카처럼 생각한다. 란 로미아 드 라치아. 정말로 네 편이 누구인지, 생각해보렴."

"충고 감사합니다, 숙부님. 더불어 제 편이 누군지 고르는 건 제 몫이랍니다."

싱긋 웃으며 란이 말하자 린드버그 남작은 무시무시한 눈으로 그녀를 노려보았다. 하지만 수면 위에 드리워진 나무 그늘같이 란의 눈동자는 미동도 하지 않았다.

"알았다. 네가 그렇게 생각한다면야."

그는 떨치듯 자리에서 일어나 인사도 없이 그대로 방을 나섰다. 그야말로 오만방자한 행태였다. 남작이 나서자마자, 란은 그대로 퍼졌다.

'피곤해. 나이 먹은 아저씨랑 기 싸움이라니, 피곤해!'

더해서 못생기고 뚱뚱한 아저씨랑!

하지만 오래 안 나가고 있으면 밖에서 듣고 있는 유스타프와 로스가 뭐 하나 궁금해할 테니 나갈까— 하는데 문이 열리고, 유스타프가 들어왔다.

그의 손에는 은쟁반이 들려 있었고 그 위에는 보기만 해도 더위가 가시는 듯한 차가운 아이스티가 놓여 있었다.

빙벽이 있는 라치아는 여름에도 얼음을 구하는 게 그렇게 어려운 일은 아니어서 여름에 흔하게 얼음을 쓰곤 했다.

란의 눈이 고기 붙은 뼈다귀를 발견한 강아지처럼 반짝였다.

유스타프는 쟁반을 내밀었고, 란은 잔을 들어 거침없이 꿀꺽꿀꺽 마시기 시작했다.

비싼 설탕을 아낌없이 넣은 달콤하고 차가운 냉차가 식도를 타고 짜릿하게 내려간다.

한 번에 전부 다 비우고 란은 길게 숨을 내쉬었다.

"고마워."

"별말씀을."

유스타프는 쟁반을 탁자 위에 내려놓고 물었다.

"그런데 그냥 그렇게 마시셔도 되는 겁니까?"

"어?"

역시 한 번에 마시는 건 숙녀답지 않았던 건가.

"제가 독을 탔으면 어쩌시려고요."

유스타프의 말에 란은 눈을 동그랗게 떴다. 그녀는 빈 잔 바닥을 내려다보았다가 다시 유스타프를 보았다.

"탔어?"

그래서 설탕을 잔뜩 넣었다든가!

"아뇨."

"그럼 뭐."

된 거지.

유스타프의 표정이 이상해졌다. 물론 그의 표정은 대부분 모든 것을 가면 속으로 갈무리한 듯한 표정이지만, 그래도 란은 알 수 있었다.

"왜?"

"누님은 절 믿지 않으시죠."

"어? 아니, 믿는데?"

"제가 누님을 죽이지 않을 거라고는 생각하지 않으시잖습니까."

헐.

란은 침을 삼켰다가 "으음, 아니, 그게─" 하고 웅얼거렸다. 유스타프가 이어 말했다.

"그러면서도, 절 경계하지 않습니다."

유스타프는 고개를 기울였다.

차라리 '얘는 날 죽이지 않을 거야. 우리는 이제 친해.' 같은 생각으로 자신이 주는 모든 것을 믿는다면, 그건 납득할 수 있다.

반대로 '얘는 언젠가 날 죽일 거야.' 하고 자신의 모든 행동을 의심하며 경계한다고 해도, 납득 가능하다.

하지만 '얘는 언젠가 날 죽일지도 몰라.'라고 하면서 자신을 경계하지 않는다는 건 이상하다.

"당신이 무슨 생각인지, 모르겠습니다."

새파란 눈이 란을 바라보아, 란은 더듬더듬 이야기를 꺼낼 수밖에 없었다.

"유스가, 가주가 되고 나면 날 죽일 수 있다고 생각해."

힐끔, 눈치를 보니 유스타프는 계속 이야기를 하라는 듯 고개를 까닥했다.

"그러니까, 그렇게 되지 않게 열심히 노력하자고 생각하고 있고ㅡ"

끙끙거리다 란은 최후의 말을 내뱉었다.

"만약 그렇게 된다고 해도, 그건 어쩔 수 없다고 생각해."

차갑다.

차가운 침묵이 방 안을 내리눌렀다. 마치 살갗을 타고 올라오는 듯한 차가움이었다.

란은 어깨를 움츠리고 유스타프를 바라보았다. 그는 화를 내거나, 움찔하거나, 아니면 짜증을 내거나 하지는 않았다.

그런데도 공기가 확연히 차갑다.

'남자 주인공이란 대체 뭘까.'

필사적으로 머릿속으로는 다른 생각을 하면서 란은 침을 삼켰다.

란이 머릿속으로 생일 축하 노래를 다섯 번쯤 불렀을 때, 유스타프가 물었다.

"어째서요?"

"응?"

"어째서 어쩔 수 없다고 생각하시는 겁니까?"

"응……?"

유스타프가 그녀 쪽으로 한 걸음 다가왔다. 그가 멀리 있을 때는 그래도 고개를 많이 들지 않아도 되었지만, 이렇게 가까이 있으니 고개를 뒤로 젖히듯 들 수밖에 없었다.

살짝 위압감을 느끼며 란이 의자 뒤쪽으로 물러났지만, 등받이가 그녀를 똑바로 앉게 해 줄 뿐이었다.

"어째서요?"

"그게……."

"동정? 죄책감? 자포자기?"

유스타프의 손이 그녀의 뺨을 스쳐서 목으로 내려갔다. 희고 가는 목을 부러트릴 수 있을지 가늠이라도 하는 듯 그가 살며시 목을 쥐었다.

팔딱팔딱팔딱.

빠르게 그녀의 경동맥이 뛰기 시작했다.

"셋 중 어느 하나가 대답이더라도, 마음에 들지 않을 것 같군요."

유스타프는 바닥이 비쳐 보일 듯한 깊은 녹색에 자신의 얼굴이 비치는 것을 바라보았다.

란은 가볍게 입술을 핥고 물었다.

"유스타프는."

"네."

"날 미워하지 않아?"

"글쎄요."

유스타프는 애매한 대답을 하며 손을 뗐다. 란은 길게 숨을 토해 냈다. 유스타프는 남작이 앉았던 의자에 앉아 다리를 쭉 뻗었다.

란은 탁자에 팔꿈치를 괴고 손등에 턱을 얹었다.

"유스."

"네, 누님."

대답은 깍듯하지, 대답은.

란은 그렇게 생각하며 푸스스 가볍게 웃었다.

"사실 죄책감도 좀 있어."

유스타프의 미간이 살짝 찡그려졌다.

"내가 널 괴롭혔던 건 사실이잖아."

"그렇죠."

하지만 죽어도 좋을 만큼 괴롭혔던 것은 아니었다. 물론 계모의 괴롭힘을 그녀가 책임지겠다면 이야기는 다르지만, 유스타프는 그걸 란이 책임져야 한다고 생각하지 않았다.

"그리고 이건 좀 웃긴데, 만약에 유스가 날 죽여야 한다면 그럴 만한 이유가 충분할 거라고 생각해."

"비뚤어진 신뢰네요."

"그런가."

말하고 란은 허리를 펴서 의자에 기대며 말했다.

"하지만, 죽이지 않고 해결될 것 같으면 말해 줘. 바로 짐 싸서 나갈 테니까. 그리고 두 번 다시 여기에 나타나지 않을 거야."

"정말로."

유스타프는 가볍게 입술을 깨물었다가 내뱉었다.

"당신은 알 수가 없습니다."

어? 아니? 왜? 또? 뭐?

당황하는 란을 보고 유스타프는 아무런 말을 하지 않았다. 드물게 그는 한숨을 내뱉고 말했다.

"숙부님은 상당히 공작가 사정에 정통하신 것 같더군요."

"어? 아아, 응."

란은 이야기를 따라잡아 고개를 끄덕였다.

"내 건강 상태에 대해서도 알고 있고— 상당히 끄나풀이 많은 모양이야."

가주의 건강 상태는 기밀에 속한다. 괜히 역사서를 보면 왕이 죽었는데, 측근들이 그걸 숨기고 어쩌고저쩌고하는 게 아니다.

한데, 숙부는 그걸 잘 알고 있었다. 그렇다면 가까이에 소식을 전해 주는 사람이 있다는 거겠지.

"치료사는 어떤가요?"

유스타프의 말에 란은 아까 숙부의 발언을 떠올렸다. 란이 어색한 얼굴로 그를 바라보았다.

"그녀가 그랬다고 생각해?"

"제 생각은 중요하지 않습니다. 하지만 그런 끄나풀이 있고, 한둘이 아니라는 건 사실이지요."

란이 고개를 끄덕였다.

"찾아내서 축출하는 게 좋겠지."

조사하는 것도 일이겠지만.

란이 한숨을 내쉬며 말하자 유스타프가 고개를 끄덕이고 말했다.

"좀 더 압박해 볼까요."

"숙부님을?"

"네."

유스타프가 다리를 꼬고 발끝을 가볍게 까닥거렸다.

'다리 길다.'

멍하니 그런 생각을 하며 란이 물었다.

"어떻게?"

"대놓고 찾아보죠."

"그냥? 오픈해서? '첩자 나와라!' 하고?"

"네."

"나올까?"

"압박이 목적이니까요."

"그렇게 압박해서?"

"튀어나오길 바라는 거죠."

"그렇군."

길고양이를 물에 넣으면 튀어나오는 벼룩들처럼 말이지.

확실히 그편이 빠른 처리가 가능하기는 하다. 더 깊이 숨어들 위험성
은 둘째 치고 말이지.

란은 고개를 끄덕였다.

"그럼 그렇게 하자."

                    *   *   *

린드버그 남작은 이를 갈았다.

'감히 그 천한 계집이!'

라치아는 자신의 이름이었고, 혈통이었다.

모드 우라스 드 라치아.

그게 자신의 본래 이름이었다. 라치아 공작가를 나오며 라치아라는
성을 쓸 수 없게 되어 그저 모드 우라스가 되어버렸지만.

둘째 아들인 그에게 남작령을 떼어 줬다는 것 자체가 아버지의 애정

을 말해 주는 거였지만, 그는 그래서 더 애가 탔다.

"라치아의 피도 섞이지 않은 창녀의 딸이!"

와장창!

그가 식탁을 걷어찼다.

그 전통과 명성이 전부 자신의 것이었는데…….

생각할수록 속이 쓰렸다. 아버님은 형님보다 자신을 더 사랑하고 아껴 주었다. 할 수 있다면 라치아 공작 작위도 자신에게 물려주었을 거다.

라치아 공작가.

그 이름만으로도 사교계에서 수많은 시선을 모을 수 있었다. 모두가 라치아 공작저인 하늘 저택에 초대받기를 원했다.

마법사가 만든 아름다운 상앗빛 저택 역시 자신의 집이었다.

도저히 건물을 올릴 수 있을 것 같지 않은 산맥에 설화석고처럼 뽀얀 대리석으로 층층이 만들어진 건물은 가히 환상적이었다.

눈을 감으면 아침 햇살이나 저녁놀 아래 진주와 은으로 지어진 듯 빛나는 하늘 저택이 생생히 보였다.

지금도 어린 시절 공중 정원에서 뛰어놀던 기억이 또렷하다. 사교 시즌에 쌓이던 초대장들이며, 하우스 파티에 초대해 달라는 부탁까지.

그야말로 영광의 시간이었다.

'그 계집은 어떻게 청염을 낀 거지?'

자신도 낄 수 없었다.

끼어 볼 엄두도 나지 않았다. 그는 가주가 청염을 다루는 것을 보았다. 전설은 거짓이 아니다.

할 수 있다면 그 반지를 삼켜 버리고 싶을 정도로, 모드는 청염을 원했고 동시에 증오했다.

섭정, 섭정으로도 족했다.

다시 한번 그 단맛을 맛볼 수 있다면 얼마나 좋을까.

"서둘러야 해."

린드버그 남작은 중얼거렸다. 유스타프가 가주직 근처에서 알짱거리고 있었다.

요즘 들어 첩자를 골라내겠다며 시종들을 심문하고 출신을 찾는 일이 잦아졌다고 한다.

'정말로 내 줄이 다 끊어지기 전에 해결책을 내야 해.'

린드버그 남작은 마른 입술을 핥았다.

그래 봐야 어린것들이다.

고작 열일곱, 열아홉.

자신과 상대가 될 리가 없었다. 자신이 그 저택 곳곳에 뿌린 돈만 해도 얼마인가?

란에게 약을 먹이라고 했던, 그 치료사도 사실 남작의 끄나풀이었다. 유스타프 친모의 치료사라서 일부러 공들여 섭외해 두었다.

란과 유스타프를 확실히 이간하기 위해서였다.

문득 그는 란이 공작가를 빠르게 쇄신하고 있는 걸 떠올렸다. 젊은이의 객기라니.

'빠른 행동은 불안감을 부추기게 되어 있지.'

모드는 그렇게 생각하며 종을 흔들어 시종을 불렀다.

"로비에게 오라고 해라."

아들을 부르며 그는 뚜렷하게 떠오른 계획을 더듬었다. 원래 하려고 했던 일을 좀 더 앞당길 뿐이었다.

공작가에 충성을 바치는 자들만 있는 것이 아니다.

회계관을 사형시키는 일이 몇몇에게는 환호성을 불러일으켰을지 모르지만, 몇몇에게는 자신의 목이 잘릴지도 모른다는 두려움을 가져왔다.

흙탕물 안에서 흙탕물이 튀지 않은 사람을 찾는 게 더 어려운 법.

모드는 그걸 이용할 작정이었다.

잠시 후 그의 아들인 로비가 어슬렁 들어왔다.

백부의 죽음 때문에 어쩔 수 없이 수도에서 돌아온 그는 불만에 잠겨 있었다.

하필 한창 시즌일 때 돌아가실 건 뭐람?

올해는 버턴(세 살배기 말(馬)만 출연하는, 제국에서 가장 인기 있는 경마 대회)에서 큰돈을 딸 예정이었는데.

린드버그 남작은 이례적으로 형님보다 더 빠르게 결혼했기 때문에 로비의 나이는 스물셋으로 한창때였다.

"부르셨다면서요?"

인사하며 들어오는 아들을 모드는 뿌듯한 얼굴로 바라보았다.

"그래, 너에게 긴히 할 이야기가 있어서 불렀다."

"무슨 일인가요?"

"너 란을 기억하지?"

로비는 금방 자신의 사촌을 기억해냈다. 사교계에서도 보기 드문 미인이어서 더욱 뚜렷하게 기억하고 있었다.

"그럼요."

"네 부인으로 어떻게 생각하느냐?"

로비의 갈색 눈이 번쩍 빛났다.

"그쪽에서 혼담이라도 들어온 겁니까?"

그 역시도 그녀가 가주라는 것을 알고 있었다. 그런 상황에서 공작가의 방계인 자신과 혼인을 한다는 건 상당히 합리적인 선택이었다.

"차기 라치아 공작은 네가 되는 거다."

모드는 그렇게 말하며 아들의 어깨를 두들겼다.

"하지만 여자는 항상 그렇듯, 이성적인 생각을 못 하는 법이지."

그렇게 말하고 모드는 음험한 미소를 지었다.

*   *   *

부르르.

란은 몸을 떨었다.

"추우십니까?"

유스타프의 물음에 란은 고개를 휘휘 저었다. 로스가 "한여름인데요."

하고 말하면서도 힐끗 벽난로 쪽을 보아 불을 확인했다.

"아니, 갑자기 소름이 돋아서. 뭐였을까. 그리고 로스 경, 한여름이라

고 해도 라치아는…… 라치아잖아."

"다행이지요."

로스는 그렇게 말하며 자신의 갑옷을 가볍게 두들겨 보였다. 하긴, 하

고 란은 고개를 끄덕였다. 목까지 올라오는 제복이나, 갑옷을 입고 다닐

병사들을 생각하면 이 날씨 정도가 딱이겠지.

'하긴 나도 뭐.'

레이스가 잔뜩 달린 페티코트를 입고 있으니, 이런 날씨도 괜찮다. 물

론, 사교 시즌에 사교계로 옮겨가게 되면 푹푹 파이고 하늘하늘한 옷차

림을 할 수 있겠지만.

'마법 물품으로 온풍기랑 냉풍기를 만들면 되지 않을까. 맞아! 겨울용

전기장판!'

"세공사가 필요해."

느닷없이 란이 중얼거린 말에 유스타프가 펜을 잉크에 적시며 물었다.

"마법 세공사 말입니까?"

"응, 마법사는 데려올 수 없지만, 세공사는 가능하잖아? 공작가에서 만든 물품을 값싸게 영지 내에 공급하고 싶어. 적어도 겨울에 얼어 죽는 사람이 없게 하고 싶네."

"하지만 공작령 내에서 마력석을 저렴하게 공급하면, 그걸 갖다가 파는 자도 생기지 않을까요?"

유스타프의 말에 "그런가." 하고 란은 눈을 찌푸렸다가 말했다.

"공작령 밖으로 나가면 힘을 못 쓰게 한다든가?"

"가능합니까?"

"세공사에게 물어봐야지."

란의 말에 유스타프는 "정말로 영입해야겠군요." 하며 고개를 끄덕였다.

'생각해보면 진짜 굉장하잖아.'

란은 자동차를 떠올렸다. 환경오염의 주범들인 모든 동력원은 전부 마력석으로 대체 가능하다.

즉 친환경.

조금도 대기를 어지럽히지 않으면서, 가능성은 무궁무진하다.

'그래도 매장량이 끝이 있기는 할 테지만.'

그건 지금 내 문제는 아니잖아? 호호.

그런 생각을 하며 란은 미소 짓고 서류에 서명했다. 이제 본격적으로 광산 채굴이 시작되고 있었다.

하지만 아직 가신들에게 알리지는 않았다. 저택의 몇몇이 알고 있기는 해도 아직까지는 비밀로 부치고 있는 중이었다.

"채권자들이 압박을 넣으면서 이율 분배를 퍼센트로 하자거나 하면 곤란하니까."

하는 것이 란이 제시한 대외적인 이유였다.

'그래도 무력에 있어서는 믿을 수 있으니 다행이지.'

기사단장인 블레인 경이 충성심 깊은 사람이라 다행이었다. 무력을 가진 사람이 다른 마음을 먹으면, 그때는 정말로 힘드니까.

'그래도 충성심 깊은 기사로 설정해 놔서 다행이야.'

어차피 다 몰살하면서 남주에게 피폐함을 주기 위한 도구였지만.

'그, 그래도 지금은 아니니까.'

그렇게 생각하며 란은 로스에게 빙긋 웃어 보였다. 로스는 그녀의 웃음에 고개를 슬쩍 돌렸다.

"다음 주쯤 되면 골든로즈에서 요구하는 첫 출하가 끝나겠네."

"네, 양이 워낙 많아서, 겉으로 드러난 부분만 해도 그 정도 될 것 같습니다."

"좋아."

골든로즈 상단에서는 수시로 연락이 오고 있었다. 레버리가 주고 간 마법 통신기를 통해서 실시간으로 이야기가 가능해 편했다.

"마법사들이 라치아 공작가에 오고 싶어서 난리가 났다는군요."

유스타프가 서류 한 장을 란에게 넘기며 말했고 란은 웃었다.

"그럼 안 되지. 괜히 오지 말라고 한 게 아니잖아."

"그렇지요."

마법사들로서는 미치고 팔짝 뛸 일이었다.

처음 골든로즈 상단주인 레버리가 얼음수정을 보여주자 상단에 속한 마법사는 당연히, 그 사실을 마법사 협회에 알렸다.

마법사 협회는 레버리에게 압박을 가해 얼음수정을 얻어 냈고―사실 레버리가 은근슬쩍 넘긴 거지만― 거기 담긴 마력량을 보고 입을 떡 벌렸다. 마법사 협회의 원탁 회원들은 우르르 골든로즈 상단으로 몰려갔다.

거기서 레버리가 팔뚝만 한 마력석도 있다고 말하며 샘플을 보여주자 다들 그걸 자기가 가져가 살펴보겠다고 하다가 싸움이 난 모양이었다.

결국 레버리가 그렇다면 줄톱으로 12개로 나눠서 주겠다고 하자―원탁 회원은 모두 열둘이기 때문에― 다시 난리가 났다.

모두가 이것의 가치를 모르냐면서 분노해 엉뚱하게 레버리에게 불꽃이 튀었던 모양이다.

결국 원탁 회장이 샘플 원석을 흐뭇하고 행복한 얼굴로 차지하고, 레버리는 라치아 공작에게 부탁해서 나머지 분들 몫의 원석을 구할 수 있는지 알아보겠다고 말하며 돌려보냈다.

레버리가 이 소식을 전하자 기쁘게 란은 나머지 11개의 조각도 보냈다. 마법사들은 권력이나 돈으로 움직이는 존재들이 아니었다. 그런 자들의 호의를 얻을 수 있다면―그것도 이제 마법 관련 루트를 뚫을 예정이니― 더할 나위 없는 뇌물이었다.

"출하한다고 해도 어차피 시연은 12월이 되어서야 하니까."

란의 말에 유스타프는 고개를 끄덕이고 한숨을 내쉬었다.

"성년이 아니면 사교 시즌에 출입할 수 없다는 게 불편하군요."

"그러네. 유스도 같이 있으면 도움이 될 텐데."

사교 시즌.

대다수의―특별한 일 없는 모든 귀족들이 수도에 모이는 시즌이었다. 12월부터 시작해서 8월까지 길게 이어지는 이 시즌의 피크는 5, 6, 7월이었다.

이때는 하루도 무도회가 열리지 않는 날이 없을 정도였다.

수도의 타운하우스는 북적거리고, 삼나무 길(수도에 있는 부티크 거리)은 마차로 가득해진다. 물론 여름 나무 공원이나, 예레니아 공원도 마찬가지다.

열아홉 성인이 되면, 성인식을 치르고서 사교 시즌에 참여할 자격을 얻게 된다.

'그리고 사교계보다 더 좋은 광고판은 없지.'

마력석만 가지고 나갈 생각은 그녀도, 레버리에게도 없었다.

이 마력석으로 만들 수 있는 놀라운, 지금까지는 본 적도 없는 마법 세공품을 만들어 시연할 작정이었다. 그리고 그 시연장은 당연히 귀족들이 모이는 사교 시즌이 될 거다.

그중에서도 황궁인 황금 백조 궁전에서 열리는 대규모 무도회보다 더 적절한 시연장은 없으리라.

'어쨌든 귀족 상대 장사니까.'

황족이 첫 번째 구매자가 되어 준다면 더할 나위 없는 기쁨이 되겠지.

'그렇군. 황후마마께도 선물을 해 두는 게 좋겠어.'

란은 그렇게 생각하고 입술을 가볍게 깨물었다.

'잠깐, 생각해 보니까 최종보스 비슷한 사람이 황궁에 있잖아?'

최종보스는 아니고, 중간보스 중에서 두 번째급이라고 할까?

'으— 이건 그때 가서 생각하자.'

란은 고개를 저었다. 어차피 고민해 봐야 지금은 해결되지 않을 문제니까.

그나저나 아무래도 이놈의 신분제는 익숙해지지 않는다.

그나마 라치아 공작가는 외따로 있어서 다행이지, 그렇지 않고 꽉꽉 묶여 있는 거였다면 지금 이상으로 큰일이었을 것이다.

얼마나 라치아 공작가가 외따로인가 하면, 란이 임시 가주가 되고 나서 공작 작위를 이어받아야 할 때, '임시라 직접 가서 하사받지 못함을 용서해 주십시오.' 하는 편지를 보내자 '그럼 임시로 인정하노라.' 하는 답장이 돌아올 정도였다.

'물론 비꼬는 말일 수도 있지만.'

임시 인정이면 충분했다.

'앞으로 2년만 있으면 되니까.'

하지만 그 전에 일단, 사교 시즌이 돼서 수도로 내려가면.

'서브 남주를 찾아야 해, 서브 남주……!'

남주가 귀족적으로 굴렀다면, 서브 남주는 하급 인생으로 굴렀다.

'루미에.'

그런 이름이었지.

그런 이름의 노예를 찾아 주세요, 라는 건 너무 광범위해서 도무지 찾을 수가 없었다. 애초에 설정 자체가 두리뭉실하기도 했고.

"누님?"

유스타프가 그녀를 불러 란은 퍼뜩 정신을 차렸다.

"어? 응. 미안, 못 들었어."

"들어가서 쉬시는 게 어떻습니까?"

"아냐, 괜찮아. 차 한잔 진하게 마시면 금방 다시 일할 수 있습니다. 걱정하지 마."

란은 싱긋 웃고 시종을 불러 진한 차를 주문했다.

진한 차를 마시고, 란은 업무를 계속했다. 양초가 다 타고 나서, 업무는 끝났다.

'그래도 두 사람이니까 훨씬 낫다.'

란은 그렇게 생각하며 유스타프에게 감사 인사를 전하고 자신의 방으로 돌아갔다.

저녁 목욕을 하고 나오니, 시녀가 또 그 이상한 약을 들고 서 있었다. 란은 눈물을 삼키는 심정으로 약을 먹고 물을 마셨다.

'어라……?'

갑자기 엄청 졸려.

눈꺼풀이 무거워서 뜨기가 힘들 정도였다.

'그래도 침대로 가서 자야……'

그때 무릎에서 훅 힘이 빠지며 그녀는 바닥에 넘어졌다. 순간 정신이 번쩍 들었다.

아니, 정신 일부분이 경종을 울렸다.

이거 이상해.

이상해.

하지만 이상하다는 생각, 그 이상은 도무지 할 수가 없었다.

안 돼, 누군가를 불러야—

간신히 거기에 생각이 닿아 란은 어떻게든 깨려고 노력했지만 실패했다. 바닥이 눈앞에 다가오고 끝이었다.

화르륵.

푸른 불꽃이 시야를 가득 채웠다. 불꽃은 뜨겁지 않았고, 기분 좋은 따뜻함이 느껴졌다.

—이스타리프.

속삭이는 듯한 여자 목소리가, 몇 겹으로 겹쳐서 들려왔다.

—이스타리프.

다시 한번.

"이스타리프."

란이 호응하듯 이름을 부르자 불꽃이 확 타오르더니 형체를 갖췄다. 상반신은 여성, 하반신은 사자, 머리카락은 타오르는 푸른 불꽃.

눈동자는 평범한 동공이 아니라 마치 스타사파이어처럼 보였다. 보통이라면 흠칫하고 징그럽게 여기겠지만, 이상하게 그녀에게는 잘 어울렸다.

"드디어 내 목소리가 들린 모양이지?"

이스타리프의 목소리는 허스키했다. 불꽃을 태우는 듯한 목소리였다.

"이스타리프?"

란이 되묻자 이스타리프는 "그래." 하고 고개를 갸웃했다.

"청염?"

두 번째로 묻자 이스타리프의 입술이 짙은 호선을 그렸다.

"그래, 라치아 공작가에서는 날 그렇게 부르지. 내 이름을 아는 자는 아무도 없는데. 넌 어떻게 내 이름을 알았지?"

"왜 여기에……? 여기는 대체 어디고?"

당황해서 란이 주변을 둘러보았다. 안개로 꽉 찬 하얀 공간이다. 그렇게밖에 생각이 되지 않았다.

'그러니까, 난 약을 먹고 쓰러져서…….'

유스타프인가.

'하지만 굳이 왜 날 죽여? 성인식 때까지는 참을 줄 알았는데.'

란이 생각한 죽음도 유스타프가 가주가 된 이후지, 그 전에 자신이 죽을 거라고는 조금도 생각하지 않았다.

'숙부님이?'

하지만 숙부 쪽 움직임에 대한 보고는 따로 올라온 게 없었다.

'하긴 이제 와서 생각해 봐야.'

란은 가볍게 혀를 찼다. 유스타프를 보면 현실적이면서도 비현실적이었다. 그 애의 상처 입은 얼굴을 봤기 때문에 그를 위해서 힘내자고 생각했다.

하지만 그래도 역시 현실감은 좀 없었던 걸까. 아니면 죽었기 때문에 지금 이렇게 현실감이 안 드는 걸까.

그때 이스타리프가 목을 쭉 늘리더니 란의 코앞에 얼굴을 불쑥 디밀었다. 란은 혼비백산해서 뒤로 물러났다.

"킥킥킥."

이스타리프는 목을 한 번 꼬더니 이상하게 웃고 다시 목을 줄여 평범한 길이로 돌아왔다.

"뭐, 뭐예요."

저절로 존댓말이 나왔다. 이스타리프가 흔들리는 푸른 불꽃 머리카락을 뒤로 쓸어 넘기고 말했다.

"혼자 생각에 푹 빠져 있기에."

이스타리프의 말을 듣는 둥 마는 둥 하며 란은 가슴께를 눌렀다. 너무 놀라 심장이 빠르게 뛰는 게 느껴졌다. 식은땀이 흘렀다.

'그런데 사후세계라면 이스타리프가 왜 여기에 있지?'

갸웃하고 란이 이스타리프에게 물었다.

"난 죽은 건가요?"

"아니."

그녀의 말에 란은 눈을 깜박였다.

"그럼 어떻게 된 거죠?"

"넌 잠이 든 거야. 여기는 정신계란다."

"그냥 잠든 거라고요?"

"그래."

이스타리프의 대답에 란은 관자놀이를 문질렀다. 그러니까 그냥 너무 피곤해서 쓰러진 건가?

"그럴 리가 없는데……."

란이 고민하는 것 따위 상관하지 않고 이스타리프는 제 말을 이었다.

"정신계는 네가 아주 깊은 꿈을 꾸고 있을 때에 연결되는 곳이지. 자, 여기서는 내가 더 우위에 있어."

"내가 네 이름을 알고 있는데도?"

란이 노려보며 말하자, 이스타리프는 언짢은 얼굴을 했다.

"그러니까, 어떻게 내 이름을 안 거지?"

"안 가르쳐 줘."

용기를 그러모아 란은 말했다. 여기가 사실 내가 창작한 세계입네, 할 마음은 조금도 없었다. 상대가 어디로 튈지 모르는 정령이라면 더더욱.

"하핫—"

그때 명랑한 웃음소리가 들려왔다. 그리고 안개를 스윽 헤치고 이번에는 남자가 등장했다. 상반신은 인간 남성, 그리고 하반신은 뱀이었다.

'세상에.'

여기 정령들은 다 반인반수인가? 내가 그런 설정을 했었나? 아닐 텐데?

남자는 새까만 머리카락을 단정하게 묶고 있었다. 어깨부터 팔까지 두 줄로 새까만 뱀 비늘이 마치 문신처럼 드러나 있다.

그가 빙긋 웃었다.

"그대를 괴롭힐 생각은 없어. 하지만 그냥 궁금할 뿐이야. 한 번 죽었던 그 몸뚱이에, 누가 들어가 있는지 말이야."

상냥하게 말하는 것 같은데, 내용은 통렬했다.

란은 흠칫했다. 이스타리프는 입을 비죽거렸다.

"그래, 그리고 어떻게 내 이름을 아는지 말이야. 참격(慘擊), 넌 끼어들지 말고."

참격.

그제야 란은 그 남자의 정체를 알 수 있었다. 다른 공작가인 장미의 우슬라, 그곳에 있는 정령이었다.

검은빛의 창, 참격.

그리고 그 이름은—

란은 그 이름을 알았다. 하지만 여기서 그걸 밝히는 게 좋을지 아닐지 알 수 없었다. 그녀는 머리를 굴리며 생각했다.

"만약 알려 주면, 날 여기서 나가게 해 줄 거야?"

이스타리프는 고개를 끄덕이며 덧붙였다.

"다만 사실을 말할 때."

"막 100년 후에 깨어나는 게 아니라, 내가 정신을 잃은 현재로 무사히 날 돌려보내 줘."

이스타리프는 가볍게 웃었다.

"좋아."

"사실, 여기는 내 소설 안이야."

이스타리프와 참격 둘 다 눈도 깜박이지 않고 란을 바라보았다. 란은 입술을 핥고 말했다.

"알아, 이 사실이 이상하다는 걸. 하지만 뭐라고 설명해야 하나. 난 여기 사람이 아니라 대한민국 사람이었어. 그리고—"

"프하니아스로군."

참격이 말했다.

프와 스가 거의 입술 사이로 바람만 빼는 듯한 발음이라 얼핏 '하니아'라고 들리기도 했다.

"프하니아스?"

란이 눈을 휘둥그레 뜨며 되묻자 이스타리프가 설명했다.

"'읽는 자'라는 거지. 그랬군. 그래서 내 이름을 아는 건가."

"잠깐, 그쪽끼리 납득하지 말고 이야기해 봐. 내가 여기에 들어온 거랑 연관이 있는 거지?"

이스타리프와 참격은 서로 마주 보았다가 "잠깐." 하고 손을 들었다. 그들은 눈으로 대화하듯이 서로 마주 보고만 있었다.

란은 초조해졌지만, 얌전히 기다렸다. 자신이 여기에 온 이유를 정령들이 아는 게 틀림없다.

'그럼, 돌아갈 수 있어!'

"호오, 프하니아스라, 이건 또 진귀한 여행자로군."

굵직한 목소리가 들려왔다. 안개를 밀어내는 환한 빛과 함께 상대가 등장했다.

여섯 장의 날개, 인간형 상체에, 하반신과 머리는 표범.

란은 기절할 것 같았다. 하지만 그렇다고 상대가 흉측하다는 건 아니었다. 정령들은 기묘하고 아름다웠다. 하지만 이 정령에게서 느껴지는 압박감은…….

"아, 안녕하세요."

저절로 공손한 인사가 나왔다.

표범은 부드럽게 웃었다. 표범 얼굴로도 웃는 걸 알 수 있다는 걸 란은 처음 알았다.

표범이 가볍게 날개를 퍼덕이자 바람이 불며 안개가 밀려가더니, 일부 안개가 뭉쳐서 의자와 테이블을 만들었다.

테이블 위에 다시, 접시가 생기고 그 위에 둥글둥글한 안개 뭉치들이 놓였다.

"앉으시게."

란은 구름 의자를 바라보았다가 자리에 앉았다. 푹 꺼지지 않은 구름 의자는 푹신하고 탄력 있었다. 잠이 스르륵 올 것 같다.

"구름과자도 좀 들고."

란은 머뭇머뭇 안개 뭉치를 집어서 한입 물었다. 머랭과자 비슷한 맛인데, 동시에 시원하고 상쾌했다. 표범은 탁자 맞은편에 네 다리를 굽혀 앉았다. 그래도 워낙 덩치가 커서, 란을 내려다보는 정도였다.

이스타리프와 참격은 한쪽에 얌전히 서 있었다.

'상급 정령? 아냐, 최상급 정령일지도 모르겠다.'

란은 그렇게 생각하며 표범을 힐끗힐끗 보았다.

여기 정령계는 철저한 계급제로 이루어져 있다. 태생부터 그렇게 태어나며, 한번 정해진 계급은 절대로 바뀌지 않는다.

최하급, 하급, 중급, 상급, 최상급, 그리고 정령왕.

이렇게 피라미드 구조로 이루어진 것이 바로 정령 세계였다.

"그대는 이 세계에 대해서 얼마큼, 어떻게 썼지?"

표범의 질문에 란은 자신이 알고 있는 사실을 몽땅 다 털어놓았다. 그리고 이곳에 와서 겪은 고생과 자신이 한 일도.

표범은 중간에 질문 한 번 없이, 란의 이야기를 들었다. 그녀는 처음에는 횡설수설하다, 표범의 침착한 태도 덕분에 점점 여유를 찾아 나중에는 꽤 자세한 사항까지 기억해 내어 얘기했다.

"그랬군."

표범은 그렇게 말하고 금색 눈을 두어 번 깜박이고 말했다.

"일단 첫 번째로 말해 둘 건, 이 세계는 네가 창작한 세계가 아니라는 거야."

전제부터 완전히 부정하는 말이었다. 란은 숨을 삼켰다.

"뭐라고요? 하지만 내가 쓴 이야기랑 똑같다고요!"

"이미 있던 세계를 네가 읽은 거지. 같은 세계를 읽는 자를 인간은 흔히 예언자라고 부른다지."

"……."

란은 말이 나오지 않았다.

뭐야?

내가 이 세계를 만든 게 아니었어? 그냥 읽은 거라고?

잠깐, 그럼 유스타프가 남주가 아니야?

혼란에 빠진 란을 아랑곳하지 않고, 표범은 말을 이었다.

"읽는 자들은 각자 읽는 방식도, 읽는 내용도, 읽는 때도 전부 차이가 나. 같은 세계를 읽어도 글로 기록해 두면 그게 예언서가 되지."

"그럼 여기는 원래 존재하는 세계라고요?"

"그래."

"하지만, 제가 생각해 내서 이런저런 설정도 분명히 썼다고요!"

"그래. 읽은 거지. 넌 읽은 걸 모른 것뿐이야. 상상으로 이야기를 만드는 걸 부정하는 게 아니다. 그런 자들도 있지. 하지만 넌 그 후로 계속 이야기를 썼나?"

"······아뇨······."

그게 처음이자 마지막이었다. 그렇지만 어릴 때는 다들 한 번쯤 그렇게 글 쓰고 하는 거 아닌가요? 그게 이세계랑 연결돼서 그 세계를 읽은 거라고?

'그, 그런가?'

그때는 매일매일 새로운 이야기와 설정이 떠올라서 적기도 벅찼다. 내가 천재라서 그런 거라고 생각했는데.

"그럼, 그럼 전 어떻게 여기에 있는 거예요?"

"그 부분은 나도 확실히 알 수가 없군. 하지만 읽은 바에 따르면 그 몸의 주인은 죽었다는 거지?"

"네."

"그리고 원래의 자네도 죽은 거 아닌가?"

란이 헛숨을 삼키는데 정령이 이어 말했다.

"그리고 내가 하나 맞춰 볼까? 그대의 본래 이름과 지금 그 몸의 이름은 같겠지."

란은 꿀 먹은 벙어리가 되었다. 사실이다. 그녀의 본디 이름 역시 란이었다. 그래서 이 몸에 더 쉽게 적응할 수 있었던 건지 모른다.

정령은 중얼거리듯 설명을 계속했다.

"그래서 끌렸다. 흔하지는 않은 일이지만······ 사실 세계가 어떻게 구성이 되는지 우리도 모르는 일이니까. 그대가 우리 세계를 읽었다는 게 가장 큰 원인이겠지. 더해서 그 몸 근처에는 '문'이 있었으니까."

머릿속이 새하얗게 변하는 것 같았다.

'죽어?'

물론, 차 사고가 난 후, 눈을 떠 보니 책 속에 들어와 있다!

이 상황을 보면서 '난 죽었겠지?' 하는 생각을 하지 않았던 건 아니다. 하지만 어쩌면, 그쪽에서 깨면 돌아갈 수 있을지도 모른다고 생각했다.

그래서 유스타프에게 죽여도 된다고, 그렇게 쉽게 이야기했었던 것도 있었는데.

확실치 않으니 안이하게 미뤄 두고 있었던 사실에 확신을 얻으니 실감이 나지 않았다.

란이 넋을 잃고 앉아 있는데, 표범이 다리를 펴고 일어났다.

"청염, 그래서 궁금증은 풀렸나?"

"풀렸어요."

이스타리프가 싱긋 웃었다. 그녀가 란을 돌아보며 말했다.

"읽는 자를 만나는 건 희귀한 일이지요. 만나서 즐거웠어요. 내 이름을 아는 이방인이여."

란이 뭐라고 하기도 전에 사방이 짙은 안개로 뒤덮였다.

"잠깐만요!"

그쪽 하고 싶은 말만 하고 의문만 풀면 다야?

푸른색 불꽃이 그녀의 시야를 가득 채웠다. 가볍게 몸이 공중에 뜨는 듯하다가 바닥으로 뚝 떨어졌다.

"—!!"

란은 잠에서 퍼뜩 깨어났다. 식은땀이 이마를 타고 흘렀다.

'깨워 줄 거면 좀 더 친절하게 깨워 주면 좋잖아.'

란은 그렇게 생각하며 눈을 깜박였다.

'어라?'

자신의 방이 아니었다.

'여기는 또 어디야? 잠깐, 또 다른 사람 몸에 들어와 있거나 그런 건 아
닌 거지?'

란은 허둥지둥 자신의 손을 바라보고, 상반신을 더듬다가 침대에서
내려왔다.

근처 화장대의 거울을 보니, 여전히 란이었다.

'다행이다.'

그런데 왜 내 방이 아니지?

찬찬히 살펴보니 눈에 익은 방이었다.

'공작 부인의 방이잖아?'

어머니의 방이었다. 어머니 취향의 사치스러운 물건들이 여기저기 놓
여 있었다.

'으, 제길.'

란은 침대로 돌아와 털썩 주저앉았다. 한 번에 너무 많은 일이 일어나
서 제대로 정리하기가 어려웠다.

'일단 정령과의 이야기는 뒤로 미뤄 두고.'

신기할 정도로 머릿속이 맑아서 획획 생각을 굴릴 수 있었다.

'일단 내가 살아 있으니 유스타프가 아니네.'

그럼 누군가가 반역이라도 일으킨 건가?

'그런 거치고 나는 자유롭게 풀어 두고 있는데? 게다가 나무그늘이고?'

공작 부인에게 주어지는 방의 별칭이 나무그늘이었다.

"아가씨!"

그때 뒤에서 너무 반가운 목소리가 들려 돌아보니, 자신의 시녀 중 한 사람이었다.

"깨어나셨군요. 몸은 괜찮으세요?"

"응, 괜찮아. 그런데 어떻게 된 거야?"

"일단 유스타프 도련님께 알려야겠어요. 얼마나 기다리셨다고요."

"잠깐 기다려."

란이 호들갑 떠는 시녀를 저지하고 물었다.

"어떻게 된 건데?"

"자세한 사항은 저도 잘 모릅니다. 도련님께서 설명해 주실 거예요."

"그럼 내가 얼마나 쓰러져 있었지?"

"3일 정도 쓰러져 계셨습니다."

시녀의 태도로 보아하니 역시 독을 탄 건 유스타프가 아닌 것 같고, 그렇다고 적에게 잡혀 있는 상황도 아닌 것 같았다.

그리고 설령 그런 상황에 있다고 하더라도.

"일단 씻을래."

식은땀까지 나서 찜찜하다.

"씻고 수프라도 먹고, 그다음 유스타프와 이야기하겠어."

시녀는 눈을 깜박였다가 공손하게 고개를 숙였다.

란은 씻고 나오며 생각을 정리했다.

'그러니까 이게 다 진짜란 말이지, 이게 다 진짜.'

분명히 진짜라고 생각한다고 생각하고 있었는데, 진짜 진짜라고는 생각하고 있지 않았나 보다.

'어라? 그러면 난 피폐물로 사람을 굴린 원작자가 아닌 거잖아.'

죄책감을 가질 필요가 없잖아!

심지어 내가 그런 것도 아닌데 공작가에 막 광산도 알려 주고!

무임금인데 야근에 주말도 없이 일하고!

유스타프도 지켜 주고!

'나 사실 정말 좋은 사람이네.'

란은 자신의 밝고 긍정적인 성격을 유감없이 발휘했다. 대학원 생활부터 이세계에 떨어진 지금까지 계속 란을 지켜 주었던 성격이었다.

나 좀 대단한 듯?

란은 그렇게 생각하며 혼자 히죽 웃었다. 머리카락에 향유를 바르고 수건으로 말려 주던 시녀가 힐끔 란을 바라보았다.

"좋은 일이라도 있으셨나 봐요?"

"응."

란은 싱긋 웃으며 대답했다. 그리고 시녀를 보다가 물었다.

"그런데 너 이름이 뭐였지?"

"소다입니다."

시녀가 공손하게 대답했다.

소다, 그래 소다였구나.

"그럼 아까 날 깨워 주러 왔었던 시녀는?"

"그분은 카라 님이세요."

"그분?"

"저보다 직급이 높으신 분이시기 때문에."

"아아."

란은 고개를 끄덕였다.

부채감이 사라지자, 주변을 돌아볼 여유가 생겼다. 이것저것 하고 싶은 일도 많아지고.

"가주님은 머릿결이 너무 좋으세요. 저도 이런 머리카락 색이면 좋겠어요."

"난 소다의 머리카락 색도 좋은걸."

"너무 어둡죠."

소다는 짙은 헤이즐넛 빛깔의 머리카락을 가지고 있었다.

'하긴 여기는 남부로 갈수록 머리카락이 밝고, 북부로 갈수록 어두우니까.'

사람은 원래 가지고 있지 않은 걸 가지고 싶은 법이다.

수건으로 머리카락을 말리고, 빗질까지 끝내자 배가 매우 고파졌다. 처음에는 몰랐는데, 한번 인식하니 뱃속에서 계속 꼬르륵 소리가 났다.

'씻는 데 시간이 걸렸으니까, 바로 음식이 나오겠지!'

그렇게 생각하며 거실로 나오니, 기다리고 있는 건 유스타프였다. 일인용 소파에 앉아 있던 그는 란이 나오자 자리에서 일어났다.

란은 무의식적으로 로브 앞을 다시 단단히 여미며 물었다.

"유스?"

"깨셨다고 들었습니다."

"응, 깼어. 무려 사흘 만에 깼다는 것도 들었고."

유스타프가 빤히 그녀를 바라보다가 말했다.

"걱정했습니다."

"유스가 아닐 줄 알았어."

한숨 쉬며 란이 말하자 유스타프가 "그거 감사하군요. 그렇게까지 멍청이는 아니라." 하고 대답하고 드물게 다시 한번 말했다.

"걱정했다는 건 진심입니다."

"고마워. 하지만 괜찮아. 그래서 무슨 일이 있었던 거야? 하고 묻고 싶지만 지금 너무 허기져서."

"안 그래도 듣고서 간단한 요깃거리를 가져왔습니다."

유스타프가 그렇게 말하며 힐끗 돌아보자 시종이 트롤리를 밀고 들어왔다.

둥근 은제 뚜껑으로 덮여 있는 것만 봐도 저절로 침이 고이기 시작했다. 뚫어져라 바라보는 란의 시선을 의식해서일까.

시종은 다른 때보다 훨씬 더 빠르게 접시를 세팅하고 뚜껑을 열었다.

클램차우더와 콥샐러드였다.

'맛있겠다!'

숟갈을 얼른 집어 들고, 란은 힐끗 유스타프를 보았다.

"유스는?"

"전 괜찮습니다."

그가 사양하자 란은 재빨리 수프를 공략하기 시작했다. 혼자 먹으면 진짜 후루룩 마셔 버릴 텐데, 눈앞에 사람이 있으니 그래도 숟갈을 사용하게 된다.

'맛있어. 진짜 맛있어.'

농후하고 진한 맛에 간간이 씹히는 조갯살이 완벽한 조화를 이뤘다. 수프를 반쯤 비우고서, 란은 콥샐러드로 손을 뻗었다.

"누님."

유스타프가 그녀를 불러 란은 "응?" 하고 그를 바라보았다.

"수면제가 들어간 음료를 드시고도 그게 넘어가십니까?"

"유스가 가져온 거잖아? 그럼 괜찮은 거겠지. 적어도 네 성인식이 끝나고 가주가 될 때까지는 내가 필요하잖아."

"그건 그렇지요."

"그지?"

싱긋 웃고 란은 샐러드를 포크로 쿡 찔렀다.

오랜만에 식사하는 그녀를 배려한 것인지 채소 위주로 가볍게 버무려져 있었다.

포크로 잘게 썰린 채소를 떠먹자 살 것 같은 기분이 들었다. 차가운 아이스티를 한 모금 마시고 란이 그제야 물었다.

"먹으면서 들어도 될까?"

"기꺼이요."

유스타프는 고개를 끄덕이고 이야기를 시작했다.

*　　*　　*

란이 쓰러지자 시녀는 몸을 부들부들 떨면서도 허둥지둥 뒷문으로 향했다.

하인용 통로 문을 열자 기다리고 있던 로비가 몸을 드러냈다.

"저, 정말로 빚은 탕감해 주시는 거지요?"

시녀의 물음에 로비는 고개를 끄덕였다.

"그렇다니까. 그리고 내가 라치아 공작이 되면, 이 일에 공을 세운 너역시 잊지 않으마."

그의 뒷말에도 시녀는 별 대답을 하지 않았다. 아비가 도박 빚을 잔뜩지고 있었고, 그걸 어떻게 린드버그 남작이 알아서 차용증을 산 것이다.

그걸 빌미로 처음에는 작은 정보들을 요구하더니 점점 더 큰 것을 요구했고, 결국 란의 약에 수면제를 타라는 것까지 왔다.

그녀에게 약을 준 치료사는 직전에 타야 효과가 있다고 신신당부했다. 도무지 할 수 없다는 생각도 들었지만, 이 일만 끝내면 놓아주겠다는말에 허락하고 만 것이다.

게다가 '너 말고도 할 사람은 많다.' 하는 린드버그 남작의 말도 한몫했다.

시녀가 봐도 곳곳에 린드버그 남작의 끄나풀들이 있었다. 자신이 하지 않으면 다른 누가 또 약을 타고, 이익을 얻을 것이다.

그럼 그게 자신이 되면 어떻단 말인가?

시녀는 그렇게 생각하며 하인용 통로로 도망치듯 걸음을 빨리해 벗어나다가 누군가와 마주쳤다.

절대로 이 통로에 있어서는 안 되는 사람이었다.

"도, 도련—"

"쉿."

집게손가락을 입술에 가져다 대며 그가 속삭였다. 유스타프의 파란 눈이, 불빛이 적은 하인용 통로 안에서도 새파랗게 빛났다.

시녀는 너무 놀라 목소리가 나오지 않았다.

"여기에 얌전히 있으면, 그나마 살길이 있을 거야."

유스타프가 낮은 목소리로 속삭였다. 시녀는 그가 미소 짓는 건 처음 보았고, 그런 불길한 웃음은 처음 본다고 생각했다. 그리고 나서야, 유스타프의 뒤에 있는 블레인이 눈에 들어왔다.

"도망치고 싶으면 도망쳐도 좋아. 도망칠 수 있다면."

웃음을 지운 뒤 말한 유스타프가 그녀를 스쳐 지나가 걷기 시작했다. 발발 떨던 시녀는 그 자리에 그대로 주저앉았다.

감히 도망갈 마음이 들지 않았다. 그 눈을 본 순간, 오금이 저려 왔다. 시녀는 양손으로 얼굴을 감싸고 울음을 터트렸다.

로비는 끙끙거리며 란을 침대까지 옮겼다. 이렇게 움직여도 깨지 않으니, 정말로 독한 약인가 보다.

그는 약간의 떨림과 죄책감, 그리고 즐거움을 느끼며 란의 잠옷을 벗기기 시작했다.

어차피 기억도 하지 못할 테니, 처녀 혈을 받는 게 가장 중요하지.

그렇게 생각하는데 목덜미가 서늘해졌다.

"오랜만입니다. 형님."

로비는 꺽 하는 소리를 냈다. 목에 칼날이 대어져 있었다. 칼날이 그의 목을 누르고 있었기에, 따끔하며 피가 배어났다.

그 상태에서 목을 돌리면 크게 베일 게 틀림없어서 로비는 눈만 데굴데굴 굴렸다.

"누, 누구냐."

"누구겠습니까. 형— 아니, 개자식아."

유스타프가 속삭였다. 로비는 그제야 칼을 댄 상대가 그라는 걸 깨달았다.

"유, 유스타프냐, 뭐, 뭔가 오해가 있는 모양인데—"

"오해요? 무슨 오해 말입니까? 제 누님을 약으로 재우고, 옷을 벗기는 것에 무슨 오해가 있을까요?"

블레인은 로비가 저렇게 헛바닥을 놀리는 건 순전히 그가 도련님의 얼굴을 보지 못하기 때문이라고 생각했다.

유스타프가 블레인에게 따로 란 주변에 감시를 늘리라고 이야기한 것은 조금 된 일이었다.

게다가 유스타프가 지명한 시녀나 시종의 뒤를 캐면, 꼭 린드버그 남작과 연결점이 나왔다.

'어떻게 아시는 겁니까?'

'표정이나 태도. 그걸 보면 안 좋은 걸 숨긴다는 것 정도는 알지.'

유스타프가 그렇게 말했을 때, 블레인조차도 등에 소름이 돋을 정도였다.

마음을 꿰뚫어 보는 상사라니.

그런 마음을 눈치챈 듯 유스타프는 "집중하지 않으면 힘들지만." 하고 덧붙였다.

그런데 요즘 끄나풀들의 움직임이 지나치게 활발해져서, 블레인은 슬그머니 팔을 걷어붙였다. 그래서 사건의 전말을 알게 되니 기가 찼다.

아니, 분노와 구역질이 함께 일어났다. 하지만 유스타프는 태연히

"숙부님이 생각할 법한 일이지."

하고 말해 블레인은 기분이 이상했다.

란은 가주로 썩 훌륭하게 행동했고, 곁에서 지켜보았던 가신들이 그걸 가장 잘 알고 있었다. 그래서 그 안에서 란의 존재는 상당히 커져 있었다.

그런데 유스타프가 너무 태연하자 '정말로 란 님을 나쁘게 생각하고 계신 건가. 이 일이 일어나게 놔두실 건가.' 하는 온갖 생각이 다 들었었다.

'지금은 그게 아니라는 걸 뼛속 깊이 깨달았지만.'

블레인은 허리를 꼿꼿하게 세우고 눈을 내리깔았다.

어쩐지 주군으로 섬기는 분의, 보면 안 되는 부분을 보는 기분이 들었기 때문이었다.

'당길까?'

유스타프는 뭔가 지껄이고 있는 로비의 뒤통수를 바라보며 생각했다.

이대로 슥 검을 당겨 버릴까.

'아, 란에게 피가 튀겠지.'

침구와 침대에도.

란을 미끼로 쓰는 것에 저항감은 없었지만, 막상 눈앞에 닥치니 기분이 매우 좋지 않았다.

란을 이용해서 제 자리를 빼앗으려고 하는 것도 불쾌했다.

유스타프에게 라치아는 철저하게 자신의 것이었다. 계모가 어떻게든 그에게서 빼앗으려고 그렇게 발버둥 치던 자리.

그래서 유스타프는 라치아를 놓지 않았다. 꽉 움켜쥐고 절대로 내놓지 않았다.

라치아에 속한 것이라면 전부, 실 한 오라기조차 내 것이다.

그런데 내 라치아에, 내 것에, 손을 댈 생각을 해?

"감히."

입술 사이로 마음의 소리가 흘러나왔다. 스산한 목소리에 로비는 식은땀이 뚝뚝 떨어지는 걸 느꼈다.

"자, 잠깐만. 검을 떼고 이야기하자, 응? 이 자세로 계속 있는 것도 그렇잖아?"

"그렇군요."

산뜻하게 유스타프가 대답하며 검을 뗐다. 로비가 허둥지둥 침대 위에서 내려오는데 유스타프가 그의 정강이를 검집으로 후려쳤다.

"악—!"

비명을 지르며 그가 바닥으로 고꾸라졌다. 유스타프가 그의 등을 있는 힘껏 밟자 '컥' 하는 소리가 흘러나왔다.

"자, 그럼 이야기를 해 볼까요?"

란은 눈을 휘둥그레 떴다. 그녀의 수저에서 스프가 주르륵 흘러 다시 접시로 떨어졌다.

얼어붙은 듯 눈도 깜박이지 않고 유스타프를 바라보다가 란이 입을 열었다.

"로비가? 날 덮치려고 했다고? 숙부까지 공모해서?"

"네."

"허, 아냐. 그 사람이라면 그런 생각을 할 법해. 네가 가주가 됐으면 자기 딸을 붙여 줬을걸."

실제 그렇게 하기도 했었고.

"그렇겠죠."

유스타프가 고개를 끄덕였다.

"그래서 본의 아니게 누님의 방을 옮겼습니다."

"아냐, 그런 일이 있었다면 어쩔 수 없지. 거기에 계속 있어도 찜찜했을 거야. 그래서? 그 다음은?"

"누님이 쓰러지시고 사흘간 추궁하니 꽤 많은 이름과 사실을 털어놓았습니다."

"로비가?"

"로비와 잡힌 공모자들이요. 파렴치한 짓이라는 걸 알았는지, 기쁘게 협력해 주더군요."

"그, 그랬어?"

기쁘게 협력했을 리가 있나……?

어쩐지 등에 식은땀이 흘렀다.

"네."

유스타프가 자신을 의심하느냐는 얼굴로 란을 봐서, 란은 "네가 그렇다면." 하고 어깨를 으쓱했다.

"그럼 린드버그 남작이 정말로 의뢰한 건가?"

"네, 린드버그 남작도 이미 신병을 구속해 두었습니다."

"빠르네."

"이런 일은 빠르게 처리하는 게 상책이지요."

"하긴 그렇지. 본인은 뭐래?"

"억울하다는 말뿐입니다."

"아이참, 숙부님도."

란이 히죽 웃었다.

"너무 진부한 말씀을 하시는 거 아니실까?"

"상상력이 있으신 분은 아니니까요."

유스타프의 말에 란은 고개를 끄덕였다. 클램차우더를 마지막 한 스푼까지 먹고, 란은 머리를 굴렸다.

'지금 해치워 버릴까?'

린드버그 남작은 앞으로도 사사건건 불리하게 나올 거다. 신병 구속까지 했으니, 아무래도 앞으로 관계가 회복되기는 어렵지.

'유스타프가 죽이는 건 안 돼.'

정말로 친혈육이니까.

혈육 살해자라는 오명을 쓰는 건 좀 그렇지. 자신이야 그와 피가 섞이지 않았으니까.

'결재하려면 지금이야!'인가.

'하지만 사형까지 가는 건 무겁다고 생각할 수도 있을 거야. 어쩐다.'

"일단 작위는 박탈해야겠지. 재산도 몰수하고, 영지 바깥으로 추방하는 정도면 어때?"

뭐, 처가살이 정도 하게 되려나.

"괜찮겠지요."

유스타프가 고개를 끄덕여, 란은 가벼워진 마음으로 말했다.

"좋아, 그럼 그렇게 하자."

"네."

대답하는 유스타프를 란은 빤히 바라보았다.

남주가 아닌 유스타프.

유스타프 역시 한 치의 양보도 없이 그녀를 똑바로 바라보았다. 누가 보면 기 싸움을 하고 있다고 생각할 모습이었다.

내 희생자가 아닌, 유스타프.

정말로 한 사람인 유스타프.

그건 란에게는 상당히 신선한 느낌이었다. 그런데 문득 든 생각에 란이 물었다.

"유스타프."

"네."

"알고 있었지?"

"뭘 말입니까?"

"숙부님이 움직일 거라는 거."

"누님이 너무 빠르게 움직인다고 생각을 했지요."

"빨랐나?"

란이 눈을 살짝 찡그리자 유스타프가 고개를 끄덕였다.

"지나치게 빨랐습니다. 따라가는 자들이 벅찰 정도로, 누님을 믿는 사람조차 두려워질 정도의 속도로 질주하셨죠."

"그랬어?"

"네."

"아니, 그보다 날 믿는 사람이 있기는 있었구나."

감탄하고 란이 입을 비죽였다.

"이렇게 될 줄 알았다면, 미리 알려 줬으면 좋았잖아? 숙부님 일도 그렇고."

난 전혀 들은 바가 없었다고. 가주인데……!

"그쪽도 생각보다 빠르게 움직였으니까요. 궁지에 몰릴 만큼 몰렸다는 거겠죠."

"그런가."

란은 눈을 가늘게 떴다.

"하지만, 일부러 일이 일어나게 방치했지?"

"네."

그의 대답은 매끄러웠다. 란은 한숨을 내쉬었다. 그녀가 느릿하게 말했다.

"현장에서 잡는 게 가장 쉬우니까. 일이 일어나자마자 전부 쳐 버린다."

어지간히 대담한 실행력이 없으면 하지 못할 작전이지만, 그만큼 성과는 좋을 터였다.

헛생각하는 놈들을 일소할 수 있겠지.

그래도.

혹시 유스타프가 좀 늦었다면—

생각하니 소름이 돋아 란은 팔을 가볍게 문지르고 말했다.

"구해 줘서 고마워. 유스타프가 아니면 꼼짝없이 당했을 거야. 물론 미리 말해 줬다면 더 좋았겠지만."

정보를 차단당하고 미끼로 쓰이는 건 썩 좋은 기분은 아니다. 물론 숙부가 그렇게 나올 거라고 예측하지 못한 자신의 잘못도 있지만…….

"누님이 알게 되면, 정말로 예측할 수 없는 범위로 상대가 움직일까 두려웠습니다. 그리고—"

유스타프는 담백하게 말했다.

"절 믿으시니 호위를 맡기신 거 아닙니까?"

"그거야 그렇지만."

행정적인 일이 아닌, 블레인 경이나 경비와 관련된 일은 유스타프에게 모조리 맡겨 두고 있었다.

란은 그렇게 말하고 잠시 생각에 잠겼다. 이야기하려면 지금이 가장 좋은 타이밍인 듯했다.

"음, 그리고 유스. 이런 상황에 이런 말을 하니 좀 이상하기는 한데."

"말씀하십시오."

"나 전에 했던 말 취소해도 될까?"

"뭘 말씀이십니까?"

"나 죽이지 말아 줘, 하는 말 있잖아?"

그 이야기를 꺼내자 유스타프의 눈썹이 살짝 찌푸려졌지만, 그는 고개를 끄덕였다.

"네."

"나 안 죽을 거야."

유스타프는 눈 하나 깜짝하지 않고 그녀를 바라보았다. 란은 푸우— 하고 입술 사이로 바람을 떨리게 밀어내고 웃었다.

"깜짝 선언이었는데?"

"죽지 않는 건 당연한 일이죠."

"응, 그때 원하면 죽어 주겠다고 했는데, 그거 취소야. 미안. 원해도 못 죽어 줘. 더해서— 아마 반격도 하지 않을까?"

나 이제 너에게 채무감이 없거든. 그래서 열심히 잘 살아야겠다고 생각했어.

란의 말이 끝나자 유스타프의 입술이 호선을 그렸다. 선연한 미소였다. 란은 가볍게 숨을 삼켰다.

'맙소사.'

흑발청안 미소년 만세.

그냥, 그냥 이런 생각밖에 들지 않았다.

"그건 반가운 소식이군요."

유스타프는 그렇게 대답했다. 한참 멍하게 있다가 간신히 정신을 차려 란은 시선을 내렸다. 너무 바라보고 있었다.

"반가운 소식인 거야?"

민망함을 없애려 되물으니, "네." 하는 경쾌한 대답이 돌아온다.

"저는 싫었거든요."

극히 드물게도, 유스타프는 제 감정에 대해서 이야기했다.

"싫었어?"

"네, 정말로. 치가 떨리게 싫었습니다. 그러니 취소하신다는 말이 기쁘지요. 반격해 주신다는 말은 더더욱 즐겁습니다."

"어째서?"

'고난을 즐기는 성격인 건가?' 하고 슬그머니 그를 보니 유스타프는 여전히 웃음을 머금은 채로 답했다.

"걱정할 필요가 없을 것 같으니까요."

"걱정?"

"네. 여러모로. 게다가―"

그가 고개를 모로 기울였다.

"전 쉽게 죽는 사람은 싫습니다."

"음, 확실히……."

란은 고개를 끄덕였다. 몸이 튼튼한 사람이 좋겠지.

그건 그럴지도.

"그래서 계획이 바뀌셨습니까?"

유스타프의 물음에 란이 "계획?" 하고 되물으니 그가 말했다.

"절 가주로 세운다는 계획 말입니다."

"아니, 그건 완전 유지 중인데?"

틀린 문법으로 강조까지 해 가며 란이 덧붙였다.

"2년 후, 네가 열아홉이 되면 가주 자리는 너의 것. 거기서 계획이 달라지지 않았어."

"그런가요?"

"그래."

란이 진지한 얼굴로 고개를 끄덕였다. '내가 미쳤다고 이 일을 계속하겠니? 힘든 일은 부디 네가 가져가 줘.' 하는 게 솔직한 그녀의 마음이었다.

유스타프가 물었다.

"그럼 누님은요?"

"응?"

"제가 가주가 되고 나면요?"

"글쎄, 그건 생각해 본 적 없는데······."

갸웃했다가 맞아, 하고 란이 눈을 부릅뜨고 말했다.

"동맹을 맺자."

"제가 가주가 될 때까지 말이군요."

"응, 네가 가주가 되고 나서 나 죽이거나 그런 거 없기야?"

어투는 가벼운데 내용은 심각하다. 유스타프는 잠시 생각에 잠겨 란을 바라보았다.

'보통 그런 일을 겪고도 납죽납죽 음식을 받아먹나.'

그 행동은 사람마다 다르게 받아들여질 거다.

어떤 사람은 멍청하다고 하겠고, 어떤 사람은 혀를 내두를 만큼 대담하다고 할지도 모른다.

그럼 자신에게는?

그의 침묵이 길어졌지만, 란은 미동도 없이 그를 바라보고 있었다. 아무리 봐도 걱정하는 것처럼은 보이지 않는다.

유스타프는 자기 자신을 잘 알았다. 그는 의심하는 성격이었고, 교활한 성격이었다. 그게 좋다, 나쁘다를 떠나서 그는 자신이 그렇다는 걸 알았다.

유스타프는 가볍게 숨을 내쉬고 말했다.

"누님은 절 배신할 수 있는 유일한 사람일 겁니다."

란이 그 말에 눈을 찌푸렸다.

"안 할 거야."

"네."

유스타프는 고개를 끄덕였다. 란의 눈이 샐쭉해졌지만 유스타프는 스스로 말하고도 새삼 놀랐다. 배신당한다는 건 믿었다는 말이다.

신뢰.

유스타프는 그녀의 행동을 그렇게 받아들였다. 인간을 처음 본 새끼 사슴이 호기심에 차서 다가와 제 손안의 소금을 핥아 먹는 걸 본다면, 아무리 사냥꾼이라 해도 그 목을 찌르지는 못할 거다.

유스타프가 보기에는 란이 하고 있는 짓이 그것과 똑같았다. 제 목을 내밀고서 "날 믿어" 하고 말하는 것.

'의심스러운 일은 잔뜩 일으키고 있으면서.'

하긴, 자신도 그녀에게 정직한 것은 아니지.

유스타프는 그렇게 생각하고 고개를 끄덕였다.

"좋습니다. 맺지요."

"현명한 선택입니다. 그럼 세부 사항을 정해도 될까? 나 용돈도 필요하고."

란의 중얼거림에 유스타프가 눈썹을 가볍게 치켜 올리며 말했다.

"돈은 내탕금(가주의 개인 재산)에서 얼마든지 꺼내 쓰십시오."

"마이너스 내탕금."

란이 중얼거려 유스타프는 "그건 그렇지만요." 하고 고개를 끄덕였다.

"하지만 돈이 들어온다면 원하시는 만큼 가져다 쓰셔도 됩니다."

"아냐, 라치아 가주에게 주는 게 아니라 란에게 주는 거, 나 개인에게 주는 용돈이 필요해."

유스타프의 푸른 눈이 살짝 가늘어졌다가 다시 떠졌다.

"좋습니다."

"좋아, 그럼 동맹 설립이네."

"성립이군요. 그러면 제가 가주가 되고 나면 뭘 하실 겁니까?"

"글쎄? 그러고 보니 생각해 본 적 없네……."

으음, 계속 라치아 공녀로 남아 있으면 역시 결혼인가? 보통 이런 패턴이면 서브 남주랑 내가 연결되거나 그런 거 아니던가? 그런데 여기 서브 남주는 내 취향이 아닌걸.

란이 갸웃거리는데 유스타프가 자리에서 일어났다. 그가 다가와 란은 고개를 들어 올렸다. 유스타프의 손가락이 가볍게 그녀의 눈 밑을 스쳤다.

"다 사라졌네요."

"뭐가?"

"피로의 흔적이요."

그 말에 란은 웃었다.

"그야 3일 내내 잤으니까."

아아, 그래서 머릿속이 맑았던 건가. 하긴 요즘 엄청나게 업무에 시달리기는 했어.

좀 더 과장해서 말하자면 다시 태어난 기분이었다.

"그럼 저녁에 이야기를 좀 더 해도 될까요? 처분과 동맹에 대해서요."

"좋아."

란은 고개를 끄덕였다. 유스타프의 손이 아래로 내려오더니 그녀의 로브 깃을 가볍게 당겨 더 여며주었다.

"그럼 실례하겠습니다."

깍듯이 인사하고 유스타프는 방을 나섰다. 란은 샐러드를 한입 더 입에 넣으며 생각했다.

'유스타프는 날 좋아하는 건지, 싫어하는 건지, 이용하는 건지.'

도무지 모르겠다.

'그래도 싫어하지는 않는 것 같아. 싫어하는 사람에게 밥을 챙겨 줄 리는 없겠지.'

그렇게 생각하며 란은 마저 샐러드를 해치웠다.

＊　　＊　　＊

일은 생각보다 골치 아프게 돌아갔다.

숙부는 란을 강간하려고 한 일은 로비 혼자 생각해낸 일이며, 그가 그녀를 너무 사랑했기에 그랬다고 주장했다.

"사랑하면 강간하는 거야?"

어이가 없어서 란이 중얼거리자 유스타프가 "젊은 날의 열정이라고 하던데요." 하고 차갑게 대꾸했다.

젊은 날의 열정이라니.

사랑하니까 뭐든 해도 용납될 거라고 생각하는 그 작태에 란은 혀를 내둘렀다. 솔직히 말하자면 짜증이 났다.

게다가 강간을 하려던 것이 아니라 그냥 잠든 모습을 지켜보려고 했을 뿐, 이라고 숙부는 아들을 옹호했다.

아름다운 사촌 누이를 흠모해서, 가주가 된 그녀를 손에 넣고 싶어서 대담한 계획을 감행한 사내.

린드버그 남작은 자신의 아들을 그렇게 옹호했다.

"흠."

란은 유스타프에게 물었다.

"유스는 어떻게 생각해?"

"이대로 놓아주면 안 된다고 생각합니다."

"그건 나도 그렇게 생각해. 그렇다면."

란은 히죽 웃었다.

"내가 좀 독한 여자가 되면 되겠지."

유스타프는 잠시 생각하다가 말했다.

"그러실 필요 없습니다."

"응? 왜?"

확실히 린드버그 남작가를 끝장내 놔야 한다는 건 너도 알고 나도 아는 사실인데?

"원래라면 그를 사형시킬 생각이었지만, 하지 않고 추방령을 내리는 것으로 하죠. 그리고 린드버그 남작가는 승계 작위를 빼앗는 것으로요."

"단승 작위(자식에게 물려줄 수 없는 작위)로?"

"네."

"사실은 작위를 회수하고 전원을 쫓아내려고 했잖아? 그게 더 나은 거 아냐? 좀 강하게 밀어붙이면 어떻게 되지 않을까?"

"영지민 사이에서 가주의 평판이 안 좋아질 겁니다. 게다가 그렇게 할 만한 가치도 없고요."

란은 "그래?" 하고 곰곰이 생각했다. 숙부의 세력을 이 기회에 뿌리 뽑을 수 있다면 좋았겠지만, 본인까지 말려들게 하는 것은 무리한 작전이었는지도 모른다.

'그래도 저택 내에 있던 숙부의 끄나풀들은 전부 잡아냈으니까.'

이 정도면 선방한 셈이다.

"하지만 그래도 로비는 무기(無期)로 감옥에 가두는 게 낫지 않을까?"

"아뇨."

유스타프가 선명하게 대답했다. 그가 푸른 눈을 들어 란을 바라보며 말했다.

"추방하세요."

그게 더 안 좋은 벌인가.

하긴 호사스러운 감옥에서 호의호식한다든가 그럴 수도 있겠다.

란의 약점이 이거였다.

그녀가 이 세계의 모든 것을 아는 건 아니었고, 특히 관습이나 사법 제도에는 약했다.

"그럼, 그렇게 하지. 대신 숙부의 하늘 저택 출입도 금지시키겠어."

유스타프가 고개를 살짝 숙였다.

"그게 좋겠지요."

"그럼 그렇게 하자."

란은 그렇게 말하고 인장을 쾅 찍은 후 서류를 넘겼다. 영지 내 재판은 영주의 주요한 일 중 하나였다. 물론 라치아 공작령은 넓기 때문에 재판부를 따로 두고 있기는 했지만 이건 혈족간의 문제라 그녀 스스로가 재판관이기도 했던 것이다.

나중에 린드버그 남작이 탄원서를 올릴지도 모르겠지만, 무시할 작정이었다. 이걸로 린드버그 남작 편에 서는 게 가주의 적이 되는 일이란 걸 보여 줬다.

어지간한 멍청이가 아니라면, 라치아 공작가를 버리고 린드버그 남작가를 선택하지 않을 거다.

"그리고 잘린 사람을 뽑는 게 문제이기는 한데. 어차피 재정 감축할 때 사람도 줄이려고 했으니, 굳이 당장 새로 뽑을 필요는 없겠지."

사람을 검증하는 데에도 사람이 필요하니까.

란이 휙휙 서류를 넘겼다. 유스타프가 자신의 서류를 펼쳐 보며 말했다.

"마법 세공사를 수배하는 일도 진행 중입니다. 길드에 연통을 넣었는데 두 명 정도 자원자가 나왔다고 하더군요."

"얼른 와 줬으면 좋겠네. 레버리 쪽도 착착 일이 진행되고 있는 것 같고."

"채무자들이 수상한 눈치를 채지는 않은 것 같습니까?"

"응, 아직은? 하지만 사람을 써서 채굴을 하는 이상 소문이 나겠지. 일단은 광부들에게 수정 광산을 발견했다고 해 뒀지만."

"수정과 다른 점을 금방 발견하게 되겠죠."

"응, 하지만 얼마 남지 않았으니까. 5, 6개월 정도만 숨기면 금방이야. 아, 그래서 말인데 어머니의 장신구 중 몇 개를 골든로즈 상단에 팔까 해."

"장신구를요?"

"응, 그래서 마련한 돈입니다. 하고 일단 가신들에게 빌린 돈부터 갚으려고. 낯부끄러워서 원."

여기저기서 빚을 끌어다 쓴 모양인데 가장 만만한 건 역시 가신에게 꾸는 것인지 세 가문에 골고루 돈을 빌렸다.

그들에게 빌린 돈만 대략 5만 베라트 정도가 되었다. 그리고 토지를 저당 잡혀서 근처의 살몬 후작에게 빌린 것이 30만 베라트, 시밀 백작에게 빌린 것이 20만 베라트……

돈 단위가 크다 보니 이자도 어마어마해서 매년 이자 갚기에도 허덕허덕할 지경이었다.

그리고 거래하고 있던 상단을 통해 고리대금으로 빌린 돈이 15만 베라트 정도.

'설마 라치아 공작이 돈을 떼어먹겠냐 했겠지.'

란은 한숨을 내쉬었다.

원래라면 숙부가 섭정하며 라치아 토지를 해체하듯이 조각조각 팔아 버린다.

남은 것은 작위와 하늘 저택뿐인 지독하게 가난한 공작가.

이쯤 되면 공작가라고 칭하기도 민망할 수준이다. 그러다가 마지막으로 전염병이 크리티컬 히트를 때려 숙부가 죽고, 백성 대다수와 가신들이 죽어 버리고 어마어마한 빚만 남은.

그런 공작가를 유스타프가 잇게 된다.

이제 얼마나 고생길이 열릴지 보이시는지?

'나라면 라치아를 그냥 포기했을 거야. 알게 뭐야, 정말.'

하지만 그 모든 상황에도 유스타프는 라치아를 포기하지 않았다.

'지금까지는 그냥 남주니까, 하고 생각했는데.'

그게 아니라면 유스타프에게 라치아는 정말로 소중한 걸지도 모르겠다.

'그러고 나서 시나가 오지.'

차원 이동자인 여주가 날아오고, 가난한 영지에서 구르고 굴러 조금 행복해지는 그 순간!

또 다른 시련이!!

란은 몸을 부르르 떨었다.

"유스."

"네."

"유스만 아니었으면 난 진즉에 패물 들고 공작가에서 튀었을 거야."

이게 자신이 쓴 책이 아니라고 했지만, 그녀가 그 책을 쓰면서 느꼈던 인물들 한 명, 한 명에 대한 애정이 사라지는 건 아니었다.

란의 말에 유스타프가 뭔가 말하려는데 로스가 끼어들었다.

"그거 주군이 계셔서 정말로 다행이군요."

달칵, 소리 나게 찻잔을 내려놓으며 그가 말했다. 찻물이 살짝 넘쳐서 유리잔 가장자리로 흘렀다.

로스는 몸을 돌려 이번에는 정중하게 잔을 유스타프 앞에 내려놓았다.

얄미워라.

그를 노려보면서도 란은 입 밖으로 내뱉지 않았다. 그래도 유스타프에게 저렇게 충성을 바치는 기사가 있다는 건 좋은 일이니까.

그때 유스타프가 자리에서 일어나더니 제 잔과 란의 잔을 바꾸었다. 로스의 얼굴이 벌게졌다. 유스타프가 조용한 목소리로 말했다.

"손끝이 더러워지십니다."

"어? 난 괜찮은데."

그렇게 말하면서도 란은 로스를 향해 히죽 웃어 주고 얼른 잔을 들었다.

"고마워, 유스."

"별말씀을."

유스타프는 그렇게 말하고 도로 자리에 앉았다. 로스가 다가와 자신의 손수건으로 유스타프의 잔 표면을 닦았다.

그러니까 누가 넘치게 잔을 내려 놓으랬나.

'그나저나 유스도 대단해.'

말로 '그러지 마라.'라고 하는 것보다 한 번 행동으로 뚜렷하게 보여 준 거다. 로스는 앞으로 두 번 다시 저런 행동을 하지 않겠지.

란은 그렇게 생각하고 냉차를 홀짝이며 서류를 넘겼다.

"누님, 아까 장신구 이야기 말입니다만."

"어, 응."

란이 고개를 들었다.

"정말로 유품을 처분해도 괜찮은 겁니까?"

"응, 하지만 다시 팔아 봐야 큰돈은 안 될 테니까, 몇몇 손해 보지 않을 것들만 팔 거야. 그래도 소문은 충분히 나겠지."

란이 씩 웃으며 유스타프를 바라보았다.

"그리고 나머지는 미래의 공작 부인을 위해서 남겨 놓을게."

시나를 본 적은 없지만, 분명히 예쁜 사람일 테지.

이번에는 고생시키지 않으리라. 아니, 미래를 읽은 거면 '이번에는'은 아닌 건가?

'하지만 나에게는 원작이랑 다름없는 감각이라.'

이렇게 말해도 상관없겠지. 하고 란은 결론을 내렸다.

"미래의 공작 부인이요."

유스타프가 되묻듯 말해와 란은 고개를 끄덕였다.

"그래. 하늘에서 뚝 떨어질지도 모르잖아?"

농담처럼 진담을 이야기하며 란은 다시 웃었다. 나중에 시나가 와서 사랑에 빠지면 이 이야기 꼭 다시 써먹어야지.

'내가 그때 하늘에서 뚝 떨어진다고 했지?' 하고.

하지만 어째 유스타프는 떨떠름한 기색을 풍기고 있었다. 란은 당황했다.

'어라? 설마 생긴 건가? 여성 혐오증. 그럴 리가 없는데? 그래도 내가 열심히 막았는데?'

계모와 가정교사 때문에 생기는 트라우마 중 하나가 바로 여성 혐오증이었다.

'하지만 이번에는 그래도 심하지 않았었는데…….'

란은 걱정스러운 눈으로 유스타프를 바라보았다.

'음, 가벼운 증상일지도 모르지. 크면 나아지지 않을까?'

일단 열심히 관찰하기로 하자.

란은 그렇게 결심하며 속으로 고개를 끄덕였다.

미흡한 점이 많은 건 사실이었다. 어머니는 죽었다가 살아난 란을 애

지중지했다. 이 세계에 떨어진 란이 혼란스러워한 탓에 더욱 그랬다.

정말로 친딸을 잃어버린 그녀가 불쌍해서도, 란은 최대한 어머니의 말을 따라 주었다.

그러다 보니 적극적으로 유스타프에게 호의를 어필할 수가 없었다.

란이 한 최대의 공적은 유스타프를 아카데미로 보낸 것이었다. 그래서 오히려 유스타프의 가신들에게는 미운털이 박혔지만.

아마 멀리 쫓아낸 걸로 보였겠지.

'하지만 그게 내 최선이었다고요?'

적어도 어머니가 유스타프의 식사에 독을 섞고, 수시로 벌을 주고, 매질하고, 모욕을 주는 일은 막은 거니까.

'무섭다. 무서워.'

란은 그렇게 생각하며 처분할 보석 종류를 몇 개 떠올렸다.

아, 맞다. 그리고—

일루미니티 백작 영애를 고칠 의사도 레버리에게 부탁했는데, 한번 물어봐야지.

겸사겸사해서 란은 레버리에게 마법 통신구로 연락을 취했다.

마법 통신구라고 해도 거리가 멀면 통하지 않는데, 다행히도 레버리는 아직 라치아령 안에 있었다.

이야기를 들으니 얼음수정 운반 작업 때문이라고 했다.

'나에게는 다행이지.'

란은 그렇게 생각하며 인사했다.

"안녕하세요, 레버리 씨."

"오랜만입니다, 가주님."

레버리의 목소리가 약간 지쳐 있는 듯 느껴져 란이 물었다.

"요즘 많이 바쁘신가요?"

"한창 바쁠 때죠. 하지만 지금 하지 않으면 언제 이렇게 일하겠어요? 그래서 무슨 일이신가요?"

바로 본론으로 들어가는 것이 시간이 금인 사람다웠다.

란이 장신구를 팔고 싶다는 말을 전하고, 부탁했던 치료사 이야기도 꺼냈다.

"장신구는 제가 따로 사람을 보내죠. 그리고 말씀하신 치료사 말인데요."

레버리가 한숨을 내쉬었다.

"아무래도 움직이지 않을 것 같아요. 엘프 치료사는 돈으로 움직이지도 않으니까요."

"그렇군요."

란은 가볍게 입술을 깨물었다가 말했다.

"그럼 제가 물건을 하나 보내죠. 그걸 보고도 움직이지 않는다면 어쩔 수 없다고 합시다."

"어머?"

레버리의 목소리에 즐거운 호기심이 가득 찼다.

"무슨 물건일까요?"

"그건 편지와 함께 보낼게요."

"그럼 제가 연락해서 내일 당장 인편을 보내죠. 그쪽을 통해서 보내주시면 될 것 같습니다."

"네, 뭐 또 필요한 일 있으면 바로 연락 주세요."

"후후, 12월이 기다려지네요."

12월은 사교 시즌이 시작되는 때다. 레버리의 말에 란 역시 웃었다.

"저도 기다려지네요."

　　　　*　　　*　　　*

시간이 훌쩍 흘렀다.

레버리가 보낸 사람은 어머니의 목걸이 세트를 몇 개 감정해 후하게 돈을 쳐주었다. 그리고 그가 란이 전해 주는 작은 납 상자를 소중하게 안고 돌아간 지도 벌써 한 달째였다.

란은 일단 와일드 남작과 란스 남작에게 돈을 갚았다.

두 남작은 벌써 갚지 않으셔도 된다고 말했지만, 그래도 안도하는 듯 보였다.

'그만큼이나 빌렸으니.'

두 남작가에도 부담이었을 거다. 블레인 경은 불편한 얼굴로 "보석을 파셨다고요." 하고 물었지만 란은 웃음으로 넘겼다. 하지만 저택에서 소문은 빠르게 도는 법.

가주인 란이 전 공작 부인의 보석을 전부 처분했다는 이야기와 함께 공작가 재정 상태에 대한 속삭임이 고용인들 사이에 퍼졌다.

"이런 소문이 생길 줄이야."

란이 중얼거려서 유스타프가 갸웃했다.

"소문이 퍼질 거라고 하셨으면서요?"

"아니, 공작가가 보석을 팔아서 돈을 마련했다, 하는 소문이 생길 줄 알았지. 공작가가 파산 위기래, 이런 소문이 생길 줄이야?"

란은 가볍게 혀를 찼다. 아무래도 현대인인 자신과 이곳 사람들의 사고방식 구조가 좀 다르다.

자신이야 빚이 있으니 보석을 팔아서 빚을 갚는다, 이게 당연한 일인데 여기서는 그게 어마어마하게 수치스러운 일인가 보다.

"어쩌지?"

"잘됐죠."

유스타프의 대답에 란은 멍하니 그의 얼굴을 보았고 유스타프 역시 그녀를 마주 보았다.

'진짜로 못 맞춰?' 하는 얼굴로.

이거 못 맞추면 누나의 위엄이…….

"아!"

란이 곧 깨달아 짧게 소리를 냈다.

"그렇구나. 사람을 골라낼 수 있겠네."

"그렇습니다."

"그럼 잘된 거네?"

"어차피 얼음수정이 공개되면 소문은 사라질 테니까요."

유스타프의 말에 란은 고개를 끄덕였다.

'원하지 않은 덤까지 생겼네?'

이걸로 고용인을 확연히 둘로 가를 수 있다.

돈을 보고 섬기는 사람과 그렇지 않은 사람.

물론 돈을 보고 섬기는 사람이 나쁘다는 건 아니다. 하지만 돈을 보고 섬긴다면, 이쪽 역시 고용인 그 이상의 취급은 하지 않을 뿐.

그리고 그렇지 않은 사람이 있다면 그에 맞는 대접을 해 줘야지.

'하긴 믿을 만한 사람을 구하는 게 가장 어렵다니까.'

란은 본의 아니게 생긴 기회까지 탈탈 털어서 사용하기로 했다.

'하지만 귀찮으니까 은근슬쩍 유스에게 맡기자.'

그러는 사이 마법 세공사 두 명도 저택에 도착했다.

한 사람은 나이가 마흔 중반쯤 되는 여성이었고, 한 명은 아직 어린 소년이었다.

마법 세공사치고는 드문 조합이라 란은 호기심이 생겼다.

"청염을 떨치시길. 미천한 마법 세공사인 리디아라고 합니다."

"프란체입니다."

어디서 들었는지 세공사는 라치아 인사말을 건넸다. 멀리서 온 사람에게 그런 인사 안 받는다 하기도 그래서 란은 인사를 받았다.

"불꽃의 가호가 있길. 이런 걸 물으면 실례겠지만, 혹시 두 사람의 관계가……?"

"모자간은 아닙니다."

많이 들었던 질문인 듯 리디아가 미소 지으며 대답했다. 흰머리가 섞여 있는 갈색 머리카락을 단단히 묶은 그녀는 세공사라기보단, 문학사처럼 보였다.

"라치아에 온 걸 환영해요. 오느라 고생이 많았지요."

"아닙니다."

"방을 준비해 두었으니, 하녀가 안내해 줄 겁니다. 거기에 짐을 풀면 됩니다. 필요한 건 뭐든 요청하세요."

"감사합니다."

"그리고 지금부터 할 작업은 비밀에 부쳐야 합니다."

"명심하겠습니다."

리디아가 진중한 얼굴로 말했다. 란이 힐끗 프란체를 보았다. 이제 열셋이나 되었을까?

어린 소년 역시 얼굴을 붉히며 "명심하겠습니다." 하고 대답했다.

"그렇다면."

란이 눈짓하자 옆에 공손히 서 있던 시녀장(house keeper : 여성 고용인 전체를 통솔하는 여성 고용인의 정점)이 재빠르게 쟁반 위의 천을 걷어 내밀었다.

"뭔지 아시겠나요?"

란의 말에 리디아가 신중한 얼굴로 쟁반 위의 마력석을 집어 들었다가 숨을 삼켰다.

"이건, 이게, 이게 설마?"

리디아는 도무지 믿을 수가 없었다. 자신이 마법 세공사가 된 지도 어언 20년이 훌쩍 흘렀지만, 그 세월 속에서 이런 마력석은 단 한 번도 본 적이 없었다.

"어떻게, 어떻게—"

더듬거리는 리디아에게 란이 미소 지으며 말했다.

"그걸로 마법 세공을 해주길 바랍니다."

리디아의 손끝이 떨렸다.

"이런 귀한 것을 저에게 맡겨 주시는 겁니까?"

란이 그 말에 피식 웃고 말했다.

"더는 귀하지 않아요."

"예?"

"그 마력석이 잔뜩 있거든요."

리디아는 숨이 멎는 것 같았다. 이런 순도 높은 마력석이 잔뜩 있다고?

자신이 이걸로 무엇을 만들 수 있을지 상상조차 되지 않았다. 아니, 너무나도 많은 생각이 나서 머릿속이 새하얗게 되었다.

"그래서 돈이 있다, 하는 사람이 계속 우리 마력석을 사용할 수 있게. 곳곳에 우리 마력석이 퍼지도록. 그게 제 목표예요. 이름도 마력석이 아니라 얼음수정이라고 지었답니다."

"그렇군요."

간신히 목소리가 토해져 나왔다. 란이 히죽 웃고 말했다.

"길드에서 당신을 보낸 건, 여기가 라치아이기 때문이겠죠?"

란의 말에 리디아의 얼굴이 붉어졌다.

마법사는 라치아 반경 10km로 접근하면 안 된다.

그게 마법사의 규정이다.

마법 세공사는 그 규정에서 자유롭다. 하지만 그래도 마법 세공사들은 라치아에 접근하고 싶지 않아 했다.

자신들이 마법사라도 되는 듯이 말이다. 그래서 여자인 자신과 어린 프란체를 보낸 것이었다. 란이 자신의 가슴께에 손을 얹으며 말했다.

"나도 여자죠. 그러니 여자끼리 돕고 지내야 하지 않겠어요? 부디 좋은 작품을 만들어 줘요, 리디아. 그리고 공작가의 전속 세공사가 되어 줘요."

"반드시 좋은 작품으로 보답하겠습니다."

"그래서 말인데요."

란의 목소리가 낮아졌다. 리디아 역시 저절로 목소리를 낮췄다.

"말씀하세요."

"제가 먼저 주문하고 싶은 물건이 있어요."

"뭡니까?"

"전기장— 아니, 이불을 따뜻하게 만들어 주는 마법 도구요."

그녀의 말에 리디아가 눈을 동그랗게 떴다.

Chapter 3.

라치아의 마력석

겨울이 오고 있다.

9월이라면 슬슬 기온이 떨어지며 가끔 늦더위가 기승을 부리는 계절이겠지만, 라치아에서 9월은 웃옷을 챙겨야 하는 계절이다.

10월이 되면 모든 나뭇잎들이 다 떨어지고, 11월이 되면 본격적인 겨울에 돌입한다.

그리고 4월까지 겨울 속에 푹 파묻혀 지내는 것이다.

'그러니까 온풍기와 전기장판이 꼭 필요해!'

마법사가 지은 아름다운 저택이라고 해도 돌은 돌.

춥기는 어마어마하게 춥다. 여기에 와서 적응하기 어려운 게 바로 난방이었다. 벽난로는 근처만 따뜻하고 방 전체를 데워 주지 않는다.

침대 속에 따뜻한 물주머니를 넣으면 좀 낫지만, 그래도 그뿐.

'올겨울은 전기장판과 함께 보낼 거야!'

그리고 이걸 전 제국에 히트시켜 주겠어!

그런 야심을 품는데 가볍게 문을 두들기는 소리가 났다.

"들어와."

"누군지 묻지도 않으시고요."

유스타프가 들어오며 말해서 란은 씩 웃었다.

"어쩐지 유스 같아서."

"저 같았다고요?"

"저녁 먹고 나서 날 찾을 사람이 뭐 더 있어야지."

그 말에 유스타프는 잠시 란을 바라보다가 말했다.

"손님이 왔습니다."

"손님?"

란이 고개를 갸웃했다.

"그걸 왜 유스가 전하는 거야?"

손님이 왔다는 말을 전할 시종도 많구만.

"좀 특별한 손님이라서요."

유스의 말에 란이 고개가 더 기울었다.

"특별한 손님? 누군데? 황제 폐하라도 오신 거야?"

"아니오."

독특한 억양으로 그렇게 말하며 유스타프의 뒤에서 키가 훌쩍 큰 남자가 들어왔다. 유스타프는 란을 등 뒤로 두며 비켜섰다.

남자가 후드를 뒤로 젖히자 란은 눈을 동그랗게 떴다. 귀가 뾰족하다.

엘프!

짙푸른 색 머리카락을 단정하게 자른 엘프가 당당히 서 있었다.

"날 불렀다고 들었소만?"

"네, 제가 불렀어요."

"그리고 이것도 그쪽이 보낸 거고."

엘프가 뭔가를 틱 퉁기는 걸 유스타프가 중간에서 낚아챈 다음 란에게 보여 주었다.

붉은색 마력석.

란의 입가에 짙은 호선이 그려졌다.

그렇지, 입질이 왔구나.

"네, 그건 제가 보낸 겁니다."

"어디서 난 거지?"

"제가 답해야 할 의무가 있나요?"

엘프의 미간이 팍 일그러졌다. 란은 허리를 쭉 펴며 말했다.

"저는 대등하게 이야기하기를 원할 뿐입니다."

"하레쉬."

남자의 말에 란은 눈을 깜박였다. 엘프어인가? 아니면ー

'아하.'

"란 로미아 드 라치아라고 합니다. 그냥 란이라고 불러 주시면 되지요. 저도 그냥 하레쉬라고 부르면 될까요?"

그녀의 말에 하레쉬는 고개를 끄덕였다. 란은 속으로 가슴을 쓸어내렸다.

힐끗 유스타프를 보니 그는 평소와 다름없는 얼굴로 서 있었다. 단지 붉은색 마력석을 만지작거리고 있는 것만 빼면.

'아이고, 아직 얘기 못 했는데.'

그걸 어떻게 알았냐고 물어보면 알려 줄 변명을 생각하다가 결국 생각해내지 못해서 미뤘었다.

그런데 이렇게 소식도 없이 불시에 엘프가 나타날 줄이야.

란은 마음속으로 깊게 숨을 들이켰다.

이건 라치아 공작가의 독자적인 무역이다.

마력석 채굴은 하지만, 마력석의 판매는 골든로즈 상단에 맡기게 될 터였다.

라치아 공작가는 전 대륙으로 뻗어 나갈 망이 없으니 말이다. 하지만 엘프나 드워프 같은 이종족과의 교류는 다르다.

란은 라치아 공작가 안에서 작은 상단을 만들어 직접 그런 고급 물품들을 거래할 작정이었다.

그거라면 판매할 대상 역시 귀족들이라고 정해져 있으니, 대상단 같은 규모가 필요하지 않다.

이게 그 첫걸음이 될 터였다.

"앉으세요, 하레쉬. 차를 드시겠어요?"

"물이면 된다. 인간의 차는 질이 떨어져."

그 말에 란은 웃음을 꾹 참고 유스타프를 보았다. 그도 그녀와 같은 생각을 했는지 얼굴이 살짝 풀려 있었다.

상대방의 기분을 생각하지 않고 말한다. 즉, 사근사근하게 영업을 하는 상인적 마인드가 없다는 뜻이다.

그렇다면, 이쪽도 거래하기가 훨씬 더 쉽지요.

란은 싱긋 웃었다.

*　　*　　*

하레쉬는 등에서 식은땀이 흐르는 것 같았다. 눈앞의 작은 인간 소녀는 생각보다도 훨씬 자신들의 문화에 대해서 잘 알고 있었다.

"하지만 약초는 우리도 만드는 양에 한계가 있고―"

"물론 알고 있습니다. 그러니까, 세계수의 일부로 만드는 연고를 넣어주신다면, 다른 약의 열 배를 쳐 드린다는 겁니다."

"그건 또 어떻게 알았지?"

"1년에 열 개밖에 만들지 않지만, 쓸 일이 없어서 쌓여 있잖습니까? 유용한 마력석과 교환해 버려요. 어차피 기간이 지나면 효력도 떨어지잖아요."

"그건 또 어떻게—"

"그리고 물론 엘프 세공품도 받습니다. 목재를 다루는 기술은 아무도 엘프를 따라갈 수가 없지요."

하레쉬는 기가 찼다. 하지만 그녀가 이야기하는 내용은 거침없는 만큼 틀린 곳도 없었다. 만약에 그녀가 지나친 것을 요구했다면, 그는 말없이 이 테이블에서 일어났을 것이다.

하지만 란은 억지를 쓰는 것도 아니고 겉보기에만 반지르르한 말을 하는 것도 아니었다. 어디까지나 합당한 제의를 하고 있을 뿐이다.

'그런데도 왜 말려들어 간다는 기분이 드는 거지?'

하레쉬는 무의식적으로 상체를 세우며 몸을 뒤로 살짝 뺐다. 그 모습을 보고 란은 말을 멈췄다. 하레쉬가 잠시 숨을 내쉴 틈을 준 다음 란은 쐐기를 박았다.

"저희는 드워프와도 거래할 생각입니다."

"그 땅딸보들과?"

노골적으로 콧잔등을 찡그리며 하는 말을 란이 정정했다.

"듬직하다고 하는 거죠."

하레쉬는 기가 차서 하, 하고 가볍게 숨을 내쉬었다. 드워프와 거래를 한다고?

"그들에게도 마력석을 보낼 생각인가? 하지만 그들과 우리의 마법 체계는 또 달라. 같은 마력석으로는 그들을 움직일 수 없다."

"물론 알고 있습니다."

그러니까 파란 마력석도 있는 거랍니다.

하레쉬의 눈이 가늘어졌다. 란이 담뿍 미소를 지으며 말했다.

"엘프와 드워프 사이가 좋지 않다는 건 이미 알고 있습니다. 하지만 양쪽의 교류가 필요하지 않은가요? 절 가운데에 끼면 편하게 교류하실 수 있지요."

"……."

하레쉬가 팔짱을 끼고 란을 잡아먹을 듯 노려보았다. 란은 어디까지나 생글생글 웃는 상인의 얼굴로 그를 마주 보았다.

이 거래는 그녀에게 있어서 매우 중요했다.

'공작가 사재(私財)를 이걸로 만들 거야.'

마력석으로 큰돈을 벌 것이다. 그리고 그거 말고도 란은 하나 더 돈 벌 거리가 있었다.

하지만 그건 어디까지나 영지에 속해 있는 것이었다. 혹여나 영지에서 쫓겨나거나, 영지를 떠나게 되면 자금줄은 순식간에 막혀 버린다.

'게다가 영지에서 나오는 재산은 전부 세금을 내야 하니까.'

마력석만 해도 본격적 판매가 들어가면 황제가 어떻게 나올지 알 수가 없었다. 일단 기존 마력석 광산과 같은 세금 비율을 적용한다고 해도 상당 금액을 제국에 바치게 된다.

하지만 삼각무역은 다르다.

란이 주목하는 것은 마력석 그 자체를 엘프나 드워프에게 파는 게 아니었다. 그들과는 상거래를 트는 것 자체가 어렵다. 두 종족이 자급자족을 하고 있다는 것보다도, 그들이 인간을 불신하고 있는 게 상거래를 가로막는 제일 큰 문제였다.

'마력석을 파는 건 시작으로도 충분해. 중요한 건 인간, 드워프, 엘프 사이의 삼각무역─아니 사각인가. 하여간 그거인 거지.'

이거라면 영지를 떠나서도, 무슨 일이 생겨도 라치아 가주에게 소속되어 있는 재산이 생기는 거다.

말 그대로 개인 재산이었다.

물론 이 시대야 영지 돈=공작 돈이기는 하지만, 그렇다 해도 한계는 명확히 존재했다.

'어쨌든 가주에게만 한정 상속이 되니까.'

장남이 아닌 다른 자에게는 돈 한 푼 떨어지지 않는다. 하지만 개인 재산은 다르다. 얼마든지 개인적인 용도로 쓸 수가 있다.

'그 사재를 탕진하고 땅을 담보로 한 사람이 바로 전 공작이지만.'

그래서 란은 따로 라치아 가주를 위해 개인 재산을 마련하고 싶었다. 한마디로 회계관의 결재 없이 공작 마음대로 쓸 수 있는 돈주머니가 필요하다 이거다.

귀족들 사이에서는 분명 말이 나올 거다. 일하지 않는 게 유한계급의 미덕이니 말이다.

'그러니 적당히 누군가를 대표로 세워서 눈 가리고 아웅을 해야겠지만……'

하여간 딴 주머니! 돈주머니! 중요하다고. 제발 하겠다고 해 줘.

마이너스 내탕금을 어떻게든 플러스로 돌려놔야지 내 용돈도 나올 거 아냐?

마력석 필요하지? 필요하잖아?

란의 필사적인 마음이 통한 것인지 하레쉬는 팔짱을 풀고 낮게 한숨을 쉬며 말했다.

"나 혼자 결정할 수는 없는 문제다."

"물론입니다. 돌아가서 장로분들과 상담해 주십시오."

"그러지."

대답하고 하레쉬는 비딱하게 물었다.

"그래서? 진료비는 마력석으로 치르는 건가? 환자는?"

"아, 환자는 제 가신의 딸입니다. 하지만 지금은 밤이 늦었으니, 소식을 보내고 내일 찾아가도 될까요?"

"찾아간다고?"

"그야 환자니까요. 움직이게 할 수는 없지요."

란의 말에 하레쉬는 "그렇지." 하고 고개를 끄덕이고는 자리에서 일어났다. 란이 따라 일어나며 "묵으실 곳은—" 하고 말을 꺼내는데 그가 대꾸했다.

"인간의 집은 답답해서 싫다. 내일 동트면 다시 오지."

"네, 부디."

라치아 영지의 숲을 즐겨 주세요. 그런 생각을 하며 란은 말을 끝내기도 전에 휑 사라져 버린 하레쉬를 마음속으로 배웅하고 방문을 닫았다.

달칵.

돌아서니 유스타프가 테이블 위에 붉은 마력석을 내려놓는 소리가 유난히도 크게 들렸다. 그가 눈을 들어 란을 바라보았다.

"그럼 설명을 좀 들어 볼까요? 누님."

"어, 음. 그러니까, 어— 요즘 린드버그 남작은 잠잠해?"

정말로 뜬금없는 말 돌리기에도 유스타프는 눈 하나 깜짝하지 않고 대답했다.

"말씀 안 드렸나요? 얼마 전에 로비가 죽었다고 소식이 왔습니다."

"뭐?!"

정말로 깜짝 놀라 란은 저도 모르게 소리쳤다. 유스타프가 어깨를 으쓱하고 말했다.

"영지에서 추방당하더니 어딘가에서 도박하다가 싸움에라도 휘말린 거겠죠. 성기가 잘리고 목이 끊겨 죽었다던데요."

"으아―"

생각만 해도 끔찍해서 란은 눈을 찡그렸다. 저절로 몸이 떨렸다. 그런 이야기를 태연자약하게 하는 유스타프가 대단해 보였다.

"자업자득이죠."

유스타프는 그렇게 대답하고 의자 등받이를 잡아 빼며 고갯짓을 했고 란은 느릿하게 걸어가 그가 빼 준 의자에 순순히 앉았다.

"그렇게 죽다니, 가문의 수치 아닙니까. 그래서 숙부님께도 따로 연통을 드렸지요. 그랬더니 드디어 수치라는 걸 이해해 주신 듯하군요. 잠잠해진 걸 보니까요."

어째 등에 식은땀이 흘러서 란은 고개를 꼬아 유스타프를 올려다보았다.

"숙부님도 만났었어? 언제?"

"글쎄요."

의미심장한 대답을 하고 유스타프는 그녀의 맞은편으로 돌아가서 앉았다.

"다시는 시끄럽게 굴지 않으실 테니 잘되었지요."

"정말로 그럴까? 아들이 죽어서 더 날뛰게 되는 거 아냐?"

"그래 줘도 고맙고요."

유스타프의 대답에 란은 "그렇군." 하고 눈을 가늘게 뜨고 유스타프를 보았고, 그는 태연한 얼굴로 다시 마력석을 쿡 찌르듯 가리키며 말했다.

"그래서 뭡니까?"

"마력석입니다."

"방금 그 엘프는 뭐고요?"

"그건—"

란은 어떻게 이야기해야 하나 하다가 일단 붉은 마력석과 푸른 마력석에 대한 설명을 했다.

"이것 때문에 마법사가 라치아에 출입 금지라고요?"

"그래."

"이걸로 이종족과 거래를 하신다고요?"

"응."

"누님."

"응?"

"어떻게 아느냐, 라는 질문은 미뤄두겠습니다. 그런데 저라면 이걸 어떻게 썼을지 아십니까?"

란이 고개를 갸웃했다. 유스타프가 손끝으로 피처럼 붉은 돌을 굴리며 말했다.

"마법사를 공격하는 데 쓸 겁니다."

팔을 타고 소름이 쫙 돋았다. 유스타프가 희미하게 미소 지으며 그녀를 바라보았다.

"적어도 위협하는 무기가 되겠지요. 마법사 근처에만 던져도, 마법사를 폐인으로 만드는 무기가."

"어, 음."

"누님은 그런 생각은 하지 않으셨지요."

"어……."

그런 생각은 해본 적이 없었다. 자신은 전쟁이 흔하지 않은 세계에서 왔기 때문일까?

물론 아프리카나 다른 내전이 많은 나라가 있다는 건 알고 있고, 당장에 한국 역시 휴전국이지만 그래도 전쟁을 경험한 건 아니었다.

유스타프가 느릿하게 말했다.

"마법사는 전쟁의 양상을 바꿨고, 이것 역시 그렇게 될 겁니다."

"그걸 원한 건 아닌데."

란이 가볍게 입술을 깨물자, 유스타프가 느긋한 얼굴로 상체를 뒤로 붙이며 말했다.

"하지만 마법사에게 위험하다는 건 알고 계셨지요. 어떻게 하실 생각이었습니까?"

"일단 이 마력석은 비밀로 할 생각이었어. 그리고 마법사 협회에 사람을 보내서 이 마력석의 위험성에 대해서 알리려고 했고. 어차피 인간의 마법으로는 사용할 수 없으니까, 불량품이라고 해서 따로 수집한 다음 이종족 거래용으로 쓰려고 했지."

란의 설명에 유스타프는 고개를 끄덕였다.

"그럼 그렇게 하시면 되겠군요."

"그래?"

"네. 마법사 협회 쪽에서는 누님의 제의가 더할 나위 없이 탐날 테니까요."

"어? 아, 하긴 그러네. 본의 아니게 협박하는 것처럼 보이겠는걸."

우리에게는 이런 무기가 있어. 하지만 너희에게 쓰지는 않을 거야. 비밀로 하고 다른 종족과 교류할 예정이거든. 그러니까 너희도 이걸 비밀로 하는 걸 돕는 게 좋겠지?

"좋아. 그럼 이건 그렇게 하는 걸로 하고. 음. 더 궁금한 거 있어?"

"아뇨. 어차피 궁금한 건 말씀해 주시지 않을 것 같으니 말입니다."

유스타프는 그렇게 말하며 다리를 꼬았다. 그의 푸른 눈이 그녀를 살폈다.

"란 로미아 드 라치아."

부르는 게 아니라 읊는 듯한 어조였다.

"당신은 대체 누굽니까?"

순간 란은 그가 자신을 꿰뚫어 본 줄 알았다. 자신이 진짜 란이 아니라는 걸. 하지만 곧 그게 아니라는 걸 깨달았다. 저 질문은 '당신은 대체 뭡니까?' 같은 질문과 동의어다.

란은 떨리는 목소리로 대답했다.

"그야 네 누나지."

"그건 아니죠."

간단하게 부정하고 유스타프는 재미있다는 얼굴을 했다.

"그거 아십니까?"

"뭘?"

"누님은 거짓말에 서투르시네요."

"익숙하지 않아."

한숨을 쉬며 란이 시인했다.

서류를 보고 처내고, 일을 진행하고 빠르게 움직이는 건 할 수 있었다. 하지만 거짓말을 하고, 모략을 꾸며 사람을 속이는 건 도무지 익숙하지도, 익숙해지지도 않았다.

유스타프는 고개를 끄덕였다.

"그럼 백작에게 서신을 보내죠. 내일 동틀 때라니, 엘프는 부지런하기도 하지."

비꼬는 건지 아닌 건지 유스타프는 그렇게 말하고 테이블을 가볍게 툭툭 두들겼다. 그리고 뭔가 말할 듯이 란을 보았다가 다시 툭툭 테이블을 두들기고 자리에서 일어났다.

"그럼 전 이만 가 보도록 하겠습니다."

"어, 응."

"그리고 누님."

"응?"

"반격은 하실 수 있는 겁니까?"

그렇게 말하고 유스타프는 휭하니 방을 나가 버렸다. 그가 나간 방에서 란은 잠시 생각하고서야 그가 한 말이 전에 했던 대화의 연장이라는 걸 깨달았다.

"네가 날 죽이려고 하면 반격할 거야."

그런 이야기를 했었다.

"반격은 하실 수 있는 겁니까?"

란은 생각하고 "아앗." 하고 작게 소리를 내며 테이블 위에 털썩 엎드렸다.

"그야, 못 하지. 그거 하려면 내 편을 만들어야 하는걸. 내가 내 편 만들면 분명히 유스타프 파벌이랑 서로 견제할 거고, 그럼 원하지 않아도 싸워야 하는데."

그래서 동맹을 맺은 거잖아!

다 알면서.

나쁜 자식.

'역시 도망칠 구석은 만들어 두는 게 좋겠어.'

눈을 가늘게 뜨며 란은 결심했다.

　　　　　*　　　*　　　*

　　일루미니티 백작저는 라치아 영지에서 멀지 않았다. 하지만 말을 타고 가야 하는 거리라 란은 마차를 불렀다.

　　'말로 장거리는 무리야. 말로.'

　　몸 쓰는 일에는 약한 란이었다. 게다가 드레스를 입고 옆 안장(드레스용 안장. 양다리가 한쪽으로 내려온다.)으로 세 시간을 달리라고 하면 그 사람을 노려봐 주리라.

　　하레쉬는 마차 안은 답답하다고 하며 자처해서 마부석에 앉았고, 마부는 어색한 얼굴로 옆에 엘프를 태우고 백작령으로 출발했다.

　　하늘 저택에는 유스타프를 남기고 가니 안심이었다. 그녀가 "나 갔다 왔을 때 문이 안 열리거나 그러면 안 돼?" 하고 말하는 걸 무시하며 "출발하시죠."라고 하기는 했지만.

　　다녀오세요, 가 아니라 출발하라니, 하면서 란은 투덜거리고 마차를 출발시켰다. 덜컹거리는 길을 달리면서 란은 반드시 돈 벌면 길을 재정비하겠다고 다짐했다.

　　상도를 개척하는 건 길을 개척하는 것과 마찬가지다. 괜히 로마군이 전투보다 토목공사로 길을 만드는 걸 더 많이 했겠는가?

　　모든 길은 라치아로 통한다, 정도는 아니더라도 기본적인 길 정도는 다듬어 놔야겠다. 대대적인 토목공사를 하려면 일단 겨울이 지나고 자금이 좀 생기면 해야겠지.

　　'이건 내년이나 내후년에나 할 수 있겠다.'

　　란은 창문을 열고 모처럼의 외유를 만끽했다. 마차 양쪽으로 따라오는 호위 기사들 역시 즐거운 얼굴이었다. 라치아 가문의 상징인 문과 눈꽃 문양이 그려진 깃발을 휘날리며 마차는 라치아 영지를 벗어나 곧 백작 영지에 도착했다.

기사의 에스코트를 받아 내리자마자 란은 신음을 흘릴 뻔했다. 엉덩이와 허리가 뻐근했다. 다음에 마법 물품을 만들 때는 흔들림 없는 마차를 만들어 달라고 하자.

"어서 오십시오, 가주님."

일루미니티 백작이 나와 있었다. 백작 부인은 5년 전에 세상을 떠났고, 백작 정도라면 재혼할 법도 한데 그는 그럴 낌새가 없어 보였다. 그의 옆에는 백작의 후계자인 장남이 나와 나란히 서 있었다.

"반갑소, 백작."

란은 그렇게 말하며 싱긋 미소 지었다. 그녀가 마차에서 뛰어내리는 하레쉬를 보며 말했다.

"이쪽이 내가 초빙한 엘프 치료사인 하레쉬라네."

인사하기도 전에 하레쉬는 툭 내뱉었다.

"환자는 어디?"

란이 한숨을 내쉬고 말했다.

"인간이 아니니 무례한 건 이해해 주게."

란의 말에 일루미니티 백작은 덤덤한 표정으로 말했다.

"딸을 고쳐 주기만 하면 상관없습니다. 환자는 이쪽입니다."

일루미니티 백작저는 하늘 저택에 비하면 단출한 3층짜리 건물이었다. 중간에 백작은 란에게 따로 쉬겠냐고 물었지만, 그녀는 고개를 저었다. 백작 영애의 방은 3층에 있었다.

문을 열고 들어가자 약 냄새가 확 풍겼다. 여자아이 방이라는 걸 한눈에 알 수 있는 사랑스러운 파스텔 톤의 방이었다. 하레쉬는 눈을 찌푸리며 말했다.

"환기 좀 시키지."

백작 영식이 "찬바람이 환자에게 좋겠소?" 하고 말했지만 하레쉬는 코웃음을 치며 "이 공기가 더 안 좋아. 다 열어." 하고 명령하고 방 안을 둘러보았다. 시녀들이 머뭇거리자 백작이 "창문을 열어라." 하고 명령하고는 말했다.

"딸아이는 침실에 있소."

침실로 들어가자 시녀 한 명이 백작 영애가 상체를 세우는 걸 도와주고 있는 게 보였다. 하레쉬는 인사도 없이, 인간적 관점에서 보자면 무례하기 짝이 없는 태도로 침대가로 다가가 말했다.

"손."

백작 영애는 겁을 먹었는지 눈을 동그랗게 뜨고 하레쉬만 보고 있었다. 아니 굳이 말하자면 그의 귀를 보고 있었다. 열 살쯤 되었을까? 일루미니티 백작을 닮은 빨강머리를 했지만 생긴 건 완전히 다른 가냘픈 소녀였다. 눈이 움푹 들어가 있고 창백해서, 병세가 완연했다.

"쯧."

하레쉬는 혀를 차더니 그녀의 손을 잡아끌었다. 옆에 있던 시녀─유모가 기겁해서 "무슨 짓입니까!" 하고 외쳤지만, 백작이 손을 들어 저지했다. 하레쉬가 진찰하는 동안 침실은 놀란 백작 영애의 거친 숨소리밖에 들리지 않았다. 하레쉬는 손을 탁 뿌리치듯 놓더니 영애의 눈도 뒤집어 보고, 입도 벌려 보았다. 그러더니 뭔가 엘프어로 중얼거리고 물었다.

"계속 약을 먹은 건가?"

"네, 네에."

영애는 눈을 깜박이며 작게 대답했다. 하레쉬는 잠시 생각하다가 고개를 끄덕이고 란을 돌아보았다.

"'쉼르흐하'다."

"음, 그게 뭐죠?"

발음도 어렵다. 란의 물음에 하레쉬가 갸웃하고 설명하기 시작했다.

"몸이 약해서 약을 먹이기 시작했지? 그 약이 몸에 독이 된 거지. 약을 몇 년이나 먹인 건지는 모르겠지만, 그게 차곡차곡 몸속에 쌓인 거다. 인간들은 필요 없이 강하게 약을 쓰는 경향이 있어."

"그럼 약을 멈추면 나아지는 거예요?"

"그럴 리가. 그런 단순한 문제가 아니야. 일단 몸에 쌓인 독을 빼고 약을 점차로 줄여가야겠지. 반년 정도면 돌아올 거다."

"그럼 병이 아니라고?"

일루미니티 백작의 목소리가 살짝 떨렸다. 하레쉬가 고개를 끄덕했다.

"그래."

"그, 그럼 저 건강해질 수 있는 거예요?"

백작 영애가 손을 뻗어 하레쉬의 소매를 잡으며 묻자 처음으로 엘프의 얼굴에 미소가 그려졌다.

"그래."

"감사합니다!"

"별말을."

그렇게 말하고 하레쉬는 란을 보았고 그녀는 어깨를 으쓱했다.

"결제는 나중에 청구해요."

"제가 내겠습니다."

백작의 말에 하레쉬가 고개를 젓고 란을 가리켰다.

"이 녀석과 나와의 거래다. 금이나 은은 필요 없어."

그래, 마력석으로 계산해야겠지. 란은 고개를 끄덕였다. 백작은 눈을 살짝 찌푸렸다.

"그럼 처방전을 쓸 테니 종이를 줘."

하인이 얼른 종이와 펜을 가져오자 하레쉬는 갈기듯 처방전을 길게 적어 나갔다.

'혹시 엘프어거나 악필인 건 아니겠지?'

걱정했지만 받아 보니 상당히 유려한 글씨체로 꼼꼼하게 처방이 적혀 있었다.

"그럼 난 돌아간다."

"네? 결제는."

"내가 나중에 찾으러 가지."

"알겠습니다."

란은 한숨을 내쉬었다. 도무지 엘프는 종잡을 수가 없다. 하레쉬는 "3개월 후에 확인하러 오지." 하는 말만 남기고 휙 가버렸다.

백작이 란을 돌아보며 말했다.

"잠시 응접실에 가 계시겠습니까?"

란은 고개를 끄덕였다. 그녀가 백작 영식의 안내를 받아 응접실로 나가며 힐끗 돌아보니 백작과 딸이 끌어안고 있는 모습이 살짝 보였다.

일루미니티 백작 영식은 상당히 고조된 목소리로 말했다.

"감사합니다, 가주님. 루루가 건강해지기만 하면 반드시 은혜에 보답하겠습니다."

"은혜라니. 군신간에 당연한 거지."

란은 싱긋 웃으며 그렇게 말했다. 응접실은 은빛으로 고급스럽게 꾸며져 있었다. 잠시 백작 영식을 상대로 대화하고 있으려니 일루미니티 백작이 돌아왔다. 아버지의 눈짓에 아들은 깍듯이 인사를 하고 돌아갔다.

"한잔 하시겠습니까?"

벽난로 위 유리 선반의 문을 열며 하는 말에 란은 피식 웃었다.

"축하주는 루루가 건강해지면 마시도록 하지."

"그렇군요. 그럼 단도직입적으로 물을까요?"

백작이 돌아서서 벽난로에 기대어 섰다. 검붉은 눈동자가 형형하게 빛나는 듯 보였다.

"뭘 원하십니까?"

"호의."

란 역시 즉답했다. 그녀의 대답에 그의 얼굴에 미소가 그려졌다. 호의적인 미소가 아니라, 예의상 짓는 그런 미소였다.

"제 호의로 뭘 하시려고요?"

란은 여유롭게 보이기 위해서 응접실 의자에 몸을 최대한 묻으며 허리를 기댔다. 팔걸이에 팔꿈치를 올려 상체를 비스듬히 기대며 란이 대답했다.

"백작의 연줄을 사용하고 싶어서 그렇소."

일루미니티 백작은 뒤쪽 세계와 연결되어 있었다. 그러니까 흔히 말하는 범죄 조직이나 그런 것들 말이다.

백작이 눈매를 좁혔다. 탐색하듯 란을 보며 그가 천천히 말했다.

"제 연줄보다 공작가의 연줄이 나을 텐데요."

"불행히도 그쪽에는 연줄이 없어서 말이지."

"그런가요? 어떤 연줄을 말하시는 겁니까?"

"뭐든지 앞면이 있다면 뒷면도 있는 거 아닐까."

우회적이지만, 일반적인 귀족간의 대화에 비하면 상당히 노골적인 말이었다.

란의 대답에 백작은 "뒷면이라." 하고 중얼거리더니 말했다.

"공작가의 능력에 감탄해야 하는 걸까요? 아니면 가주님의 능력에 감탄해야 하는 걸까요?"

"어느 쪽이든 상관이 있나?"

"헛다리를 짚고 있다고 말씀을 드리면 어쩌시겠습니까?"

란은 눈을 느리게 감았다가 뜨며 말했다.

"어쩔 수 없지."

"순순하시군요."

"호의는 압박으로 얻어내는 게 아니니까."

백작은 느리게 턱을 문지르며 말했다.

"무슨 연줄인지는 모르겠지만, 제가 그걸 가지고 있다고 한다면 어디에 쓰시려고요?"

"사람을 찾고 싶어서."

"그거라면 공작가의 능력으로도 가능하지 않습니까?"

"그쪽에 연줄이 있다면 훨씬 쉬우니 말이지."

"만약 말이지요."

"그래, 만약에."

제발!

란은 자신의 절박함이나 초조함이 드러나지 않기를 원하면서 다리를 꼬았다. 뭔가 동작을 하는 편이 좀 더 나을 것 같았다.

"어떤가? 호의를 베풀 마음이 있소? 아니면."

이놈의 하오체로 말하는 것도 슬슬 어려워지고 있었다. 백작이 탐색하듯 란을 바라보다가 대답했다.

"명령을 내리시면 제가 그 사람을 한번 찾아보겠습니다. 가능한 힘을 동원해서 말입니다."

란은 어깨에서 저절로 힘이 빠지려는 걸 참으며 말했다.

"그렇다면 둘만의 비밀로 하면 좋겠군."

"알겠습니다."

순순한 대답에 란은 만세를 부르고 싶은 것을 꾹 참고 자리에서 일어나며 말했다.

"딸이 완쾌하기를 비네."

"감사합니다."

란은 주머니에서 접은 종이를 꺼냈다. 드레스에 웬 주머니냐고 하겠지만, 드레스에도 주머니가 있었다.

란도 여기서 직접 드레스를 입어볼 때까지는 주머니의 존재를 몰랐다. 드레스를 입기 전에 주머니를 먼저 차고, 그 위에 드레스를 입는 구조였다. 드레스 양쪽에 트인 곳이 있어서 거기로 손을 넣어 주머니 속의 물건을 꺼낼 수 있었다. 허리 주름 때문에 구멍은 보이지 않고 말이다.

"부탁하지."

"충심을 다하겠습니다."

그 대답에 란은 피식 웃었다. 아무래도 그 대사는 어울리지는 않네요, 아저씨.

일처리가 잘되어 란은 가벼운 발걸음으로 백작가를 나왔다. 루루는 나을 거고, 난 루미에를 찾을 단서를 얻을 거고.

란은 잠시 서브 남주를 생각했다.

사실 여기는 그녀가 만든 세상도 아니고, 그러니까 그가 겪는 일도 어쩔 수 없는 탓.

그렇게 생각하면 쉽지만 란은 영 그럴 수가 없었다. 그래도 그녀는 이 이야기를 읽었고, 썼고, 그래서 애정이 있었다.

'게다가 굳이 그렇게 힘든 길을 가지 않아도 되는걸.'

구할 수 있는 능력이 충분하니 구해 주고 싶다. 그게 란의 솔직한 심정이었다.

만약에 란이 스물두 살까지, 유스타프가 스무 살이 될 때까지 이곳에 있는다면 분명히 루미에를 만나게 될 거다.

그리고 시나도 만나게 될 거고.

혹시라도 만나게 된다면 자신은 분명히 죄책감에 시달릴 거다.

그러니까 그렇게 되기 전에. 자신에게 그럴 힘이 있으니까, 루미에를 그곳에서 구해 내고 싶었다.

'찾을 수 있으면 좋을 텐데.'

사실 란도 원작 시작 전 이야기는 자세히 알지 못했다. 그나마 남주—는 아니지만 하여간 유스타프의 이야기는 대략적으로 알지만 루미에의 이야기는 잘 다뤄지지 않았다.

'으으, 좀 더 상세하게 써 둘걸.'

뒤늦은 후회를 하며 란은 한숨을 내쉬었다. 하지만 내년쯤 그가 불법 지하 검투장으로 넘어간다는 건 알고 있었다. 그곳에서 얼마나 끔찍한 일을 겪는지도.

그러니까 그 전에 찾고 싶다는 게 그녀의 바람이었다.

'제발 찾을 수 있게 도와주세요.'

란은 그렇게 생각하며 주먹을 불끈 쥐었다.

유스타프는 느리게 서류를 넘겼다. 서재 안에는 아무도 없었다. 고요한 가운데 벽난로만 가끔씩 탁탁 터지는 소리를 내며 타올랐다. 그때 어두운 구석에서 낮지만 뚜렷한 목소리가 들려왔다.

"주군."

유스타프는 서류를 내려놓고 몸을 돌렸다. 어둠 속에 몸을 숨긴 남자 형체가 설핏 보였다.

"란은?"

"무사히 돌아오고 계십니다."

"그래. 엘프는?"

"송구스럽게도 놓쳐 버렸습니다."

유스타프는 "그렇군." 하고 짧게 대답했다. 훈련받은 인간이라 해도 숲 속에서 엘프를 따라잡는 건 어려운 일이겠지.

유스타프는 낮게 숨을 내쉬었다.

그게 질책처럼 들렸는지, 남자는 더욱 몸을 낮추며 말했다.

"죄송합니다."

"아냐. 상대는 엘프니까."

유스타프는 살짝 손을 저었다. 그게 아니라 어째서 란은 이렇게까지 안전불감증일까, 하는 생각을 한 참이었다.

'그야 평범한 귀족 여자라면 그렇지.'

그건 당연한 거다.

온실 속의 꽃처럼 귀하게 자란 영애에게 위험을 알아채는 감각이 있다는 건 이상한 일이니까.

하지만 란의 행동을 보면 균형이 맞지 않게 삐거덕거렸다.

어떤 때에는 정치에 익숙한 사람처럼 보였다가도, 어떤 때는 한없이 순진한 아가씨 같다.

'게다가 정말로 마력석에 대해서는 어떻게 알아낸 걸까. 백작의 딸이 아프다는 것에 대해서는?'

풀리지 않는 의문점이 많아 유스타프는 청염을 움켜쥐었다. 청염이 그녀를 선택했다.

그것부터가 어마어마한 일이었다. 라치아 가문과 함께해온 청염은 시작부터 지금까지 단 한 번도 라치아 핏줄이 아닌 자를 용납한 적이 없었다.

그런데 란은 용납했다?

'넌 뭔가 아는 건가.'

차가운 청염의 표면을 매만지다가 유스타프는 짧게 숨을 내뱉고 말했다.

"란이 떠난 후 백작이 뭘 하는지 자세히 알아보도록."

"존의."

대답과 함께 남자는 녹아들듯 그림자 속으로 사라졌다.

본래라면 가주에게 소속되어 있어야 할 라치아가의 정보 단체인 '녹영(綠影)'이었다. 가주가 녹영의 첫 번째 그림자―그냥 첫 번째라고 부르는―를 소가주에게 소개시켜 주는 식으로 가주에게만 알려져 오는 단체였다.

그런데 란은 특이한 위치다.

유스타프는 첫 번째를 알았다. 아버지가 알려 줬기 때문이다. 당연히 란은 소개받은 적이 없었다. 그럼에도 가주는 란이었지만, 첫 번째는 이 사태에 당황하지 않고 유스타프를 찾아 왔고, 그는 란에게 이 사실을 알리지 않았다.

'어차피 임시 가주니까.'

그런 마음도 있었고, 군이 자신의 전력을 노출할 필요도 없다고 생각했다. 그리고 지금도 쏠쏠하게 써먹고 있고.

'만일 란이 없었다면 녹영도 해체되었을 테지.'

비밀 단체를 유지하는 건 충성심만이 아니라 어마어마한 돈이다. 숨어 있기 위한 자금, 몸을 숨기는 자금, 그런 자금은 일반적인 기사단을 굴리는 것보다 훨씬 많이 들어갔다.

가끔 유스타프는 그가 쓰는 용돈에 대해서 란이 아무 말도 하지 않는 것에 대해 생각하곤 했다.

알면서 모른 척하는 걸까?

아니면 정말로 신경 쓰지 않는 걸까. 자신에게 용돈을 달라고 주장하던 모습이 떠올라 유스타프는 픽 웃었다.

'내탕금 걱정은 하면서.'

자신이 돈을 쓰는 것에 대해서는 말하지 않는다.

'덕분에 수월하기는 하지만.'

도박으로 유혹해 뒷골목에서 로비를 죽이는 것도, 숙부를 협박하는 것도, 너무나 쉬웠다.

린드버그 남작을 협박했을 때 그 얼굴이 떠올라 유스타프는 픽 웃었다.

그래, 이런 일도 란이 알 필요가 없지.

그는 그렇게 생각하며 서류를 끌어당겼다.

란이 돌아온 것은 저녁 늦게가 되어서였다. 유스타프는 아직 식사 전이라고 말했고 란은 "아직도?" 하고 눈을 동그랗게 떴다가 웃었다.

"나 기다렸구나?"

"그렇지요."

순순한 유스타프의 말에 란은 멈칫했다가 다시 웃었다.

"고마워."

"별말씀을."

요리사는 뒤늦은 저녁을 잽싸게 만들어서 올렸다. 시간이 시간이다 보니 정찬은 아니었고, 간소한 저녁이었다.

버터와 꿀에 시나몬 가루를 뿌린 층층 토스트와 진한 차를 곁들인 식사를 하며 란은 간단하게 백작과 있었던 일을 설명했다.

물론 루미에 이야기는 빼고.

"그럼 백작의 딸은 고쳐지는 거군요."

"응."

"껄끄러운 상대이니 이 정도 은혜를 베풀어 두는 게 좋지요. 그나저나 그 엘프는 다시 온다고 했다고요?"

"응, 하지만 언제 오려나?"

"내일 또 동틀 때 오는 건 아니겠죠."

"에이, 설마?"

"정말로 설마라고 생각하시는 겁니까, 아니면 그냥 해 보시는 말입니까?"

"그, 그냥 해 보는 말이요."

"그렇군요."

유스타프는 고개를 끄덕이며 포크와 나이프로 제 몫의 토스트를 일정하게 덜어서 란의 접시 위에 올려 주었다. 어떻게 자르는 건지 단정하게 잘린 토스트는 각이 살아 있었다.

"수고하셨으니 더 드십시오."

"어? 괜찮아."

"안 괜찮을 것 같거든요. 드시는 속도를 보아하니."

그렇게 말하고 유스타프는 자기 몫의 냅킨을 접고 찻잔을 들었다.

란은 슬쩍 그를 보았다가 슬그머니 토스트에 포크를 가져갔다. 사실 좀 배가 고프기는 고팠다. 나가서 일했으니 당연한 거 아닌가!

스스로를 정당화하며 란은 토스트를 마음껏 즐겼다.

그때 창문을 두들기는 소리가 났다. 유스타프가 자리에서 벌떡 일어났다.

"엘프는 현관으로 들어오는 법을 알지 못하는 겁니까?"

그의 날카로운 말에 "귀찮아." 하는 대답이 돌아왔다. 유스타프는 창문을 열어 주기 싫은 얼굴로 창가로 다가가 문을 열어 주었다.

"이쪽은 경비가 허술하네."

"베란다도 없는 3층 창문으로 들어올 사람을 걱정할 정도의 여유가 없어서 말입니다. 충고는 명심하죠."

유스타프가 날카롭게 말했다. 하레쉬는 그런 반응에도 별말 없이 자신의 어깨를 툭툭 털고 안으로 당당히 걸어 들어왔다.

그가 란에게 손을 내밀었다.

"대금."

"잠시만요."

란은 그렇게 말하고 자리에서 일어났다. 붉은 얼음수정은 극비리에 다루고 있어서 다른 사람에게 가져오라고 할 수도 없었다.

란은 하레쉬에게 기다리라고 말한 후에 직접 자신의 방으로 가서 주먹 두 개를 합쳐 놓은 크기의 상자를 들고 왔다. 안에는 납 칠이 되어 있는 상자였다.

납 칠이 되어 있으면, 마력석의 마력이 밖으로 흘러나오지 않았다.

하레쉬는 상자를 열어 마력석을 확인하고 고개를 끄덕였다.

"그럼."

"좋은 소식으로 다시 뵙죠."

"누구에게 좋은 소식?"

"모두에게요."

싱긋 웃으며 란이 하레쉬에게 엘프식 인사를 했다. 주먹을 쥐고 이마와 가슴을 가볍게 두들기는 인사 방식이었다. 하레쉬는 묘한 표정으로 마주 인사하고 역시나 창문으로 떠나갔다.

'엘프란.'

란은 한숨을 내쉬었다.

"이걸로 제대로 교역을 할 수 있으면 좋겠군요. 드워프와는 어떻게 접촉하실 생각입니까?"

"마법사 협회를 통해서. 그쪽은 광물 때문에 드워프와 교류가 있으니까. 내일쯤 연락을 보낼까 해."

"내일 마법사 협회장을 볼 수도 있겠군요. 아니, 빙벽 가까이에서는 볼 수 없으니 모레쯤이려나요."

"어?"

란이 놀라 그를 돌아보자 유스타프가 말했다.

"이번에는 같이 만나도록 하죠."

"그렇게 빨리 연락이 올까?"

"마법사에게는 생명이 걸린 문제니까요."

"으응?"

"아직 마력석에 대해서 말씀하지 않으셨죠."

"응."

"마법사가 순순히 드워프와 저희를 연결해 주실 거라고 생각했습니까?"

"어— 하지 않을까?"

"안 할 겁니다."

"왜? 우리가 얼음수정을 생산하니까 마법사도 우리와 잘 지내는 게 좋잖아?"

"네, 하지만 그것과 드워프를 연결시켜 주는 건 별개의 문제지요."

마법사라는 족속들이 얼마나 콧대 높은 족속인가.

유스타프는 그렇게 생각하며 속으로 코웃음을 쳤다. 샘플로 커다란 얼음수정을 가져가면서 빈말로도 고맙다고 하지 않는 작자들이다.

그런 자들이 순순할 거라고 그는 생각할 수 없었다.

"편지에 꼭 푸른 얼음수정에 대해서도 쓰십시오."

유스타프의 말에 란은 고개를 끄덕였다.

"알았어."

"착한 누님이로군요."

유스타프가 놀리는 건지 그렇게 말해 란은 입을 비죽였다. 그의 입가에 살짝 미소가 지나갔다.

유스타프의 예언은 맞아 들어갔다.

마법사 협회에 연락을 넣자마자, 그 날 저녁에 파발이 도착했다. 공간 이동 마법을 여러 번 해서 완전히 시들시들해진 마법사의 사자가 하늘 저택에 도착한 것은 한밤중이 되어서였다.

꼭, 꼭! 꼭! 라치아 가주를 만나야겠다는 말과 함께 이미 마법사 협회 원탁 의원들이 인근에 도착해 있다는 말이었다.

거절할 이유가 없으니 란은 알겠다고 대답했다. 사자에게 하룻밤 유숙하고 가라고 권했지만 그는 굳이 답을 가지고 돌아가겠다고 고집을 피웠다.

그가 돌아가고 나서 란이 유스타프에게 말했다.

"진짜로 이렇게 빨리 올 줄은 몰랐는데."

"자기들의 목숨이 걸린 일이니까요."

"하긴."

란은 고개를 끄덕였다. 그녀는 입 안이 바싹 마르는 게 느껴졌다.

생각보다 빠르게 다시 결전의 날이 왔다. 마법사와의 협정이 무엇보다도 중요하다는 것은 두말할 필요도 없는 일이었다.

게다가 다들 나이 많은 마법사들이니 자신 같은 애송이는 휘리릭 말려 버릴지도 모른다.

"이번에는 같이 가는 겁니다."

유스타프가 다시 말해 와서 란은 어깨에 힘이 빠졌다.

"응, 꼭 같이 가."

란의 말에 그는 피식 웃고 목걸이를 풀어 청염을 꺼내더니 손을 내밀었다.

"……?"

의아한 얼굴로 란이 그의 손에 손을 올리자 유스타프가 그녀의 손가락에 청염을 끼워 주며 말했다.

"걱정하실 필요 없습니다."

란이 놀라서 눈을 동그랗게 뜨고 그를 바라보았지만 그의 푸른 눈은 여전히 고요하고 동요가 없었다.

"마법사는 검사와는 다른 족속이니까요. 청염을 끼시는 게 나을 겁니다."

만에 하나 공격이 와도 청염이 그녀를 지켜 줄 거다.

"그럼 유스는?"

"전 괜찮습니다."

그가 그녀의 손을 들어 올려 청염의 푸른 보석에 입 맞추며 말했다.

"청염의 가호가 함께하시길."

청염과 하나인 듯한 그의 새파란 눈동자에 란은 순간 말을 잃었다. 간신히 답을 해야 한다고 생각했을 때는 이미 유스타프가 그녀의 손을 놓은 후였다.

'우, 우와.'

란은 숨을 삼키며 주먹을 꽉 쥐었다.

역시 남주.

그녀는 마음속으로 가슴을 쓸어내렸다.

'꼬맹이 주제에.'

사람 설레게 하는 데가 있다니까?

눈을 가늘게 뜨며 란은 그렇게 생각하고 손가락으로 살짝 청염을 굴려보았다.

어쩐지 용기가 생기는 듯한 기분이었다.

'좋아.'

할 수 있어. 란은 그렇게 생각하며 어깨의 힘을 뺐다.

＊　　　＊　　　＊

　카라는 긴장한 얼굴로 손을 뗐다. 상급 시녀인 그녀는 무섭도록 시녀
의 수가 줄어든 와중에 살아남은, 충실한 시녀였다.

　시녀의 수가 줄어서 드는 생각은 가주님을 곁에서 섬기는 시녀 수가
너무 적은 게 아닌가, 하는 걱정이었다. 다행히도 란은 꾸미는 걸 좋아하
지 않아서 지금까지는 품이 들 일이 없었지만.

　오늘은 다르다.

　아직 부모님의 장례식을 치른 지 6개월이 채 지나지 않았기 때문에 화
려한 옷을 입을 수는 없었지만, 그래도 마법사를 만나러 가는 길이니 아
무렇게나 입을 수는 없다.

　"어떠신가요? 가주님."

　카라의 물음에 란은 거울을 바라보았다. 장례식 때에 맞췄던 검은색
드레스에 진주 브로치. 머리는 있는 힘껏 화려하게 땋아 올리고 그 위에
흑진주가 줄줄이 달린 검은빛 헤어밴드를 올렸다.

　상복치고는 화려하지만, 이 정도 화려함은 있는 게 좋으리라.

　"마음에 들어."

　란이 싱긋 웃자 옆에서 거들던 소다는 저도 모르게 한숨을 내쉬었다.
검은색 때문인지 란의 피부는 더 희게 빛나는 것 같았고 살짝 칠한 입술
도 요염하게 보였다.

　얼마 전 장례식 때 창백했던 모습과는 완전히 달라진 모습이었다.

　'겉모습은 중요하니까.'

　괜히 우습게 보일 거리를 만들 필요는 없다. 란은 그렇게 생각하고 카
라를 치하해 준 뒤 방을 나섰다.

　"유스?"

기다리고 있던 유스타프가 자리에서 일어났다. 란은 그를 위아래로 훑어보았다.

"옷차림이……?"

유스타프는 기사단 제복을 입고 있었다. 허리띠에 매달린 검이 눈에 들어왔다.

"오늘은 일단 호위니까요."

유스타프는 그렇게 말하고 란을 바라보았다. 란은 자신의 헤어밴드를 살짝 만지며 말했다.

"너무 화려한가?"

상중인데.

힐끗 그의 눈치를 보자 유스타프는 고개를 저었다.

"아뇨, 이렇게 누님이 미인이셨나 하고 생각했습니다."

"엑."

뭐지? 왜지? 갑자기 무슨 칭찬이야?

란의 반응에 유스타프의 눈썹이 슥 올라갔다. 하지만 그는 별말 없이 그녀에게 로브를 입혀 주고 에스코트를 위해 팔을 내밀었다. 란은 그의 팔 위에 살며시 손을 얹었다. 서늘한 금속 건틀릿(gauntlet 손과 팔목을 함께 감싸는 방어구) 감촉이 기분 좋게 와 닿았다.

"누님."

"응?"

"칭찬할 때 딱히 다른 의도는 없습니다."

그의 말에 란은 눈을 깜박이고 고개를 끄덕였다.

"응, 그럼 고마워."

"별말씀을."

유스타프는 그렇게 말하고 그녀를 마차까지 에스코트해 주었다.

날씨가 좋아 마차는 뚜껑을 접고 있었다. 오픈카처럼 위가 열리고 접히는 마차(landau)는 란이 좋아하는 마차였다. 마차도 종류가 많다는 걸 여기 와서 알았다.

나란히 두 사람이 올라타자 마차는 곧 달리기 시작했다.

처음에는 괜히 마차 뚜껑을 열었나 했는데, 산을 내려가 평지를 달리기 시작하자 열기 잘했다고 생각했다.

'별로 높은 것 같지도 않은데, 산 공기 때문인가 위쪽이 더 춥구나.'

평지로 내려오자 마차의 속도가 더 붙었다. 빙벽에서 10km 떨어진 숲속이 마법사가 마련한 회의 장소였다.

비밀리에 접촉하고 싶다는 것이 그 이유였다.

숲 근처에 도착하니 마법사 한 사람이 마중 나와 있었다.

"라치아 가주님 되십니까?"

"그렇습니다만."

마차 위에서 란이 대답하자 마법사가 허리를 숙이고 인사를 했다.

"청염을 떨치시길."

"불꽃의 가호가 있길. 이 근처에서 만나 뵙는 건가요?"

"네, 절 따라와 주시면 됩니다. 보통 사람의 눈에는 보이지 않게 마법을 걸어 놨습니다."

"그렇다면 안내해 주세요."

란의 말에 마법사가 멈칫하고 조심스럽게 이어 말했다.

"가능하면 가주님만 독대하고 싶습니다."

"그건 안 될 말입니다."

호위로 따라온 블레인이 강하게 목소리를 냈다.

"저희가 가주님을 해치기라도 한단 말입니까?"

마법사가 불쾌한 얼굴을 했다.

란은 가볍게 주먹을 쥐었다가 펴고 말했다.

"저 혼자는 가지 않겠어요. 유스와 둘이 가죠. 어떤가요?"

"가주님."

블레인이 눈을 찌푸렸다. 란이 미소 지었다.

"괜찮아요. 괜찮지?"

유스타프에게 말하자 그는 가볍게 고개를 끄덕였다.

"이게 내가 양보 가능한 한계예요. 얼마나 내가 양보해 주는지 알아주면 좋겠군요."

란이 마법사에게 말하자 마법사는 고개를 숙였다.

"알겠습니다."

마차에서 내린 두 사람은 기사들에게 기다리라고 한 후에 마법사의 뒤를 따라갔다.

얼마 가지도 않았는데 눈앞이 탁 트이며 새하얀 천막이 나타났다.

다가서니 저절로 천막 문이 양쪽으로 들렸다. 안으로 들어가자 둥근 원탁과 함께 마법사들이 앉아 있는 모습이 들어왔다.

'좋아.'

란은 미소 지으며 선전하듯이 로브를 벗었다. 드러난 우아한 검은빛 드레스와 어우러진 그녀의 미모에 순간 시선이 쏠렸다. 몇몇이 흔들린 얼굴을 하고 란을 보았다. 란은 더욱 짙게 미소를 지으며 양해 없이 유스타프가 빼내 준 의자에 앉았다.

"안녕하세요, 마법사분들."

란은 다리를 꼬며 몸을 깊이 묻었다.

자, 게임을 시작하죠.

원탁의 제1 마법사인 리젠드는 눈앞의 소녀가 만만치 않다고 생각했다. 아니다. 처음부터 근거 없이 쉽게 생각했던 것은 자신들 쪽이었다.

마력석에 대해서 압박을 넣으면 쉽게 일이 풀릴 거라고 대부분의 원탁 마법사들이 생각했다.

어차피 가주가 된 지도 얼마 되지 않은 계집애다.

마법사들은 설마 자신들과의 싸움마저도 불사할 상대가 있을 거라고는 생각도 하지 못했다.

"제가 무리한 것을 요구하는 것도 아니지요."

붉은 입술 사이로 매끄러운 말이 쏟아져 나온다.

"마법사 협회에서 저와―라치아와 적이 되고 싶으신 게 아니라면 말입니다."

"적이라니, 무슨 말을."

화급히 리젠드가 다시 한 번 강조했다. 사실 보통 저 말은 마법사 측에서 하는 말이었다.

그런데 저런 협박을 자신이 받게 될 줄이야.

'게다가 거슬려.'

가주 뒤쪽에 서 있는 남자아이도 거슬린다. 일반적인 호위라면 존재감이 희미해야 하는데 그는 오히려 묵직하게 존재감을 뿜어내고 있었다.

보통 사람이 자신의 존재감을 나타낼 때는 과장된 말이나 행동으로 존재감을 드러낸다.

그냥 가만히 서 있으면서도 존재감을 드러내는 건 쉬운 일이 아니다. 아니, 저 나이 대에는 불가능에 가깝다. 그런데 저 호위는 그걸 하고 있었다.

찌르는 듯한 존재감이 마치 라치아의 전력을 말해 주는 듯했다. 언제든지 너희와 싸움할 준비가 되어 있으며, 지금 당장이라도 할 수 있다고 그렇게 말하고 있었다.

리젠드는 문득 두려워졌다.

저 호위가 푸른 얼음수정을 가지고 있는 게 아닐까? 그걸 우리 사이에 던져 넣으면 어떻게 될까?

그는 그런 뉘앙스의 말도, 행동도 보이지 않았지만 여기 있는 마법사 모두가 그렇게 느끼고 있는 건 확실했다.

왜냐면 목소리가 높아지려다가도 힐끔 그 호위를 보고 다시 목소리를 낮추니 말이다.

"알겠소."

결국 리젠드는 손을 들었다.

"리젠드 님!"

다른 마법사 몇몇이 목소리를 높였지만 리젠드는 어깨를 으쓱했다.

"그녀의 요구에 부당한 점은 없다고 생각되오."

그 말에 마법사들은 입을 다물었다. 물론 부당한 점은 없다.

없지만, 마법사가 일방적으로 이렇게 부탁을 들어줘야 한다는 사실이 마음에 들지 않았다.

"그럼, 드워프와 연결해 주시면 그 뒤는 저희가 알아서 진행할 겁니다. 대신 마법사 협회에 마력석을 저렴하게 공급하는 걸로 하지요."

"좋소. 대신 색 있는 얼음수정의 효능에 대해서는 함구하는 거로 하지요. 그리고 연구용으로 우리에게도 조금씩 공급해 주길 원합니다."

어떻게든 파훼법을 찾고 싶어서 리젠드는 마지막 말을 덧붙였다.

"좋습니다."

란은 그렇게 말하고 몸을 일으켰다.

"너무 오래 저택을 비워두고 싶지 않아서요. 먼저 일어나도 될까요?"

리젠드가 몸을 일으키며 말했다.

"물론입니다."

그가 란을 천막 밖으로 배웅하며 흰 수염을 쓰다듬었다.

"그런데 가주님."

"네."

"그 호위는 라치아 가문의 기사입니까?"

그 말에 란이 화사하게 웃었다. 리젠드는 그제야 그녀가 오늘 진심으로 웃는 건 지금이 처음이라는 걸 깨달았다.

"제 동생이에요."

목소리에 자랑스러움이 담겨 있다.

"아."

차기 라치아의 가주.

리젠드의 시선이 옮겨가자 유스타프는 무심하게 목례를 했다. 리젠드는 오늘 협의하기를 잘했다고 생각했다.

라치아는 당분간 건재할 듯하니 말이다.

"그럼 만나 뵙게 되어 영광이었습니다. 리젠드 님."

란은 무릎을 가볍게 굽혔다 펴서 인사를 하고 다른 마법사의 안내를 받아 장소를 떴다.

란과 유스타프가 모습을 드러내자 기다리던 기사들은 눈에 띄게 안도하는 얼굴을 했다.

"무사히 돌아오셔서 다행입니다."

블레인의 말에 란이 고개를 끄덕였다.

"유스가 같이 있어 줘서 괜찮았어."

"원하시는 일은 무사히 끝내신 겁니까?"

"응."

란이 씩 웃었다.

기다려요, 단장님. 이제 무기랑 갑옷도 싹 다 바꿔 줄게요.

새것으로!

그런 생각을 하며 란은 마차에 올랐다.

"오늘 생각보다 더 수월하게 일이 풀렸는걸."

란의 말에 턱을 괴고 있던 유스타프가 고개를 돌렸다. 란이 싱글싱글 웃으며 말했다.

"난 분명히 중간에 마법사가 날 협박하거나 마법을 쓰거나 아니면 적어도 소리를 지를 거라고 생각했거든."

그런데 마법사들은 중간중간 울컥해서 목소리를 높이다가도 다시 이성을 되찾은 얼굴을 했다.

역시 마법사란 이성적인 생물인 것인가.

감탄하는데 유스타프가 말했다.

"그럴 줄 아셨다고요?"

"응."

"그런데도 기사를 두고 가고 싶으셨습니까?"

"협상 테이블에 앉지 않으면 이야기가 시작되지 않으니까. 그야 굳이 끌고 가려면 갈 수도 있겠지만 감정이 상한 채로 시작하고 싶지는 않았어."

거래는 한두 번으로 끝나지 않는다. 지나치게 욕심을 부릴 필요도 없다.

라치아의 얼음수정이 사라질 때까지 마법사 협회와의 관계는 지속될 거다.

대등한 듯하면서 약간 우위.

그 정도가 오래가기에는 가장 편한 관계였다.

"그리고 유스가 같이 가 줬잖아."

헤헤 웃으며 하는 말에 유스타프는 눈을 찌푸렸다가 웃었다.

"정말이지."

란이 껌벅이다가 말했다.

"유스 요즘 잘 웃네."

"누님이 절 웃게 하니까요."

"좋은 의미지?"

그녀가 짐짓 진지하게 묻자 유스타프가 "글쎄요." 하고 모호하게 대답하며 자신의 망토를 벗어 란에게 건네주었다.

"이제 산을 올라가는 사이 온도가 더 떨어질 겁니다."

"고마워."

"별말씀을."

해가 지기 시작하는 때여서 란은 사양하지 않고 얼른 망토를 담요처럼 덮었다. 빙벽 너머로 서서히 넘어가는 해가 장엄하게 보였다.

눈부심에 눈을 가늘게 뜨며 란은 생각했다.

'정말로 곧 겨울이 오겠구나.'

*　　*　　*

언제 봐도 굉장하다.

란은 그렇게 생각하며 창문가에 바싹 붙어 섰다. 눈이 어마어마하게 내리고 있었다.

쌓인 눈만 해도 1m를 넘어서고 있었다.

'나중에 눈 치우는 제설차도 만들어야겠어. 뜨거운 열기가 나오게 해서 눈을 다 녹이게 한다거나?'

마력석을 어떤 에너지로 바꿀지는 무궁무진하니까 방법도 여러 가지로 찾을 수 있겠지.

란은 그렇게 생각하며 창문에서 물러섰다.

벌써 그녀가 임시 가주직을 맡은 지 7개월, 약 반년이 지나고 있었다. 초반부터 대대적으로 벌인 일이 많아서 아직도 허덕이고 있기는 하지만 그래도 이제 기초를 다지는 단계가 끝나 가고 있었다.

란은 후다닥 침대로 달려가 몸을 이불 사이로 쏙 집어넣었다.

전기장판—마법장판— 덕분에 침대 안이 뜨끈뜨끈했다.

'행복하다.'

프란체가 만든 이 마법 도구는 훌륭했다. 이불 안에 있는 공기를 따뜻하게 덥혀 주고 깃털을 부풀어 오르게 해서 푹신푹신하고 따끈따끈한 느낌을 만끽할 수 있었다.

고민하다 이름을 '다사'라고 지었다. '다사롭다'에서 따온 말이었다. 그렇다고 마법장판이라고 부를 수도 없지 않은가?

올 겨울 '다사'는 필수지요.

이런 편지와 함께 여러 개 더 만들어서 유스타프에게도 주고, 일단 황실에 올렸다.

물론 이것만 올린 것은 아니다. 마법장판을 쓴다고 사교계에 말을 꺼내는 건 별로이지 않은가?

말이 아니라 보여 주는 게 최고의 광고다.

그래서 고심해서 란은 첫 번째 선물을 황후에게 보냈다.

걱정도 되었다. 아무래도 그녀는 여기서 이방인이었고, 그녀가 알고 있는 지혜를 쥐어짰지만 한 곳 차가 다르다거나 할 수 있으니까.

'한국인이 미국인 니즈를 맞추는 것도 어려우니까.'

한숨을 삼키며 란은 양손을 꼭 쥐었다.

'성공적으로 발표되게 해 주세요.'

물론 그 전에 신년회가 있지만.

12월이 중반쯤 지나고 있었다. 레버리는 이미 수도에 올라가서 한창 준비를 하고 있을 터였다. 란은 여기서 가주로서 일을 끝내야 했다.

문을 찾아가 살피고, 돌아와 가신들과 신년회를 연다.

'날씨가 좋아야 하는데.'

란은 그렇게 생각하며 숨을 가늘게 내쉬고 눈을 감았다.

유스타프는 모피 망토까지 두르고 뒤뚱뒤뚱 걸어 나오는 란을 보고 피식 웃었다. 새하얀 입김이 흘러나왔다.

"말이나 타실 수 있겠습니까?"

"탈 수 있어."

말하고 란은 힐끗 블레인을 돌아보았다.

"도와주면."

블레인은 싱긋 웃고 "영광입니다." 하고 말한 후에 그녀가 말에 올라타는 걸 도와주었다.

"그 정도면 말에서 떨어져도 아프지 않겠네요."

유스타프의 말에 란은 '확실히' 하고 고개를 끄덕였다.

란은 드레스가 아니라 솜바지를 입고 조끼에 외투에, 그 위에 모피 망토를 걸치고 손에도 장갑을 끼고, 머리에도 단단히 모자를 눌러썼다.

"추운 건 싫어."

란이 이를 딱딱 부딪치며 말하자 유스타프는 입을 다물었다.

그녀가 말에 올라타자, 유스타프도 말에 탔고 기다리던 기사단도 잇따라 말에 올랐다.

여기서 문까지 올라가는 길은 험난하기는 하지만 눈은 없었다. 마법으로 보호되어 있기 때문이다.

대현자 이브리아.

검은 머리카락에 검은 눈동자, 얼음 같은 차가운 미인이었다고도 하고 그냥 평범한 사람이었다고도 한다.

'내가 상상— 아니, 읽은 바로는 미인이었지만.'

허리 아래까지 기른, 긴 검은 머리카락을 휘날리며 마법 지팡이를 치켜들고 있는 그녀의 모습은 라치아 공작가에도 그림으로 남아 있다.

평지에서 산맥이 솟구치게 하는 장면을 주제로 한 대작이었다.

'생각해보면 진짜 대단하지.'

마법으로 산맥이 솟구쳐 오르게 하다니.

'그리고 문.'

란은 그 문 뒤에 뭐가 있는지 알고 있었다. 그래서 문으로 가는 길은 항상 긴장됐다.

가주인 란을 선두로 해서 일행은 줄줄이 산에 올랐다. 란은 그래도 옆 안장이 아닌 걸 다행으로 여기며 이를 악물고 말 위에서 버텼다. 경사가 심하고 길도 험하다. 말은 당연히 등에 올라탄 사람 따위 신경 쓰지 않고 걷고 있고, 위에 앉아 있는 짐인 란은 필사적으로 균형을 잡는 중이었다.

중간중간 위태위태해서 블레인은 움찔거리며 손을 뻗어야 하나 말아야 하나를 반복했다. 이를 악물고 버티고 있는 란에게 뭔가 말을 건넬 분위기도 아니었다.

당연히 다른 기사들도 침묵했다. 가끔 작게 "앗." 하는 소리가 튀어나오기도 했다.

그렇게 삼십여 분에 걸쳐서 문에 도착했을 때 란은 완전히 기진맥진한 상태였다. 이제 더웠다. 온몸이 땀으로 흠뻑 젖어서, 란은 블레인의 도움을 받아 말에서 간신히 내릴 수 있었다.

다리가 살짝 후들거렸지만 그래도 란은 제대로 걸을 수 있었다. 블레인은 그걸 불안한 눈으로 바라보다가 문득, 기사들이 전부 그런 눈으로 란을 보고 있다는 걸 깨달았다.

말을 못 탄다고 한심하게 생각하거나 놀리는 게 아니라, 도와줘야겠다는 생각이 들게 하는 면이 란에게 있었다.

섬길 주군이라고 하면 언제나 우뚝 솟은 산 같은 존재를 생각했지만, 블레인은 지금의 란도 나쁘지 않다고 생각했다.

그때 유스타프가 다가와 팔을 내밀어서 란은 눈을 동그랗게 떴다. 그가 낮게 말했다.

"무릎이 떨리네요, 누님."

란은 그의 팔을 붙잡으며 말했다.

"멀쩡하거든요, 동생님."

유스타프는 가볍게 눈썹을 치켜 올려 보이고 걷기 시작했다. 란은 내일 분명히 근육통에 시달릴 거라 생각하며 걷기 시작했다.

여기서부터는 말을 타고 들어갈 수 없는 곳이라, 모두가 타고 온 말에 단단히 옷을 입히고 말의 몸이 식지 않게 빙글빙글 돌게 할 터였다. 그사이 란과 유스타프, 그리고 기사 몇몇은 함께 은으로 만든 듯 빛나는 둥근 아치 밑을 지나, 새하얀 조약돌이 깔린 길을 지나서 동그란 입구를 가진 동굴 안으로 들어갔다.

동굴 안은 직사각형으로 똑바로 다듬어져 있었고, 그 길 끝에 바로 새하얀 문이 있었다.

문 가운데에는 마름모꼴 여섯 개가 꽃잎처럼 모여 있었다. 이게 라치아 가문의 문장이기도 하다.

새하얀 문에는 아무런 틈도 문양도 없다. 거기 새겨진 문장이 전부.

란이 손을 내밀자 유스타프가 목걸이를 벗어 란에게 건넸다. 란은 깊게 숨을 들이마시고 청염을 손가락에 끼웠다.

'아.'

고요하다. 전처럼 푸른 불꽃이 일어나지도 않았다. 란은 반지를 낀 손을 문장 위에 올렸다.

문장이 푸른색으로 빛나기 시작했다. 그리고 방사형으로 빛나는 문양이 문 전체에 새겨졌다. 란은 눈을 찌푸렸다. 바람이 불 공간이 아닌데 바람이 불어 그녀의 망토와 머리카락이 펄럭였다.

그리고 점점 바람이 가라앉고 빛이 희미해지더니 완전히 푸른빛이 사라졌다. 란은 천천히 손을 떼고 반지를 빼서 유스타프에게 돌려주었다. 유스타프는 목걸이에 페어 반지를 착용했다.

이 간단한 절차가 매년 해야 하는 의식이었다. 그리고 란과 일행은 얼른 동굴을 빠져나왔다. 그들이 나온 걸 보고 기사들은 말에 입혔던 옷을 벗겨냈다.

'큰일 났다.'

란은 등이 축축해졌다. 올라오는 건 어떻게 했지만, 이제 말을 타고 삼십 분을 다시 내려갈 생각을 하니 눈앞이 깜깜해졌다.

"누님."

"응?"

돌아보니 유스타프가 손을 까닥하고 말했다.

"저와 같이 타시죠."

"어?"

"아니면 혼자 타고 가시겠습니까?"

란은 고개를 저었다.

"태워 줘, 아니 태워 주세요."

유스타프는 "그렇게까지 하지 않으셔도." 하고 짧게 말하고 기사에게 손짓해서 자신의 말에서 안장을 내리게 했다.

유스타프가 먼저 말에 올라타자, 블레인이 란을 가볍게 안아 들어서 그 뒤에 타는 걸 도와주었다.

"고마워요, 블레인 경. 힘이 아주 세시네요. 그리고 대부분 옷 무게예요."

블레인은 진지하게 대답했다.

"물론 그렇겠죠. 겨울옷은 무거우니까요."

"그렇죠."

란이 고개를 끄덕였다. 유스타프는 피식 웃더니 란의 양손을 잡아당겨서 자신의 허리에 두르게 했다.

"단단히 잡으세요."

"으응."

란이 고개를 끄덕이자 유스타프가 가볍게 말을 앞으로 몰기 시작했다. 등자도 없는 말 등 위라 기댈 곳이라고는 유스타프밖에 없었다. 란은 유스타프의 허리를 꽉 끌어안았다.

'아.'

"유스타프."

"네."

"키 또 컸어?"

"또라뇨, 아직 많이 커야지요."

"그야 그렇지만…… 너무 빨리 자라는 거 아냐?"

"관절이 삐걱거리고 아프기는 하네요."

성장통인가.

"많이 먹어."

"그러고 있습니다."

북쪽 사람들은 크니까, 유스타프도 크겠구나. 란은 고개를 끄덕였다. 그래 많이, 많이 자라라.

란은 슬그머니 한쪽 손을 풀어서 유스타프의 머리카락을 문질렀다.

"뭐 하시는 겁니까?"

드물게 당황한 기색이 섞여 있어서 란은 웃었다.

"누님의 사랑?"

"필요 없습니다."

"너무하네."

말하고 란은 아쉬움을 달래며 손을 뗐다. 장갑을 끼고 있어서 감촉을 제대로 느낄 수 없는 게 아쉬웠다.

흐트러진 머리를 유스타프가 대충 쓸어 넘겼다. 하하, 그래 봤자 가주는 나인데 네놈이 어쩔 것이야.

그런 생각을 하며 란은 심술궂게 다시 유스타프의 머리를 마구 문질렀다. 그는 드물게도 당황한 듯하더니만 그녀의 손길을 살짝 피하며 혀를 찼다.

"쯧."

혀를 차자 말이 속도를 내기 시작했다. 몸이 확 뒤쪽으로 쏠렸다.

"엄마야!"

작게 소리를 지르며 란이 유스타프를 꽉 끌어안자, 그가 가볍게 웃었다. 란은 눈을 휘둥그레 떴다.

지금 소리 내서 웃은 거야?

유스타프가?

얼굴을 꼭 보고 싶다고 생각했지만, 이 자세로는 불가능하다.

아쉬움을 달래며 란은 유스타프의 등에 머리를 기댔다. 유스타프는 다시 머리카락을 정리하며 물었다.

"하나 물어봐도 될까요?"

"물론이지."

"머리카락을 문지르는 게 왜 사랑입니까?"

"어? 어, 음. 애정 표현이잖아?"

"이게요?"

"응, 어머니가 안 해 주셨어?"

저도 모르게 묻고 란이 덧붙였다.

"내 어머니 말고."

유스타프는 그 말에 잠시 생각하다가 말했다.

"안 해 주셨습니다."

"그래……."

그러고 보니 유스타프의 어머니에 대해서는 잘 모르네.

"유스타프의 어머니는 어떤 분이셨어? 물론 미인이셨겠지만."

유스타프를 길게 숨을 내쉬었다. 연기처럼 길게 입김이 스러졌다.

"프라이드가 높은 분이셨습니다. 좋은 쪽이든 나쁜 쪽이든. 몸이 좋지 않으셔서, 북부의 날씨를 좋아하지 않으셨죠."

특히 겨울을 지긋지긋하게 생각했다.

"그건 내 어머니도 마찬가진걸."

"그러네요."

유스타프는 그렇게 대답했다.

북부의 날씨를 좋아하는 여자는 없지.

란이 머뭇머뭇 물었다.

"그럼 병으로 돌아가신 거야?"

"네."

"그랬구나. 힘들었겠다."

란의 중얼거림에 유스타프는 저도 모르게 말했다.

"힘든 건 그게 아니었습니다."

"그럼?"

유스타프는 허리를 세웠다. 뒤에서 꼭 끌어안고 자신에게 찰싹 붙어 있는 란의 온기가 옷을 넘어서 느껴지는 듯했다.

실제로는 느껴질 리가 없는데도.

매달리고 있는 건 란 쪽인데도, 어째서인지 자신이 받쳐지고 있다는 느낌도 든다.

"제 어머니가 죽어 가고 있는데, 아버지가 다른 여자에게 구혼 중이라는 사실이었죠."

란이 숨을 삼켰다.

"그걸 죽어 가는 어머니가 알고 있다는 사실도요."

사후세계에 반쯤 발을 걸치고, 비쩍 말라 형형하게 눈을 빛내며 저주를 퍼붓던 어머니. 평소에 귀족적인 자신을 자랑스럽게 여기던 사람이어서 더욱 그 간극이 끔찍하게 느껴졌다.

"뭐야, 공작 각하 진짜 나쁜 사람이잖아?"

란이 주변 눈치를 살피며 작게 말했다.

"네, 그렇죠."

유스타프는 짤막하게 대답했다.

문득 유스타프는 누군가 머리를 쓰다듬어 줬던 기억이 살짝 나는 것 같았다.

"그러고 보니, 어렸을 때 유모가 제 머리를 쓰다듬어 준 것 같습니다."

"그지? 역시?"

뭐가 잘난 건지, 듬뿍 자랑스러움이 담긴 목소리로 란이 말하는 게 유스타프는 우스웠다.

그가 다섯 살 때 어머니가 유모를 내쫓았다. 그를 너무 응석받이로 키운다는 게 이유였다.

'완전히 잊고 있었군.'

란의 말을 듣고서야 기억이 났다.

올라갈 때보다 좀 더 빠르게 일행은 저택에 도착했다. 블레인이 얼른 란이 내리는 걸 돕고 나서야 유스타프도 따라 내렸다. 란이 헛기침을 하고 말했다.

"모두 고생 많았다. 얼른 말을 넣고 옷은 갈아입고 와. 신년회는 금방 시작하니까."

가벼운 말에 기사들은 모두 경례를 붙이고 재빠르게 움직이기 시작했다.

기다렸던 신년회가 드디어 시작하는 거다.

'빚도 다 갚았고.'

상환 날짜가 다가와 원금과 이자를 전부 갚자 채권자들은 이 돈이 어디서 났는지 궁금해하는 눈치였다. 개중 눈치 빠른 자들은 한 발 걸치고 싶다고 운을 뗐지만, 란은 그저 입을 꾹 다물고 웃었을 뿐이었다.

올해 신년회는 소박하게 준비되었다. 내년에는 영지민에게도 선물을 베푸는 커다란 신년회를 할 수 있겠지.

란은 그렇게 생각하며 흐뭇한 미소를 지었다.

Chapter 4.

———

신년회

신년회는 가벼운 분위기 속에서 이어졌다. 특산품인 꿀 술과 리들 열매 술이 모두에게 골고루 돌아가고 음식도 높이 쌓여 있었다.

곳곳이 은가시나무로 장식되어 화사하게 보였다.

은가시나무는 호랑가시나무와 비슷하게 생겼는데, 잎 뒤쪽이 은색이고 열매는 빨간색이었다. 겨울에도 짙은 초록색이라 신년회 장식으로 잔뜩 가져다가 쓰고는 했다.

경쾌한 춤곡이 연주되고, 적당히 술을 마신 사람들은 웃으며 빠른 스텝을 밟았다.

새 마법 도구인 온풍기 덕분에 연회장 안은 후끈후끈했다.

란은 기둥 근처 의자에 살그머니 앉았다.

'술이 꽤 독한데?'

리들 열매는 빨간색에 새콤달콤한 맛이었다. 그래서 술 역시도 선명한 붉은빛에 같은 맛을 가지고 있었다. 란은 금방 이 달콤한 술이 마음에 들어서 벌써 큰 컵으로 세 잔째 비우고 말았다.

'빠르게 마셔서 그런가.'

얼굴이 달아오르고 머릿속이 어질어질했다. 그나마 신년회 중간이라 다행이다.

그때 누군가가 물 잔을 내밀어 받아 들고 보니 유스타프였다.

"고마워."

"너무 빨리 드시더군요."

"독한 줄은 몰랐는데."

유스타프가 가볍게 한숨을 내쉬었다. 란이 차가운 물을 한 모금 마시고 물었다.

"어째서 아카데미 제복이야?"

"정장이 없어서."

"하나 맞추지!"

"그럴 상황은 아니잖습니까."

"동생 정장 한 벌쯤은 사줄 수 있어."

눈에 힘을 주고 란이 말하자 유스타프가 힐끗 그녀의 드레스를 보고 말했다.

"드레스가 짧네요."

아.

드러난 발목을 한 번 꼬며 란이 말했다.

"어머니가 나보다 키가 작으셔서."

어머니에게는 끌리는 길이였지만, 그녀에게는 발목 길이다.

"하나 맞추시지 그러셨습니까."

란이 피식 웃었다.

"드레스가 산더미야."

신년회마다 어머니는 드레스를 맞췄다. 그것도 세 벌씩. 당연히 거기에 맞춘 장신구까지 해서 머리에서 발끝까지 갈아입고 나오는 게 어머니가 신년회를 즐기는 방식이었다.

황궁에서 열리는 신년회에 참여하지 않고 라치아의 연회에 참여하는 대가였다.

'그야 라치아가 촌구석이기는 하지.'

화려하고 세련된 미인이었던 어머니는 라치아에만 있으면 수도에 비해 십 년씩은 올드해지는 것 같다고 투덜거렸다.

다른 가신들의 아내와 비교하면 어머니는 그야말로 유행의 최첨단을 달리고 있었다.

'그러니까 재정이 파탄 나는 것 아니겠습니까.'

우리 공작가가 공작가 중에서 가장 가난하거든요. 땅이 척박해서.

'마력석을 팔면 이제 역전이지.'

후후.

란이 음흉한 웃음을 짓는데 유스타프가 손을 내밀었다.

"……?"

란이 의아해하며 물 잔을 그의 손에 돌려주었다.

"……."

유스타프는 물 잔을 지나가던 시종에게 돌려주고 다시 란에게 손을 내밀었다.

"춤추시죠."

"어?"

놀란 란이 그가 내민 손을 바라보다 자신의 손을 뺐었다. 하지만 손이 겹쳐지기 전에 멈추고 그녀가 눈을 찡그렸다.

"나 춤 잘 못 춰."

"그러실 것 같았지요."

유스타프가 그렇게 말하며 그녀의 손을 잡아 쥐어 의자에서 일으켜 세웠다.

"하지만 제가 잘 추니 괜찮습니다."

유스타프는 그녀를 플로어로 데리고 갔고, 어쩐지 끌려가는 모양이 되어 란은 플로어에 섰다.

"콰트로옴(quattrom : 넷이서 짝지어 추는 복잡한 춤) 같은 거 추면 나 그 냥 서 있는다?"

란이 협박하듯이 말했지만 유스타프는 아랑곳하지 않고 연주자들을 돌아보았다. 금방 곡의 분위기가 바뀌었다.

느린 춤곡이다.

'아, 더블릿이다.(doublit: 둘이서 추는 춤)다.'

왈츠와 흡사한 이 춤이 수도에서 크게 유행하고 있다고 듣기는 했다. 란은 크게 심호흡을 하고 유스타프의 손을 꽉 잡았다.

"힘 빼세요. 절 치겠습니다."

유스타프의 말에 그를 노려보는데 그가 허리를 끌어 움직이기 시작했다.

'우왁.'

생각보다 강한 힘으로 끌려가서 란은 어색하게 스텝을 밟기 시작했다. 란이 '우와우와.' 하며 자신의 발을 내려다보자 유스타프가 혀를 찼다.

"정말로 못 추시는군요."

"말했잖아?"

"수도에 올라가서 어쩌시려고요?"

"춤은 안 추면······?"

"라치아가의 가주가 춤을 하나도 출 줄 모른다고요?"

그렇게 말하며 유스타프가 "고개 드십시오." 하고 짧게 명령해 란은 발에서 눈을 뗐다.

파란 눈이 이제 확연하게 더 위에 있었다. 진짜로 이 잠깐 사이에 많이 컸구나.

'아.'

유스타프가 이끄는 대로 따라가니까 확실히 편하다. 스텝이 엉망인 건 알겠지만, 그래도 그냥저냥 춤추는 모양새는 되는 듯했다.

그제야 여유가 생겨 란이 말했다.

"왜? 걱정돼?"

"라치아에 흠집이 가는 게 싫습니다."

그 말에 란은 눈을 깜박였다가 느릿하게 말했다.

"전부터 생각했던 건데, 유스타프는 라치아를 엄청 좋아하나 봐. 아니지, 그게 당연한가?"

"누님은 좋아하시지 않습니까?"

란은 가볍게 입술을 깨물었다가 그의 눈을 똑바로 바라보며 말했다.

"라치아가 오래된 가문이고 전통이 있고, 명예가 있는 가문이라는 건 알아. 하지만 그게 나에게 엄청나게 중요하냐고 하면 아니야."

"거기다가 춥고, 척박하고, 촌구석이죠."

그 말에 란은 명랑하게 웃었다.

"그것도 그렇지만."

유스타프가 그런 란을 바라보았다가 시선을 들며 말했다.

"저에게서 라치아를 빼면 뭐가 남을까요?"

"잘생김?"

란이 눈을 찌푸리며 한 말에 유스타프는 저도 모르게 헛웃음을 흘렸다. 그리고 느릿하게 말했다.

"그건 감사한 일이군요."

"라치아는 네 거야."

그 말에 유스타프가 란을 바라보았다. 그녀가 진지한 얼굴로 말했다.

"누구도 너에게서 라치아를 빼앗지 않을 거야."

"빼앗기지도 않을 겁니다."

유스타프가 낮게 속삭였다. 라치아에 속한 모든 것은 자신의 것.

라치아의 유스타프가 아니라면, 자신에게 뭐가 남아 있을까?

어렸을 때부터 어머니는 끝없이 말했다. 아직 어린 그의 어깨를 꽉 움켜쥐고 "라치아는 그대 것입니다. 이 모든 것은 유스타프, 당신의 것이에요."라고 몇 번이나, 몇 번이나.

그게 자신에게 냉랭한 남편에 대한 유일한 복수라도 되는 듯이.

갈퀴처럼 파고든 손가락은 아팠고, 어머니의 표정은 무시무시했지만 유스타프는 그 모든 것에 익숙했다.

소리 내서 웃지 마세요.

울어서도 안 됩니다.

뛰지 마세요.

라치아의 차기 가주로서 위엄을 보이세요.

감정을 드러내면 안 됩니다.

어린아이같이 굴지 마세요.

몇 번이나 들었던 말을 생각하며 유스타프는 란을 보았다.

란은 식은땀이 흘렀다. 벌써 세 번째 유스타프의 발을 밟고 있었다. 어떻게 끌려가는 걸로 춤은 춰도, 스텝이 꼬여서 발을 밟는 건 어쩔 수 없나 보다.

"유스, 발 괜찮아?"

"괜찮습니다."

어쩔 줄 모르는 게 다 드러나는 얼굴.

소리 내서 웃고, 뛰고, 감정이 다 드러나고.

간신히 춤이 끝났을 때는 안도로 얼굴이 가득 찼다. 어쩐지 심술궂은 기분이 들어 유스타프는 말했다.

"가시기 전까지 춤 연습을 해두시는 게 좋겠군요."

"으—"

란은 신음을 흘리면서도 안 해도 괜찮다는 말은 할 수 없었다. 지금 그럭저럭 출 수 있었던 건 순전히 유스타프 덕분이다.

유스타프가 그녀를 플로어 밖으로 데려다주자, 기다리고 있었다는 듯이 춤을 신청하는 사람들이 나타났다.

"방금 제가 춘 걸 보고서도 춤추고 싶어요?"

란이 눈을 동그랗게 뜨며 블레인에게 묻자 그는 가볍게 웃었다.

"춰 주시면 영광이죠."

"으음."

그런 말까지 들었는데 거절할 수는 없지, 하고 란은 블레인의 손을 잡았다.

'와.'

확실히 성인 남자는 다르구나.

약간 감탄하며 란은 두 번째 춤을 시작했다. 시작하자마자 블레인은 꾹 웃음을 눌러 참았다.

"정말로 못 추시는군요."

"미안……."

"아닙니다."

말하고 그가 잠시 시선을 들어 주변을 보았다가 낮게 말했다.

"로스가 건방지게 굴지 않습니까?"

"웅? 음, 조금?"

"역시."

블레인의 눈이 가늘어졌다. 란이 고개를 흔들었다.

"아냐, 내가 말했다고 하지 마."

"아뇨. 하셔야지요. 가주님은 가주님이십니다. 자기 마음에 들고 안 들고 하는 감정에 따라서 행동하는 것은 기사의 몸가짐이 아닙니다."

말하고 블레인은 짧게 숨을 내쉬었다.

"로스는 어렸을 때부터 도련님을 섬겼지요. 아마 자신을 도련님의 큰형처럼 여기고 있을 겁니다."

블레인은 로스와 나이 차이가 상당히 났다. 로스는 남작가의 늦둥이 막내였고, 그러다 보니 제멋대로 자라게 둔 것 같아 블레인은 민망스러웠다.

"유스타프만 좋다면야."

란의 말에 블레인이 묘한 미소를 지었다. 그의 부드러운 갈색 눈동자가 란을 내려다보았다.

"그렇다고 보십니까?"

"어?"

"그분이 로스를 좋아한다고요?"

"으음."

짧게 신음을 토해 내고 란이 답했다.

"싫어하지는 않는 것 같은데."

스스로 생각해도 참 확신 없는 대답이다. 블레인은 그럴 줄 알았다는 듯이 빙긋 웃었다.

란이 변명하듯이 말했다.

"하지만 내 태도가 더 안 좋은 걸 수도 있어. 상관이 부하들에게 호불호를 적나라하게 드러내 보이는 건 딱 봐도 나쁘잖아."

"그렇지요."

블레인이 고개를 끄덕였다. 란은 안심이 되어 따라서 고개를 끄덕였다가 눈을 찌푸렸다.

"블레인."

"네."

"부츠 튼튼한 거지?"

블레인은 다시 웃음을 참고 진지하게 말했다.

"튼튼한 겁니다."

"다행이다."

안심하며 란은 춤을 끝냈다. 도대체 몇 번을 밟았는지 셀 수도 없었다. 눈썹 하나 까닥하지 않은 블레인의 인내심에 그녀는 손뼉을 치고 싶었다.

플로어를 빠져나온 란은 잇달아 춤을 청하는 기사들을 피하려고 재빨리 음식 코너로 몸을 옮겼다.

'음, 역시 고기 쪽이 빠르게 떨어지는군.'

얇게 만든 샌드위치 사이에는 햄, 치즈, 혹은 연어가 끼워져 있었는데 인기가 있는 것은 역시 햄이었다. 오이 샌드위치는 비싸서 올릴 수 없었다.

'다음에는 좀 더 화려하게 채워 넣어야지.'

내년 신년회 계획을 세우며 란은 가장 인기 없는 연어 샌드위치를 집어 들었다.

가을이 되면 계곡과 강에서 어마어마하게 잡히는 연어는 훈제되어 겨울에 주요한 양식이 된다. 그만큼 흔해서 아무도 인기가 없는 녀석이었다.

란은 주변을 살펴보고 큰 컵에 가득 리들 열매 술을 담은 다음에 살짝 테라스 문을 열고 나왔다.

온풍기와 술에 달아오른 뺨이 차가운 공기에 닿자 기분이 좋았다.

오늘은 북풍도 강하지 않은, 겨울치고는 온화한 날씨였다.

"기분 좋다."

큰 소리로 말하는 건 술기운 때문일까?

어쩐지 웃음이 나와 란은 안에서 들려오는 음악 소리에 리듬을 맞춰 가볍게 빙글 한 바퀴 돌고 다시 웃었다.

"아, 좋다."

란은 차가운 공기를 한껏 들이마신 다음에 독한 술을 꿀꺽꿀꺽 마셨다.

"우와."

핑 돈다.

목구멍과 배 속에서 열기가 솟구쳐 올라왔다. 연어 샌드위치를 한입에 털어 넣고 란은 숨을 내쉬었다.

새하얀 입김이 용처럼 뿜어져 나왔다. 란은 난간 가장자리로 걸어 나갔다.

"덥다."

연회장은 2층이었다. 높은 난간 아래 새하얀 벌판이 눈부시게 반짝거렸다.

눈, 눈, 눈.

사방이 눈이다.

란은 가볍게 웃었다. 어머니는 이 눈이 지긋지긋하다고 했었지.

하지만 밤에 달빛이 반사된 눈은 여왕의 드레스 자락이라 해도 손색이 없었다.

길이야 부지런히 시종들이 치워 놓았지만, 정원에 쌓인 눈은 어쩔 수 없다. 그리고 정원사 말로는 눈이 두둑하게 쌓여야 알뿌리가 보호된다고 하니, 뭐.

'답답해.'

란은 그렇게 생각하며 머리에 손을 올렸다. 정성스럽게 땋아 올린 머리카락이 거추장스럽게 느껴져서 란은 머리핀을 뽑기 시작했다.

긴 빗 모양의 핀을 뽑자 틀어 올린 머리카락이 아래로 탁 떨어졌다.

란은 '에잇' 하고 껑충 뛰어올라 난간에 앉았다. 술에 취하지 않았다면 위험하다고 하지 않았을 행동이었다.

난간에 앉아 그녀는 머리카락을 마저 풀기 시작했다.

"됐다!"

간신히 머리카락을 다 풀어헤치자 그렇게 머리가 가벼울 수가 없었다.

머리 안쪽까지 쓸고 지나가는 겨울바람이 기분 좋았다.

"누님?"

안쪽 문이 살짝 열리고 목소리가 들려와 란은 웃으며 손을 흔들었다.

"유스!"

그의 푸른 눈이 놀란 듯 둥그레졌다. 란은 어쩐지 그게 귀여워서 웃었다.

"여기야, 여기! 여기!"

그녀는 이제 힘껏 양손을 흔들었다. 유스타프는 뛰지 않았다. 대신 그는 빠르게 걸었다.

그때 강한 산바람이 휙 불어왔고 그녀는 머리카락과 드레스가 날리며 몸이 붕 뜨고 흔들리는 걸 느꼈다.

'와, 날아간다.'

그렇게 생각하며 팔을 벌리고 웃는데 언제 왔는지 유스타프가 그녀의 허리를 꽉 감고 있었다.

"유스?"

웃음이 멈추지 않아 킬킬거리며 란은 머리카락을 쓸어 올렸다. 반짝이는 밀빛 머리가 바람에 부드럽게 물결치듯 흔들렸다.

"나 방금 날아갈 뻔했어."

"그런 말이 나오십니까?"

"응? 왜?"

"왜?"

유스타프는 어이가 없다는 듯 되묻고 그녀의 허리를 안은 팔에 힘을 주었다가 살짝 풀며 말했다.

"조약에 집어넣어야겠습니다. 제가 가주가 될 때까지는 죽지 않으시는 거로요."

"죽을 생각은 없는데."

난 오래오래 살 거야.

란이 히죽이며 말하자 유스타프는 한숨을 내쉬었다. 나온 숨이 새하얀 구름이 되어 흩어졌다.

"제발 그래 주십시오. 제가 말했었죠. 쉽게 죽는 사람은 싫다고."

"응, 응, 응, 안 죽는다니까."

란은 몇 번이나 대답하며 그를 내려다보았다. 고요한 푸른 눈동자를 보니 어쩐지 그녀의 기분도 잔잔해지는 기분이었다.

"유스."

"네."

"웃어 봐."

유스타프가 다시 한숨을 내쉬었다.

"그렇게 많이 마신 것 같지 않았는데."

그의 중얼거림에 란이 눈을 찌푸렸다.

"안 마셨어."

"정말로 안 마신 사람은 그렇게 말하지 않습니다."

"심술쟁이."

"제가요?"

"그래. 요 못된 입!"

란이 쪽 하고 입맞춤을 시도했지만 흔들린 몸은 입술 대신 그의 이마에 키스하게 만들었다.

흠칫하는 그의 움직임이 느껴져 란은 다시 낄낄 웃었다.

"유스는 심술쟁이, 바보. 나빴어. 나 진짜 열심히 하는데."

"압니다."

말하고 빤히 유스타프가 란을 바라보았다.

"그럼 왜 심술쟁이야."

"그다지 심술부리지 않았는데요."

"하지만, 그렇지만."

란은 눈을 찌푸렸다.

"그럼 어떻게 대해 주길 원하십니까?"

"좀 더 친절하게 대해 줘."

"친절하게, 그리고요?"

"상냥하게."

"충분히 친절하고 상냥하게 대하고 있지 않습니까?"

"아냐."

란이 눈을 찡그렸다. 유스타프가 그런 그녀를 바라보다가 물었다.

"라치아를 좋아하십니까?"

아까와 같은 질문.

란은 갸웃하고 솔직히 말했다.

"으음, 그다지?"

그녀가 라치아를 좋아해서 이렇게 일하는 건 아니니까.

유스타프를 위해서이기도 하고, 사실 자신을 위해서기도 하다. 그래도 비벼 볼 곳이 이제 여기밖에 없으니까.

기반을 다져도 지금 돈 벌 때 다져 둬야 나중에 여기를 떠나서도 편하지. 지금 여기를 떠나면 빈털터리 신세다.

"매정한 사람이 누군가요."

유스타프가 그렇게 답하자 란이 투덜거렸다.

"안 매정한데. 얼른, 다정하게 대해 줘."

그의 입에서 어이없음이 섞인 웃음이 가볍게 새어 나왔다.

"어떻게 하면 다정한 겁니까?"

"상냥하게 말해 줘."

"상냥하게요. 그거 참 추상적이군요. 그리고요?"

"나 죽이지 말고."

그 말에 유스타프가 그녀의 허리를 안은 손을 놓았다. 의아한 표정으로 란이 그를 바라보자 유스타프가 그녀를 밀었다.

"—?!"

그대로 상체가 뒤로 넘어가 놀라 허공을 휘저으니 유스타프가 그 손을 붙잡았다.

"유스?"

놀라서 술이 깨 버렸다.

그녀가 붙잡은 손을 당겨 상체를 세우려고 했지만, 그가 한 걸음 다가서자 다시 휘청, 상체가 뒤로 미끄러졌다.

"나 떨어트릴 거야?"

"어떨까요?"

푸른 눈을 빤히 바라보다가 란은 웃었다. 그 웃음에 허를 찔려 유스타프는 흠칫했다.

"약속했으면서."

유스타프는 말로는 뭐라고 표현할 수 없는 감각에 잠시 서 있다가 팔을 잡아당겼다. 그녀의 상체가 앞으로 휙 당겨지면서 가볍게 유스타프에게 부딪쳤다.

"아시면서 왜 그렇게 말을 하십니까? 제가 당신을 죽일 거라고?"

"동맹 이후를 말하는 거야, 이후를."

유스타프가 다시 길게 한숨을 내쉬었다.

"정말로 매정한 분이군요."

그는 그렇게 말하며 한 손으로 망토를 벗더니 그녀의 머리부터 망토를 씌워 감싸고 그대로 난간 위의 란을 안아 들었다.

"유스?!"

놀라 소리 지르자 유스타프가 발걸음을 옮기며 말했다.

"차가워요. 입술도 파랗게 질리셨고요."

"별로 안 추운데……."

"그게 더 무서운 겁니다."

유스타프가 그렇게 말하며 테라스 문을 열고 안으로 들어갔다. 따뜻한 곳에 들어오자 피부가 간질간질해졌다.

'졸리다.'

갑자기 졸음이 밀려들어 와서 란은 하품했다.

홀 입구까지 그녀를 안고 와서 유스타프는 시녀를 불렀다.

카라가 그의 손짓에 재빠르게 다가왔다. 유스타프는 그제야 란을 내려놓고 말했다.

"목욕하고 쉬십시오."

이어 정중하게 인사하고 그는 다시 연회장으로 돌아갔다. 카라가 란의 얼굴을 보고 호들갑을 떨었다.

"어머, 가주님. 너무 창백하세요. 세상에 얼굴도 다 얼어붙으셨네요.

목욕물을 준비하라고 하겠습니다. 얼른 올라가요."

"미안, 카라도 연회 즐기고 싶을 텐데."

"무슨 말씀을."

카라는 고개를 흔들었다. 란의 방으로 돌아와 벽난로 불을 더 크게 키우고 온풍기도 틀었다.

따끈따끈한 곳에 앉아 있으니 저절로 졸음이 몰려왔다. 꾸벅꾸벅 졸다가 카라의 손길에 깨워져서 목욕까지 끝내고 나오니 고개가 거의 상모돌리기 수준이었다.

란은 침대에 쓰러지듯 누워서 그대로 잠이 들었다.

＊　　＊　　＊

유스타프는 깊게 숨을 내쉬며 검 끝을 늘어트렸다. 그의 몸에서 김이 피어오르고 있었다. 땀이 뚝뚝 턱을 타고 흘러내렸다.

새벽 검 훈련을 막 끝낸 참이었다.

"수고하셨습니다."

블레인이 수건을 내밀어 유스타프는 받아 들며 물었다.

"로스는?"

"겨울 훈련이요."

그가 웃으며 하는 말에 유스타프는 "저런." 하고 짧게 말했을 뿐이었다. 한겨울 훈련은 대부분 뺑이치기다.

"말씀하신 대로 가주님 호위는 실력자로 구성했습니다."

그가 명단을 건네, 유스타프는 땀을 닦으며 종이를 훑어보았다. 기사단 안에서도 정평이 난 기사만 모여 있었다.

"이대로 진행하도록. 수고했어."

그가 종이를 돌려주며 말했다. 그가 같이 따라가면 좋겠지만, 아직은 아니었다.

가장 커다란 썩은 부분을 도려냈으면, 이제 남은 자잘한 곳을 쳐낼 때지.

유스타프는 검에 기대어 빙벽을 올려다보았다. 새하얀 만년설이 쌓인 오래된 산맥이 저택 뒤에 당당히 서 있다.

"유스타프는 라치아를 좋아하나 봐."

문득 그 말이 생각났다.

'좋아한다, 라니.'

유스타프는 웃었다. 그냥 그런 말도 안 되는 질문을 하는 란이 우스워서, 그리고 자신이 우스워서.

라치아는 그의 전부였다.

라치아를 빼면 자신은 그저 빈껍데기다.

배운 것, 익힌 것, 모든 것은 라치아의 가주가 되기 위해서.

"약속했으면서."

제 목숨이 경각에 달려 있으면서도 약속을 믿는 주제에, 정작 유스타프 자신에 대한 믿음은 하나도 없다.

'상냥하고 다정하게 대해 달라고?'

유스타프는 새하얀 숨을 길게 내쉬고 눈을 감았다가 떴다.

"블레인."

"네."

"란을 부탁하지."

"존의."

블레인은 깊게 허리를 숙였다.

팡파파파파팡!

연신 깃털 베개를 두들기는 소리가 들려왔다.

란은 양 손바닥으로 베개를 두들기며 속으로 비명을 질렀다.

'으아아아아, 란, 돌았어! 돌았다고!!!'

한참 두들기니 깃털 베개가 보기 좋을 만큼 부풀어 그걸 옆으로 놓고 란은 또 하나 있는 베개를 가져와 두들기기 시작했다.

'미쳤어, 미쳤어. 진짜, 미쳤어! 술에 취해서 뭘 하려고 한 거야? 응? 뽀뽀라니, 무슨 아저씨가 성희롱하는 것 같은 행동이여?'

파파파팡!

깃털 베개가 점점 부풀어 올랐다. 베개가 완전히 빵빵해지자 란은 얼굴을 문질렀다.

으아아아!

몇 번 발로 시트를 걷어차다가 란은 한숨을 내쉬며 축 늘어졌다.

'게다가 그 자식 날 난간에서 밀었잖아!'

마치 시험해보는 듯한 그런 행동.

싫다, 정말.

물론 성희롱한 자신이 나쁘기는 했지만. 죽을죄는 아니지 않을까요.

'아냐, 내가 당했어도 상대방을 난간에서 밀어 버리고 싶었을 거야. 이, 일단 사과하자.'

그리고, 그리고—

사과하자.

그 생각밖에 나지 않았다. 란은 느리게 몸을 일으켰다. 아침 식사를
하러 가기 위한 준비 시간이 오늘따라 너무 짧게 느껴졌다.

느릿느릿 식당으로 내려가니 유스타프가 서서 기다리고 있었다.

"편안히 주무셨습니까?"

깍듯한 인사에 란은 슬쩍 그의 얼굴을 살폈다. 평소와 다를 바가 없는
표정이었다.

의자에 앉으며 란은 고개를 끄덕였다.

"으응, 유스타프는?"

"저도 잘 잤습니다."

정말? 진짜?

눈을 가늘게 뜨고 그를 살폈지만 유스타프는 별말 없었다. 두 사람 앞
에 가벼운 식사가 놓여졌다.

문득 그가 입을 열었다.

"그러고 보니 생각해 봤는데 말입니다."

"미안!"

란이 버럭 목소리를 높였다.

"누님?"

의아한 그의 목소리에 란이 얼굴을 붉게 물들이며 말했다.

"아니, 그게, 그러니까. 어젯밤에 내가, 그러니까 너에게……."

웅얼거리는 목소리에 유스타프는 "괜찮습니다." 하고 담백하게 대답
했다.

"저, 정말?"

슬그머니 란이 묻자 그가 고개를 끄덕였다.

"그럼요. '친절'하고 '상냥'하게 대해 드려야지요."

아아아아아!

맞아, 나 그런 말도 했었어.

란은 온몸을 비틀고 싶은 걸 꾹 눌러 참았다. 유스타프는 그런 란을 모른 척하며 말했다.

"그게 아니라 춤 말입니다. 굳이 익히실 필요가 없는 것 같아서요."

"어? 그래?"

"네. 춤추실 필요가 없죠."

그의 말에 란은 '그런가?' 하고 고개를 갸웃거렸다.

오늘의 아침 식사는 귀리죽이었다. 설탕 없이 귀리죽을 먹으며 란이 말했다.

"그러고 보니 나 가기 전에 이야기해 둘 게 있어."

유스타프가 그녀를 바라보아 란이 주머니에 손을 넣었다가 아차 했다. 정신이 없어서 그림을 깜박했다.

"나중에 보여줄게. 내가 말하는 나무의 수액을 받아 줬으면 좋겠어."

봄이 되기 전까지 다시 돌아오지 못할 수도 있으니 란은 미리 운을 떼어 뒀다.

"수액이요?"

"응, 그리고 그 수액을 졸여서 설탕을 만들 거야!"

드디어 설탕 값에 손을 떠는 나날이여, 안녕이다.

란이 주먹을 불끈 쥐고 외쳤다.

"나무에서 설탕을 만든다고요?"

"응."

란은 고개를 끄덕이고 시녀를 불러 책상 위의 그림을 가져오게 했다. 잠시 후 시녀가 종이를 가져왔다.

"이 나무야."

유스타프는 그녀의 어설픈 나뭇잎 그림을 바라보았다. 란이 열심히 설명했다.

"이 나무 수액이 달콤하거든."

당단풍 나무에서 메이플 시럽이 나오는 것과 똑같은 원리였다.

북부의 설백나무 수액 역시 달콤한 맛이 났다. 이걸 끓여서 졸이면 시럽이 되고, 시럽을 더 끓이면 설탕처럼 덩어리가 된다.

"설탕이라니."

유스타프는 식사를 멈추고 비스듬히 의자에 기대어 그림을 바라보았다. 제국의 설탕은 전량 수입이다. 남부 쪽에서 사탕수수를 재배하고 있기는 했지만, 수확량이 미미했다.

설탕은 같은 무게의 은과 금액이 동일했다.

"사실 나도 자세히 어떻게 해야 하는지는 몰라. 일단 시범적으로 수액을 채취해서 이것저것 시험해 보는 게 좋을 것 같아."

수액 자체가 달콤하고, 끓이면 설탕처럼 된다는 것 외에 아는 것이 없었다.

"알겠습니다. 시도해 봐야겠군요."

유스타프는 고개를 끄덕였다.

"응, 그러면 이제 설탕을 마음껏 먹을 수 있지."

"이미 얼음수정만 팔아도 그럴 것 같은데요."

유스타프의 말에 란은 가볍게 웃었다.

"레버리의 말에 따르면 지금 수도에서 열기가 장난 아니래."

"당연히 그렇겠지요."

유스타프가 고개를 끄덕였다.

란과 그가 고민해서 만든 첫 번째 작품.

그것은 바로 말에 다는 장신구였다. 말에 무슨 장신구를 다는가 싶겠지만, 귀족들에게 보이는 것은 매우 중요하다.

마차 지붕에 귀여운 옷을 입고 앉아 있기만 하는 남자아이가 유행할 정도니까.

란이 착안한 것도 그 점이었다.

'천마의 날개'라고 이름 붙인 이 장신구를 착용하면 말에게 무지갯빛으로 반짝이는 투명한 날개가 솟구쳤다.

환영 마법이다.

그러면서 말의 근력과 지구력도 약간 상승시켜 주는 효과를 같이 주었다.

황후는 자신의 마차를 끄는 모든 말에게 이걸 장착했고, 그 효과는?

어마어마했다.

투명한 무지갯빛 날개를 달고 대로변을 위풍당당하게 달리는 사두마차를 생각해 보라.

모두가 그걸 구하고 싶어서 안달이 났다.

'얼음수정을 독점으로 파는 대신에 우리가 개발한 상품도 골든로즈 상단에서 팔아 주기로 했으니까.'

1년간 마력석은 골든로즈 상단에 독점으로 제공한다.

100만 베라트의 선금을 받기는 했지만, 어차피 얼음수정은 그 이상의 부를 안겨줄 터였다. 그래서 란은 그 1년간 자신이 만든 세공품도 같이 팔아 달라고 했고, 레버리는 저렴한 수수료만 떼고 팔아 주겠다고 약조했다. 마력석과 함께 초반에 마법 세공품을 같이 팔면 들어오는 이익이 어마어마할 것이다.

골든로즈 상단은 밀려드는 문의에 환호성을 질렀다.

기존 마력석과는 비교도 되지 않는 순도를 가진 얼음수정의 등장은 모든 귀족이 탄성을 지르게 만들었다.

얼음수정의 가격은 생산 단가의 열 배 정도였다. 보통 서민은 한 알도

구하기 어려운 가격이었다. 그러나 귀족에게는 파격적으로 낮은 가격이다.

'게다가 마력석은 소모품이니까.'

안에 든 마력이 고갈되면 끝. 새로운 마력석을 끼워 넣어야 한다.

모두가 대체 이 마력석이 어디서 난 거냐며 레버리에게 캐물었고 숫제 협박까지 하는 곳도 있었다.

그리고 란이 수도로 올라가겠다고 한 지금, 레버리는 슬그머니 출처를 퍼트렸다.

얼음수정은 라치아 공작가에서 나오는 거라고.

이미 수도에 있는 라치아 공작가를 마법 세공품 카탈로그처럼 꾸미고 있다고도 했다.

'으, 황후를 만날 걸 생각하면 위가 아파.'

황제도 만나게 되겠지.

"황제가 분명히 돈을 내놓으라고 할 텐데 말이야."

란의 중얼거림에 유스타프가 "당연히 그러겠죠." 하고 고개를 끄덕였다.

300년 전에 세워진 제국은 완전히 새로 물갈이를 했다. 정복 황제인 라이언은 영토를 빼앗고, 기존의 호족들을 전부 쫓아낸 후 자신의 가신에게 땅을 주었다.

즉, 지금 제국의 모든 귀족은 300년 전에 초대 황제로부터 작위를 받은 것이나 다름없었다.

이론적으로 제국의 모든 땅은 황제의 것이고, 황제가 신하들에게 나눠 준 봉토이다. 그래서 작위를 이어받고, 그걸 황제에게 인정받는 것은 귀족들에게 매우 중요한 전통적인 절차였다.

자기 핏줄의 정당성이 제국 황제에게서 나오니 말이다.

그래서 황제에게 세금을 바치는 일에도 큰 거부감이 없었다.

하지만 라치아는 다르다.

라치아는 유일하게 갈아 치워지지 않은 오래된 핏줄이었다.

'문'을 수호하는 가문.

전설 속의 대현자 이브리아와 함께 내려오는 문지기.

초대 황제였던 라이언도 빙벽까지 올라와 라치아를 정복하지 못했다. 그와 함께한 마법사는 빙벽으로 다가가지 못했고, 지금은 사라진 정령 술사들은 청염 앞에 막혔다.

하지만 라치아 가주는 기꺼이 대륙을 정복한 황제에게 고개를 숙였고, 황제는 그에게 공작 위를 내림으로써 서로 체면을 유지한 채로 싸움은 끝났다.

그게 라치아가 지금도 황실과 동떨어진 독립성을 유지하는 이유였다.

문을 수호한다는 이유로, 또한 북부는 척박하다는 이유로 라치아의 세금은 다른 곳에 비하면 현저하게 낮았다.

'하지만 광산이 있다고 생각하면 이야기는 달라지지.'

황제로서는 어떻게든지 광산에 대해서 세금을 물리고 싶을 것이다.

'사촌이 땅을 사도 배가 아픈데.'

지금까지는 라치아가 가난해서 별 관심 없었겠지만 일이 이렇게 되면 다르다.

"그렇다고 이제 와서 황제와 싸우기는 싫어."

"그렇죠. 게다가 얼음수정을 팔려면 싸워서도 안 되고요."

"그러니까."

란은 고개를 끄덕였다.

"거기에 한해서는 이야기한 대로 하면 될 듯합니다."

유스타프의 말에 란은 고개를 끄덕였다. 황제가 욕심을 부리기 전에 적당히 수수료를 올려 주기로 둘은 미리 이야기를 했다.

어차피 마법사 협회도 자신의 편이다. 황제만 넘어오게 하면 행보를 막을 자는 없다.

'게다가 광고판으로 로열패밀리보다 좋은 게 없지.'

마케팅 인센티브를 준다고 생각하면 나쁘지 않은 장사다.

유스타프는 히죽히죽 웃는 란을 바라보았다. 그녀 혼자 수도로 올라
간다고 생각하면 걱정이 되는 건 사실이었다.

하지만 지금 라치아를 비울 수는 없었다.

란은 깊게 숨을 들이마셨다.

"잘되겠지."

란의 말에 유스타프가 고개를 끄덕였다.

"잘될 겁니다. 그리고 부디 몸조심하시길."

"유스도. 혹시 영지전을 걸어오는 미친놈이 나올지도 몰라."

란의 걱정에 유스타프는 미소 지었다.

"제가 전에도 말씀드리지 않았습니까."

"반격해 오는 게 좋다고?"

"네."

가볍게 대답하고 유스타프는 냅킨을 들어 란의 입가를 슥 닦았다.

"도대체 나이가 몇인가요."

"열아홉, 아니 이제 스물인가?"

태연하게 대꾸하고 란이 그의 손에서 냅킨을 빼앗아 자신의 입가를
닦았다.

"신년회가 끝나고 바로 움직이려니 좀 미안한데."

"하지만 이렇게 날씨가 좋은 날은 많지 않으니까요."

유스타프의 말에 란은 고개를 끄덕였다. 바로 오늘 아침이 란이 수도
로 출발하는 날이었다.

이미 저택은 가주의 외출로 부산스러웠다.

"응, 그리고 기회가 있을 때 재빠르게 올라타야지."

"그래야죠."

"맛있는 거 사올게."

란의 말에 유스타프는 가만히 그녀를 보다가 말했다.

"기대하고 있겠습니다."

어라?

의외의 반응에 란은 눈을 깜박였다가 진지하게 말했다.

"뭐 먹고 싶은 거 있어?"

"딱히요."

그럼 뭘 기대해?

갸웃하며 란이 의아해하는데 유스타프가 말했다.

"해가 짧으니 서두르시는 게 좋을 것 같습니다."

"아, 응."

란은 자리에서 일어났다.

썰매를 타고 가는 만큼 그녀는 온몸을 꽁꽁 무장했다.

썰매에 오른 그녀의 위에 시녀들이 마지막으로 푹신하고 따끈따끈한 마법 장판을 둘러 주었다.

란은 이대로면 춥기는커녕 덥겠다고 생각하며 말했다.

"다녀올게. 손이라도 잡고 인사하고 싶지만……."

포대기에 싸인 아기 꼴이다. 유스타프는 "아닙니다." 하고 말한 후에 정중하게 인사했다.

"다녀오십시오."

어라, 이번에는 '다녀오십시오.'다. 어쩐지 웃음이 나왔지만 눌러 참고 란은 고개를 끄덕였다. 유스타프가 충고하듯 덧붙였다.

"술은 드시지 마시고요."

윽, 하고 란은 찔린 얼굴을 했다가 고개를 숙였다.

"안 마실게."

"좋습니다."

유스타프가 한 걸음 물러나 블레인을 보자 그가 가볍게 고개를 숙여 보이고 손을 들었다.

신호에 따라 썰매가 출발했다.

깃발을 든 기사 무리가 그 뒤를 따라 달리기 시작했다.

유스타프는 일행의 모습이 완전히 사라질 때까지 서 있었다.

란이 수도에 도착한 것은 한 달 정도 걸려서였다. 겨울이라 길이 험해 평소보다 더 늦어졌다.

'그래도 수도에 도착하니 북부에 비하면 천국이네, 천국.'

라치아의 바람이 '피부가 떨어져 나가는 것 같아!' 하는 느낌이면 수도의 바람은 '피부가 어는 것 같군.' 정도였다.

란이 수도에 있는 공작저에 도착하자마자 만나자는 이야기가 쇄도했다. 초대장은 그녀가 도착하기 전에도 산더미처럼 쌓여 있었다.

"엄청난걸요."

란이 중얼거리자 레버리가 화사하게 웃으며 말했다.

"그야 가장 유명 인사이신걸요."

"그래 봐야 우리 가문은 판매에는 직접 관여하지는 않는데요."

란의 말에 레버리가 "표면적으로는 말이죠." 하고 덧붙였다.

상업에 손을 댄다는 게 아직 천박하게 생각되는 시대였다. 공작가의 가주가 직접 판매를 하는 건 말도 안 되는 일이다. 그래서 란이 상단을 찾은 거였고 말이다.

"레버리는 인기 좋지 않아요?"

"어머, 가주님. 제게 얼마나 많은 약속과 예약이 잡혀 있는지 아시나요. 이렇게 저와 느긋하게 이야기하고 계신 가주님이 특별하신 거예요."

"그거 고맙네요. 일단은 황후마마를 먼저 알현해야겠지요. 폐하와의 약속도 잡혀 있고……."

"캐머론 후작에게 죽지 않게 조심하세요."

"캐머론 후작? 아아. 기존에 마력석 광산을 가지고 있었죠? 하지만 어차피 그렇게 팔리지도 않았잖아요?"

"네, 하지만 현재 마력석 광산은 그가 독점하고 있는 것과 마찬가지였으니까요. 그 얼마 되지 않는 수익마저 끊기게 생겼다고요."

"그래도 생각보다 수익이 좀 났나 보지요?"

실크 장갑을 벗으며 란이 중얼거렸다. 레버리가 씩 웃으며 말했다.

"아무래도 독점이니까요."

"하긴요."

란은 고개를 끄덕였다.

다이아몬드의 가격이 비싼 이유는?

희소해서?

아니다. 진짜로 세상에서 가장 희귀한 건 완벽한 옥이다. 사실 다이아몬드는 매장량으로만 따지면 꽤 많은 편이다.

사실 기존 마력석도 질이 엄청나게 떨어진다 뿐이지 매장량이 떨어지는 건 아니었다. 하지만 캐머론 후작이 독점하다시피 하고 가격이 떨어지지 않게 유지하고 있었던 것뿐이었다.

마치 드비어스 사가 다이아몬드를 거의 독점하다시피 한 것처럼 말이다.

'그럼 이제 자기가 역으로 당할 차례지.'

란은 미소 지었다.

얼음수정은 이미 자신들이 독점하고 있다.

드비어스 사가 독점만으로 가격을 올렸는가?

당연히 아니다. 동시에 마케팅을 통해서 다이아몬드의 가치를 올렸다.

다이아몬드는 영원히—Diamond is forever.

보석에 관심이 있다면 이 문구를 모르는 사람은 없으리라. 그럼 이 드비어스 사가 다이아몬드를 귀족에게 팔았느냐면 그것도 아니었다. 중산층에게 팔았다. 귀족들은 이미 다이아몬드보다 더 귀한 것들을 가지고 있으니 말이다.

란과 레버리가 노리는 것도 그런 비슷한 효과였다.

마법사를 가지고 있는 황족도 쓰는 마법 세공품.

얼음수정.

수로만 따지면 고위 귀족보다 그렇지 않은 귀족들이 훨씬 많다. 황족이 뭔가 하면 유행이 되기 마련이니 모두가 얼음수정을 사기 원할 거다.

마법 세공품 하나만 팔아 놓으면 얼음수정은 저절로 팡팡 팔리게 되어 있다.

게다가 란의 목적은 사실 또 따로 있었다.

엘프와 드워프의 마법 세공품.

붉은 얼음수정과 푸른 얼음수정을 쓴 이 제품은 남들과 다른 것을 원하는 고위 귀족들에게 어마어마한 가격으로 팔릴 것이다.

게다가 그건 내탕금으로 들어간다. 생각만 해도 흐뭇했다.

재미있게도 그녀가 색 있는 얼음수정을 공급할 수 있게 된 것은 마법사 협회 덕분이었다.

필사적인 연구 끝에 마력석을 활성화시키면 자신들에게 영향을 끼치지 않는다는 걸 알아낸 것이다.

마력석 안의 마력은 멈춰 있는 상태라서, 이걸 마법 도구에 끼워서 움직이게 하려면 가볍게 마법으로 충격을 줘야 한다.

그렇게 돼서 마력이 움직이게 되면 자신들에게 영향을 끼치지 않는다고 마법사 협회는 당당히 말했다.

'물론 활성화 안 된 얼음수정은 여전히 해를 끼치지만.'

그 이야기를 듣자마자 란은 바로 엘프와 드워프의 마법 물품을 수입해야겠다고 생각했다.

레버리가 란의 상념을 깨며 말했다.

"그래서 말인데, 꼭 하우스 파티를 열어주세요."

란은 깊이 고개를 끄덕였다.

"물론이죠."

본격적으로 일할 때다.

* * *

"세상에, 라치아 공작가에서 열린 티파티에 가보셨어요?"

"맙소사, 진짜 굉장했어요. 이국적인 정원에서 파티하는 것 같았어요."

"저녁에 열린 무도회는 어떻고요? 겨울인데도 따뜻해서 라치아 공작가 파티에 가실 때는 옷차림을 꼭 주의해야 해요."

"조명 보셨어요? 그렇게 반짝이는 건 처음 봤어요. 아아, 빨리 가지고 싶어라."

"공작가에 있는 제품을 벌써 황궁에서는 전부 주문했다고 하더라고요."

재빠르게 팔락이는 부채 사이로 붉은 입술들이 빠르게 소문을 날랐다.

이제 라치아 공작의 파티에 초대를 받는다는 게 사교계의 직위를 말해 줄 정도였다.

황후마마께서 직접 파티에 참석하셨다는 이야기와 함께 그녀의 천마 이야기는 무성히 부풀어져서 퍼져 나갔다.

물론 그럴수록 물밑의 이야기도 더욱 짙어졌다.

"하지만 진짜로 라치아 핏줄도 아니잖아요? 고작 하급 귀족의 딸일 뿐인데, 라치아를 등에 업고 설치는 꼴이라뇨."

"남동생이라니, 우습죠. 둘이 피도 통하지 않으면서 말이에요. 그쪽은 정말로 가주직을 물려줄 거라고 생각하는 걸까요?"

"캐머론 후작의 표정을 보셨어요? 영지 수입 중에서 마력석을 팔던 돈이 삼 분의 일이라던데. 어떻게든 흠을 잡으려고 난리예요."

"사교 시즌에 나왔으니, 남자를 잡아서 결혼할 생각 아니겠어요? 그야말로 어마어마한 상속녀인 셈이잖아요. 얼음수정 광산을 지참금으로 들고 오니 말이죠."

키득키득하는 웃음소리와 함께 험담도 심해졌다.

물론, 란은 전혀 신경 쓰지 않았지만 말이다.

"구혼자가 늘고 있어. 왜지? 결혼할 생각이 없다고 밝혔는데."

현관을 가득 채운 꽃바구니를 보며 란은 심각하게 중얼거렸다. 게다가 지금은 한겨울이니 꽃바구니는 전부 온실에서 가져온 것으로 가격도 어마어마한 물건이었다.

그녀에게 자작시나 자작 노래를 들려주려는 남자들은 줄을 이었고, 그녀와 파티에서 춤을 추고 싶어 하는 사람 역시 넘쳐 났다.

솔직히 한밤중에 베란다를 향해서 "그대의 눈동자는 아름다운 녹색!" 같은 세레나데를 불러대는 남자는 민폐였다.

"오오– 그대의 아름다운 얼굴을 한 번만 보여주오."

같은 소리를 하다가 기사단에게 쫓겨나는 일도 있었다.

소다가 웃으며 눈을 반짝였다.

"하지만 보세요, 가주님! 남쪽에서만 자라는 희귀한 난이잖아요. 이건 한 송이에 금화 하나는 할 거라고요? 이런 걸 다발로 선물하다뇨!"

카라 역시 꽃바구니를 보며 흐뭇한 얼굴로 말했다.

"맞아요. 여자라면 누구나 꿈꾸는 상황이에요."

난 꿈꾸지 않아.

란은 그렇게 생각하며 신음을 내뱉었다.

그때 집사가 들어왔다.

"가주님."

란은 고개를 돌려 집사를 바라보았다.

라치아 공작가의 타운하우스는 '녹색 아치'라는 이름으로 불리고 있었다. 정문의 아치가 비취로 만들어졌기 때문이었다.

정복 황제 라이언이 라치아 공작가에 선물한 것으로 유명한 비취 문이었다.

이 녹색 아치의 집사인 롤프는 전 란스 남작의 둘째 아들로, 라치아를 섬기는 일에 자부심을 가지고 있었다.

"무슨 일인데?"

"캐머론 후작님께서 와 계십니다."

"또? 약속도 없이."

"바쁘시다고 전할까요?"

란은 생각에 잠겼다가 눈을 가늘게 뜨고 대답했다.

"아니, 이번에야말로 확실하게 말씀드려야겠어. 어디에 계시지?"

"첫 번째 응접실에서 기다리고 계십니다."

"바로 가지."

란은 그렇게 말하고 곧장 응접실로 향했다. 그 뒤를 블레인이 재빨리 따라붙었다.

란이 첫 번째 응접실에 들어서는 순간, 캐머론 후작이 날카롭게 말했다.

"드디어 그 값비싼 얼굴을 보는군."

"요즘 내가 좀 바빠서. 캐머론 후작은 시간이 많으신 듯하지만."

란 역시 곧장 받아쳤다.

캐머론 후작의 얼굴이 붉어졌다.

'이 시건방진 계집이!'

나이가 오십을 넘긴 그는 갓 스무 살 된 계집이 가주랍시고 설치는 것도 마음에 들지 않았다.

차라리 린드버그 남작은 자질은 모자랄망정 제 분수를 알았다. 심지어 이 계집은 진짜 라치아도 아니지 않은가?

"앉지. 차라도 하겠는가?"

명백하게 아랫사람 취급이었다.

"사양하네."

캐머론 후작은 그렇게 말하고는 여전히 자리에 앉지도 않고 서 있었다.

'너는 서 있어라.'

란은 자리에 앉아서 자신 몫의 차를 주문했다. 그녀가 앉는 것을 본 후작의 얼굴이 더욱 찌푸려졌다. 어디에서도 그에게 이렇게 무례하게 행동하는 여자는 없었다.

"요즘은 가주직을 무례한 순서대로 뽑나 보지?"

"그런 말은 처음 듣는데. 그게 캐머론 후작가의 전통이라면 어쩔 수 없지만."

란이 싱긋 웃었다.

캐머론 후작의 미간 주름이 더욱 짙어졌다. 그가 낮게 말했다.

"마지막으로 경고하러 온 거다."

"경고?"

"그래, 귀족이 아닌 너는 모르겠지만 우리에게는 우리의 규칙이 있어. 그걸 네가 훼방 놓고 있는 거야."

"뭘 훼방 놓는다는 건지 모르겠네. 내게 있는 물건을 내놓는 게 훼방인가."

캐머론 후작이 손바닥으로 쾅 나무 테이블을 내리쳤다. 란은 그걸 보며 '아, 손바닥 아프겠네.' 하는 생각을 했다.

"우리를 다 망하게 하고 시장을 독점하려는 그 속셈을 모를 줄 알아!"

그야말로 생떼나 다름없었다. 네 물건이 좋아서 내가 피해를 입게 생겼으니 보상하라.

'미친 거 아냐?'

하지만 자신의 머릿속에서는 논리가 맞는 모양인지, 얼마 전부터 캐머론 후작은 '마법 세공사를 키운 것도 자신'이라며 마법 세공사를 데려갔으니 수수료를 내라는 등 헛소리를 지껄이고 있었다.

물론 마력석이 있기 때문에 마법 세공사가 있는 건 사실이다. 캐머론 후작령에 마법 세공사 길드가 있는 것도 그 이유고.

"내 물건에 가격을 얼마를 붙이든 내 마음이지. 그걸 후작에게 이런저런 이야기를 들을 필요가 없어."

란의 말에 캐머론 후작은 입을 꾹 다물고 그녀를 노려보았다. 란은 입술이 마르는 걸 느끼고 그것을 숨기려 미소 지었다.

캐머론 후작이 날 선 어조로 쏘아붙였다.

"마법 세공사 길드는 내 것이야."

"길드는 개인의 것이 아니지."

지지 않고 란은 맞받아쳤다. 만약 후작이 길드를 압박해서 세공사를 데려가겠다고 한다면, 이쪽에서는 길드를 탈퇴하고 새 길드를 세우라고밖에 할 수 없었다.

물론 한 가지 업종에 길드는 하나밖에 세울 수 없다는 게 법이니, 어떻게든 저쪽을 무너트러야겠지.

노회한 고위 귀족을 상대하는 건 항상 진이 빠진다.

눈싸움이 뻐근한 느낌이 들 때쯤이 되어서야 그는 몸을 폈다.

"그래."

그가 딱딱하게 말했다.

"마지막 경고였으니 이제 잠자리를 조심하는 게 좋을 거다."

그의 검은색 눈동자에 분노의 빛이 희번덕였다. 나이 든 후작은 분노를 갈무리하며 비웃음을 머금었다.

"내 잠자리는 다사 덕분에 편한데. 캐머론 후작가에도 하나 선물로 줄까?"

란이 말하자 그는 굳은 얼굴로 그대로 몸을 돌려 나갔다. 차를 들고 들어오던 시녀를 거칠게 밀어 시녀는 작게 소리를 지르며 자리에서 쓰러졌다.

와장창!

요란하게 찻잔이 깨지는 소리가 났지만, 후작은 돌아보지도 않았다. 시녀만 당황해 "죄송합니다."를 연발하며 허겁지겁 찻잔을 치우기 시작했다. 란이 손을 저었다.

"아니, 괜찮아. 천천히 치워. 손 베겠네. 차는 더 마실 필요가 없을 것 같으니까."

란은 새하얗게 질린 시녀를 달래고 블레인에게 말했다.

"암살자라도 풀 생각인가?"

"경비를 더욱 강화하겠습니다."

대답하고 그가 약간 곤란한 얼굴을 하며 말했다.

"가능하다면 저는 파티도 피하시는 편이 좋다고 생각합니다만."

파티는 사람이 많아지고, 자연스럽게 란에게 접근하는 사람도 많았다. 그중 한 사람이라도 나쁜 마음을 먹는다면 란은 환하게 공개된 표적이나 다름없었다. 음료나 음식에 독이라도 탄다면? 파티에서 하나하나 기미를 볼 수도 없다. 자연히 경호는 까다로워질 수밖에 없었다.

그리고 블레인이 아무리 그녀의 호위라고 해도 따라갈 수 없는 장소들이 있었다.

"하지만 어쩔 수 없지. 이제 한창 물이 올랐는걸."

란의 말에 블레인은 눈을 살며시 내리깔았다. 그에게는 이미 충분한 걸로 보였다.

얼음수정은 잘 팔릴 게 눈에 보이는데 뭘 더 어떻게 한단 말인가?

"혹시 영지전이라도 하려는 게 아닐까?"

란의 말에 블레인이 잠시 생각했다가 말했다.

"아직 날씨가 덜 풀렸습니다. 겨울에 전쟁을 일으키는 자는 없죠. 게다가 영지전을 열기 위해서는 황제 폐하의 인가가 필요합니다."

"예고장을 받는다는 말이군."

"네, 그렇습니다."

그렇다면 다행인데, 하고 란이 고개를 갸웃하는데 응접실 입구에서 집사가 헛기침을 하고 말했다.

"가주님, 레버리 님께서 오셨습니다."

"아, 들어오라고 해."

란의 말에 잠시 후 레버리가 서너 명의 사람과 함께 들어왔다.

"레버리."

웃으며 란이 자리에서 일어서자 레버리가 그녀와 가볍게 포옹한 뒤에 란의 어깨를 잡고 말했다.

"이제 그 드레스는 벗어버리세요."

"어?"

"그 구식 드레스 말이에요! 대체, 라치아 가주라는 분이 언제까지 재작년에 유행한 드레스를 입고 있을 겁니까?"

"하지만―"

"그것도 길이가 짧아서 천을 잇대어 늘린 걸요."

"어떻게 알았어?"

놀라 란이 묻자 레버리가 진지하게 말했다.

"알죠. 알지요. 다들 알아요! 사교계가 다 알고 있다고요!"

란은 신음을 흘렸다. 어머니가 사치한 드레스가 넘치고 있어서, 그녀는 굳이 새 드레스를 맞출 필요를 느끼지 못했다.

길이야 조금 천을 덧대면 되니까 말이다.

"더는 안 되겠어요."

레버리의 말에 뒤에 서 있던 여자들이 고개를 끄덕였다.

"그럼 뒤에 있는 분들은?"

"수도에서 유명하신 분이지요. 특별히 모셨습니다."

"하지만."

란이 한마디 더 하려고 하자 레버리가 낮게 말했다.

"가주님."

"응?"

"제발."

"윽."

그렇게까지 나오자 할 말이 없다. 그래, 너무 아끼는 것도 보기 안 좋아. 그래도 열심히 했으니까, 벌이가 꽤 되겠지.

"알았어."

란이 고개를 끄덕이자 레버리는 그제야 환하게 웃으며 말했다.

"잘 생각하셨습니다!"

그러자 뒤에 서 있던 여자가 다가와 사르르 웃으며 인사했다. 키는 백오십을 좀 넘을까?

이제 나이가 사십에 가까워 보이는데도 미혼의 젊은 아가씨 같은 옷차림이며, 부풀린 헤어스타일이 사랑스러웠고, 그게 전혀 이상해 보이지 않았다.

"마담 누와즈라고 합니다."

제국 억양이 아니었다. 남부 왕국의 억양이 섞인 소개에 란 역시 가볍게 인사했다.

"란이에요."

인사하고 란이 "제 방으로 올라가죠." 하고 말해 마담은 "영광입니다." 하고 다시 웃으며 대답했다.

마담 누와즈는 기합을 넣었다. 현재 라치아 공작은 사교계의 걸어 다니는 광고판과 마찬가지였다.

당연하지만 로열패밀리는 항상 인기가 좋다. 그들이 입는 옷, 사는 가구, 쓰는 물품은 언제나 동이 난다.

그리고 라치아.

라치아는 일반적인 귀족이 아니다. 제국의 역사는 300년이지만 라치아의 역사는 천 년.

라치아 역시 격식으로만 따진다면 제국 황족보다 더 고귀한 핏줄이라고 이야기하는 축도 있었다.

물론 란이 라치아의 핏줄이 아니라는 건 누구나 다 안다. 하지만 현재 라치아 공작은 그녀이고, 그녀보다 사교계에서 눈을 끄는 사람은 없었다.

"과도한 사치가 되지 않도록 해 드리겠습니다."

누와즈는 그렇게 말하며 상냥하게 웃었고, 란은 머릿속에서 가볍게 주판을 퉁겼다.

"그렇다면 좋아요. 하지만 너무 화려한 건 싫어요."

"네, 원하시는 것과 원치 않으시는 것을 모두 말해 주세요."

"아아, 참. 그리고 부탁할 게 하나 있어요."

란은 갑자기 반짝 떠오른 생각에 고개를 들었다.

"뭔가요?"

"시녀 제복을 만들려고요."

그 말에 방 안에 있는 사람들은 모두 의아한 얼굴을 했고, 란만이 방 긋 웃었다.

*　　*　　*

카트야 황후는 기분이 좋았다. 무료하던 사교계가 이렇게 즐거웠던 것이 언제였던가?

라치아 공작이 '무지갯빛 천마의 날개'를 자신에게만 팔겠다고 약속한 뒤로 더욱 그러했다.

그때 수석 시녀장이 조심스럽게 황후에게 말했다.

"황태자비마마께서 알현을 청하십니다."

"올리비아가?"

황후는 눈을 찌푸렸다.

카트야 황후에게 걱정거리가 있다면 바로 황태자였다. 어디에 그런 핏줄이 있었는지 난봉꾼의 끼가 흐르는 그를 걱정해서 황후는 지혜롭고 정숙하다고 소문난 미로 공녀와 빠르게 결혼시켰다.

그때는 이미 황태자에게 사생아가 둘이나 있었다. 그런데 그 후로 황태자를 잡아주기를 기대했던 황태자비는 영 자기 임무를 다하지 못했다.

황태자를 나무라기도 하고, 태자비에게 남편에게 잘하라고 몇 번이나 말을 하는데도 그랬다.

게다가 결혼한 지 이미 3년이나 지났는데 아이 소식도 들려오지 않는다.

여러 가지로 마음에 들지 않는 며느리였지만, 오늘 자신은 기분이 좋다.

"들어오라 이르게."

황태자비가 우아한 걸음걸이로 들어왔다. 그것마저도 황후의 눈에는 탐탁찮았다. 자기 자신은 저렇게 잘하면서 왜 남편 하나를 건사 못 한단 말인가?

하지만 황후는 제국의 황후다운 미소를 머금었다.

"어서 오게, 자리에 앉지."

"감사합니다, 어머님."

올리비아는 격식에 맞춰 인사하고 자리에 앉았다.

"그래, 잘 지내고 있는가? 황태자와는 좀 어떤가?"

첫 질문이 제 아들과 잘 지내고 있냐는 질문이다. 어차피 같은 궁에 사니 다 아는 사이에 묻는 질문이지만 올리비아는 공손히 대답했다.

"잘 지내고 있습니다."

"그렇다니 다행이네. 하긴 요즘 태자가 철이 들기는 했지요. 어서 황태손을 봐야 할 텐데 말입니다."

"죄송합니다."

"아닐세. 그래서 어쩐 일인가?"

"요즘 라치아 공작과 자주 만남을 가지신다고 들었습니다."

"아아, 그렇지. 참으로 마음에 드는 아가씨야."

흐뭇하게 웃으며 황후는 말하고 문득 깨달아 물었다.

"그러고 보니 태자비와는 아직 만나지 못했나? 마침 오늘 나와 약속이 있네. 오려는가?"

올리비아가 살그머니 웃으며 말했다.

"그래 주시면 감사하지요."

"그냥 자네 살롱으로 불러도 될 텐데 말이야. 젊은 사람들끼리 재미도 있을 테고."

"어머님이 안 계시는데 무슨 재미가 있겠습니까?"

입에 발린 말이라는 걸 알아도 기분이 좋아 카트야 황후는 가볍게 웃었다. 올리비아 역시 함께 웃었다.

그녀는 황태자비다.

황후가 내궁의 정점으로 자리 잡고 있는 한, 그녀는 그녀만의 독자적인 모임을 강력하게 가질 수가 없었다.

황후와 라치아 공작이 가깝다는 건 온 사교계가 다 아는 사실이었고, 자신이 따로 라치아 공작을 불러 봐야 뒷말이 나올 뿐이었다. 게다가 혹여나 황후와의 사이를 염려해 라치아 공작이 초대를 거절하기라도 하면 돌이킬 수 없다.

그래서 올리비아는 가장 안전하고 확실한 길을 선택했다.

그녀는 어젯밤 남편이 한 이야기를 떠올렸다.

"라치아 공작인가? 소문을 들었는데 아주 괜찮은 여자 같던데. 너같이 목석같은 여자보다는 더 잠자리에서 낫겠지."

'그래, 그렇다면.'

올리비아는 고개를 숙이며 미소를 감췄다.

'정말 그런 여자인지 한번 보지.'

카트야 황후의 이번 티타임은 적은 수로 진행되었다. 단연 주인공은 라치아 공작이었고, 그 외에 모인 사람들도 만만찮은 면모를 가진 사람 뿐이었다.

우슬라 공작 부인과 키릭스 후작 부인, 그리고 새로 온 황태자비 올리비아까지.

새로 맞춘 드레스를 두르고 일찍 도착한 란은 카트야 황후를 보고 가볍게 인사했다.

"황후마마를 뵙습니다."

"어머, 우리 사이에 무슨 그런 인사를 하고 그러나. 자아— 들어와 앉게."

카트야가 싱긋 웃으며 자리에 앉았다. 그녀를 따라 자리에 앉으며 란은 키릭스 후작 부인, 우슬라 공작 부인과도 인사했다. 황후의 소개로 두 부인과는 이미 아는 사이였다.

키릭스 후작 부인은 나이가 스물 초반 정도로 어렸고, 우슬라 공작 부인은 황후와 나이가 비슷했다.

"자리가 하나 비어 있네요."

란의 말에 카트야가 "아아." 하고 말했다.

"오늘 황태자비가 올 거라네."

황태자비.

그 황태자비?!

란은 눈을 휘둥그레 떴다.

"비마마께서요?"

"그래, 미리 말을 하지 못한 건 미안하게 생각하네. 하지만 갑자기 자네를 만나고 싶다지 뭔가."

"그러셨군요."

란은 당황스러움을 숨기려 고개를 숙이며 부채를 펼쳤다.

황태자비.

그녀는 사천왕 중에서 두 번째 같은 존재다. 왜 흔히 악당 보스 밑에 4 명 정도 중간 보스가 존재하지 않는가? 그들을 흔히 사천왕이라고 부르고 말이다.

엄청난 실력자인 것처럼 포장되지만 막상 주인공이 한 명을 쓰러트리고 나면,

"훗, 그 녀석은 우리 중에서 가장 약한 녀석이었지. 사천왕이라는 이름이 아까웠어."

이런 대사를 꼭 치지 않는가?

황태자가 그 짝이었다.

사천왕 중에서 가장 약한 녀석.

'뭐, 원작 시작 시점에서는 이미 죽어 있었으니까.'

그리고 그 대사를 치는, 사천왕 중에서 두 번째로 강한 중간 보스가 바로 황태자비다.

'자기 남편을 독살했으니까.'

황태자가 죽었을 당시 황태자비는 임신 중이었는데, 란이 알기로는 그 아이 역시 황태자의 아이가 아니었다.

'그리고 유스타프에게 반해서……'

유스타프가 처음으로 사교계에 발을 디딘 것은 스물둘쯤이 되어서였다. 성인이 되고 너무 많은 일이 있어서 도무지 사교 시즌을 즐길 여유가 없었던 거다.

그리고 젊은 공작에게 황태자비는 첫눈에 반하고 만다. 불행의 시작이었다.

군이 말하자면 시나의 불행이 시작된 거지. 음.

'적이 되고 싶지 않아.'

절대로 적이 되고 싶지 않다. 그렇다고 가까이 있고 싶지도 않다. 마치 우리 속의 맹수처럼, 창살 너머에서 자신과 적당한 간격을 유지해 주면 좋겠다.

란은 가볍게 숨을 삼키고 미소 지었다.

"태자비마마를 만난다니 기대가 되네요."

"무척이나 영민하신 분이죠."

키릭스 후작 부인의 말에 카트야가 타박하듯 말했다.

"영민하면 뭐하누? 제 남편 하나 붙잡지 못하는데."

그 말에 키릭스 후작 부인은 멋쩍은 듯 입을 다물었고, 우슬라 공작 부인이 위로하듯 말했다.

"두 분 다 아직 젊으셔서 그렇지요. 시간이 지나면 괜찮아지실 겁니다."

"벌써 3년째야. 그런데 아이도 없어. 아이가 생기면 태자도 마음을 잡지 않겠는가. 방중술이라도 가르쳐야 하는 건지, 원."

카트야 황후가 부채를 파닥였다. 란은 '아니, 황태자는 사생아도 있지 않아? 아이가 생겨서 마음이 잡히는 거면 이미 잡혔겠지.' 하는 생각을 슬며시 밀어 놓으며 입을 꼭 다물었다.

그때 자기 이야기를 하고 있다는 것을 안 것처럼 시종이 황태자비의 입장을 알려 왔다.

"제가 가장 늦었군요. 죄송합니다, 어머님."

올리비아가 미안한 미소를 지으며 걸어와 가볍게 인사했다. 카트야가 방긋 웃으며 말했다.

"우리도 방금 모였으니 걱정 말고 앉으시게."

"관대한 말씀, 감사드립니다."

올리비아가 자리에 앉는 걸 보며 란은 감탄했다.

백은의 미로.

미로 공작가가 그렇게 불리는 첫 번째 이유는 깨끗한 백은발을 가지고 있기 때문이었다. 올리비아 역시 미로 공작가 특유의 은색 머리카락을 가지런히 정리해 올리고 있었다. 이제 이십 대 초반인 그녀의 청초함은 한창 물이 오르는 와중이었다.

제 남편을 독살할 독부로는 조금도 보이지 않는 모습이라 란은 감탄이 나오려는 것을 참았다.

"안녕하십니까, 비마마."

그녀가 들어올 때부터 일어나 있었던 세 사람이 차례로 인사했다. 공작인 란이 가장 먼저, 그리고 나서 공작 부인과 후작 부인 차례였다.

태자비가 인사를 받고 나자, 황후가 자리에 앉으라고 말해 모두가 자리에 앉았다.

"그럼 다시 내가 소개를 할까. 오늘 둘은 처음 보는 거니 말이오. 이쪽이 라치아 공작인 란 로미아 드 라치아라고 하네."

"만나 뵙게 되어 영광입니다. 비마마."

"그리고 알겠지만, 황태자비인 올리비아 프란 라 마르텔이라고 하네."

"그냥 올리비아라고 불러도 괜찮아요."

"제가 어찌 감히 그렇게 부르겠습니까."

란은 재빠르게 납작 엎드렸다. 조금도 그쪽과 친해지고 싶지 않습니다.

"라치아 공작은 겸손하지."

황후가 웃으며 말했다. 황태자비는 투명한 보랏빛 눈동자를 깜박이더니 살며시 웃었다.

"그래요, 나중에 다시 이야기해요."

아니, 아니. 싫다니까요?

하지만 그렇게 말할 수 있을 리가 없다. 란은 살며시 미소 지으며 고개를 숙였다.

가벼운 인사가 끝나자 내용은 사교계에서 곧 선보일 새로운 마법 도구와 황후가 황금 백조 궁에서 열 무도회로 옮겨 갔다.

"새 마법 도구를 많이 선보이니 기대해도 좋아요."

"어머, 어떤 도구일까요? 라치아 공작은 참, 항상 황후마마께만 신제품을 소개한다니까요."

키릭스 후작 부인이 입을 비죽이자 란이 웃으며 말했다.

"다음에 후작 부인께도 따로 사람을 보내라고 말해 두지요."

"어머, 정말이에요?"

어린 키릭스 부인은 황후의 눈이 살짝 가늘어지는 걸 눈치채지 못하고 좋아했다.

"물론 가장 좋은 건 황후마마께 먼저 보여드리겠지만요."

란의 말에 황후가 호호 웃고는 관대하게 말했다.

"어찌 나에게만 보일 수 있나. 후작 부인이 저리 조르니, 다음에는 후작 부인에게 먼저 보여주게나."

"감사합니다, 황후마마."

키릭스 후작 부인이 웃으며 말했다. 그녀는 발랄해서 란은 금방 그녀가 좋아졌다. 붉은색 곱슬머리에 호박색 눈동자가 명랑함을 머금고 있었다. 그녀는 후작 부인이 되기에는 신분이 낮은, 기사의 딸이었는데 어째서 키릭스 후작이 그녀에게 반했는지 란은 알 것 같았다.

후작 부인과 후작 사이는 나이 차이가 열 살 정도 났지만, 귀족 사회에서는 큰 흠이 아니었다.

그래도 뒤에서 뒷말을 하는 사람은 있었지만 말이다.

'뭐, 뒷말이라면 나도 만만찮지.'

란은 그렇게 생각했다.

우슬라 공작 부인은 검은색 머리카락에 가무잡잡한 피부를 하고 있었다. 젊었을 적에는 이목구비가 뚜렷한 굉장한 미녀였다고 하는데, 나이가 든 지금도 그 미모는 남아 있었다.

그녀가 장미가 그려진 화려한 부채를 펼치며 말했다.

"저도 항상 기대하고 있답니다. 오늘은 라치아 공작이 어떤 물건을 가져올까, 하고 말이지요."

가시 같은 공격이라, 란은 살며시 미소 지으며 말했다.

"저는 생각만 낼 뿐이죠. 골든로즈 상단주가 이 말을 들으면 기뻐할 거에요."

내가 장사하는 게 아니라, 골든로즈 상단이 장사하는 거라고 란은 못을 박았다.

청염의 인정을 받은 건 라치아에서만 통하는 말이고, 사교계에 나오니 라치아의 피가 한 방울도 흐르지 않는 천것이 라치아 공작 행세를 한다고 생각하는 고위 귀족들도 있었다.

바로 지금의 우슬라 공작 부인처럼 말이다. 위세가 있으니 대놓고 말하지는 못하지만.

올리비아가 고개를 갸웃하며 말했다.

"그러고 보니 골든로즈 상단주는 하프 엘프라지요?"

"네, 그렇습니다."

"엘프라니, 믿을 만한가요? 그들의 손에 얼음수정이 들어가는 것도 걱정되네요."

올리비아가 짐짓 미간을 찌푸리며 말해서 란은 고개를 끄덕였다.

"걱정하시는 황태자비마마의 마음 역시 잘 알고 있습니다. 하지만 그점은 걱정하지 않으셔도 괜찮아요. 알고 보니 하프 엘프는 엘프들 사이에서 경시당한다고 하더군요. 그보다 차라리 인간 사이에서 사는 게 살기 좋으니까요."

란은 레버리가 항상 늘어놓는 변명을 고스란히 읊어 주었다. 올리비아는 "그렇군요." 하고 고개를 끄덕였다.

'아니, 왜 시비를 걸지?'

란은 긴장으로 뒷목이 뻣뻣해지는 걸 느끼며 따뜻한 찻물을 삼켰다. 온풍기를 펑펑 돌리고 있는 티 살롱 내부는 건조하게 느껴질 정도였다.

'이 정도로 틀어 대면 얼음수정이 빠르게 소모될 텐데.'

나야 돈을 버니 좋지.

란은 그렇게 생각하며 습도 조절기도 만들어야겠다고 생각했다.

"하지만 엘프라면 신비한 느낌이잖아요. 언젠가 한번 실제 모습을 보고 싶어요."

키릭스 후작 부인이 눈을 반짝이며 말해 란은 하레쉬를 떠올렸다. 그래, 미남이기는 미남이지.

게다가 엘프는 기본적으로 인간보다 더 크다. 그것도 매력적인 면이었다.

"언젠가 소통할 수 있는 날이 오면 좋겠네요."

란은 방긋 웃으며 그렇게 대답했다.

'물건은 곧 소통하겠지만.'

그런 음흉한 생각을 하며 말이다.

엘프와 드워프의 마법 세공품이 나오면 마력석, 그 이상의 가치를 손에 넣을 거다.

바로 브랜드력이라는 것이지요.

"그러고 보니, 캐머론 후작이 직접 협박까지 했다면서요?"

우슬라 공작 부인의 말에 황후가 눈을 찌푸렸다.

"뭐 하러 그런 이야기는 꺼내는가?"

"아니에요. 염려해 주셔서 감사합니다, 우슬라 공작 부인. 하지만 후작님과는 약간 의견 충돌이 있었을 뿐이랍니다."

"캐머론 후작가도 오랫동안 황가에 충성을 바쳐 온 유서 깊은 집안이지요."

우슬라 공작 부인의 말에 카트야 황후는 고개를 끄덕였다. 란이 짙은 미소를 지었다.

저 말은 캐머론 후작가 뒤에는 황제가 있으니 깝치지 말라는 말이다.

"물론입니다. 라치아 역시 그 점을 자랑으로 생각하고 있답니다. 녹색 아치를 볼 때마다 생각하지요."

우리는 초대 황제 때부터 같이한 몸이야, 하고 답하며 란은 케이크를 포크로 조심스럽게 한 조각 잘랐다. 수도에 와서 가장 좋은 점은 고급 과자들을 마음껏 먹을 수 있다는 점이었다.

'라치아도 얼른 설탕을 생산해야······.'

유스타프는 잘하고 있으려나.

'아, 보고 싶다.'

수도에는 영 유스타프만큼 잘생긴 남자가 없었다. 그가 '누님' 하고 부르는 것도 듣고 싶고, 특유의 서늘한 억양도 듣고 싶다.

황후가 방긋 웃고 말했다.

"그러고 보니 녹색 아치 앞에 구혼자가 끊이지 않는다는 말은 들었지."

"맞아요. 세레나데를 밤새 부른 분도 계셨다면서요."

키릭스 후작 부인이 키득키득 웃었다. 올리비아가 "어머나." 하고 눈웃음을 지었다.

"어떤 분이 공작님과 함께하실지 궁금하네요."

"아직은 결혼 생각이 없습니다. 유스타프도 아직 어리고요."

"그러고 보니 유스타프는 아직 정혼하지 않았지?"

황후의 말에 란은 고개를 숙였다.

"그렇습니다. 아직 어리기도 하니 시간을 충분히 두고 싶어서요."

란은 재빠르게 연막을 쳤다.

사실 열여덟이니 어리다고 하기도 뭐하지만, 아직 성인이 되지 않았다는 핑계가 아슬아슬하게 먹힐 시점이었다.

"그야 물론, 라치아 공작은 유스타프 영식의 혼사에 관여할 수 없겠지요."

넌 그와 어떤 관계도 아니니까.

우슬라 공작 부인이 다시 가시를 세웠다. 란은 약간 피로감마저 느끼며 대답했다.

"네, 전 유스타프를 존중하니까요. 그 아이는 아카데미 수석 졸업생이기도 하답니다."

란은 벌쭉 웃어 보였다. 그녀는 틈만 나면 동생 자랑을 하고는 했다. 그러면 좀 귀찮은 것들이 떨어져 나갈까 하고 말이다.

"아아, 아쉽네요. 전 라치아 공작님의 결혼식도 보고 싶은데 말이에요. 세상에, 그래서 그 많은 남자에게 구혼당하는 건 어떤 기분이에요?"

키릭스 후작 부인이 해맑게 화제를 돌려 란은 키득거리며 대답했다.

"글쎄요. 솔직히 말하면 그 많은 꽃을 어떻게 해야 할지 모르겠어요."

이런 식으로 대화는 이어져서, 저녁 식사가 시작되기 전에 끝났다. 란은 속으로 가슴을 쓸어내리며 우아하게 인사를 하고 자리를 떴다.

기다리고 있던 블레인 경이 란의 얼굴을 살피고 속삭이듯 말했다.

"피곤해 보이십니다."

"피곤해."

란이 관자놀이를 문지르며 걸음을 빠르게 했다. 빨리 이 궁을 나가고 싶었다.

그때 마치 그녀가 나오기를 기다리고 있었다는 듯이 방에서 누군가가 슬그머니 나왔다. 블레인이 멈칫했다가 화급히 고개를 숙였다.

'아, 씨.'

속으로 작게 욕을 하고 란 역시 깊게 무릎을 굽혀 보였다.

"황태자 전하를 뵙습니다."

"이게 누군가, 얼굴 한 번 보기 힘든 라치아 공작 아닌가?"

황태자가 히죽 웃으며 말했다. 올해로 스물여덟인 그는 화사한 외모를 가지고 있었다. 반짝이는 금발머리에 푸른 눈동자.

외모만 보면 딱 왕자님, 그 자체였다. 그 내면이 난봉꾼이라는 것만 빼면 말이다.

"송구스럽습니다."

란은 고개를 숙인 채로 대답했다. 황태자가 그녀를 보지 못한 이유는 간단했다. 란이 최대한 그를 피했으니까.

그녀의 정중한 대답에 황태자인 루스는 손을 저었다.

"아닐세. 인사는 됐네."

란이 무릎을 펴고 고개를 들자 루스는 가볍게 휘파람을 불었다. 순간 블레인이 이를 악물었다. 아무리 황태자라고 해도 이 행동은 심한 처사였다.

"라치아 공작이 굉장한 미녀라는 말은 들었지만, 이건 상상 이상인데?"

"황태자비마마만 하겠습니까."

너 마누라나 돌아봐, 이 자식아.

이런 마음을 담아 란은 웃으며 대답했다. 올리비아의 이야기가 나오자 루스는 눈을 찌푸렸다.

"그런 이야기는 접어 두고, 라치아 공작과 담소를 나누고 싶군."

란은 머리가 아파 오는 걸 느꼈다. 그녀는 황태자와 가까워지고 싶은 생각이 조금도 없었다. 황태자 부부와 얽히고 싶지 않다.

'하지만 그게 욕심이라는 것도 알아.'

황실과 얽히고 있는 이상, 황태자 부부와도 당연히 마주치게 되어 있겠지.

란은 입꼬리를 간신히 끌어올리며 말했다.

"감사합니다, 황태자 전하. 초대장을 기꺼운 마음으로 기다리고 있겠습니다."

루스의 푸른 눈이 가늘어졌다. 유스타프와는 전혀 다른 푸른색.

란은 저도 모르게 그와 유스타프를 비교했다. 그리고 역시 내 동생이 최고야, 하는 결론을 내렸다.

"초대장이라, 그거 준비하지 않았는데 아쉽군. 정식으로 초대하면 와 주는 건가?"

"기꺼이요. 오늘 황태자비마마와도 즐거운 시간을 보냈습니다."

"올리비아와?"

그가 눈썹을 치켜 올리더니 가볍게 웃고 에스코트하듯 팔을 내밀었다.

"그거 무슨 이야기를 했는지 꼭 듣고 싶군. 정원이라도 잠깐 걷지 않겠나?"

란은 신음을 삼켰다. 그래, 절대로 물러나지 않겠다는 거지?

"잠깐이라면요."

란은 그렇게 말하고 그의 팔에 손을 얹는 것을 슬쩍 피하며 걷기 시작했다. 솔직히 말하면 그가 무슨 생각으로 자신에게 접근하는 것인지도 궁금했다.

차기 황제와 라치아 공작.

이 두 가지 단어만 두고 보면 의미심장하지 않은가?

정치적인 이야기가 될지도 모른다, 하고 했던 생각은 10분, 아니 5분 도 되지 않아서 깨졌다.

'역시 그냥 망나니였잖아.'

란은 얼굴이 구겨지는 걸 간신히 눌러 참았다. 루스가 히죽 웃으며 말 했다.

"그래서, 내가 맞나, 아닌가? 라치아 가주는 분명 처녀겠지."

"왜 그런 게 궁금하십니까?"

"말 돌리는 것 보니 아닌가?"

란은 '미치려면 지금이야!' 하는 기분을 만끽하고 있었다. 상대는 황태 자고 무례하게 굴 수는 없다. 하지만 상대가 저딴 소리만 지껄이고 있으 면 어떻게 해야 할까요?

"태자 전하, 지금 지극히 무례하십니다. 도무지 제국의 황태자라고는 볼 수가 없는 발언이시군요."

란이 정색하며 걸음을 멈췄다.

"아아, 화끈하군. 난 뜨거운 여자가 좋더라."

란은 이를 악물고 웃으며 무릎을 가볍게 굽혔다.

"그럼 전 이만 물러나겠습니다."

대답도 듣지 않고 란은 쌩하니 걷기 시작했다. 돌아가는 그녀의 뒷모 습을 바라보며 루스는 히죽히죽 웃었다.

빙벽의 라치아라고 해서 차가운 여자인 줄 알았더니만 아닌 모양이다.

'하지만 라치아만 없으면 아무런 힘도 없지.'

루스는 머리를 굴렸다. 차기 가주인 유스타프에게 협조를 구하면 어 떨까?

차기 황제가 뒷배가 되어 준다고 하면 든든할 것이다. 게다가 수도에서 영향력을 떨치는 란이 유스타프에게 위협이 되니, 마음에 들 리도 없다.

'아니면 아버님께 말씀드려서 임시로 유스타프가 가주직을 허가받게 하거나.'

그러면 더 이상 그에게 란은 필요 없을 테니, 떨어진 과실을 줍기만 하면 된다.

루스는 히죽거리며 걸음을 옮겼다.

*　　　*　　　*

녹색 아치 저택은 잔뜩 들떠 있었다. 오늘이 드디어 하녀 제복이 지급되는 날이었기 때문이다.

지금까지 하녀들은 자신이 가져온 옷을 입었다. 허름한 옷이기 때문에 당연히 옷만으로도 시종인지 아닌지 구별되었다.

하지만 오늘 나눠 주는 옷은 매끄러운 고급 재질의 옷이었다. 색깔은 남색에 옷감도 풍성하게 사용했다.

직급별로 단추와 소매 깃, 크게는 옷 자체의 색이 달랐기 때문에 입은 사람이 무슨 직위인지 금방 알아볼 수 있었다.

물론 하녀에게만이 아니라 저택에서 일하는 시녀, 시종 등 모든 사람에게 제복이 맞춰 지급되었다.

옷을 맞추기 위해 가봉을 몇 번이나 했기 때문에 오늘을 기다리며 시종들은 모두 들떠 있었다.

그리고 드디어 오늘 제복이 지급된 것이다.

모두가 얼른 새 옷으로 갈아입기에 여념이 없었다.

소다는 새 옷을 입고 꺅꺅거리며 몇 번이나 매끄러운 옷을 쓸어 보았다.

"세상에, 너무 예뻐요."

제복에서 디자인이 얼마나 중요한지 알고 있었기 때문에 란은 디자인에 가장 공을 들였다.

물론 질도 떨어지지 않았다.

이렇게 올이 가는 고급 천은 처음이었다. 거기에 풍성한 패티코트까지 함께 지급되어서, 옷을 입고 서자 자신이 가졌던 어떤 옷보다 아름다웠다.

카라 역시 자신의 단추와 소매의 색이 다른 것을 보며 흐뭇하게 웃었다.

저택의 시종들과 시녀들은 오늘 새 옷으로 하루 종일 들뜬 기분을 느꼈다.

당연히 라치아 가문에 대한 소속감도 강해졌다.

'제복을 맞춰 입는 이유가 그거지.'

피아의 식별뿐 아니라, 소속감과 일체감을 위해서다. 동시에 라치아 가문에 대한 이미지를 확고하게 하기 위한 것이기도 하고.

며칠 지나지 않아서 라치아 가문의 시녀 제복은 가문 밖에서도 특별한 느낌을 주게 되었다.

모두가 그 제복을 동경했고, 제복 때문에도 라치아가에 시녀로 들어가고 싶어 했다. 사람들의 태도도 공손해졌다.

라치아에 대한 충성심은 자연히 강해졌다.

란은 그렇게 좋아하는 가문 사람들을 보며 흐뭇한 미소를 지었다.

같은 디자인의 옷을 잔뜩 만들어 라치아에도 보냈으니, 거기 사람들도 분명히 즐거워하리라.

하지만 그 미소도 오래가지 않았다. 이유는 간단했다.

'황태자 멍멍이 때문이지.'

흑단목으로 만든 커다란 테이블 앞에 앉아, 푹신한 의자에 몸을 묻고 란은 손끝을 모았다.

그녀는 황태자에 대한 기억을 최대한 떠올리려 애썼다.

사실 이야기는 원작 시작 이후가 가장 자세하다. 황태자는 원작 시작 시점에는 이미 사망한 상태였기 때문에 난봉꾼이라는 것 외에는 기억이 잘 나지 않았다.

'그러니까……'

황태자비가 유스타프에게 한눈에 반해서, 집요하게 그를 쫓아다니고 그의 사랑을 받는 시나를 질투해 그녀를 죽이려고 든다.

그러다 유스타프와 시나가 황태자가 독살당한 것과, 황태손이 황태자의 아들이 아니라는 것을 밝혀내면서 황태자비는 끝이 난다.

둘째 황자가 황제가 되고 말이다.

'하지만 이해돼.'

황태자를 직접 겪고 나니, 그를 독살시킨 황태자비가 이해된다.

'그러고 보니 황태손이 누구의 아이인지는 끝까지 밝혀지지 않았지?'

아이는 미로 공작에게 맡겨지게 된다고 알고 있었다.

'어떻게 하는 게 좋을까?'

가장 좋은 것은 모른 척하고 멀리 떨어져 있는 거다. 그런데 이놈의 황태자 멍멍이가 자신에게 자꾸 달라붙고 있으니 문제였다.

벌써 사교계에 소문이 퍼지는 중이었다.

새 라치아 공작에게 황태자가 푹 빠졌다고.

'으아아아아―!'

머리카락을 부여잡고 란은 끙끙거렸다. 내가 먼저 독살해? 없애 버려? 응?

란은 숨을 길게 내쉬었다.

"블레인 경."

옆에서 란이 끙끙거리는 걸 지켜보던 블레인이 걱정스럽게 대답했다.

"어디 좋지 않으십니까?"

"어디서 암살자를 구할 수 없을까."

"그건—"

블레인은 순간 당황해 말을 멈췄다가 곧 란이 그저 해 본 말이라는 걸 깨달았다.

"아, 황태자 새끼. 진짜."

그야말로 지독한 폭언이었다. 불경죄로 잡혀갈 말이지만 블레인은 깊이 동감해 고개를 끄덕였다.

"정말로 귀찮은 분입니다."

"그러니까."

란은 책상 위에 몸을 뻗었다. 그녀가 눈을 감고 깊게 숨을 들이마셨다가 내뱉었다.

"어쩔 수 없나."

황태자를 제어할 수 있는 건 단 한 사람뿐이지.

황제.

란은 머릿속으로 카드를 하나씩 꺼내 보았다.

'무겁다.'

그녀는 라치아가의 가주이고, 모든 결정은 그녀에게 달렸다. 동시에 모든 책임 역시 그녀의 것이다.

정치적인 행동, 말.

그녀의 모든 행동은 무게가 있었다. 그 무게에는 사람들의 목숨이 걸려 있다.

라치아의 흥망성쇠가 자신의 어깨에 걸려 있다고 생각하면 가끔은 견디기 힘들었다. 누구와 의논할 수도 없고, 기댈 사람도 없으며 실수는 용납되지 않는다.

'으으—'

이럴 때 유스타프가 있었다면 적어도 의논은 해 볼 텐데.

란은 깊게 숨을 내쉬고 몸을 일으키며 말했다.

"폐하께 알현을 청하겠어."

어쨌든 저 황태자 새끼를 어떻게 해야지. 저런 놈이 차기 황제—는 아마 못 되겠지만, 하여간 들러붙는 것이 짜증 난다.

쾅쾅쾅!

그때 예의라고는 느껴지지 않는 조급한 문 두드리는 소리에 란은 놀라 고개를 돌렸다. 블레인 역시 그런 듯 "무슨—" 일이냐고, 그가 채 묻기도 전에 문이 벌컥 열렸다. 거기에는 집사 롤프가 황망한 얼굴로 서 있었다.

"캐, 캐머론 후작에게서 전령이 왔습니다."

"캐머론 후작이?"

란이 눈을 찌푸리자 롤프가 황급히 덧붙였다.

"영지전 선포장입니다!"

란은 자리에서 벌떡 일어났다.

"영지전을 선포했다고? 캐머론 후작이? 지금?"

"그렇습니다. 그게, 그러니까—"

"아니, 내가 지금 내려가지."

란은 서둘러 집무실을 나왔다. 첫 번째 응접실로 가니, 캐머론 후작가의 전령이 빳빳한 얼굴로 서 있었다.

"영지전이라고?"

란의 물음에 전령은 양피지를 쭉 펼치며 말했다.

"아둔 월의 물 긷는 세 번째 날, 위대하고 용맹한 캐머론 후작은, 후안무치하고 분수를 모르는 라치아 공작에게 명예롭게 싸우자는 뜻을 알리노라."

란은 이를 갈았다.

예고장이 왔다는 건 황제도 이 일을 승인했다는 말인가?

그때 블레인이 조용히 말했다.

"예고장이 아닙니다."

"뭐?"

란이 휙 그를 돌아보았다. 블레인의 갈색 눈이 타오르듯이 이글거렸다.

"선포장입니다."

란은 순간 숨을 삼켰다가 전령을 돌아보고 말했다.

"그러면 지금 라치아 영지에 후작가의 사병이 들어가 있나?"

전령은 "라치아 공작에게 알렸으니, 물론입니다." 하고 대답했다.

란은 주먹을 꽉 쥐었다. 그녀의 녹색 눈에 불꽃이 튀었다.

"그래, 그럼 전쟁 중이니, 전령을 잡아 목을 베도 되는 거겠지?"

순간 전령의 얼굴이 창백해졌다. 란이 씹어뱉듯이 내뱉었다.

"그러기 전에 당장 꺼져."

전령은 엉덩이에 불붙은 듯이 인사를 하고 부리나케 도망쳤다. 란은 눈을 가늘게 떴다.

"선포장이라고? 하지만 영지전은 황제의 허가를 받아야—"

란은 입술을 깨물었다.

"그럼 지금 전쟁이 시작됐단 말이잖아. 영지전을 하면 이길 가능성이 있는 걸까? 청염 기사단의 인재는 다 내가 데려왔는데."

어찌나 세게 입술을 깨물었는지 입술이 터지며 피가 흘렀지만, 란은 그것도 느끼지 못할 정도였다.

전쟁.

전쟁이라니.

"어떻게 하지."

유스타프는 고작 열여덟인데.

란은 눈을 질끈 감았다.

"이 계절에 라치아에서 싸움을 일으키다니."

블레인 역시 황망한 얼굴이었다. 수도야 이제 봄바람이 분다고 할 법한 날씨였지만, 라치아는 아직 아니었다.

"돌아가야 하는 게 아닐까?"

"돌아가도 늦을 겁니다."

블레인의 말에 란은 신음을 내뱉었다.

"유스타프 님을 믿으십시오."

"하지만."

란은 발을 동동 굴렀다. 당장이라도 캐머론 후작가에 쳐들어가고 싶은 심정이었다.

하지만 지금 전투는 시작되었고, 자신이 해 줄 수 있는 일은 없다.

'정령을……'

정령의 이름을 안다.

이름을 알면 명령이 가능하다. 하지만 후폭풍은 장담할 수 없었다. 명령을 해서 정령이 들었다고 치자. 그 사실이 불쾌한 정령은 어떻게 할까?

무슨 짓을 할지 알 수 없다.

그렇다고 거래를 하려고 하면 정말 터무니없는 것을 요구할지도 모른다. 왜냐면 그들은 정령이니까.

"하여간 당장 라치아에 사자를 보내. 정보를 최대한 빨리 수집하지."

란의 말에 블레인은 고개를 끄덕였다. 정말로 라치아가 위험하다면 최후의 수단으로 정령을 쓸 수밖에 없었다.

그런 일이 없기를 란은 간절히 빌었다.

유스타프는 미소를 머금었다. 푸른색 눈동자가 벼려진 칼날 같은 빛을 발했다.

"영지전이라."

어쩐지 즐거움마저 묻어나는 듯한 목소리에 옆에 서 있던 로스는 침을 삼켰다.

청염 기사단은 현재 전원 무장하고 산길에 서 있었다.

"이 계절에 라치아로 쳐들어오는 멍청이가 있을 줄이야."

유스타프는 그렇게 말하며 눈을 가늘게 떴다.

"덕분에 영지민의 피해가 극심합니다. 영지전이라기에는 영지민을 향한 약탈이 도를 지나쳐요."

로스가 분개한 얼굴로 말했다.

라치아의 겨울은 혹독하다. 그 혹독함을 이기기 위해서 캐머론 후작의 병사들은 사정없이 영지민의 가옥을 수탈하고 있었다. 겨울에 양식을 빼앗기는 일은 목숨을 빼앗기는 일과 다름없었다. 불을 피우기 위해서 닥치는 대로 가구와 집을 부수는 일도 잦았다.

그렇게 집을 빼앗겨서 한겨울에 온가족들이 피난을 하게 되는 일이 발생하자 사상자도 줄을 이었다.

"내 라치아에서."

유스타프는 그렇게 말하고 눈을 가늘게 떴다. 산 아래로 길게 이어진 병사들의 모습이 보였다.

엉금엉금 움직이는 속도였다. 앞에서부터 사람들이 느려져서 계곡에 빽빽하게 병사들이 들어차 있었다.

이유는 간단했다. 이 계곡의 길은 먼지 같은 토양이라 이맘때면 차가운 진흙 펄이 되고는 했다.

'그래서 가장 빠른 길이지만, 이용하지 않는 길이지.'

이쪽 길로 유인한 것이 정답이었다.

'이런 기본적인 조사도 안 하다니.'

얼마나 라치아를 만만하게 생각했던 걸까?

그래, 가주는 여자인 데다가 고작 스무 살. 그런 가주가 기사단을 이끌고 수도로 올라갔으니 남아 있는 사람을 열여덟짜리 남자아이와 쭉정이 기사단이라고 생각했겠지.

쉽게 싸워 이길 수 있을 거라고 믿었을 거다. 아직 유스타프가 가주도 아니니 청염을 사용하지 못할 거라는 계산도 깔려 있을 테고 말이다.

"화살."

유스타프의 말에 모여 있던 병사들이 일제히 활을 당겼다. 끼익 하고 활줄이 팽팽하게 당겨지는 소리가 들렸다.

"발사."

피피핑핑—

날카로운 소리가 동시에 들리며 화살 비가 아래쪽의 병사들에게 퍼부어졌다. 금방 비명과 함께 허둥거리는 병사들이 보였다.

동상에 걸린 데다가 추위에 진흙 얼음을 걸으며 손이 다 곱아, 굼떠진 병사들이었다.

별다른 반항도 하지 못하고 금방 진형이 흐트러진 채 픽픽 쓰러지는 게 보였다.

유스타프는 투구 창을 내렸다. 계곡 양쪽에서 쏟아지는 화살 비는 화살통이 비워질 때까지 이어졌다. 그리고 화살 비가 끝나자 기사들이 함성을 지르며 아래로 돌격하기 시작했다.

말들은 이런 진흙탕에서 움직이기 편한 특수한 편자를 착용하고 있었다.

일방적인 학살이었다.

말을 타고 있던 후작의 기사들은 결국 말을 버리고 검을 빼 들었다. 그때 기사 한 명이 투구를 벗으며 소리쳤다.

"유스타프 라반 드 라치아! 너에게 결투를 신청한다!"

유스타프가 그쪽으로 말머리를 돌렸다. 상대방 갑옷 위 튜닉을 보니 그가 지휘관인 듯했다.

유스타프는 병사를 꿰뚫었던 창을 뽑아냈다. 창대를 타고 흐르는 피에서 김이 물씬 뿜어져 나왔다.

도무지 열여덟 살짜리의 근력이라고는 생각되지 않는 힘이었다.

사람을 관통시키는 것도 쉬운 일이 아니지만, 경직된 몸에서 관통한 창을 뽑아내는 것은 훨씬 어려운 일이다.

'전투 중에 투구를 벗어 던지다니.'

유스타프가 창에서 피를 털어 내며 짧게 말했다.

"미친놈."

그 말에 기사들이 웃음을 터트렸다. 왁자한 웃음에 지휘관의 얼굴이 시뻘겋게 변했다.

"이렇게 전장에서 기사에게 모욕을 주는 법은 없소!"

유스타프는 그 말에 침묵하며 지휘관을 내려다보았다. 그가 타고 있는 흑마가 훅훅 흰 김을 내뿜었다. 유스타프의 닫힌 투구 사이에서 길게 입김이 새어 나왔다.

지휘관은 저도 모르게 움찔하며 스스로 깨닫지 못한 채 뒤로 물러섰다.

"좋아."

"주군!"

로스가 당황하며 유스타프를 불렀다. 그냥 창으로 찔러 죽이면 될 것을 뭘 일대일 결투까지 한단 말인가?

"뒤로 물려."

유스타프는 그렇게 말하고 말에서 내려왔다. 피에 젖은 창을 바닥에 푹 꽂고 그가 검을 빼 들었다.

결투를 신청한 캐머론 후작의 장남은 침을 삼켰다. 말에서 내려온 유스타프를 보니 할 만하다는 생각이 들었다. 말 위에 있을 때는 커 보였지만, 내려오니 호리호리한 소년인 것이 보였다.

키는 자신과 엇비슷했으나 경험에서 자신을 따를 수는 없으리라.

"나는 캐머론 후작의 장남인 아골 폰 캐머론이라고 하오."

"유스타프."

유스타프는 그렇게만 대답하고 오라는 듯 손을 까닥했다. 그 시건방짐에 아골은 이를 악물고 검을 휘둘렀다.

그래, 지금은 네가 이기고 있을지는 몰라도 결투에서는 아니다!

이렇게까지 수세에 몰리고서도 항복하지 않고, 결투까지 신청해서 살길을 찾는 것이 보통 대담한 게 아니었다.

하지만.

'어째서 방심하는 게 대담한 거라고 생각하는 걸까.'

유스타프는 그렇게 생각하며 아골의 검을 받아냈다. 검이 미끄러지며 유스타프의 목을 향해 오는 걸 퉁기듯 피해 내고 그는 발을 쭉 미끄러뜨리며 검을 내밀었다.

진흙 펄에서 가능한 스텝이었다. 순식간에 목젖 앞에 날카로운 검 끝이 닿자 아골은 침을 삼켰다. 그가 검을 떨어트리며 말했다.

"졌다."

"그렇지."

대답하고도 유스타프는 검 끝을 내리지 않았다. '설마' 하고 아골의 눈이 흔들렸다.

"그러고 보니 영지전이 뜸해진 요즘은, 사로잡은 귀족을 해치지 않는다지."

잡담이라도 건네듯이 유스타프가 중얼거렸다. 말 그대로였다.

싸움에서 귀족들은 서로를 포로로 잡을 뿐 해치지 않는다.

그야 당연했다.

저도 죽고 싶지 않다. 그러니까 서로가 죽이지 않고 포로로 삼아 극진히 대접하고 배상금을 받아내는 것이 암묵의 룰이었다.

게다가 요즘은 10년에 한 번이나 영지전이 있을까? 있다고 해도 실제로 검을 부딪치는 것보다는 기세 싸움에 가까웠다.

그러니 이렇게 예고장도 아닌 선포장을 보내고, 영지민을 수탈하며 들어오는 영지전은 정말로 오랜만이었다.

"그, 그렇다. 나 아골 폰 캐머론은 후작가의 장남이니 포로로서 정당한 대우를—"

유스타프의 검 끝이 목젖에서 떨어지자 아골은 저도 모르게 안도의 한숨을 내쉬었다. 그러나 그게 마지막 숨이었다. 유스타프는 검을 횡으로 휘둘렀다.

사태를 이해하지 못한 그의 머리가 땅으로 떨어지고 나서야 천천히 몸뚱이가 쓰러졌다.

유스타프가 시체를 향해 싸늘하게 말했다.

"하지만 여기는 내 라치아지."

목이 잘린 시체에서 쿨럭쿨럭 피가 쏟아져 나왔다. 그걸 바라보고 있던 캐머론 후작의 병사들은 모두 무기를 던진 후 무릎을 꿇고 자비를 구걸했다. 그건 남은 기사들도 마찬가지였다.

"자기가 죽였으면, 죽임당하는 것도 생각해라."

유스타프는 그렇게 말하며 구른 머리통을 가볍게 툭 발끝으로 쳤다.

불타오른 가옥과 영지민의 시체들, 울부짖는 사람들을 떠올리며 그는 혀를 찼다.

"정리하지."

그는 그렇게 말하며 말에 올라탔다. 그러자 곧 환성이 울려 퍼졌다.

"만세! 라치아 만세! 유스타프 만세!!"

"청염을 떨치소서!"

로스가 흐뭇하게 웃으며 유스타프에게 말했다.

"손이라도 들어 주시죠."

유스타프는 자신의 투구를 벗었다. 새카만 머리카락에 푸른 눈동자. 드러난 외모에 다시 목소리가 커졌다. 이러니저러니 해도 모시는 사람이 잘생겼다는 건 커다란 자랑거리다.

유스타프가 손을 들자 목청껏 병사들은 고함을 질렀다. 청염 기사단 역시 마찬가지였다.

처음 영지전이 시작될 때만 해도 기사단의 사기는 높지 않았다. 단장인 블레인이 없었고, 무엇보다도 실력자들이 가주의 호위를 위해 함께 떠났기 때문이었다.

유스타프가 이리저리 길을 변경하고 틀게 명령하는 것도 미심쩍었다. '이렇게 잔일만 해서 과연 이길 수 있을까?' 하는 생각이었다.

그러나 승리의 달콤함을 맛보자 그 기쁨은 전부 유스타프를 향한 존경으로 바뀌었다.

함성은 한참 동안 계속되었다.

Chapter 5.

———

수도에서

란은 치맛자락을 움켜쥐고 아래층으로 뛰듯이 내려갔다. 뒤에서 카라가 "가주님, 넘어지세요!" 하고 소리쳤지만 들리지 않았다.

일 층으로 내려와 현관으로 달려간 그녀는 열린 현관문 밖으로 말에서 내리는 사람을 쉽게 발견했다.

"유스!!"

소리를 지르고 현관 계단에서 냅다 뛰어든 란은 유스타프를 꽉 끌어안았다.

"무사해서 다행이야, 진짜 다행이야."

몇 번이나 말하며 그녀는 안은 팔에 힘을 주었다. 그러자 그의 목 안쪽에서 낮게 울리는 듯한 웃음소리가 났다. 그러더니 그가 그녀를 달랑 들어 올렸다.

란은 낯선 목소리에 눈을 깜박이며 몸을 떼어 냈다.

"유스타프……?"

"네."

"어, 목소리가……?"

"이상한가요?"

"아냐, 좋아. 엄청."

재빠르게 란은 부정하며 그를 바라보았다.

그 사이에 또 키가 컸어!

그리고, 목소리도 낮아졌다. 예전 같은 소년 특유의 미성이 아니라 남자다운 낮고 부드러운 목소리였다.

갑자기 그의 목에 두르고 있던 팔이 부끄러워져서 그녀는 슬며시 두른 팔을 풀어 그의 어깨에 올렸다. 단단하고 넓은 어깨라 란은 손끝을 오므렸다. 어쩐지 유스타프가 낯설게 느껴졌다.

"이렇게 열렬히 환영해 주실 줄은 몰랐습니다."

그는 그렇게 말하고 현관 계단을 올라간 후에 그녀를 내려놓았다. 서 있는 기사와 시종들을 보고 란은 그제야 얼굴이 붉어졌다.

"유스, 진짜 많이 컸구나."

"옷이 안 맞아서 불편하지만 말입니다."

"옷이야 맞추면 되지."

란은 그렇게 말하며 그의 소매를 잡아당겼다. 못 보던 옷이니 새로 지은 걸까?

'하지만 그런 것치고는 새 옷 느낌이 없는데?'

그런 그녀의 마음을 눈치챈 것처럼 유스타프가 말했다.

"로스 경의 옷입니다."

"엑."

놀라 란이 고개를 들어 유스타프를 보았다가 진지하게 말했다.

"빨리 옷부터 맞추자."

유스타프가 그 말에 피식 웃었다. 그 웃음에 문득 란이 멈춰 서서 물었다.

"다친 곳은 없는 거지?"

"물론입니다. 제가 그렇게 약하게 보이십니까?"

"그거랑은 전혀 상관없어. 유스타프가 전설의 용사라도 난 걱정한다고."

란이 뺨을 부풀리며 하는 말에 유스타프는 슬쩍 그녀의 뺨을 손등으로 짧게 쓸었다가 말했다.

"계속 여기 서서 이야기할 생각이신가요?"

유스타프의 말에 란은 아차 하며 그를 잡아끌었다.

"일단 씻을래? 아니면 식사?"

"먼저 씻고 옷을 갈아입죠. 누님께서는 식사하셨습니까?"

"기다렸어."

란의 말에 유스타프는 고개를 끄덕였다.

"그럼 얼른 씻겠습니다."

"천천히 해도 돼. 맞춰서 저녁 내오라고 할 테니까."

"알겠습니다."

유스타프는 그렇게 말하고 가볍게 란에게 인사한 후 위층으로 올라갔다. 란은 그 뒷모습을 바라보다가 한숨을 내쉬었다.

진짜로 무사했구나. 다행이다.

캐머론 후작이 영지전을 선포했다는 이야기는 사교계에 순식간에 퍼졌다.

란은 모든 외부 활동을 접었다. 황제에게 알현을 신청했지만 받아들여지지 않았다.

답답해서 발을 구를 때쯤, 그러니까 영지전이 선포된 지 3일 후쯤 되었을 때, 란은 녹영을 만났다.

라치아 가문의 첩보 기관.

쇼트커트를 한 중성적인 남장미인이 란에게 알현을 신청한 것이었다. 와일드 남작의 이름을 빌려 와서 란은 두 번째 응접실로 그녀를 불렀다. 블레인은 처음 듣는 이름이라며 미심쩍어했고, 결국 그게 정답이었다.

"두 번째 그림자가 가주님을 뵙습니다."

정중한 인사와 함께 자신을 녹영이라고 밝힌 그녀는 가볍게 상황을 설명했다.

"가주님께 걱정하실 필요가 없다고 말씀을 전하러 왔습니다."

"걱정할 필요가 없다고요?"

"네, 도련님께서는 승리를 장담하셨습니다."

녹영은 그렇게 말하며 부드럽게 미소 지었다. 란은 아무 말도 못 하고 녹영을 바라보았다.

"그러니까 제가 모르는 라치아 가문의 첩보 기관이 있단 말이죠."

"이제는 아시지요."

"아, 정말."

유스타프 라반 드 라치아.

입 안으로 소리를 지르고 란은 녹영을 바라보았다. 녹영은 조금의 찔림도 없다는 얼굴로 란을 바라보고 있었다.

뭐, 그래. 찔리지도 않겠지.

란은 그렇게 생각하며 한숨을 내쉬었다. 이해하면서도 배신감도 느껴지고.

복잡한 기분이 되어 란이 녹영에게 말했다.

"그럼 편하게 말해도 되겠지."

"물론입니다. 부디."

"유스가 이길 거라고 장담했는데, 뭐 특출한 방법이 있는 거야? 청염이라도 사용해?"

가주가 아니라도 가능한가?

"아뇨, 그렇지 않으십니다."

"게다가 그쪽 병력이 더 많잖아."

캐머론 후작만의 병력이 아니었다. 근처의 다른 가문들까지 부추겨서 상당한 인원을 모았다고 알고 있었다.

수도에서는 라치아의 위세도 이제 끝이라고 말하는 소문이 벌써 대세였다.

"유스타프 님은 빈말을 하시는 분이 아닙니다."

"알아, 하지만― 하지만 걔는 고작 열여덟이잖아?"

마지막 말은 마치 소리 지르듯 나왔다. 고작 열여덟. 란의 감각으로는 고2짜리 어린애다.

이곳도 성년이 열아홉으로 늦기 때문에 열여덟이라고 해도 크게 쳐주지 않았다.

아마 그래서 더욱 만만하게 보고 쳐들어온 거겠지.

'내가 좀 더 경계했어야 했어.'

고작 열여덟 남자아이가 전쟁에 나가서 사람을 죽이는 모습을 본다니. 란의 감각으로는 도무지 이해가 되지 않았다.

"그분은 라치아의 가주가 되기 위해 준비되신 분입니다. 그냥 평범한 열여덟이 아닙니다."

녹영은 뜻밖이라는 얼굴로 란에게 설명하듯 말했다. 란은 한숨을 내쉬었다.

"물론 그렇지. 알아. 하지만."

그녀가 끙끙거리는데 녹영이 덧붙였다.

"그리고 전할 이야기가 또 있습니다."

"뭔데?"

"황제 폐하에게 캐머론 후작이 제의를 한 모양입니다."

"폐하께?"

"네, 자신들이 승리하면 광산 지분의 절반을 드리겠다고요."

"아."

란은 이를 악물었다. 과연, 그렇군. 황제로서는 조금도 손해볼 게 없는 장사다.

'그래서 지금 내 알현 신청도 무시하고 있는 거였군. 제풀에 찔려서 말이지.'

만약에 캐머론 후작이 패배하고 라치아 공작이 항의한다면, "나도 캐머론 후작이 그럴 줄은 몰랐네." 하고 당황스러운 기색을 보이면 될 것이다.

라치아 공작이 패배하고 항의한다고 하면 더더욱 그 항의는 쓸모없다.

어차피 신의라는 게 존재하지 않는 주종 관계라고 하지만, 이건 도가 지나친 것 아닌가.

란은 그렇게 생각하며 이마를 눌렀다.

'하긴 우리도 황가에 충성할 생각 따윈 없으니까.'

황가 역시 라치아를 봐줄 필요가 없겠지. 이익이 되는 대로 삼키기만 하면 그만이다.

'제국의 황제라는 놈이.'

그래도 쪼잔하기 그지없다. 눈앞의 이익에 너무 열중한다.

그런 생각이 드는 건 어쩔 수가 없었다. 란은 둘째 황자를 떠올렸다.

아직 실제로 둘째 황자를 만나 본 적은 없었다. 원작에서도 그냥 둘째 황자가 어부지리로 황제가 되었다, 하는 느낌이 딱히 뭔가 특별히 서술할 만한 내용은 없었다.

'만나 볼까.'

란은 그렇게 생각하며 눈을 가늘게 떴다가 녹영에게 물었다.

"혹시 내가 명령해도 듣나?"

"물론입니다. 단지─"

녹영이 살그머니 란의 눈치를 살피듯 하며 말했다.

"유스타프 님의 명령이 더 상위 명령이기는 하지만요."

"그거면 됐어."

란은 어깨를 으쓱했다. 어차피 유스타프와 대립할 생각은 없으니 상관없다.

"그럼 규모는? 어느 정도야? 아, 유스의 용돈이 많이 나간다 했더니 이거였나."

"규모는 충분합니다."

녹영의 말에 란은 '자세히 대답해 줄 생각은 없나 보네.' 하고 고개를 끄덕였다.

"그럼 둘째 황자에 대해서 조사해 줄 수 있을까?"

"둘째 황자에 대해서요."

"응."

"알겠습니다."

녹영은 그렇게 대답한 후 차를 한잔 얻어 마시고, 유유히 저택을 떠났다.

그러고 나서 다시 3일이 지나, 라치아 공작가의 승전보가 사교계를 강타했다.

유스타프가 캐머론 후작의 장남인 아골의 목을 베었다는 소식과 함께 말이다.

후작은 말도 안 되는 처사라며 눈이 시뻘겋게 되어서 항의했다.

하지만 성문법상, 영지전에서 승자는 패자를 마음대로 할 권리를 가지고 있다고 적혀 있었다.

후작은 배상금이라는 전통이 있다고 말했지만, 성문법은 관습법보다 위에 존재한다.

결국 후작의 항의는 기각되었다.

란 역시 적장의 목을 베었다는 말에 놀랐다. '불필요하게 깊은 원한을 살 필요가 있나?' 하는 생각 역시 들었다.

하지만 사교계는 오히려 흥분했다. '실제 상황'이라는 이름이 붙은 방송이 더 짜릿한 것처럼 '생사가 붙은 영지전'이라는 말은 강렬한 인상으로 다가왔다.

게다가 라치아다.

북방의 가문.

날카롭고 잔혹하며 겨울처럼 차가운 북쪽의 기사들.

이 얼마나 매력적이며 자극적인 말인가?

모두가 청염 기사단에 대해서 수군거렸고, 음유시인들은 오래된 시가를 꺼내 불렀다.

블레인 경은 청염 기사단 단장이라는 이유로 어마어마한 주목을 받았고, 유스타프에 대한 소문은 들불 번지듯 번져 나갔다.

'소문만 들으면 유스타프 혼자서 적을 전멸시킨 것 같아.'

란은 그렇게 생각했다.

'그래 봐야 열여덟짜리 꼬맹이인 것을.'

좀 무서운 꼬맹이이기는 하지만.

그렇게 생각했었는데.

배상 문제며 기타 여러 가지 일로 수도로 올라온 유스타프는 깜짝 놀랄 정도로 어른스러워져 있었다.

'그래 봐야 아직 애티는 다 못 벗었지만!'

란은 애써 그렇게 생각하며 시종에게 천천히 저녁을 준비하라고 일렀다.

*   *   *

마담 누와즈는 눈을 빛내며 자신의 작품을 뿌듯하게 바라보았다.

새 옷을 맞춰 입은 유스타프는 가볍게 재킷을 툭툭 두들겨 보고는 란을 돌아보았다.

"어떻습니까?"

"어? 어어."

란은 자신이 침을 흘리지 않았나 생각하며 고개를 끄덕였다. 마담 누와즈가 웃으며 말했다.

"너무 멋있으세요."

"누님?"

"응? 아니, 멋있어."

란은 고개를 끄덕였다. 딱 맞는 오더메이드 정장을 입은 유스타프는 진심으로 멋있었다.

"그런데 유스, 키가 몇이야?"

"글쎄요?"

"도련님께서는 키가 177cm 정도 되신답니다. 아마 더 자라실 것 같은데요."

마담 누와즈가 유스타프를 대신해 대답했다. 직접 치수를 잰 사람의 말이니 정확하리라.

'얼마 전까지만 해도 나랑 키가 비슷했는데!'

1년 사이에 10cm가 넘게 자라다니. 이래도 되는 건가?

아직 얼굴에는 살짝 소년스러운 느낌이 남아 있지만, 이제 그것도 곧 사라지리라.

게다가 목소리는 들을 때마다 다른 사람 같다는 위화감을 지울 수가 없었다.

소년다운 목소리의 "누님."과 낮은 중저음의 "누님."은 전혀 다른 느낌이었다.

"캐머론 후작은 결투라도 신청할 작정인가 봐."

란은 애써 그에게서 시선을 떼며 말을 돌렸다. 시종들이 그에게서 재킷을 벗겨 주고 새로 가봉을 시작한 코트를 입혀 주고 있었다.

"신청하라고 하죠. 후작가에 그럴 배짱이 남아 있는 기사가 있다면 말입니다."

유스타프의 말에 란은 하긴, 하고 턱을 괴었다.

청염 기사단과 유스타프의 용맹성은 드래곤을 잡은 게 아닌가 싶을 정도로 부풀어 있었다.

"그보다 누님께서는 둘째 황자에 대해 알아보신다고요?"

"응, 아, 유스타프도 들었어?"

"물론입니다."

유스타프는 그렇게 말하고 푸른 눈으로 란을 보았다. 그가 가볍게 손을 들고 말했다.

"여기까지 하지."

마담 누와즈가 약간 당혹한 듯 "하지만 아직 가봉이─" 하고 말을 하려다가 유스타프와 눈이 마주치자 황급히 고개를 숙였다.

"다음에 와서 마저 하도록 하지요."

그리고는 잽싸게 시종과 가봉 도구들을 챙겨서 방을 떠났다. 순식간의 일이라 란이 의아해하며 유스타프를 보았다.

"왜? 마음에 안 들어?"

"아뇨, 그게 아니라."

유스타프가 란에게로 돌아섰다. 단순히 셔츠에 딱 붙은 검은색 바지 차림인데도 눈부셨다. 란이 '이렇게 잘생긴 건 반칙이다.' 생각하고 있는데 그가 물었다.

"반역이라도 생각하고 계십니까?"

"어?!"

놀라 란은 파드득 몸을 떨고 유스타프를 똑바로 보았다.

"그게 무슨 말이야?"

"아니면 이 시기에 둘째 황자는 왜요?"

"어떤 사람인가 알아보려고."

"그러니까, 왜입니까?"

란은 한숨을 내쉬며 의자에 몸을 기댔다.

"황태자가 혹시 황제가 안 될 수도 있잖아."

"반역죄에 가까운 말씀을."

"솔직히 말하면 안 됐으면 좋겠어."

"이제 반역죄가 되겠군요."

"하지만, 그 자식이."

란은 뭔가 말하려다가 입을 꾹 다물었다. 황태자가 자신을 쫓아다닌다는 이야기는 굳이 유스타프에게 하지 않았다.

알릴 만한 이야기도 아니고.

더더군다나 황태자가 자신에게 지껄인 멍멍 소리는 두 번 생각하고
싶지도 않았다.

황태자비의 독살을 응원합니다.

이렇게 플랜카드를 만들지 않는 게 다행일 정도였다.

유스타프가 물었다.

"그 자식이, 그다음은요?"

"아무것도 아냐."

"아무것도 아닐 리가 없습니다."

"적어도 남동생에게 할 만한 이야기는 아냐."

"그렇다면 더더욱 하셔야겠군요. 전 남동생은 아니죠."

유스타프의 말에 란은 끄응 하고 숨을 삼켰다가 한숨을 내쉬었다.

"누님."

유스타프가 가지런한 손가락을 뻗었다. 그가 고양이를 어루만지듯 부
드럽게 그녀의 앞머리를 귀 뒤로 넘겨주었다.

"말씀해 보세요."

달래는 듯한 손길이었다.

간지러움과 부끄러움에 몸을 움츠리며 란이 뒤로 상체를 뺐다.

"그냥 좀······."

"그냥 좀?"

유스타프는 물러설 생각이 없어 보였다. 란은 한숨을 내쉬었다.

"그냥 좀 성희롱을 했지."

유스타프의 얼굴이 살짝 굳었다.

"뭐라고요?"

"황태자가 망나니라는 건 이미 아는 사실이잖아. 어쩐지 내가 마음에
들었나 보더라고. 왜인지 황태자비가 나에게 뻣뻣하게 굴더라니."

말문이 터진 란은 푹푹 숨을 내쉬며 황태자의 폭거에 대해 털어놓았다. 이런 이야기는 아랫사람에게는 할 수 없는 말이어서, 유스타프에게 하소연하자 오히려 시원해지는 기분이었다.

"그 자식이 내 등도 쓸고, 엉덩이도 만지고—"

유스타프는 조용히 그녀의 이야기를 듣고 있었다. 란의 목소리가 더더욱 높아지고 빨라졌다.

"가슴이 커 보인다는 둥, 속옷을 선물하겠다는 둥—"

란은 한바탕 쏟아 내고 나니 속이 시원해져서 얼굴이 밝아졌다.

"뭐, 그랬단 말이야."

"그랬군요."

"그래."

"알겠습니다. 그러면 둘째 황자를 직접 만나 보도록 하죠."

"응?"

문득 란은 '잠깐?' 하는 생각을 하며 유스타프를 바라보았다. 란이 둘째 황자를 만나려고 하는 건 정말로 그냥 궁금해서였다.

그녀는 황실 가족사에 끼어들 생각이 조금도 없으니까.

그런데 지금 유스타프의 '만나 보죠.'는 완전히 다른 의미 아닌가?

"유스."

"네."

"만나서 어떻게 하려고?"

"어떤 사람인가 볼 생각입니다."

"그리고?"

"그리고—"

유스타프가 가볍게 그녀의 머리카락을 쥐어 쓸어내리고 놓아주며 말했다.

“그다음을 생각해야죠.”

“그다음이 뭔데?”

“누님은요?”

“어?”

왜 질문이 나에게 돌아와?

“둘째 황자와 만난 후에 어떻게 하시려고 했습니까?”

“약간의 친목을 다져 둘까 하고…….”

“그럼 그 정도로 좋겠군요.”

란은 미심쩍다는 얼굴을 하고 유스타프를 바라보았다.

'나에게는 반역 어쩌고저쩌고하더니만?'

란은 유스타프의 조각상같이 서늘한 얼굴을 바라보았다. 이 돌덩이 같은 인간이 시나에게 푹 빠져서 이렇게 저렇게 된단 말이지.

'흠.'

사랑이란 놀랍구나.

란은 그렇게 생각하며 자리에서 일어났다.

“다들 난리 났어.”

“뭐가 말입니까?”

“유스타프 말이야. 보고 싶어 죽을 거야. 그런데 유스는 성인이 아니니까 사교계 출입이 안 되잖아.”

“그렇지요.”

“그러니까.”

란은 웃었다.

“어떻게든 유스타프 얼굴 보려고 난리 날걸.”

“안 그래도 볼 텐데 말입니다. 어차피 캐머론 후작과의 일도 마무리해야 하고.”

그 말에 란은 저도 모르게 물었다.

"정말로 유스가—"

그녀가 말을 시작하고 끝맺지 못하자 유스타프는 고개를 끄덕였다.

"제가 직접 베었냐는 질문이라면, 네. 그렇습니다."

란은 짧게 숨을 삼키고 그를 바라보았다. 푸른 눈이 말끄러미 자신을 바라보았다. 고요한 눈은 광기나 살의나, 하여간 그 비슷한 어떤 것도 찾아볼 수 없었다. 간신히 란은 농담처럼 말할 수 있었다.

"창대에 머리를 걸지 않은 걸 다행이라고 해야 하나."

"결투로 죽인 상대를 굳이 그렇게까지 할 필요는 없지요."

그건 결투로 죽이지 않았다면 그렇게 했을 거라는 말인가.

"그보다 저는 다른 질문을 하실 거라고 생각했는데요."

유스타프의 말에 란은 의아해져서 녹색 눈을 크게 떴다.

"다른 질문? 어떤 거?"

"하실 게 없으시다면, 그걸로 된 거겠지요."

산뜻하게 물러서는 그의 발언에 란은 쓰게 웃었다.

"녹영에 대한 이야기라면 굳이 꺼낼 생각은 없었는데."

"그러면서 꺼내시는 겁니까."

"뭐, 됐어. 어쩐지 용돈을 많이 가져간다 했어."

"됐다고요."

"그래. 어차피 난 이제 1년— 아니, 이제 1년도 안 남았나? 그 정도면 가주직도 끝나는걸."

"……."

유스타프는 말없이 살피듯이 란을 바라보았다. 란은 '정말로 괜찮아.' 하는 얼굴을 하며 유스타프를 올려다보았다.

가늘게 한숨 비슷한 것을 내쉬고 유스타프가 말했다.

"알겠습니다."

"응."

란은 고개를 끄덕였다.

'뭐랄까. 유스 분위기가 달라졌네.'

란은 그렇게 생각하며 유스타프를 바라보았다. 물론 키도 크고 목소리도 변했지만, 그런 것을 떠나서 전체적으로 여유가 생겼다고 해야 하나?

'예전 같은 날카로운 느낌이 그래도 둥글게 변했다고 하면 내 착각인가? 내가 유스에게 너무 익숙해져서?'

그런 생각을 하며 란은 유스타프를 빤히 바라보았고 그는 의아한 얼굴을 했다.

"왜 그런 얼굴로 보십니까?"

"유스가 변했나? 하고."

이런 데에서는 솔직하기 짝이 없는 란이었다. 유스타프는 그녀의 말에 "그런 것 같습니까?" 하고 묻더니만 생각에 잠긴 듯했다가 덧붙였다.

"싫으십니까?"

"응? 아니."

여유가 생겼다는 건 좋은 거지, 하고 미소를 지어 보이니 유스타프는 고개를 끄덕였다.

"그러면 됐습니다."

그는 이어 "참." 하고 드물게도 잊고 있었던 것을 깨달았다.

"그러고 보니 부탁하신 설백나무 수액 말입니다."

"맞아. 어떻게 됐어? 영지전 때문에 정신이 없었을 테니까, 나도 잊고 있었는데."

"시제품을 가지고 왔습니다."

"어?"

"제 짐 중에 있을 겁니다. 원하시는 설탕이요."

그 말에 란의 얼굴이 단숨에 밝아졌다.

"설탕!"

"네, 설탕이요."

유스타프는 그렇게 말하고는 픽 웃었다. 하지만 설탕에 정신이 팔려 란은 그의 웃음을 보지도 못했다.

'설탕. 이제 설탕을 마음껏 먹을 수 있어!'

영지민들에게도 설탕을 마음껏!

'하지만 그러면 이 닦는 법도 같이 교육해야겠군. 안 그랬다간 영지민들이 다 합죽이가 될 거야.'

란은 그렇게 생각하면서도 웃음이 나오는 걸 멈출 수가 없었다.

유스타프는 어째 그녀가 얼음수정이 나오는 것보다 설탕을 더 기뻐한다고 생각했지만 굳이 입 밖으로 꺼내지는 않았다.

'그나저나 황태자라.'

유스타프는 눈을 가늘게 떴다.

황태자가 망나니라는 소문은 그도 듣기는 했다. 하지만 그와 황궁 사교계는 너무 멀리 떨어져 있어서 소문은 그저 소문일 뿐 구체적인 뭔가가 아니었다.

오늘까지는 말이다.

*　　*　　*

라치아 공작과 캐머론 후작의 보상금 공방은 지루하다면 지루한 공방이었다.

하지만 사교계의 화제는 그 일로 꽉 찼다.

유스타프 라반 드 라치아.

그 존재 때문이었다.

"맙소사, 라치아 차기 가주 얼굴을 보셨나요?"

"그럼요, 봤지요. 세상에."

여자들은 부채를 퍼덕이며 얼굴을 붉혔다. 벌써부터 그와 결혼하고 싶다고 말하는 여자들이 줄을 잇는다는 소식 역시 함께 들려왔다.

배상금 조율은 황궁에 있는 크리스털 홀에서 이루어졌다. 중립적인 곳인 동시에 주군의 거처에서 영지전 배상을 논하는 것은 오랜 전통이었다.

초대 황제가 전장의 천막에서 논공행상을 치렀던 것처럼 말이다.

물론 배상을 논하는 동안 크리스털 홀에 출입할 수 있는 사람은 없었지만, 드나드는 길은 다르다. 배상 논의가 있는 날은 다른 날보다 훨씬 더 많은 사람들이 크리스털 홀 근처를 서성이곤 했다.

란은 길게 숨을 내뱉고 크리스털 홀을 나섰다.

믿고 있던 후계자인 장남을 잃은 후작의 외침과 증오를 정면에서 듣는 건 쉬운 일이 아니었다. 그에 비하면 유스타프는 눈 하나 깜짝하지 않고 후작의 말을 모조리 격파했다.

게다가 사교계에서 유스타프의 인기가 높았고, 황제 역시 찔리는 사항이 있었던지라 후작의 패색은 역력했다.

"괜찮으십니까?"

유스타프가 란에게 물어 란은 고개를 끄덕였다.

"응, 괜찮아."

한쪽 어깨에만 망토를 두르고 있는 유스타프는 멈춰 서서 잠시 란을 바라보았다. 란은 싱긋 웃어 보였고 그는 그제야 몸을 돌려 걷기 시작했다.

복도에서 이야기를 나누던 사람들은 허둥지둥 이쪽으로 다가왔다. 여자들은 얼굴을 붉히며 부채를 살랑살랑 흔들었다.

"라치아 공작님, 안녕하십니까. 저는―"

"라치아 공작님, 잠깐만 시간을 내주실 수 있겠습니까?"

앞다투어 말을 내뱉는 사람들에게 란은 단호하게 말했다.

"죄송하지만 지금 여기서 서서 이야기를 나누고 싶지는 않군요. 원하신다면 녹색 아치로 알현을 청해 주세요."

일일이 이야기를 듣고 있어 봐야 소용이 없다.

그때 째지는 목소리가 들려왔다.

"라치아 공작!!"

놀라 란은 고개를 들었고 사람들도 입을 다물며 시선을 돌렸다. 거기에는 새까만 상복을 입은 여성이 두 명 서 있었다.

한 명은 나이가 든 여성이었고, 한 명은 아직 어렸다. 소리를 지른 것은 어린 쪽이었다.

"오라버니를 돌려줘! 살려 내라고!!"

어린 여성이 악을 쓰며 소리치기 시작하자 사람들은 금방 그녀가 누군지 깨달았다.

캐머론 후작 영애다.

전신을 부들부들 떨며 소녀는 핏대를 세우고 소리 질렀다. 옆에 서 있는 나이 많은 여인이 말려 보려는 듯했지만 소용없었다.

캐머론 후작 영애는 붙잡는 팔을 뿌리치고 이쪽으로 달려왔다. 사람들은 좌우로 물러섰다.

순식간에 란의 앞에 선 후작 영애는 유스타프에겐 눈길도 주지 않고 란을 노려보며 손을 들어 올렸다.

'어?'

설마?

하는데 몸이 가볍게 들리고 시야가 휙 돌았다. 동시에 짧은 비명이 들렸다.

"아악!"

"유스?"

당황해 상황을 보니 유스타프가 그녀의 허리를 감싸 들어 옆으로 옮기고 다가온 후작 영애의 손목을 붙든 형국이었다.

"호위는 멍청하게 뭘 보고만 있는 걸까?"

유스타프의 차가운 말에 블레인은 당황해 고개를 숙였다.

기사인 그가 레이디에게 손을 댈 수가 없어 순간 망설였던 것이 화근이었다.

"이, 이거 놔라! 무례한!"

캐머론 후작 영애는 잡힌 손목을 빼려고 애썼다. 유스타프는 그 잡은 손목에 천천히 힘을 주었고 캐머론 후작 영애의 얼굴이 창백해졌다.

"이, 이거 놔! 아파! 이, 살인자!! 오라버니를 죽였듯이 나도 죽이려고!! 살인자! 살인자!!"

악악 소리를 질러대며 떠드는 후작 영애를 보자 유스타프는 짜증이 치밀었다. 그가 붙잡은 그녀의 손목을 잡아 돌리자 비명이 터져 나왔다.

"까아악!"

범인을 제압하듯 팔이 뒤틀려 캐머론 후작 영애는 공포와 고통이 섞인 비명을 질렀다.

복도 안의 모든 사람은 당황해 이 상황을 보며 우왕좌왕했다. 여자에게 손을 대다니, 말도 안 되는 상황이다.

"유, 유스—"

당황한 란이 그의 옷자락을 잡아당기자 유스타프는 한숨을 내쉬고 후작 영애의 팔을 놓아주었다. 후작 영애는 극적으로 바닥에 쓰러지며 울기 시작했다.

나이 많은 여인이 달려와 그녀를 달래며 이쪽을 노려보았다.

"네 오라비를 죽인 건 내가 아니지. 네 아비의 욕심이 자식을 삼킨 거다."

차갑고 무자비한 목소리가 복도 안에 울려 퍼졌다.

"원망할 거면 그쪽을 하는 게?"

비꼬는 말까지 덧붙이자 후작 영애는 더 크게 울기 시작했다. 이어진 유스타프의 목소리가 그 울음을 누르며 이어 들렸다.

"게다가 날 공격하는 거면 모를까, 더 만만한 누님에게 손을 올리는 건 캐머론 후작가도 그 정도라는 거겠지."

긴 복도는 침묵에 잠겼고, 그 높은 궁륭을 울음소리만 채우는 가운데 유스타프가 태연한 얼굴로 란에게 말했다.

"가죠."

"어? 으응."

란은 의식적으로 후작 영애를 무시하며 걸음을 옮겼다. 복도를 빠져나와서야 란은 긴장이 풀렸다. 그제야 손끝이 떨려 왔다.

돌발 상황에 놀라기는 어지간히 놀란 모양이다.

그걸 본 유스타프가 가볍게 란의 손을 쥐었다.

"괜찮으십니까?"

"어, 응. 나 좀 놀랐나 봐⋯⋯."

중얼거리고 란은 힐끗 그를 바라보았다. 푸른색 눈동자가 그녀를 살핀다.

"유스는 괜찮아?"

"뭐가요?"

"그러니까……."

'살인자!' 하는 높은 목소리에 란은 자신도 모르게 움찔했다. 유스타프는 그런 이야기를 들어도 괜찮은 걸까?

"영애가 욕하고, 그래서……."

그녀의 말에 유스타프가 픽 웃으며 말했다.

"욕은 한마디도 하지 않았던 걸로 기억합니다만, 뭘 말씀하시는지는 압니다. 그리고 괜찮아요. 사실이니까."

"사실이라니……."

웅얼거린 란의 말에 유스타프는 그녀의 떨림이 멈춘 걸 눈치채고 손을 놓아주며 답했다.

"제가 사람을 죽인 건 사실이죠. 그걸 부끄러워하지 않습니다. 그렇다고 자랑하는 것도 아니고요. 하지만 사실은 사실이니까요."

말문이 막혀 입을 꾹 다물었다가 마른 입술을 가볍게 핥고 란이 입을 열었다.

"유스가 괜찮으면, 나도 괜찮아."

"정말로요?"

"으응?"

"제가 살인자라도 괜찮다고요?"

"그야—"

란은 말을 골랐다.

"유스가 그러고 싶어서 그런 것도 아니잖아. 상대방이 먼저 공격한 건데—. 영지민도 지켜야 했고. 그러니까, 그러니까 유스가 괜찮다면 나도 괜찮아."

뒷말은 씩씩하게 목소리를 높였다. 유스타프는 잠시 생각했다.

꼭 필요해서 죽였다면 필요해서 죽인 거고, 그렇지 않고 넘어갈 수 있었냐고 한다면 그럴 수도 있었을 거다.

하지만 그걸 말해 주고 싶지는 않았고, 영지전과 전투를 즐겼다는 것 역시 굳이 고지할 필요는 없지.

"괜찮으시다면 다행이군요."

유스타프는 그렇게 대답하고 때마침 도착한 마차의 문을 열어 주었다. 란이 먼저 마차에 올라타고서 유스타프는 올라타기 직전, 블레인을 돌아보았다.

"나중에 이야기 좀 하지."

블레인은 말없이 고개를 숙였다.

복도에서 있었던 일은 두고두고 회자되었다.

캐머론 후작 영애가 추태를 부렸다고 생각하는 사람도 있었고, 가엾다고 생각하는 사람도 있었다.

그리고 그 사람들 모두가 '유스타프 라반 드 라치아'가 얼마나 차가운지에 대해서는 이구동성으로 입을 모았다.

더해서 그가 자신의 누이를 챙긴 것에 대한 이야기도 함께 나왔다.

'그렇다면 약혼녀에게는 얼마나 다정하겠어요?'

묘하게도 여론은 그렇게 흘러갔고, 크리스털 홀 앞에 모이는 여자들의 수는 더 늘어났다.

그 여론은 대부분 유스타프의 입장에 손을 들어주었다. 여자들뿐 아니라 남자들 역시 캐머론 후작 영애의 행태에 대해 한 소리씩 얹었다.

'가엾기는 하지만, 결투에 의한 거니까 어쩔 수 없지.'

'캐머론 후작의 주장도 억지야.'

결국 황제는 금방, 여론과 마음속 찔림을 따라 라치아 공작가의 손을 들어주었다.

캐머론 후작가는 장남을 잃고도 상당한 전쟁 배상금을 라치아 공작에게 지불해야 했다.

유스타프가 수도에 올라온 지 보름째의 결론이었다.

"제가 후작님과 결혼하지 않았다면 유스타프 영식에게 푹 빠졌을 거예요."

키릭스 후작 부인이 생글생글 웃으며 말했다. 란은 그 말에 웃음을 터트리며 말했다.

"후작님이 들으시면 섭섭해하실 거라고요."

"그렇겠죠?"

키릭스 후작 부인이 킥킥 웃었다. 란은 키릭스 후작 부인을 친구로서 녹색 아치에 초청했고, 지금은 단둘이서 친밀하게 교제를 나누는 중이었다.

이 사교계에서 마음을 터놓을 친구를 구하는 것은 얼마나 어려운 일인가?

란은 키릭스 후작 부인을 소중하게 생각했다.

"그보다 언제까지 후작 부인이라고 부를 건가요? 그냥 리제라고 불러 줘요."

엘리제라는 이름을 가지고 있는 키릭스 후작 부인은 그녀의 애칭을 불러 달라 친근하게 청했다.

"저도 란이라고 불러 주세요."

"좋아요, 란."

란과 엘리제는 서로 마주 보았다가 명랑하게 웃음을 터트렸다. 엘리제는 약간 상기된 뺨을 하고 말했다.

"사실 후작 부인이라니, 저에게는 너무 큰 짐이라서 말이에요. 카티, 아니 키릭스 후작님은 신경 쓰지 말라고 하지만요."

"저도 그건 후작님 말씀에 찬성이랍니다. 군이 그렇게 신경 쓰지 않아도 괜찮고요. 그래도 황후마마께서는 리제를 좋아하잖아요?"

"그런가요? 전 너무 어려워요."

한숨을 내쉬며 엘리제가 말했다. 란은 '그런 것치고는 잘하던데.' 하고 생각하며 고개를 저었다.

"아니에요, 잘하고 계세요."

"그렇다면 다행이에요."

엘리제는 그렇게 말하고 자신의 양손을 꼭 붙잡으며 말했다.

"그리고 란도요. 라치아의 가주가 저에게 친구가 되어 달라고 할 줄이야. 꿈에도 생각 못 했어요. 정말로 빙벽은 깎아지르듯 높은가요? 정말 마물도 있어요? 문은요?"

"정말로 높아요. 마물도 있지요. 문도 물론 실재해요."

"굉장해요! 전설 속에 나오는 이야기가 진짜라니. 낭만적이에요."

엘리제가 호박색 눈을 반짝이며 황홀한 표정을 지었다.

"그럼 하늘 저택도요? 정말로 대리석으로 이음매 없이 지어져 있나요?"

"이음매가 없는지는 확인 안 해 봤는데, 새하얀 대리석으로 지어진 건 맞아요."

엘리제가 한숨을 내쉬었다.

"그거 정말로 아름답겠어요."

"네."

란은 하늘 저택을 떠올리며 힘주어 대답했다.

"아름다워요."

새하얀 설화석고로 지어진 하늘 저택은 햇빛을 받을 때마다 눈부시게 빛났다.

"다음에 꼭 초대해 주세요."

엘리제의 말에 란이 웃으며 대답했다.

"후작님께서 허락하신다면요."

그 말에 엘리제의 얼굴이 붉어졌다. 아아, 정말로 부부 사이가 좋은가 보구나.

괜히 자신이 흐뭇해져서 란은 미소 지으며 엘리제의 찻잔을 채워 주었다. 그때, 문득 엘리제가 생각난 듯이 목소리를 낮췄다.

"그러고 보니 요즘 황태자 전하 때문에 곤란하다면서요?"

란은 저절로 어깨가 처졌다.

"네."

간결한 대답에 모든 게 다 들어 있어서 엘리제는 눈을 찌푸렸다.

"정말로 왜 그러시는지 모르겠어요. 황태자 전하를 좋아하는 사람을 찾아가시면 되지, 굳이 란에게 귀찮게 굴다니요."

"그렇죠."

게다가 란이 계속 거부를 하고 있으니 황후의 시선도 점점 날카로워졌다.

물론 자기 아들이 유부남이기는 하지만, 그렇다고 제 아들이 좋다고 매달리는데 저렇게 매몰차게 거절을 해?

그런 심리인 게 뻔히 보였다.

"안 그래도 폐하께 부탁을 드리려고요. 이제 캐머론 후작과의 일도 마무리가 되었으니까요."

"그렇군요."

엘리제는 갸웃했다가 고개를 끄덕였다.

"황태자비마마도 조심하는 게 좋을 것 같아요."

걱정스럽게 덧붙인 말에 란은 고개를 끄덕였다.

"네, 알고 있어요."

엘리제의 얼굴이 밝아졌다.

"그렇다면 다행이에요. 그리고 이건 다른 이야기인데요."

"네."

"다음에 저희 부부와 함께 피크닉 가지 않으시겠어요?"

엘리제의 말에 란은 흔쾌히 고개를 끄덕였다.

"그거 좋지요."

유스타프는 눈을 가늘게 뜨고 서류를 보았다. 녹영에서 쓰는 암구호로 되어 있는 서류는 일반적인 방식으로—좌에서 우로— 읽는 것도 아니었다.

유스타프는 짧은 내용을 읽고 초에 종이를 태웠다.

'피임이라.'

황태자비가 결혼 후에도 계속 피임을 하고 있다는 내용이 담긴 쪽지였다.

'그랬단 말이지.'

황태자비가 권력을 얻는 가장 간단한 방법은 뭘까?

아들을 낳는 거다.

차기 황세손을 낳는다.

그걸로 황태자비는 단단한 직위와 권력을 붙잡을 수 있다.

'그런데 피임이라고.'

유스타프는 등받이에 몸을 기대며 툭툭 팔걸이를 손가락으로 두들겼다. 그렇다면 황태자비는 정말로 다른 마음을 먹고 있는 거다. 3년이나 아이가 생기지 않았다는 건, 황태자비 몸에 흠이 있다고 소문이 나도 할 말이 없었다. 그 압박은 어떻고?

그런데 그걸 다 무시하면서 이렇게나 남몰래 피임이라.

녹영이 이 정보를 얻는 데에 들어간 돈과 인원이 엄청났지만 그럴 만한 가치가 있는 정보였다.

'무슨 생각인 걸까?'

사랑하는 다른 사람이 있다든가?

의외로 사람은 감정 앞에서 터무니없는 결론을 내기도 하니까. 하지만 그런 것치고는 따로 만나는 사람이 있는 것 같지도 않다.

한 가지 확실한 건, 황태자비가 결코 황태자에게 좋은 감정은 없다는 거였다. 단순히 부부 사이의 악감정을 넘어서.

일단 그 정보를 머릿속에 넣고 유스타프는 두 번째 서류를 열었다.

둘째 황자에 대한 서류였다.

그때 가볍게 문 두드리는 소리가 들려와 유스타프는 서류를 뒤집으며 말했다.

"들어와."

문이 열리고 들어온 노집사는 매우 드물게도 곤란함이 가득한 얼굴을 하고 있었다.

"도련님……."

말을 꺼내지 못하는 모습에 유스타프는 자리에서 일어나며 물었다.

"무슨 일이지? 누님께 무슨 일이라도?"

"아뇨, 그게 아니라 손님이 찾아오셨습니다."

"손님? 나에게?"

"네."

롤프가 잰걸음으로 재빠르게 가까이 다가와 말했다.

"황태자 전하이십니다."

유스타프의 눈이 이채를 띠었다.

"지금? 저택에? 전하께서?"

"네."

"어디에 계시지?"

"네 번째 응접실로 모셨습니다."

가장 좋은 응접실이다.

"바로 가지."

유스타프는 그렇게 말하고는 집사의 어깨를 가볍게 두들기고 방을 나섰다.

녹색 아치의 응접실은 모두 4개이며 첫 번째부터 네 번째까지, 간단하고 실용적인 이름이 붙어 있었다. 그리고 뒤로 갈수록 좋은 응접실이고 말이다.

네 번째 응접실에 앉아 있는 황태자는 암행을 나온 게 뻔한 차림이었다. 그러니까 진짜 암행이 아니라 '암행 나온 황태자'라고 이름 붙여야 할 차림을 하고 있었다는 거다.

"황태자 전하를 뵙습니다."

상대를 향한 제 마음이야 어떻든, 유스타프는 깍듯하게 예의를 갖춰 인사했다.

의자에 앉아 있던 황태자가 한 손을 들며 웃었다.

"그런 딱딱한 인사는 접어 두지. 여기에는 황태자가 아니라, 그냥 평범한 사람으로 온 거니까."

"그러시군요."

평범한 사람으로 왔다면 경비병이 문도 열어 주지 않았을 거다. 그런 생각을 하며 유스타프가 물었다.

"차라도 한잔 올릴까요?"

"아니, 독한 거로 하지. 아니면 나이 어린 공자를 생각해서 차로 할까?"

"전하의 뜻대로 하겠습니다."

유스타프는 그렇게 말하고 응접실에 놓인 장식장을 열어 술을 꺼냈다.

유스타프가 크리스털 잔을 삼 분의 일 정도 채워 루스에게 건네고 자신 역시 자리에 앉았다.

루스는 술에 입을 대는 둥 마는 둥 하며 말했다.

"내가 갑작스럽게 왜 찾아왔는지 궁금하겠지."

"전하께서 저택을 찾아 주시는 건 영광이지요."

"다름이 아니라, 내가 공자 편이라는 걸 알려 주려고 왔지."

루스가 히죽 웃었다. 유스타프는 짐짓 당황한 듯 눈을 깜박였다. 란이 보았다면 '유스가 연기의 천재였다니.' 할 만한 천연덕스러운 표정이었다.

"제 편이요?"

"그래. 지금 라치아 공작이 공자보다 더 유명한 걸 아는가?"

"누님께서 가주이시니까요."

"그렇지. 하지만 그게 언제까지겠어, 응? 자네도 자네 몫을 챙겨야 할 거 아닌가."

히죽 웃으며 술을 한 모금 마시고 루스가 더 낮게 말했다.

"물론 아버님도 언제까지 황제이시겠는가?"

그 말에 유스타프는 웃음이 나오려는 것을 억눌렀다. 지금 그 말은 반역죄로 잡혀가도 손색이 없는 발언이었다.

'아랫도리를 함부로 놀리는 데다가 멍청하기까지 하군.'

황태자에 대한 평가를 더욱 하향 조정하는데 루스는 그런 유스타프의 속마음 따위는 모른 채로 지껄여 대기 시작했다.

"그래서 내가 도와주겠다, 이 말이야."

"어떻게 말씀입니까?"

"뭐, 라치아 공작이 아무리 잘해 봐야 결국 라치아도 아니지."

루스는 어깨를 으쓱했다.

"라치아를 나오면 그냥 평범한 계집 아닌가?"

유스타프는 란을 '평범한 계집'이라고 표현할 수 있다는 게 신기하게 까지 느껴졌다.

하지만 속이야 어쨌든 겉으로는 고개를 끄덕이며 동조했다.

"그렇지요."

"그러니, 공자가 조금만 도와주면 라치아 가주를 내가 처리해 주겠다 는 말이네."

"처리요."

"그래. 뭐, 배라도 부르면 가주직을 계속 못 하지 않겠나?"

음흉한 미소를 지으며 루스가 말했다. 유스타프는 순간 뻗어 나갈 뻔 한 살기를 안으로 갈무리하며 미소 지었다.

"그렇겠지요."

같은 남자로서, 유스타프는 이런 사고방식이 신기하기까지 했다.

린드버그 남작도, 황태자도, 란이 여자이니 침대에서 깔아뭉개면 자 신의 것이 될 거라고 단순하게 생각했다.

유스타프는 죽은 사촌형을 생각했다. 불쾌한 가정이지만, 만약에 란 이 그대로 당했다고 해도 그녀가 '그렇군요. 그럼 지금부터 당신이 제 남 편이고 전 당신에게 순종하겠습니다.' 하고 말하는 건 상상조차 할 수 없 었다.

'뭐, 그러니까 멍청한 쓰레기인 거겠지만.'

유스타프는 그렇게 결론을 내리고 황태자를 바라보았다.

피가 섞이지는 않았지만 그래도 호적상은 남매인데, 남동생에게 누나 를 강간해서 치워 주겠다고 친절하게 말하는 머리통.

반대로 말하면 황태자 자신 역시 권력을 위해서 그렇게 할 수 있다는 말이었다.

―아무도 믿으면 안 됩니다. 절대, 절대, 절대, 아무도 믿지 마세요.

어머니의 목소리가 귓가에서 다시 들리는 듯했다.

"황태자 전하의 제안은 마음속 깊이 새기겠습니다."

유스타프는 그리 말하며 고개를 숙였다. 그의 말에 루스는 만족스러운 미소를 지으며 호탕하게 웃음을 터트렸다.

"그래, 내 언제 공자와 함께 내가 잘 가는 가게에 한번 같이 가지, 응? 진정한 남자가 되어야지."

황태자는 마치 유스타프와 친구라도 된 듯이, 더러운 말을 쏟아내고는 자리에서 일어났다.

"그럼 다음에 또 보지."

"살펴 가십시오."

황태자는 모자를 푹 눌러쓰고는 유스타프의 어깨를 몇 번 두들기고 응접실을 나섰다.

루스를 배웅하고 유스타프는 당장 씻고 싶은, 물리적인 더러움을 느끼며 숨을 길게 내쉬었다.

그때 가벼운 발소리가 들려왔다.

"유스?"

밀빛 머리카락을 나풀거리며 란이 걱정스러운 얼굴로 다가왔다.

"황태자가 왔다가 갔다며?"

"들으셨습니까?"

"응, 롤프가 말해 줬어."

그녀의 녹색 눈동자가 빤히 유스타프를 바라보았다.

라치아의 녹음과 똑같은 빛깔.

유스타프는 어쩐지 기분이 나아지는 걸 느끼며 말했다.

"걱정하실 일은 없었습니다."

"정말? 괜찮은 거야?"

"네."

대답하고 그는 드물게 머뭇거리다가 물었다.

"라치아로 돌아가지 않으시겠습니까?"

느닷없는 말에 란은 놀라 눈을 깜박였다가 팔짱을 끼며 말했다.

"으음, 적어도 이번 사교 시즌이 끝날 때까지는 있을 생각인데."

"알겠습니다."

유스타프는 별다른 반론 없이 고개를 끄덕였다.

"원하면 유스는 먼저 돌아가도 괜찮아."

란의 말에 유스타프는 "알고 있습니다." 하고 대답했다. 란이 힐끗 그의 얼굴을 살피고 말했다.

"하지만, 음. 있어 주면 좋겠어."

"기꺼이."

유스타프는 그렇게 말하고 상체를 살짝 숙였다. 느닷없이 그와 가까워져서 란은 눈을 휘둥그레 떴다.

"유스?"

"네."

"음, 어— 나 뭐 물었어?"

"아니요."

느긋하게 에메랄드색 눈동자를 관찰하고 유스타프는 허리를 편 후에 물었다.

"같이 제 서재로 가시겠습니까?"

"응?"

"둘째 황자에 대한 보고서가 들어왔습니다."

"갈래."

란은 고개를 끄덕였고 그는 앞장서서 걷기 시작했다.

"아무도 믿으면 안 됩니다. 특히 사랑한다고 속삭이는 자를 조심하세요."

광기에 젖은 눈으로 어머니는 몇 번이나 속삭였다.

"안 그럼, 저처럼 되어 버립니다."

"누님."

"응?"

"제가 누님을 배신하면 어떻게 하실 겁니까?"

"앗! 설마 황태자에게 날 팔아넘기려고?"

놀라 란이 휙 그를 돌아보며 말하자 유스타프는 일고의 가치도 없다는 듯 대답했다.

"설마요."

"그렇지?"

놀랐다는 게 거짓이었다는 듯 란이 과장되게 가슴을 쓸어내리며 싱긋웃고 말했다.

"유스가 날 배신하면? 글쎄. 엄청 괴롭겠지."

"그렇군요."

"그리고 지옥에서 돌아온 란 로미아 드 라치아를 다시 만나게 될 것이야."

후후후 웃으며 하는 말에 유스타프는 가만히 란을 보다가 깊이 고개를 끄덕였다.

"그건 괜찮겠군요."

"어디가 괜찮아?"

란이 눈을 찡그리며 되묻고는 덧붙였다.

"그리고 그럴 만한 일이 있으며 미리 말해. 이미 이야기 끝났잖아? 너에게 방해되지는 않는다고."

"그랬죠."

"그럼, 뭐."

란은 어깨를 으쓱했다.

'흐흥, 나 너 하나도 안 무섭다 뭐.'

그렇게 마음속으로 생각하며 란은 힐끗 유스타프를 보았다가 눈이 딱 마주쳤다. 찔끔해서 얼른 눈을 돌린 탓에 란은 유스타프가 미소 짓는 걸 보지 못했다.

자신의 서재로 들어간 유스타프는 녹영이 준 서류를 그녀에게 내밀었고 란은 눈을 잔뜩 찡그렸다.

"이거 글씨야?"

"네. 아, 암호는 볼 줄 모르시는군요."

"몰라."

"그럼 잠시 앉아 계십시오."

유스타프는 그렇게 말하고 잉크병을 열었다. 란은 앉는 대신에 졸졸 그의 등 뒤로 돌아갔다. 유스타프는 해석본을 옮기다가 어깨너머로 자신을 빤히 보는 란을 돌아보았다.

"뭐 하십니까?"

"유스, 글씨도 예쁘구나."

"누님은 악필이시죠."

"너 깃펜이 얼마나 쓰기 어려운지 알아?"

그녀의 항의에 유스타프가 자신이 들고 있는 깃펜을 들어 보이고 말했다.

"충분히 알고 있습니다."

란은 볼펜, 아니 적어도 만년필이라도 있었으면 좋겠다고 생각했다.

'드워프나 엘프 세공술이면 만들 수 있지 않을까?'

나중에 주문해 봐야겠다, 하고 란은 유스타프가 옮기는 내용을 눈으로 읽었다.

"생각보다 그냥 평범하네?"

"황태자가 있는데 눈에 띄고 싶어 하는 둘째 황자는 없을 겁니다."

"하긴."

란은 고개를 끄덕였다. 유스타프의 글씨는 인쇄 활자처럼 깨끗하면서도 빠르게 적히고 있었다.

"그러고 보니 누님, 황태자비와 만난 적이 있으시죠."

"아, 응."

"어떤 사람입니까?"

"무서운 사람."

란의 말에 유스타프가 낮게 물었다.

"누님께 해를 끼쳤습니까?"

"그건 아니지만, 시비를 걸더라고. 그야 자기 남편이 나에게 수작을 거니까……."

말하다가 문득 란은 말꼬리를 흐렸다. 황태자비가 그런 걸로 화를 낼 사람인가?

'어차피 남편은 독살할 거잖아?'

갸웃했다가 란은 '하긴' 하고 고개를 끄덕였다. 사람의 마음이 그렇게 쉽게 휙휙 변하는 건 아니겠지. 어쨌든 황태자는 그녀의 남편이니까, 거기서 완전히 자유롭지는 못할 거다.

"누님?"

유스타프가 쓰는 걸 멈추고 그녀를 향해 완전히 몸을 돌렸다. 란은 "아." 하고 고개를 저었다.

"아냐, 감상을 이야기하자면 적이 되고 싶지 않은 사람."

유스타프는 그녀의 말에 더는 대꾸하지 않고 쭉 종이 위에 가지런한 글자를 적어 나갔다. 잠시 후 그가 마지막 단락을 적으며 말했다.

"누님, 너무 가깝습니다."

"어? 나도 모르게 그만. 미안."

유스타프의 등에 달라붙듯 붙어서 그가 글씨 쓰는 모습을 구경하고 있었던 란은 화들짝 놀라며 떨어졌다.

'하지만 신기하단 말이야.'

깔끔한 글자 쓰는 모습은 봐도 봐도 질리지 않는구나, 하며 란은 멋쩍어져서 물러났다.

마지막 문장을 적고, 유스타프는 잠시 잉크가 마르기를 기다렸다가 란에게 종이를 건넸다.

"이미 다 보셨겠지만."

"그래도 한 번 더 볼래."

란은 그렇게 말하고 서류를 바라보았다.

둘째 황자.

라벨 모니아 라 마르텔.

황태자와는 두 살 차이, 올해로 스물여섯인가.

'딱히 눈에 띄는 점도 없고, 시끄러운 면도 없어.'

공부를 좋아한다는 점이나, 사교계 활동에 적극적이지 않다는 점에 란은 크게 가산점을 부여했다.

'원작, 아니, 내가 읽은 바─ 하여간 원작에서도 딱히 큰 반발 없이 황제가 됐으니까. 그 뒤 문제도 없었고.'

란은 그렇게 생각하고 서류를 슬쩍 초에 가져다 댔다. 서류가 활활 타오르기 시작했고, 문득 란은 깨달아 물었다.

"유스, 이거 어디에 버려?"

"벽난로예요."

아, 하고 란은 허둥지둥 벽난로로 다가가 종이를 던져 넣었는데 타오르는 가벼운 종이는 안으로 가지 않고 카펫 위로 떨어졌다.

란은 놀라 발로 몇 번 종이를 밟았다. 카펫에 약간 탄 자국이 생겨, 란은 한숨을 내쉬며 덜 탄 종이를 바라보았다. 그녀가 벽난로 안에 종잇조각을 넣고 성냥을 주섬주섬 찾아 불을 붙이려는데 유스타프가 다가와 손가락을 퉁겼다.

화륵─!

푸른 불꽃이 종이를 삼켰다. 깜짝 놀라 란이 그를 바라보자 유스타프가 물었다.

"손가락은 괜찮으십니까?"

"응, 괜찮아. 방금 그거, 청염이야?"

"네. 완전히 쓸 수는 없지만, 이 정도는 가능합니다. 깜짝 놀라게 하는 정도는 되겠죠."

"그렇구나."

란은 한숨을 내쉬고 말했다.

"그럼 내가 둘째 황자를 만나볼게."

전에 한번 만나자고 이야기가 나왔지만, 그 뒤로 바빠서 통 알현 신청을 넣을 수가 없었다. 유스타프가 잠시 생각하다가 물었다.

"그러시겠습니까?"

"응. 알현을 청할까?"

유스타프는 잠시 생각했다가 고개를 저었다.

"아뇨, 다른 방식으로 하지요."

'녹색 아치'의 자랑은 녹색 아치만이 아니었다. 그 이름과 딱 맞아떨어지는 아름다운 정원이 이 저택의 자랑이었다.

라치아 공작 부인들은 대부분 차가운 북쪽인 하늘 저택보다 녹색 아치에서 보내는 시간이 더 많았다. 아이를 가지면, 아예 라치아로 돌아가지 않는 경우가 대부분이었다. 그리고 북부의 척박함을 보상이라도 받겠다는 듯이 정원에 힘을 쏟아서 라치아의 정원은 아직 눈이 채 녹기도 전에 피어나는 스노우드롭을 시작으로 해서 겨울철의 동백과 은가시나무까지, 사철 다채롭게 빛났다.

그래서 라벨은 라치아의 정원을 보러 오지 않겠냐는, 정중한 초대장에 순순히 가겠노라, 답장을 보냈다.

'하지만 나 혼자 초대받은 거라고는 생각 못 했는데.'

라벨은 그렇게 생각하며 눈앞에서 차를 따르는 라치아 공작을 바라보았다.

그녀는 편한 사교 모임답게, 화려하게 성장하지 않고 편한 옷차림을 하고 머리카락을 길게 푼 후에, 느슨하게 땋아 내리고 있었다.

'과연.'

어째서 형님이 그녀를 그렇게 쫓아다니는지 알 것 같다고 라벨은 생각했다.

사교계에는 화려한 온갖 꽃들이 있고, 그녀들이 모두 제각각이지만 그래도 귀족 영애는 귀족 영애다.

어쩔 수 없이 풍기는 느낌이 비슷한 부분이 있었다.

그런데 딱, 라치아 공작은 이질적인 느낌이 들었다. 그게 뭔지 정확하게 꼬집어서 이야기할 수는 없지만.

'어딘가가 좀 다른 것 같은……'

라벨은 그렇게 생각하며 란을 바라보았다. 우아한 밀빛 머리카락에 딱 첫눈에 시선이 꽂힐 수밖에 없는 녹색 눈동자.

저렇게 에메랄드처럼 선명한 녹색 눈은 처음 봤다. 그 모든 게 이질감과 함께 어우러져서 독특한 매력을 공작에게 선사하고 있었다.

"설탕이나 우유를 넣을까요?"

"아니, 내가 직접 넣지."

라벨은 그렇게 말했고 란은 고개를 끄덕이며 제 잔에도 차를 따르고 자리에 앉았다.

기분 좋은 바람이 살랑살랑 정원의 나뭇잎을 흔들고, 은은한 꽃향기가 코끝을 스쳤다.

초여름이었다.

"아름다운 정원이군."

"감사합니다. 저도 항상 감탄하고는 한답니다."

"그리고 나 혼자 초대받은 거라고는 생각도 못 했고."

라벨의 말에 란이 희미하게 웃었다.

"개인적으로 황자님께 흥미가 있거든요."

"흐음."

라벨은 애매한 대답을 하며 찻잔에 설탕과 우유를 골고루 넣고 잔을 들었다.

"나도 소문이 자자한 라치아 공작이 궁금하기는 했지만."

"그럼 오늘 만남은 우리 둘 모두에게 적당하겠네요."

란이 싱긋 웃으며 설탕을 듬뿍 넣은 제 잔을 건배라도 하듯 가볍게 들어 올렸다.

"그런가? 난 궁금한데. 어째서 라치아 공작이 둘째 황자인 나에게 관심이 있는 건지."

란은 가볍게 웃었다.

"안 되나요?"

"형님이 그대에게 관심이 있다는 걸 알고 있으니까."

"태자 전하께는 올리비아 님이 계시지요."

"그건 결혼 상대자로 나에게 관심이 있다는 이야기일까?"

라벨의 말에 란은 눈을 동그랗게 떴다가 소리 내어 웃었다. 레이디의 예법은 아니지만, 그 웃음이 상쾌하다고 생각하며 라벨이 어깨를 으쓱했다.

"미안, 귀족적인 어법에는 익숙하지 않아서."

"사실 저도 그렇습니다. 그리고 답은 '아니오'예요."

"아아, 라치아 영식에게 가주직을 물려주기 전까지는, 이라는 단서는 들었네."

"그렇군요. 하지만 그걸 제하고서도 아니오, 입니다."

"그렇군."

라벨은 그렇게 말하고 차를 한 모금 마신 후 가볍게 눈을 깜박였다. 보통 차와 향이 좀 다르다.

"설탕이요."

느닷없는 말에 라벨이 란을 바라보자 란이 그의 마음을 읽은 듯이 대답했다.

"설탕이 달라서 향이 다르게 느껴지는 거랍니다. 라치아산(産) 설탕이에요."

"설탕이라니."

라벨은 "실례." 하고 가볍게 설탕을 덜어 맛본 뒤 말했다.

"다르군."

보통 설탕과 향이 다르다.

"다르지요. 차에 잘 어울려요."

"설탕 산업에도 손을 대는 건가? 라치아의 부가 지나치게 쌓여 가는 게 아닌지?"

란이 피식 웃었다.

"라치아의 부는, 제국의 부지요."

"익숙하지 않다고 했으면서."

라벨의 말에 란은 다시 웃었다. 저 말은 '귀족적 어법에 익숙하지 않다'고 했으면서, 하는 말이다.

'뭐야, 이 사람.'

완전히 호감이다.

황태자가 금발에 푸른 눈으로, 소녀들이 생각하는 왕자님 상 그대로라면, 이쪽은 짙은 갈색 머리카락에 그윽한 호박색 눈동자.

지적인 느낌이 강했다.

"마음에 드셨다면, 황자님께도 보내 드리도록 하겠습니다."

"사양하지 않겠네."

라벨은 그렇게 말하고 잠시 생각에 잠겼다.

황태자의 접근, 황제가 눈을 감았다고 볼 수밖에 없는 영지전, 그 가운데서 자신과의 접촉.

"라치아 공작."

"네."

"난 시끄러운 건 싫네."

"알고 있습니다."

"그리고 이용당하는 것도 취향은 아니고."

"그건 누구라도 마찬가지일 거예요."

란이 눈을 깜박이며 말했다. 그녀가 깊게 한숨을 내뱉고 말했다.

"뭘 염려하시는지 압니다. 하지만 지금 이건 그냥 친목 자리일 뿐이에요. 정치적인 염려는 필요 없는, 그런 자리예요."

정말로요.

그런 얼굴로 란이 지그시 라벨을 바라보았다. 그의 어깨에서 힘이 빠졌다.

"그렇다면. 나도 편하게 즐기도록 하지."

"네, 기꺼이요."

란이 다시 웃었다. 차를 다 마시고 나서 란이 물었다.

"잠깐 정원 산책이라도 하시겠어요?"

"그거 좋지."

라벨은 고개를 끄덕였다. 란이 자리에서 일어나 그에게 정원 안내를 시작했다. 라치아 공작가의 정원은 그 명성대로 구석구석 훌륭하게 손질이 되어 있었으므로 라벨은 연신 감탄했다.

중간쯤 지났을 때 라벨은 움찔하며 어깨를 움츠렸다.

"황자님?"

란이 가시에라도 찔린 건가 하고 그를 돌아보았다.

"아니, 지금 저쪽 관목 사이에 흑표범이 있는 것 같아서……."

내뱉고 나니 스스로도 어처구니없는 말이라 라벨은 멋쩍어졌다.

"흑표범이요?"

란 역시 의아한 얼굴이 되어 그쪽으로 시선을 돌리더니 "아." 하고 웃었다.

"유스!"

관목 사이로 늘씬하게 검은빛 정장을 빼입은 유스타프가 모습을 드러냈다.

"황자님."

유스타프가 깍듯이 인사했고 라벨은 쓴웃음을 삼켰다.

'과연.'

자신이 흑표범이라고 헷갈렸던 게 이제 부끄럽지도 않았다.

"이쪽은 유스타프 라반 드 라치아. 제 남동생이랍니다. 그리고 라벨 모니아 라 마르텔 황자님이시고."

"명성은 익히 들었소, 유스타프 공자."

"별 볼 일 없는 소문들이지요."

유스타프의 대답에 라벨은 감탄했다. 보통이라면 저 말은 겸손의 말일 터였다.

'그런데 저 말을 저렇게 오만하게 말할 수 있는 사람이 있다니.'

그깟 소문이 자신에게 미칠 영향은 조금도 없다는, 그런 뉘앙스.

"괜찮다면 같이 걷지 않겠나?"

라벨의 권유에 유스타프는 물끄러미 그를 보다가 대답했다.

"괜찮습니다. 부디 라치아에서 즐거운 시간 보내시길 바랍니다. 저하."

다시 깍듯이 인사하고 유스타프는 성큼 가버렸다. 란은 '아' 하고 작은 소리를 냈다가 라벨을 돌아보며 말했다.

"죄송합니다."

"그다지. 나도 예의상 권해 본 거였거든."

라벨은 그렇게 말하고 란은 다시 가볍게 웃었다. 그걸 바라보다가 라벨이 이어 말했다.

"라치아 공작."

"네."

"그대는 결혼하기 힘들겠어."

그 말에 란은 눈을 동그랗게 떴다가 고개를 끄덕였다.

"아무래도 그렇겠지요. 라치아 가문이 이러니저러니 해도 특수한 상황에 부닥쳐 있는 게 맞으니까요."

"아니."

그게 아니라.

라벨은 뭔가 설명을 하려다가 그녀가 의아한 눈으로 올려다보자 설명을 할 필요가 사라지는 걸 느꼈다. 그래서 말을 돌렸다.

"저렇게 멋진 남동생을 두고 있으니 말이야."

"아하."

깨달았다는 듯이 란은 웃고 말했다.

"맞아요. 유스가 멋있지요."

'하지만.'

라벨은 잠시 생각했다. 그녀는 임시 가주지만, 많은 영향력을 가지고 있었다. 차기 가주가 된 유스타프가 자신의 권력을 안정시키고 싶다면 가장 먼저 할 일은 그녀의 모든 권리를 빼앗은 후에 내쫓는 일일 터였다.

그걸 모를 정도로 바보 같은 여자도 아니었다.

'그렇다면.'

"라치아 공작."

란이 고개를 들어 그를 보았다. 라벨이 조용히 말했다.

"의탁할 곳이 없어진다면, 내 궁의 문은 항상 열려 있소."

란은 정말로 놀라 눈을 크게 떴다가 사르르 웃었다.

"감사합니다. 하지만 만약 그런 일이 생긴다면."

란의 녹색 눈이 더 깊게 가라앉았다.

"죄송하지만 황자님은 제 선택지가 아닐 겁니다."

새 신분으로 신분 세탁을 해서 뉴 라이프를 즐기겠지.

란은 그렇게 생각하며 말했고 라벨은 쓰게 웃었다.

"아쉽군."

"무슨 그런 말씀을. 시끄러운 건 싫어한다고 하셨으면서요."

란은 명랑하게 대꾸하고 정원 안내를 계속했다.

*　　*　　*

"둘째 황자, 마음에 들어."

"충분히 알아들었습니다."

유스타프의 말에 란은 그를 돌아보며 웃었다. 그녀는 지금 저녁 무도회에 참석하기 위해서 치장을 하는 중이었다. 코르피스를 있는 힘껏 조이고, 그 위에 화려한 드레스를 걸친 후, 머리를 땋아 올리고 입술을 덧그린다.

유스타프는 그 옆의 의자에 사냥개처럼 다리를 쭉 뻗고 앉아서 그녀가 치장하는 모습을 바라보고 있었다.

소다와 카라는 힐끔힐끔 유스타프를 보면서도 손은 바지런히 움직였다.

머리를 올려 짙은 사파이어를 물린 머리 장식으로 꼼꼼히 고정하고 같은 빛깔의 귀걸이를 달아 주었다.

"어때?"

"어울립니다."

비딱하게 팔걸이에 기대어 유스타프가 대답했다. 란이 씩 웃었다. 그런 그녀의 턱을 붙잡으며 카라가 말했다.

"자, 가주님. 이쪽을 보세요."

화장하실 때는 움직이시면 안 돼요. 그렇게 말하며 카라가 붓으로 그녀의 입술을 붉게 칠했다.

덧칠한 후 기름종이를 들어 그녀에게 몇 번 물린 후 카라는 고개를 끄덕였다.

"좋습니다."

그녀의 말에 란은 거울을 돌아보았다. 자신이 보기에도 거울 속의 자신은 놀랍도록 아름다워 보였다.

'화장의 마술이란.'

란은 힐끔 유스타프를 돌아보았다. 이제 곧 그의 생일이었다.

'생일 선물로 뭐가 좋을까?'

하지만 역시 직접 물어보는 건 서프라이즈가 아니니까.

란은 선물을 생각해 둬야겠다고 마음속에 새기며 자리에서 일어났다.

"가주님, 너무 아름다우세요."

소다와 카라가 한숨을 내쉬며 자신들의 작품을 감상했다.

보석 관처럼 땋아 올린 밀빛 머리카락에 사파이어 장식, 짙은 푸른색의 우아한 드레스는 어디에 내놔도 뒤지지 않을 아름다움을 자랑하고 있었다.

갓 스무 살이 된 소녀다운 앳된 느낌이 보이다가도 그녀의 태도와 표정에 따라 팔색조처럼 분위기가 바뀌었다.

"오늘이 마지막이야."

코르피스로 조인 허리를 손으로 가늠하며 란은 거울을 통해 유스타프를 보았다.

"오늘 파티만 끝나면 당분간은 휴식이야. 지겨워, 정말."

"무슨 말씀을 하시는 거예요."

소다가 그녀의 드레스 매무새를 고쳐주며 말했다.

"다들 가주님을 눈이 빠지게 보고 싶어 한다고요?"

보통의 스무 살이라면 사교계의 꽃인 생활을 즐기기에 여념이 없을 터였다.

그런데 벌써부터 지겹다는 소리를 하고 있다니, 하고 소다가 타박하듯 말했다.

"그렇지만."

란은 한숨을 내쉬었다.

자신이 또래 여자아이들 무리에 끼어서 보통의 여자아이들처럼 걱정 근심 하나도 없이, 멋진 남자나 새로운 드레스나 인테리어에 대해서만 떠드는 거였다면 충분히 즐거웠을 거다.

'생각만 해도 즐겁네.'

하지만 자신은 라치아 공작이다. 그녀의 사교계는 얼음판이고 쟁쟁한 상대들과의 밀당이며, 정치적인 대화와 외교의 장이었다.

란은 왜 정치인들 옆에서 '저분이 비서실장이신 이영남입니다. 아내분 성함은 김도현이며, 딸이 둘 있습니다. 각각 이름은—' 하고 속삭여 주는 보좌관이 있는지 알 것 같았다.

귀족들의 대화는 계보에 따라 소개하는 순서와 호칭이 달라졌고, 그 걸 달달 외우는 게 귀족의 소양이었다.

'그나마 제국이 작위를 장자 상속해서 다행이지.'

아니었으면 넘쳐 나는 귀족들 때문에 머리가 아팠을 거다.

'공작의 아들들이 전부 공작이라든가. 러시아가 그랬었지?'

그래서 귀천상혼이라는 제도도 생기고 그랬던 거겠지.

다행히도 제국은 일인 상속이었으므로, 신분 낮은 여인과 결혼하는 게 문제가 되지는 않았다. 단지, 남자 형제들은 알아서 제 밥벌이를 해야 하지만 말이다.

'그래서 린드버그 남작 같은 경우도 생기는 거고……'

"누님."

유스타프의 뚜렷한 목소리가 그녀의 상념을 깨트렸다.

"어? 어어."

"무슨 생각을 그렇게 하십니까. 파티 시간에 늦겠습니다."

"아, 응."

고개를 끄덕이고 란이 발걸음을 옮겼다. 대리석 바닥 위로 매끄러운 천이 끌리는 소리가 경쾌했다.

"맞아, 키릭스 후작 부처가 같이 소풍 가자고 제안했는데―"

슬쩍 유스타프의 눈치를 살피자 그가 고개를 끄덕였다.

"알겠습니다."

"응!"

란이 활짝 웃었다. 마음이 맞는 친구와의 소풍은 그녀에게도 기대되는 바였다.

오늘의 무도회는 황금 백조 궁에서 열리는 황실 무도회였다.

마차에 올라타는 그녀에게 유스타프가 말했다.

"몸조심하십시오."

"응, 다녀올게."

싱긋 웃고 란이 손을 흔들었다.

마차는 곧 지는 해를 따라 긴 그림자를 남기며 달려 나갔다.

무도회는 밤부터 시작이다.

*   *   *

은은한 조명이 부드러운 빛을 곳곳에 반사했다. 조명은 모두 초에서 마법 등으로 바꾸었는데, 그중에서도 가장 사람들이 마음에 들어 하는 것은 긴 원통형의 조명이었다.

원통형 조명은 맨 위에 마력석이 떠서 빛을 발하다가 시간이 지나면 점점 아래로 내려왔다.

그 조명이 바닥에 떨어지면 그걸로 무도회가 끝나는 것이었다.

양초의 불이 꺼지면 무도회가 끝나는 것과 같은 원리였다. 하지만 이 조명은 뚜렷하게 불빛의 위치가 보였으므로,

"불빛이 중간쯤 오면 정원에서 만나요."
"아, 그 사람? 불빛이 사 분의 일쯤 내려왔을 때 도착했더라고."

같은 대화가 가능해서 곧 모든 무도회에서 이 조명이 쓰이게 되었다.

'냉풍기도 틀고 있고.'

란은 벽에 기대어 가느다란 잔에 담긴 샴페인을 홀짝였다.

"라치아 공작님이 벽의 꽃이 되신 건 아니겠지요."

고개를 드니 은색 머리카락이 먼저 눈에 들어왔다. 란은 빙긋 웃으며 말했다.

"미로가의—"

"가주입니다."

미로 공작.

란은 가볍게 무릎을 굽혀 인사했다.

"뵙게 되어 반갑습니다."

굳이 먼저 인사할 필요는 없지만 첫 만남에서 좋은 인상은 중요하고, 그런다고 라치아의 격이 떨어지지 않으니까.

미로 공작은 서른 초반으로 황태자비의 큰오빠이기도 했다.

"저 역시도 뵙게 되어 영광입니다. 라치아 공작님. 드반 데스크 라 미로입니다. 드반이라고 불러 주십시오."

"란 로미아 드 라치아입니다. 저도 란이라고 불러 주세요."

"라치아 공작가의 위세가 미로까지 들리고 있습니다."

드반의 보라색 눈동자가 부드러운 빛을 띠고 있었지만, 란은 결코 속지 않고 겸손하게 미소 지었다.

"그래 봐야 '백은의 미로'만 할까요."

드반은 그 말에 가볍게 웃었다.

"글쎄요, 저희 백금 광산과 그쪽의 얼음수정 광산을 바꾸자면 기꺼이 바꾸고 싶습니다만."

이게 미로 공작가가 백은의 미로라고 불리는 두 번째 이유였다. 광대한 백금 광산이 그들의 소유다.

"어머나?"

란은 눈을 동그랗게 떴다가 재미있는 농담을 들었다는 듯 웃음을 터트리는 거로 대화를 넘겼다.

라치아가 북쪽에, 우슬라 공작가가 남쪽에 있다면 미로 공작가는 중앙에 가까이 위치했고, 전통적으로 황가와 가까웠다.

올리비아가 황태자비로 채택된 이유 중에 하나도 바로 이것이었다.

중앙 정계에 강한 공작가.

'게다가 백금 광산으로 자본도 튼튼하고, 어지간하면 부딪치고 싶지 않은데.'

"이런 곳에서 공작님을 뵙게 될 거라고는 생각 못 했어요."

란이 가볍게 말했다.

"아아, 네. 황실 무도회는 그렇게 좋아하는 편은 아닙니다만, 라치아 공작께서 나오신다기에."

"그건—"

란은 살짝 입을 벌렸다가 다물며 뚜렷하게 입꼬리를 올려 보였다.

"저 때문에 굳이 무도회까지 찾아오셨다니, 초대장을 보내셔도 충분하셨을 텐데요."

"그렇게까지 할 이야기는 아니어서."

중얼거리고 드반이 허리를 가볍게 숙인 뒤에 속삭였다.

"황태자비는 제 여동생입니다."

란은 입을 떡 벌렸다. 아니, 겉으로는 미소 짓고 있었지만 어쨌든 내면으로는 입을 벌렸다.

'지금 내 여동생 남편 건들지 말라고 나에게 경고한 거야?'

아니—

란은 속으로 욕을 내뱉었다. 필요 없어. 황태자 필요 없다고!

그 마음을 꾹꾹 눌러 담아 란은 환하게 웃으며 말했다.

"네에, 두 분이 참으로 어울리는 한 쌍이시지요. 아주 완벽한."

마지막 말은 살짝 씹어뱉듯이 나왔고 드반은 고개를 끄덕였다.

"그렇게 생각해 주시니 감사합니다. 저도 그렇게 생각하고 있지만요."

그때 마치, 타이밍을 맞추기라도 한 것처럼 황태자가 란에게로 다가왔다. 드반을 보고 멈칫했던 그는 곧 유들유들한 미소를 띠며 인사했다.

"이거 미로 공작 아닌가?"

"전하."

드반은 가볍게 고갯짓하며 인사했고 루스는 실실 웃으며 말했다.

"이렇게 두 공작이 같이 있는 걸 보게 되니, 제국의 장래가 밝은 것 같네."

"미로 공작가는 항상 황가와 함께합니다."

드반의 인사에 루스는 고개를 끄덕이고 힐끗 란을 바라보았다.

눈이 마주쳐 란은 가볍게 무릎을 굽혔다가 펴 보였다. 루스는 입맛을 다셨다. 날이 갈수록 아름다워지는 것 같았다.

손에 넣지 못한다는 것 자체가 그를 더 안달 나게 하였다.

갓 성인식을 치른 데뷔탕트들과 비슷한 나이이면서도 그런 순진한 소녀들 같지도 않았고, 그렇다고 무르익을 대로 무르익은 유부녀 같지도 않았다.

천진난만한 얼굴로 고작 열아홉에 라치아 공작이 되어 사교계의 중심에 선 이 여자를 침대에서 깔아뭉개면 어떤 표정을 할까?

생각만으로도 루스는 아랫도리가 뻣뻣해지는 것 같았다.

"한 곡 추지 않겠나?"

루스가 란에게 손을 내밀어 란은 싱긋 웃으며 말했다.

"죄송하지만 오늘은 벽의 꽃으로 남으려 합니다. 다리가 안 좋아서요."

"그러지 말고―"

루스가 손을 뻗어 그녀를 잡아당기려는 것을 드반이 교묘하게 막아섰다.

"아직 제 누이와 첫 춤도 추지 않으셨습니다, 전하."

드반의 말에 루스가 불퉁하게 대답했다.

"내가 누구와 첫 춤을 추든 그건 내 마음 아닌가!"

드반의 눈썹이 짧게 꿈틀했다가 도로 펴졌다.

"사람들의 눈이 있습니다."

"흥, 사람들의 눈은 무슨. 내가 라치아 공작에게 푹 빠져 있는 건 다들 아는 사실이지. 그런데 춤조차도 거부하는 건가?"

마지막 목소리는 컸다. 드반의 턱에 힘이 들어갔고, 주변 사람들은 이제 대놓고 침묵하며 이쪽을 바라보았다. 란은 그 자리에서 기절하고 싶은 심정이었다.

시방 저 멍멍이 자식이 뭐라고 지껄인 것인가요?

'좋아. 기절하자.'

오늘 일정은 이쯤에서 포기하는 게 나을 것 같았다.

란은 그렇게 결심하고 놀란 듯이 부채를 접으며 뒤로 비틀비틀 물러섰다.

"어떻게, 비전하께서 함께 계시는데ー"

헐떡이며 그런 말을 내뱉은 연기를 하다가 란은 최대한 자연스럽기를 바라며 옆으로 쓰러졌다.

"가주님!"

놀란 블레인이 쓰러지는 그녀의 몸을 받쳤다.

'이게 바로 신뢰의 도약.'

블레인이 제때 받아 줄 거라 생각해서 있는 힘껏 쓰러질 수 있었다.

란이 블레인의 팔을 붙잡으며 작게 말했다.

"다리가, 아프, 네요…… 마차로 돌아가 줘요."

그 말에 블레인이 그녀를 번쩍 안아 들었다. 내심 란은 놀랐지만, 자신은 아무것도 모르며 그저 고통에 시달리고 있다는 양 그의 옷자락을 붙잡았다.

"가주님이 쓰러지셔서, 실례하겠습니다. 전하, 공작 각하."

정중히 인사를 하고 블레인이 서둘러 무도회장을 빠져나왔고, 호위 기사에게 푹 안겨서 회장을 빠져나가는 그 뒷모습을 모두가 지켜보았다.

블레인은 그녀를 내려놓지 않고 그대로 빠르게 걸어서 시종들이 허둥지둥 부른 마차에 실었다.

마차 문이 닫히자마자 란은 쿠션을 주먹으로 때리기 시작했다.

"아, 진짜, 미친, 돈 거 아냐! 아오!!"

퍽퍽 쿠션에 먼지가 날렸고 블레인은 차갑게 말했다.

"언제까지 저분의 작태를 지켜봐야 합니까?"

황태자비가 독살할 때까지?

입 밖으로 튀어나올 뻔한 그 말을 목구멍 안으로 삼키며 란이 한숨을 내쉬고 말했다.

"고마워, 잘 데리고 나와 줘서."

"아닙니다. 설마 미로 공작 앞에서 그렇게까지 말할 거라고는 상상도 못 했습니다."

"나도 그래."

설마 매형 앞에서, '내가 지금 불륜하고 싶은데 쟤가 안 받아 주고 있잖아!' 하고 외칠 줄은 꿈에도 생각 못 했지.

'미로 공작은 여동생을 생각하는 것 같았는데 말이야.'

일부러 무도회장에까지 나와서 나에게 한마디를 던졌으니까.

'아니면 가문의 명예를 중요시하는 건가?'

어느 쪽이든 황태자는 공작 앞에서 선을 넘었다.

란은 이마를 짚으며 쿠션에 몸을 기댔다. 머리가 지끈지끈 아파 오기 시작했다.

'이제 황태자비가 어떻게 나오려나. 미로 공작가는? 황가는?'

황태자를 탓하기 싫으니 괜히 란에게 불똥이 튈 수도 있었다.

'아니면……'

다른 식으로 나올까.

황태자비는 이제 무슨 생각을 할까.

"아아! 멍멍이 새끼!!"

버럭 소리를 지르고 란은 쿠션에 머리를 푹 묻었다.

'그, 그래도 소기의 성과는 있었어.'

엘프와 드워프 세공품에 관해 이야기하자마자 고위 귀족들의 눈에서 빔이 쏘아지는 것 같았다.

'물론 첫 출발이 황가가 되면 좋겠지만.'

지금 이 상황으로 봐서는 어지간하면 얽히고 싶지 않았다.

'하레쉬와도 만나 봐야 하고…….'

란은 푸우 숨을 내쉬었다. 가짜 상단주를 할 만한 사람을 구하지 못해서 결국 진행은 란이 하고 있었다.

'그리고 구할 수 있을지도 모르겠어.'

그도 그럴 것이 이종족들은 란이 아닌 다른 사람을 거치는 걸 꺼렸기 때문이었다.

'어쩔 수 없지만.'

뭐, 다른 사람들은 이종족과 거래가 불가능하다는 점에서 얼음수정처럼 완전 독점이 가능하다는 거니까.

'이건 그러면 상단을 만들지 않고 해볼까? 익명으로 가짜 신분을 하나 만들어서 말이야. 이종족과의 거래는 내가 하고, 인간과의 거래는 다른 사람을 시키면 되잖아?'

어차피 대량생산이나 판매가 가능한 물건도 아니니 그런 식의 눈 가리고 아웅이 가능할 것 같았다.

'미로 공작에게도 하나 팔면 좋았을 텐데.'

그런 생각을 했다가 제 스스로의 생각이 우스워 란은 픽 웃었다.

'아주 그냥 장사꾼 다 됐구나, 란.'

란은 똑바로 자리에 앉아서 쿠션을 제자리에 돌려놓으며 말했다.

"마차 창문을 열까요? 먼지가 좀 있는 것 같네요."

블레인은 충직하게 '방금 쿠션을 두들겨서 그렇지요.' 같은 말은 하지 않고 창문을 열며 말했다.

"아무래도 라치아보다 공기가 탁한 것 같습니다."

란은 그 이중적인 말에 슬쩍 미소 지으며 답했다.

"제 생각에도 그래요."

*　　*　　*

생각보다 일찍 들어온 가주의 마차에 녹색 아치는 약간의 소동이 일었다. 허둥지둥 그녀의 외투를 받기 위해서 나온 소다와 카라가 란의 눈치를 살폈다.

유스타프는 무슨 일이냐고 묻는 대신에 '저녁은 드셨습니까?' 하고 물었고 란은 고개를 저었다.

식사하며 란은 황태자와 미로 공작에 대한 울분을 토했고, 차를 마시며 진정했다.

"정말이지, 그 인간 줘도 안 가진다고!"

마지막으로 란은 그렇게 말하며 한숨을 내쉬었다.

"진짜 골치 아파."

그녀의 말에 유스타프 역시 동의해 고개를 끄덕였다.

"정말로 골치 아픈 작자입니다."

그는 잠시 생각에 잠겼다가 문득 생각났다는 듯이 말했다.

"그러고 보니 일루미니티 백작에게서 편지가 와 있습니다."

"어?"

놀라 란은 눈을 크게 떴다. 유스타프가 시종에게 눈짓하자 그가 은쟁반 위에 재빠르게 편지를 가지고 돌아왔다. 란은 편지를 받아 들고 편지칼로 가볍게 봉투를 연 후에 칼을 다시 은쟁반 위에 올렸다.

내용은 가벼운 인사와 유스타프가 잘 올라갔냐는 말, 그리고 루루가 건강해졌다는 이야기, 마지막으로 원하는 찻잎을 찾았다는 이야기였다.

'루미에를 찾았구나.'

심장이 쿵 하고 빠르게 울렸다. 저도 모르게 그녀는 유스타프의 얼굴을 살폈다. 그가 그녀를 바라보아 지레 찔려 란은 입을 열었다.

"루루가 건강해졌대."

"잘됐군요."

"그리고 일루미니티 백작이 병사도 내줬었어?"

"영지전이니까요. 가신들에게 전부 협조를 구했습니다."

"그랬구나. 안부 전해 달라고 하는데……."

"답장하지요."

"나도 얼른 해야겠다."

란은 그렇게 말하며 편지를 도로 쟁반 위에 올렸다. 혹시나 유스타프가 편지를 보여 달라고 하면 어쩌나 했는데 그럴 기미는 보이지 않았다.

"누님."

"어? 응?"

그녀의 반응에 유스타프는 별말 없이 말했다.

"내일모레면 키릭스 후작 부처와 함께 소풍을 가니, 그걸 생각하면서 마음을 푸시죠."

"아, 맞다. 그렇구나."

그러고 보니 내일모레 리제를 만나는구나.

생각하니 정말로 마음이 좀 풀리는 것 같았다. 그녀는 발을 까닥거리며 경쾌하게 말했다.

"나 소풍 가는 건 처음이야."

"저도 처음입니다."

"그래? 아카데미에서 친구들과 가지 않았어?"

"안 갔습니다."

"그랬구나—"

학교에서 소풍은 다들 가는 줄 알았지, 하고 란이 팔짱을 끼는데 유스타프가 물었다.

"그럼 오늘은 한 곡도 추지 못하신 거군요."

"어? 응. 어차피 춤은 다 거절할 생각이었어."

"아쉽네요."

"그런가?"

"그럼 저와 한 곡 추시겠습니까?"

"어?"

놀라 란이 고개를 들자 유스타프가 손을 내밀었다. 주변을 둘러보니 어느 사이인가 시종도 없고, 티 룸은 텅 비어 있었다.

'언제 나간 거야?'

당황하면서도 란은 조그마하게 말했다.

"하지만 노래도 없잖아."

"그건 그렇군요."

유스타프는 고개를 끄덕였고, 란이 안도하는데 그가 스윽 티 룸 한쪽에 놓은 커다란 기계 앞으로 다가가 손잡이를 돌렸다.

태엽이 감기는 커다란 소리가 났다.

'설마?'

란이 눈을 동그랗게 떴다.

유스타프가 손을 놓자 천천히 손잡이가 돌아가면서 오르골 소리가 나기 시작했다.

"이제 출까요?"

그의 말에 란은 입을 벌렸다가 웃음을 터트리고 자리에서 일어나며 그의 손을 잡았다.

"하지만 여전히 못 춰."

그녀의 말에 유스타프는 픽 웃고 말했다.

"알고 있습니다."

그리고 나서 그가 그녀를 리드하기 시작했다. 란은 약간 충격을 받았다.

'신년회 때랑은 완전히 달라.'

자신의 허리에 둘러진 손도, 자신이 손을 올리고 있는 유스타프의
팔……? 어깨? 하여간 거기도 완전히 달랐다.

'내가 올려다봐야 하는 것도.'

그냥 볼 때는 키가 컸구나, 하는 정도였는데 이렇게 붙어서 더블릿을
추니 유스타프가 얼마나 달라졌는지 온몸으로 체감이 되었다.

오르골 연주는 길지 않았고, 란은 어쩐지 뻣뻣하게 긴장한 채로 춤을
끝냈다.

"미안."

그녀가 중얼거리듯 말했다. 대체 몇 번이나 그의 발을 밟은 건지 알
수가 없었다.

"전혀 집중을 못 하시던데요."

"미안."

"아뇨, 제가 더 정진해야지요."

유스타프는 그렇게 말했고 란은 피식 웃었다.

"얼마나 더 인기가 좋아질 셈이야?"

"글쎄요."

묘하게 말꼬리를 흘리며 말하고 유스타프는 그녀의 머리 장식에 손을
댔다가, 다시 손을 떼며 말했다.

"약간 흐트러졌습니다. 가서 빼시는 게 나을 것 같네요."

"응, 이제 벗어야지. 그래도 지금까지 아까워서라도 입고 있었던 보람이 있네."

란이 웃으며 말하자 유스타프가 그녀를 지그시 바라보다가 가볍게 팔을 내밀며 말했다.

"방까지 모셔다 드리죠."

"어머?"

'에스코트까지?' 하고 란은 키득거리며 자신의 방으로 올라왔다.

'무슨 일이람?'

갸웃하고 란은 소다와 카라의 시중을 받으며 옷을 벗기 시작했다.

그리고 거울 속의 자신이 실실 웃고 있는 걸 발견하고 깨달았다.

'아, 기분 좋아졌어.'

유스 나름대로 내 마음을 달래 주려고 그런 건가? 싶자 귀엽게 느껴졌다.

'귀엽다는, 좀 아닌가? 멋있다?'

란은 그런 생각을 하며 킥킥 웃었다. 머리를 풀고 가벼운 옷으로 갈아입으니 산뜻한 기분이었다.

란은 책상에 앉아 깃펜을 들어 일루미니티 백작에게 답장을 쓰기 시작했다.

'우리는 다 잘 있고, 루루가 건강해졌다니 다행이고, 발견한 찻잎에 대해선······.'

잠시 펜을 멈추고 란은 생각에 잠겼다. 루미에를 노예 생활에서 구해내야 한다는 건 당연한 일이다.

'일단 그럼.'

란은 '찻잎을 꼭 구매해 줬으면 좋겠다, 대금은 다음에 치르겠다' 하고 짧게 글을 남겼다. 루미에를 구하고 나서는 일루미니티 백작이 오든 아니면 대리인을 보내든 뭔가 이야기가 있겠지.

'직접 내가 가서 구매하는 건 너무 위험도가 크니까.'

유스타프에게 뭐라고 변명해야 할지도 모르겠고.

'그래도 빨리 발견할 수 있어서 다행이다.'

란은 안도의 숨을 내쉬며 마침표를 찍었다. 잉크가 마르기를 기다렸다가 곱게 접고 인장을 찍은 후 쟁반 위에 올렸다.

쭉 기지개를 켜자 실크 로브가 부드럽게 흘러내렸다. 란은 로브를 추스르며 자리에서 일어났다.

'일단 자자. 오늘 피곤했어.'

란은 얼른 침대에 몸을 던졌다. 열어둔 창문으로 서늘한 여름밤 공기가 흘러들어 왔다.

세레나데를 불러대던 민폐스러운 청혼자들도 유스타프가 녹색 아치에 도착한 이후로는 어쩐 일인지 보이지 않아서 밤에도 안심하고 창문을 열 수 있었다.

정원에서 살랑살랑 꽃향기가 밤공기를 타고 흘러들어 왔고, 덕분에 란은 푹 잠들 수 있었다.

Chapter 6.

—

혀의 싸움, 힘의 싸움

뚜껑 없는 마차는 경쾌하게 삼나무 길을 달렸다. 삼나무 길 양편의 부티크들은 사교 시즌의 피크를 맞이하여 신상품을 쭉 진열하고 있었다. 어차피 귀족의 물건은 전부 오더 메이드여서, 부티크는 사실 사교의 장이었다.

살롱처럼 꾸며진 부티크 안에서 귀부인들은 사교적 만남을 가지고, 서로 카탈로그를 보며 드레스와 장신구에 대한 이야기를 나눴다. 하지만 오늘 그들의 목표는 삼나무 길이 아니었다.

첫 번째 여왕이자, 제국 최고의 성군의 이름을 딴 예레니아 공원이 목표였다.

"올해 들어 첫 피크닉이에요."

엘리제가 눈을 반짝이며 말했다. 그녀가 손에 든 양산은 분홍빛에 레이스가 잔뜩 달린 것이었다.

"저는 제 인생에서 첫 피크닉인 것 같아요."

란의 말에 엘리제가 "어머!" 하고 입을 동그랗게 벌렸다.

"정말요?"

"네, 그래서 매우 기대하고 있어요."

"즐거울 거예요!"

엘리제가 힘주어 말했다. 그녀 옆에 앉아 있던 키릭스 후작이 픽 웃고 말했다.

"리제는 뭐든 즐겁지."

"어머? 무슨 말씀을?"

엘리제가 남편에게 입을 비죽였다.

"좋아하는 사람들과 같이 나가기 때문에 즐거운 거라고요."

리제의 말에 란은 고개를 끄덕였다.

"정말로, 맞는 말입니다."

아무리 피크닉이라고 해도 만약에 황후의 초청으로 황태자비 부처와 함께 떠나는 거였으면 절대로 참석하고 싶지 않았을 거다.

란의 대답에 엘리제가 안쓰러운 얼굴로 말했다.

"안 그래도 소문은 들었어요. 그러니까, 황태자 전하가— 정말인가요?"

"무슨 말을 들었는지는 모르지만 사실일 거예요."

"세상에. 파렴치하기도 하죠."

엘리제가 분개해 얼굴을 붉게 물들였다. 그런 아내를 달래듯 키릭스 후작은 가볍게 그녀의 손등을 두들겼다.

란은 힐끔 키릭스 후작을 보았다. 그의 왼쪽 눈에는 세로로 자상이 있었고, 그 때문인지 눈은 감은 채였다. 애꾸라는 소문은 들었지만, 정말이었구나.

키릭스 후작의 눈이 란과 마주쳤다. 서른 중반인 그는 노련한 용병처럼 보이는 면이 있었다.

란은 싱긋 미소 지었고 키릭스 후작이 입을 열었다.

"제 아내에게 좋은 친구가 있다는 건 기쁜 일이지요."

"네, 저도 좋은 친구가 생겨서 기뻐요."

란이 고개를 끄덕였다. 이어 란은 자신의 새하얀 레이스 양산을 한쪽으로 기울여 유스타프 쪽으로 그늘이 좀 더 지게 하고 물었다.

"햇빛 괜찮아?"

"괜찮습니다. 누님이 쓰세요."

유스타프가 양산을 쥔 그녀의 손을 살짝 밀어내며 말했다.

이제 5월, 수도의 날씨는 쾌청하고 푸르렀다.

그만큼 햇빛도 쨍해서 나들이 가는 여성들은 모두 다 양산을 쓰고 있었다. 란이 "그럼 사양하지 않고." 하며 양산을 다시 제 머리 위로 돌렸다. 엘리제가 그 모습을 보고 웃으며 말했다.

"두 분 사이좋네요."

"그야 이 세상에 둘뿐인―"

란은 말꼬리를 흐렸다.

음, 남매는 아니고, 가족?

란이 끙끙거리는 사이 유스타프가 대신 끝맺음을 해주었다.

"누님이 훌륭하신 분이라, 제가 많이 배우고 있습니다."

"에이, 유스에게 가르칠 게 뭐가 있어?"

란은 그렇게 말하고 가볍게 웃었다. 그래도 그렇게 말해주니 기분은 좋다.

키릭스 후작이 유스타프를 보며 말했다.

"경은―"

"그냥 유스타프라고 불러 주십시오, 후작님."

유스타프의 말에 키릭스 후작이 빙긋 웃고 말했다.

"그럼 나도 그냥 카로크라고 불러 주게."

"좋습니다."

유스타프가 고개를 끄덕이자 키릭스 후작이 물었다.

"영지전에서 캐머론 후작의 사병들을 완전히 전멸시켰다면서?"

"전멸은 시키지 않았습니다. 항복은 받아줬죠."

"기사들은 전원 처형당했다고 알고 있는데?"

유스타프가 피식 웃었다.

"명예롭게 전사했다고 해두지요."

"자세한 이야기가 궁금하군."

"저도 카로크의 이야기가 궁금합니다. 제로니칼(마수의 일종. 닭의 머리에 몸은 도마뱀. 크기는 2~4m 정도 된다)을 혼자서 잡으셨다는 이야기가 있던데요."

그 말에 키릭스 후작이 낮게 웃었다.

"그럼 소풍 바구니를 펴면서 이야기하도록 하지."

엘리제가 눈을 샐쭉하게 떴다.

"어째서 이렇게 날씨도 좋은 날 호숫가에 피크닉을 나와서 피 냄새 나는 이야기를 하는 거예요?"

"음? 나는 좀 궁금한데요?"

란의 말에 엘리제가 "란!" 하고 목소리를 높였고 란은 웃으며 고개를 끄덕였다.

"알았어요, 그럼 리제와 저는 따로 예쁜 것들에 대해서 이야기하도록 하죠."

"좋아요."

리제는 고개를 깊이 끄덕였다.

예레니아 공원의 크기는 상당해서, 마차로 공원 외곽을 빙 돌면 한 시간은 족히 걸렸다. 그리고 그 공원 가운데에는 청옥빛 호수가 자리하고 있었다.

벌써 공원 곳곳에 돗자리를 편 사람들이 보였다. 하지만 이 마차에 타고 있는 게 누구인지 다들 금방 알아챘고, 일행은 좋은 자리를 양보로 얻어냈다.

"이럴 때 쓰라고 작위가 있는 거죠."

엘리제가 란에게 속삭였다. 란이 피식 웃으며 말했다.

"자리를 얻는 정도의 권력만 있다면 정말로 평화로울 텐데 말이에요."

물론 자리를 양보한 남작 부부 일행은 키릭스 후작과 라치아 공작에게 깊이 눈도장을 찍는 걸로 만족한 것이지만 말이다.

뒤를 따라온 시종들이 마차에서 내려 재빠르게 자리를 세팅하고 피크닉 바구니들을 줄줄이 내려놓는 사이, 란과 엘리제는 얼른 부드러운 매트 위에 자리를 잡았다.

피크닉 바구니 안은 풍성했다.

소스와 훈제 연어, 차가운 햄과 소 혀를 넣은 샌드위치, 새하얗게 구운 가벼운 비스킷과 각종 잼, 비시스와즈(감자와 크림으로 만드는 차가운 스프), 애플파이, 크림 커스터드, 거기에 얼음과 설탕을 가득 넣어 만들어 온 아이스티가 세팅되었다.

나무로 만든 매끄러운 접시와 냅킨을 나누어 받고 일행은 곧 식사를 즐기기 시작했다.

"음, 연어 진짜 맛있어요. 라치아에서는 많이 먹겠죠?"

엘리제의 말에 란이 고개를 끄덕이고 킥킥 웃었다.

"오히려 라치아 연회장에서는 가장 많이 남는 게 연어예요. 너무 흔하니까요."

"어머나, 그거 아쉽네요."

엘리제가 그렇게 말하며 마지막 연어를 포크에 돌돌 말아 소스를 듬뿍 찍었다.

란이 아이스티를 컵에 따르다가 물었다.

"그러고 보니 스파클링 와인도 가져오기는 했어요. 남자분들은 어떠신가요?"

"좋은 와인인가요?"

키릭스 후작의 말에 엘리제가 눈을 찌푸리며 "여보." 하고 말했지만 란은 웃으며 고개를 끄덕였다.

"라치아의 이름을 걸고."

"그럼 꼭 한잔하게 해주시죠."

시종이 얼른 와인을 들고 왔다. 라벨을 확인하고 카로크는 "사양했다면 후회했겠군요." 하고 미소 지었다.

황금빛 액체가 유리잔을 빠르게 채웠다. 유스타프와 카로크는 가볍게 잔을 부딪치고 느리게 와인을 음미하며 이야기를 시작했다.

역시나 사냥과 전투에 대한 이야기였다.

"라치아에서는 사냥이라고 하면 보통 마수 사냥이죠."

"그럼 내가 보통 사냥에 초대해야겠군. 올해 사냥개들이 괜찮거든."

"그거 기대하죠."

엘리제가 어깨를 으쓱하고 란에게 말했다.

"우리는 좀 다른 이야기를 해볼까요?"

"좋아요. 무슨 이야기를 할까요?"

"아아, 아까 황태자 전하 이야기가 나와서 말인데요— 그분의 사생아 있잖아요."

엘리제가 낮게 목소리를 소곤거렸다. 란도 상체를 기울이며 귀를 쫑긋 세웠다.

"네, 벌써 사생아가 두 명이나 있으시다면서요."

"네, 한 명은 어미가 코르티잔이니 뭐 상관없지만, 한 명은 발제 남작 부인이 모친이거든요."

"귀족 부인이요?"

"네, 그렇다니까요."

"발제 남작님은—"

"작년에 돌아가셨죠."

"세상에."

란은 눈을 동그랗게 떴다. 그러면 남편이 있을 때 이미 황태자를 상대로 바람—불륜을 했다는 거 아닌가?

'물론 처녀를 건드리지 않는 게 바람둥이의 미덕이라고 하기는 하지만.'

도무지 믿어지지가 않는 이야기다.

"뭐 덕분에 발제 남작도 황태자의 측근으로 지위를 누렸으니까요."

이 무슨 베르사유도 아니고.

란은 저절로 혀가 차고 싶어지는 걸 눌러 참았다. 프랑스야 왕이 정식으로 정부까지 두지 않았는가?

"그런데 그 아들이 꽤나 영특한 모양이더군요."

엘리제의 말에 란이 어깨를 으쓱했다.

"하지만 그래 봐야 사생아지요."

"네, 하지만— 지금 두 분 사이에는 아이가 없잖아요. 그러니까 양자로 입적하는 게 어떠냐는 이야기도 나오는 모양이에요."

"어머, 어머?"

란은 저도 모르게 목소리가 튀어나왔다. 사생아를 정식으로 입적한다고?

"맙소사, 숙녀분들이 우리보다 더 피비린내 나는 이야기를 나누시는군."

키릭스 후작이 끼어들어 엘리제가 흥이 깨졌다는 듯이 남편을 돌아보며 말했다.

"저리로 가서 남자끼리 이야기나 하시죠?"

"남자끼리 이야기는 끝났습니다."

유스타프가 말하자 엘리제가 살짝 뺨을 붉히며 말했다.

"정말이지, 유스타프 공자님과 결혼하게 될 여자는 행운아일 거예요."

키릭스 후작이 눈썹을 슥 올리며 말했다.

"그게 내 앞에서 할 이야기인가?"

"어머? 이미 저는 당신과 결혼한 몸이잖아요. 이런 이야기야말로 유부녀의 특권인 거죠."

"내가 그런 이야기를 하면—"

"다시는 그런 이야기가 안 되는 게 유부남의 족쇄지요."

"그럼 난 얌전히 입을 다물고 있지. 남편의 위엄은 집에 가서 찾아야겠어."

키릭스 후작이 그렇게 말하며 잔을 한 번 더 채웠다. 란이 고개를 흔들며 말했다.

"하지만 절대로 황태자비마마가 허락하지 않을 텐데요. 게다가 제가 미로 공작을 만나 본 바로는…… 그 역시도 그런 상황을 좌시하지 않을 테고요."

"물론 그렇죠. 하지만 두 분 사이에는 3년이나 아이가 없었잖아요?"

"아무리 그렇다고 해도."

란은 갸웃했다가 고개를 저었다.

"잘 안 될 거예요."

"저도 그렇게 생각해요. 그리고 이런 이야기가 돈다는 것 자체가 이미, 황태자비마마께는 자존심에 상처가 가는 일이죠. 미로 공작가의 끝없는 자존심은 유명하잖아요?"

"어머? 그런가요?"

란이 호기심을 보이자 엘리제가 "모르세요?" 하고 흥이 나서 이야기했다.

"왜, 버턴 있잖아요?"

란은 그게 뭐더라, 하다가 요즘 인기 만점인 경마 경기 이름이라는 걸 깨달았다.

"네."

"그게 버턴 백작과 미로 공작이 내기를 한 거거든요. 둘이서 경마 게임을 만들기로 했는데, 이름을 어떻게 할까 하다가 경주를 해서 이기는 쪽의 이름을 하는 걸로."

"그럼 버턴 백작이 이긴 거네요."

"그죠. 그게 벌써 100년 전 일인데, 미로 공작가는 그 뒤로 절대로 경마를 하지 않는답니다. 이렇게나 인기인데도요. 그리고 버턴 백작가에 아직도 이를 갈고 있고요."

"100년이나요."

"네."

"엄청나네요."

"그렇지요. 그러니 미로 공녀인 황태후마마도 그 이야기가 나왔다는 걸 절대로 용서하지 않을 거예요."

이성적인 척하지만 기질이 격렬하거든요, 하고 엘리제가 마무리했다.

란은 고개를 끄덕였다.

'으음, 양자 입적이라.'

이런 이야기도 오갔었구나.

이건 그녀도 전혀 모르는 이야기였다. 원작 시작 전에 관한 이야기는 잘 모르니까.

'게다가 지금은 변수도 너무 많아져서.'

적어도 예전에는 라치아 공작가가 이렇게 위세를 떨치는 일도 없었고, 황태자가 자신을 쫓아다니는 일도 없었을 테니까.

이제 일이 어떻게 굴러가게 될지는 알 수가 없었다. 자신이 아는 정보로 최대한 추론하는 수밖에.

'그나저나 엘리제가 은근히 소문을 잘 수집하는구나.'

"아니 그런 이야기는 어떻게 들은 거예요?"

궁금해져서 란이 묻자 엘리제가 킥킥 웃으며 말했다.

"다들 제 앞에서는 편하게 이야기를 하더라고요."

"아아."

란은 고개를 끄덕였다. 엘리제에게는 사람이 마음을 놓게 하는 그런 구석이 있었다.

'그리고 눈치가 없는 척하고 있지만, 정말로 눈치가 없는 건 아닌 것 같아.'

그녀 나름의 위장이라고 생각하면 그것 역시 굉장하다.

"아, 그리고 이건 다른 이야기인데요."

엘리제의 말에 란은 귀를 쫑긋 세웠다.

"무슨 이야기인가요?"

"글쎄, 조코 남작 부인의 앵무새가 남작 부인 모자의 꽃 장식을 전부 먹어치워 버렸대요!"

"어머?"

란이 눈을 둥글게 뜨자 엘리제가 고개를 절레절레 흔들며 말했다.

"그리고 남작 부인이 추궁하자 '정말 나빠! 나빴어! 너무해!'라고 했다지 뭐예요!"

란은 웃음을 터트렸다.

조코 남작 부인이 얼마 전에 남작과 부티크에서 싸우면서 어린아이마냥 '정말 나빠, 나빴어! 너무해!' 하고 외쳤다는 건 그 부티크 살롱에 있던 사람들을 통해서 파다하게 퍼진 이야기였다. 게다가 그녀의 앵무새는 유명해서 그 앵무새 목소리가 자동으로 머릿속에서 재생되는 듯했다.

이야기는 그 뒤로 경쾌하게 흘러갔고, 란은 모처럼 머리를 비우고 하는 대화를 즐겼다.

산더미 같은 딸기를 마지막 한 알까지 먹어치우고서야 일행은 소풍을 끝내고 각자의 저택으로 돌아갔다.

'모처럼의 휴식이었어.'

란은 그렇게 생각하며 만족스러운 미소를 지었다. 하지만 소풍의 효과는 채 일주일도 가지 않았다.

연이어 찾아온 두 사람이 그 원인이었는데 첫 번째로 찾아온 사람은 하레쉬였다.

그는 녹색 아치에 도착하자마자 불평을 늘어놓았다.

"대체 인간은 어떻게 이런 곳에서 사는 거지? 자기들끼리 다닥다닥 따개비처럼 붙어 있으면 답답하지 않은 건가?"

그리고 정원을 보며 한숨을 내쉬었다.

"그나마 여기는 좀 낫군. 사람 손을 너무 타기는 했지만 말이야."

"칭찬 고맙군요."

"부탁했던 물건을 가지고 왔다. 나를 개인 심부름꾼으로 써먹는 건 그만둬."

하레쉬는 그렇게 말하면서도 조심스럽게 가져온 길쭉한 상자를 내밀었다. 상자를 열자 그 안에는 섬세하게 세공된 검이 들어 있었다.

란이 유스타프의 생일 선물로 주문한 것이었다. 란은 침을 삼키고 가볍게 검집 표면을 훑었다.

새하얀 검집은 나무로 만들어져 있는데, 엘프 목(木)으로 일반적인 나무와 질감이 달랐다. 목재보다는 상아 같은 무기질 느낌이 났다.

거기에 우아하게 문양이 새겨져 들어가 있었고 손잡이 쪽에는 라치아 가문의 문장이 그려져 있었다.

란은 조심스럽게 검을 들어 빼보았다. 백은빛 날이 번쩍였다.

문외한인 란이 보기에도 매우 좋아 보이는 아름다운 검이었다. 란은 깊게 숨을 삼키고 검을 도로 집어넣으며 말했다.

"고마워요, 하레쉬."

"대금만 제대로 주면 상관없어. 그리고 인간 쪽 세공품도 꽤나 호평이야. 철을 다루는 기술은 우리 쪽에서는 크게 발달되어 있지 않으니까."

"이 검은 철이 아닌가요?"

놀라 란이 묻자 하레쉬가 미간을 찌푸렸다.

"우리에 대해서 잘 아는 것 같으면서도 전혀 모르는군. 엘프는 철을 다루지 않아, 우리가 다루는 광물은 '쉐브아'야. 마법적인 처리가 필요한 광물이지."

"그렇군요."

그러니까 마법적인 처리가 필요 없는 값싸고 질 좋은 인간제 철도구가 잘 팔린단 말이지?

하긴 냄비 하나를 만들 때도 마법 처리를 해야 한다면 그건 귀찮을 테니까.

란은 고개를 끄덕였다.

'그럼 엘프에게는 철을 저렴하게 살 수 있는 거 아냐?'

문득 그런 생각이 들었지만, 이내 고개를 휘휘 저었다. 이미 이것만으로도 충분히 힘에 부친다. 굳이 더 일을 늘릴 필요는 없었다.

"땅딸보들과의 거래는 잘되나 보지?"

하레쉬의 말에 란은 피식 웃었다.

"네, 드워프분들은 말투가 거칠긴 하지만 좋은 분들이세요."

"흥."

코웃음을 치고 하레쉬는 주머니에서 작은 양피지를 꺼내서 란에게 건네주었다.

"물품 대금과 목록이다."

"항상 거래 감사드립니다."

란은 공손하게 목록을 받았다. 엘프에게서 들어오는 세공품은 엘프 목으로 된 나무 세공품이 많았다. 아니면 유리나 보석류도 종종 들어왔는데, 다들 어마어마한 가격으로 팔렸다. 엘프들의 마법 도구는 아직 협상 중이기는 하지만 들어온다면 반향이 굉장할 터였다.

묵고 가라는 란의 예의 바른 말을 하레쉬는 언제나처럼 무시하고는 떠나갔다.

그리고 나서 일주일이 채 지나지 않아 두 번째 손님이 도착했다.

뜻밖에도 일루미니티 백작 본인이었다.

란은 세 번째 알현실로 향했다. 라치아의 봉신 중 가장 높은 작위를 가진 백작이니, 그럴 자격이 충분했다. 언제나처럼 사자 갈기 같은 붉은 머리카락을 대충 쓸어 넘긴 듯한 백작은 들어온 란을 보고 정중히 인사했다.

"가주님을 뵙습니다."

"오랜만이오, 백작."

말했다가 란이 슬쩍 그의 얼굴을 살피고 물었다.

"편히 말해도 될까?"

"물론입니다."

눈썹 하나 까딱하지 않고 일루미니티 백작이 답했다. 란이 헛기침하고 자리를 권했다.

"그럼 앉아, 팔튼 경."

일루미니티 백작은 그 말에 잠시 란을 바라보았다가 자리에 앉으며 말했다.

"편하게 말씀하신다는 게 제 이름을 부른다는 뜻일 줄은요."

"싫으면 무를까?"

"가주님은 어디까지나 가주님이시니까요."

'네가 말하겠다는데 내가 뭐라고?' 하는 뜻이라 란은 웃으며 자리에 앉았다.

"하지만 팔튼 경의 심기를 어지럽히고 싶지는 않네. 나도 가주보다는 란이라고 불러 주는 편이 좋아."

"그럼 란 님."

그렇게 말하고 일루미니티 백작이 다리를 꼬았다. 란이 종을 흔들어 들어온 시녀에게 차를 주문한 뒤에 물었다.

"원하던 찻잎은 잘 구했어?"

"그 찻잎 말입니다만. 왜 그 찻잎을 찾으십니까?"

허를 찔러 란은 팔걸이를 움찔하고 붙잡았다가 놓았다. 그녀는 잠깐 생각을 가다듬었다.

설마 백작이 파고들 거라고는 생각하지 못했다. 적당히 신원을 처리하고 손을 뗄 거라고 믿었던 터라, 파고들어 오니 당혹스러운 기분이었다.

하지만 이제 와서 왜?

"찻잎의 상태가 안 좋은가?"

란의 미간이 살짝 모이고 심각한 얼굴이 되어, 일루미니티 백작은 그녀의 얼굴을 살피며 답했다.

"상태도 상태지만 질 때문입니다. 뭔가 그 찻잎에 추억이라도 있으신 겁니까?"

란은 툭툭 팔걸이를 두들겼다. 일루미니티 백작이 이렇게 말한다는 건…….

'잠깐, 이제 신년이 지났지? 아, 제길. 불법 투기장으로 끌려간 건가? 아직 여유가 있는 줄 알았는데?'

그녀는 신음을 삼켰다.

여러 가지 생각이 그녀의 머릿속을 오갔다. 여기서 그냥 눈감고 있어도 된다. 어차피 루미에는 그 모든 고난을 거치고서 라치아로 오게 되니까.

죽지는 않아.

'단지 인생이 황폐해질 뿐이지.'

깊게 숨을 들이마시고 란이 똑바로 백작을 보았다.

"있어. 그러니까 꼭 구해야 해."

팔튼 러드 일루미니티는 잠시 자신보다 한참 어린 가주를 바라보았다. 그녀는 딸의 목숨을 구했고 그 값을 치르는 건 당연했다.

만약 란이 그걸 요구했다면 말이다. 하지만 란이 요구한 것은 어디까지나 '호의'였고, 지금 자신을 움직이는 것은 란을 향한 자신의 호의다.

그래서 팔튼은 고민했다.

"지금 찻잎이 어떤 상태인지는 아십니까?"

"불법 유통되고 있지."

"아시는군요."

"응."

"그래도 말입니까?"

"그래도."

란은 어깨를 으쓱했다.

죽고 싶지 않아서 여기까지 왔지만, 그래도 단순히 그 이유만으로 살고 싶지는 않다.

최대한 할 수 있는 만큼 손은 뻗고 싶었다.

백작은 결연한 의지에 한숨을 내쉬고 말했다.

"알겠습니다. 하지만 쉽지 않을 것 같더군요. 그 찻잎을 이용해서 돈을 상당히 버는 모양이니까 말입니다."

그 말에 란이 곰곰이 생각하다가 덧붙였다.

"그 찻잎에는 꽃이 붙어 있거든."

"꽃이요?"

"응, 한 줄기에서 잎도 나고 꽃도 나잖아? 그 꽃을 먼저 되찾으면 잎은 어떻게 될 것 같아."

루미에가 질질 끌려다니면서 그렇게 구르는 이유 중의 하나가 바로 여동생이었다.

하나밖에 남지 않은 혈육.

몸이 약한 어린 여동생을 인질로 잡혀서 그는 벗어나지도 못하고 밑바닥을 굴렀다.

하지만 여동생은 제대로 보살핌을 받지 못해서 죽고, 죽고 나서도 그 사실을 숨기며 주인은 루미에에게 더더욱 잔인한 싸움을 요구한다.

나중에 루미에는 여동생이 죽은 걸 알게 되고 주인을 죽이고 그 바닥에서 도망치는데, 거기까지 구르는 것이 참……

'투기장에 넘어가기 전이라고 생각해서 여동생을 미처 생각하지 못했어.'

하지만 지금은 여동생이 중요하다.

란의 말에 팔튼은 턱을 문지르며 잠시 생각에 잠겼다. 란이 문득 불안해져서 말했다.

"만약에 그쪽의 인맥으로 부족하다면―"

"아닙니다."

백작이 똑바로 란을 보며 자리에서 일어났다.

"사실 그쪽에서, 찻잎 구매자를 직접 만나고 싶다고 하더군요."

란이 살며시 입을 벌렸다.

"구매자를? 어째서?"

"그런 쪽에 발을 들였다는, 더러운 약점이라도 하나 잡으려는 거겠지요. 하지만 꽃이라, 알겠습니다. 그쪽도 알아보도록 하겠습니다."

"고마워."

란 역시 자리에서 일어나며 인사했고 팔튼은 고개를 살짝 숙여 보이며 낮게 물었다.

"도련님은 모르시는 일이죠."

"응."

란 역시 작게 대답했다. 팔튼은 딱히 아무런 반응도 없이 그대로 응접실을 나갔다.

뒤늦게 차를 들여온 시녀가 당황해 란은 손을 저어 차를 내려놓게 했다. 아무래도 생각을 정리할 필요가 있었다.

시녀에게 물러가라고 하고 란은 찻잔에 차를 따르고 설탕과 크림을 듬뿍 넣었다.

사치스러운 밀크티를 만끽하며 란은 손가락으로 문제를 꼽아보았다.

1. 나의 생존
2. 생존 후 인생
3. 황태자 개새끼
4. 미로 공작가
5. 루미에
6. 엘프와 드워프 사이의 삼각무역
7. 기타 등등

'일단 생존은 괜찮아. 유스타프와 약속했으니까.'

란은 손가락을 하나 접었다.

'생존 후 인생은…… 가짜 신분이라도 하나 만들어 두는 게 좋을 텐데. 이건 레버리에게 부탁할까? 골든로즈 상단이라면 신분 세탁 정도는 해줄 수 있을 거야.'

그리고 레버리는 유스타프의 압박에 굴하지도 않을 것 같다. 나중에 뒤가 털릴 위험도가 낮다.

'레버리가 바쁘지 않을 때 이야기해야지.'

그리고 황태자와 미로 공작가. 이 문제는 둘이 하나로 묶여 있는 문제였다.

'황태자 개새끼. 짜증 나.'

란은 그렇게 생각하며 신음을 삼켰다. 왜 그렇게 자신에게 관심을 가지고 못살게 구는지 모르겠다. 덕분에 다른 의미로 사교계에서 주목을 받아 골치 아팠다.

'역시 황제를 만나 봐야겠어.'

'네 아들 단속 좀 하라.'고 한 소리 해줘야겠다.

황태자가 라치아 공작에게까지 껄떡거린다는 건 황실에 좋은 소문도 아니니까.

'아니면 그냥 라치아로 도망가버리는 수도 있고.'

아무리 황태자라고 해도 라치아까지 쫓아오지는 않을 테니까. 마력석만 시장에 자리 잡으면 그녀는 토끼처럼 라치아로 돌아갈 생각이었다.

'미로 공작가가 걸리는데…….'

드반이나 올리비아는 적으로 삼으면 골치 아픈 존재다. 아마 그쪽도 똑같은 생각을 하고 있겠지.

'게다가 난 황태자비의 독살을 응원하면 응원했지 반대하지 않는단 말이야.'

하지만 그렇다고 괜히 친근하게 굴었다가 의심을 살 수도 있으니, 이건 저쪽이 어떻게 나오느냐에 달려 있다.

'루미에는…….'

루미에…….

'일단 이건 여동생을 구하고 나서 생각해 보자.'

불법 투기장은 불법이니까, 여차하면 수도경비대에 찔러서 투기장을 부숴 버리면 되지 않을까?

물론 수도경비대가 알고도 눈감고 있을 가능성이 크니까 압박하기는 해야 하는데…….

'내가 직접 하는 수밖에 없나?'

정치적으로 돌려서 압박을 가할 수 있는 다른 사람이 없다. 누군가에게 부탁한다고 해도, 정치적 거래는 항상 오고 가는 법. 빚을 지는 것도 그렇다.

'만약 여동생을 구하지 못하면…….'

란은 한숨을 내쉬었다.

'이것도 그때 가서 생각해 보자.'

엘프와 드워프 사이의 삼각무역이나, 아니면 원작이 시작하며 벌어질 사건들에 대해서는 도무지 지금 어떻게 할 재간이 없었다.

특히 원작 후의 사건들은 더욱 그랬다.

'그래도 편지라도 남기고 떠나야지.'

무방비 상태로 당하게 할 수는 없었다.

"아, 진짜 토할 것 같아."

"등이라도 두들겨 드릴까요?"

느닷없는 목소리에 란은 앉은 자리에서 펄쩍 뛰었다. 손에 든 잔이 흔들려 밀크티가 옷에 쏟아졌다. 더더욱 당황해 란은 자리에서 일어났다.

빠르게 다가온 유스타프가 냅킨을 들어 그녀의 옷을 닦아주며 말했다.

"이렇게 놀라실 줄은 몰랐습니다. 죄송합니다."

"인기척은 좀 내주면 안 돼?"

"꽤 오래 서 있었는데도 모르셔서."

"서 있지만 말고 말을 해 줘."

란은 그렇게 말하고 얼룩이 생긴 드레스 자락을 바라보았다. 유스타프가 그녀의 손에서 잔을 빼앗아 내려놓고 손수건으로 그녀의 젖은 손가락을 닦았다.

"다음부터는 주의하죠."

어쩐지 민망해져서 란은 손가락을 움츠렸다. 유스타프는 순순히 그 손을 놓아주고 시녀를 불러 차를 치우게 했다. 란이 드레스를 내려다보며 말했다.

"어떻게 하지? 얼룩 생기겠어."

"버리시죠. 어차피 어머님의 옷 아닙니까?"

"어떻게 알았어?"

이번에는 정말로 잘 고쳤다고 생각했는데……?

란은 제 소맷부리를 심각하게 바라보았다. 이어붙인 흔적 위로 레이스를 달아서 자신은 아무리 봐도 모르겠다.

"그야 보면 알지요. 색이 안 어울립니다. 누님은 좀 더ㅡ"

빤히 유스타프는 그녀의 얼굴을 보다가 말했다.

"부드러운 색이 어울리지요."

"그런가……."

란은 신음을 내뱉었다.

아니, 아무리 그래도 어떻게 그걸 한 번에 알아보냐고요. 귀족의 눈은 다른 건가?

고민하는데 유스타프가 말했다.

"누님, 백작과 무슨 이야기를 하셨습니까?"

"어?"

놀라 란은 어깨를 움찔했다.

"그와 개인적인 대화를 나누셨잖습니까?"

란은 저도 모르게 침을 삼켰다. 그녀가 그의 눈치를 보며 말했다.

"그게, 개인적인 일이었어."

"……."

유스타프는 대답 없이 빤히 그녀를 바라보았다. 그 푸른 눈동자에서 시선을 돌리며 란이 말했다.

"이상한 일은 아니야. 그냥 좀 궁금한 게 있어서ㅡ"

변명하다가 퍼뜩 란이 고개를 들고 말했다.

"아! 따로 백작과 이상한 흉계를 꾸미고 있는 건 아냐! 진짜로!"

린드버그 남작과 손을 잡는 것과 일루미니티 백작과 손을 잡는 것은 차원이 다른 문제였다.

혹여라도 란은 그가 오해를 할까 봐 필사적으로 말했다.

유스타프의 미간이 살짝 찌푸려졌다.

"그런 생각은 하지 않았습니다."

"……어? 정말?"

놀라 란이 중얼거리자 유스타프는 비소를 지었다.

"네, 누님에게는 정말로 놀라운 일이겠지만 말입니다."

어쩐지 가시 돋친 말이라 란은 다시 움찔하며 어색하게 말했다.

"하지만, 그야, 나랑 유스타프는……."

자신도 무슨 뜻인지 모르면서 란은 웅얼거렸다.

그와 그녀는 친한 관계는 아니잖은가? 객관적으로 봐도 위치상 서로를 위협하는 관계다.

권력은 자식과도 나누는 게 아니라 했고, 유스타프에게 라치아가 얼마나 소중한지도 안다.

그러니 유스타프는 라치아에 위협이 된다면 란 역시도 사정없이 치워버릴 거다.

란은 그렇게 생각했다.

우물우물하는 란을 보고 유스타프는 한숨을 내쉬었다. 그 한숨에 그녀가 움찔하는 걸 보고 그는 가볍게 말했다.

"알겠습니다."

"어?"

"개인적인 일이라고 하시니 더는 캐묻지 않겠습니다."

"정말?"

"네."

그는 고개를 끄덕였다. 그러자 이번에는 란의 눈에 미심쩍다는 기운이 어려서 유스타프는 웃어버렸다.

"뭐, 뭐야?"

당황한 란을 보니 유스타프는 고개를 저었다.

"아무것도 아닙니다. 그보다 옷을 갈아입으시는 게 좋겠네요."

그렇게 말하고 유스타프는 응접실을 나갔다. 란은 한숨을 내쉬고 시녀를 불러 옷을 가져오게 했다. 아무리 그래도 얼룩진 옷을 입고 집안을 돌아다닐 수는 없으니 말이다.

*　　*　　*

"정말로 황태자는 무슨 생각인지 모르겠구나."

드반이 울컥한 목소리로 말했다.

올리비아는 분을 참지 못하고 방을 서성거리는 제 오라비에게 짧게 말했다.

"무슨 생각이긴요, 뻔한 생각이지요. 그보다 오라버니, 정신 사나우니 자리에 앉으세요."

드반이 이를 악물고 그녀에게 돌아섰다.

"널 저놈과 결혼시키는 게 아니었다. 아버님이 명령하시지만 않았다면—"

올리비아는 미소를 지었다.

"미로의 성을 가진 여자로 태어난 이상은 가장 좋은 곳으로 팔려가는 게 미덕 아니겠습니까?"

"비아!"

드반이 소리를 치고 그녀의 앞에 가서 앉았다.

"팔다니, 그게 무슨 소리냐. 넌 황태자비야. 곧 황후가 될 거다. 제국 여성의 정점이란 말이다. 그런 자리에 팔려가는 사람도 있나?"

드반이 코웃음을 쳤다.

"황태자가 아무리 난리를 쳐도 황태자비는 너 하나뿐이야. 결국, 그도 미로 공작가의 힘이 필요할 수밖에 없다. 그때가 되면 아내에게 잘하는 게 얼마나 도움이 될지도 알게 될 거다."

'그럴 머리가 있으면 좋겠군요.'

올리비아는 그 말을 찻물과 함께 삼켰다. 그녀는 잠시 라치아 공작을 떠올렸다.

'그 멍청이가 왜 반했는지 이해가 가.'

하지만 그 멍청이가 감당할 수 있는 여자는 아니었다. 똑똑하고 영리한 여자라면, 황태자와 치대지 않을 테니까 말이다.

그녀는 자신이 가지지 못한 걸 가지고 있었다. 그래서 올리비아는 그녀와 친구가 되고 싶기도 했고, 반대로 그녀를 납작하게 눌러버리고 싶기도 했다.

하지만 친구는 못 될 거다.

올리비아는 그렇게 생각했다.

란이 제 아랫사람인 걸 확실하게 하지 않는 한은.

"그런 어디서 왔는지도 모르는 계집애가 라치아 공작이라니— 제국 공작가의 위상이 말이 아니다."

드반은 짜증 섞인 목소리로 말했다. 제국 귀족들은 제 가문에 드높은 자부심이 있었다.

특히 초대 황제에게 직접 작위를 하사받은 가문은 더욱 그러했다.

그래서 미로 공작가와 우슬라 공작가는 전통적으로 라치아 공작가를 터부시했다.

그들은 초대 황제와 함께 피 흘린 동료도 아니며, 성씨를 하사받은 것도 아니다. 자기들이 보기에는 그저 굴러들어온 돌인 거다. 그 풍조는

300년이 지난 지금도 남아 있었다. 그렇다고 해도 근본 없다, 하고 라치아를 공격하기는 좀 그랬다.

천 년 가문.

빙벽과 하늘 저택, 문.

라치아는 그 모든 것과 함께 단단히 서 있었고, 모두가 거기에 경의와 시기를 나타낼망정, 라치아 가문을 '근본'으로 공격할 수는 없었다.

지금의 라치아 공작이 나타나기 전까지는 말이다.

물론 얼음수정으로 인해 굴러들어온 부로 사교계에서 이름을 떨치고 있지만, '란 로미아 드 라치아'에 대한 평가는 높지 않았다.

드반 역시 그 점을 지적하고 나왔다.

"지금이야 라치아의 성을 가지고 있다고 해도, 라치아 공자가 차기 가주가 되는 순간 그 여자의 성세도 끝이다. 그러면 황태자의 노리개가 되었다가 버려지겠지. 그 정도의 여자일 뿐이야. 네가 신경 쓸 필요는 없다."

그는 여동생을 위로했다.

올리비아는 오라버니의 위로에 피식 웃었다. 나이 차가 많이 나는 드반은 실제 아버지보다 더욱 그녀에게 아비 노릇을 해주었다. 올리비아는 잠시 공녀였을 때의 생활을 떠올렸다.

미로 공작가는 기본적으로 중앙 정치에 가깝고 궁중 귀족과도 비슷한 면이 있었다.

수많은 격식과 정치적 언사들, 그 가운데서 자란 올리비아에게 야심이 없을 리가 없었다. 하지만 그녀는 여자이며, 그녀가 가질 수 있는 야심에는 한계가 있다. 아니, 한계가 존재한다고 생각했다.

"저는, 라치아 공작이 부러운지도 모르겠습니다."

"뭐? 그런 천한 여자가 뭐가 부럽단 말이냐?"

드반이 눈을 크게 뜨고 물었다. 올리비아가 키득거렸다.

"그러게 말이에요."

여자이면서 공작이 되어서 유능한 모습을 보이는 게 부러웠고, 질투가 났다.

'최고는 나여야 하는데.'

손톱 거스러미처럼, 란의 존재는 올리비아의 심기를 거슬렀다. 겉으로 부럽다고 순순히 말하지만, 만약 누군가가 거기에 동의한다면 올리비아는 그 사람을 절대로 그냥 두지 않을 터였다.

드반이 말했다.

"황태자에게는 내가 한마디 해 두마. 넌 너무 걱정하지 마라."

"알겠습니다."

차를 좀 더 드세요, 하고 올리비아는 찻잔에 차를 따랐다.

자신은 라치아 공작처럼 될 수는 없다.

'나에게는 나의 길이 있는 게지.'

그리고 라치아 공작도 그녀보다 위가 될 수는 없다.

그렇게 생각하고 그녀는 방긋 웃었다. 드반은 그녀의 기분이 좀 나아진 것 같아서 안심했다. 그리고 다시금 속으로 불쾌감을 삭였다.

그 무도회장에서 황태자의 무례함은 상상 초월이었다. 만약 거기서 라치아 공작이 쓰러지지 않았다면 자신이 그에게 장갑을 던졌을지도 모른다.

드반은 잠시 생각에 잠겼다.

'만약 생각보다 더 황태자가 멍청하다면.'

그리고 이런 식으로 미로 공작가를 무시한다면.

'차기 황제는 다른 사람이 되는 게 낫지 않을까.'

그는 그렇게 생각하며 보라색 눈동자를 가늘게 떴다.

그리고 제 여동생의 자존심에 상처를 입힌 라치아 공작 역시 뭔가 조처해야 하지 않을까.

'말귀를 알아먹지 못하는 바보는 아닌 것 같았지만.'

남매는 그렇게 각기 다른 생각에 잠겼다.

＊　　＊　　＊

녹영은 약간의 불안함을 감추며 주군을 바라보았다. 유스타프는 종이를 바라보다가 물었다.

"사람이라고?"

"네, 일루미니티 백작이 옛 연줄로 사람을 찾고 있다고 합니다."

이미 종이에 적혀 있는 말이지만, 녹영은 충실하게 대답했다.

유스타프가 일루미니티 백작이 뭘 하는지 조사하라고 녹영에게 명령한 후 녹영의 첫 번째 보고서였다.

유스타프는 더 깊게 조사하라고 명령하고 싶은 마음과 이만 손을 떼라고 해야 한다는 마음 사이에서 갈등했다.

잠시 고민하다가 그가 물었다.

"어떤 자인지 아나?"

이건 보고서에 없는 내용이다. 녹영이 고개를 숙이고 애매한 정보를 전달했다.

"아무래도 신분이 낮은 자가 아닌가 합니다. 노예 경매장 같은 곳을 돌아다닌다 하더군요."

"노예……."

그런 사람을 일루미티니 백작이 왜 찾는 걸까?

'란의 부탁이라면, 왜? 란은 누굴 찾는 거지?'

게다가 단순히 사람을 찾는 거라면 녹영도 함께 사용하는 편이 더 효율적일 거다. 하지만 자신에게는 알리고 싶어 하지 않는 사람.

'과거의 인연이라도 되는 건가.'

유스타프는 자신이 모르는 란의 과거를 생각했다. 라치아 공작가에 오기 전의 란에게도 친구가 있고 인연이 있었을 거다.

기분이 나빴다.

유스타프는 잠시 고민하다가 종이를 불에 태우며 말했다.

"더는 조사하지 않아도 돼."

녹영은 놀란 듯 그를 보았다가 고개를 숙였다.

"존의."

"대신―"

유스타프는 툭툭 팔걸이를 두들기고 낮게 말했다.

"호위를 좀 붙이는 편이 좋겠어."

녹영은 다시 고개를 숙이고 어둠 속으로 미끄러져 녹아들듯이 사라졌다.

유스타프는 길게 숨을 내쉬었다.

그는 손을 뻗어 눈에 잘 들어오지 않는 서류를 훑었다. 하지만 같은 페이지만 여러 번 읽어도 머리에 도무지 들어오지 않았다.

그는 검이라도 휘두를까, 하고 자리에서 일어났다.

늦은 밤이라 저택은 고요했다. 가느다란 은색 초승달은 높게 떠 있었고, 나뭇잎 스치는 소리가 침묵의 정원에서 들리는 가장 큰 소리였다.

모든 것이 푸른빛과 검은빛을 띠는 밤의 정원을 가로지르다가 유스타프는 뜻밖의 인물을 발견했다.

"누님?"

그가 놀라 다가가자 숄을 두른 란 역시 놀라서 자리에서 일어났다.

"여기서 혼자 뭘 하시는 겁니까? 호위는요?"

"어차피 저택 내인걸? 무슨 호위가 필요해. 너야말로 이 새벽에 무슨 일이야?"

"잠이 오지 않아서 검이라도 휘두를까 하고 나왔습니다."

"나도 배워볼까……."

란이 중얼거려 유스타프가 저도 모르게 되물었다.

"검을요?"

"응, 나도 호신 정도는 할 수 있어야 하지 않을까 싶고."

"누님은 일단 승마를 제대로 배우시는 게 어떤가요?"

"자, 잘할 수 있어."

당황해 란이 더듬자 유스타프가 피식 웃었다. 란이 그의 웃는 얼굴을 보다가 물었다.

"구경해도 돼? 검술 연습?"

"누님은 왜 잠이 안 오십니까?"

"그냥, 이런저런 생각 때문에."

유스타프가 고개를 끄덕였다.

"알겠습니다. 연무장까지—"

말했다가 유스타프는 신음을 내뱉었다.

"어째서 맨발입니까?"

"응? 맨발로 풀이랑 돌이랑 흙 밟는 거 좋아."

건강에도 좋대.

'예전에 맨발로 문경새재 넘기인가? 그런 것도 있었고—'

생각하는데 유스타프가 그녀를 한 팔로 번쩍 안아 들었다. 란은 놀라 작게 소리를 내뱉었다.

"가주님?"

그때 풀숲 뒤쪽에서 허둥지둥 블레인이 나왔다가 유스타프와 란을 보고 당황한 얼굴을 했다.

유스타프의 눈이 가늘어졌다.

"여기는 무슨 일인지?"

"아뇨, 그게─ 개인적인 일이 있어서……."

"이 새벽에 정원에서 말인가?"

블레인은 더더욱 당혹스러운 표정으로 변해서 고개를 숙였다.

유스타프는 그에게 명령했다.

"가서 슬리퍼나 가지고 오지."

"존명."

블레인은 뒷걸음쳐서 자리를 떴다. 란은 고개를 갸웃했다.

이 새벽에? 블레인이 여기를?

'앗.'

설마 누구와 만날 약속이라도 한 건가? 저택의 시녀 중 한 명과 밀회라도 하는 건가.

'오, 블레인 경, 제법인데?'

란이 그렇게 생각하는데 유스타프가 걷기 시작하며 물었다.

"누구를 만날 약속이 있으신 거였습니까?"

블레인과 만날 약속이었냐고는 묻기 싫었다.

"어?"

란은 눈을 깜박였다가 살짝 유스타프의 목에 팔을 둘렀다. 아무래도 이렇게 해야 그래도 좀 안정감이 있었다.

"아니. 없는데."

유스타프의 굳은 얼굴이 좀 풀렸다. 그가 개인 연무장까지 가서 그녀를 근처 대리석 벤치 위에 조심스럽게 내려놓았다.

"춥지는 않으십니까?"

"응, 괜찮아."

이제 초여름인걸.

란의 말에 유스타프는 고개를 끄덕였다. 그가 무기 거치대로 다가가서 연습용 검을 집어 들었다.

"그럼 처음부터 보여드리겠습니다."

"응?"

"배우고 싶다고 하셨으니까요."

그 말에 란의 얼굴이 진지해졌다. 그녀가 고개를 깊게 끄덕였다.

"그럼 기초 교본 첫 페이지입니다."

유스타프가 그렇게 말하며 하나씩 분절해서 동작을 보여줬다. 동작 자체는 단순했다. 하지만 란이 보기에도 모든 동작이 전부 깔끔하게 떨어져서 우아하게 보였다.

'으─'

쉬워 보여도 내가 하면 절대로 저렇게 안 나오겠지. 그가 절반쯤 동작을 보였을 때 블레인이 손에 슬리퍼를 들고 연무장 입구에 도착했다. 안으로 들어오지 못하고 서성이는 그에게 가서 유스타프가 슬리퍼를 받아왔다.

유스타프의 서슬 시퍼런 눈에 블레인은 등에서 식은땀이 흐르는 것 같았다. 하지만 유스타프는 별말 하지 않고 "가보게." 하고만 말해 블레인은 얼른 물러났다.

유스타프가 슬리퍼를 받아 돌아와서 란의 앞에 무릎을 꿇었다. 그리고 당황하는 란의 발목을 잡고 손수건을 꺼내 발을 닦기 시작했다.

"유, 유스?!"

당황해 발을 뒤로 빼려고 했지만, 그가 단단히 붙들고 있어서 움직일 수가 없었다.

"이대로 슬리퍼를 신으면 안 되지요."

"괜찮아! 이대로 신어도 괜찮아!"

란이 어쩔 줄 모르며 외치듯이 말했다. 그가 "그런가요?" 하고 그녀의 발에 슬리퍼를 신겨주었다.

"앞으로는 맨발로 돌아다니지 마십시오. 아무리 저택이라고 해도 예의에 어긋납니다."

"으, 으응."

란은 심장이 떨리는 걸 느끼며 간신히 대답했다. 그리고 누님의 위엄을 세우기 위해 말했다.

"너도 이런 거 아무에게나 해주지 마. 정말이지, 유스, 의외로 바람둥이 기질이 있어."

괜히 민망함을 감추려 힘주어 하는 말에 유스타프가 자리에서 일어나며 말했다.

"아무에게나 이런 걸 하면 미친놈이죠."

그 대답에 란은 꿀 먹은 벙어리가 되었다. 그, 그럼 나는 뭔데?

누님?

누님이라서?

평소에는 누님 취급 해주지도 않으면서?

아니, 누님이라고 해도 이런 거 해줘도 되는 건가?

란이 혼란에 빠져 있건 말건 유스타프는 내려놓았던 검을 다시 들어 올렸다.

"여기까지 보여드린 게 제1장이었습니다만, 한 번 더 보시겠습니까? 아니면 넘어갈까요?"

"하, 한 번 더 볼래."

"좋습니다."

유스타프는 별말 없이 한 번 더 처음부터 동작을 반복했다. 란은 그걸 보면서 심장이 제발 조용히 뛰었으면, 하고 바랐다.

란은 황태자와 그렇게 사이가 틀어진 이후로, 무도회를 나가지 않기로 마음먹었다.

레버리도 그녀의 말에 동의했다.

"이미 충분히 광고는 되었으니까요. 괜히 황태자 전하와 엉키는 것보다는 떨어져 있는 편이 낫겠지요."

황태자는 몸이 안 좋아 칩거한다는 란의 앞으로 꽃다발까지 보냈다. 란은 꽃다발을 삶아버리고 싶은 충동을 눌러 참았다.

레버리가 미소 지었다.

"쇼핑이나 하시며 기분 푸시죠."

"쇼핑이라…… 이상하게 습성이 사치로는…….."

중얼거리는데 레버리가 눈을 가늘게 뜨고 말했다.

"사치가 아니라 기본적인 소비 활동을 하시라는 겁니다. 도대체 그렇게 재산을 쌓아서 어디에 쓰려고 하세요?"

"아, 맞다."

그러고 보니 돈이 들어왔으니 이제 대대적으로 영지를 수리해야 하는데. 드워프에게 부탁해 둔 갑옷도 어떻게 되었나 확인해야 하고…….

'영지로 돌아갈까?'

어차피 더는 할 일이 없다. 보통이라면 무도회를 더 나가서 사교의 성과를 안고 영지로 돌아가야겠지만, 딱히 라치아에 더 사교의 성과가 필요하지도 않고─

게다가 슬슬 정치적 싸움도 질린다.

'이번 사교 시즌은 내내 녹색 아치에 있을 거라고 유스에게 말해뒀는데.'

유스타프를 생각하니 발목 부분이 간질간질해져서 그녀는 발을 꼬았다.

"참. 레버리, 부탁할 게 하나 있어요."

"뭡니까?"

란은 슬쩍 주변을 둘러보았다. 방 안에는 아무도 없었다. 란이 목소리를 낮춰 말했다.

"적당한 신분 하나를 만들어 줄 수 있을까요. 비밀리에."

"어느 정도의 신분이면 될까요."

레버리는 어디에 필요하냐 같은 질문을 하지 않았다. 란은 이 눈치가 빠른 하프 엘프에게 감탄하며 으쓱했다.

"그냥 적당한 신분이면 돼요. 준귀족 정도면 적당하겠군요."

"알겠습니다."

레버리는 별 부탁 아니라는 듯이 눈 하나 깜짝하지 않고 덧붙였다.

"꼭 제국의 귀족이 아니어도 되는 거지요?"

"물론이에요."

어쩌면 제국에서 아예 떠날지도 모른다. 그러면 어디 다른 왕국 준귀족 정도의 신분이 적당하겠지.

생각보다 너무 쉽게 일이 풀려서 얼떨떨할 정도였다. 적어도 이런저런 대가를 요구할 줄 알았는데.

"의외라는 얼굴이시군요."

싱긋 레버리가 웃으며 말해서 란은 제 얼굴을 더듬었다.

"티가 났나요."

레버리가 "그 정도의 눈치는 있지요." 하고 찻잔을 내려놓았다.

"저는 당신이 마음에 듭니다. 라치아 공작님. 그러니 작은 호의를 베푸는 것뿐이랍니다."

란이 피식 웃었다.

"돌려드릴 수 있을지는 모르겠지만요."

"그건 제가 생각할 일이죠."

레버리의 말에 란은 가뿐하게 부담되는 마음을 털어냈다. 언젠가 레버리가 자신에게 뭘 요구할지 모르지만, 그때가 되면 란이 할 수 있는 일은 매우 적으리라.

"그럼 호의는 감사하게 받죠. 고마워요, 레버리."

"영광입니다, 공작님."

레버리가 살짝 고개를 숙여 보이며 답했고 란은 저도 모르게 그녀의 외모에 감탄했다.

뭐랄까?

하레쉬를 봤을 때도 그렇고, 엘프들은 이목구비가 완벽하지만 인간이 아니라서 그런지 어딘가 거리감이 있다. 하지만 레버리는 하프이기 때문인지 인간적으로 훨씬 아름답게 보였다.

종족 간의 격차는 다른 세계에서는 겪어볼 수 없는 일이라, 란은 신기한 기분이었다.

"레버리, 미인이에요."

느닷없는 칭찬에 레버리가 눈을 크게 떴다가 웃었다.

"감사합니다, 가주님. 가주님도 미인이세요."

"에이— 레버리에 비하면 아니죠."

"어머? 정말로 절 띄워주시네요."

레버리는 생글생글 웃었다. 아직 어린 가주가 종종 보이는 이런 친근한 모습이 그녀는 퍽 만족스러웠다. 100만 베라트의 신뢰가 느껴지는 모습이었다.

"엘프와의 거래도 잘 이루어지고 계신다고 들었어요."

"네, 일부이긴 하지만 그것만 해도 어디인가 싶어요."

란의 말에 레버리의 눈이 이채를 띠었다.

인간에게 엘프는 그냥 엘프. 엘프 가운데 다양한 종족이 있고 각자의 문화가 있다는 걸 이해하지 못하거나, 그래 봐야 엘프는 다 똑같겠지, 하는 무지한 인간들이 대부분이었다.

하지만 란은 그걸 알고 있었고, 그녀의 거래 역시 그 일부에밖에 미치지 못한다는 걸 잘 알고 있었다.

레버리가 찻잔을 들며 미소 지었다.

"정말이지 가주님은, 인간 같지 않으세요."

란은 눈을 동그랗게 떴다가 미소 지었다.

"칭찬으로 생각하겠습니다."

"칭찬이랍니다."

레버리는 그렇게 말하고 다시금 미소 지었다. 이어 그녀는 중요한 용건을 꺼냈다.

"얼음수정에 대해서 말입니다만."

"네."

"이제 저희 독점 기간이 슬슬 끝나가고 있지요."

란이 살짝 입술을 벌렸다가 미소 지었다.

"그렇지요. 어떤가요? 100만 베라트의 가치는 있던가요?"

"아시면서 물으시는군요. 그 열 배라도 드릴 가치가 있었습니다."

레버리가 그렇게 말하고 조심스럽게 물었다.

"1년 더 연장하지 않으시겠습니까?"

"독점을요?"

"네, 물론 얼음수정의 가격은 더 올려드릴 예정입니다. 그리고 선금으로, 천만 베라트를 지급하지요."

순간 란은 자신의 경악을 숨기려 애써야 했다.

천만 베라트?

천만?

아까 그 말은 그냥 하는 말이라고 생각했다. 천만이라니. 게다가 부동산 같은 것도 아니라 현금으로, 천만.

란은 오싹 소름이 돋는 것 같았다. 그 정도의 자금을 융통할 수 있을 정도로 골든로즈 상단이 거대해진 것이다.

란은 덥석 미끼를 물지 않았다. 그녀는 곰곰이 생각하고 물었다.

"얼음수정의 가격을 얼마나 올릴 생각이신가요?"

"슬슬 올리기 시작해서 올해 시장 가격을 20% 정도 올릴 예정입니다. 얼음수정의 매입가는 5% 정도 더 올릴 생각이고요."

란은 미소 짓고 말했다.

"천만 베라트는 필요 없습니다. 대신 골든로즈 상단과 라치아가 거래할 때는 수수료를 10% 낮추는 걸로 하죠."

"가주님."

레버리가 진지하게 말했다.

"라치아 공작을 그만두게 되면, 저희 상단에 와 주시지 않으시겠어요? 제가 파격적인 대우를 하겠습니다."

란은 웃음을 터트렸다.

*　　　*　　　*

황태자는 짜증이 치밀어 올랐다. 그날 무도회에서 란에게 춤을 청했다가 거절당하고, 황후와 황제에게 한마디씩 이야기를 들었다.

"제길!"

그가 욕설을 내뱉으며 탁자를 걷어찼다. 흑단목으로 만든 단단한 탁자는 꿈쩍도 하지 않았다.

'쪽팔려서 무도회도 나갈 수가 없잖아!'

그런 일이 있었으니 아무리 루스라 해도 고개를 들 수 없었다. 그 후에 드반이 뭐라고 지껄인 것도 마음에 들지 않았다.

공작가.

고작 공작가다.

위대한 제국의 차기 황제 앞에서 감히!

"왜 그 애송이에게서는 연락도 없는 거지."

유스타프라고 했나?

떠먹여 줘도 먹을 줄 모르다니, 그야말로 멍청하기 짝이 없었다.

'아니지, 아니야.'

루스는 잠시 머리를 굴렸다. 자신이 직접 친림하기는 했지만 그래도 아직 부족하다고 느낄 수도 있다.

"아바마마께 부탁해볼까……."

루스는 턱을 어루만졌다. 그는 곧 납죽 엎드려서 벌벌 떨고 있던 시종에게 외쳤다.

"폐하를 뵈러 가겠다! 서둘러라!"

시종이 재빠르게 기어 물러나자 루스는 흐흐 웃음을 흘렸다. 이 계획은 자신이 생각해도 훌륭하다.

재빠르게 들어온 시녀들이 그의 옷매무시를 가다듬어 주었다. 망토를 걸치자마자 루스는 바로 태양궁으로 향했다.

황제 카르발은 황태자의 알현을 알리는 소리에 고개를 들었다.

못난 아들에게 항상 실망하면서도 카르발은 그걸 큰 문제 삼지 않았다. 오히려 지나치게 똑똑한 아들이었으면 경계했을 거다. 그리고 카르발은 '내가 죽을 때까지만 제국이 안녕하다면야.' 하는 생각 역시 가지고 있었기에 그렇게 후계 문제로 골머리를 썩이지 않았다.

"아바마마를 뵙습니다."

"그래, 무슨 일이냐?"

카르발의 물음에 루스가 슬며시 웃으며 말했다.

"제게 라치아 공작가를 분열시킬 좋은 안이 있습니다."

"라치아를?"

카르발이 그제야 상체를 아들을 향해 돌렸다. 라치아는 카르발에게 위협이었다.

일단 제국에서 정통성을 얻지 않아도 된다는 점이 그랬지만, 지금까지는 그래도 가난한 영지이니 상관없었다. 라치아 전 공작이 빚을 지고 영지를 담보 잡히는 이야기 역시 카르발에게는 흡족한 소문이었다.

그런데, 새 라치아 공작이 들어서면서 상황이 반전했다.

얼음수정.

그것으로 어마어마한 부를 축적해 가는 라치아.

카르발은 그게 매우 못마땅했다. 할 수 있다면 라치아 공작가를 치고 그 광산을 빼앗고 싶었다. 하지만 명분이 부족했다.

게다가 후작과의 영지전으로 청염 기사단 역시 만만치 않다는 걸 알았다.

"무슨 안이냐?"

그런데 그런 라치아를 분열시킬 방법이라니, 꽤 기꺼워서 카르발은 물었다.

"유스타프에게 궁정 출입권을 주십시오."

"궁정 출입권을?"

"네, 지금은 그 여자애가 임시 가주라고 하며 돌아다니지 않습니까?

사교계 출입도 대신하고 말이지요. 그런데 만약 유스타프에게 궁정 출입권이 주어지면 어떻게 될까요?"

"그럴듯하군."

카르발은 고개를 끄덕이며 콧수염을 어루만졌다. 그렇다면 당연히 유스타프도 사교계로 진출할 것이고 란이 가지고 있는 영향력은 반감할 수밖에 없었다.

유스타프가 성인이 될 때까지 제 세력을 불려놓으려 했겠지만, 유스타프가 힘을 가지게 되면 그것도 무산될 테니 둘의 싸움을 더 앞당기는 거다.

카르발의 얼굴에 만족스러운 미소가 떠올랐다.

"알겠다. 내 당장 칙서를 내리마."

"현명하신 결정입니다, 아바마마."

"루스, 너도 제법 대국을 보게 되었구나."

카르발의 칭찬에 루스는 미소 지었다. 이제 저 칙서를 받게 되면 유스타프는 황태자가 자신의 편이라는 걸 확실히 알겠지.

'그러면 그다음은 그 여자를 나에게 내놓겠지.'

루스는 몸이 달아오르는 걸 느꼈다.

황제 알현실을 빠져나와 루스는 허둥지둥 마차를 준비하라고 일렀다.

당장 이 욕정을 풀지 않으면 견디지 못할 것 같았다. 대낮부터 사창가로 향하라고 명령하는 황태자였다.

그 이야기는 곧장 올리비아에게도 들어갔다.

소식을 전한 시녀는 송구하다는 얼굴로 고개를 푹 숙이고 있었다.

"그래? 낮부터 코르티잔을 찾으신다는 말이냐."

올리비아는 그렇게 중얼거리고 픽 웃었다. 그녀가 수틀에 바늘을 넣으며 "물러가라." 하고 명령하자 시녀는 재빠르게 빠져나갔다.

그녀와 같이 수 모임을 가지고 있던 코트 레이디(court lady : 여성 황족의 시중을 드는 귀족 여성. 시녀지만 친구 같은 위치였다)들의 얼굴에 당혹스러움이 지나갔다.

재빠르게 토리 남작 부인이 입을 열었다.

"황태자께서 금방 정신을 차리실 겁니다."

그 말에 올리비아가 슥 보라색 눈을 들어 토리 남작 부인을 보자 그녀는 어쩔 줄 모르며 고개를 숙였다. 그러자 다른 귀부인이 답을 내놓았다.

"황태자비마마께서 신경 쓰실 일은 아니지요. 남자들이야 다들 그런 거 아니겠습니까?"

모두 다 그런 거니, 황태자비가 자존심에 상처 입을 일도 없다. 올리비아가 빙긋 웃고 그 귀부인을 바라본 후에 토리 남작 부인을 매서운 눈으로 보며 말했다.

"더는 수를 놓을 기분이 아니니, 오늘은 이만 파할까 하오."

그 말에 재빠르게 그녀들이 자리에서 일어나 허리를 숙여 보이고 퇴장했다.

오늘부로 토리 남작 부인은 코트 레이디를 그만두게 될 거다.

올리비아는 피식 웃으며 마저 수를 놓기 시작했다. 사실 그녀는 루스가 자신을 찾지 않고 창녀에게 가준다는 사실이 감사할 정도였다.

의무적인 잠자리를 가질 때마다 올리비아는 구역질이 났다.

'그러면 올리비아, 어떻게 하고 싶니?'

그녀는 스스로 그렇게 속삭이며 미소 지었다.

*   *   *

란은 어리둥절한 얼굴로 칙서를 받았다.

유스타프 라반 드 라치아에게 궁정 출입을 허용한다는 칙서였다.

양피지로 만들어져 금박을 입힌 칙서를 유스타프에게 내밀며 란이 고개를 갸웃했다.

"나야 좋지만, 왜 갑자기 이런 칙서를 보낸 걸까."

"아마 보내면 누님이 당황할 거로 생각했겠지요."

"왜?"

란이 정말로 의아하다는 얼굴로 녹색 눈을 크게 뜨며 되물어 유스타프는 픽 웃었다.

"누님이 항상 제가 누님을 죽일까 봐 걱정하는 것과 같은 이유로요."

그답지 않은 직설적인 말에 란의 얼굴이 붉어졌다. 그녀가 당황해 변명했다.

"항상 걱정하지 않아. 진짜로 믿고 있단 말이야."

"제 약속은요."

"그렇지?"

약속을 굳게 믿고 있다는 말인데, 왜 비꼬는 듯한 뉘앙스지?

란이 고개를 갸웃하다가 한숨을 내쉬며 말했다.

"그쪽에서 뭐라고 생각하든 난 차라리 한시름 놨어. 유스타프가 사교계에 드나들 수 있으면 다행이지. 다음에 나랑 같이 갈래?"

"나가시려고요?"

"응, 유스타프의 데뷔니까 역시 황궁 무도회가 좋으려나. 아, 옷도 새로 맞추자."

어쩐지 들떠서 상기된 얼굴로 이것저것 말하는 란을 보자 유스타프는 '귀찮은 여러 가지 반론'을 접었다.

"그것도 좋겠지요."

단지 그는 그렇게 대답했을 뿐이었다.

황제가 유스타프 라반 드 라치아에게 궁정 출입권을 내렸으며, 그가 곧 황궁 무도회에 나올 거란 이야기는 순식간에 사교계에 쫙 퍼졌다.

황궁 무도회에 나가는 사람들은 이제나저제나 유스타프가 언제 나올까 궁금해했고, 황후 역시 그러해서 슬그머니 란에게 그가 나올 때를 묻기도 했다.

그렇게 해서 유스타프가 무도회에 가기로 정한 날은 날씨도 야외 무도회에 완벽한 날이었다.

황궁 정원에서 열리는 무도회에 유스타프가 참석한다는 말이 돌자마자 사람들은 어떻게든 초대장을 얻으려 혈안이 되었다.

황후는 평소보다 높은 참석률에 흐뭇해졌다.

그녀는 골든로즈 상단에 새로운 마법 물품을 가득 주문하고 얼음수정도 대량으로 구매했다.

그렇게 꾸며진 야외 무도회장은 그야말로 환상적이었다.

반짝이는 빛의 구체들이 무도회장을 밝히며 둥둥 떠다니고, 오케스트라의 음악 소리는 은은하게 울려 퍼졌다.

음식들 역시 차가운 것들은 차갑게, 뜨거운 것들은 뜨겁게 마법 물품에 의해 보존되었다.

다른 곳의 무도회처럼 날아드는 벌레 때문에 걱정할 필요도 없었다. 가설된 플로어 위에는 허공에 떠 있는 4단짜리 거대한 샹들리에가 눈부신 빛을 발하고 있었다.

그 샹들리에 빛이 벌레를 쫓아내 준다고 했다.

모두가 입을 모아 감탄하며 힐끔힐끔 조명을 바라보았다.

조명이 삼 분의 일쯤 아래로 내려갔을 때 라치아 공작의 입장을 알리는 시종의 목소리가 울려 퍼졌다.

모두의 시선이 일제히 출입구로 향했다.

출입구에는 커다란 아치가 세워져 있고, 아치에는 온갖 생화와 반딧불 같은 빛 무리가 장식되어 있었다.

거기에는 완벽한 한 쌍의 장식 인형 같은 란과 유스타프가 서 있었다. 저도 모르게 작은 탄식이 흘러나왔다가, 모두가 탄식을 내지르는 바람에 오는 민망한 침묵이 살짝 감돌았다.

하지만 다행히도 오케스트라 음악이 그 침묵을 메워주었고, 두 사람은 미끄러지듯 무도회장으로 들어섰다.

"사람들이 너무 쳐다봐."

란이 소곤거리자 유스타프가 무심히 대답했다.

"그야 궁금하겠지요."

"하긴."

란은 부채로 입가를 가리고 한숨을 내쉬었다. 그때 황후가 우아한 미소를 띠고 다가왔다.

"라치아 공작, 유스타프 경."

"황후마마를 뵙습니다."

란이 치맛자락을 잡고 인사하고 유스타프 역시 가슴에 손을 대고 허리를 숙이며 인사했다.

황후가 호호 웃고 란의 손을 잡았다.

"우리 사이에 그런 인사는 필요 없지 않은가."

"영광입니다. 마마, 이쪽은 제 남동생인 유스타프 라반 드 라치아입니다."

황후가 눈을 반짝이며 유스타프에게 손을 내밀었다.

"이야기는 많이 들었네, 유스타프 경."

유스타프가 가지고 있는 작위는 기사 작위뿐이었기 때문에 황후는 그에게 '경' 칭호를 사용했다.

유스타프가 황후의 손등에 가볍게 입 맞추고 고개를 들었다.

"뵙게 되어 영광입니다."

황후의 뺨이 붉어졌다. 그녀가 까르륵 웃었다.

"마음껏 즐기시게나. 오늘 그대와 춤추고 싶은 영애들도 많으니 말이야."

유스타프는 다시 고개를 숙여 보였고 황후가 란에게 말했다.

"그대도 편하게 즐기게나. 올리비아도 와 있다네."

혁.

란은 저도 모르게 움찔했다. 그러나 재빠르게 대답했다.

"배려 감사드립니다. 마마."

황후는 그 자리에 잠시 서서 유스타프를 다른 귀족들에게 소개시켜주는 즐거움과 귀찮음을 재보다가 귀찮음에 더 무게를 두었다.

"그럼 즐거운 시간 보내길."

황후가 그렇게 말하고 물러나자 란은 한숨을 내뱉었다.

'올리비아가 있다고?'

갑자기 긴장감이 몰려들어 그녀는 유스타프를 바라보았다. 오늘을 위해 정장을 새로 맞춘 유스타프는 그녀가 봐도 새삼스럽게 멋있었다.

솔직히 말하면 눈이 떨어지지 않을 정도다.

매끄러운 검은 머리카락이 조명 아래서 은은한 빛을 발하고, 새파란 눈은 더욱 선명하게 대비되어 보였다. 거기에 넓은 어깨에 늘씬한 몸, 쭉 뻗은 팔다리는 아무리 봐도 삽화마냥 완벽한 비율을 이루고 있었다.

차기 공작에 엄청난 부를 가지고 있고 심지어 미혼.

사람들이 달라붙지 않는 게 이상할 정도였다. 어떻게든 유스타프와 정략혼을 하고 싶어 하는 자들이 넘쳐났다.

'어떻게 하지. 올리비아가 지금 유스에게 반하면?'

"누님?"

'심지어 목소리도 좋아!'

제 부름에 반응하지 않고 끙끙거리는 란을 보고 그가 눈을 살짝 찡그렸다.

'찡그려도 잘생겼어!'

"누님."

그가 좀 더 힘주어 그녀를 불러서 란은 그제야 퍼뜩 정신을 차렸다.

"으, 으응?"

"한 곡 추시겠습니까?"

란은 피식 웃고 손을 올리며 속삭였다.

"여전히 못 추는데."

"알고 있습니다."

유스타프는 그렇게 말하며 그녀를 가볍게 플로어로 인도했다. 야외 무도장 가운데에 만들어진 가설 플로어 위에는 이미 춤추고 있는 몇몇 쌍의 사람들이 보였다.

그 사람들 사이로 능숙하게 들어간 유스타프가 그녀를 살짝 잡아당겼다.

'와—'

란은 저도 모르게 놀라 숨을 삼켰다. 신년회 때와 또 달랐다. 손도 훨씬 커지고 키나 어깨가…….

'어라? 유스타프가 이렇게 춤을 잘 췄나?'

더블릿이 아무리 남자의 리드에 의지하는 춤이라고 해도, 이 정도까지 차이가 날 거라고 란은 상상도 하지 못했다.

어쩐지 발이 가벼워, 스텝도 엉키지 않고 그가 가볍게 그녀를 돌릴 때마다 몸이 붕 뜨는 것 같았다.

"유스."

"네."

"나 더블릿에 재능이 있었나 봐."

그녀의 중얼거림에 유스타프가 피식 웃었다.

"그거 다행이군요."

"아니, 이럴 때는 '제가 잘 추는 겁니다.' 해야지."

"이미 알고 계시니까요."

여유 있는 미소에 어쩐지 란은 진 기분이 되어 입을 비죽였다.

"언제부터 이렇게 잘 추게 된 거야?"

"누님의 춤이 도무지 늘지 않겠구나, 느꼈을 때요."

"……?"

그녀의 의아한 얼굴을 보고 유스타프는 다시 미소 지었다.

그 미소에 플로어 주변에서 수다를 떨던 귀부인들은 부채를 꽉 쥐거나 뺨을 붉혔다.

누가 봐도 차기 라치아 공작의 안주인 자리가 눈부신 왕관으로 탈바꿈하는 순간이었다.

물론, 그 전부터 소문은 있었다. 하지만 실제로 그 모습을 보는 것과 소문은 전혀 다르다.

'소문만 그런 거지— 사실은 못생겼을지도 몰라.'

'그래도 살인자라니, 너무 야만스럽지 않나요?'

같은 이야기는 오늘을 기점으로 완전히 사라질 터였다.

게다가 라치아 공작가가 부를 끌어모으고 있다는 것 역시 모두가 익히 아는 사실이었다.

명예, 돈, 권력.

심지어 젊고 잘생긴 차기 공작.

눈에서 불이 나오지 않으려야 않을 수 없는 상황이었다. 란은 약간 불안감을 느껴 저도 모르게 말했다.

"유스."

"네."

"운명의 상대를 기다려."

뜬금없는 말에 유스타프는 푸른 눈을 깜박였다. 란의 얼굴이 약간 붉어졌다.

"그, 언젠가 진실한 사랑을— 아, 말로 하려니까 진짜 민망하네. 하여간 미래의 공작 부인은 내 허락을 받아야 해."

넌 시나를 기다려야 해. 시나를!

속으로 발을 동동 구르며 란이 말했다. 플로어를 빙글빙글 돌 때마다 보이는 레이디들의 시선이 이글이글했다.

'이러다가 유스가 엉뚱한 여자에게 넘어가면 어떻게 하지?'

그런 걱정에 란은 말을 했지만, 하고 나니 그야말로 면구스럽기 짝이 없었다.

슬쩍 유스타프의 눈치를 살피니 그의 표정은 미동도 없고 변함도 없었다. 단지 파란 눈이 빤히 그녀를 살피듯 보고 있어서 란은 어깨를 움츠리며 덧붙였다.

"아니, 물론 유스 마음이기는 하지만—"

중얼중얼하자 그가 후— 가볍게 한숨인지 뭔지인지를 내뱉고 말했다.

"그건 제가 알아서 합니다."

"물론 그렇습니다만……."

눈을 내리고 다시 꿍얼거리는 란을 보며 유스타프는 다시 한숨을 내쉬었다. 아까보다 깊은 한숨이었다.

란은 그 한숨에 정신이 번쩍 들어서 말했다.

"딱히 유스에게 압박을 넣으려는 건 아니야."

"당분간은 결혼 생각 없습니다. 누님께서 없으신 것처럼 말입니다."

"그래, 맞아. 아직 결혼 생각 하기에는 이르지."

란이 활짝 웃으며 대답했다. 유스타프가 미간을 찌푸렸다가 다시 한숨을 내쉬어서 란은 웃음을 지웠다.

'으, 나 좀 싫은 시누이 같았어.'

란은 스스로가 한심해져서 한숨을 내쉬었다.

"유스."

"네."

"그냥 내가 한 말 다 잊어."

하지만, 난 단지 시나랑 너랑 행복해지기를 바라는 것뿐인데.

"……."

유스타프는 가볍게 그녀의 허리를 가까이 당겼다. 느닷없이 가까이 끌려가서 란은 눈을 크게 뜨고 그를 올려다보았다.

"그런 얼굴 하면 다들 싸웠다고 생각할 겁니다."

그 말에 얼른 란은 미소를 지었다. 연주가 끝나자 유스타프는 플로어 밖으로 그녀를 인도한 후에 물었다.

"뭔가 마시시겠습니까?"

"어? 아니— 아, 리제."

키릭스 후작 부인이 아는 척을 해서 란은 얼른 부채를 펼쳐 그녀를 아는 척했다.

엘리제가 웃으며 다가와 인사하고 말했다.

"이런 곳에서 보게 될 줄 몰랐는데요, 유스타프 경."

"오랜만입니다. 후작 부인."

그가 정중히 인사를 해 엘리제는 빙긋 웃었다.

"후작님은요?"

란이 묻자 엘리제가 부채로 입가를 툭 치고 말했다.

"귀찮다고 오늘은 안 왔어요. 정말이지, 모처럼 유스타프 경의 데뷔일인데 말이죠."

"그건 챙겨주지 않으시는 편이 감사한데요."

유스타프가 중얼거려 엘리제가 "어머?" 하고는 웃었다.

"그런가요."

"그렇습니다."

유스타프가 대답하는데 금방, 키릭스 후작 부인의 지인들이 다가왔다. 미혼인 아가씨거나, 결혼 적령기를 앞둔 딸을 둔 귀부인들이었다.

어찌나 눈을 반짝거리며 제 소개를 하는지 중간에서 소개해주는 키릭스 후작 부인이 약간 밀릴 정도였다.

'우와, 굉장하다.'

란은 질겁하며 속으로 혀를 내둘렀다. 그야 유스타프가 멋있기는 하지만—

자신을 점점 둘러싸며 밀어내기 시작하는 아가씨들에게서 벗어날까, 하고 슬며시 그녀가 뒷걸음치는데 유스타프가 팔을 뻗어 그녀의 손목을 잡았다.

"어딜 가십니까?"

그의 물음에 란은 당황해서 우물거렸다.

"아니, 그냥 음료수를 좀 마시려고."

유스타프가 "제가—" 하고 운을 떼자 순식간에 아가씨들의 눈이 가늘어지는 게 보여서 란은 고개를 세차게 저었다.

"아니, 내가 가져올 수 있어."

유스타프는 천천히 손을 놓아주었고, 란은 후다닥 그 자리를 빠져나왔다.

한 걸음 물러나서 바라보니 가관이었다.

'굉장하다.'

여자에게 둘러싸여 있어도 유스타프는 한눈에 보였다. 그가 여자들보다 키가 훌쩍 크기 때문이기도 했다.

란은 살얼음이 낄 정도로 차가운 레모네이드를 한 잔 따랐다.

'맛있다.'

적당히 새콤달콤한 레모네이드는 아주 차가워 유월 밤에 어울렸다.

"라치아 공작."

누가 말을 건 건가 하고 돌아보니 정말 뜻밖의 사람이 서 있었다.

"황자 저하?"

라벨이었다.

라벨이 피식 웃고 말했다.

"그렇게 놀란 얼굴 하지 않아도 괜찮은데."

"아뇨, 그게— 이런 파티에 오실 거라고는 생각도 못 해서."

"물론 그렇지만, 라치아 공작 영식이 나온다고 소문이 자자해서. 안 갈 거면 초대장을 달라고 청하기에 와 버렸지."

라벨의 말에 란은 웃음을 터트리고 말했다.

"저하라면 초대장을 주고 그냥 오셔도 되었을 텐데요."

"그렇지만 그러기 싫어서."

"상대가 누군지 안됐군요."

란이 짐짓 심각한 얼굴을 하자 라벨이 마주 심각한 얼굴을 하며 말했다.

"부하가 상사의 권위에 기대려고 하는 건 너무한 일이지."

"사적 영역에서는요. 하지만 그런 재미도 없으면 무슨 재미로 살겠어요."

란의 말에 라벨이 약간 놀랐다가 "그렇군." 하고 미소 지었다.

"그래서 녹색 아치는 모두 제복을 입힌 건가? 재미있는 발상이었어. 기사단에서 제복을 지급하는 거야 흔히 있는 일이지만, 하녀 모두에게 제복이라니."

"다들 좋아해 주던걸요."

"당연히 그렇겠지. 게다가 고급 옷감이라면서? 라치아의 부가 얼마나 쌓였을지 짐작도 되지 않아."

"관심 없으신 거 아니었습니까?"

정치에.

란의 말에 라벨이 씁쓸하게 웃었다.

"없어야 하니까."

그 말에 란의 얼굴에서 놀리는 미소가 사라졌다. 그녀의 표정이 심각해지는 걸 보고 라벨은 웃었다.

"그대는 도무지 소문 속의 그 수완 좋은 라치아 공작 같지가 않아."

"그건 저하께서도 마찬가지인걸요. 이렇게 저희가 다정히 이야기하는 모습이 어찌 비치겠습니까?"

그녀의 말에 라벨의 호박색 눈이 온기를 머금었다.

"글쎄, 어떻게 비치려나?"

둘이 잠시 마주 보고 있는데 익숙한 목소리가 끼어들었다.

"두 분이 사이가 좋은지는 몰랐군요."

라벨과 란이 거의 동시에 상대를 돌아보았다.

"형수님."

"황태자비마마를 뵙습니다."

란이 치맛자락을 잡고 깊게 무릎을 굽혔다. 올리비아가 싱긋 웃었다. 그녀는 백은색 머리카락을 꼼꼼하게 땋아 올린 뒤 다이아몬드 장식을 달고, 우아한 은회색 야회복을 입고 있었다.

보라색 눈은 웃음을 머금고 있지만, 머릿속은 재빠르게 돌아가고 있을 터.

라벨이 웃으며 말했다.

"녹색 아치 정원에 초대받은 적이 있습니다."

"어머나? 저에게는 초대장이 온 적이 없는데요."

올리비아가 눈을 동그랗게 떠서 란이 순간 대답할 말을 망설이는데 라벨이 먼저 대답했다.

"제가 정원을 보고 싶다고 부탁했거든요."

"저하께서 그런 데에 관심이 있으신 건 몰랐군요."

"책에 있는 묘사만 보면 실물도 궁금해지기 마련이죠."

라벨의 대답에 올리비아는 "그렇군요." 하고 빙긋 웃었다.

"유스타프 경은 인기가 좋네요."

"저도 놀라고 있던 참이랍니다."

"저런 피도 섞이지 않은 동생이 있으니, 란도 설레겠어요."

란은 저도 모르게 얼굴이 굳어지는 걸 간신히 눌러 참으며 활짝 웃었다. 그녀의 웃음에 올리비아는 허를 찔린 듯 움찔했다.

"안 그래도 저하께서 라치아 공작은 결혼하기 힘들겠어, 라고 하신 적이 있어요."

그 말에 라벨이 부러 큰 웃음을 터트린 후 말했다.

"내가 그랬었지."

올리비아 역시 부채를 펼치며 재미있는 농담을 들은 듯 웃었다.

남들이 보기에는 화기애애하기 그지없는 모습이었다.

라벨이 웃음이 끝나기 전에 얼른 란에게 손을 내밀며 말했다.

"한 곡 추시겠습니까?"

란이 얼른 그 손 위에 제 손을 얹으며 말했다.

"기꺼이요."

올리비아에게서 멀어지며 라벨이 속삭였다.

"찔릴까 무섭네."

란은 '저도요.' 하고 맞장구치고 싶었지만, 그래도 이 둘은 서로 인척이다. 맞장구를 삼키고 대신 그녀는 실제적인 고민을 말했다.

"저 춤 잘 못 춰요."

라벨이 피식 웃었다.

"시험해 보지."

Chapter 7.

___

자각 없는 현실

플로어에 올라간 라벨이 심각한 얼굴로 물었다.

"춤을 본래 못 추는 건가? 아니면 내 발을 끝장내고 싶어서 그러는 건가."

란의 얼굴이 잘 익은 사과처럼 빨갛게 물들었다.

"아뇨, 그게, 앗! 죄송합니다."

"춤추면서 평생 들을 사과를 다 들을 것 같은데."

라벨은 부드러운 구두가 아니라 단단한 소가죽 부츠라도 신고 왔어야 했다고 후회했다.

란은 어쩔 줄 모르며 고개를 들었다. 그때 그녀의 시선 옆으로 스쳐 지나가는 커플에 란은 깜짝 놀랐다.

'올리비아랑 유스?!'

라벨이 속삭였다.

"그렇다고 춤을 멈추지는 말고."

"아, 네, 네."

허둥거리는 란을 보며 라벨은 신음을 삼켰다. 그 역시 황족의 소양으로 춤을 배우기는 했지만, 그렇게 몸을 움직이는 걸 좋아하는 편은 아니라 란을 리드하기에는 부족했다. 결국, 그는 그녀를 데리고 플로어에서 내려오는 걸 택했다. 그가 말했다.

"잠시 걷지."

"아, 네에—"

힐끗 란이 플로어 쪽을 돌아보았다. 정말로 올리비아와 유스타프가 춤추고 있었다. 올리비아가 어찌나 환하게 웃고 있는지, 여기서도 웃는 게 보일 정도였다.

'진짜로 반한 건가?'

정말로 올리비아가 유스에게 홀라당 넘어간 거야? 이렇게 빠르게?

어떻게 하지?

당황한 란은 라벨이 이끄는 대로 야외 무도장을 살짝 벗어났다. 인적이 드문 곳으로 와서 라벨이 한숨을 내쉬며 말했다.

"라치아 공작, 집중 좀 하게."

"네? 아, 네. 죄송합니다. 저하."

란이 깊게 숨을 삼켰다.

'그래, 생각해 보면 원작의 중요 내용은 바꿀 수 없는 거였잖아. 그러면 올리비아가 유스에게 반하는 것도 당연한 일이지.'

맙소사.

진짜 어떻게 하지?

라벨이 어쩔 줄 모르는 란을 바라보다가 물었다.

"유스타프 경과 형수님이 춤춘 것 때문에 그러는 건가?"

"네?"

란이 놀라 고개를 들자 그가 속삭이듯이 물었다.

"혹시ㅡ 경을 좋아하고 있는 건가?"

그 질문에 란은 순간 눈이 튀어나오는 줄 알았다. 대답도 하지 못하고 입을 벌렸다가 그녀는 펄쩍 뛰었다.

"아, 아니에요! 아닙니다! 그게 아니라ㅡ"

황태자비마마가 유스타프에게 반한 것 같아서요.

말로 내뱉으려 하니 갑자기 한심하게 느껴졌다. 도끼병이라고 해야 하나? 웃으며 춤 한 번 췄다고 반한다고 말한다면, 자신 역시 무수한 남자들에게 반한 거겠지. 란이 이마를 짚으며 말했다.

"죄송합니다. 저하, 제가 꼴사나운 모습을 보였습니다."

올리비아가 유스타프에게 진짜로 반했는지는 확인해보면 될 일이고, 그런 일이 일어났다면 그때 가서 대처하면 되는 거다.

어째서 자신이 그리 당황했는지 란은 알 수가 없었다.

란이 싱긋 미소를 지으며 라벨을 바라보았다.

"감사합니다."

"뭐가 말인가?"

"그 질문으로 제가 제정신이 돌아온 것 같네요."

라벨은 가만히 란을 보다가 대답했다.

"도움이 되었다니 기쁘군."

란은 피식 웃고 주변을 둘러본 후에 말했다.

"이쪽 정원은 와 본 적이 없네요."

"구경할 만한 건 없다네."

"밤이라서 더더욱이요."

어둠 속에서 정원은 그저 덤불 더미들이 늘어선 듯 보였다. 낮이라면 멋졌을 다듬어진 커다란 나무도 밤의 달빛 아래서는 기묘한 파수병처럼 보였다. 라벨이 몸을 기울여 그녀의 귓가에 속삭였다.

"연인 사이라면 좀 다르겠지만."

그 말에 란은 눈을 크게 떴다가 웃음을 터트렸다.

뜻밖의 반응에 라벨은 눈을 끔벅였다. 외진 곳에서 여성에게 저렇게 말하면 반응은 두 가지다. 얼굴이 붉어지거나, 얼굴이 굳어지거나. 하지만 란은 그 어느 쪽도 아니었다. 시원하게 웃고 란이 고개를 끄덕였다.

"아하, 정말로 그럴 것 같아요. 밤의 밀월이란 말이죠? 그럴듯하네요."

연신 고개를 끄덕이며 하는 말에 라벨은 깨달았다.

'자기가 연애 대상이 될 거라고는 생각을 하지 못하는 것 같군.'

어째서일까?

신기한 기분이었다.

란은 상당한 미녀였고, 어디서도 남자들의 눈길을 받았다. 그런데 뭐라고 해야 하나……

"관객 같군."

마치 자신에게는 무대 위의 일이 하나도 일어나지 않을 거로 생각하는 듯한─

"네?"

란이 의아한 얼굴로 라벨을 보자 그가 희미하게 미소 지으며 말했다.

"아니, 아무것도 아닐세."

"……?"

갸웃했다가 란은 '아무것도 아니라면.' 하고 말했다.

"그럼 돌아가는 게 좋겠네요. 오해를 받게 될 테니까요."

"그전에 한 가지."

"네."

"유스타프 경에게 궁정 출입권을 줘야 한다 권한 게 형님이라 하더군."

"황태자 전하께서 말입니까?"

"그래."

그가 살피듯 그녀를 바라보며 말했다.

"형님이 괜히 유스타프 경에게 잘해줬다고 생각하지는 않네."

황태자와 유스타프가 손을 잡았을 가능성을 라벨은 슬쩍 언급했다.

란은 고개를 끄덕인 후에 가볍게 인사했다.

"알 것 같습니다. 그렇지만 괜찮을 거예요. 감사합니다, 저하."

조금의 불안이나 곤란 같은 틈을 보이지 않는 란을 보고 라벨은 픽 웃었다.

"괜찮다니 다행이군. 그럼―"

라벨이 말했다.

"따로따로 돌아가도록 하지."

"네, 저하 먼저 가시지요."

"그래도 되겠나?"

"전 잠시 머리를 식히고 돌아가겠습니다."

란의 말에 라벨은 갸웃거리다가 고개를 끄덕였다. 파티장도 근처고 사람도 많으니 별일 생기지는 않겠지.

"알겠네, 그럼."

라벨이 먼저 파티장으로 돌아가자 란은 한숨을 내쉬었다.

'그랬군. 황태자의 아이디어였단 말이지?'

루스가 저택에 와서 유스타프와 독대를 가졌단 것은 이미 알고 있었다.

그때 합의된 사항일까?

'아냐, 그랬으면 유스가 미리 말했을 거야. 그러면 이게 라치아 공작가의 내분을 위한 거란 말일까? 하지만 루스가 그렇게 의욕적인 인간이던가?'

'쓰레기도 가끔은 쓸모가?' 하는, 사정없는 평가를 하고 있는데 불쑥 본인이 튀어나왔다.

"이야, 이게 누구야."

란은 얼굴이 저절로 일그러지는 걸 막을 수가 없었다. 그녀가 화급히 고개를 숙이며 말했다.

"황태자 전하."

한 박자 쉬고 그녀가 물었다.

"여기는 어쩐 일이십니까? 파티장은 저쪽입니다."

"아니, 이 어두운 곳에서 뭔가가 반짝이길래, 요정인가 하고 와봤더니 그대로군."

나름대로 로맨틱한 말이라고 한 말이겠지만 란은 그저 짜증만을 느낄 뿐이었다.

란이 말했다.

"그럼 전 파티장으로 돌아가 보겠습니다."

그녀가 무릎을 굽혀 인사하고 빠져나가려는데 루스가 화급히 그녀의 손목을 잡았다.

"이거 놓아주십시오."

"에이, 왜 그러나? 우리 사이에. 응?"

"전하. 소리를 지르겠습니다."

"질러보게."

루스가 히죽거리며 말했다.

"나는 그대가 날 덮치려고 했다고 할 거고, 사람들에게 팬티 색까지 말해줄 테니 말이야."

란은 입을 떡 벌렸다. 황태자가 그런 말을 한다면 그게 사실이든 아니든, 가십을 좋아하는 사람들 사이에서 순식간에 소문이 퍼질 거다.

모두가 진실이 아닐 거라고 생각하면서도, 부를 끌어모으는 라치아가 얄미워서, 그리고 그 혈통도 아니면서 공작이랍시고 고개를 뻣뻣하게 들고 있는 자신이 아니꼬와서라도 필사적으로 소문을 더더욱 진득하게 퍼트리겠지.

자신이 속옷을 벗고 황태자 위에서 허리짓을 하고 있었다고 소문이 변질될 때까지는 일주일도 걸리지 않을 거다.

쓰레기라도 황태자는 황태자, 제국의 이인자니까.

'개새끼, 뭐 진짜 이런 미친놈이 다 있어?'

손을 빼려고 안간힘을 썼지만, 꿈쩍도 하지 않았다. 불쾌감과 분노가 란의 가슴속에서 부글부글 끓어올랐다. 마음 같아서는 반대 손으로 후려치고 싶지만 양손을 다 잡혀버리면 곤란해진다. 그녀가 그렇게 애쓰는 걸 애교라도 부리는 것처럼 바라보며 루스가 히죽거렸다.

"내가 뭐 큰 걸 바라는 것도 아니고, 그저 이야기나 좀 하자는 거네. 응?"

"이야기는 손을 놓고도 할 수 있지 않나요."

란의 말에 루스가 피식 웃었다.

"손을 놓으면 바로 도망갈 거 아닌가?"

"이야기만 하는데 왜 도망가겠어요?"

"그런가?"

"네."

란이 쏘아보듯 루스를 보며 대답하자 그가 고개를 끄덕였다.

"그렇다면—"

팔을 놓자마자 도망가기 위해 그가 잡아당기던 방향의 반대로 당기던 팔에서 힘을 빼는 순간, 그가 확 란을 앞으로 잡아당겼다.

"?!"

란의 입을 틀어막고 루스가 그녀를 밀어 쓰러트렸다. 란은 버둥거리며 그를 걷어차려고 노력했지만 긴 드레스 자락이 다리에 감겨서 제대로 움직이기가 어려웠다.

"으으읍!!"

란은 있는 힘껏 소리 질렀다. 불빛이 바로 저기 보이는데, 이렇게 당할 수는 없어.

"아무리 잘나봐야 계집이지, 다 똑같아. 조용히 해!"

루스는 흥분해 낮은 목소리로 지껄이며 그녀를 깔아뭉개려 했지만 쉽지 않았다.

퍽―!

그때 몸이 휙 가벼워졌다. 루스의 몸이 한쪽으로 날아가듯이 나뒹굴었다.

"누님!"

다급한 목소리와 달리 손은 상냥했다. 부드럽게 상체가 일으켜졌다. 몇 번 더 기침을 하고 란은 얼떨떨한 기분으로 상대를 바라보았다.

"유, 유스?"

"괜찮으십니까? 다치신 곳은 없으신가요?"

"어, 꽤, 괜찮아."

아픔보다는 놀람이 더 컸다. 아직도 심장이 두근거렸다. 빠득 이를 악물며 유스타프가 제 망토를 벗어 그녀의 머리까지 둘러주었다.

"이 새끼가 감히 누구에게!"

그때 나뒹굴었던 루스가 욕을 내뱉으며 자리에서 벌떡 일어났다.

"감히 황태자를 걷어차다니! 반역죄로 죽고 싶은 모양이구나!"

"이게 무슨 일입니까?"

"유스타프 경?"

"전하?"

사람들이 모여들자 란은 당혹스러움을 느끼며 몸을 움츠렸다. 유스타프의 망토가 시선에서 그녀를 가려주어 다행이었다.

하지만 유스타프는 모여든 사람들에게도, 루스에게도 시선을 주지 않았다. 그의 시선은 란에게 고정되어 있었다. 유스타프가 그녀를 붙잡고 일으켜 세워주며 다시 물었다.

"괜찮으십니까?"

란은 그제야 유스타프의 얼굴을 올려다볼 수 있었다. 조명 탓인가 그의 얼굴이 너무 희게 보였다.

푸른 눈동자만 활활 타오르는 것 같았다. 그녀는 고개를 끄덕였다.

"괜찮아."

하지만 나오는 목소리는 개미 소리만 했고, 저절로 다리가 떨려왔다.

그래도 유스타프의 손이 자신을 단단히 붙잡고 있어서 넘어질 염려는 없었다. 게다가 그가 망토를 둘러줘서 주변을 볼 수 없는 것도 그녀가 진정하는 데 도움이 되었다. 란은 입술이 떨리며 파르르 숨이 나오는 걸 꽉 눌렀다.

'여기서 울지 마, 울지 마. 아직은 아냐.'

사람들이 모여들자 루스가 소리쳤다. 그가 유스타프를 삿대질하며 목에 핏대를 세웠다.

"어머님! 저 새끼를 당장 황궁 감옥에 넣으십시오! 여봐라! 근위병!"

길길이 날뛰는 루스의 얼굴 위로 하얀 장갑이 철썩 부딪혔다.

순간 바늘 떨어지는 소리조차 들릴 듯한 침묵이 무도장을 내리눌렀다.

루스는 "어?" 하고 바닥에 떨어진 장갑을 보았다가 유스타프를 보았다.

"너, 지금……?"

"결투를 신청하는 겁니다. 전하. 감히 제 누님을 모욕한 것에 대해서 말입니다."

루스는 멍청한 표정을 지었다가 다시 소리 지르기 시작했다.

"결투는 무슨! 헛소리하지 마라! 반역! 반역이야! 반역이다!"

약 맞은 벌레 같은 모습이었다.

유스타프가 한숨을 내쉬고 란에게 두른 망토를 단단히 여미며 얼굴까지 가린 게 풀어지지 않게 한 후에 번쩍 안아 들었다.

"황족에게 결투를 청하는 걸 금지하는 법은 없습니다. 황후마마, 즐거운 연회가 엉망이 되어버렸군요. 죄송하지만 누님의 몸이 좋지 않은 것 같아 먼저 퇴석하겠습니다."

카트야 황후는 당황해서 순간 어찌해야 할지 알 수 없었다.

루스는 반역이라고 하지만, 그가 란을 억지로 강간하려다가 유스타프에게 발각되었다는 건 빤한 일이었다.

"어머님, 그렇게 하는 게 좋겠습니다. 일단 라치아 공작을 의원에게 보여야 하지 않겠습니까?"

라벨이 옆에서 말을 거들어 카트야 황후는 결정을 내렸다.

"퇴석을 허락하네."

유스타프는 가볍게 인사하고 그대로 야외 무도회장을 나섰다. 루스는 그걸 보면서 근위병에게 잡으라고 소리쳤지만, 근위병들은 황후의 눈치를 보았다.

"태자! 진정하세요! 이목이 있습니다!"

카트야 황후가 눈을 찌푸리며 소리쳤다. 그리고 그녀가 단호하게 말했다.

"가서 머리를 식히세요. 정말이지 참을 수가 없군요."

카트야 황후는 속이 부글부글 끓었다. 이 야외 무도회는 그녀가 심혈을 기울여 준비한 무도회였고, 유스타프 경의 참석 때문에 고위 귀족들도 대부분 자리를 한 연회였다. 그런데, 이런 자리에서 저런 추태라니.

황후가 한숨을 내쉬며 말했다.

"저도 몸이 안 좋은 것 같습니다. 올리비아, 네가 대신 손님을 좀 봐 드려라."

카트야 황후는 올리비아의 대답도 듣지 않고, 귀부인들의 부축을 받으며 안으로 들어가 버렸다.

졸지에 완벽하게 망쳐진 야외 무도회의 호스티스 역할을 맡게 된 올리비아는 입술을 깨물었다.

게다가 방금 그녀의 남편이, 라치아 공작을 겁간하려다가 발각되어 결투 신청을 받았다. 사람들의 수군거림 가운데서 올리비아는 고개를 치켜들고 빙긋 미소를 지었다. 어쨌든 그녀는 제국의 황태자비이며, 미로 공작가의 영애다. 결코 황후를 용서할 생각은 없었지만, 일단 지금은 이 사태를 진정시켜야 한다.

"소란스러움이 있었군요. 자, 여러분 제자리로 돌아가세요. 오케스트라에 새로운 곡을 연주하라고 하지요."

그러며 그녀는 시종을 불러 비싼 샴페인을 가져오게 시켰다.

"괜찮으십니까?"

마차를 기다리며 유스타프가 다시 물어 와서 란은 저도 모르게 웃었다.

"몇 번째야……?"

"죄송합니다."

"뭐가?"

"제가 제대로 보고 있었어야 했습니다. 다른 데에 정신이 팔려서."

그가 통렬하게 저 자신을 향해 혀를 찼다.

"아냐, 내가 좀 더."

말하려다가 문득 란은 눈을 찌푸렸다.

"그냥 그 미친놈 탓 아닌가?"

"그러네요."

산뜻한 대답에 란은 작게 웃었다가 저도 모르게 울기 시작했다. 란은 당황해 고개를 돌렸다.

"어, 아니, 이상하다."

입술이 파르르 떨렸다.

"괜찮습니다."

유스타프가 낮게 속삭이고 그녀를 좀 더 강하게 끌어안았다. 란은 저도 모르게 고개를 그의 품에 파묻고 오열했다. 거기서 그렇게 황태자가 행동할거라고는 생각도 못했다. 화가 났다.

분노가 치밀어 올랐고, 그 분노가 식자 이제는 전신이 떨리며 두려움이 밀려들어왔다.

때마침 도착한 마차에 올라타서도 유스타프는 란을 내려놓지 않았고, 망토를 열지도 않았다. 그래서 란은 진정될 때까지 얌전히 그의 품에 안겨 있었다.

'아.'

심장 소리.

울음이 멈추고 나서야 두근거리는 심장 소리가 들려왔다.

울고 나니 어쩐지 쑥스럽기도 하고, 후련하기도 했다.

대충 손으로 눈가를 훔치고 망토에 슬쩍 얼굴을 닦은 후에 란은 얼굴을 덮은 망토를 끌어내렸다.

"이제 괜찮아졌어."

그녀가 작게 말하자 유스타프는 그제야 시선을 그녀에게로 내렸다.

"앉으실 수 있으시겠습니까?"

"아, 응. 무겁지."

당황하며 란이 일어나는 걸 유스타프가 제 맞은편이 아니라 옆에 앉게 잡아당기며 말했다.

"그래 봐야 옷 무게죠."

그 말에 란은 저도 모르게 웃었다. 그녀가 몸에 힘을 빼고 툭, 그의 어깨에 머리를 기댔다.

"그래도 유스가 있어서 다행이야."

유스타프가 슬쩍 란을 보고 "그런가요?" 하고 되묻는데 란이 "아!" 하고 몸을 번쩍 일으켰다.

"결투! 어떻게 하려고!"

"어떻게 할 것도 없지요. 결투에 임하면 그뿐입니다."

"아니, 혹시 황태자에게 상처라도 입히면 큰일 나는 거 아냐? 막, 황실에서 얼음수정 안 쓴다고 그러면 어떻게 해―"

"……그게 문젭니까?"

"어-?"

"그런 짓을 당할 뻔했는데, 고작 얼음수정 판매요?"

"유스타프가 구해줬으니까……."

그의 표정이 찌푸려졌다. 화가 났다기보다는 괴로워 보이는 얼굴이었다. 그리고 곧 차갑게 말했다.

"누님께 이런 식으로 말해봐야 소용없겠죠. 자신의 일은 신경 쓰지 않는 분이시니까."

아니, 딱히 그런 건 아닌데. 아니, 그런가?

'정상적인 반응이 아닌 건가? 나 현실감이 여전히 없나?'

란은 제 손을 내려다보았다. 아직 희미하게 손이 떨리고 있었다. 이런 짓까지 당했는데도 어딘지 딱 하고 모든 게 맞물리지 않는다. 눈앞의 일들이 현실처럼 느껴지지 않는다.

0.5cm 정도, 아주 약간, 떠 있는 느낌. 세상과 유리되어 있는 것 같은……. 고민하는데 냉랭한 목소리로 유스타프가 말을 이었다.

"황실에서 안 쓴다고 하면 눈에 보이는 마법 물품이야 물론 자제하겠죠. 그러나 이미 편리하게 삶에 섞여 든 물건을 포기하기는 어려울 겁니다. 어차피 제국에만 얼음수정을 파는 것도 아니지요. 황태자라 해도 결투에 임할 때는 그저 한 사람의 기사일 뿐입니다."

논리 정연한 말에 란은 그가 이것까지 계획하고 있었나, 싶은 생각이들 정도였다.

"아닙니다."

"응?"

"지금 이거 계획한 건가, 하는 얼굴이셨습니다."

"어? 진짜?"

놀라 란이 제 얼굴을 더듬었다. 아니, 아무리 그래도 얼굴에 그렇게까지 드러날 수가 있나.

"알았다면 일어나지 않게 막았을 겁니다."

말하고 유스타프는 '대체 왜 라벨을 따라간 겁니까?' 하고 추궁하고 싶은 걸 참았다. 별개의 일이지만, 괜히 그녀를 탓하는 것처럼 느껴질 수도 있으니까.

유스타프는 대신 입술 사이로 깊게 숨을 빨아들이고 말했다.

"아마도 대리인을 세우겠죠."

"어? 아…… 하긴, 황태자가 직접 결투장에 나오지는 않겠네."

"네. 하지만 그걸로 충분합니다."

란이 슬쩍 유스타프의 눈치를 살피며 물었다.

"하지만 이렇게 되면 황제와 너무 척지게 되는 거 아냐?"

"조율하러 온다면 그것도 좋겠죠. 아무래도—"

유스타프는 깍지를 끼며 느긋하게 다리를 꼬았다.

"무능한 아들과 달리 돋보이는, 능력 있는 황제의 모습을 보여주고 싶지 않을까요? 라치아도 황제 앞에서만은 잠잠하다. 같은 뉘앙스요."

"어?"

"그렇게 되게 부추길 겁니다. 게다가 제 생각에 멍청한 황태자는 그걸 잘 받아들이지 못할 것 같거든요. 그래서."

유스타프가 빙긋 웃었다.

"황제와 황태자 사이에 다툼이 하나 쌓인다면 그게 첫걸음이지요."

란은 순간 등에 소름이 돋았다. 그건 분명히 우발적으로 일어난 사건이었는데, 유스타프는 그 한순간에 그 모든 걸 계산한 거다.

유스타프가 그녀의 표정을 보고 손을 내밀었다. 란은 무의식적으로 그의 손 위에 마주 손을 얹었고, 유스타프가 그 손을 쥐며 말했다.

"적당히 마무리되면 라치아로 돌아갈까요?"

이번에는 란도 수긍했다.

"그래, 돌아가자."

그 말에 유스타프가 빙그레 미소 지었고, 란은 그 미소에 아무래도 좋다는 생각이 들었다.

'그러고 보니.'

어째서일까?

요즘 들어서 유스타프가 아주 부드러워진 것 같다. 예전처럼 찌르는 듯한 시선이나 표정도 없고.

"유스."

"네."

"날 누나로 인정하기로 했어?"

그 말에 단번에 유스타프의 얼굴이 굳었다.

"그럴 리가요."

처내는 말에 란은 "아, 역시?" 하고 아하하 어색하게 웃었고 유스타프는 그녀의 손을 놓아주며 팔짱을 꼈다.

란은 괜히 말 꺼냈다, 하다가 어라? 하고 제 가슴에 손을 올렸다.

'이제 괜찮아.'

아까는 정말로 놀랐고, 한참 동안 진정되지 않을 것 같았는데 지금은 괜찮았다. 그녀는 힐끗 유스타프를 보았다.

"유스."

"네."

"다시 한 번 고마워."

그 말에 유스타프가 미간을 찌푸리고 입술을 깨물었다가 그녀의 어깨를 감싸듯 당기며 말했다.

"고맙다는 인사는 다음에 완벽하게 지켜드렸을 때 해주십시오."

그 말에 란은 웃으며 그의 어깨에 기댔다.

"그거 기대할게."

유스타프는 잠시 흔들리는 마차 안에서 침묵하다가 힐끗 란을 돌아보았다. 란은 제 어깨에 기대서 어느 사인가 잠들어 있었다.

그는 한숨을 삼키고 손끝으로 조심스럽게 란의 눈가를 훔쳤다. 라벨과 함께 정원으로 산책하러 나가는 걸 지켜보다가, 라벨 혼자 돌아온 걸 보고 가보기를 잘했다.

'거기서 그 새끼.'

유스타프는 다시 격렬한 분노를 잠재우기 위해서 숨을 길게 내쉬었다. 루스는 제 목이 붙어 있는 걸 감사하게 여겨야 할 거다.

마차는 곧 녹색 아치 앞에 도착했다. 문을 연 풋맨은 잠든 가주를 보고 약간 놀란 눈치였다. 유스타프는 몇 번 어색한 동작을 노력한 끝에 그녀를 안아 들고 마차에서 내릴 수 있었다.

　풋맨들이 재빠르게 발판을 마련하고 문을 잡았다.

　시종들은 망토로 말린 도롱이 벌레 같은 가주를 바라보다가 유스타프의 차가운 시선에 얼른 고개를 숙였다.

　녹색 아치로 들어가자 집사가 당황해 물었다.

　"무슨 일이 있는 겁니까?"

　"있어."

　유스타프는 설명을 해야 할 필요를 느꼈다. 어차피 오늘 밤이 끝나기 전에 온 사교계에 소문이 퍼질 거고, 내일 아침이면 시종들 귀에도 소문이 들어갈 거다.

　미리 말해두는 게 좋았다.

　"시녀장과 함께 집무실로 오도록."

　"알겠습니다. 그럼 가주님은—"

　유스타프는 잠시 망설이다가 말했다.

　"내가 데리고 들어가지."

　"알겠습니다."

　집사는 충실하게 고개를 숙였고 유스타프는 란을 데리고 그녀의 방으로 들어갔다. 하지만 침실이 아니라, 거실 소파에 그녀를 앉히고 어깨를 흔들었다.

　"누님."

　"으응……."

　"일어나십시오. 주무시게 해 드리고 싶지만, 지금은 아닙니다."

　그가 좀 더 강하게 어깨를 흔들어서 란은 잠에서 깨어났다.

"어……?"

잠시 눈을 깜박이던 란이 주변을 둘러보고 눈을 비볐다.

"여기 어디야……?"

아직 잠에 취해 어린아이처럼 칭얼거리는 듯한 어조여서 유스타프는 피식 웃었다.

"녹색 아치입니다."

그의 말에 란은 그제야 정신이 퍼뜩 들었다.

"진짜? 언제 왔어?"

"좀 전에요. 그리고 일어난 일에 대해서 가신들에게 지금 설명해야 할 겁니다. 내일이면 소문이 걷잡을 수 없이 퍼져 있을 테니까요."

유스타프의 말에 란은 깊게 숨을 들이마셨다. 그녀가 자리에서 일어나며 옆에서 대기 중인 카라에게 말했다.

"화장 고치고 옷도 갈아입겠어. 머리도 새로 하고."

"네, 가주님."

카라가 고개를 숙이고 물러나자 란은 빙긋 웃으며 유스타프를 보았다.

"고마워. 혼자 처리하지 않아서."

"이 이야기는 누님께서 하셔야지요."

유스타프는 느긋한 어조로 말하고 살짝 인사를 했다.

"그럼 저도 갈아입고 오겠습니다. 집사에게는 시녀장과 함께 집무실로 오라고 했습니다."

"응, 알겠어."

"네."

그가 물러나자 란은 한숨을 내쉬었다. 그 사이에 세숫물을 가져온 카라와 소다가 재빠르게 그녀의 재치장을 돕기 시작했다.

잠시 후 란은 깨끗한 새 옷으로 갈아입고, 운 흔적 없이 깔끔하고 청초한 얼굴이 되었다.

머리카락은 그냥 풀어서 늘어트리고 비스듬히 앞머리를 땋아서 초승달 모양의 백금과 진주로 된 핀으로 고정했다.

란은 거울을 보고 자신의 얼굴이 멀쩡하단 걸 확인하고 미소를 지어 보인 후에 말했다.

"그럼 가지."

방을 나가니 블레인 경이 서 있어서 란은 그에게 살짝 미소 짓고는 앞서 걷기 시작했다.

집무실에 도착하니 이미 시녀장과 집사, 유스타프가 기다리고 서 있었다. 블레인이 마지막으로 들어가며 문을 닫았다.

다들 무슨 일인가 불안하면서도 어리둥절한 얼굴을 하고 있었다.

"갑자기 이게 무슨 일인가 하겠지만, 오늘 심각한 문제가 일어나서 이야기하려고 부른 거야."

란은 그렇게 말하고 오늘 무도회에서 있었던 일을 이야기했다.

그녀의 이야기가 끝나자 집사인 롤프가 참을 수 없다는 얼굴로 말했다.

"감히 가주님께 그딴 짓을 했단 말입니까! 황실은 라치아 공작가를 대체 어떻게 생각하고 있는 겁니까!"

블레인 역시 분노로 얼굴이 완전히 굳었다.

"이 건은 정식으로 항의해야 한다고 생각합니다. 아니, 사과를 받지 않으면 안 됩니다!"

유스타프가 손을 들어 두 사람을 진정시키고 말했다.

"사과를 받는다고 끝날 일이 아니지. 일단 결투 신청이 어떻게 굴러가는지 보자고. 누님, 내일 황제를 알현하러 가시죠. 저와 함께요."

"그래."

란은 고개를 끄덕였다. 아까 이미 유스타프의 계획을 다 들은 터라 저항감은 없었다. 그녀가 숨을 깊게 들이마시고 이어 말했다.

"내일이면 모두에게 소문이 퍼져 있겠지. 라치아 공작가를 향한 악의적인 소문도 분명 나올 거고. 그래서 미리 말해두는 거네. 남의 입에서 듣는 것보다는 미리 듣는 게 낫지. 아랫사람들에게도 알려두게."

그 말에 집사와 시녀장, 블레인은 서로 얼굴을 보았다가 고개를 끄덕였다.

"알겠습니다."

란은 곰곰이 생각하다가 덧붙였다.

"우리 측에서 소문을 먼저 나게 하는 편이 나을지도 모르니 함구령은 내리지 말도록."

그리고 란은 빙긋 웃었다.

"우리에게 유리한 소문일수록 더 좋겠지. 힘없고, 가련하고, 순진무구한 라치아 공작 이미지라도 좋아."

그렇게 말하고 란은 세 사람을 물러가게 했다. 블레인은 유스타프에게 하고 싶은 말이 있는 듯했지만, 다음에 하기로 결심했는지 조용히 고개를 숙였다.

가신들이 나가자 란은 한숨을 내쉬고 책상에 꿍차, 걸터앉았다.

"힘없고 가련하고 순진무구한 라치아 공작이요?"

유스타프의 물음에 란이 녹색 눈을 빠르게 깜박이며 물었다.

"실제로도 그렇지 않아?"

유스타프가 눈썹 하나 까딱하지 않고 말했다.

"사랑스럽고 귀엽고 청초하신 라치아 공작님이죠."

그 말에 란이 "으아아아!" 하고 제 팔을 문질렀다.

"미안, 내가 잘못했어. 으—"

유스타프 입에서 저런 말이 나올 줄이야. 소름이 좌르륵 돋았다.

그녀의 반응을 무시하며 그가 말을 이었다.

"언론전을 좋아하는 편은 아닙니다만."

"맞아. 하지만 이건 가십이 되기 딱 좋은 상황이고, 난 린드버그 남작 때와 같은 실수는 안 할 거야."

필요하다면 언론전도 해야지.

할 수 있다면 가십지도 포섭해서 찌라시를 뿌리고 싶지만, 아직 이 세계에 그런 식의 언론은 존재하지 않았다.

금속 활자가 있기는 하지만 인쇄 기계는 자동이 아니라 전부 수동이고, 일단 문맹률이 워낙 높아서 책은 어디까지나 고가의 상류층 전유물이었다.

"아랫것들이 뭐라고 수군대는지 아세요?'도 주요한 이야깃거리니까. 황태자에 대한 지지도를 떨어트리기도 좋고."

란의 말에 유스타프가 고개를 끄덕였다. 란이 한숨을 내쉬며 책상에서 내려왔다.

"그럼 이제 씻고 자야겠다. 내일 아침 일찍부터 움직여야 할 테니까."

"주무십시오."

"응, 유스도 잘 자."

란은 저녁 인사를 하고 총총 서재를 나섰다. 문이 닫히자 유스타프는 차갑게 미소 지었다.

'그럼 이제 정말로 이황자를 만나 볼 때군.'

이튿날, 란은 아침 일찍부터 황궁으로 입궁해 알현을 요청했고, 황제는 알현을 바로 허락했다.

"오오, 라치아 공작!"

황제는 자리에서 벌떡 일어나 단 아래로 내려오는 환대를 보여주었다.

"황제 폐하를 뵙습니다."

란이 드레스 자락을 잡고 우아하게 황제에게 인사했다. 행잉 슬리브 (hanging sleeve)가 달린 담적색의 드레스에 목에는 진주 초커를 차고, 머리카락은 전부 틀어 올린 후 잔머리를 살짝 흘러내리게 해서 더욱 청순함을 돋보이게 했다.

황제는 "고개를 들게." 하고 부드럽고 인자한 목소리로 말했다.

"폐하를 뵙습니다."

유스타프는 세 걸음쯤 떨어진 뒤에서 한쪽 무릎을 꿇고 앉아 있었다.

"제 동생인 유스타프입니다. 폐하의 은덕으로 궁정 출입권을 얻게 되었지요. 제가 이리 무사한 것도 따지고 보면 폐하의 덕이 아니겠습니까?"

유스타프가 날 구해 준 거니까, 하는 뉘앙스의 말을 하자 황제가 고개를 끄덕였다.

"그대도 일어나게. 이 모든 게 내가 불미해서 생긴 일이야."

"그런 말씀을……."

란이 순진한 얼굴로 눈을 크게 뜨며 말했다.

"폐하께서는 후작가와의 문제를 잘 조율해주셨지요. 그래서 저는, 황가에 충성하자고 굳게……."

그녀의 얼굴이 굳어지며 입술을 꼭 깨물자 황제는 다급히 말했다.

"그대의 충정이야 익히 알고 있네."

유스타프가 슬그머니 다가와 그런 란을 위로하듯 팔을 도닥였다.

"송구합니다. 폐하, 누님께서는 아직 충격에서 회복되지 않으셔서……."

그러며 황제가 뭐라고 하기 전에 재빠르게 덧붙였다.

"물론 그런 일을 겪은 귀부인이 하루 만에 회복되기는 어렵지요."

"유스, 괜찮아요. 폐하께서는 이해하고 계십니다."

확정적인 단언이었다. 거기에 대고 '아닌데? 난 이해 못 하는데?' 하고 말할 사람은 없으리라.

황제는 헛기침하고 말했다.

"그럼, 익히 알고 있네."

그러자 유스타프가 어두운 얼굴로 말했다.

"그러고 보니 어제 제가 반역자라는 말도 들었습니다. 참으로—"

"황제 폐하께 역기를 든 게 아닌데, 어째서 반역자라는 거니? 그건 이미 거론하지 않기로 했잖느냐. 황태자 전하께서 실수하신 거라고."

란이 몸을 곧추세우며 제법 기운을 차린 매서운 목소리로 말했다.

"물론 그렇지만……."

그러며 유스타프가 황제의 눈치를 보았다. 굳어진 황제의 얼굴은 그 시선에 풀어졌다.

"그래, 그건 태자가 말실수를 한 듯하네."

유스타프가 란의 팔을 놓더니 급작스럽게 황제의 앞에 무릎을 꿇으며 고개를 숙였다.

"유스!"

사전에 말이 없던 일이라 란이 놀라 허리를 숙였다.

"폐하, 제 누이의 명예는 제 손으로 꼭 되찾고 싶습니다. 부디 결투를 허락해 주십시오!"

당황해 란은 어쩔 줄 모르며 황제와 유스타프를 번갈아 보았다.

황제는 잠시 생각에 잠겼다가 인자한 미소를 지으며 유스타프의 어깨에 손을 올렸다.

"그야 물론이네. 자네 같은 명예를 아는 자가 차기 라치아 공작이라니, 제국의 앞날이 밝군. 내 황태자가 직접 결투에 나가도록 이야기해 두겠네."

"감사합니다. 폐하."

감격한 얼굴로 말하는 그를 보고 란은 멍한 얼굴을 했다.

내가 아는 유스타프가 맞나?

그리고 나서 황제와 유스타프는 제법 다정하게 대화를 나누었다.

알현실을 나서자, 유스타프는 말이 없어졌다. 마차에 올라타고 나서야 그가 짜증 나는 어조로 말했다.

"멍청한 아비 밑에 멍청한 자식이로군요."

"유스……."

"네."

"너 진짜……."

란은 어깨를 움츠렸다.

유스타프의 자존심이 얼마나 높은지, 란은 잘 알고 있었다. 그리고 사람이 자존심을 굽히기는 얼마나 어려운가?

그런데 유스타프는 목적을 위해서 아무렇지도 않게 고개를 숙였다.

"대단하네, 우리 유스."

"그 '우리'만 빼주시면 좋겠군요."

유스타프는 그렇게 말하며 다리를 꼬았다.

그러고는 그가 비꼬는 듯한 미소를 짓고 말했다.

"누님."

"네."

"누님께서는 정말로 제 누님이 되고 싶으십니까? 유스타프 라반 드 라치아를, 저를 정말로 남동생으로만 생각하신다고요?"

있을 수 없을 때의, 허를 찔린 일격이었다. 란은 순간 숨을 헛삼켰다.

"그야—"

물론이라는 말은, 꿰뚫어 보는 듯한 그의 푸른 눈동자 앞에서 나오지 않았다.

란은 목덜미를 물린 짐승처럼 가볍게 헐떡였다.

"나는, 유스…… 그러니까……."

정말로 내가 유스타프를 남동생처럼 생각하냐고?

진짜로 가족이 되고 싶은 거냐고?

란은 거기에 '네.'라는 대답을 내놓을 수가 없었다. 왜냐면 그녀는 이방인이고, 떠날 사람이니까.

여기에는 섞일 수 없는 존재다.

그녀는 양손으로 얼굴을 가렸다.

항상 그 앞에서 떠들었던 게 이렇게 정면으로 까발려질 줄은 몰랐다.

"하지만, 하지만―"

란은 손가락 사이로 말했다.

"나 열심히 하고 있고. 유스도 좋아해."

애정은 여전히 존재했다. 그렇지 않으면 왜 남아서 이러고 있겠는가?

그때 유스타프가 그녀의 손목을 붙잡아 살며시 내렸다. 어쩐지 그의 눈에는 경멸이 아니라 부드러움이 담겨 있었다.

"뭐라고 하는 게 아닙니다. 추궁하는 것도 아니고요. 하지만 그렇게 말하는 건 싫습니다."

유스타프는 그렇게 말하며 빤히 녹색 눈동자를 바라보았다. 란이 어쩔 줄 모르는데 그가 다시 픽 웃으며 그녀의 손을 놓아주었다.

"그리고 다른 의미로 좀 화가 나서 말입니다."

"어―? 뭐가? 왜? 뭐야, 뭐라고 하는 거 아니라며―"

란이 말하자 유스타프가 고개를 저었다.

"아뇨, 아직 말하지는 않을 겁니다. 하지만 언젠가 말을 할 텐데, 그때는 각오하셔야 할 겁니다."

"뭐야? 뭔데?"

"힌트를 드릴까요?"

"응."

고개를 끄덕이자 유스타프가 천천히 말했다.

"누님이 절 배신할 수는 있지만, 제가 누님을 배신할 수는 없을 겁니다."

그 말에 란이 눈을 찌푸리고 재빠르게 말했다.

"나도 배신 안 할 거야."

유스타프가 픽 웃었다.

"물론 그러시겠죠."

"뭐야, 나 못 믿어?"

"아뇨, 믿습니다."

그러니까 배신도 당하는 거지요.

유스타프는 그렇게 생각하며 길게 숨을 내쉬었다.

"그러면 이제 황태자 쪽에도 적당히 딸랑이를 보내야겠군요."

"……딸랑이?"

란이 갸웃하자 유스타프가 말했다.

"녹영이 조사한 바에 의하면 게른 남작이 황태자와 친하다고 하더군요. 더해서 게른 남작은 쓰레기입니다. 적당한 이익을 쥐여 주면 원하는 대로 떠들어 주겠지요."

유스타프는 그렇게 말하고 마차 창틀에 팔을 올렸다.

"황태자가 직접 결투에 나오는 건 생각하지도 못했던 덤입니다."

"……설마 죽일 건 아니지?"

"제가 그렇게 멍청한 인간으로 보이십니까?"

유스타프가 딱딱하게 말하자 란은 얼른 고개를 저었다.

"아뇨, 아닙니다."

빠르게 답하니 유스타프가 힐끗 창밖으로 시선을 돌리고 말했다.

"그리고 누님께 새 시녀를 붙이기로 했습니다."

"시녀를?"

"네. 혹시 마음에 안 들면 바꿀 테니 말씀하십시오."

그 말에 란은 고개를 끄덕였다.

녹색 아치에 도착해서 란은 금방 새 시녀를 만나볼 수 있었다.

은색의 머리카락을 길게 늘어트리고 눈동자는 우아한 제비꽃 빛깔.

나이는 이제 열일곱? 열여덟쯤 되었을까?

키가 크지만 호리호리해서 시녀 복장이 매우 잘 어울렸다.

"가주님을 뵙게 되어 영광입니다."

화사하게 웃으며 그녀가 허리를 숙였다.

"디모디아 루스테라고 합니다. 벨로인 백작님의 먼 친척입니다만, 백작님의 도움으로 이렇게 가주님을 모시게 되었습니다. 영광입니다."

벨로인 백작가.

그 순간 란은 상대의 정체를 알았다. 그래서 란은 웃으며 말했다.

"벨로인 백작의 이야기를 좀 들을 수 있으면 좋겠네. 디아라고 불러도 될까?"

"네, 가주님."

소녀는 처음으로 높은 공작을 본 데다가, 그분이 친절하게 대해주자 감격하며 들뜬 목소리로 얼른 답했다.

소다와 카라 역시 디아를 쉽게 받아들였다. 아무래도 가주님을 모시는 시녀의 수가 적어서 고생하고 있었던 터라, 새로운 동료가 반가웠다.

게다가 시골 소녀답게 쾌활하고 모든 것을 신기해하는 모습은 금방 두 사람의 호감을 샀다.

'녹영인데.'

란은 그렇게 생각하며 물러가는 디아의 뒷모습을 바라보았다.

벨로인 백작은 녹영에서 운영하고 있는 가짜 귀족 신분 중의 하나였다. 제국 귀족은 아니고, 왕국 귀족 신분을 빌려 쓰고 있었다.

'호위 대신이구나.'

아무래도 남자인 호위 기사는 같이 갈 수 있는 장소가 한정되어 있으니, 시녀를 붙인 모양이었다.

'뭐, 알아서 잘 지내겠지. 그나저나 돈을 엄청 먹인 보람이 있네.'

녹영이 란에게도 공개되고 나서, 녹영에 들어가는 돈이 어떻게 나눠져서 장부에서 조용히 흘러들어 가는지 란은 알 수 있었다.

엄청난 액수가 예산으로 들어갔다.

'돈은 기름칠하는 역할이니.'

가짜 신분을 만드는 것도, 그 유지에도 돈이 들어간다. 심지어 정보 수집을 위해 길거리 거지에게서 말을 듣는 데에 들어가는 동전 한 닢까지도 돈이다.

정보기관은 돈 먹는 집단이었다. 게다가 이미 쭈그러든 녹영을 다시 키우기 위해 모든 걸 단기간에 하고 있으니 당연히 들어가는 금액도 컸다.

하지만 돈을 먹은 만큼 정기적으로 올라오는 보고도 점점 두툼해지고 있어서 란은 혀를 내둘렀다.

'어느 시대나 정보는 중요하니까……'

란은 그렇게 생각하며 소파에 몸을 푹 묻었다. 꾸벅꾸벅 졸음이 밀려들었다.

오늘 치 서류를 봐야 하는데…….

그 생각을 마지막으로 란은 그대로 잠들어버렸다.

*　　　*　　　*

와장창!

값비싼 유리와 도자기가 깨지는 소리가 요란하게 났다.

올리비아가 눈짓하자 창백한 얼굴로 시종이 문을 열었다.

"그만 진정하세요, 전하."

올리비아가 안으로 들어가며 부드러운 어조로 말했지만, 그 말조차도 루스에게는 놀리듯이 들렸다.

"진정?! 내가 지금 진정하게 생겼어?!"

그가 욕설을 퍼부으며 땅에 떨어진 유리 조각을 올리비아 쪽으로 걷어찼다.

"씨, 뭐라고? 내가 직접 결투를 하라고? 미친 거 아냐? 노망났나?"

누구를 향한 건지 뻔한 소리라 올리비아는 얼굴을 굳히며 시종을 손짓으로 물렀다.

"아무리 그러서도 그런 말씀을 하시면 안 됩니다."

"안 되긴 뭐가 안 돼! 차기 황제가 바로 난데!"

올리비아는 안 그래도 차가웠던 마음이 더더욱 차갑게 굳는 걸 느꼈다. 정말로, 정말로 이런 인간이 어떻게 제국 황태자일 수가 있을까?

"그래, 뭐 좋아. 내가 다 죽여 버리지, 뭐. 내가 그 새끼 목을 베어버리고 힘으로 다 차지해주겠다 이거야. 그래 봐야 꼬맹이인데."

씩씩거리던 루스는 혼잣말을 중얼거리며 슬슬 합리화를 하기 시작했다.

올리비아는 그 야외 무도회장에서 잠깐 만났던 유스타프를 생각했다. 그리고 그 후에 이어진 라치아 공작가의 발 빠른 대응도.

하루도 채 지나지 않아 지금 여론은 황태자를 비난하는 형태로 쏠리고 있었다.

황제가 라치아 공작의 손을 들어준 것까지 포함해서 말이다.

'아직은 안 돼.'

아직은 이 패를 버릴 수 없었다.

"전하, 제게 생각이 있습니다. 결투를 일단 피하고―"

올리비아의 말에 루스가 그녀를 돌아보았다. 만약 루스에게 조금이라도 머리가 있었다면 여기서 그런 행동은 하지 않았을 테지만, 루스에게는 머리가 없었다.

아니, 그보다 그에게 올리비아는 그저 자신이 황제가 되기 위한 패 중 하나에 불과했다.

철썩!

요란한 소리와 함께 그녀의 몸이 비틀거렸다. 눈앞에서 불이 번쩍했다. 아픔보다 순간, 모멸과 수치감이 그녀의 오장육부를 타고 올라왔다.

뺨을 감싸며 올리비아는 루스를 바라보았다가 고개를 숙였다.

"제가 실언을 했습니다."

루스가 흥 하고 코웃음을 쳤다.

"내가 그 꼬맹이에게 지기라도 한다는 거야, 뭐야? 라치아 공작입네 하는 그 창녀도 그렇고 너도 건방지기 짝이 없어. 애도 못 낳으면서. 차기 후계자가 없으니 제국의 위엄이 안 서는 게 아니냐!"

큰 소리로 헛소리를 떠들며 면박을 주고 루스는 그 자리를 떴다.

올리비아는 그가 나가자 파르르 숨을 내쉬었다. 그녀의 보라색 눈이 분노로 타올랐다.

'그래, 그렇다면.'

꼭두각시로도 쓰지 못할 정도로 멍청한 작자라면, 버리는 수밖에 없지.

올리비아는 종을 흔들어 시종을 불러서 난장판이 된 방을 치우게 했다.

'자, 그럼 남은 카드를 어떻게 운용해야 할까.'

올리비아는 제 손가락 끝을 가볍게 깨물며 생각에 잠겼다. 어릴 때부터의 버릇이었다. 가정교사는 어리고 버릇없어 보이니 그만두라고 했지만, 올리비아는 그 말에 오히려 이 버릇을 버리지 않았다.

'눈에 뚜렷하게 보이는 약점이 오히려 나은 법이니까.'

올리비아의 입꼬리가 살짝 비틀어졌다.

'정말로 결투에서 죽어버리면 좋을 텐데.'

그러면 비극적 미망인이 되어서 여론을 한껏 내 편으로 두를 수 있으니까.

하지만 그렇게 되지는 않겠지.

'만만찮아 보였어.'

유스타프를 생각하며 그녀는 살며시 미소 지었다.

제국 사교계는 곧 황태자와 유스타프의 결투 소식으로 가득 찼다.

결투 장소가 어디인지는 물론이고, 누가 이길지도 큰 내깃거리 중 하나였다.

황태자 역시 황실 기사단장에게 사사한 몸이다. 그렇게 쉽게 질 리가 없다. 게다가 나이도 훨씬 많고 성인이 아닌가?

유스타프 경은 아직 미성년이다.

하는 의견과,

그래도 유스타프 경에게는 실전 경험이 있다. 얼마 전에 영지전에서도 일대일 대결을 하지 않았느냐?

심지어 이기기까지 했다. 게다가 사람을 죽여본 경험이 있다는 건 중요하지 않은가?

하는 의견이 팽팽하게 대립하며 사교 클럽마다 비밀스러운 내기판이 열렸다.

유스타프의 결투 때문에, 결투의 원인이 된 황태자가 란을 덮친 이야기는 오히려 그렇게 가십거리가 되지 않았다.

'그 망나니 놈이 또 그랬나 보군.'

'심지어 초대장도 가지 않은 황후마마의 야외 무도회에서요.'

'라치아 공작만 불쌍하게 됐지 뭐에요.'

란에 대한 평가는 그 정도였다.

불쌍하게도.

물론 그 상황을 자극적으로 써 내려가려는 호사가들이 없는 건 아니었지만, 그런 자들은 빠르게 잠잠해졌다.

녹영의 부지런한 방문 덕분이었다.

녹색 아치는 더 이상 손님을 받지 않았기 때문에, 오늘 손님은 귀한 손님이었다.

"란!"

리제가 모자를 꽉 누르고 에스코트도 없이 마차에서 뛰어내리듯 하며 현관으로 달려 올라왔다.

키릭스 후작은 에스코트를 위해 내밀었던, 허공에 뜬 손을 허벅지에 문지르며 한숨을 내쉬었다.

"괜찮아요? 세상에, 그런 일이 일어나다니. 전하의 머릿속에 벌레라도 들었나 봐요."

뇌를 먹어치워서 없나 보다, 하는 신랄한 말을 잘 돌려서 하는 재주가 엘리제에게 있었다.

란은 미소 지었다.

"괜찮아요. 와주셔서 영광입니다. 후작 각하."

"무사한 모습을 보니 기쁩니다, 라치아 공작. 그리고 유스타프 경."

키릭스 후작이 왼 눈가를 가로지른 제 흉터를 습관처럼 손끝으로 슥 문지르며 말했다.

"설마 이런 요청을 받을 거라고는 생각도 하지 못했는데 말이죠."

"생각나는 사람이 후작님밖에 없어서요. 어려운 요청을 들어주셔서 감사합니다."

"아닙니다. 라치아 공작가에 빚을 지워두는 건 나쁘지 않지요."

"카티!"

저도 모르게 엘리제가 그의 애칭을 부르고 나서 얼굴을 붉혔다. 란이 웃고 말했다.

"그럼 안으로 들어오시죠. 귀한 손님을 밖에 계속 세워뒀군요."

란은 두 사람을 네 번째 응접실, 그러니까 가장 중요한 귀빈을 위한 응접실로 안내했다.

집사가 아니라 가주가 직접 나와 환대하고 응접실까지 안내한다는 것 자체가 커다란 호의의 표시였다. 하지만 엘리제도 란도 그렇게 생각하지 않았다.

친구니까 당연히.

두 사람은 그렇게 생각했다. 팔짱을 꼭 끼고 나란히 드레스 자락을 살랑살랑하며 걸어가는 두 사람을 바라보던 키릭스 후작이 유스타프에게 속삭였다.

"어째 우리가 찬물 신세가 된 것 같지 않나?"

"사이가 좋은 건 좋은 일이죠."

"그건 너무 무난한 대답이고."

키릭스 후작이 그렇게 말하더니 호박색 눈으로 유스타프를 바라보며 말했다.

"결투라니, 생각보다 무모한 짓을 하는군."

"안 그러면 그 자리에서 목을 밟아 부러트릴 것 같았습니다."

유스타프가 하도 느긋한 어조로 말해서 처음에 후작은 농담인 줄 알았다가, 진담이라는 걸 곧 깨달았다.

"날 너무 믿는 거 아닌가?"

유스타프가 이런 발언을 했다는 게 밖으로 나가면 좋을 리가 없었다. 유스타프가 말없이 앞서가는 엘리제를 턱짓했다.

"부인을 많이 사랑하시는 듯하여."

"한 방 먹었군."

후작은 그렇게 중얼거렸다.

일행은 곧 응접실로 들어갔다. 커다란 소파에 앉은 키릭스 후작은 다리를 소파 테이블 위에 꼬아 올려놓았다. 그 방만한 자세에 엘리제가 눈을 찌푸리는데 유스타프가 테이블을 걷어찼다.

어떻게 걷어찬 건지 소리가 크지도 않았지만, 효과는 확실했다.

테이블이 앞으로 죽 밀려 나가서 후작의 발이 땅에 떨어졌고, 유스타프가 공손히 말했다.

"공작님 앞입니다."

키릭스 후작은 양손을 들었다가 자리에서 일어나 란에게 정중하게 고개를 숙였다.

"제 무례를 용서해 주십시오."

"발 받침이 필요하신 거면 가지고 오게 하지요."

란은 용서의 말 없이 빙긋 웃으며 그렇게 말했고, 엘리제의 얼굴이 붉어졌다.

"정말이지. 그런 떠보는 짓은 그만둬요."

"제 마나님의 말대로."

키릭스 후작은 그렇게 이야기했고, 란은 시종을 불러 다시 테이블을 원래 자리로 옮기고 닦은 뒤에 다과를 가져오게 했다.

느긋하게 차를 마시면서 엘리제는 사교계의 소문 보따리를 풀어 놓았다. 녹영을 통해 들은 것과 별반 다르지 않은 이야기였지만, 그래도 란은 흥미롭게 이야기를 들었다.

엘리제는 생크림 케이크에 지대한 관심을 보였다.

이 세계는 버터크림은 존재하지만, 휘핑한 생크림은 아직 존재하지 않았다. 크림을 차갑게 유지하며 설탕을 듬뿍 넣어 휘핑해야 하는데 그게 쉽지 않았기 때문이다.

란은 마법 도구와 설백나무로 그것을 해결했고, 그렇게 만들어진 생크림을 듬뿍 얹은 수플레 팬케이크에 엘리제는 진지하게 "정말로 맛있어요." 하고 강조했다. 란은 "얼마든지 먹어요." 하고 시종을 시켜 몇 개나 더 가져오게 만들었다.

진한 홍차에 크림을 얹은 푹신한 케이크를 먹자 엘리제는 기분이 곧 유해지는 걸 느꼈다.

"사교계의 이야기는 그 정도예요. 정말이지. 아아, 그래서 말인데 황태자가 요즘 근위기사단장에게 특훈을 받는다는 거 알고 있나요?"

"저도 들었습니다."

유스타프가 고개를 끄덕여 엘리제는 고개를 흔들었다.

"정말이지. 결투라니."

그런 것보다는 법적인 해결이 더 좋았겠지만, 황태자에게 법의 판결을 내린다는 건 불가능에 가까운 일이었다.

"그래서 키릭스 후작님께 도움을 요청드린 겁니다."

란이 말하고 키릭스 후작을 똑바로 바라보았다.

"근위기사단장과 아시는 사이지요."

"과거 인연이 조금 있었지요."

"편지로도 이야기했던 사항이지만 그래도 한 번 더 부탁드립니다. 유스타프를 상대해 주실 수 있을까요?"

키릭스 후작의 하나밖에 남지 않은 눈이 번득였다. 그가 턱을 문지르며 말했다.

"편지를 받았을 때도 생각했지만, 가르침이 아니라 상대라는 그 단어 선택이 굉장하다고 생각했지요."

키릭스 후작이 자리에서 일어나 앉아 있는 유스타프를 내려다보며 말했다.

"그 단어 선택이 맞는지 꼭 확인해 보고 싶군요. 그러니 공작 각하, 그 제안은 기꺼이 받아들이겠습니다."

"어려운 제안 수락해 주신 점, 감사합니다. 키릭스 후작."

란의 산홋빛 입술이 짙은 호선을 그렸다.

"라치아 공작가는 그 무엇도 잊지 않습니다."

"그거 고맙고도 무시무시한 말이군요."

키릭스 후작은 그렇게 대답하고 유스타프에게 말했다.

"그럼 지금 잠깐 안내받아도 될까?"

"물론입니다."

유스타프가 자리에서 일어나 란에게 양해를 구하고, 두 사람은 응접실을 나가 사라졌다.

두 사람이 사라지자마자 엘리제가 재빠르게 란에게 말했다.

"저렇게 말하고 후작님이 얼마나 기대했는지 몰라요. 모처럼 피가 끓는다고 하면서 말이죠."

"어쩐지 답장이 빠르다고 생각했어요."

란이 그렇게 대답해서 두 사람은 같이 웃음을 터트렸다. 엘리제가 케이크를 자르며 물었다.

"그런데 란, 정말로 괜찮아요?"

"네, 정말로 괜찮아요. 그때 진짜 놀라기는 했는데, 지금은 아무렇지도 않아요. 그보다 유스가 걱정이죠."

"유스타프 경이? 왜요?"

"왜냐니. 그야 결투를 한다니까 그렇죠."

"하지만 결투라고 해도 요즘은 퍼스트 블러드(first blood : 먼저 피를 보는 사람이 지는 방식)잖아요?"

"그렇게 하는 추세라는 거지, 그런 식으로 땅땅 정해진 건 아니잖아요. 얼마 전에도 결투하다가 큰 부상을 입었다는 이야기도 들었고……."

"그야 그렇지만……."

엘리제가 란을 살피며 말했다.

"상대가 황태자 전하잖아요?"

그런데 그렇게 심하게까지 싸우게 될까?

"그러니까 더 걱정이죠. 오히려 더 싸울지도 모르잖아요."

란의 말에 엘리제는 "하긴." 하고 고개를 끄덕였다.

"가끔 남자들은 터무니없이 멍청하게 굴 때가 있으니까요. 하지만 내가 생각하기로 유스타프 경은 그런 타입은 결코 아닌데."

"황태자 전하가 반칙을 쓰면 어쩌지 하는 걱정이에요. 독을 쓰거나……."

"설마."

엘리제의 얼굴이 굳었다.

"그럴 일은 없을 거예요. 이 결투가 얼마나 주목을 받고 있는데요?"

"그러니까 오히려……."

말하다가 란은 한숨을 내쉬었다.

"내가 너무 과민한 걸지도 몰라요."

하지만 이야기가 너무 자신이 읽은 것과는 다르게 틀어지고 있어서, 란은 초조함과 해방감을 동시에 느꼈다.

원작처럼 똑같이 흘러간다면 란이 이렇게 유스타프를 걱정할 일도 없었을 것이다. 어떤 어려움도 이겨낸 그니까.

하지만 지금은 너무나도 많이 달라져 버렸다. 영지전이나 결투는 원작에는 없었던 일이다.

'만약 무슨 일이 생긴다면.'

죄책감에 참을 수가 없을 거다. 이야기가 좋은 쪽으로만 흘러가지는 않을 거라는 생각은 하지 못한 제 멍청함에 란은 한숨을 삼켰다.

'그냥 얼음수정이랑 마법 도구만 좀 팔고, 돈 많이 벌어서 라치아 공작가를 부자로 만들어 시나가 오면 둘이 잘살게 하고, 나는 그냥 멀리 떠나는 생각만 했는데.'

황태자와 유스타프의 결투라니.

'기분이 이상해.'

란은 그렇게 생각하는데 불쑥 엘리제가 생크림을 듬뿍 바른 수플레 팬케이크를 내밀었다.

"먹어요. 먹으면 기분 좋아질 거예요."

란은 웃으며 포크를 받아 들었다.

달콤하고 부드러운 맛이 입 안 가득 퍼졌다. 엘리제 말대로 기분이 나아지는 것 같다.

"유스타프 경은 괜찮을 거예요. 카티, 아니 카로크가 가르치면 질 리가 없어요."

남편에 대한 신뢰가 듬뿍 묻어나는 말이었다.

'가르친다, 라.'

란은 후작에게 편지를 보낼 때 한 수 가르침을 청한다는 표현을 굳이 상대해 주시길 원한다는 표현으로 고친 유스타프를 생각했다.

그때는 진짜로 황당했지만, 다시 생각하면 그 나이 또래에 할 법한 오만한 생각이다.

'어리긴 어리다니까.'

란은 그렇게 생각하며 킥킥 웃었다.

"아, 참. 란."

"네."

"유스타프 경이 황태자를 걸어찼다는 게 사실이에요?"

"사실입니다."

지금 생각하면 그 정신없는 상황에서도 퍽, 하는 커다란 발길질 소리가 들렸으니 아마 상당히 강하게 걸어찬 거겠지. 사람을 그렇게 차면 가죽 공을 차는 듯한 소리가 난다는 걸 처음 알았다.

'사람이 날아가듯 사라졌으니까.'

"그것도 좀 세게요."

"어머, 시원해라."

꺄르르 장난스럽게 웃더니 엘리제의 고개가 모로 기울어졌다.

"그런데 란."

"네."

"그게, 이건 좀 무례한 질문인데ー"

"말해 봐요."

"유스타프 경이, 그러니까, 음. 란을 좋아하는 거 아니에요?"

"그럴 리가요."

한 치의 망설임도 없이 대답하며 란이 손을 저었다.

좋아하지 않는다가 아니라, 좋아할 가능성조차 배제하는 강렬한 몸짓이라 엘리제는 저도 모르게 항의하듯 말했다.

"하지만 란을 대하는 태도를 보면 누님을 대하는 것 같지는 않잖아요."

"어휴, 유스타프는 진짜로 날 누나라고 생각한 적은 단 1초도 없을걸요."

한탄하듯이 란이 말하자 엘리제의 얼굴이 굳어졌다. 잠시 그녀가 침묵하다가 물었다.

"그럼 란은요?"

그 질문에 란은 옅은 미소를 지었다. 어쩐지 대답은 쉽게 나왔다.

"저도요."

유스타프를 남동생 삼고 싶다거나, 남동생처럼 생각했던 적은 없었다. 그는 그녀에게 남자 주인공이었다.

"지금은 서로의 사정에 의한 동맹 관계라는 거죠."

깔끔하게 정리하듯 말하고 란은 미안한 얼굴을 했다.

"그러니까, 나중에— 리제의 친구가 라치아 공작이거나 공녀가 아닐지도 몰라요. 만약, 음. 그게 싫다고 해도 난 이해해요."

"난 이해 못 해요."

리제는 홍 하고 콧방귀를 뀌고는 말했다.

"한번 친구면 영원히 친구죠. 그건 신분과 관계없는 문제예요. 만약에 란의 이름이 란이 아니게 되더라도, 내가 당신의 친구라는 걸 잊지 말아줘요."

란은 그 말에 사르르 마음 안쪽이 녹아내리는 걸 느꼈다. 무거운 짐을 내려놓은 기분이었다.

"우리가 친구라는 걸 잊지 않을게요."

"좋아요."

엘리제는 근엄하게 고개를 끄덕이고 란을 보았다.

처음에는 친구가 될 수 있을 거라고는 생각도 못 했다. 하지만 마음이 맞는 친구가 되었고……

'어쩐지 란은 거리감이 있단 말이야.'

모든 가능성에서 자신은 쏙 빼놓는 느낌. 그중에서도 특히 연애라면 말이다.

'내가 보기에는 유스타프 경이 란을 좋아하는 것 같은데…… 아닌가?'

결투를 위해서 황제 앞에 무릎까지 꿇었다고 들었다. 모두가 유스타프가 라치아의 명예를 귀히 여긴다고 말했지만, 엘리제의 감은 그것만은 아니라고 말하고 있었다.

모두가 음유시인의 서사시 일부 같은 상황에 푹 빠져서 '기사의 명예와 도리' 같은 것을 읊고 있지만.

'뭐 두고 보면 알겠지.'

그런 타입의 사람이 뭘 놓치는 건 본 적이 없었다. 게다가 카티에게 그렇게 대드는 남자애는 지극히 드물다.

그러니 지켜보면 알게 되리라.

엘리제는 그렇게 생각하며 차와 디저트를 더 청했다. 환대를 대하는 훌륭한 손님의 자세라 란은 기뻐하며 시종을 불렀다.

카로크 샤드 키릭스 후작은 드물게 긴장과 즐거움을 함께 즐기고 있었다. 더해서 약간의 짜증까지.

왼눈이 안 보이는 걸 짜증 나게 만드는 상대였다.

외눈이 아니었다면 좀 더 이 승부를 즐길 수 있지 않았을까, 하는.

'하지만 잃은 걸 안타까워해 봐야 소용없고.'

잃어서 얻는 것도 있는 법.

'아니, 잃었는데 얻는 게 없으면 억울하니까 얻어내야지.'

카로크는 그렇게 생각하며 유스타프의 검날이 밀고 오는 대로 제 칼날의 힘을 뺐다 넣었다 하며 강약을 조절했다.

이런 방식은 처음인지 유스타프의 검이 주춤하는 게 느껴졌다. 그때를 놓치지 않고 밀고 나가자 유스타프는 미묘하게 검의 각도를 조절해 그의 검을 미끄러트렸다. 카로크는 아차, 하며 검의 균형을 잃는 척했다. 들어오면 바로 벨 작정이었다. 그런데 유스타프는 그대로 간격을 벌려버렸다.

카로크는 혀를 찼다.

'뭔 애가 저래?'

저 나이대에는 이겼다, 싶으면 무모하게 들어오는 게 보통이다. 하지만 저건 어디 험한 바닥을 구르다 온 용병처럼 신중하게 행동하고 있으니.

"목숨 걸고 하는 것도 아닌데, 적당히 하지?"

카로크가 투덜거리자 유스타프의 입가에 차가운 미소가 걸렸다. 그는 대답하지 않고 다시 검을 맞부딪쳐 왔다.

카로크가 다시 검의 힘을 조절하려는 순간, 유스타프가 먼저 힘을 조절하기 시작했다.

'어쭈?'

카로크의 얼굴이 살짝 일그러졌다. 지금 내 기술을 베낀 거야?

'그렇다면.'

카로크의 검에 힘과 스피드가 확 올라갔다. 그러자 유스타프는 그럴 줄 알았다는 듯이 제 힘을 올렸다. 빠른 공방전이 이어졌다.

둘의 간격은 거의 멀어지지 않았고, 아슬아슬하게 붙어 있었다. 보통 긴 검을 휘두를 때면 붙어서 이런 식으로 검 싸움을 하지 않는다.

붙었다가 떨어졌다가, 돌면서 살피고 다시 붙는, 그런 형식의 검술 대련이 대부분이었다.

하지만 지금 둘은 남들이 보면 기가 질릴 만한 싸움을 하고 있었다. 그만큼 승부도 빠르게 났다.

앗 하는 사이에 카로크의 검이 유스타프의 목에, 유스타프의 검이 그의 옆구리에 닿아 있었다.

"비겼네."

카로크가 말하며 검날을 떼자 유스타프가 고개를 저었다.

"제가 졌습니다."

한 타이밍 늦게 검이 들어갔다.

그의 시인에 카로크는 씩 웃었다.

"누구에게 배운 거지?"

"와일드 남작에게 배웠습니다."

블레인의 아버지이자, 전 청염 기사단 단장이다.

"그렇군."

툭툭 카로크는 뭉툭한 검 끝으로 부츠 끝을 두들겼다.

'저 나이에 이 정도라니, 장래가 기대되는 녀석인데.'

보통 저렇게 실력이 있는 놈이면 흔하게 있는 오만함도 보이지 않았다.

아니, 제 잘난 건 잘 알고 있고, 그걸 이용하는 방법도 잘 알지만 그걸 과신하지는 않는.

'능구렁이라도 속에 들어 있나.'

카로크는 제 젊을 때를 생각하며 히죽 웃었다.

"그럼 한판 더 할까?"

"네."

유스타프가 검 끝을 가볍게 떨치며 대답했고 둘은 해가 떨어져서 보이지 않을 때까지 대련에 열중했다.

유스타프는 낮게 신음을 흘리며 뜨거운 욕조에 몸을 담갔다. 아마 이게 마지막 연습이 될 터여서 한계까지 몰아붙이니 몸이 비명을 질렀다. 이렇게까지 대련에 열중한 건 오랜만이었다.

블레인이나 다른 기사들은 아무래도 검을 맞댄 시간이 길다 보니 패턴이 비슷했고, 예측되는 지점이 있었다.

하지만 키릭스 후작은 달랐다.

처음 보는 패턴에, 처음 보는 검술, 제법 비겁한 점까지 전부 유스타프의 마음에 들었다.

뜨거운 물 속에서 근육이 노곤노곤해지는 걸 느끼며 그는 검은 머리카락을 쓸어 올렸다.

3일 후가 결투 일이었다.

'스스로도 이해가 안 되는 일이지.'

황태자에게 결투라니, 너무나도 리스크가 큰 일이었다.

정치적인 문제뿐 아니라, 제 목숨이 위험해지는 일에 코를 내밀다니.

자신은 라치아의 머리이다.

머리가 잘리면 손발은 기능할 수가 없으니, 대장은 어디까지나 신중해야 한다. 그런데, 그 원칙을 스스로 깨 버렸다.

입술을 깨물고 씁쓸하게 미소 지으며 유스타프는 그 원인을 생각했다. 너무 직접적으로, 노골적으로 보이는 원인이라 그는 한숨을 내쉬었다.

어머니가 뭐라고 하셨더라?

"사랑한다는 말은 절대 믿지 마세요."

그건 자신도 잘 안다.

"만약, 만약 유스타프. 혹시 네가 누군가를 사랑하게 되면……."

남편에게 배신당하고, 죽어가는 광기로 어머니는 아주 좋은 방법을 알려주겠다고 속삭였다.

"누군가를 완전히 소유하고 싶다면—"

"죽여 버리세요."

그는 그렇게 중얼거리고 차갑게 웃었다. 어머니는 할 수만 있다면 아버님과 함께 죽고 싶었을 거다. 그래서 영원하고 완전하게 라치아 공작부인의 자리를, 남편을 소유하고 싶었겠지.

깊이 욕조에 몸을 담그고 그는 눈을 감았다.

한참 탕 안에 있다가 나가니 시종이 공손하게 "가주님이 기다리고 계십니다." 하고 전해 왔다.

"왜 전하지 않고?"

"기다리겠다고 말씀하셔서."

혀를 차고 유스타프는 빠르게 옷을 갈아입고, 머리카락은 대충 턴 다음 응접실로 나갔다.

기다리고 있던 란이 그의 기척에 반갑게 돌아보았다가, 눈을 크게 뜨고는 시선을 돌린다.

그러더니 자신을 힐끔힐끔 바라보아 유스타프가 말했다.

"옷 벗고 나오지 않았습니다."

"당연하지?!"

란이 펄쩍 뛰었다.

"어쩐지 그런 눈으로 보셔서."

"아니거든!"

당황하며 얼굴이 붉어지는 걸 보며 그는 역시 신기하다고 생각했다. 저렇게 감정이 다 드러나면서도 가주직을 잘 유지하고 있다는 것도 신기하다.

자신이 어릴 때부터 배워온 가르침을 통째로 부정하는 듯한 존재.

만일 혈통을 제외하고 자신과 란 중에서 어느 쪽을 가주로 하고 싶으냐고 가신들에게 물어보면 어떨까?

확신할 수 없었다.

그리고 그 확신할 수 없는 게 불쾌한지 아닌지 그 스스로도 알 수가 없었다.

그녀에게 어머니가 한 말을 전해주면 뭐라고 말할까?

그런 생각을 하며 유스타프가 물었다.

"무슨 일이십니까?"

"무슨 일 없으면 오면 안 돼?"

란이 괜히 멋쩍어져서 말하자 그는 눈 하나 깜짝하지 않고 대답했다.

"그런 사이가 아니지요."

"너무하네."

투덜거리고 란이 이어 물었다.

"대련은 잘 했어?"

"네."

"유스타프."

"네, 누님."

"단답형 대답은 대화에 도움이 되지 않는데."

"네."

"정말이지."

란은 가볍게 뺨을 부풀렸다가 한숨을 내쉬었다. 그리고 용건을 이야기했다.

"나 잠든 사이에 서류 처리해줬다면서. 고맙다고 말하려고."

"별말씀을."

"그런데 말이야."

"네."

"왜 티모느 강 하류에 수차 만드는 거 보류한 거야?"

유스타프의 눈썹이 살짝 찌푸려졌다.

"전부 다시 훑어보신 겁니까?"

"어? 아니. 그러면 일 두 번 하는 거잖아. 내가 유스를 모르는 것도 아니고."

의기양양한 얼굴로 콧방귀를 흥 뀌고는 란이 이어 말했다.

"근데 그건 내가 고민하고 있던 문제라서, 왜 이렇게 답을 냈나 궁금해서."

"겨울이 되면 강이 얼어버립니다. 수차를 관리하기도 어렵고, 갈수기에는 수량이 너무 줄어서 수차가 돌아가지 않습니다. 티모느 강 하류는 보를 만드는 편이 나으니까요."

"아아, 그렇구나. 비는 많이 오는 편인가?"

"네."

"그럼 저수지나 보가 낫지. 티모느 강은 생각보다 수량이 적은가 보군."

강이라고 해서 한강 같은 걸 생각했는데…….

'이 동네 지리를 전부 파악하는 건 무리야.'

게다가 그녀가 받은 교육은 여성에게 맞춰진 것으로, 이런 가주직을 위한 교육도 아니었다.

현대의 지식과 짜 맞춰서 지금까지 어찌어찌 운영해 왔지만, 역시나 허점이 드러나고 만다.

"유스."

"네."

"빨리 커라."

"……."

그래야 이 귀찮은 일을 얼른 너에게 넘겨주지.

란은 그렇게 생각하며 씩 웃었다가 얼굴빛이 다시 어두워졌다.

"누님?"

"아니, 너 결투 괜찮은가 싶어서. 사실 이렇게까지 할 가치가 있나? 싶기도 하고—"

"그건 제가 정합니다."

유스타프가 딱 잘라 말했다. 란은 그 말에 움찔했다가 양손을 들고 말했다.

"미안, 방금은 실언이었어."

내 일 때문에 결투를 한다는 사람에게 그럴 가치가 있나 싶다니, 할 수 있는 멘트 중 최악의 것이었다.

유스타프가 고개를 끄덕였다.

"사과는 받겠습니다."

란이 눈썹을 모으며 심각하게 말했다.

"다치지 마."

"전 괜찮을 겁니다."

그렇게 말하며 그가 손을 뻗어 부드럽게 그녀의 뺨을 쓸었다. 간지러워 란이 어깨를 움츠리고 말했다.

"유스, 은근 스킨십 좋아하는구나."

"싫어합니다."

"뭐?"

뭔 소리야? 하는 얼굴로 란이 유스타프를 보자 그가 픽 웃었다.

그럼 싫어하는 짓을 지금 나에게 하고 있는 거야?

나 싫으라고?

오묘해지는 란의 얼굴을 보며 유스타프가 물었다.

"저녁은요?"

"30분 후에 시작해."

"알겠습니다. 후작님께는 전하셨습니까?"

"응."

란이 고개를 끄덕였다. 저도 모르게 유스타프가 쓰다듬었던 뺨을 한 번 쓸고, 란이 이어 말했다.

"그럼 준비해. 에스코트하러 올 테니까."

그 말에 유스타프가 "반대 아니던가요?" 하고 물었고 란이 명랑하게 대답했다.

"가끔 반대도 있는 거지."

'그렇게 큰소리쳤는데.'

란은 한숨을 내쉬었다. 그러자 머리를 땋던 소다의 손길이 딱 멈췄다.

"죄송합니다. 가주님, 머리가 마음에 들지 않으시나요?"

"아니, 괜찮아. 그게 아니라 내가 유스타프를 데리러 가려고 했는데, 생각보다 더 늦어져서."

목걸이 상자를 들고 있던 카라가 그 말에 빙긋 웃었다.

"하지만 기다리는 것 역시 신사의 중요한 일인걸요."

"맞아요."

소다가 그렇게 말하며 손길을 빠르게 했다. 디모디아가 마지막으로 블러셔를 팡팡 두들기고 만족스러운 미소를 지었다. 이어 소다가 머리를 틀어 올리는 걸 도와준 그녀가 카라 대신 목걸이 상자를 들고, 카라가 란의 목에 목걸이를 걸었다. 가느다란 백금과 다이아몬드가 번갈아 장식된 체인에 마름모꼴 에메랄드 펜던트가 달린 물건이었다.

"어쩜, 가주님 눈동자 색이랑 똑같아요."

"맞아요. 너무 잘 어울려요. 눈동자가 녹색인 게 더 돋보여요."

칭찬을 들으며 란은 미소 짓고, 카라의 부축을 받아 자리에서 일어났다.

그녀의 소매는 팔목에서 끝나지만 그 아래 화려한 레이스가 겹겹이 덧대어진 앙가장트(engageantes) 스타일로, 그 아래 희고 가는 팔이 강조되어 보였다.

란이 응접실로 나가니 기다리고 있던 유스타프가 가볍게 묵례를 했다.

"내가 데리러 가려고 했는데."

란이 투덜거리며 멋쩍은 얼굴을 했다.

"그건 다음에 기대하죠."

유스타프가 그렇게 말하며 손을 내밀었다.

검은 머리카락을 단정하게 뒤로 넘기고 저녁 만찬을 위해 연회복을 입은 모습은 란이 보기엔 완벽해 보였다.

그의 팔 위에 손을 얹으며 란이 속삭였다.

"그런데 보통 이럴 때는 네가 엘리제를 에스코트하고 후작님이 날 에스코트하는 거 아냐?"

"그러기 싫다고 하시니."

"그러네."

키득키득 란이 가볍게 웃었다.

"사이좋은 건 좋지."

엘리제와 카로크의 사이가 좋다는 걸 새삼 확인하며 란은 흐뭇한 미소를 지었다.

저녁 만찬은 길게 이어졌다. 란과 엘리제, 카로크는 포도주까지 곁들였지만 유스타프는 알코올은 입에 대지 않았다.

카로크는 고개를 끄덕였다.

"회복에는 금주지."

식사가 끝나면 보통은 남녀가 따로 나뉘져서 이야기를 나누는 게 관례지만, 사람 수도 적었고 관례를 따지는 모임도 아니라 넷은 편하게 자리를 옮겨 이야기를 나눴다.

거기서도 란은 샴페인을 은근히 마셔서 취기가 오르기 시작했다. 다행히도 자리가 파했을 때 마음속으로 '큰일이다. 취했나 봐.'라고 생각할 정도의 자각은 있었다.

그래도 절대로 손님 앞에서, 친구 앞에서 추태를 보일 수는 없다!

컨트롤하지 못할 정도는 아냐!

그렇게 생각하며 란은 속으로 주먹을 불끈 쥐고 엘리제와 키릭스 후작을 배웅했다.

그러고 제 침실로 돌아가려는데 유스타프가 그녀의 팔을 가볍게 붙잡았다.

"취하셨지요."

그가 속삭인 말에 란은 짐짓 진지하게 고개를 저었다.

"아니, 안 취했는데."

"제 눈은 못 속입니다."

"조, 조금?"

"마시는 속도가 빠르다고 생각했죠. 어째서 뭐든 그렇게 빠르게 하십니까?"

한국 사람, 빨리빨리.

그런 농담이 저도 모르게 튀어나오려는 걸 란은 억눌렀다.

"성격인가 봐."

"보통 성격이 급한 사람은 포기도 빠르지 않습니까?"

그런데 왜 이렇게 끈질길까.

유스타프는 그렇게 생각했다.

그는 아카데미에 입학한 후 방학 때 단 한 번도 집에 돌아가지 않았다.

그냥 기숙사에 남아서 생활했다.

그러면 항상 '왜 안 와, 이번에도 안 와?' 하는 편지가 도착했다.

아니, 언제나 그녀는 편지를 보냈다. 그는 단 한 번도 답장하지 않았지만.

심지어 학기 중에 면회를 신청하러 온 적도 서너 번 있었다.

그때도 면회실로 내려가지 않았다. 지인들은 '너무하다.' 하고 질린 표정을 지었지만, 유스타프는 꿈쩍도 하지 않았다.

그러면 란은 하루 종일 대기실에서 기다리다가 떠나고는 했다.

사실 처음 그렇게 문전박대하면 두 번째는 안 올 줄 알았다.

하지만 두 번, 세 번, 네 번, 그녀는 꾸준히도 면회하러 왔다.

마지막에는 결국 지인 등쌀에 못 이겨 면회실 앞까지 간 적이 있었다. 유리창 너머로 란이 책을 읽고 있는 옆모습이 보였다.

비껴 들어온 햇빛에 금발이 반짝였고 긴 황금빛 속눈썹 아래 유리구슬처럼 눈동자가 투명했다.

어쩐지 현실감 없는 모습이라 한참 보고 있으려니 란이 고개를 들었다.

반가워하는 표정이 그녀의 얼굴에 번지자 유스타프는 자신이 보고 있다는 게 들킨 민망함에 도망치고 싶은 기분이 들어 그대로 면회실 문을 잠그고 가버렸다.

면회실은 밖에서 문을 잠그는 구조라서 당황한 란은 문을 열려 노력하며 그를 불렀지만, 그는 무시하며 그대로 그 자리를 떠났었다.

그게 마지막으로 란을 본 기억이었다. 그 후로는 부모님 장례식장이었고.

"그런가? 나 은근히 포기 잘 하는 것 같은데."

란이 갸웃거리며 말했다. 뭔가 진득하게 하는 스타일은 아니다.

"그렇게는 안 보입니다."

"에이, 아닌데."

고개를 휙휙 젓는 란을 붙잡고 유스타프는 걷기 시작했고, 그녀도 가볍게 그를 따라 걷기 시작했다.

"그런데 유스."

"네."

"나 하나 고백해도 돼?"

"말씀하세요."

"유스타프가 맞았어."

"그야 당연히 그렇겠죠. 그런데 뭐가 말입니까?"

비아냥거리는 건지 농담인지 알 수 없는 말에 란은 깔깔 웃고 속삭였다.

"내가 유스타프를 남동생으로 생각하고 있지 않다는 말."

유스타프가 우뚝 걸음을 멈췄다. 팔이 붙잡혀 있던 란은 순간 균형을 잃고 비틀거렸다.

"유스?"

"그럼 어떻게 생각하고 계십니까?"

유스타프의 물음에 란이 히죽 웃었다.

"주인공."

"……네?"

유스타프라도 순간 이해가 되지 않는 말이었다. 란은 그런 그를 보고 놀리듯 실실 웃었다.

"그게 무슨 뜻입니까?"

"안 가르쳐 주지롱."

"역시 취하셨죠."

"안 취했지롱."

"대체 그 종결어미는 뭡니까?"

"롱롱이지롱."

"……."

유스타프는 크게 한숨을 내쉬고 다시 걷기 시작하며 말했다.

"누님."

"응?"

"내일 되면 분명히 부끄러워하실걸요."

"……팩폭."

"네?"

"아니, 아무것도 아닙니다."

유스타프는 그녀의 방문 앞까지 란을 데려다주었다.

"주무십시오."

"응, 유스도 잘 자."

휘휙 크게 손을 흔들고 란은 안으로 들어갔다. 유스타프가 가볍게 한숨을 내쉬고 제 방으로 돌아오는데 입구에 블레인이 서 있는 게 보였다.

"블레인 경?"

"도련님."

정중하게 고개를 숙이는 그를 보고 유스타프는 피곤함을 느끼며 눈가를 문질렀다.

하루 종일 대련하고, 저녁 만찬까지.

그는 지금 꽤 피곤한 상태였다.

"전에 이야기를 이어서인가? 들어와."

"피곤하시면 다음에―"

"기다리게 해놓고? 그건 아니지."

"제가 멋대로 와서 기다린 겁니다."

"알아."

대답하며 유스타프는 안으로 들어가 손가락을 까닥했다.

블레인이 그의 뒤를 따라 들어가며 문을 닫았다. 소파에 털썩 몸을 던지듯 앉고 다리를 꼰 다음 유스타프는 눈을 감은 채 말했다.

"그래서?"

"가주님께 녹영을 붙이셨지요."

유스타프는 푸른 눈을 떠서 블레인을 바라보았다.

"블레인 와일드."

"네."

"주제넘은 발언은 하는 게 아니지."

녹영은 네가 입댈 문제가 아닌데?

"죄송합니다."

블레인이 고개를 살짝 숙이며 말하자 유스타프가 한 손바닥을 들어 올리며 계속하라는 제스처를 취했다.

"로스를 가주님의 호위로 붙이고 싶습니다."

"로스를?"

유스타프가 고개를 갸웃했다.

"네가 하는 게 아니고?"

"제가 항상 가주님 곁에 있을 수는 없으니까요. 로스의 실력은 도련님도 익히 아시겠지요."

"그렇지."

블레인은 기사단장이고, 그가 계속 란에게 붙어 있을 수는 없다. 하지만 로스가 란에게 얼마나 건방지게 구는지도―

생각하다가 유스타프가 픽 웃었다.

"그거 좋겠지. 하지만 란의 의견도 들어 보는 게 낫겠어."

"알겠습니다."

블레인은 정중하게 고개를 숙이고 방을 나섰다.

란의 호위 문제는 그 일이 생기고 나서 계속 블레인과 의논하던 건이었다. 괜찮은 호위를 데려오라고 했더니 뽑은 패가 로스라.

'의식적인 건지 무의식적인 건지.'

로스는 대표적인 유스타프파다.

물론 유스타프와 란 사이가 나쁘지는 않지만, 저택 내에서 봤을 때 그게 뚜렷하게 보이는 자의 대표가 로스였다. 그런 로스를 란에게 호위로 붙인다. 유스타프는 손끝을 모으고 눈을 감았다.

"잘하겠지."

어느 쪽을 두고 하는 말인지 모를 말을 중얼거리고 유스타프는 미소지었다.

이튿날 유스타프의 예언대로 란은 부끄러워 죽으려 하며 술을 적게 마시겠다고 결심했다.

*　　*　　*

결투는 당연히 비공개로 이루어졌다. 공개 결투 같은 걸 했다간 그야말로 검투사 같은 구경거리가 되고 말 것이다.

결투 신청은 유스타프가 했으니, 결투 장소는 루스의 의견대로 황태자궁 앞에서 이루어졌다.

양측의 관계자들이 와 있었다. 심판은 딱히 존재하지 않았다.

어느 쪽이든 항복이라고 하는 쪽이 지는 승부였다.

'미개해.'

란은 그렇게 생각하면서 말없이 유스타프의 손목에 승리를 기원하는 손수건을 묶어 주었다.

"유스."

"괜찮을 겁니다."

말을 잇지 못하는 그녀를 보며 유스타프가 낮게 속삭였다. 란은 입술을 깨물었다가 젖은 녹색 눈을 들어 그를 보며 말했다.

"다치지 마."

유스타프는 대답 대신 희미한 미소를 지어 보이고 몸을 돌렸다. 건너편에 선 루스는 이미 이긴 듯한 승자의 포즈를 취하고 있었다.

올리비아가 그의 손목에 손수건을 묶어 주려고 했지만 루스가 손을 저어 손수건을 쳐냈다.

"이런 것 없이도 이겨."

올리비아는 싱긋 웃고 고개를 숙여 보였다. 그 웃음이 어찌나 싱그럽던지 멀리 있는 란에게도 뚜렷이 보일 정도였다.

'우와.'

요 며칠 사이에 더더욱 부부 사이가 악화된 것이 보였다.

거기서 더 악화될 일이 있을까 싶었는데, 지금은 풍기는 분위기가, 아주⋯⋯.

두 사람은 검 끝을 서로 맞댔다.

시작 신호도 없었다.

서로 잠시 노려보는 듯하더니 결투가 시작됐다.

"─!"

유스타프는 살짝 눈을 찌푸렸다.

'검이 울려?'

루스와 검을 맞부딪칠 때마다 검에 묘한 진동이 전해져왔다. 검을 손으로 잡고 있기 힘들 만한 진동이었다. 루스의 푸른 눈이 히죽 웃음을 머금었다.

'마법인가.'

치사하게 나올 거라고는 생각했다. 그래서 유스타프는 그다지 당황하지는 않았다.

단지 손에서 검을 떨어트릴 작정이라는 게 좀 우습기는 했다.

생각보다 온건한 방법이잖은가?

'주변에서 마법사가 마법을 실시간으로 걸어주는 건 아닐 테고. 마법이 걸린 물건이라면 그렇게 지속 시간은 길지 않지.'

마법은 순간적인 것이다.

오랫동안 유지를 하려면 그만큼 마력이 필요하므로, 마력을 계속 소모해야 했다.

그래서 지속 마법은 길어봐야 1분 남짓이었다.

하지만 결투에서 1분은 크다.

유스타프는 후— 하고 길게 숨을 내쉰 다음 웃었다.

"패는 그게 전부냐?"

속삭이듯 묻는 말에 루스의 얼굴이 일그러졌다.

"이 새끼가!"

분노하며 그가 검을 크게 휘둘렀다. 다음 순간 유스타프가 발로 그의 손을 걷어찼다. 루스의 손에서 검이 빠져나가 바닥에 떨어졌다.

침묵이 정원을 감쌌다.

"너……."

분노인지 공포인지로 부들부들 떠는 루스에게 유스타프는 부드럽게 말했다.

"가서 주워 오시지요."

"이건 검술 대련이야!"

"아뇨, 결투입니다."

루스는 이를 갈며 허리를 굽혀 검을 주웠다. 결투 중에는 시종의 도움을 받을 수 없으니 직접 허리를 굽혀야 했다.

수치와 분노에 루스는 검을 잡자마자 준비 동작 없이 바로 유스타프에게 달려들었다.

유스타프는 검을 맞부딪쳤다. 아까와는 또 다른 기묘한 진동이 전해져 왔다.

루스는 이를 드러내듯 웃어 보였다. 오늘 이 애새끼의 목을 치지 않으면 분이 풀리지 않으리라.

마법사에게 압박을 넣어 검에 마법을 걸었다. 이제 몇 번만 검을 더 부딪치면 유스타프의 검은 산산조각 날 것이고 그 사이에 자신이 목을 찌르면 끝.

깨끗한 승리였다.

하지만 꼭 유스타프의 눈에 공포가 차는 걸 보고 싶었는데 담담한, 아니 자신을 하찮은 듯 보는 시선이 마음에 들지 않았다.

'목에 구멍이 나면 생각이 바뀌겠지! 나에게 이런 수치를 줘?'

검을 부딪칠 때마다 루스는 마음속으로 숫자를 카운트했다.

이제 세 번, 두 번—

"이야야압!!"

소리까지 내지르며 루스는 마지막 한 번, 검을 부딪쳤다.

팡—!

터지는 듯한 소리와 함께 유스타프의 검이 폭발하듯이 산산조각 났다. 루스가 히죽 웃는데 뭔가가 안면을 강하게 후려쳤다.

뿌드득하는 불쾌한 소리와 함께 어마어마한 통증이 안면을 덮쳐왔다.

"윽—!!"

한 손으로 얼굴을 감싸며 루스는 뒤로 물러섰다. 뭐가 어떻게 된 건지 알 수가 없었다. 아프고 숨쉬기가 힘들었다.

그때 두 번째 타격이 그를 덮쳤고, 루스는 비명을 지르며 제 샅을 움켜쥐며 쓰러졌다. 모여 있던 남자 관객들 모두가 끔찍한 걸 본 얼굴을 했다.

유스타프는 쓰러진 황태자를 보다가 제 손에 손잡이만 남은 검을 버렸다. 그가 매우 곤란한 얼굴로 말했다.

"하필 큰 검조각이 거기로 튈 줄은 몰랐습니다."

유스타프는 황태자 쪽 참관인을 향해 가볍게 인사해 보였고, 올리비아는 저도 모르게 박수를 칠 뻔한 걸 참으며 자리에서 일어났다.

"궁의를 불러라!"

유스타프가 제 자리로 돌아오자 란은 퉁기듯 자리에서 일어나 그를 꽉 끌어안았다.

"진짜 놀랐어……."

한참을 안았다가 놓아주며 속삭이듯 하는 말에 유스타프가 느긋한 표정으로 말했다.

"싸구려 악당이 하는 생각이야 뻔하지요."

검의 진동이 검을 놓게 하는 게 전부가 아니라는 것 정도는 알았다. 진동으로 검날을 부순다는 이야기도 들은 바가 있었다.

그래서 검이 산산조각 나자마자 유스타프는 그대로 황태자의 안면을 후려쳤다.

코뼈가 아예 뭉그러질 정도의 일격이었다. 당황하며 물러선 황태자에게 이어 검을 휘둘렀는데 짧아서 닿지는 않았다. 그런데 운이 나빴는지 손잡이에 붙어 있던 남은 칼날이 날아가서 그만 그의 성기 부근에 꽂혀 버렸다.

검이 펑 하고 터졌을 때, 란은 심장이 내려앉는 것 같았다. 저도 모르게 전신이 움찔하고 떨려왔다.

그 한순간의 감각은 지금 생각해도 진저리 치게 싫었다.

그리고 마치 루스의 행동을 예측한 것 같은, 그가 똑바로 찔러오는 검을 피하며 들어간 깨끗한 한 방. 그리고 운이 나빴던 두 방 째.

'운이 나쁘지만 시원하다.'

하지만 아직도 떨리는 마음을 가라앉히려 농담처럼 란이 중얼거렸다.

"결투에서 주먹으로 이겼다는 말은 처음 들어."

"검이 부서졌으니까요."

"맞아, 검."

아무리 그래도 검이 자연적으로 저렇게 산산조각 날 리가 없다. 검 손잡이 부분의 남은 칼날도 약해져 있어서 운 나쁘게도 원심력에 날아간 것이리라.

궁의들에게 실려 가는 황태자를 바라보는데 유스타프가 속삭였다.

"돌아가죠."

그의 말에 란은 고개를 끄덕였다.

"응, 돌아가자."

유스타프가 이겼다는 얘기는 그가 멀쩡히 황궁을 나왔을 때 먼저 알려졌고, 이어서 어떻게 이겼는지도 빠르게 소문이 퍼졌다.

모두가 발을 동동 구르며 이 소식을 기다리고 있었기 때문이었다. 참관인으로 그 자리에 있었던 사람들 앞으로 무수히 많은 초대장이 도착했으며, 다들 어떻게든 이야기를 들으려 애썼다.

"검이 갑자기 폭발했대요."

"세상에, 그럴 수가 있어요?"

"마법이겠죠."

"신성한 결투에서 그런 짓이라니, 참으로 불명예스러운 일이오."

"주먹으로 마무리가 되다니."

"마무리는 주먹이 아니라-"

키득거리며 따라오는 웃음소리. 칼날이 그의 성기에 박혀서 그가 고자가 되었다는 이야기는 즐거운 이야기였다.

헛기침을 하고 다른 목소리가 진중하게 말했다.

"검이 약해져 있었으니 어쩔 수 없지요."

"주먹 한 방에 황태자의 코가 납작해졌다면서요?"

"그건 실제 그렇다는 말이죠?"

"네."

까르륵 웃음을 타고 황태자의 코와 성기에 대한 이야기도 퍼졌다.

궁의와 마법사들이 힘을 썼지만, 코가 산산조각 나서 원래대로 돌아오지는 않을 거라는 소문이었다. 물론 그의 성기도 다시 붙였지만 발기가 되지 않는다는 이야기도 즐겁게 붙여졌다.

"납작코가 되었지 뭐예요."

"아뇨, 비뚤코죠."

정정하는 말에 단숨에 폭소가 터졌다.

코는 남자의 성기를 상징하는 은어이기도 해서 '비뚤코'라는 말은 그가 불능이라는 뜻이었다. 황태자에 대한 희화화는 빠르게 퍼져서 평민들조차 황태자를 부를 때는 '비뚤코'라고 부르게 되었다.

미로 공작가는 '아무리 그래도 황족의 얼굴을 후려치다니!' 하는 항의를 했지만, '검이 없어서 어쩔 수가 없었다.' 하는 유스타프의 변명이 매우 훌륭했기 때문에—게다가 그 검이 왜 없는 건지, 역시 귀족들이 짐작하지 못할 바는 아니었다—흐지부지 넘어가게 되었다.

황궁은 이상할 정도로 조용했다.

그래서 라벨은, 소리 소문 없이 찾아온 손님을 보며 기묘하기 짝이 없는 기분을 느꼈다.

유스타프가 태연한 얼굴로 그 앞에서 차를 마시고 있었다.

'내가 문전박대했어도 태연한 얼굴이었을까?'

라벨은 괜히 그런 생각을 한번 해보았다. 갑자기 누가 찾아왔다고 시종장이 조심스럽게 말해서 누군가 했더니 라치아 영식이었다.

유스타프 라반 드 라치아. 라치아의 차기 가주.

란이 임시 가주라는 건 누구나 알고 있는 이야기였고, 그가 성인이 되는 순간 라치아의 가주가 바뀌는 것 역시 알고 있었다.

게다가 현재 사교계 소문의 중심.

라벨로서는 그렇게 달갑지 않은 손님이었다.

"구설수는 싫어하는데."

라벨이 말하자 유스타프가 찻잔을 내려놓으며 말했다.

"저도 싫어합니다."

"그럼 여기에 오면 안 되지."

"황자님의 궁에서 이야기가 나가지 않는다면, 구설수에오를 일도 없을 겁니다. 걱정하지 마십시오."

"허."

기가 차서 '허, 참.' 하는 소리가 저절로 튀어나왔다.

"그럼 무슨 일로 온 거지?"

"이용당하는 건 싫어하신다고 들었습니다."

"그래."

"그럼 이용하시는 건 어떠십니까?"

유스타프의 입가에 미소가 번져 라벨은 등에 소름이 쫙 돋았다.

"나는 조용한 게 좋아."

낮게 라벨이 말하자 유스타프는 팔걸이를 툭툭 가볍게 두들겼다가 말했다.

"황족에게는 황족으로서의 의무가 있지요. 제게 라치아로서의 의무가 있는 것처럼."

"어떤 의무인가?"

"의무를 모르는 자에게는 말해도 소용없고, 아는 자라면 말할 필요도 없는 의무입니다."

라벨은 뚫어지게 유스타프를 바라보았다. 유스타프는 느리게 말했다.

"답을 지금 원하는 건 아닙니다. 제가 원하는 답이 있는 것도 아닙니다. 이황자님께서 원하는 답을 저에게 주십시오."

유스타프의 말에 라벨이 느리게 입을 열었다.

"너무 강한 힘은 아무도 좋아하지 않지. 강하다는 것, 그 자체만으로도 적이 만들어져."

"약하다고 해서 적이 생기지 않는 것도 아니더군요."

"그건 그렇군."

라벨은 어깨를 으쓱했고, 유스타프는 자리에서 일어났다.

"제 용건은 이것뿐입니다."

"배웅은 하지 않겠네."

유스타프는 답 없이 인사해 보이고 응접실을 떠났다. 그가 나간 자리의 찻잔에서는 아직도 김이 피어오르고 있었다.

라벨은 한숨을 삼켰다.

'황족에게는 황족으로서의 의무라.'

라벨은 자신이 앉아 있는 소파 팔걸이를 어루만졌다.

흑단목으로 만들어진 값비싼 팔걸이. 푹신하고 섬세하게 짜여진 카펫, 유리로 세공된 소파 테이블, 수정이 달린 샹들리에.

매일매일 청소와 시종을 들어주는 사람들.

그 사람들이 자신을 섬기는 이유.

자신이 이렇게 살 수 있는 이유.

그렇기에 자신이 해야 할 의무.

의무에는 책임이 따르며, 권력에는 의무가 따른다.

자신은 제국의 백성을 향한 의무가 있다.

'무거운 말을 가볍게도 하는군.'

라벨은 그렇게 생각하며 눈을 감았다.

즉, 유스타프의 말은 이거였다.

  "지금 황태자가 황제가 될 자격이 있다고 생각해? 만약 그가
  황제가 되면 제국 꼴이 어떻게 되겠어? 그러면 네가 황제가 되는
  걸 어떻게 생각해?"

라벨은 끙 하고 얼굴을 문질렀다.

그야말로 험난한 길이 될 것이다.

'그리고 혹시 모르잖아? 형님이 정신을 차리실지도 몰라. 아직 아버님
은 정정하시고……'

게다가 현명한 형수도─

생각하다가 라벨은 두통이 일어나는 것 같아 관자놀이를 살살 문지르
기 시작했다.

'일단 형님이 정통 후사를 남기실 수 있을지 하는 문제가 가장 큰 문제
로군. 사생아를 양자로 들여오는 일을 형수가 허락할까?'

확실히 형수는 현명하다.

황제에게 있어서 완벽한 파트너일 것이다.

'문제는 형님이 그럴 만한 파트너가 아니라는 거지.'

솔직히 라벨은 미로 공녀가 마음에 들지 않았다.

은발에 보라색 눈, 아름다운 외모에 정치 감각까지, 올리비아는 여러 모로 이상적인 배우자감인지도 모른다.

하지만 라벨은 이상하게 그녀에게 거부감이 있었다.

미로 공작가 특유의 자존심 때문일까?

귀족, 특히 황족에게 혼인은 정치적인 문제이며 배우자는 정치 파트너다.

하지만 라벨은 황족답지 않게 낭만적인 꿈이 있었다. 적어도 마음이 있는 상대와 혼인하고 싶다, 하는 그런 꿈이.

'지나치게 책을 읽어서 그런 걸지도 모르지.'

그는 그렇게 생각하며 쓸쓸하게 웃었다.

'조금만 대답을 미뤄도 되지 않을까? 이번 결투로 인해서 형님이 겸손한 마음을 가지게 되셨을 수도 있잖아?'

아니, 그런 것까지는 바라지도 않지만, 유스타프를 향한 분노 때문에 복수심으로 자신을 갈고 닦을지도 모른다. 그런 식으로 위안을 얻으며 라벨은 대답을 보류하기로 했다.

'비뚤코도 잘하면 바른 코가 될지도 모르고……'

그는 자리에서 일어나 응접실을 빠져나갔다. 내밀한 응접실은 창문이 없어서, 그는 나오자마자 맑은 공기를 깊게 들이마셨다.

'날이 흐리군.'

오늘 열릴 야외 무도회는 다 접어야 할지도 모르겠다.

라벨은 그렇게 생각했다.

Chapter 8.

닿지 않는 마음

녹색 아치는 부산스러웠다.

란이 공작령으로 내려가겠다고 말해서 그걸 위한 짐을 싸느라 바빴던 것이다.

하지만 란은 약간 걱정도 있었다.

'루미에를 어떻게 하지.'

할 수만 있다면 내려가기 전에 일을 해결하고 싶었다.

'일루미니티 백작에게 사람을 보내볼까?'

란은 그렇게 결심하고 디모디아에게 펜과 종이를 준비하게 했다.

원하던 꽃은 구하셨는지요? 이러다가 꽃이 다 져버리겠습니다.

'으음, 마지막 문장은 너무 재촉하는 것 같은가? 아니, 근데 그게 맞잖아.'

란은 그렇게 생각하고 짤막한 편지를 접어 쟁반 위에 올렸다.

"일루미티니 백작가에 빠르게 보내도록."

명령을 하고 나니 기분이 조금 나아졌다. 그래도 아무것도 하지 않고 있는 것보다는 나았다.

'짐 싸고 마차 준비하고 하려면 이틀은 걸리니까.'

그 사이에 답이 오길.

톡, 토톡.

그때 가볍게 유리창을 두들기는 소리가 들려 란은 고개를 창문으로 돌렸다.

"비 온다."

"어머? 정말이네요. 폭우가 되면 라치아로 내려가는 일정을 미뤄야 할지도 모르겠어요."

카라가 그렇게 말하며 덧창을 닫으려 하는 걸 란이 말렸다.

"그냥 열어 둬. 비 오는 거 볼래."

"알겠습니다."

카라는 순순히 덧창에서 손을 뗐다. 잠시 비가 오는 걸 바라보니 디모디아가 물었다.

"정원으로 가시겠어요? 아직 빗방울이 거세지 않으니 정원에서 티타임을 가지는 것도 좋을 것 같아요."

"그거 낭만적이네요."

손뼉을 치며 소다가 즐거워했다. 그녀는 란의 대답도 듣지 않은 채, "준비시키겠습니다." 하고 밖으로 나갔다.

비 오는데 정원의 가제보까지 차를 세팅할 시종들이 불쌍하기는 했지만, 사실 은근히 기대가 되어서 란은 입을 꾹 다물었다.

"비 오는데 밖에서 티타임이라고요?"

기가 막히다는 듯이 태클을 걸어오는 사람은 바로 로스였다.

란은 힐끗 로스를 바라보며 웃었다.

"갑옷에 기름칠은 되어 있겠지. 비 맞으면 녹슬어 버릴 테니까."

"갑옷 관리는 수시로 하고 있습니다."

"그럼 됐네."

뭐가 문제람? 하고 란이 자리에서 일어났다.

"옷은 이대로 나갈래."

란의 말에 디모디아가 "하지만 비가 와서 쌀쌀할지도 몰라요." 하며 숄을 들고 나왔다.

저택 밖으로 나가자 제법 굵게 빗방울이 떨어졌다. 로스는 신중하게 우산을 기울였다.

어쨌든 호위 임무를 맡은 이상은 란에게 빗방울 하나 튀게 해서는―

"……가……주님."

힘겹게 그 호칭이 나오는 걸 보며 란은 속으로 웃었다.

"무슨 일이지?"

"발이 다 젖으시겠습니다. 실례가 되지 않는다면 제가 안아 들어도 되겠습니까?"

란은 눈을 깜박였다. 잠시 망설이다가 그녀는 승낙했다.

그녀의 발이 젖든 말든 신경 쓰지 않을 거라 생각했는데 뜻밖에도 로스는 열심히 하려고 하고 있었고, 그 첫걸음을 거절하고 싶지는 않았다.

로스가 무릎을 굽혔다가 폈다가, 손을 올렸다가 내렸다가 어떻게 해야 할지 몰라 허둥대는 사이 란은 가만히 기다렸다. 결국, 로스는 한쪽 무릎을 꿇고 그 다리 위에 제 팔을 올린 후에 말했다.

"여기 앉으십시오."

"나 무거운데."

"압니다."

그의 말에 란은 눈을 샐쭉하게 떴다가 팔 위에 앉았다. 생각보다 흔들림도 없고, 단단—

그때 로스가 자리에서 일어나 란은 놀라 작게 소리를 지르며 그의 목을 붙잡았다.

로스 역시 당황한 눈치였다.

"말하고 일어나야지!"

얼굴이 너무 가까워, 란이 몸을 뒤로 빼며 타박하자 로스는 "죄송합니다." 하고 말하고는 입을 꾹 다물었다.

디모디아가 우산을 높이 들어서 란의 머리 위에 씌워주었다.

"……출발할까요?"

그녀의 부드러운 말에 로스는 어색하게 걷기 시작했다. 란 역시 처음에는 불안했지만, 뜻밖의 안정감에 안심했다.

우산 아래서 란이 작게 말했다.

"로스 경."

"네."

"사실 엉망으로 호위할 거라고 생각했는데, 아니네."

그 말에 로스의 갈색 눈이 가늘어졌다.

"그랬다가는 유스타프 님에게 누가 될 테니까요."

"아하."

란은 과연, 하고 고개를 끄덕였다.

"로스 경, 경은 위험을 자처하고 있다는 걸 알고 있어?"

그녀가 속삭여서 로스의 얼굴이 단박에 구겨졌다.

"유스타프 님을 위한 위험이라면 얼마든지 감수하겠습니다."

"아니, 그게 아니라—"

지금 저택 내에서 '나는 유스타프 님의 편이다! 란은 적이다!' 하고 외치는 사람은 없다.

로스 와일드, 너 하나뿐이지.

그렇다면 외부에서 가장 이용하기 좋은 표적은 누구일까?

역시 로스 와일드다.

란은 잠시 생각하다가 고개를 저었다.

"뭐, 그것도 좋겠지."

사람을 부릴 때에는 여러 가지 사람이 필요한 법이다.

나이트만으로, 비숍만으로, 룩만으로 싸울 수는 없으니까.

아무리 퀸이라고 해도, 주변의 말은 필요한 법.

"그래, 그래."

란은 손을 뻗어 로스의 머리를 쓰다듬었고 로스의 갈색 눈은 튀어나올 만큼 커졌다.

"지금, 뭐—"

"아, 실렌가?"

갸웃하며 란이 손을 떼고 씩 웃었다. 가제보까지 도착해 로스는 빠르게 란을 내려놓았다.

'역시 성인 남자의 머리를 쓰다듬는 건 실례였지.'

하지만 사과하면 확대 해석 할까 봐 겁난다.

란은 그렇게 생각하며 가제보 아래에 준비된 테이블에 앉았다.

이제 비는 제법 기세 좋게 내리고 있었다. 녹음이 가득한 정원에서 달콤한 흙냄새가 올라왔다. 커다란 잎사귀를 때리는 빗소리가 경쾌하게 울린다.

란은 테이블에 턱을 괴고 정원을 바라보았다.

비 오는 정원은 그 자체로 아름다웠다. 눈을 감고 있어도 좋았다.

란은 길게 숨을 들이마셨다가 내뱉었다.

곧 시종들이 둥근 은쟁반으로 덮은 다도구를 줄줄이 들고 왔다.

하나씩 테이블에 다구를 세팅하고 란은 차를 우렸다.

부드러운 차 향기가 차가운 여름비 공기 속에 퍼졌다. 우려진 차는 걸러서 새 찻주전자에 옮겨 담은 후 그녀는 느긋하게 티타임을 즐겼다.

'호사다.'

란은 그렇게 생각하며 제 시녀들에게도 차를 권했다.

소다와 카라, 디모디아는 기뻐하며 자리에 앉았다.

"이렇게 나와서 같이 차를 마시니까 좋네."

란의 말에 소다가 고개를 끄덕였다. 짙은 갈색 머리카락을 가진 그녀는 가주와 함께 차를 마시는 자리에 있다는 게 행복했다.

같은 시녀들이 란을 섬기는 저를 얼마나 부러워하고 있는지!

"그런데 제복은 다들 어때?"

"너무 좋아요!"

소다가 빠르게 대답하며 목소리를 높였다.

"밖에 나가면 다들 녹색 아치에서 오셨군요, 하고 공손하게 대한다고요. 불량배들이 대드는 일도 없고! 가게 주인도 얼마나 정중한데요! 참, 전에 라비나는 기사분이 구해 준 적도 있대요! 라치아분이시죠? 하면서요!"

흥분한 기분 그대로 빠르게 다다다 뱉어내는 소다를 보고 나이가 있는 카라는 가주의 눈치를 보았다. 란이 관대하기만 한 주인이 아니라는 걸 모두가 잘 알고 있었다.

효수당한 회계관의 목을 잊기는 쉽지 않은 법이다.

하지만 란은 소다의 반응에 흐뭇한 미소를 지었다.

"다들 좋아한다니 다행이네. 겨울이 되면 동복도 마련할 예정이거든. 혹시 건의할 점이 있다면 알려줘."

란의 말에 소다의 눈이 반짝였다.

"동복이요?"

"응 이건 여름용 옷감이니까. 소다가 아는 하녀가 많은 것 같은데 의견을 들어줘."

"네, 네! 가주님!"

소다의 얼굴이 발개져서 대답이 강하게 나왔다. 란이 카라를 돌아보며 말했다.

"그럼 카라가 의견 정리는 좀 도와주고."

서열을 지켜주는 말에 카라는 우아하게 미소 지으며 고개를 숙였다.

"뜻대로 하겠습니다."

디모디아가 쾌활하게 웃으며 말했다.

"전 사실 가주님이 무서운 분일 줄 알았어요. 그런데 너무 좋으신 분이어서 행복해요."

"그건 고맙네."

란은 그렇게 말하고 미소 지었다. 그때 저쪽에서 누군가 달려왔다. 그가 가제보 아래 서자마자 시녀들이 재빠르게 자리에서 일어났다.

"도련님을 뵙습니다."

유스타프는 코트에서 물기를 털어내며 말했다.

"차 향기에 끌려왔습니다."

란이 자리에서 일어나 디모디아에게 숄을 받아 들며 말했다.

"완전히 젖었잖아? 괜찮아? 화로를 준비하고 다구도 준비해."

"네, 가주님."

짧은 티타임을 아쉬워하며 소다가 말하고, 막내인 디모디아와 함께 우산을 들고 후다닥 정원 너머로 사라졌다.

"비도 오는데 어딜 다녀오는 거야? 우산은 또 어쩌고?"

란이 숄로 유스타프의 젖은 머리를 닦아주려 하자 그가 살짝 그녀의 손을 밀어냈다.

"누님이 입으셔야죠."

"안 추워."

"숄 버립니다."

"그런가? 빨면 될 것 같은데."

섬세하게 짜인 직물을 바라보며 란이 눈썹을 모으는데 로스가 얼른 다가와 유스타프의 코트를 벗겨 주며 말했다.

"그런 건 다시 빨기도 어려운 겁니다."

"그런가."

란은 고개를 끄덕였고 로스는 몇 번 코트를 털었다. 그 사이 디모디아가 빠른 걸음으로 수건을 가지고 돌아와서 유스타프는 젖은 머리를 털었다.

"가서 옷 갈아입고 오는 게 낫지 않겠어?"

"괜찮습니다."

유스타프는 그렇게 말하며 고개를 저었다. 그러더니 그는 재미있는 걸 보았다는 듯 물었다.

"누님께는 날개라도 달려 계십니까?"

"응?"

무슨 말인가 하고 란이 그를 보니 유스타프가 말했다.

"비 오는데 물방울 하나 튄 흔적이 없으셔서요."

"아, 로스 경이 여기까지 안아다 줬어."

란이 웃으며 말하자 유스타프가 "로스 경이요." 하고 로스를 향해 시선을 돌렸다. 로스는 어쩐지 오싹함을 느끼며 시선을 내렸다.

"수고했네."

"감사합니다."

대답하고도 고개를 들 수가 없었다.

곧 시종들이 줄줄이 들어와 사용한 다구를 치우고 새 다구를 세팅했다. 작은 화로 역시 옆자리에 놓였는데, 숯을 사용한 화로가 아니라 얼음 수정을 사용한 '자동 화로'였다. 3단계로 화력 조절이 가능하고, 좌우로 돌아가기까지 하는 제품이었다.

'한국에서야 흔하지만.'

여기서는 어마어마하게 획기적인 물건이다. 그만큼 시종들이 편해지기도 했고.

"화로까지는 필요 없는 거 아닌가요?"

유스타프가 중얼거리자 란이 말했다.

"여름 감기가 얼마나 독한데."

유스타프는 "감기 걸릴 날씨는 아니지요. 7월의 수도는." 그렇게 대답하고 손가락을 가볍게 들었다.

"얼음."

시종에게 짧게 명령하자 곧 얼음과 얼음 잔이 대령되었고, 유스타프는 찻주전자를 들어 얼음 잔에 뜨거운 차를 부었다.

쩌적-

가볍게 얼음이 깨지는 소리가 나고 순식간에 냉차가 만들어졌다.

"제가 방해한 건 아닙니까?"

"응?"

"시녀들과의 시간을요."

"아냐, 나중에 또 마시면 되지. 그러고 보니 유스랑은 이렇게 느긋하게 시간 보낸 적이 없었네."

어쩌다 보니 계속 일에 치여서 일하는 시간에만 같이 있을 뿐, 사적 대화를 위한 시간을 따로 가진 적은 없었다.

"그러네요."

유스타프는 그렇게 말하고 고개를 끄덕였다.

차가운 차를 마시고 내려놓자 얼음이 울리는 소리가 경쾌하게 났다. 잠시 그 소리와 어우러지는 빗소리를 듣다가 유스타프가 손을 저었다. 그러자 시종들이 재빠르게 가제보에서 물러났다.

로스는 머뭇거리다가 떨어져서 뒤돌아섰다.

란이 속삭였다.

"왜? 무슨 일 있어? 어디 다녀온 건데?"

"아뇨, 그게 아니라 사적 이야기가 하고 싶으시면 하시라고."

"뭐야, 그게—"

란은 눈을 크게 떴다가 가볍게 웃었다.

"유스는? 하고 싶은 이야기 없어?"

"글쎄요."

그는 고개를 갸웃했다.

"음~ 유스타프 춥지 않아?"

"네."

"날씨가 그래도 좀 쌀쌀하네."

"그러네요."

"유스타프."

"네."

"단답형으로 대답하면 대화가 이어지지 않아."

"알겠습니다."

란이 샐쭉하게 눈을 떴다가, 흥, 하고 말했다.

"사적 이야기 안 해도 상관없지. 우리 그런 사이도 아니고. 어차피ㅡ"

네가 가주가 되면, 끝인걸.

침묵이 가제보 안을 휘감았다. 결국 참지 못하고 먼저 말을 꺼낸 것은 역시 란이었다.

"저거 봐 봐."

유스타프가 고개를 돌렸다. 란이 피식 웃으며 말했다.

"대리석이 파였네. 가제보가 세워진 지 꽤 오래됐나 봐. 물방울에 파인 거지?"

가제보 지붕에서 떨어진 물방울이 그 아래 바닥 대리석에 확실하게 표시를 남겨놓았다. 녹색 아치가 세워진 지도 300년. 가제보가 그렇게까지 오래되지는 않았겠지만, 적어도 무른 대리석이 파일 정도로는 오래된 모양이었다.

유스타프가 그걸 바라보다가 천천히 입을 열었다.

"물방울이 떨어질 때마다 바위는 무슨 생각을 할까요?"

"어?"

느닷없는 말에 란이 고개를 들어 유스타프를 보았다. 하지만 그는 그녀를 보지 않고 파인 대리석만 보고 있었다.

"처음에는 귀찮다고 생각할 테고, 매번 조각나서 튕겨나가는 꼴이 우습다고도 생각하겠죠. 그리고 나중에는 그러든지 말든지 무감각해졌을 겁니다."

유스타프가 이렇게 길게 뭔가를 이야기하는 것은 처음이라 란은 경청했다.

톡.

톡.

톡.

부딪치는 그 소리가 아무렇지도 않아졌을 때.

"그러다가 언제 바위가 자신이 파였다는 걸 알아채는지 아십니까?"

란이 대답할 타이밍인지, 뭐라고 대답을 해야 하는 건지 망설이는데 그가 이어 말했다.

"더는 부딪치는 소리가 아니라, 찰랑 하고 고이는 소리가 났을 때죠."

물 위에 물이 떨어지는 소리가 날 때.

그때 바위는 당황할 터였다.

"그리고 얼마나 깊게 파였는지는 더는 빗방울이 떨어지지 않고, 고인 물이 사라져 버렸을 때. 제 안이 얼마만큼 텅 비게 되었는지를 보고 나서 깨닫게 되겠죠."

그리고 빗방울이 딱히 바위를 파이게 하려고 했다는 게 아니라는 점에서는—

"치사하죠."

유스타프가 란을 돌아보며 하는 말에 란은 눈을 크게 떴다.

"어? 뭐, 뭐가?"

뭐가 치사한데?

당황해서 란이 되물었다. 어딘지 이야기가 맞물리지 않는 물음이었다.

"글쎄요."

유스타프는 그렇게 대답하고 자신이 뭔가 놓친 게 있는지, 은유와 비유를 잘못 생각했는지 끙끙거리는 란을 바라보았다. 유스타프는 픽 웃고 시선을 빗줄기로 돌렸다. 제법 내리는 비는 그칠 기미가 보이지 않았다.

"아무래도 저녁이 되면 빗줄기가 더 거세질 것 같습니다."

"여기서 더? 그럼 진짜 폭우가 쏟아지겠네. 며칠 더 녹색 아치에 머무르게 되려나?"

안도가 살짝 그녀의 목소리에 섞여 나왔다.

며칠의 여유가 있다면, 루미에 일을 마무리할 수 있을지도 모른다.

"역시 라치아로 돌아가기 싫으십니까?"

"응?"

"녹색 아치에 머무르는 쪽이 더 낫지요."

유스타프의 말에 란은 턱을 괴며 말했다.

"그러네, 원래 사교 시즌 끝까지는 있을 예정이었으니까. 그래도 어쩔수 없지. 라치아로 돌아가면 할 일은 산더미일 테지만, 여기 머물러도 더할 일도 없고. 할 수 있는 일도 없고."

그녀가 중얼거렸다.

란은 눈을 감고 빙벽과 하늘 저택을 떠올렸다.

"사교계에 무난히 머물렀다면 좋았겠지."

하지만.

'그래도 돌아간다고 하니 기쁜데.'

이 복잡하고 답답한 정치를 떠나 라치아로 가서 영지 일에만 전념하는 게 그녀에게는 훨씬 더 기분 좋은 일이었다.

란은 빙긋 웃고 눈을 떴다.

"유스타프는? 라치아로 돌아가고 싶어 했잖아."

"네."

그는 고개를 끄덕이고 낮게 말했다.

"그게 제 전부인 곳이니까요."

유스타프의 예언대로 밤이 되자 빗발은 더욱 거세져서 가히 채찍비라고 이름 붙일 만한 비가 쏟아졌다. 밤인 데다가 시야마저 흐리는 그 빗줄기를 뚫고 일루미니티 백작의 전령이 도착했다.

품속의 편지는 조금도 젖지 않은 채였다. 란은 어쩐지 전령에게 미안해져서 시종에게 새 옷과 따뜻한 식사를 대접하라고 명했다.

시녀들은 중요한 일인가, 궁금해하는 얼굴이었지만 감히 입에 담지는 않았다.

란은 편지를 뜯어서 읽고 자리에서 벌떡 일어났다.

꽃은 꺾었습니다.

이 첫 문장 때문이었다.

가슴속이 떨려와 그녀는 재빠르게 다음 문장을 읽었다.

**하지만 역시나 찻잎은 구할 수가 없었습니다. 독점하고 있는
상인이 구매자를 보기 원합니다.**

'으아아아—'

란은 입술을 깨물고 자리에 앉았다.

'어떻게 해야 하나.'

머릿속이 빙글빙글 돌았다. 아니, 그냥 이제 불법 투기장입네, 하고 가서 다 부수면 되는 거 아닌가?

아, 그러다가 증거를 인멸하거나 아니면 어딘가로 옮기려나?

사실 이렇게 큰 규모의 투기장이 운영되고 있다는 것 자체를 수도 경비대가 모를 수는 없지. 어딘가에서 연결되어 있을 텐데, 그 연결 고리를 찾아서 부수는 일은 내 본분이 아니란 말이야.

'그건 황실에서나 할 일이지.'

하지만 황태자나 황제의 꼴을 보니 그런 일을 할 리가 없는 것 같다.

'수도 안에서 라치아의 사병을 움직이는 것은 안 될 말이고.'

더더군다나 얼마 전에 루스의 별명을 비뚤코로 만들어놓은 상황에서.

즉 지금 괜히 라치아령으로 돌아가려는 게 아닌 거다. 최대한 황제의 심기를 살핀다는 뉘앙스를 보여주며 사교계에서 발을 빼려는 거였다.

'직접 찾아가 보는 수밖에 없겠어.'

란은 그렇게 결심했다.

구매자를 원한다면, 만나주마.

그쪽에서 어떻게 나오든 란은 일단 '정령'이라는 패가 있었다. 납치 감금이라도 하려 하면 '이스타리프'를 부르면 된다. 그것도 아니면 더 상위 정령을 불러도 되고.

'청염으로도 충분할 것 같기는 하지만.'

대가가 뭔지는 모르겠지만, 그래도 사용할 수 있는 패를 쥐고 있다는 건 중요한 일이다.

게다가 진짜로 공작을 잡으려는 멍청이는 존재하지 않을 거라고, 란은 생각했다.

신분제하에서 살아온 사람에게 신분이란 절대적인 것이다. 현대인인 란의 감각으로는 이해되지 않는 것이 있었다.

'유스타프가 라치아에 대해 가지는 집착도 그렇지.'

란은 그렇게 생각하며 눈을 감았다. 이미 여동생까지 구해낸 상황인데, 발 빼기에는 너무 늦었다.

어떻게든 루미에는 구해내야 한다.

란은 깊게 숨을 들이마시고 편지를 디모디아에게 건넸다.

"태우렴."

디모디아는 충실하게 초를 켜서 편지를 태웠다. 방 안의 등은 마법램프로 대체하고 있어서 편지를 태우려면 따로 초를 켜야 했다.

란은 물끄러미 디모디아를 바라보았다.

'쟤라도 데려가자.'

녹영이니까, 재주가 있겠지.

'로스는 데려갈 수가 없고.'

그러면 너무 일이 커질 것 같다. 일단 로스가 말도 안 된다고 펄쩍 뛸 테고.

란은 필기구를 가져오게 해서 일루미니티 백작에게 답장을 썼다.

직접 찻잎을 보러 가겠어요.

딱 한 문장을 쓰고 잠시 잉크를 램프 불에 비춰 마르길 기다렸다가 란은 그걸 전령에게 전하라 하고 소파에 기댔다.

더 좋은 방법이 생각나지 않았다.

'폭우 때문에 일정이 미뤄져서 다행이다.'

란은 그렇게 중얼거리고 자리에서 일어나며 말했다.

"디아, 잠깐 이리 올래?"

"네."

디모디아가 얼른 가까이 다가왔다.

"내가 어딜 몰래 나가려고 하는데 도와줄 수 있어?"

디모디아의 보라색 눈이 조심스레 란을 살폈다. 란이 빙긋 웃으며 말했다.

"디아도 함께 가면 더 좋고."

"저랑요?"

"응. 호위가 필요해서."

"그런, 저는……."

머뭇거리는 디모디아를 보고 란은 어쩐지 웃음이 나왔다.

아이고, 네 출신 다 알아요.

"싫어?"

"아뇨, 가겠습니다."

"그럼 모두에게 비밀로 해줘. 알았지? 모두에게."

힘주어 덧붙인 말에 디모디아가 고개를 숙였다.

"네, 가주님."

"응, 그럼 부탁할게."

란이 고개를 끄덕였다.

'유스타프에게는……'

굳이 알릴 필요는 없지 않을까?

설명하는 것도 어렵고.

란은 은근슬쩍 문제를 회피하기로 했다. 이번 일만 끝나면 루미에랑 안 볼 가능성이 높은데, 괜히 유스타프에게 알리고 싶진 않았다.

'그래도 전의 이야기도 그렇고, 조금쯤은 날 편하게 생각하는 것 같은데.'

란은 흐뭇한 미소를 지었다.

남자 주인공에게 인정받은 기분?

'이대로 안전 이별을 잘하면 되겠다.' 하는 생각에는 변함없지만, 요즘은 마음 한구석에서 '이대로 라치아 공녀로 남게 되는 거 아닐까?' 하는 작은 희망도 함께 자라고 있었다.

'하지만 안심할 수 없어.'

유스타프에게는 정말로 라치아가 소중하니까, 거기 방해되는 건 하나도 남겨두지 않을 거다.

만약 유스타프가 남으라고 해도 떠나 주는 게 예의라고, 란은 생각했다.

이튿날 일루미니티 백작이 편지를 보내왔다. 찻잎 유통 기간을 알리는 꽤 노골적인 편지였다.

'내 편지를 아무도 살펴보지 않을 것처럼 쓰는군. 살펴봐도 어때, 싶기는 하지만.'

란은 그렇게 생각하고 디모디아에게 몰래 나갈 날짜를 얘기했다.

바로 그날 저녁이었다.

유스타프에게는 몸이 안 좋아서 일찍 자겠다고 말해두고 란은 침실에 앉아서 디모디아를 기다렸다.

밤이 깊었을 때 디모디아가 옷과 변장 도구까지 챙겨서 돌아왔다. 서로가 아는데, 모른 척하며 란은 "이런 것까지 챙겨오다니, 잘했어." 하고 말했고 디모디아는 "이런 게 필요하실 것 같아서." 하고 수줍게 답했다.

란은 남장을 했다.

'바지 진짜 오랜만이다. 짱 편해.'

란은 그렇게 생각하며 몇 번 다리를 움직였다. 거기에 방수 처리가 된 롱부츠를 신고, 머리카락은 촘촘하게 땋아 올린 후에 실크해트를 눌러 썼다.

셔츠에 조끼에 코트, 그리고 그 위에 비옷 대신인 방수 케이프를 걸쳤다. 겹겹이 입어서 남자인지 여자인지 구별되지 않는 차림이었다. 디모디아 역시 깔끔하게 남장을 했다. 다른 점은 모자를 쓰지 않고 머리를 올려 묶었다는 점이었다. 게다가 화장까지 진하게 해서 어둠 속의 그녀는 완전히 다른 사람처럼 보였다.

"그럼 가시죠, 가주님."

말투도 어딘지 딱딱해졌다.

'이쪽이 진짤까? 아니면?'

그런 생각을 하며 란은 몰래 침실 테라스로 저택을 빠져나왔다. 디모디아가 하녀용 뒷문을 열어 두어 둘은 비 오는 어둠 속을 생쥐 두 마리처럼 잽싸게 빠져나왔다.

"이렇게 오실 줄은 몰랐습니다."

접선 장소에서 기다리고 있던 일루미니티 백작이 낮게 말했다. 그는 자신의 기사를 한 명 대동하고 있었는데, 옷차림이 평소와 달랐다.

귀족보다는, 돈 많은 평민 같은 차림이었다.

"중요한 사안이라."

란은 그렇게 말하며 모자챙에서 비가 뚝뚝 떨어지는 걸 바라보다가 말했다.

"이 모자는 이제 못 쓰겠군. 바로 장소를 옮기지."

"가시기 전에 주의하실 점이 있습니다."

란이 어둠 속에서 말끄러미 그를 바라보았다. 일루미니티 백작이 들고 있는 램프가 빗속에서 희미하게 그를 비추고 있었다.

"절대로 본명을 말하지 마십시오. 절 뭐라고 부르시든 상관없습니다."

"알았어."

"일이 생기면 목숨을 우선시하시고요."

"난 장수할 예정이야."

란의 말에 일루미니티 백작의 입가에 미소가 번졌다.

"그리고 절대로 초조하거나 꼭 물건을 원한다는 모습을 보이시면 안 됩니다."

"명심하지."

"사실 협상에 있어서는 저보다 가주님이 나으시겠지만요."

란이 하핫 하고 가볍게 웃었다.

"그건 고마운 평가인데."

"이 수도 사람들은 다 압니다."

"그렇지 않은 자도 있지."

"그건 멍청이죠."

란이 픽 웃고 "얼른 가지." 하고 말해 백작은 고개를 끄덕였다.

마차도 없이, 네 명은 비가 추적추적 내리는 거리를 빠르게 걸었다. 어차피 마차가 들어가지도 못하는 골목이라고 일루미니티 백작이 설명했다.

"그런데 여동생은?"

란의 물음에 일루미니티 백작은 그녀를 구출한 경위에 대해서 간단하게 이야기했다. 란은 그 이야기를 들으며 눈을 찌푸렸다. 역시나 여동생이 좋은 환경에 있었던 건 아니었다.

'그러고 보니 원작에서도 그런 내용이 나왔었지. 나중에 다시 보면서 쓸데없는 신파 설정이라고 생각했는데.'

사실이라니 씁쓸하다.

그 사이 일행이 수도 외곽으로 들어서자 란은 경악했다.

'이런 빈민굴이 있었어?'

수도에 이런 곳이 있다는 건 전혀 알지 못했다.

'아니, 내 세금을 다 어디에 쓰는 거야?'

물론 자기들 먹고 노는 데 쓰겠지. 그런데 제국에 왜 이렇게 빈민굴이 있는 거지? 물론 가난이야 나라도 구제 못 한다고 하지만……

생각보다 규모가 커서 란은 놀랐다.

가로등 하나 없는 밤의 골목은 깜깜했다. 붉은 등만이 빗줄기 속에 깜박거리며 흔들렸다.

그나마 폭우 덕분인지 냄새가 덜했지만, 그래도 지린내와 비릿한 냄새가 공기 중에 떠돌았다.

'왜 디아가 롱부츠를 챙겨왔는지 알겠다.'

란은 그렇게 생각하며 밤이라 다행이라 생각했다. 밑에 밟히는 철벅철벅한 진흙이 뭔지 안 보이니까.

그렇게 좁은 골목을 지나 일루미티니 백작은 좀 트인 장소에 도달했다. 붉은 등이 가득한 골목이었다.

개중에서도 꽤 커 보이는 술집으로 백작이 들어갔다.

안은 어두컴컴했다. 왁자한 소리와 술 냄새가 확 퍼졌다. 복층으로 되어 있는 구조로, 아래서는 술을 마시고 위층에서는.

'일을 치르나 보군.'

란은 그렇게 생각하며 모자를 더 눌러 썼다.

"어서 오십쇼!"

점원이 손바닥을 비비며 재빠르게 다가왔다. 일루미니티 백작이 말했다.

"아르카에게 손님이 왔다고 전하게."

그 말에 점원이 놀란 얼굴로 "예, 예." 하고 대답하는데 위층에서 소리가 들려왔다.

"이게 누구야! 드디어 오셨구만! 올라오게!"

란이 모자챙을 손끝으로 슥 들며 올려다보니 덩치 큰 남자 둘 사이에 서 있는 짜리몽땅하고 투실한 남자가 히죽히죽 웃음을 짓고 있었다.

"저 인간인가?"

란이 낮게 묻자 백작이 고개를 끄덕였다.

란은 발 매트에 적당히 밑창을 문지르고 백작의 뒤를 따라 위층으로 올라갔다.

안내된 방 안은 제법 크고 화려하게 꾸며져 있었다.

'싸구려 천박함.'

란은 그렇게 평가하며 바닥의 카펫을 바라보았다. 색상은 화려하지만 방 안 분위기와 도무지 어울리지 않았다. 금도금인지, 진짜 금인지 알 수 없는 조각상들도 제각각이었다. 촛불 아래 화려하지만 잘 보면 싸구려 티가 나고, 모여져 있으니 조잡했다.

"구매자께서 직접 오시다니 영광입니다. 저는 작은 경기장을 담당하고 있는 아르카라고 합니다."

아르카는 제 콧수염을 비비 꼬며 상석에 놓인 소파에 냉큼 앉았다.

"꼭 만나야겠다고 하니까."

일루미니티 백작이 뭐라고 하려는 걸 손을 들어 막으며 란이 대신 대답했다.

자, 그럼 이제 시작이다.

그녀의 목소리를 듣자, 아르카의 눈이 이채를 띠었다.

'여자라고?'

어디 부인이 검투사를 구매하려고 하는 건가?

"구매 전에 내가 원하는 물건이 맞는지 먼저 확인하고 싶네. 내가 이쪽을 믿기는 하지만, 그쪽은 못 믿어서."

란이 백작과 아르카를 번갈아 가리키며 말하자 아르카가 고개를 끄덕였다.

"그럼요. 물론입죠. 들어와라!"

아르카가 소리치자 뒷문이 열리고 남자가 묵직한 사슬 소리와 함께 걸어 들어왔다. 한눈에도 검투노예라는 걸 알 수 있었다.

'루미에!'

란은 속으로 소리쳤다.

주홍색 머리카락을 가진 장신의 남자는 말없이 고개를 숙이고 있었다. 짧은 튜닉을 입고 있어 팔다리의 상처가 그대로 드러나 보였다. 손목과 발목에는 긴 수갑과 족쇄가 채워져 있었다.

"어이, 고개 들어."

아르카가 말하자 루미에가 고개를 들었다. 무표정한 얼굴이 란의 얼굴에 와서 박혔다.

상상했던, 아니, 보았던 얼굴과 같은 루미에였다. 그녀는 심장이 저절로 빨라지는 걸 느꼈지만, 어디까지나 평온한 자세를 유지했다.

"어떠십니까? 원하시는 상품이 맞으신가요?"

"맞네."

란은 그렇게 대답하고 빙긋 미소 지었다. 그리고 루미에에게서 시선을 떼고 아르카를 보았다.

"굳이 날 보자고 한 이유가 뭔가?"

"말씀하셨던 대로 신뢰 때문이지요."

"신뢰라, 그쪽과 쌓을 신뢰는 없네만?"

"신뢰 없는 거래가 있겠습니까?"

아르카가 흥, 하고 짐짓 기분이 상한 듯 말해서 란은 가볍게 소리 내어 웃었다.

"그래? 그럼 그쪽은 그대의 노예와 신뢰를 쌓고 있나?"

아르카의 표정이 살짝 굳었다.

"노예와 무슨 신뢰입니까?"

"그래? 하지만 내가 듣기로는~"

란이 소파 등받이에 엉덩이를 기대며 팔짱을 꼈다.

"저 노예의 여동생을 그대가 데리고 있다고 들었네만."

루미에가 천천히 눈을 들어 란을 바라보았다. 아르카가 당황해 말했다.

"그게 무슨 상관, 잠깐. 설마―"

"그 여동생이 있던 곳이 산호초굴이라는 곳이라지? 얼마 전에 습격받아서 다 불탔다고 들었는데 말이야."

"당신 짓이었군!"

아르카가 자리에서 벌떡 일어났다. 그의 얼굴이 시뻘게졌다.

"왜 그게 그렇게 되지?"

란이 어리둥절한 목소리로 말했다.

"단지 내가 알고 있는 건, 거기 있었던 여자아이를 지금은 내가 데리고 있다는 거지."

"너—!"

아르카 옆에 있던 덩치 큰 남자들이 험악한 얼굴을 하며 검을 뽑아 들었다. 그러자 디모디아와 백작이 재빠르게 란의 앞을 가로막았다.

아르카가 씩씩거리며 말했다.

"그 여자애에게는 약이 필요하지. 나만이 줄 수 있는 약이야!"

"수면제와 포도주를 섞은 약? 진정제 대용품인 싸구려 마약?"

란이 그렇게 말하며 빈정거리자 아르카의 얼굴이 시뻘겋게 변했다. 루미에가 고개를 들었다.

"당장 저년을—"

아르카가 소리치는데 소리도 없이 루미에가 그의 머리를 잡았다. 그리고 누구도 예상하지 못한 일격으로 그의 머리를 돌렸다.

우드득.

작은 소리가 나고 아르카의 목이 휙 돌아갔다. 그리고 아르카의 시체가 앞으로 쓰러지기도 전에 루미에는 책상 위의 긴 페이퍼 나이프를 집어 옆에 서 있던 덩치 큰 남자의 눈에 깊이 박아 넣었다.

그제야 아르카의 시체가 바닥에 닿았다.

모두가 굳어 있었다. 아니, 란만이 굳어 있는 건지도 몰랐다.

그제야 정신을 차린 아르카의 다른 호위가 소리 질렀다.

"이 새끼가!"

그러며 커다란 검을 휘두르자 루미에는 몸을 숙여 그걸 피해내고 바닥에 떨어진, 다른 자가 들고 있던 검을 집어 들더니 상대의 목을 베었다.

목이 쿵 하는 소리를 내고 떨어진다는 것, 목이 잘린 시체에서 피가 분수처럼 솟구친다는 걸 란은 처음 알았다. 천장까지 붉은 피가 쭉 뻗어 나갔다. 너무 충격적인 장면을, 멍하니 바라보는데 루미에가 검을 바닥에 떨어트리고 이쪽으로 돌아섰다.

방 안은 고요했다. 루미에는 10초도 되지 않는 시간 동안 세 명을 매끄럽게 죽였다. 몇 번, 아니 수십, 수백 번 그걸 연습해 왔던 사람처럼 낭비 없는 동작이었다. 그가 피가 고인 카펫을 맨발로 밟으며 란을 향해 걸어왔다.

란은 숨을 삼켰다.

디모디아는 어디서 꺼냈는지 단검을 꺼내어 들고 있었고, 백작과 그 호위도 발검한 상태였다.

루미에는 살며시 미소를 지으며 그 자리에 무릎을 꿇고 네발로 기기 시작했다. 기어서 그는 일행의 앞까지 왔다. 백작이 검을 내려 그의 목에 가져다 댔지만, 루미에는 아랑곳하지 않고 란의 발등에, 더러운 부츠 위에 키스하고 애교 있게 웃으며 그녀를 올려다보았다.

"주인님."

란은 순간 기절하는 줄 알았다.

말이 나오지 않았다.

'난 눈웃음치는 거 진짜 싫은데.'

그런 생각만 머릿속을 맴돌았다. 아니, 그녀는 소설을 볼 때 '눈웃음을 쳤다.' 하는 문장을 보면 기분이 별로였다.

아니, 눈웃음을 친다는 게 뭐야?

그게 예뻐?

하지만 그게 예쁘다는 걸, 진짜 요염하게 눈웃음친다는 게 어떤 건지 란은 지금 깨달았다. 저 표정은 눈웃음을 친다, 라는 말 외에는 다른 말로 설명되지 않았다.

그때 밖에서 문을 두들기는 소리가 들렸다.

"아르카 님!"

"괜찮으십니까!"

당황해 란이 어쩌지 하는데 루미에가 말했다.

"비밀통로가 있습니다."

"안내해라."

백작이 대신 말했지만, 루미에는 멀뚱히 란만 보았고 란은 고개를 끄덕였다. 대답하면 목소리가 떨려 나올 것 같았다.

루미에는 자리에서 일어나서 얼른 근처 벽에 달린 촛대를 어루만지더니 아래로 당겼다.

그르릉 하는 작은 소리와 함께 바닥이 휙 돌더니 아래로 내려가는 계단이 보였다.

루미에가 앞장섰고, 그 다음에 백작의 호위, 백작, 란, 디모디아 순서로 일행은 통로를 빠져나왔다.

밖으로 나오자마자 란이 이를 악물었다.

'거기서 그러는 게 아니었어!'

그녀가 일부러 그 사실을 말한 이유는 단순했다.

너 더 이상 루미에에게 명령할 구실이 없어.

이거였다.

그가 습격에 화를 낸다 해도, 그녀가 귀족인 걸 아는 이상 귀족을 그 자리에서 죽이려고 하지는 못할 거다. 그러면 적당한 협박과 함께 '나 그럴 능력 많은 사람이야.'를 어필하고 적당한 가격에 루미에를 구매하려고 했지.

'설마 거기서 다 죽일 줄은.'

위가 꿈틀거리더니 구역질이 올라오는 걸 란은 눌러 참았다.

란이 제 케이프를 벗으려다가 욕설을 내뱉고 말했다.

"이것 좀 벗겨줘. 사슬을 끌고 다니는 걸 보일 수는 없잖아."

목소리에 짜증이 섞여 나왔다.

디아가 말했다.

"제 옷을 벗어서 주겠습니다."

"됐어. 난 이 안에 코트도 입었는걸. 넌 코트뿐이잖아."

"제가 망토를 벗겠습니다."

란이 떨리는 손으로 케이프를 벗으려는 걸 말리며 백작의 호위 기사가 재빠르게 제 망토를 벗어서 루미에에게 건넸다. 루미에가 망토로 제 몸을 감쌌다.

란은 이마를 문지르고 말했다.

"일단, 저 사슬을 처리할 곳으로 가지. 그다음 여동생이 있는 곳으로 가자."

"알겠습니다."

백작은 그렇게 말하고 앞장서서 걷기 시작했다. 디모디아가 란의 옆에 재빠르게 붙어서 물었다.

"괜찮으세요?"

"응. 아니, 응."

란이 빠르게 말해서 디모디아가 희미하게 미소 지었다.

"그렇게 대답하시는 걸 보니 괜찮으신 것 같네요."

란은 허허하는 웃음을 삼켰다.

란이 느리게 백작에게 말했다.

"예상치 못한 일이 생겨서 미안하군. 그 작자가 죽었으니, 신용도에 문제가 생기는 거 아닌가?"

"괜찮습니다. 어차피 버린 신분이었으니까요. 이걸로 깨끗하게 처분하면 되지요."

일루미니티 백작이 담담하게 말했고, 담담해서 란은 더욱 미안해졌다. 물론 그가 손 씻었다고 하기는 했지만, 뒤쪽 커넥션은 중요했을 터인데!

란은 루미에를 한 번 노려보듯 바라보았고, 그러자 루미에는 애교 있게 다시 미소 지었다.

'아오, 진짜.'

란은 속으로 투덜거리며 밤비 속을 걸었다.

일루미니티 백작은 마련된 안가로 향했다. 제법 사는 평민들 구역에 있는 집이었다.

안으로 들어가 그는 대기하고 있던 시종에게 뭔가 명령했고, 그러자 시종이 곧 열쇠장이를 데리고 돌아왔다. 란은 말없이 루미에의 손목과 발목의 족쇄가 풀리는 걸 바라보았다.

"여동생은 위층에 있네. 아직 자는 중이야."

백작의 말에 루미에가 고개를 번쩍 들었다.

"만날 수 있습니까?"

애원하는 어조로, 그가 속삭이듯 물었다. 란이 말했다.

"일단 씻고 옷을 갈아입고서."

루미에가 입고 있는 것은 너덜너덜한 튜닉이었다. 게다가 더럽고. 아무리 그래도 저 몰골로 여동생과 상봉시켜 주고 싶지는 않았다.

루미에 역시 순순히 고개를 끄덕였다.

그가 씻으러 들어가자마자 백작이 란에게 말했다.

"이제 어떻게 하실 겁니까?"

"풀어줘야지."

"그리고요?"

"그게 끝이야. 고생하게 해서 미안하네, 백작."

"제가 뭐라고 할 처지는 아니지만……."

백작이 낮게 말했다.

"그의 여동생이 몸이 매우 약합니다. 이미 알고 계신 것처럼 약으로 줬던 마약이 몸을 많이 해친 상태이고요. 저대로는……."

말끝을 흐려 란은 놀라 되물었다.

"많이 안 좋은가? 혹시 의사에게는 보여 봤나?"

"몸이 아픈 근본 이유는 의사도 모르더군요."

의미 있게, 백작이 말해서 란은 입술을 깨물었다.

디모디아가 그 사이 란에게서 모자와 케이프를 벗겨 주었다. 축축하고 무거운 것들을 벗고 나자 살 만한 기분이 되었다.

"추격자가 붙지는 않을까?"

란의 물음에 백작은 잠시 턱을 문지르며 생각에 잠겼다가 답했다.

"아르카는 그 바닥에서도 악명 높았으니까요. 만세를 부르는 자들도 꽤 될 겁니다. 게다가 부하를 믿지 않는 자여서, 그가 이끄는 조직의 중요한 정보와 함께 죽었을 테니 조직은 사분오열되겠죠."

"사분오열된 조직은 보통 정당성을 찾으려고 아르카 살해자를 찾아 죽이려 하지 않나?"

란의 말에 일루미니티 백작이 고개를 끄덕였다.

"물론 그렇습니다만, 아마 자기들끼리 구역 싸움을 시작하는 게 먼저일 겁니다."

"그렇군."

하긴, 땅따먹기는 선점 싸움이기도 하니까.

'구역 싸움이라. 그러면 그 틈에 정리를 해 버릴 수 있지 않을까.'

제대로 머리가 박힌 경비대라면 하겠지.

잠시 후, 씻고 말쑥한 옷으로 갈아입은 루미에가 돌아왔다. 주홍색 곱슬한 머리카락은 단정하게 하나로 묶고 있었다.

'잘생기긴 잘생겼어.'

란은 그렇게 생각하며 소파 등받이에 기대앉아 루미에를 바라보았다.

그의 눈동자 역시, 머리카락과 한 쌍으로 주홍빛을 띠고 있었다.

'어째서 서브남은 머리색이 밝은 걸까.'

란은 실없는 생각을 하며 루미에를 보다가 말했다.

"올라가지."

백작이 고개를 끄덕여, 일행은 2층으로 올라갔다. 조심스럽게 방문을 열고 안으로 들어가자 간호하고 있던 하녀가 자리에서 일어나 가볍게 인사했다.

"자는 중인가?"

생각해 보면 새벽이지.

란의 물음에 하녀가 공손하게 답했다.

"네, 그렇습니다."

루미에가 란에게 물었다.

"가까이 다가가도 되나요?"

"물론이지."

란이 고개를 끄덕이자 루미에는 발소리 없이 침대 옆으로 다가갔다. 한참 그는 여동생의 얼굴을 내려다보고 있었다. 란이 "우리는 나가줄까?" 하는데 여동생이 눈을 떴다.

"오빠……?"

작게 힘없이 중얼거리는 목소리였다. 루미에가 미소 지었다.

"그래."

"오빠!"

버럭 소리를 지르며 여동생이 몸을 일으키다가 격렬하게 기침했다. 루미에가 침대 옆에 한쪽 무릎을 꿇고 여동생의 등을 쓸어주었다.

하지만 여동생은 아랑곳하지 않고 기침하며 루미에를 꽉 끌어안았다.

"오빠, 오빠—"

그러더니 흐느껴 울기 시작했다.

란은 눈을 크게 떴다.

'엄청난 미소녀!!'

이제 열둘? 열셋? 그쯤 되었을까?

루미에와 똑같은 주홍색 머리카락을 가진 여동생은, 그야말로 병색이 완연한 모습을 하고 있지만 그 상황에서도 미모를 발산하고 있었다.

'과, 과연.'

저런 여동생을 위해서라면 뭐든지 할 만하다. 그런 속물적인 생각이 들 정도의 미모였다.

란은 연신 감탄했다.

하지만 울면서도 기침을 하던 여동생은 곧 발작 같은 경련을 일으켰다.

"릴리!"

놀란 루미에가 그녀를 꽉 붙잡았다. 하녀가 놀라 어쩔 줄 몰라 하는 걸 보고 란이 말했다.

"의사를 불러라!"

명령에 반사적으로 반응해서 하녀는 후다닥 아래층으로 내려갔다.

"커, 커헉, 컥—"

버둥거리는 릴리에게 란이 달려갔다.

'그러니까, 발작 때는—'

상식을 어떻게든 살려보려고 란은 애썼다.

'머리를 부딪치지 않게, 기도에 막힌 게 없는지 확인하고—'

그녀가 깃털 베개를 들어 릴리의 머리와 침대 헤드 사이를 가로막았다.

'그 다음이, 아!'

"윽—!"

"가주님!"

그녀가 릴리의 입에 손가락을 넣자마자 물려 란은 작게 소리를 냈다.

'혀를 깨물지 못하게…….'

디모디아가 후다닥 손수건을 들고 다가와서 릴리의 입에 물려 란의 손가락을 빼냈다.

"고개를, 옆으로 돌려줘."

란의 말에 디모디아가 릴리의 고개를 옆으로 돌렸다.

'제대로 물렸네.'

피 난다.

'광견병……은 없겠지.'

잠시 후 릴리의 발작이 멈췄다. 디모디아가 몸을 돌려 란의 손을 붙잡았다.

"괜찮으세요? 피 나잖아요!"

"이 정도는 괜찮아."

란은 그렇게 말하고 릴리를 힐끗 보았다. 발작이 가라앉은 작은 몸은 지쳤는지 쌕쌕 소리를 내고 있었다.

'간질인 건가?'

갸웃하는데 의사가 막 도착했다. 릴리를 살펴보고, 의사는 란의 손가락을 치료해주었다.

루미에는 타오르는 듯한 눈으로 그걸 바라보았다. 그의 눈동자가 란의 얼굴에서 떠나지 않아, 란은 약간 부담을 느끼며 의사에게 말했다.

"무슨 병인지 알 수 없는 건가?"

"네, 죄송합니다."

"그래……."

란은 잠시 생각에 잠겼다가 말했다.

"그, 이름이 어떻게 되지?"

알고 있지만, 그래도 물어보는 게 예의겠지.

루미에에게 묻자 루미에가 조용히 대답했다.

"주인님이 붙여주시는 게 제 이름입니다."

아니, 그거 아니고.

란은 한숨을 내쉬었다.

"그럼 루미에라고 부를게."

제 본명이 나오자 루미에는 흠칫했다. 그의 눈에 혼란과 경계가 지나갔지만, 곧 특유의 미소가 모든 것을 지웠다.

"감사합니다."

"그게, 난 이제 루미에랑 릴리가 가고 싶은 데로 가서 살라고 할 작정이었거든."

"—!!"

루미에가 전신을 움찔했다. 정말로 생각도 하지 못했다는 반응이었다.

"그런데, 릴리가 아프니까…… 그게, 내가 아는 엘프 의사가 있는데, 진짜 잘 보거든. 한번 보일래? 그러려면 라치아령까지 내려가야겠지만……."

"어째서요?"

"아, 엘프가 수도는 싫어해서…… 잘 안 오거든."

전에 거래 때문에 왔던 게 마지막이었다.

"아니, 그게 아니라 어째서 저에게 자유를 주신다는 겁니까?"

"그냥."

란은 어깨를 으쓱했다. 루미에의 눈이 단숨에 의심으로 가득 찼다.

"아니, 여기 있는 모든 사람에게 미안한데, 그냥 그거야."

씁쓸하게 웃으며 란이 말했다.

"루미에가 원하는 대로 하면 돼. 어떻게 하겠어?"

"따라가겠습니다. 하지만, 릴리의 몸이 긴 여행을 버텨 줄지는 모르겠습니다."

란은 잠시 릴리를 보았다가 말했다.

"그건 내가 알아서 할게."

그리고 란은 이마를 문질렀다. 루미에는 조심스럽게 입을 열었다.

"주인님."

"네 주인은 너지, 내가 아닌데."

란은 잘라 말했다.

아까부터 일이 꼬이고 있는 것 같은데, 풀 방법이 없다는 게 짜증이 나서 그녀의 어조에도 짜증이 섞였다.

"죄송합니다."

루미에가 납작 바닥에 엎드렸다. 란은 당황해 그의 어깨를 붙잡아 몸을 세우게 했다. 그러자 루미에도 당황한 얼굴이었다.

"이러지 마. 너에게 화난 게 아냐. 그게 아니라―"

란이 다시 쓰게 웃었다.

"나에게 좀 화가 난 거야. 그리고 너, 거기서 그렇게 그 인간들을 죽이면 어떻게 해?"

"죄송합니다."

"아니. 사과를 듣자는 게 아니라."

란은 잠시 머뭇거리다가 그의 머리를 쓰다듬었다. 루미에의 어깨가 크게 흠칫했다.

"아냐, 됐어. 너도 진짜 고생 많았지. 일단은 쉬어. 자세한 일정은 나중에 알려줄게."

그리고 란이 백작에게 돌아서며 말했다.

"들어간 비용은 전부 나에게 청구하게."

"호의인데요."

"그러니까야."

남의 호의를 공짜로 먹는 건 쓰레기지.

란은 그렇게 말하고 디모디아에게 말했다.

"돌아가자."

일단 오늘은 좀 자고 싶다.

그러면 내일은 머리가 더 잘 돌아갈 것 같아.

디모디아는 말없이 고개를 숙였다.

녹색 아치로 돌아가는 길은 길게 느껴졌다. 피곤해서 그런가, 하고 란은 발걸음을 재촉했다.

그리고 시종들이 다니는 문으로 들어가, 저택 뒷문을 여는데 거기에 거짓말처럼 유스타프가 서 있었다.

란은 기절하고 싶은 심정이 되어 어둠 속에 서 있는 그를 바라보았다.

유스타프가 물었다.

"어딜 다녀오십니까?"

"유스."

"네."

"나 지금 토할 것 같아."

"……."

"그리고 엄청 피곤해. 그러니까—"

유스타프가 그녀의 모자를 획 벗겼다. 란이 눈을 찌푸리며 그에게서 모자를 가져오려고 손을 뻗었다.

"진짜, 나중에 하면 안 돼?"

그녀가 투덜거리다가 순간 비틀거렸다. 유스타프가 그녀의 허리를 붙잡았다. 그리고 눈을 찌푸렸다.

"피비린내가 납니다."

"진짜?"

깜짝 놀라 되묻자 유스타프가 그녀를 번쩍 안아 들었다. 란이 놀라 상체를 세우려 애쓰며 말했다.

"유스, 옷 다 젖어. 게다가 내 부츠 더럽단 말이야."

유스타프는 대답하지 않고 계단을 순식간에 올라가서 그의 방으로 향했다. 응접실 소파에 그녀를 던지듯 내려놓고 그는 램프를 밝게 키웠다.

란은 신음을 흘리며 이제 차갑고 무거워진 손가락으로 어떻게든 케이프를 벗으려 애썼다.

집에 돌아오니 더더욱 졸음과 피곤이 밀려왔다. 일단 그녀는 지금 밤새는 중이었고, 밤새는 와중에 세 건의 살인을 목격했으며, 계획에도 없이 루미에를 라치아령으로 데리고 가게 되었다.

머릿속이 복잡하고 엉망인 데다가 피곤했다.

유스타프가 다가와 그녀의 옷을 대신 벗겨 주며 물었다.

"손가락은 어쩌다가 그러신 겁니까?"

"어? 아, 그냥 어쩌다가—"

란이 붕대가 감긴 손가락을 보며 어색하게 웃었다.

"별거 아냐."

"별게 아니라고요?"

유스타프는 케이프를 벗겨내고 코트 단추를 풀기 시작했다. 두꺼운 상의를 벗고 나자 몸이 가뿐해졌다.

"어디 그 별거 아닌 이야기가 뭔지 한번 들어 보죠. 저에게 말도 하지 않고 디모디아와 둘이 나가서 뭘 하셨습니까?"

"그게……."

란은 우물거렸다. 뭐라고 해야 할지, 알 수가 없었다.

"그냥, 일이 좀 있어서……."

"무슨 일이요?"

"유스타프는 몰라도 되는 일."

그가 코트를 휙 벗겨내자 란은 소파에 널브러졌다.

'으, 시원하다.'

그가 롱부츠 뒷굽을 붙잡아 당기자 란이 놀라 소리쳤다.

"유스, 더러워!"

"그 더러운 걸 신고 제 방을 돌아다니시려고요."

"아니, 유스 손이―"

하지만 유스는 아랑곳하지 않고 부츠를 벗겨냈다. 롱부츠를 벗자, 그
녀의 입은 어떻든 몸은 솔직하게 '시원해!'를 외치고 있었다.

유스타프는 그녀의 부츠를 다 벗겨서 한쪽에 던져버리고 세숫물로 손
을 씻었다.

"그래서요? 무슨 일입니까?"

"그게……."

란은 으으으으 하고 신음을 내뱉다가 솔직하게 말했다.

"아는 사람이, 검투노예로 팔렸다고 알게 됐어. 불법 투기장에. 그래
서 일루미니티 백작에게 부탁해서 찾아 달라고 했어. 그리고 오늘 가서
그 사람을 찾아온 거야. 그런데 그 사이에 사고가 있어서……."

반쯤 누워 소파 팔걸이에 팔과 머리를 묻고 이야기하다가 란이 슬쩍
고개를 들었다.

"그런데 그 사람 여동생이 많이 아파서…… 라치아령으로 함께 가자

고 했어. 하레쉬에게 보이려고."

"어떻게 아는 사이십니까?"

"그건, 유스가 알 바는 아니잖아."

저도 모르게 란이 수동적인 공격 형태를 취했다. 유스타프가 침묵하자 란이 다시 팔걸이에 머리를 묻으며 말했다.

"라치아에 해가 가게 하지는 않을 거야. 그건 걱정하지 않아도 돼."

대답이 오래 들려오지 않아 란은 피곤한 눈을 들었다.

"유스?"

유스타프는 팔짱을 끼고 어둠 속에서 그녀를 바라보고 있었다.

"제가 화나는 게 뭔지 아십니까?"

"어—?"

"저와 약속하셨지요."

"응?"

"제가 가주에 오를 때까지는, 죽지 않으시겠다고 하셨지 않습니까."

뭐야. 그 문제였어?

"안 죽었잖아."

"그게 문제가 아닙니다. 그런 일은 다른 자에게 맡기십시오. 대체 왜 직접 가신 겁니까? 아니면 적어도 제대로 된 호위를 데려가시거나요."

"디아를 데려갔어."

"로스는요? 로스를 따돌린 거에 대해서는 뭐라고 하실 겁니까?"

"그건…… 미안한데."

"그리고 만약 무슨 일이 생겼다면요? 거기서 일이 생겼으면 어떻게 되셨을 거라고 생각하십니까?"

"어—"

란은 몸을 일으켜 세우며 눈을 굴렸다. 그야 불법 투기장 주인과 라치아 공작의 쿵짝이 내일 대서특필되었겠지.

"라치아의 이름에 누를 끼치려는 건 아니었어. 아, 어차피 라치아 공작인지 모를 테니까 괜찮았을 거야!"

란이 재빠르게 빠져나갈 구멍을 발견하며 말하자 유스타프가 빠드득 이를 갈았다.

그가 성큼성큼 다가오더니 몸을 숙여 소파 등받이를 붙잡았다.

새파란 눈동자가 타오르는 것 같아 란은 숨을 삼켰다.

"제가 어떤 마음으로 기다렸는지ㅡ!"

그가 소리를 치려다가 이를 악물었다. 유스타프의 시선이 팔걸이로 내려갔다.

"그렇게 죽고 싶으시면, 그냥 저에게 죽여 달라고 하시지 그랬습니까? 호위 한 명 데리고서 악당 소굴로 들어갈 거라면 말입니다."

"나도 생각 없었던 거 아니거든? 잡히지 않을 자신이 있었어!"

"그게 뭡니까?"

"그건ㅡ"

정령의 이름을 아는 건데, 그건 너에게 말해줄 수가 없어.

'아아아아!! 나 진짜 짜증 나는 인간이잖아? 네가 모르는 진실이 있거든? 근데 말해줄 수는 없어, 라니. 스스로가 화가 난다.'

란은 으으으 하고 이 사이로 신음을 내뱉다가 말했다.

"하, 하여간 지금 가주는 나잖아! 내가 너에게 내가 하는 일을 다 보고할 필요는 없어!"

"……."

유스타프가 입을 다물었다. 말하고도 란은 아차 싶었다.

'하지만 틀린 말도 아니잖아?'

유스타프가 등받이에서 손을 떼며 몸을 일으켰다.

"물론 그러지요. 가주님이 하시는 일에 제가 감히 토를 달 수는 없지요. 그게 자기 목숨을 가지고 하는 장난질이라고 해도 말입니다."

아차, 했던 마음은 유스타프의 비아냥에 싹 사라졌다.

"걱정하지 마, 그렇게 걱정하지 않아도 네 성인식에는 무사히 잘난 가주직을 넘겨줄 테니까. 너에게는 그렇게 소중한지 몰라도 나에겐―"

별거 아냐.

그 말이 입 밖으로 나오진 않았지만, 내뱉은 거나 다름없었다.

순간 란은 말을 멈추고 이마를 눌렀다.

"미안, 유스. 지금 거는 진짜 말실수였어. 나 지금 너무 피곤해서, 말이 잘 안 나와. 미안."

"누님께서 절 어떻게 생각하시는지, 새삼스럽지만 다시 알았습니다."

유스타프는 그렇게 말했고, 란은 고개를 들었다. 그가 무표정한 얼굴로 말했다.

"잠시 쉬십시오."

그리고 그는 휙 방을 나가버렸고, 란은 "아아아―!" 하고 양손으로 얼굴을 감싸며 소파에 쓰러졌다.

정말, 정말, 정말, 한심하다.

눈물이 찔끔찔끔 흐르기 시작했다.

나 오늘 사람 죽는 것도 처음 봤어, 사실은 무서웠어. 유스.

"엄마……."

작게 흐느낌이 새어 나왔다. 란은 울다가 그대로 잠들어버렸다.

유스타프는 머리를 식히고 제 방으로 돌아갔다가, 아직도 란이 소파에 누워 있는 걸 보고 눈을 찌푸렸다.

"누님―"

부르려다가 그는 그녀가 잠든 걸 알아챘다. 눈물투성이 얼굴로 소파에 웅크려 잠든 걸 보니 화난 기분도 어딘가로 다 가버렸다.

그가 조심스럽게 그녀의 눈가를 쓸었다.

찰랑.

물소리는 언제 제 귓가에 울린 걸까?

유스타프는 조심스럽게 그녀를 안아 들었다. 아무리 조심해서 느릿느릿 움직인다고 해도 보통은 깰 법한데, 란은 완전히 푹 잠들어 일어나지 않았다.

유스타프는 한숨을 내쉬고 약간 거칠게, 단숨에 그녀를 안아 들었다.

"우응……."

쩝쩝 입을 다시면서도 일어날 기미는 없다.

그는 피식 웃고 그대로 그녀를 그녀의 방까지 옮겨주었다. 기다리고 있던 시녀들이 호들갑을 떠는 걸 조용히 시키고 유스타프는 란을 침대에 눕히고 방을 빠져나왔다.

로스는 안절부절못하는 얼굴로 유스타프를 보았다.

호위를 부탁했는데, 호위를 따돌리고 떠난 주군이 다쳐서 돌아왔다.

유스타프는 "도련님." 하고 끙끙거리는 로스에게 "내일 이야기하지." 하고 말하고 방을 나섰다.

*　　*　　*

루미에는 밤새 릴리의 베갯머리에 앉아 있었다.

눈앞에 여동생을 보면서도 도무지 실감이 나지 않았다. 눈을 감으면 도로 꿈에서 깰 것 같아서, 루미에는 도무지 잠들 수가 없었다. 이 장소를 떠날 수도 없었다.

릴리의 약값 때문에 빚을 지게 되고, 노예로 팔리게 된 것까지는 괜찮았다.

'아르카의 말에 넘어간 게 화근이었지.'

여동생은 자신이 돌봐줄 테니, 라고 하는 달콤한 말에 한순간 멍청하게 넘어갔던 게 시작이었다.

불법 투기장은 끔찍한 장소였다.

죽이지 않으면 죽는다.

남의 유희를 위해서 사람을 죽이는 기분은…….

루미에의 입꼬리가 비틀어졌다. 그러면서도 릴리는 만나지 못하게 했다. 여동생의 소식을 알려달라고 하면 아르카는 매몰차게 거절했다.

루미에가 연속으로 승리하자 아르카는 판돈을 올리기 위해 일부러 그에게 부상을 입히고, 경기를 진행했다.

모두의 앞에서 오른 손바닥에 단검을 꽂아 넣고 왼손에 무기를 쥐고 상대와 싸우게 하는 식이었다. 다음에는 맨손으로 때려죽이는 걸 시킬 거라고, 아르카는 웃으며 말했다.

그러며 여동생은 나아지고 있다고, 곧 만날 수 있을 거라고도 했다.

그 외에는 먼발치에서 산책 나온 여동생을 힐끔 보여준 게 전부였다.

'그런데.'

루미에는 손으로 조심스럽게 여동생의 앞머리를 쓸어 넘기며 둥근 이마를 어루만졌다.

병색이 완연한 얼굴이었지만 그래도 이제 제대로 된 치료를 받을 수 있다.

'아무것도 원하는 게 없다고?'

루미에에게는 세상 그 무엇보다도 수상쩍은 말이었다.

도무지 믿을 수가 없었다. 사람이 다른 사람에게 호의를 베풀 때에는 받아낼 것이 있기 때문이다. 공짜가 가장 무서운 법.

루미에는 제 주인인 여자를 떠올렸다. 이름도 알려주지 않은 여자는 젊고 아름다웠다.

'제법 높은 지위의 귀족이 아닐까?'

루미에는 귀족들이 얼마나 잔혹한지 잘 알고 있었다.

'라치아령이라……'

불법 투기장은 세상 소식이 들려오지 않는 장소지만 거기까지도 라치아 공작가의 이야기는 들려왔다. 아주 토막토막이기는 하지만 얼음수정이라든가, 황태자와의 결투 이야기가 그랬다.

'그러고 보니 라치아 공작은 여자라고 했었지. 설마? 본인인가?'

루미에는 빠르게 머리를 돌렸다. 그가 알고 있는 라치아에 대한 모든 정보를 종합해 그는 하나의 결론을 내렸다.

'제 남동생을 죽여 달라고 부탁하겠군.'

귀족 살해는 중죄다. 고문으로 너덜너덜해진 후에 화형에 처해질 가능성이 높았다. 루미에는 제 여동생의 손을 꽉 잡았다.

'릴리는 자기가 알아서 데려가겠다고 했었지.'

그러면 지금이 여동생을 보는 마지막 날일지도 모른다.

루미에는 밤새 여동생의 얼굴을 망막에 새기려고 노력했다.

*　　*　　*

란은 통통 부은 얼굴로 눈을 떴다. 카라와 소다는 란의 눈치를 보며 차가운 물수건으로 그녀의 얼굴을 찜질해 주었다.

"나 언제 내 방에 온 거야?"

목도 부어서 칼칼한 목소리가 나왔다.

"도련님이 옮겨주셨어요."

"……유스가……?"

"네."

카라가 그렇게 대답하며 미지근한 차를 내놓아 란은 목을 축였다.

'자면서 많이 울었나 보다.'

머리도 지끈지끈거렸다. 카라가 말했다.

"가주님, 아무래도 열이 있으신 것 같습니다."

"어?"

"의원을 부를까요?"

란은 고개를 끄덕였다.

잠시 후 란은 '감기 몸살'이라는 진단을 받았다.

'유스에게 조심하라고 했는데 내가 걸려버렸군.'

란은 그렇게 생각하며 한숨을 내쉬었다. 순식간에 환자 취급을 받게 된 란은 옷도 가벼운 면 잠옷으로 갈아 입혀지고 팡팡 깃털을 부풀린 침대 속에 묻히듯이 눕게 되었다.

"입맛은 있으신가요? 요리사에게 수프라도 조리해 오게 할까요?"

소다가 조심조심 물어서 란은 고민하다가 고개를 저었다. 입맛이 없었다.

"약을 가져왔습니다."

디모디아가 들어오며 말했다. 여기는 약 먹기 전에 밥을 먹어야 한다는 관습이 없어서, 란은 그냥 옅은 황금색 액체를 마셨다. 기름을 마시는 것 같은 미끄덩한 맛이라 눈이 저절로 찡그려졌다.

란이 컵을 쟁반에 올려놓자, 쟁반을 들고 있던 디모디아가 물었다.

"도련님이 와 계십니다만……."

"유스가?"

"네."

"디아는 안 혼났어?"

속닥속닥 묻자 디모디아가 살포시 미소 지었다.

"저야 가주님을 따라간 것뿐인걸요."

"그럼 다행이야."

말하고 란은 망설이다가 덧붙였다.

"피곤해서⋯⋯."

그 뒷말을 디모디아는 재빠르게 알아챘다.

"네, 그럼 도련님에게 주무신다고, 다음에 만나러 오시라고 하겠습니다."

"고마워."

란은 그렇게 말하고 푹신한 베개에 푹 상체를 묻었다. 대야를 들고 들어온 카라가 물수건을 짜서 란의 이마에 올려주었다.

'시원하다.'

약 기운이 돌아서인지 란은 금방 다시 잠들었다.

란은 눈을 떴다.

머릿속이 상쾌한 게 열은 다 내린 모양이었다.

'얼마나 잔 거지?'

란은 그렇게 생각하며 쭈욱 기지개를 폈다. 머리를 긁적이다가 란은 한숨을 내쉬었다.

'머리가 떡 졌어!'

란이 자리에서 일어나자 새 대야를 들고 들어오던 카라가 어머 하고 달려왔다.

"일어나셨나요? 몸은 어떠세요."

"응, 열도 내렸고 괜찮아. 그런데 씻고 싶어."

"알겠습니다. 뜨거운 물을 준비하라고 하지요. 일어서실 수 있겠습니까?"

"응."

란은 고개를 끄덕이고 작게 기침했다. 열은 떨어졌지만 감기가 나은 건 아닌 모양이었다.

'여름 감기라니.'

그녀는 길게 한숨을 내쉬었다.

씻고 옷을 갈아입고, 란은 가볍게 식사를 했다. 머리를 다 말리고서 란은 유스타프를 직접 찾아가기로 했다.

그녀는 불퉁한 얼굴을 하고 있는 로스를 쿡쿡 찔렀다.

"로스 경."

"무슨 일이십니까?"

"내가 잘못했어."

그녀의 속삭임에 로스는 놀란 얼굴로 란을 보았다가 말했다.

"아신다니 다행이군요. 제가 텅 빈 방 앞을 철통같이 지키고 서 있었다고 생각하면—"

그가 입 안으로 투덜거렸다.

유스타프가 란을 안고 돌아왔을 때야, 로스는 란이 없어졌다는 걸 알았다. 그때의 그 민망함이라니.

"그리고 앞으로 또 이런 일이 있을지도 몰라."

로스가 눈썹을 치켜 올렸다. 란이 가볍게 웃었다.

"미리 이야기해 두는 거야."

로스는 뭐라고 하고 싶은 걸 꾸욱 눌러 참았다. 란은 '오' 하고 눈을 크게 떴다.

여기서 분명히 뭐라고 하면서 항의할 줄 알았는데 눌러 참는다.

'로스 성장했네?'

변하다니. 변하지 않을 거라고 생각했는데.

'진짜 사람이니까, 변하는 거구나.'

아직 안전한 흐름 안에, 흘러가는 이야기대로 무난하게 가고 있다고 생각했는데 아니었나.

'이제 로스는 죽지 않을 테고, 살아남아서 내가 모르는 이야기를 써 나가겠지. 아니, 그게 아니라 모르는 인생을 살아가는 거지.'

이야기의—예언의 중심축은 변하지 않아도 소소한 건 변한다는 뜻일까?

"왜 그리 보십니까?"

"아니, 아무것도 아냐."

란은 고개를 흔들고 앞장서서 걷기 시작했다.

창밖 날씨는 언제 비가 왔냐는 듯이 쨍하니 개 있었다. 투명할 정도로 맑은 날씨였다. 복도의 창문들은 전부 열려 있어 신선한 공기가 실내에 가득했다. 천천히 해가 기울어서 하늘은 선명한 붉은 빛을 띠고 있었다.

흐리지 않은, 맑은 노을이었다.

집무실로 들어서자 아침부터 부지런히 일하던 유스타프가 고개를 들었다.

"누님, 몸도 안 좋으시면서."

그가 자리에서 일어나며 말하자 란은 쌓인 서류를 힐끗 보았다.

"혼자서 다 하는 거야?"

"제가 할 몫을 하는 거지요."

어젯밤의 격렬한 대화가 없었던 것 같은 평온한 대화였다. 란은 어쩐지 속이 간지러워지는 걸 느끼며 말했다.

"유스."

"네."

"내가 어제 실언한 거, 다시 한 번 사과할게."

정중하게 인사하니 유스타프가 책상을 돌아 나와 그녀가 고개를 숙이는 걸 들게 하며 말했다.

"아닙니다. 누님이 7월의 비만큼이나 사방에 뭘 흩뿌리고 다니는지 잘 압니다."

란이 눈을 찌푸렸다.

"그게 무슨 말이야?"

생각해 봐도 도무지 알 수가 없어서 란은 되물었고 그러자 유스타프는 재미있다는 듯한 미소를 지었다.

"글쎄요. 뭘까요."

대체 뭐람?

란은 눈을 깜박였지만, 유스타프의 기분이 풀린 듯이 보여서 다행이었다.

'남의 소중한 걸 나는 아무것도 아니야! 라고 말하다니, 진짜로 최악의 발언이었어.'

그것도 유스타프의 심기를 가장 건드릴 만한 말이었다. 그에게 라치아가 얼마나 소중한지 잘 알면서.

"비도 그쳤으니, 이제 내려가겠네?"

"그래야죠. 누님께서 아프지 않으셨다면 오늘이라도 출발했을 겁니다."

"그럼 내일 아침 일찍 출발하자. 그런데 사람을 한 명 더 데리고 가도 돼……?"

"이제 와서."

유스타프는 그렇게 말하고 고개를 끄덕였다.

"상관없습니다. 그리고 두 명이겠지요."

그 인간과 그 인간의 여동생.

"고마워, 유스."

활짝 웃으며 란이 말하자 어쩐지 유스타프는 약간 짜증이 나서 가볍게 그녀의 이마를 퉁겼다.

"……?"

놀라 란이 이마를 붙잡고 얼떨떨한 얼굴을 하자 유스타프가 제 손을 바라보았다가 말했다.

"저도 모르게 그만. 죄송합니다."

"화, 화난 거면 이야기해."

"화났다고 손을 올리면 쓰레기죠."

"그, 그럼 왜 그런 거야?"

유스타프가 이렇게 나온 적은, 아니 이런 식으로 자신을 건드린 적은 한 번도 없어서 란은 머릿속이 빙글빙글 돌았다.

이마를 때렸어?

유스타프가?

내 이마를?

친근함의 표시인 거야?

아니면 그냥?

"저도 모르겠습니다."

모르는데 왜 당당해!

란은 그렇게 외치고 싶은 걸 참으며 이마를 문질렀다. 유스타프가 물었다.

"아프십니까?"

"아니."

전혀 아프지 않았다. 그보다는 당혹스러움이 더 크다고 해야 하나.

"콜록콜록."

란이 기침을 하자 유스타프가 재빠르게 물 잔을 가져왔다. 로스는 그걸 옆에서 보며 '우리 주군이 저런 잔심부름을!' 하고 손수건을 물어뜯는 얼굴이었다.

란이 물 잔을 밀어내며 말했다.

"아냐, 그냥 기침이야. 괜찮아."

"정말로 내일 내려가도 되겠습니까?"

"응, 그냥 기침만 하는 것뿐이야."

코감기가 아니라서 다행이지.

유스타프가 고개를 숙여서 그녀의 귀에 낮고 부드럽게 속삭였다.

"누님, 저도 걱정은 합니다."

"?!"

속삭임에 놀라 란이 귀를 막으며 뒤로 한두 걸음 물러나다가 비틀거리는 걸 유스타프가 붙잡았다.

"아시겠습니까?"

"어? 어어. 고마워……."

"그럼 이제 돌아가서 쉬십시오."

"응."

고개를 끄덕이고 란은 비틀비틀 제 방으로 돌아갔다.

'걱정? 걱정……? 아!'

란은 그제야 머릿속에 불이 번쩍 들어왔다.

'어제 유스타프가 화낸 이유 중에, 걱정도 있었던 거구나.'

설마 내 걱정을 해줄 거라고는 생각하지 못했지. 그도 그럴 게 유스타프인걸.

'그런데 거기에 가주직 어쩌고 했으니…… 아니, 근데 정말로 유스타프가 날 걱정할 거라곤……?'

"누님이 절 어떻게 생각하시는지—"

그때 또 어제 유스타프가 했던 말이 떠올랐다.

'나 뭔가를 좀 놓치고 있는 것 같은데……?'

비틀비틀거리는 그녀를 로스는 불안한 얼굴로 보았지만, 란은 무사히 제 침실로 돌아갔다.

'모르겠다. 일단 쉴래.'

머릿속을 굴릴 만한 상태는 아니었다. 란은 침대에 몸을 던지고 눈을 꼭 감았다.

'유스타프가 내 걱정.'

생각하니 어쩐지 히죽히죽 웃음이 나와서 란은 실실 웃으며 잠이 들었다.

'이 세계에도, 날 걱정해 주는 사람이 있구나.'

잠들기 전 그녀는 마지막으로 그렇게 생각했다.

*　　*　　*

라치아의 문장이 새겨진 깃발과 가주가 함께함을 알리는 깃발 역시 휘날리며 마차는 긴 행렬을 이루고 있었다.

릴리는 쭈뼛쭈뼛 건너편에 앉은 아름다운 여인을 바라보았다. 릴리가 머물던 산호초는 매음굴이었다. 당연히 여자도 많았지만, 이렇게 아름다운 여자를 보는 건 처음이었다.

밀빛 머리카락은 부드럽게 흘러내려 별처럼 반짝거리고, 눈동자는 투명할 만큼 맑고 깊은 에메랄드 색. 거기에 사랑스러운 이목구비를 갖추고 묘하게 우아함을 지니고 있었다.

빈민굴의 매춘굴에서는 절대로 볼 수 없는 여성이다.

'게다가······.'

어쩌나 자신에게 친절하게 대해주는지 몸 둘 바를 모르겠다. 자신이 입고 있는 옷도 매끈매끈하고 부드러운 옷이었다.

마차도 푹신푹신했다.

"어지럽지는 않니?"

란이 물어서 릴리는 고개를 저었다. 란이 웃고 머랭 과자를 꺼냈다.

"과자 좋아해? 먹을래?"

꽃 모양으로 빚은 연한 빛깔의 머랭 과자는 보기만 해도 예뻐서 눈이 커졌다. 릴리는 조심조심 과자를 집어 들어 입 안에 넣었다. 란은 릴리의 눈이 땡그래지는 걸 보며 웃었다.

"맛있어?"

"네, 네에."

"그럼 이거 다 릴리 먹으렴."

그녀가 머랭 과자가 들어 있는 봉지를 릴리에게 넘겨서 릴리는 입을 떡 벌렸다.

"이걸 전부요?"

"응."

란은 싱글싱글 웃었다.

'귀여워. 진짜 귀엽다. 초식동물에게 먹이 주는 기분!'

본바탕이 워낙 미소녀라서 조금만 제대로 입혀놓으니 빛이 번쩍번쩍 났다. 란의 옆에 앉아 있던 디모디아가 조심스럽게 말했다.

"다 먹으면 너무 물리지 않을까요? 너무 달지 않아요?"

"그런가? 릴리, 차와 함께 먹어."

란이 그렇게 권하고 방긋 웃었다. 일행에게는 루미에와 릴리 남매를 옛 지인이라고 해 두었다. 라치아로 내려가는 길에 자리 잡게 도와줄 겸 같이 가는 거라고.

모두가 의아해하기는 했지만, 별말 없이 받아들였다.

란이 라치아 공작가에 오기 전에 시골 기사의 딸이었다는 걸 모르는 사람은 없었고, 굳이 그때를 지적하고 싶은 사람도 없었다.

물론 유스타프가 릴리와 란이 마차를 같이 타고 가도 된다고 말해 준 게 가장 큰 지지이기는 했다.

그렇게 출발해서 일행은 벌써 나흘째 문제없이 라치아령으로 향하고 있었다.

루미에는 말 타는 법을 모르기 때문에 걷거나, 또는 짐마차 신세를 지고 있었다.

그는 힐끔힐끔 가장 화려한 마차를 바라보았다.

'진짜로 라치아 공작이었을 줄이야.'

라치아 공작가에서 사람이 맞이하러 왔을 때 무서워하는 릴리를 루미에는 몇 번이나 달랬다.

"또 오빠랑 떨어지는 거야?"

"아냐, 괜찮아. 같이 가는 거야."

그렇게 말하면서도 그는 공작가에 도착하면 릴리를 보지 못할 거라고 생각했다.

하지만 남매는 항상 한 쌍으로 취급당했고, 딱히 둘을 떼어놓으려는 모습도 보이지 않았다.

좋은 음식, 좋은 옷, 좋은 잠자리.

분수에 지나치는 것들이 주어져서 루미에는 더더욱 몸을 낮췄다.

마차가 출발하고 나서는 더더욱 그러했다. 릴리를 제 옆에 딱 붙여놓은 란을 보자 '역시나' 싶었다.

'그리고 저자가 유스타프.'

차기 가주.

자신이 죽여야 할 가능성이 가장 높은 상대.

마치 제 속을 꿰뚫어본다는 듯한 푸른 눈이 무심하게 슥 루미에를 살필 때마다 그는 뒷목이 저릿저릿해지는 걸 느꼈다.

'쉬운 상대가 아니군.'

유스타프는 마차가 아니라 말을 타고 가고 있었다.

그가 가볍게 손을 들자 일사불란하게 일행이 멈춰 섰다.

"잠깐 쉬었다가 가지."

유스타프의 말에 순간 소란스러워졌다. 말에서 내리는 소리며 분주하게 마차에서 내리는 소리가 났다. 유스타프 역시 말에서 내려 란이 타고 있는 마차 문을 두들겼다.

"쉬는 거야?"

란이 거침없이 마차 문을 열며 말해 유스타프는 열리는 문을 슬쩍 피하며 고개를 끄덕였다.

"10분 정도 쉴까 합니다."

"답답했어."

"말을 타고 가시죠?"

유스타프의 말에 란이 눈을 샐쭉하게 떴다.

"다음에."

"평소에 연습을 좀 해두시는 게 좋지 않겠습니까?"

"그건, 그렇지만……."

란은 입 안으로 웅얼거리며 유스타프의 손을 잡고 마차에서 내렸다. 그러고 나자 릴리가 얼른 폴짝 마차에서 내려와 루미에를 찾아 쪼르르 가버렸다.

란이 속삭였다.

"귀여워."

"뭐가요?"

"릴리 말이야."

유스타프는 뛰어가는 작은 생물을 바라보았다. 그의 표정을 보고 란이 당황해 말했다.

"귀엽잖아? 진짜 예쁜 미소녀잖아?"

있어 주는 것 자체로 충분한, 존재 자체로 가치가 있는 미소녀라고?

"저런 게 취향이십니까?"

"저런 거라니."

란은 입을 떡 벌렸다가 좋게 생각하기로 했다.

'뭐, 소아성애자는 아닌 거지.'

그렇게 생각하는데 다른 마차에 타고 있었던 카라와 소다가 쪼르르 달려와 따뜻한 차를 내밀었다.

"가주님, 아직 기침하시죠."

"차를 끓여왔습니다."

"아, 고마워."

"간이 의자라도 펴라고 할까요?"

"응? 아냐, 괜찮아. 계속 앉아 있었는걸. 세 사람 다 산책이라도 하고 와. 난 괜찮으니까."

시녀에게 그렇게 말하며 란은 따뜻한 차를 한 모금 마셨다. 유스타프는 시녀들이 멀어진 걸 보고 그녀에게 물었다.

"그런데 누님, 저 작자에게 무슨 말을 하셨습니까?"

"으응?"

"제 암살이라도 의뢰하신 건가요?"

"풋—"

란은 마시던 차를 그대로 뱉어냈다가 격렬하게 기침하기 시작했다.

"쿨럭, 콜록, 콜록."

유스타프가 그녀의 등을 가볍게 두들겼다.

"괜찮으십니까?"

"켁, 컥, 그게, 뭔, 쿨럭—"

사레들려 켁켁거리는 란에게 시녀들이 다가오려는 걸 유스타프가 손을 들어 저지했다. 란 역시 손을 흔들어 괜찮다고 표시했다.

아무래도 시녀들이 듣는데 할 이야기는 아니다.

다시 차를 한 모금 마시고 목을 가다듬은 란이 낮게 소리쳤다.

"그게 뭔 소리야?"

"아뇨, 뭔가 시선이 그런 느낌이라. 그래서 누님이 본격적으로 가주직을 노리시나 했습니다."

"아니거든? 안 노리거든? 그리고 루미에에게 아무 말도 안 했거든?"

발끈해서 란이 말하자 유스타프는 "그거 아쉽군요……." 하고 중얼거렸다. 란은 기가 막혀서 말했다.

"내가 가주직을 노리면 좋겠어?"

"아직은 그래도 괜찮을 것 같거든요."

"뭐가?"

"뭘까요."

유스타프가 그렇게 말하며 미소 짓자 란은 팔에 소름이 돋았다. 이 감각 진짜 오랜만이다.

"유스……."

"네."

"나, 나 죽이지 않기로 했잖아?"

"그랬지요."

그렇게 중얼거리고 유스타프는 흘러내린 란의 머리카락을 만지작거렸다.

아직, 아직은 괜찮을 것 같은데.

란이 가주직을 원한다면, 영원히 소유해 버릴 수 있을 것 같은데.

란이 손을 뻗어 유스타프의 뺨을 잡아당겼다.

"?!"

생각지도 못한 행동에 유스타프의 눈이 휘둥그레졌다. 란이 화난 얼굴로 낮게 말했다.

"그럼 그렇게 겁주지 마! 무섭단 말이야."

그리고 손바닥을 쫙 펴서 그의 뺨에서 손을 떼고 란이 슬쩍 그의 눈치를 살피며 속삭였다.

"나 걱정한다며. 나 그거 좀 기뻤는데."

근데 또 지금 죽이겠다고 협박하는 거야?

그런 얼굴로 빤히 유스타프를 보자 그의 푸른 눈이 슬쩍 일그러졌다. 그가 "정말이지, 당신은." 하고 한탄하듯 중얼거렸다.

그리고 잠시 입을 다물고 있다가 그가 말했다.

"그럼 저 작자에게 아무런 말도 하지 않으신 거라고요."

"응."

"그럼 하나 더 묻겠습니다."

"응."

"저 자식과 아는 게 혹시 예전에 연인 사이였거나 하는, 그런 식의 아는 사이였습니까?"

란의 눈이 커졌다. 그 에메랄드 같은 눈동자가 굴러떨어지겠다, 그렇게 생각하면서도 유스타프는 대답을 기다렸다.

표정이 답이지만 그래도 말로 듣고 싶었다.

"아니거든요? 전혀? 조금도?"

"알겠습니다."

그의 목소리가 부드러워져서 란은 드디어 오해가 풀렸구나, 하고 한숨을 내쉬었다.

"정말로. 가주직은 네 것이라니까, 유스. 라치아가는 몽땅 다 네 것이야. 네 것."

"네, 제 것이지요."

조금의 망설임도 없이 유스타프가 매끄럽게 대답했다.

"라치아의 것은 전부 제 것입니다."

그렇게 말하고 그가 고개를 숙여 그녀의 머리카락에 키스했다.

그 파란 눈과 정면으로 마주쳐서 란은 왜인지 심장이 꽉 조여지는 기분을 느꼈다.

"쿠, 쿨럭, 쿨럭."

괜히 란은 기침하며 고개를 돌렸다. 그러자 유스타프가 제 크라바트를 풀더니 그녀의 목에 둘러 주었다.

"목을 감싸시는 게 낫겠습니다."

"어, 응. 고마워."

란은 매끄러운 크라바트를 만지작거렸고 그가 물었다.

"좀 걸으시겠습니까?"

"응? 응, 응."

란은 고개를 끄덕였다. 걷기라도 하는 편이 나을 것 같다. 혼자만 어색한 것 같아 란은 얼른 걸음을 옮겼다.

루미에는 멀리서 그 광경을 보았다.

'사이는 좋아 보이는데.'

겉으로는 화기애애하면서 뒤에서는 서로 죽이려고 하는 걸까?

'흔한 일이지.'

한순간 유스타프의 살기가 란을 향해서 루미에는 움찔했다. 그러자마자 란이 유스타프의 뺨을 잡아당겨 더 놀랐지만.

"오빠?"

제 옷자락을 당기며 여동생이 말을 걸어 루미에는 시선을 내렸다.

"그래, 공작님이 잘 대해주셨어?"

"응. 그리고 과자도 주셨는데, 엄청! 맛있었어."

그러며 릴리는 머랭 과자가 든 봉지를 루미에에게 내밀었다. 루미에는 아름다운 모양의 과자를 먹었다. 파삭하고 입 안에서 부서진 머랭 과자는 순식간에 달콤함만 남기며 녹아내렸다.

"달다."

그가 작게 중얼거리자 릴리는 "맛있지?" 하고 웃었다.

"그러네."

그가 여동생의 머리를 쓰다듬었다. 여동생은 그사이 몰라보게 혈색이 좋아졌다. 이대로 병이 낫는 게 아닐까 하는 생각이 들 정도였다.

하지만 발작은 그래도 시시때때로 일어났고, 루미에는 그때마다 가슴 졸였다.

그때 다가오는 발소리가 들려 루미에는 고개를 들었다. 상대를 보고 루미에는 벌떡 자리에서 일어나 얼른 고개를 숙였다. 특유의 애교스러운 미소도 잊지 않았다.

"주인님."

"아니, 아니, 그렇게 부르지 말라니까."

란이 손을 저었다.

"그럼 뭐라고 불러드리면 될까요?"

"어— 란이라고 불러 주면 될 것 같은데……?"

"그럼 란 님."

'으아—'

란은 감탄했다. 이름을 부르는 데도 저런 식으로 부를 수가 있구나. 뭔가 간질간질하게 만드는 어조였다.

술집작부가 '오빠앙—' 하고 콧소리를 내서 멍청한 남자들이 '으하하! 술 더 가져와!' 하고 돈을 쓰게하는 것보다 훨씬 더 상급인 기술이었다.

란은 주변을 둘러보았다.

유스타프와 산책을 하려는데, 기사가 다른 일로 그를 불러 흐지부지된 김에 얼른 루미에를 보러 온 거였다.

"따라올 만해? 몸은 괜찮아? 무리하지 말고 마차에 계속 타고 있어도 되는데."

"덕분에 충분히 쉬면서 가고 있습니다."

"그럼 다행이고."

란은 가볍게 웃었다.

루미에는 기묘한 기분이 되었다. 정말로, 이게 연기라면 이 여자는 보통이 아니다.

릴리나 자신을 볼 때나 소다, 카라라고 하는 시녀를 볼 때, 아니면 다른 기사를 볼 때도 란의 눈은 똑같았다.

'사람을 보는 눈.'

그게 뭔지 루미에는 잘 알았다. 밑바닥을 기다 보면 어떤 식으로 사람들의 시선이 달라지는지 빠르게 알게 되니까.

도구나, 아니면 시녀나 하녀라는 계급으로 사람을 보는 게 아니라, 동등한 인격체로서 상대를 보는 눈동자.

그게 너무 오랜만이라, 루미에는 가끔 계속 그녀의 눈을 들여다보고 싶다고도 생각했다.

'그런데 이 모든 게 연기라니.'

루미에는 그렇게 생각하며 란을 보았고 란은 다시 빙긋 웃었다.

"아까 유스에게 물어봤는데, 이제 4, 5일 정도만 더 가면 도착한다니까 조금만 더 힘내. 그리고 가면 뭐 할지도 한번 생각해 봐."

"뭘 할지요?"

"그야 뭐든 해야 먹고살 거 아냐……."

말하고 란이 좌우를 둘러보더니 입가에 손을 대고 속닥거렸다.

"내가 기본 정착금 정도는 대줄 수 있지만, 그래도 루미에가 할 마음이 있어야지."

내탕금이 아주 많이 부풀었거든.

마치 발효된 빵처럼!

란은 잔액만 봐도 흐뭇해졌다. 먹지 않아도 배가 부르다는 게 이런 말인 듯했다.

란의 말에 루미에는 혼란스러워졌다. 자신에게 뭘 시키려는 게 아니었단 말인가?

아니면 말은 이렇게 하지만 빠르게 눈치채고 선택을 하라는 건가?

하지만 도무지 어떻게 하라는 건지 알 수가 없었다.

"저야 란 님이 원하시는 대로 하시죠. 주인님이시니."

그가 그렇게 말하며 한쪽 무릎을 꿇고 마치 개처럼 그녀의 손등에 입맞춤했다. 마주친 눈동자는 여전히 요염한 빛을 띠고 있어서 란은 저도 모르게 그의 얼굴을 밀쳐버릴 뻔한 걸, 꽉 눌러 참았다.

대신 그녀는 그 앞에 다리를 쭈그리고 앉았다.

시선 높이가 비슷해지자 루미에는 당황한 듯하지만 여전히 미소를 머금고 있었고 란은 한숨을 내쉬며 말했다.

"네 주인은 너야, 루미에. 내가 너에게 뭔가 딱히 바라거나 그런 건 없어. 게다가 릴리 앞에서 이러지 마."

마지막 말은 작게 작게 속삭이자 루미에는 저도 모르게 시선을 릴리에게 돌렸다가 다시 아래로 내리깔았다.

"원하시는 대로."

"아니―"

란은 '으아아아' 하고 가슴을 쿵쿵 치고 싶은 걸 눌러 참았다.

'그래, 생각해 보면 엄청 수상하지. 알아, 이해는 해.'

평생 속고 이용만 당해온 인생이다. 이번에야말로 속지 않겠다고 결심하고 있을지도 모른다. 이런 건 말로 아무리 해봐야 소용없다. 행동으로 보여주는 수밖에 없는 거지.

란이 깊게 숨을 들이마시고 말했다.

"물론 지금 당장 뭘 하라는 건 아냐. 천천히 생각해 봐."

란은 그렇게 말하고 자리에서 일어났다. 어두운 표정의 릴리에게 란은 미소 지었다.

"괜찮아, 아무것도 아니야."

그녀의 머리를 살며시 쓰다듬어 준 후에 란은 다시 마차로 돌아갔다.

루미에는 혼란에 빠진 눈으로 그녀의 뒷모습을 바라보았다.

Chapter 9.

―

드워프의 방문

"드디어 도착했다!"

란은 자신의 침대에 온몸을 던졌다.

"가주님, 먼저 옷을 갈아입으셔야죠."

"맞아요."

소다와 디모디아가 란을 채근했다. 침대에 엎드려 있던 란은 '으으' 하고 몸을 일으켰다.

여행은 분명히 호화 여행이었다. 잠도 천막에서 다리 쭉 뻗고 간이 침대에서 자고, 식사도 잘 나왔다.

중간중간 마을을 꼭꼭 들러주기도 했다.

'하지만 역시 집이 최고야.'

그래도 지치는 건 어쩔 수가 없다니, 몸이 그사이에 호사에 길들여졌나 보다.

8월의 하늘 저택은 수도만큼 덥지 않았다. 그렇다고 해도 여름은, 여름. 산과 정원은 녹음으로 우거지고, 화려한 분수대에서는 수정 같은 물이 뿜어져 나왔다.

산에서 내려오는 물은 얼음처럼 차가워서 자유 시간이 되면 시녀들은 한낮의 계곡으로 놀러 가기도 했다.

"다음에 여름용 제복은 좀 더 밝은 색으로 해야겠어."

란이 그렇게 중얼거리며 옷을 갈아입었다.

아직 기침이 마저 떨어지지 않아서 소다는 그녀의 목에 얇은 스카프를 둘러 주었다.

그때 문 두드리는 소리가 나 란은 로스에게 눈짓했고, 로스는 문을 열었다.

집사가 안으로 들어오며 말했다.

"가주님, 손님분들이 오셨습니다."

"손님이?"

이렇게 타이밍 좋게?

"드워프분들이십니다."

"어? 진짜?"

란은 자리에서 폴짝 일어났다.

"네, 일단 응접실에 모셔드렸습니다만."

"지금 바로 가지."

란은 그렇게 말하고 얼른 방을 나섰다. 응접실로 들어가니 드워프 두 명이 응접실을 구석구석 살피고 있는 게 눈에 들어왔다.

"이것 봐, 여기 보통 모퉁이 돌이 있는데 말이야. 이음매가 없잖아?"

"그렇군. 마법으로 지었다는 게 정말인가? 하지만 봐 봐. 그에 비해서 이쪽 난로 벽은 조잡하기 그지없다고."

"이건 나중에 만들어 넣은 거 아냐? 아무리 봐도 50년 안팎으로 보이는데?"

"그럼 틈만 마법으로 만들었단 말인가? 창문은?"

투박한 손이 유리창을 두들겨 본다. 란은 어쩐지 웃음이 나오는 걸 참으며 인사했다.

"어서 오십시오, 하늘 저택에 오신 걸 환영합니다."

그제야 드워프 두 사람이 란을 돌아보았다. 키는 란의 가슴께쯤 될까? 땅딸막하지만 술통처럼 단단한 몸집을 가지고 있었다.

하지만 두 명 모두 처음 보는 얼굴이었다.

'예전에 봤던 분이 아니네?'

머리카락과 수염이 북슬북슬해서 알아보기 힘들 것 같지만, 드워프는 가문마다 수염과 머리 장식 그리고 문신이 달라서 그걸로 쉽게 구분할 수 있었다.

"란 로미아 드 라치아라고 합니다."

"파셴이라고 합니다."

"난 제투라라고 하네."

"말을 곱게 해야지."

"아니, 저 여자애는 우리보다 백 살은 어릴 텐데?"

"그래도 인간 쪽 대표잖아?"

파셴의 말에 제투라가 끙하고는 콧수염을 어루만지고 말투를 바꾸었다.

"제투라라고 합니다. 실언했군요."

란이 웃으며 고개를 저었다.

"아닙니다. 두 분 모두 말씀 편하게 하세요."

"봐 봐!"

"어허. 우리만 편하게 하면 쓰나. 그쪽도 그럼 편하게 하게."

파센이 란을 가리키며 말해서 란은 다시 웃었다.

"알겠습니다. 아니, 알겠어. 그럼 두 사람 모두 앉지."

란이 자리를 권해 둘은 소파에 앉았다.

란은 시종에게 좋은 술을 가져오게 시켰다. 드워프식 환대다. 드워프에게 차를 내오는 것은 인간에게는 맹물을 내오는 것보다 더 심한 접대였다.

라치아는 북쪽이었고 북쪽 사람들은 술을 잘 빚는 법.

라치아의 꿀 술은 드워프들을 금방 들뜨게 하였다.

"인간이 술은 또 잘 만든단 말이야. 이거 음료 대신으로 딱 알맞은걸."

"푸투라 놈, 이런 걸 혼자만 마시고 말이야. 그런데 더 독한 건 없나?"

란이 피식 웃고 말했다.

"독한 술이 없는 건 아니지만 일단 오신 이유는 듣고 싶군요."

파센이 어깨를 으쓱했다.

"일단은 주문받은 갑옷을 가지고 왔지만 말이야~ 직접 입은 걸 보고 조절해 줘야지. 푸투라가 말한 걸로만 만들기는 좀 그래."

"그리고 가능하면 광산도 보고 싶군. 어째 채굴된 후 모양이 좀 마음에 들지 않아서 말이야."

란은 반색했다.

드워프의 광산 기술을 전수해 준다면야 두말할 것도 없이 고마운 일이다.

"그리고 이건 좀 미안한 말인데……."

파센이 멋쩍은 듯 수염을 꼬았다.

"그쪽에서 주문한 물품을 못 만들게 되어 되어서 말이야……"

란은 의아한 얼굴을 했다. 드워프들은 제 물건에 자신이 넘쳤고 인간과 오랜만의 상거래에 처음에는 의심하기도 했지만 퍽 즐거워하는 눈치였다.

장인은 제 솜씨를 뽐낼 장소를 원하는 법이니까.

그래서 물꼬가 트이자 생각보다도 더 빠르게 거래가 진행되었다.

드워프족은 14개의 가문이 다스리고 있고 각각의 일족이 도시를 이루어 살아가고 있다. 란이 거래하는 일족은 런드 가문과 페하이드 가문이 함께 다스리는 검은 산 일족이었다.

그나마 덜 폐쇄적인 일족이라고 할까?

"무슨 문제라도 생긴 건가?"

란의 물음에 제투라가 손을 저었다.

"산울림이 영 이상해."

"산울림이?"

"그래, 우리가 도시를 확장하고 있다는 건 알지?"

란은 고개를 끄덕였다. 드워프의 지하 도시는 화려한 것으로 유명했다. 그런 도시들이 있고 도시를 잇는 왕의 대로들은 드워프 일족의 자랑이었다.

"그런데 산이 예전 같지 않단 말이야. 다들 산에서 무슨 일이 생긴다고 생각하고 있어. 그래서 광물을 캐는 것도 다 중지돼서 말이지."

'검은 산…… 산울림…….'

뭔가 기억이 날 듯 말 듯한데?

란은 끙끙거리다가 결국 포기했다. 나중에 생각이 나겠지.

"알겠어. 그럼 먼저 갑옷부터 봐 주겠어? 기사단원들이 정말로 기대하고 있거든."

란의 말에 드워프는 서로 얼굴을 마주 보았다가 호탕하게 웃었다.

"그거 좋지."

"일이 끝나면 좋은 술을 내놓는 걸 잊지 말라고."

란은 두 사람을 기사단실로 안내했다. 드워프 둘이서 제국을 횡단하는 건 불가능에 가까워, 골든로즈 상단의 도움을 받았기 때문에 물건 역시 깔끔하게 포장되어 차곡차곡 쌓여 있었다.

기사단원은 느닷없는 가주의 등장에 무슨 일인가 하며 눈을 크게 떴다. 블레인이 란을 슬쩍 보았다가, 드워프 두 사람을 보았다.

"주문한 갑옷이 도착해서 말이야. 직접 피팅해주고 싶으시다고 하셔서."

씩 웃으며 란이 말하자 블레인이 눈을 휘둥그레 떴다.

"갑옷 말입니까?"

"응, 늦어서 죄송합니다."

그녀가 그렇게 말하자 블레인의 얼굴이 붉게 상기됐다.

드워프제 갑옷.

그건 전설에나 나오는 갑옷이었다. 지금도 전통 있는 가문에서는 대대로 물려주기도 하는 물건이다.

무슨 일인가 이야기에 귀 기울이던 기사단원들 역시 모두 눈을 크게 뜨고 침을 꼴깍꼴깍 삼켰다.

파셴이 가슴을 두들기며 말했다.

"아무래도 마무리를 직접 해주지 않으면 안 돼서 말이야. 각자 상자를 가져오면 순서대로 봐 줄 테니 와주지 않겠나?"

"물론입니다!"

블레인이 저도 모르게 큰 소리로 말했다가 당황해 목소리를 가다듬었다. 서른에 가까운 진중한 기사단장에게서 평소에 못 보던 모습이지만, 그것도 눈치채지 못할 정도로 기사단 역시 잔뜩 들떴다.

"그럼 여기는 두 분께 맡겨도 될까요? 블레인, 부탁할게."

"영광입니다."

블레인이 정중하게 말해 란은 가슴을 쓸어내리고 안절부절못하는 로스를 보고 씩 웃었다.

"로스 경도 여기서 물건을 확인해 보도록."

"아닙니다. 호위는—"

"어차피 하늘 저택인걸. 호위는 더 필요 없어. 어쨌든 너도 갑옷은 확인해 봐야 하니까."

"그, 그렇다면."

로스는 결국 욕망에 져 버렸다. 란은 키득거리고 두 드워프에게 잘 부탁한다는 말을 다시 남기고 자리를 떴다.

"자, 그러면 저 상자를 가지고 오라고. 상자 옆에 이름이 쓰여 있으니 말이야."

제투라가 한쪽에 쌓인 나무 상자들을 가리키며 말하자 기사들이 한 번에 우르르 상자로 뛰어가서 제 이름이 어디 있는지 살펴보기 시작했다.

블레인은 순간 어이가 없었지만, 팔짱을 끼고 그 모습을 지켜보았다. 파센이 수염을 쓰다듬으며 블레인에게 설명했다.

"라치아 가주는 통이 크던데? 미스릴이 섞인 갑옷으로 주문했어. 처음에는 100% 미스릴로 주문하더구만. 그런데 미스릴만으로 만든 갑옷은 우리 쪽에서도 이제는 희귀해서 말이지."

오히려 미스릴과 다른 금속을 섞은 후 강화 마법을 이용하는 게 가볍고 튼튼한 갑옷을 만들 수 있지. 고대 드워프 마법이란 사실 대장장이 기술이나 다름없다고—

이런 식의 자랑이었지만, 블레인은 진지하게 이야기를 들었다.

미스릴(mythril).

백은색의 이 광물은 별빛을 머금은 반짝임과 동시에 최고의 강도를 자랑했다.

인간의 땅에서는 나오지도 않을뿐더러, 광물이 있어도 다룰 기술이 있는 인간은 없었다.

오로지 드워프와 엘프의 광물이었다. 이걸 드워프식으로 정련하면 미스릴이라는 이름이 붙었고, 엘프식으로 정련하면 릴룸이라는 이름이 붙었다.

"미스릴 갑옷이라면 예전에 들어본 적 있습니다. 화룡(火龍) 아타라를 토벌한 용사전에서요."

'정말로 전설에나 나오는 이야기다.' 하고, 블레인은 현실감이 들지 않는다고 생각했다.

"아타라? 아— 제3시대 이야긴가? 그때보다 지금 우리 기술이 더 좋다고. 완전히 미스릴로 만들지는 않았지만, 강도는 보장하지."

파셴이 뿌듯한 얼굴로 말했다. 단원들은 자기 이름이 붙은 상자를 찾아내서 무겁지도 않은지 시시덕거리며 각자 연무장에 자리를 잡아 상자를 열어 보았다. 그러더니 탄성과 침묵이 이어졌다.

다들 말없이 갑옷을 살펴보고 만져보기에 여념이 없었다.

문득 블레인은 남은 상자가 하나도 없다는 걸 깨달았다.

당황해 그가 작게 물었다.

"상자는 저게 전부입니까?"

"응? 그런데? 왜?"

"아뇨, 그게 제 몫이……."

제투라가 저쪽에서 씩씩거리며 "그만 만지고 이리 오라고! 입고 봐야 하니까!" 하고 소리쳐서 블레인이 가볍게 휘파람을 불었다.

휘익—

휘파람 소리에 제정신이 돌아온 듯 기사단원들은 일사불란하게 차렷 자세를 취했다. 블레인이 픽 웃고 말했다.

"늦었어."

그 말에 기사들 사이에 멋쩍은 미소가 지나갔다. 블레인이 말했다.

"번호 순서대로 자기 갑옷을 들고 앞으로 가도록."

"네!"

단원들이 대답하고는 빠르게 일렬로 줄을 섰다. 파센이 고개를 끄덕이고 블레인에게 말했다.

"자네가 단장이군? 자네는 따로 갑옷이 마련되어 있으니 같이 가세나."

블레인의 얼굴이 단숨에 환해졌다.

*　　*　　*

"드워프가 왔다고요?"

유스타프의 물음에 란은 서류에서 고개를 떼고 그를 보았다.

"응, 갑옷을 직접 조율해주러 왔다고 하더라고."

"갑옷이 도착했습니까?"

드물게 그의 음성에 들뜬 기색이 섞여 란은 저도 모르게 웃었다.

"응, 지금쯤 맞춰주고 있지 않을까? 그런데 드워프제 물건 수급에 차질이 생길 것 같네."

"무슨 일이 생긴 겁니까?"

"아니, 그게 산울림? 같은 게 있어서 광산을 지금 통제하는 중…… 아아아아!"

갑자기 퍼뜩 머릿속을 후려치는 생각이 번개처럼 지나갔다.

"누님?"

유스타프가 빠른 걸음으로 다가와 그녀의 어깨를 쥐었다.

"괜찮으십니까?"

"어? 어, 괜찮아. 아니, 그러니까—"

란은 머릿속에서 떠오른 생각의 끈을 놓치지 않으려 애썼다.

'맞아. 새로운 광물이 탄생했어. 검은 산의 별모래. 나디움.'

검은 산의 울림은 곧 사라지고, 드워프들은 평소와 다름없는 작업을 하게 된다.

그리고 그 깊이 들어간 땅 아래에서 광천수가 터진다. 터진다기보단 드워프들이 깨운 상급 정령이 짜증을 낸 거라고 해야겠지만.

여하튼 반짝이는 모래 알갱이 같은 광물을 머금은 물이 단숨에 터져 올라오는데, 그래서 광산과 지하 도시가 물에 잠겨서 검은 산 일족이 멸망해 버린다.

그리고 그 광천수에 섞인 별모래는 미스릴보다 더 가볍고 마법 반응률이 높으며 강도도 강해서, 귀한 광물이 된다.

없어진 검은 산 일족을 기리는 뜻에서 검은 산이라는 뜻의 드워프어.

즉, 나디움이라고 불리게 되고.

'어떻게 하지?'

"누님."

유스타프가 그녀의 어깨를 꽉 쥐며 단호하게 란을 불렀다.

란이 퍼뜩 정신이 들어 유스타프를 보았다. 새파란 눈동자가 상쾌하게 그녀의 머릿속을 갈랐다.

"무슨 일입니까?"

"그게—"

뭐라고 설명을 할까.

"유스."

"네."

"만약에, 네가 어떤 사실을 알고 있는데, 그 사실을 어떻게 알았는지 밝힐 수 없다면 어떻게 해야 할까? 중요한 사실이라 꼭 알려주고 싶은데. 너무 터무니없는 사실이야."

말하면서도 약간 횡설수설하나 했는데 유스타프가 핵심을 짚어냈다.

"거짓말 같은 진실과 진실 같은 거짓말 사이에서 선택하는 겁니까?"

"어! 바로 그거야!"

란이 무릎을 쳤다가 다시 시무룩해졌다.

"그런데 진실 같은 거짓말도 사실 생각이 안 나⋯⋯."

대체 드워프에게 뭐라고 해야 한단 말인가?

'그리고 만약에 원작대로 가지 않으면⋯⋯? 이 산울림이 내가 아는 산울림이랑 다른 거면?'

그러면 도시 전체를 피신시켰는데 아무런 일도 일어나지 않은 게 되어버리지 않는가?

란은 생각에 잠겼다.

유스타프가 그녀의 책상에 엉덩이를 반쯤 걸치며 물었다.

"저에게 이야기해주시지는 않을 겁니까?"

"그게—"

란의 얼굴에 곤란함이 지나갔다.

"생각을 좀 정리하고."

슬쩍 란은 뒷말을 흐리며 고개를 돌렸다. 유스타프는 그런 란을 내려다보다가 말했다.

"알겠습니다. 그리고 또 하나, 루미에와 릴리의 거취는 어떻게 할 겁니까. 계속 성에 머물게 놔둘 건가요?"

"응? 아니, 아냐. 성 아랫마을에 살 곳을 구할 동안 잠깐만이야. 아, 하레쉬에게도 연락을 넣어야 하는데."

란은 한숨을 내쉬었다.

"오늘 막 도착했다 했더니만, 일이 연이어 터지네."

작게 몇 번 기침하고 란이 투덜거렸다.

"여름 감기가 끈질기기도 하네."

"꿀 차라도 올리라고 하죠."

유스타프가 설렁줄을 잡아당겨 시종을 불러 약꿀 차를 주문했다.

빙벽의 벌 중에서는 독특한 허브 꿀만 모으는 벌이 있는데, 그 벌집에서 얻은 꿀은 시원하고 달콤한 복합적 허브향이 났다.

양이 적어 밖으로 팔지도 않는, 라치아 공작가의 상비약 같은 것이다.

시녀가 타온 약꿀 차를 느리게 한 모금 넘기며 란이 말했다.

"유스, 루미에와 릴리 말인데…… 이해해 줘서 고마워."

"아닙니다. 누님에게 소중한 사람이라면, 제 시선이 닿는 곳에 둬야지요."

'이중적인 의미.'

란은 눈을 가늘게 뜨며 뜨거운 차를 후후 불었다. 차를 다시 마시고 그녀는 모른척하며 말을 돌렸다.

"그러고 보니 이 가주직도 이제 1년……."

말을 하다가 란은 딱 멈췄다.

"누님?"

란의 얼굴이 순간 일그러졌다.

"유스!"

"네."

란이 자리에서 벌떡 일어났다. 찻잔을 황급히 내려놔 찻잔에서 차가 흘러넘쳤지만, 란은 신경 쓰지 않고 허둥지둥거리다가 손을 축 늘어트렸다.

"아니, 그게. 잠깐만 기다려!"

란이 그렇게 말하고는 치맛자락을 붙잡더니 집무실을 뛰쳐나갔다. 유스타프는 의아해졌지만, 얌전히 그 자리에 서서 기다렸다.

잠시 후 복도에서 달리는 소리가 났다. 유스타프는 저도 모르게 미소 지었다.

문이 벌컥 열리고, 란은 옆구리에는 긴 상자를 끼고, 다른 손에는 꽃다발을 들고 있었다.

어디 화병에서 꺼내온 게 아닐까 싶었다.

'대체 왜?'

의아해하며 그가 고개를 드는데 란이 꽃을 내밀었다.

"유스, 생일 축하해."

뒤통수를 맞은 듯한 충격이 그를 때리고 지나갔다. 란이 얼굴이 붉어져서 웅얼거렸다.

"미안, 완전히 잊어버리고 있었…… 아니, 이건 변명이 안 되네. 아니 왜 네 생일에 마차 여행 일정을 잡고 그러는 거야? 으, 이것도 아니네. 하여간."

란은 끙끙거리며 이어 말했다.

"까먹어서 정말로 미안해. 생일 축하해, 유스타프 라반 드 라치아."

노래하듯 말하고 그녀는 긴 상자를 내밀었다.

"마음에 들면 좋겠다."

유스타프는 조심스럽게 상자를 받아 들었다. 매끄러운 나무 상자는 짜맞춤 공예로 섬세하게 만들어져 있었다.

책상 위에 상자를 내려놓고 유스타프는 뚜껑을 열었다.

드러난 검신을 유스타프는 손끝으로 매만졌다. 나무인데도 어찌나 매끄럽게 다듬었는지 금속이나 상아를 만지는 기분이었다.

그가 검을 집어 들어 상자에서 빼낸 후에 검집에서 검을 뺐다.

스르릉하는, 서늘한 소리와 함께 검날이 모습을 드러냈다. 다시 봐도 아름다운 검날이라 란은 눈을 가늘게 떴다가, 힐끔힐끔 유스타프의 눈치를 보았다.

"어때……?"

결국 그녀가 먼저 물었고 유스타프는 천천히 검을 도로 꽂아 넣었다.

"마음에 듭니다."

"정말?"

"네."

그렇게 말하고 유스타프가 검집을 꽉 쥐었다가 그녀에게로 돌아서서 허리를 숙였다.

"—?!"

그녀의 뺨에 키스한 유스타프가 순진해 보이는 미소를 지었다.

"참으로 마음에 듭니다. 누님."

란의 얼굴이 붉게 물들었다.

그, 그래. 외국은 뺨에 키스하기도 하지? 그런데 여기도 그런 전통이 있던가?

그랬던 것 같기도 하고?

그런데 뺨이라고 하기에는 너무 입술에 가깝지 않았어?

그냥 내 감각이 그랬던 건가?

"생일을 축하받을 거라고는 생각도 못 했습니다."

유스타프가 아무렇지도 않게 말을 이어가서 란은 간신히 정신을 차렸다.

"왜?"

저도 모르게 물으니 유스타프가 "글쎄요. 받아 본 지가 너무 오래되어서." 하고 짧게 말했다.

그제야 란은 아차 싶었다.

친어머니가 계실 때는 어땠는지 모르겠지만, 계모가 온 후로 유스타프는 생일 축하를 받아본 적이 없었다. 그가 아카데미로 가고는 그래도 친구들이 해주지 않으려나, 막연히 생각했는데.

그것도 아니었나 보구나.

그렇게 생각하니 란은 더더욱 분해졌다. 그녀가 발을 동동 구르며 말했다.

"다음에는 꼭 화려하게 해 줄게. 성인식이잖아?"

"그렇군요."

유스타프의 표정이 살짝 어두워졌다. 그가 란을 똑바로 바라보았다.

"그때는 제가 가주가 되어 있겠지요."

란은 작게 고개를 끄덕였다. 그의 새파란 눈이 평소에는 볼 수 없는 무언가를 담고 있었다.

아니, 자신에게 요구하는 것처럼도 보였다.

그가 제 검을 들어 검집에 느리게 키스했다. 희고 매끄러운 검집에 살며시 입술이 닿는다. 그러면서도 눈은 똑바로 란에게 고정되어 있어서, 란은 어쩐지 제가 키스당하고 있는 것 같았다.

뺨에 닿았던 부드러운 감촉과 열기, 가깝기 때문에 느껴졌던 향기까지 낙인찍히듯 뚜렷하게 기억났다.

그의 검은 속눈썹이 살짝 내리깔리고 푸른 눈이, 한 번도 본 적 없는 어둡고 달콤한 빛을 띠고 그녀를 바라본다.

"감사합니다. 소중히 간직하지요."

키스를 끝낸 그가 빙긋 웃으며 말해 란은 주문에서 풀려난 것처럼 몸을 부르르 떨고 애써 미소 지었다.

"마음에 든다니 나도 기분 좋네."

상투적인 문구밖에 나오지 않았다.

"그럼, 나는 이만 가 볼게. 음, 남은 서류는 나중에 볼 테니까."

그리고 유스타프의 대답을 듣기도 전에 란은 후다닥 방에서 도망치듯이 빠져나왔다.

'얼굴 빨개졌을 거야.'

어쩐지 더웠다.

달아오른 뺨을 부채질하며 란은 복도를 빠르게 걷기 시작했다.

걷다가 우뚝 멈춰 서서 란은 옆에 있는 대리석 기둥에 이마를 박았다.

'정신 차려, 란. 지금 그럴 때야?!'

차가운 대리석에 달궈진 뺨이 서늘하게 식은 게 기분 좋아 그녀는 좀 더 얼굴을 기둥에 밀착시켰다.

'유스를 보면서 두근두근할 때가 아니잖아. 제길, 왜 남주는 그렇게 멋진 거야? 하긴 그렇게 멋있으니까 남주지. 괘씸한 자식. 시나가 있는데 왜 나에게—'

웅얼웅얼 헛생각을 한참 하고 란은 간신히 심장을 진정시켰다.

"좋아."

정신 차렸다!

란은 주먹을 불끈 쥐었다.

유스타프가 멋있는 건 당연하다. 그 올리비아도 홀딱 넘어가지 않는가? 자신이 두근거리는 것도 당연한 일.

하지만 넘어가지 말자.

마음을 다잡고 란은 툭툭 제 뺨을 두들기며 걷기 시작했다.

'드워프는…… 일단은 생각을 좀 해보자. 그리고 지금은.'

란은 멈춰 서서 복도 밖을 내다보았다. 깎아지르게 솟아오른 빙벽이 노을에 붉게 물들어 가고 있었다.

'라치아는 문 근처니까…….'

문득 반대쪽을 돌아보니, 거기에는 빙벽과 정면으로 마주 보는 자리에 대현자 이브리아의 그림이 그려져 있었다.

새카만 머리카락을 휘날리며 빛나는 지팡이를 높이 치켜든 현자.

"나에게 당신만큼의 힘과 지혜가 있었으면 좋았을 텐데요."

중얼거렸다가 란은 피식 웃으며 눈을 내리깔았다.

'하긴, 이브리아도 애인 문제는 어떻게 하지 못했지.'

애정은,

마음은,

어디서 어떻게 무슨 일로 단숨에 변모할지 몰라서 무섭다.

'그런 일을 겪어본 적은 없지만.'

저도 평범한 사람인지라, 마음이라는 게 얼마나 약한지 란은 잘 알았다.

그녀는 깊게 숨을 들이마시고 복도를 다시 힘차게 걷기 시작했다. 하늘 저택은 큰 건물 여러 개가 모여 있었다.

한쪽 끝의 건물에서 반대편 끝의 건물까지 걸어가려면 적어도 십여 분은 걸어야 했다. 하지만 그건 기사단실이나 하녀들의 숙소 같은 장소이고, 란이 쓰는 장소는 한정되어 있었다.

그녀는 살며시 손님방으로 향했다. 정중하게 문을 두드리니 잠시 후 루미에가 문을 열었다가 란을 보고 약간 놀란 얼굴을 했다.

"지내기에 어때?"

"아주 좋습니다."

과장되게 루미에가 허리를 숙여 보이며 웃었다. 란은 안으로 들어가서 거실을 둘러보았다.

최고급 손님방은 아니었지만, 그래도 좋은 방이었다. 응접실 하나에 방이 두 개, 욕실이 딸려 있는 구조였다.

"릴리는?"

"자고 있습니다."

"그렇구나. 일단 엘프 의사에게 연락은 보내보겠지만 오는 데 얼마나 걸릴지는 모르겠어. 그 사이에 편하게 묵어도 좋아."

"네."

루미에가 그렇게 말하며 소파 위에 앉으시라고 정중하게 손짓했다. 란은 신기한 기분마저 들었다.

지금의 루미에는 도무지 그녀의 눈앞에서 세 명을 뚝딱 죽인 사람이라고는 보이지 않았다.

란이 소파에 앉자, 루미에는 재빠르게 그녀의 다리 옆, 바닥에 무릎을 꿇고 앉았다.

란은 신음을 흘렸다.

"이거 그만하면 안 돼?"

"마음에 안 드시면 어떻게 해 드릴까요?"

루미에가 무릎걸음으로 약간 물러나더니 납작 엎드렸다. 란은 행여나 그가 다시 발등에 키스할까 봐 발을 뒤로 뺐다.

"아니, 그게 아니라!"

란은 저도 모르게 목소리를 높였다.

"여기 앉아. 여기!"

그녀가 제 옆자리를 팡팡 두들기자 루미에는 냉큼 그 자리에 앉았다. 마치 란이 그러기를 기다렸다는 듯이 말이다.

'유스보다 더 이해하기 힘들다.'

란이 알고 있는 루미에는 상처가 많은 우울한 눈빛의 거친 남자였다. 유스타프가 차가운 눈빛에 매끄럽고 서늘한 타입이라면, 루미에는 으르렁거리고 화내는 타입이라고 해야 하나.

'그런데.'

전혀 아니잖아?

'그야 릴리가 살아 있고, 구르지 않았기 때문이겠지.'

머리로는 납득하는데, 어쩐지 납득되지 않는 구석도 있었다.

란은 루미에를 빤히 바라보았고, 루미에는 피하지 않고 란을 마주 보았다.

'살아 있는 사람.'

저도 모르게 손을 뻗어 란은 루미에의 뺨을 살짝 만졌다. 그러자 루미에가 고개를 돌려 그녀의 손바닥에 입맞춤했다.

"으앗!"

놀라 란이 손을 빼자 루미에가 어깨를 움츠리며 미소 지었다.

"루, 루미에. 부탁인데 이런 짓 그만하면 안 될까."

"주인님께서 다른 걸 원하신다면요."

"나는 루미에에게—"

'바라는 게 없어.'라고 말하려다가 란은 입을 다물었다.

"사실 바라는 게 있어."

루미에의 주홍 눈이 어두워졌다.

"하명하십시오."

"행복해져."

말하고 란은 쑥스러워서 웃었다.

"이게 내가 루미에에게 바라는 거야. 그냥 릴리랑 행복했으면 좋겠다, 하는 거."

유스타프에게 바라는 것도 그거였다. 유스타프, 루미에, 시나.

내가 좋아하는 캐릭— 아니, 사람들이 행복해지는 것.

'사람들이.'

다시금 란은 그 말을 되새겼다. 루미에는 한참 그녀를 바라보다가 입을 열었다.

"그럼 제가 바라는 걸 말씀드려도 되겠습니까?"

"내가 들어줄 수 있는 거면. 하지만 나 보기보다 힘이 없으니까."

"란 님께서 들어주실 수 있는 겁니다."

"일단 말해봐."

루미에는 웃음과 다정함을 머금은 짙은 초록색 눈을 똑바로 보며 말했다.

"당신을 주인으로 섬길 수 있게 해 주십시오."

*　　*　　*

디모디아는 란이 완전히 책상에 엎드려 있는 걸 보고 말했다.

"가주님, 피곤하시면 그냥 침대에 가서 주무시는 게 어떠세요? 이제 저택에 돌아오신 지 이틀째인데 너무 무리하시는 거 아닐까요?"

"응? 으응⋯⋯."

란은 중얼거리며 몸을 일으켰다. 그녀는 쓰다만 종이를 바라보다가 한숨을 내쉬었다.

"당신을 주인으로."

아니, 그래도 되는 걸까?

물론 시나가 여기에 올 때, 루미에 역시 라치아에 있기는 하다.

하지만 노예로 있는 건 아닌데⋯⋯.

'어떻게 방법이 없으려나. 유스타프와 상의해 볼까.'

란은 의논 상대로 자연스럽게 그를 떠올렸다. 하지만 곧 '암살 의뢰'라는 말이 떠올라 어깨를 늘어트렸다.

'피곤하다.'

란은 자리에서 일어났다.

반짝이는 새 갑옷을 입은 로스가 얼른 란의 뒤에 따라붙었다. 란은 그 모습을 보며 '털갈이가 막 끝난 후 제 모습을 자랑스러워하는 멍멍이' 같다고 생각했다.

로스는 가슴을 쭉 펴고, 청염 기사단의 문장이 새겨진 새 갑옷을 자랑스럽게, 보란 듯이, 평소에는 어깨에 걸치는 망토조차도 뒤로 전부 넘겨버리고 과시하고 있었다.

'하긴 요즘 기사단원들이 다 저 모양이지.'

은색으로 반짝이는 갑옷은 움직일 때 소음도 적었고, 부딪쳐도 요란한 쇳소리가 나는 게 아니라 낮고 둔탁한, 묘하게 종소리를 닮은 소리가 작게 났다.

예전에 낡은 갑옷 위를 망토로 가리던 것과 다르게, 이제는 망토를 모두 넘기고 보란 듯이 갑옷을 드러내고 걸었다.

파센과 제투라가 갑옷을 조율하는 일은 생각보다 좀 더 오래 걸렸다.

입고 걷거나 동작을 해보라고 하고, 벗긴 다음 다시 여기저기 갑옷을 두들긴 후 다시 입히고 동작을 해보라고 하는 걸 반복했다.

그러다 보니 아직도 조정이 다 끝나지 않은 채였다.

로스는 '가주님의 호위'라는 특권을 발휘해서 앞 번호를 받았다고 했다.

'그래서 그런가. 까칠함이 줄어든 것 같고.'

예전 같은 무례함은 더 이상 보이지 않았다.

'역시 뇌물이 직빵이었나.'

란은 그런 생각을 하며 유스타프의 방으로 향했다. 방에 가니 유스타프는 자리에 없고 다이아몬드 홀에 있다는 말을 들어서 란은 다시 걸음을 옮겼다.

하늘 저택에는 무도회를 위한 홀이 모두 세 개가 있는데, 각각 다이아몬드, 루비, 에메랄드라는 이름이 붙어 있었다.

이름만으로 생각하면 다이아몬드가 가장 화려할 것 같지만, 에메랄드가 가장 화려하고 큰 홀이었다.

그 다음이 루비고 다이아몬드가 가장 작은 홀이었다.

로스가 홀의 무거운 문을 열어주어 란은 안으로 들어갔다.

연회가 없는 홀은 텅 비어 있었지만, 그 자체로도 화려했다.

흰색과 투명한 유리로 번갈아 체스 판처럼 만들어진 바닥이 다이아몬드 홀의 자랑이었다.

"유스?"

이리저리 둘러보는데 아무도 보이지 않아 란이 목소리를 높이자 테라스 문이 열렸다.

"누님."

"뭐야, 밖에 있었어?"

"네, 잠깐 살펴볼 게 있어서. 무슨 일이십니까?"

"그냥 좀 물어볼 게 있어서."

란의 말에 유스타프가 빠른 걸음으로 그녀 쪽으로 다가왔다.

"뭐가 궁금하십니까?"

"청염 기사단 말이야."

"네."

"신분에 상관없이 실력만 되면 들어갈 수 있는 거지?"

란의 물음에 유스타프는 멈칫하고 그녀를 한참 바라보다가 느리게 말했다.

"그렇습니다."

"그 실력은 누가 테스트해?"

"블레인 경과 제가 합니다. 본래라면 가주님이 하시겠지만."

"난 그쪽은 젬병인걸."

란이 손을 흔들었다.

"루미에?"

갑작스럽게 그가 그렇게 물어 와서 란은 어깨를 움찔했다가 고개를 끄덕였다.

"으응, 그냥."

"그가 기사단에 들어가고 싶다고 합니까?"

"아니, 그건 아닌데……."

란이 중얼거리자 유스타프가 그녀의 손을 잡았다.

"그게 아니라면—"

그가 말을 뚝 끊더니 손을 놓고 그녀의 양 뺨을 감쌌다.

놀라 란은 눈을 크게 떴다.

"유스?"

그의 얼굴이 천천히 다가와 란은 파드득 몸을 떨었다. 그러나 유스타프는 그저 이마를 그녀의 이마에 가져다 댔을 뿐이었다.

"열납니다."

"어? 어어?"

유스타프가 눈을 찌푸리며 이마를 떼자 란은 뜨거운 숨을 내쉬었다.

'놀랐다.'

"의사를 부르죠."

유스타프의 말에 란이 저도 모르게 그의 셔츠 자락을 붙잡았다. 유스타프의 속눈썹이 살짝 떨리더니 내리깔렸다.

"누님?"

"아니, 열나는 거 아냐."

"열나는데요."

"괜찮은데."

네 얼굴이 너무 가까워져서 뜨거워진 거야.

란은 그렇게 생각하며 "괜찮아." 하고 한 번 더 말했다.

"쯧."

그가 혀를 차더니 몸을 돌려 번쩍 그녀를 안아 들었다.

"유스?!"

놀라 란이 버둥거리자 유스타프가 걸음을 옮기며 말했다.

"제 상태도 모르는 바보와는 이야기하고 싶지 않습니다."

"아니, 괜찮다니까?"

"열나는 건, 괜찮은 게 아니죠."

당황한 로스가 뒤를 쫓아오며 말했다.

"도련님, 제가―"

"옆에 있으면서도 가주의 상태도 모르는 멍청이랑도 이야기하고 싶지 않군."

차갑게 내뱉은 말에 로스의 얼굴이 붉어졌다. 당황한 란이 몸을 세우려고 애쓰자 유스타프가 쉽게 그녀의 자세를 바꾸어주었다. 그와 얼굴을 마주 보게 되어 란이 말했다.

"아냐, 나 진짜로 괜찮다니까?"

"누님."

"응."

유스타프가 힐끗 로스를 보았다가 란에게 낮고 작게 속삭였다.

"원하시는 대로 다정하게 대해드리고 있습니다."

"!!"

란은 입을 헤 벌렸다가 순간 발끝부터 확 치고 올라오는 부끄러움에 얼굴이 새빨개졌다.

"그, 그건 이걸 말한 게 아닌데!"

"아닌가요?"

딴청 부리듯 되묻고 유스타프는 순식간에 치료실에 도착했다. 로스가 허둥지둥 문을 열어 의사는 자리에서 반쯤 일어났다가 유스타프와 란을 보고 후다닥 달려 나왔다.

"가주님? 도련님?"

"누님께 미열이 있으신 것 같다."

"나, 난 괜찮다니까."

"일단 가주님, 이쪽에 앉으시지요."

유스타프가 란을 진료실 의자에 내려놓자 의사는 얼른 네모난 유리판 같은 것을 가져왔다.

그걸 사람에게 가져가 비추면 물에 기름띠가 뜨는 것 같은 모습들이 생기는데, 의사는 그걸 읽어서 진단을 내리고는 했다. 그걸 진찰판이라고 불렀다.

진찰판으로 란을 살펴본 의사가 고개를 끄덕였다.

"도련님 말씀이 맞습니다. 열이 있으시군요. 게다가 기침이 계속 떨어지지 않는 걸 보니 요즘 너무 무리하고 계신 거 아닙니까?"

"아니, 그게⋯⋯."

란은 민망해져서 유스타프를 힐끔 보았다. 서류 작업 대부분은 유스타프가 해주고 있었다.

요즘 그녀를 괴롭히는 것은 다른 문제들이었지.

"누님은 좀 쉬시는 게 좋겠습니다."

유스타프가 그렇게 말하며 손등으로 살짝 그녀의 이마를 짚었다.

란은 저도 모르게 한숨을 내쉬었다.

"응."

순순한 대답이 나왔다.

의사가 열난다고 말하자마자 어째 몸이 나른해지는 것 같다.

'이런 게 뺄 곳 보고 다리 뻗는다는 걸까.'

"그럼 약을 올려드리겠습니다."

의사의 말에 란은 고개를 끄덕였다. 유스타프가 "그럼." 하고 허리를 숙이더니 쉽게 란을 안아 들었다. 란은 약간 당황했다.

'의자에 앉아 있는 사람 드는 거 어렵지 않나?'

"나, 나도 걸을 수 있어."

"다리를 다친 것도 아니시니까요."

유스타프의 대꾸에 란은 당황했다가 다시 말했다.

"그럼 내가 걸을래."

"상냥하게."

유스타프의 말에 다시 란의 얼굴이 붉어졌다.

"그러니까, 그건 이런 게 아니라니까. 아니, 안 그래도 돼."

"안 그래도 된다고요?"

"응."

다정하고 상냥하게 대해주지 않아도 괜찮아! 그건 술 취한 자의 헛소리였어!

란의 말에 유스타프가 고개를 끄덕였다.

"그럼 제 맘대로 하죠."

그리고 성큼성큼 걷기 시작했다.

"유스!"

"네."

"걸을 수 있다니까."

"싫습니다. 그리고 다른 사람들이 봅니다. 소리치지 마시죠."

"~~!"

란은 결국 포기하고 축 늘어졌다. 사실, 부끄럽지만 싫지는 않다.

그 싫지 않음을 유스타프가 꿰뚫어 보고 있는 것 같아서 부끄러웠다. 유스타프는 얌전해진 란을 보고 피식 웃은 후에 말했다.

"좀 더 의지하셔도 되는데요."

"충분히 의지하고 있는걸."

란이 그렇게 말하고 슬금슬금 손을 뻗어 그의 목을 끌어안았다.

열이 올라서?

아니면 지쳐서?

아니면 의지하고 있다고 보여주려고?

어쨌든,

어리광을 피우고 싶어졌다.

그녀가 그의 목을 꼬옥 끌어안자 유스타프는 살짝 자세를 바꿔 그녀를 한쪽 팔로 안아 들고 가볍게 등을 토닥였다.

"유스."

"네."

"피아노 쳐줘."

"지금 말인가요?"

"응."

"싫습니다."

"에이~"

투덜거리고 란은 다리를 가볍게 앞뒤로 흔들었다.

유스타프가 곤란한 듯 희미한 미소를 지었다. 어쩐지 그 미소가 엄청 어른스러워서 란은 심장을 누가 꽉 붙잡은 것 같은 기분이 들었다.

"다음에 쳐 드리겠습니다."

"응……."

고개를 떨구며 란은 순순히 대답했다. 그가 잠시 그런 란을 내려다보았다가 고개를 들며 말했다.

"원하시면 테스트를 받으라고 하지요."

"어?"

"루미에 말입니다. 그를 기사단에 넣고 싶으신 거 아닙니까?"

"정말? 아! 물론 억지로 넣어달라는 건 아니야. 실력이 그럴 만하다면 부탁해."

"네."

"철저하게 하지요." 하고 그가 고개를 끄덕였다.

유스타프에게 안긴 채로 방으로 돌아가니 한바탕 소동이 일었다.

하지만 단순한 열 때문이라고 란은 설명했다.

"역시 요즘 너무 무리하시는 것 같았어요."

"맞아요. 좀 쉬셔야지요."

시녀들이 번갈아가면서 맞장구를 쳐서 란은 어색하게 웃었다.

"그렇게 무리한 것 같지는 않은데."

"밤늦게까지 일하시는데 왜 무리하시는 게 아니에요?"

소다가 눈을 동그랗게 뜨며 항의하듯이 말했다. 디모디아가 고개를 끄덕였다.

"가주님은 일중독이에요."

디모디아가 말해 란이 항의하려고 하는 순간, 로스가 검을 뽑아 들며 란의 앞을 가로막았다. 디모디아 역시 휙 몸을 돌렸다.

깜짝 놀란 건 란과, 소다. 그리고 카라였다.

"아, 이번에는 무방비가 아니군."

창문 너머에서 목소리가 들려와 란은 어깨를 늘어트렸다.

"하레쉬, 제발 정문으로 다니면 안 되나요?"

"널 바로 만나지 못하는 게 귀찮아."

하레쉬의 말에 란은 끙하고 신음을 내뱉었고 로스가 투덜거리며 검을 꽂아 넣은 후 창문을 열어주었다. 하레쉬가 방 안으로 들어오다가 문득 그의 갑옷에 시선을 주었다.

그가 눈을 찌푸렸다.

"기분 나쁜 기운이 느껴져."

로스가 뭐라고 하기 전에 란이 재빠르게 말했다.

"드워프제 갑옷입니다."

"아, 좀 멀어져 주면 좋겠군."

그렇게 말하고 하레쉬가 란에게 다가오더니 갸웃했다.

"환자가 너인가?"

"아뇨. 다른 환자예요."

유스타프가 하레쉬에게 공손히 말했다.

"오신 김에 누님도 봐주시면 감사하겠습니다."

"그쪽이 아프면 나도 곤란하니까."

하레쉬가 그렇게 말하고 손을 뻗어 란의 이마를 어루만지더니 눈 밑을 살짝 눌렀다가 다시 손목을 붙잡아 보았다. 그리고 마지막으로 그녀의 윗배를 꽉 눌러 란은 "꽥" 하는 오리의 최후 같은 소리를 냈다.

"아픈가?"

"당연히 아프죠!"

란이 소리를 지르듯 말하자 하레쉬가 고개를 끄덕였다.

"뭔지는 몰라도 스트레스를 많이 받고 있군. 좀 정신을 쉬면 어떤가?"

"그렇게 스트레스 받고 있지는……."

"몸은 거짓말을 하지 않지."

하레쉬는 그렇게 말하고 손을 내밀었고, 소다가 잽싸게 펜과 종이를 넘겼다. 하레쉬는 처방전을 적어 내린 후에 던지듯 란에게 내밀었다.

"이런 건 그냥 임시방편이야. 말 안 듣는 환자는 싫고."

"아하하."

란은 어색하게 웃고 처방전을 받아 디모디아에게 건넸다.

"의사에게 이대로 지으라고 할게요."

디모디아가 그렇게 말하고 쌩하니 방을 나갔다. 란이 자리에서 일어나며 말했다.

"그럼 진짜 환자를 보러 갈까요?"

"제가 안내해 드리죠."

유스타프가 한발 나서며 말해 란은 당황했다.

"어? 유스가? 하지만—"

"전 믿지 못하십니까?"

"아니, 그건 아니지만…… 그래도 익숙한 내가 낫지 않을까?"

"누님은 쉬시죠. 그럼."

유스타프가 하레쉬에게 손짓하자 하레쉬는 잠깐 눈을 찡그렸다가 란을 보고 말했다.

"다녀오지."

그리고 두 사람이 횡허케 방을 나가 란은 '괜찮을까…….' 하고 작게 중얼거렸다.

"누님은 정말로 괜찮은 겁니까?"

긴 복도를 걸어가며 유스타프가 물어 하레쉬는 고개를 끄덕였다.

"그래, 요즘 무리한 게 아닌가 싶고. 하는 일의 양을 생각하면 저 정도인 게 다행이지."

"그렇군요."

하레쉬는 힐끗 또 다른 인간을 보았다.

"인간에 대해서 좀 알아봤지."

"그래서 이 정도인 거군요."

인간에 대해서 알아봤는데 이 정도밖에 안 되냐는 건지, 아니면 이 정도씩이나 되냐는 감탄인지 알 수 없는 말이었다.

하레쉬는 엘프답게 유스타프의 말을 무시하고 말했다.

"내가 그동안 본 바로는 슬슬 이야기를 꺼낼 때가 아닌가 하고."

"뭘 말입니까?"

"누님의 몸을 천천히 약하게 하는 약을 원한다, 같은 이야기."

그 말에 유스타프가 걸음을 멈추더니 휙 몸을 돌렸다.

"말하면 주실 겁니까?"

비꼬는 것도 아니고, 진심인 것도 아니고. 푸른 눈이 무감정하게 자신을 봐서 하레쉬는 묘한 기분이 되었다.

"죽이는 약은 안 만들어."

"그렇다면."

유스타프는 그렇게 말하고 다시 돌아서서 걷기 시작했다.

약과 독약은 종이 한 장 차이이며 그림자와 빛. 떨어질 수 없는 사이이다.

독약의 역사는 치정과 복수의 역사이기도 해서 하레쉬는 그런 이야기들을 많이 알았다.

'하긴.'

그걸 원했다면, 자신에게 란을 진찰해달라고 하지도 않았을 거다. 자신은 확실히 '란의 편'인 의사니까.

'이런. 인간에게 너무 물들었나.'

하레쉬는 스스로가 우스워 혀를 찼다. 유스타프를 떠본 이유는 단순하다. 그가 란에게 해를 끼치는지가 궁금했으니까.

즉, 정말로 자신은 '란의 편'인 거다.

'너무 깊게 관여하고 있군.'

하레쉬는 그렇게 생각하며 유스타프를 보았다. 릴리의 방 앞에 도착한 유스타프가 문손잡이를 잡은 후 그를 돌아보고 느리게 말했다.

"전 제 건 무척 소중하게 여깁니다."

유스타프의 입가에 짙은 미소가 걸렸다.

"아주 소중히요."

그리고 하레쉬가 뭐라고 말하기도 전에 문을 열었다.

소파에 앉아 있던 루미에가 기다렸다는 듯이 자리에서 일어났다. 유스타프와 하레쉬를 본 루미에는 누군가를 찾는 듯 살짝 너머를 살펴보았고, 유스타프는 약간의 불쾌함을 느끼며 말했다.

"누님께서 아프서서 내가 대신 왔다."

"그러셨군요."

루미에는 어디까지나 공손하게 대답했다. 문이 열리자마자 하레쉬는 있는 대로 인상을 쓰고 있다가 말했다.

"환자는?"

"저쪽입니다."

침실을 가리키며 루미에가 안내했다. 침실 문손잡이를 잡은 하레쉬가 말했다.

"너 들어오지 마라. 냄새나."

당황해 루미에가 멈칫하는데 하레쉬가 슥 안으로 들어갔다. 루미에는 저도 모르게 킁킁 제 팔을 들어 냄새를 맡았다.

냄새난다, 하는 말이 수치로 느껴지기도 오랜만이라 그는 얼굴이 붉어졌다.

밑바닥에 있으면, 씻지 않는다. 못한다. 그러니 냄새나는 건 당연하고 그런 말도 수치로 다가오지 않는다.

하지만 인간답게 대접받은 지 얼마나 되었다고, 금방 그런 감각을 되찾아 부끄러움을 느끼다니.

'하지만 냄새 안 나는데!'

루미에는 저도 모르게 그렇게 항의하고 싶은 걸 눌러 참았다.

"문을 열어둬도 되겠지요."

루미에의 말에 하레쉬는 고개를 끄덕이고 침대에서 당황해 일어나는 릴리를 보았다.

"오빠……?"

덩치가 크고 귀가 뾰족한 그는 한눈에도 인간이 아닌 게 보여서 릴리는 호기심과 두려움이 반반 섞인 눈으로 그를 바라보았다.

하레쉬가 짤막하게 말했다.

"난 의사다."

"아!"

그제야 릴리는 란 님이 이야기해주었던 엘프 의사를 떠올렸다.

"그럼."

경계심이 누그러든 걸 본 하레쉬가 바로 릴리의 얼굴을 붙잡았다. 움찔했지만 릴리는 얌전히 그가 붙드는 대로 있었다.

한참 이리저리 살피고 맥을 짚어본 하레쉬는 팔짱을 끼고 뒤로 물러났다. 반응이 좋지 않아 루미에는 침을 삼켰다.

"이건 못 고쳐."

릴리의 입이 헤 벌어졌다. 루미에가 저도 모르게 이를 악물었다.

릴리 앞에서!

"여기서는."

하레쉬가 덧붙이고 눈을 찡그렸다.

"엘프 마을로 데려가면 가능성이 있을까? 좀 오래 걸리겠지만."

"얼마나 걸립니까?"

유스타프의 물음에 하레쉬가 릴리의 머리통을 이리저리 돌려보더니 중얼거렸다.

"1년에서 3년? 편차가 커서 뭐라고 말 못 해 주겠군."

유스타프는 그 말에 고개를 끄덕이고 어쩐지 가뿐해진 목소리로 말했다.

"그러면 두 사람이 함께 갈 수 있도록 조치를—"

"안 돼."

하레쉬가 딱 말을 끊었다. 그가 눈을 있는 대로 찡그리고 루미에를 돌아보며 말했다.

"환자면 모를까, 저 인간은 안 돼. 곁에 있기만 해도 진득진득한 피비린내랑 시체냄새가 난다. 사형 집행인이라도 했던 건가? 그것보다 더 몸에 밴 냄새다만."

루미에의 얼굴이 굳었다. 유스타프가 태연하게 말했다.

"살인이라면 저도 했습니다."

"너랑은 달라."

딱 잘라 말하고 하레쉬가 이어 말했다.

"하여간 애 병은 요양이 필요하고, 인간의 땅에서는 안 돼. 데려가 준다는 것만 해도 엄청난 일이야. 그런데 저 인간까지? 말도 안 되지."

릴리가 그 말에 하레쉬의 손에서 벗어나 후다닥 루미에에게 달려가 안겼다.

"싫어. 오빠랑 떨어지기 싫어!"

"릴리……."

루미에가 곤란한 얼굴을 했다. 릴리가 흐느끼며 말했다.

"싫어, 싫어. 오빠랑 있을 거야. 나 또 혼자 있기 싫어."

어엉어엉 우는 여동생을 루미에는 달랬다. 그가 고개를 들어 하레쉬를 보며 말했다.

"다른 방법은 없는 겁니까?"

"좀 더 수명을 연장시킬 수야 있겠지. 그래 봐야 반 년? 1년?"

릴리가 흠칫하고 외쳤다.

"거, 거짓말이에요. 나 이제 덜 아픈걸요."

"지금 잠깐은. 안 좋은 환경에 있다가 옮겨졌으니 몸이 편해져서 잠깐 좋아 보이는 거지. 이제 얼마 지나지 않아서 더 나빠질 거다."

하레쉬의 말은 배려도 없었고, 거침도 없었다. 그가 말했다.

"나야 어떤 선택을 하든 상관없어. 하지만 말할 거면 빨리 말해."

그가 힐끗 창밖을 보았다가 말했다.

"내일 밤, 이 시간까지."

그리고 엘프어로 뭔가 중얼거렸는데 욕이 틀림없었다.

"그럼 간다."

그리고 창문을 열더니 그대로 나가버렸다.

'어지간히 견디기 힘들었나 보군.'

유스타프는 신기한 기분이었다. 냄새라니, 자신은 전혀 모르겠는데.

그리고 약간의 불쾌감.

자신 역시 저런 식으로 뭔가 다른 방식으로 읽힐지도 모른다고 생각되는 건 좀 불쾌했다.

유스타프는 하레쉬가 열고 나간 창문을 닫고 말했다.

"그럼 이야기를 잠깐 할까?"

루미에가 "알겠습니다." 하고 대답하고 릴리의 어깨를 밀어냈다.

"릴리, 오빠 잠깐만 이야기하고 올게."

"싫어!"

"릴리."

곤란한 어조의 루미에의 말에 릴리는 움찔하고 얼른 손을 뗐다.

"이, 이야기만 하고 올 거지?"

"응. 금방 올게. 정말로."

루미에는 몇 번이나 말하고 릴리를 침대로 데리고 돌아간 후에 침실을 나왔다.

그 사이 유스타프는 거실 소파에 멋대로 앉아 있었다. 루미에는 앉지 않고 그 건너편에 섰다.

"란에게 뭐라고 했어?"

유스타프의 직설적인 물음에 루미에는 움찔했다. 잠시 후 루미에가 말했다.

"란 님께서 말씀하지 않으셨다면, 말씀드릴 이유가 없습니다."

유스타프는 무표정한 얼굴로 루미에를 바라보았다. 루미에는 똑바로 그 눈을 마주 보았다.

저런 눈이라면 오히려 익숙하다.

물건을 보는 것 같은 눈.

"란이 기사단 시험을 보게 해달라고 하던데."

그 말에 루미에는 오히려 놀랐다. 약간 흔들리는 눈을 보고 유스타프는 정말로 그가 부탁한 게 아니라는 걸 깨달았다.

그러자 좀 더 짜증이 치솟았다. 그걸 드러내지 않고 유스타프가 자리에서 일어나며 매끄러운 어조로 말했다.

"원하면 시험을 보러 나와도 좋아. 테스트는 엄격해서, 죽거나 다칠 수도 있지만."

"보겠습니다."

"그럼 내일 아침 6시에 보는 거로 하지. 연무장에서."

"네."

대답하고 루미에는 고개를 숙였고 유스타프는 그걸 보다가 휙 말없이 방을 나갔다.

*   *   *

오랜만에 란은 늦은 아침을 즐겼다. 브런치를 먹고 느긋하게 차를 마시던 그녀는, 응접실에 루미에가 들어오자마자 마시던 차를 거의 뿜어낼 뻔했다.

"루미에?!"

놀라 란이 자리에서 벌떡 일어나자 루미에가 애교 있는 미소를 짓다가, 상처에 눈을 살짝 찌푸리고 다시 웃었다.

"그렇게 놀라실 줄은 몰랐는데요."

"얼굴이 왜 그래?"

"합격했다고 전해드리러 왔습니다."

"어? 뭘?"

"기사단 말입니다."

"진짜? 테스트한 거야?"

"네."

"잘됐다."

란이 웃는 걸 보자 루미에의 얼굴에서 미소가 살며시 지워졌다. 그의 입이 살짝 벌어졌다가 꾹 닫히고, 그는 다시 눈웃음을 지으며 말했다.

"주인님 덕분이지요."

"루미에가 열심히 한 덕이지. 참! 어제 하레쉬랑 어떻게 됐어? 같이 가 주지 못해서 미안해."

"아닙니다."

루미에는 고개를 숙인 후 하레쉬의 말을 전했고 란은 크게 한숨을 내 쉬었다.

"그래? 루미에 마음이 안 좋겠네. 모처럼 릴리랑 다시 만났는데……. 릴리는 뭐라고 해? 안 가겠다고 하지 않아?"

"제가 설득했습니다."

"그랬구나……."

란은 쓸쓸하게 미소 지었다.

"어쩔 수 없지. 하지만 건강해지면 다시 만날 수 있으니까."

"저도 똑같은 말을 했답니다."

"아이가 너무 어른스러워지면 왠지 슬프더라."

"네."

루미에는 간결하게 대답했고 란은 고개를 끄덕였다.

"그래도 하레쉬는 엘프니까 거짓말은 하지 않을 테고, 릴리에게 잘 대 해줄 거야. 나도 부탁할게."

"감사합니다."

루미에는 그렇게 말하고 조심스럽게 물었다.

"비용은—"

"아, 어차피 엘프는 인간의 화폐로 거래하지 않으니까. 괜찮아. 내가 지급할 예정이야."

걱정하지 마, 걱정하지 마, 하고 란이 손을 흔들었다.

"관대한 주인님이시네요."

루미에가 그렇게 말하고 그녀의 앞에 한쪽 무릎을 꿇었다.

"그러니까―"

주인님 같은 거 아니잖아, 하고 말하려던 란은 루미에가 슥 머리를 내밀자 의아한 기분이 되었다.

"만져 주지 않으시나요?"

"으음―"

마치 애교를 피우는 커다란 개를 보는 것 같다. 하며 란은 그의 머리를 쓰다듬어 주었다. 루미에가 눈을 가늘게 뜨고 웃은 후에 말했다.

"그럼 주인이 되어 주시는 거지요?"

"루미에."

"제가 바라는 건 그것입니다."

란은 잠시 생각하다가 한숨을 내쉬고 말했다.

"반년간은 해 줄게."

"반년인가요?"

"응. 그 이후는 나도 어떻게 될지 모르니까."

그녀가 그렇게 말하고 희미하게 웃었다.

루미에가 그녀의 손목을 살짝 붙잡고 손등에 키스했다. 그의 손가락이 슥 팔 안쪽을 훑었다.

란이 "흐약." 하는 소리를 내며 손을 빼자 루미에가 속삭였다.

"뭐든 시켜주세요, 주인님."

란이 끙, 하고 말했다.

"그럼 일단 그 '주인님'부터 그만둬 줘. 그리고 치료받자."

란은 그렇게 말하고 설렁줄을 당겨서 의사를 부르게 했다.

의사에게 치료받는 루미에를 보면서 란은 생각에 잠겼다.

'그럼 유스타프랑 블레인에게 이야기해서, 호위로 붙여달라고 하면 되려나? 어차피 로스 혼자서 내 호위를 다 하는 건 힘들었으니까. 아니면 로스를 돌려보내든가…… 아, 그러면 보기에 좋지 않은가? 내 사람으로 채워 넣는 것처럼 보이는 건 바라지 않는데.'

란은 이런저런 생각을 하다 한숨을 내쉬었다.

블레인은 피아노 소리에 의아해하며 문을 두들겼다.

"들어와."

안으로 들어가니 유스타프가 피아노 앞에 앉아 있었다. 블레인이 말했다.

"오랜만에 치시는군요."

"손가락이 다 굳었어."

유스타프가 그렇게 중얼거리고 블레인을 돌아봤다.

"무슨 일이지?"

블레인은 그가 피아노를 싫어하는 걸 알기에 갑자기 왜 피아노인가, 싶었지만 용건을 이야기했다.

"아침에 테스트하신 루미에 말입니다."

유스타프는 이어 말하라는 듯 말끄러미 그를 보았다. 블레인이 가볍게 헛기침을 하고 말했다.

"정말로 기사단에 받아들이실 겁니까?"

"실력은 입증했지."

"네, 하지만."

그건 기사의 검술이 아니다, 하고 블레인은 항의하고 싶었다.

"청염에는 없는 타입이지만, 실전형은 언제나 중요하지. 좋은 대련 상대가 되어 줄 거다. 번갈아서 대련시켜."

"……."

블레인은 입술을 가볍게 깨물었다. 그래서야 그저 대련 상대로 데려왔다는 말처럼 들리지 않는가?

"왜?"

유스타프가 그의 침묵에 날카로운 미소를 지으며 물었다.

"뭔가 마음에 들지 않는가?"

"아닙니다."

"할 수 있다면 한계까지 거의 빠듯하게 돌려."

"도련님!"

저도 모르게 목소리가 높아져서 블레인은 아차 했다.

"블레인 와일드."

"네."

"하고 싶은 말이 있으면 해. 그렇게밖에 의사 표시를 못 하면 하지 말고. 불쾌하니까."

유스타프가 가볍게 건반을 두들겼다. 맑고 투명한 소리가 울려 퍼졌다. 그리고 미스 터치.

한숨을 내쉬고 유스타프가 말했다.

"그래서 할 말은?"

"……없습니다."

"그럼 나가 보도록."

"존의."

블레인은 허리 숙여 대답하고 방을 나섰다. 유스타프는 다시 피아노에 집중했다.

그러다 그는 재빠르게 피아노 뚜껑을 덮고 자리에서 일어났다. 그가 빠르게 문 쪽으로 걸어갔지만, 노크도 없이 문이 벌컥 열렸다.

문을 연 란은 코앞에 서 있는 유스타프를 보고 움찔, 놀랐다.

"유스?"

"문을 열어드리려고 했는데요."

"어떻게 알았어?"

"뭘 말입니까?"

"내가 온 거."

"그 정도는 압니다."

유스타프는 그렇게 말하고 주변을 둘러본 뒤에 눈을 찡그렸다.

"호위는 어쩌고요?"

"어차피 저택 안이잖아."

"그래도 안 됩니다."

단호하게 말해서 란이 뺨을 부풀렸다.

"하지만 유스는 안 데리고 다니잖아. 솔직히 나보다 유스에게 더 필요한 거 아냐?"

"전 제 몸을 지킬 능력 정도는 있습니다."

그렇게 말하며 유스타프가 그녀를 안으로 들어오게 했다. 피아노를 본 란이 눈을 깜박였다가 말했다.

"피아노 쳐 주세요."

"싫습니다."

유스타프는 단호하게 말하고 소파를 가리켰고 란은 "치." 하고 중얼거리고 얼른 소파에 얌전히 앉았다. 유스타프가 설렁줄을 당겨 마실 것을 가져오게 하고 말했다.

"다음에도 호위를 두고 다니시면 로스 경을 문책하겠습니다. 아니면,

다른 자를 호위로 붙일까요?"

로스가 많이 불편하시다면, 하고 유스타프가 덧붙여 란이 고개를 저었다.

"아냐. 로스를 내 호위로 붙여서 꽤 소득도 있었고. 일단 나와 로스가 서로 으르렁거리지 않는 것만 해도 큰 수확이지. 게다가 통합의 의미도 크니까."

이제 와서 로스를 내 호위에서 빼는 것도 이상하지 않나?

란은 그렇게 중얼거렸고 유스타프가 그녀의 앞에 앉으며 말했다.

"그보다 호위로써 잘하는가가 중요한 거지요. 말씀드렸듯이 로스와 같이 다니는 게 싫으신 거면, 새 호위를 붙이겠습니다."

"아― 그거 말인데."

"네."

"혹시 루미에에게 맡기면 안 돼?"

내 호위.

슬며시 덧붙인 말에 유스타프는 단호하게 말했다.

"안 됩니다."

"하지만 테스트도 통과했고―"

"이제 통과한 것뿐이지요. 게다가 누구를 호위할 만한 능력을 가진 자도 아니고요. 다른 자를 고르십시오."

"그게, 그런데……."

란이 힐끔힐끔 유스타프를 살피다가 말했다.

"내가 약속했거든."

"취소하세요."

"유스."

"취소하세요. 그 새끼가 과거의 정으로 뭘 부탁했는지는 모르겠지만,

청탁은 좋지 않은 겁니다, 누님."

거친 말이 유스타프에게서 터져나와 란은 흠칫했다.

똑똑.

그때 타이밍 좋게도 노크와 함께 시녀가 차 도구를 들고 들어왔다. 차 도구를 세팅하자 유스타프는 시녀에게 물러가라고 손짓하고 제가 차를 타기 시작했다.

"제 핑계를 대셔도 좋습니다."

유스타프의 말에, 란은 가볍게 한숨을 내쉬며 그가 차를 타는 걸 바라보았다.

단정한 손가락이 일사불란하게 움직이는 건 보기 좋았다.

차 스푼으로 가볍게 두 스푼. 찻주전자에 찻잎을 넣고 뜨거운 물을 힘차게 따른 후, 뚜껑을 덮고 티코지를 씌우기.

모래시계를 돌려두고 유스타프가 다시 한 번 말했다.

"누님, 누님 목숨은 소중한 것이고 아무에게나 맡겨도 되는 게 아닙니다."

"잠깐만 들어 봐. 호위라는 건 내 아이디어였고, 사실 루미에가 바란 건, 그게, 말로 하려니까 엄청 민망한데. 내 것이 되고 싶다고⋯⋯ 그러더라고."

"그래서요."

유스타프의 푸른 눈이 란을 바라보았다.

"지금 그걸 들어주셨다는 말입니까?"

아까와는 전혀 다른 매끄럽고 부드러운 말투였다. 빙판 위에서 미끄러지는 듯한 기분을 느끼며 란은 고개를 끄덕였다.

"으응⋯⋯."

유스타프는 침묵했다. 란이 허둥지둥 덧붙였다.

"이상한 뜻은 아니니까. 그런데 루미에는 그동안 힘들었으니까, 아직 날 신뢰하지 못하는 것 같기도 하고. 그래서 딱 반년만 내가 주인님을 해 주기로 했어. 반년이면 루미에도 일상생활에 적응할 테고, 그러면 주인 님 노릇도 끝."

란이 양 손바닥을 쫙 펴 보였다.

"어쨌든 루미에는 그동안 힘들었으니까, 재활 훈련 같은 게 필요할지 도 모르고."

"7월의 비."

유스타프는 그렇게 중얼거리고 은으로 짜인 찻잎 거름망을 다른 찻주 전자 입구에 올린 후에 차를 따랐다. 그리고 찻잎이 남은 찻주전자와 거 름망은 치워버리고 찻물만 남은 찻주전자를 들어 그녀의 잔을 채웠다.

"유스."

"네."

"유스 집사 해도 잘할 것 같아."

그 말에 그가 눈을 찌푸리자 란이 진지하게 말했다.

"칭찬이야. 칭찬."

"어디가 칭찬입니까?"

"차 따르는 모습이 멋있어서……?"

푸른 눈에 짜증이 담겨서 란은 재빠르게 시선을 내리고 차에 퐁당퐁 당 설탕을 넣기 시작했다.

"하여간 그래서 6개월간은 내가 루미에의 주인이니까. 호위를 시키면 안 될까 했지."

"안 됩니다. 그것과 그건 별개의 문제지요."

유스타프는 제 몫의 차를 따른 후 말했다.

"불쾌합니다."

"어?"

"누님이 그렇게 하시는 게 말입니다. 기존 청염 기사단원들에게 좋게 보이지도 않을 겁니다."

"그런가…….”

란은 작게 신음을 흘렸다.

그야 란은 이미 알고 있었다. 루미에가 '용병왕'이라고 불릴 만큼 대단한 실력자가 된다는 걸.

그러니까 청염에 넣어도 전혀 손해 볼 일이 없다고 생각했다.

'하지만 지금 보면 그렇게 생각될지도 몰라.'

낙하산 인사처럼 생각되는 게 아닐까.

"테스트, 봐 준 건 아니지?"

란의 조심스러운 물음에 유스타프가 "그럴 리가요." 하고 말했고 란은 안도해 고개를 끄덕였다.

"그럼 됐어."

"됐다고요?"

"응, 루미에의 실력은 내가 보증할게."

그러자 쯧, 하고 유스타프가 혀를 찼다. 란은 당황해 눈을 굴리며 유스타프를 살피다가 말했다.

"유스."

"네."

"불만 있으면 말해."

"말한다고 들으실 내용이 아니라서 말입니다."

"내가 루미에를 너무 밀어줘서 그래?"

"……."

대답이 없는 그를 보자 란은 어쩐지 웃음이 나왔다.

"유스, 질투하는구나?"

저도 모르게 놀리듯 목소리가 나왔다. 유스타프가 무슨 소리냐며 타박하겠지만, 그래도 웃음이 실실 나오는 건 멈출 수가 없었다.

하지만 반응은 예상했던 것과 전혀 달랐다.

유스타프는 놀란 듯 움찔했다.

그의 새파란 눈동자가 약간 크게 벌어졌다가, 다시 돌아왔다. 그의 입술에 미소가 걸렸다.

"네, 그런 것 같습니다."

"어?"

그러자 오히려 당황한 건 란 쪽이었다.

"질투하고 있으니, 관대한 누님. 절 부추기지 말아 주시죠."

란은 대답도 하지 못하고 '응? 아니, 왜?' 하는 생각과 함께 찻잔을 꽉 붙잡았다.

한참 뒤에 란이 말했다.

"유스."

"네."

"놀리지 마."

"놀리는 거 아닌데요."

"……"

믿을 수 없다는 눈으로 란이 유스타프를 바라보다가 후르륵 차를 빠르게 마셨다. 자리에서 벌떡 일어난 란이 이어 말했다.

"그리고 나 한 달 정도 자리 비울지도 몰라."

란이 눈을 찌푸리고 덧붙였다.

"드워프 마을에 직접 가 볼까 하고."

"거길 왜 갑니까?"

"들었던 이야기가 약간 거슬려서. 직접 눈으로 확인하고 싶은 게 있어."

말하고 란이 어깨를 으쓱했다.

"물론 그 두 사람이 허락해줘야 하는 일이기는 하지만."

란이 머릿속으로 읽은 내용을 더듬다가 내린 결론이 바로 저거였다.

직접 가서 이야기하기.

광산을 직접 둘러보고, 땅울림을 듣고, "이 땅울림은!" 하고 광천수가 터질 것 같다고 말하는 거다.

그냥 '산울림이 좀 있거든.' 하는 걸 듣고 '그거 이상하네요.' 하고 말하는 건 아무래도 수상쩍지만, 직접 듣고 판단을 내리는 건 좀 더 신뢰가 가지 않을까?

'정 안 되면 정령을 부르는 방법도 있고.'

검은 산 밑에 잠들어 있는, 광천수를 터트린 범인의 이름을 란은 알고 있었다.

최후의 방법이지만, 최고의 방법이기도 했다.

이 방법이든 저 방법이든 하여간 직접 가봐야 했다.

'그야 손해 볼 생각은 없으니까.'

정령의 이름을 불러 부탁을 하게 되면 란, 자신이 대가를 지불해야 할 거다. 그걸 그냥 드워프들 모르게 자원봉사로 할 생각은 전혀 없었다.

만약 일이 터진다면, 드워프들이 보는 앞에서 확실히 정령을 부르는 모습을 보여야만 했다.

"말도 안 됩니다. 라치아의 가주가 어딜 갑니까."

"유스타프를 임시 가주로 할게."

산뜻하게 하는 말에 유스타프는 살짝 입술을 벌렸다가 꾹 다물었다. 그리고 후 하고 한숨을 내쉰 후에 말했다.

"같이 가죠."

"어?"

"같이 가는 걸로 하지요."

"어? 말도 안 돼! 우리 둘 다 자리를 비울 수는 없잖아? 유스, 생각해 봐."

"충분히 생각하고 내린 결론입니다."

"아니, 아닌데. 유스, 네가 임시 가주가 되는 거야. 내가 없는 사이에."

거기서 오는 이득을 생각해 봐.

"드워프 마을에 가려면 제가 가야죠. 가주가 직접 움직이는 거라면, 저 역시도 함께 갈 겁니다. 누님께서 억지를 부리시니, 저도 이 정도는 부려도 되지 않습니까?"

란은 잠시 생각하다가 고개를 끄덕였다.

'생각해 보면 유스도 직접 가서 드워프들과 친교를 구축해 두는 게 좋겠지. 내가 떠나도 거래는 계속해야 할 테니까.'

그렇게 생각하니 금방 납득이 되었다.

"알았어. 그럼 같이 가자."

유스타프가 고개를 끄덕였다. 란이 피식 웃으며 말했다.

"물론 드워프들이 허락해 줄 때의 이야기지만."

제투라는 수염을 쓰다듬었다.

"같이 가보고 싶다고?"

"응, 그 땅울림이 뭔지 직접 확인해 보고 싶어. 짐작 가는 게 있기는 하거든."

"우리도 모르는 걸 네가 안단 말이야?"

파센이 홍 하고 콧방귀를 크게 뀌며 말했다.

"해서 손해 볼 건 없잖아?"

란이 그렇게 말하자 드워프는 서로 얼굴을 마주 보았다. 파센이 물었다.

"어떤 울림이라고 짐작하는데?"

"아직 말할 단계는 아니야. 직접 가서 들어보겠어."

신중하게 란이 말을 고르자 파센은 잠시 생각에 잠겼다가 말했다.

"좋아."

"잉? 인간 계집을 달고 돌아가겠다고?"

제투라가 눈썹을 꿈틀하며 말하자 파센이 말했다.

"상관없잖아. 해를 끼칠 만한 인간도 아니고. 대신 인원은 최소한으로 해라."

"알겠어."

란은 고개를 끄덕였다.

'의외로 쉽게 허락이 떨어져서 다행이다.'

란은 속으로 가슴을 쓸어내렸다.

'그럼 최소한의 인원이라……'

란은 손가락을 꼽아 보았다.

출발이 사흘 뒤라고 정해지고 나서, 하레쉬가 릴리를 데리고 떠났다. 그리고 그와 거의 동시에 두 사람이 하늘 저택 현관에 모습을 드러냈다.

"쩐다."

"진짜로 새하얗네?"

연신 감탄하던 두 남자는 응접실 안에서는 약간 긴장한 태도였다.

유스타프가 응접실로 들어서서 두 사람을 보더니 말했다.

"진짜로 올 줄이야."

"헐, 너무하시네."

"고향에 자랑 잔뜩 하고 왔거든?"

유스타프와 비슷한 연배의 남자들이 그에게 항의하는데 란이 이어 들어왔다.

"누님."

유스타프가 그녀를 돌아보았고 란은 살짝 미소 지었다.

"유스타프의 손님이라고 하기에. 인사차 들렀어요."

한 명은 붉은 갈색 머리에 주근깨가 가득한 얼굴이었고, 한 명은 약간 창백해 보이는 인상이었다.

주근깨가 얼른 고개를 숙여 보였다.

"가주님을 뵙습니다. 카루소라고 합니다."

"데릴입니다. 유스타프와는 아카데미 동기이지요."

고동색 머리카락의 데릴이 덧붙여서 란은 '어라, 어디서 들어본 듯한……?' 하고 끙끙거리다가 '아!' 하고 깨달았다.

"유스타프가 영입한 인재분들이군요. 라치아에 온 걸 환영합니다."

우아하게 가슴에 손을 올리며 란이 인사했고 카루소는 얼굴이 붉어져서 버벅거렸다.

"가, 감사합니다."

유스타프가 혀를 찼다. 데릴이 살짝 미소 지으며 말했다.

"환대 감사합니다. 아무래도 귀족의 예법에는 익숙하지 않으니 무례를 용서해 주십시오."

"아니에요. 유스의 친구라면, 제게도 소중한 손님이지요. 그럼 일단 편히 묵으세요."

"아니, 바로 일에 투입시키죠."

유스타프가 그렇게 말하고 두 사람을 보았다.

"자리 두 개가 비었거든. 회계관이랑 부회계관."

카루소가 씩 웃었다.

"맡겨만 주신다면."

"그 전에 봉록이 얼마인지······."

데릴이 손을 들며 말했고 란은 당황해 말했다.

"하지만 지금 막 오셨는데······ 잠깐은 쉬는 편이ㅡ"

"아뇨, 저희가 떠나기 전에 일을 잔뜩 맡겨두고 가는 편이 낫습니다."

유스타프의 말에 란이 멈칫했다가 고개를 끄덕였다.

"뭐, 그편이 나을지도 모르지요."

안 그래도 그녀 앞으로도 일이 잔뜩 쌓여 있었다. 행정관에게 맡길 일도 가득이었다.

도로를 재정비하고 기반 시설을 보강하는 등, 라치아에 들어오는 흘러넘치는 부로 영지를 새롭게 가꾸는 일이었다.

'하지만 이건 1, 2년 사이에 끝낼 일은 아니니까.'

그만큼 초석은 단단해야 하고, 란은 밀린 일과 앞으로의 일에 시달리고 있었다.

게다가 지금까지 회계관이 없었기 때문에 란과 유스타프가 회계관의 일을 나눠서 하고 있었다.

'그럼 바로 숫자에서 해방인 건가?'

란은 순식간에 '바로 일 시키자.' 하는 유스타프의 말에 동의했다.

"그럼 부탁할게."

란의 말에 유스타프가 살짝 미소 지었다.

"알아서 하겠습니다."

데릴과 카루소는 '저 자식이 웃네?' 하고 묘한 표정을 지었다가 유스타프가 방을 나가며 손짓하자 허둥지둥 란에게 인사를 하고 따라 방을 나섰다.

란은 응접실 소파에 털썩 앉았다.

'인재 영입…… 다행이다…….'

문득 란은 드워프 마을에 가서 인재 영업을 할까? 하는 생각을 했다.

'몇 명 데리고 와서, 우리 영지 도시화 계획을 시키고 말이야. 번쩍번 쩍하게 하고…… 돈도 많으니까…… 헐? 괜찮은데?'

안 되면 꼭 광천수를 막은 공으로라도 인재를 데려와야겠다.

란은 그렇게 결심하고 눈을 감았다.

'유스 친구라니.'

생각보다 평범한 남자아이들 같아서 놀랐다.

'아니지. 평민인데 유스타프에게 그렇게 말하려면 보통 깡은 아닌 거 지.'

그렇게 생각하면 보통 담력이 아니니 범상찮은 인물들인 건 확실했 다.

'그럼 회계 일만 빠져도 훨씬 내 일은 수월해지지.'

숫자 계산에서 벗어날 수 있다는 것만으로도 란은 기뻤다.

"좋다."

중얼거리고 란은 느긋한 미소를 입가에 머금었다.

"루미에는 잘 있으려나……?"

아침에 울음을 참으며 떠나는 릴리를 보니 마음이 좋지 않았다.

하레쉬가 나쁜 사람인 건 아니지만, 그렇다고 친절한 엘프인 것도 아 니니까. 아무래도 낯선 곳으로 가니 걱정도 되겠지.

'루미에가 함께 가면 좋았을 텐데.'

하레쉬가 루미에를 거절한 이유를 란은 모르고 있었다.

루미에도, 유스타프도 그녀에게 말하지 않았기 때문에 란은 그냥 '외 부인에 민감한가 보다.' 정도로만 생각했다.

'루미에에게는 좀 미안한데……'

란은 괜히 가책이 들었다. 그의 주인이 되겠다고 했지만, 딱히 뭔가 해주는 게 없었다.

'호위도 못 하게 됐고.'

하지만 드워프 마을에 가는 여정의 일행에는 넣었다.

일행은 란, 유스타프, 루미에, 로스, 디모디아.

이렇게 다섯이었다.

블레인과 엘리자벳이 거품을 물고 반대했지만, 란은 단호했다.

기사단을 이끌고 드워프 왕국에 들어갈 수는 없잖은가?

게다가 많은 인원이 오히려 눈에 띌 수도 있다. 이건 은밀하게 다녀오는 거다.

그렇게 말을 하고 나서야 두 사람은 간신히 진정했다. 그래도 여전히 불만족스러운 얼굴이기는 했지만 말이다.

란은 소파 팔걸이에 기댄 채로 눈을 떴다. 창문 밖에 정오의 햇살이 찌르듯이 반짝였다.

'루미에를 찾아가 볼까.'

엘프에 대해서 이야기를 해주면 그래도 마음이 좀 나아지지 않으려나.

란은 그렇게 생각하며 몸을 일으켰다.

루미에는 어깨까지 올라온 숨을 빠르게 내쉬었다. 땀이 툭툭 턱을 타고 떨어졌다.

"다음."

블레인이 짤막하게 말해 루미에는 느리게 몸을 펴고 새 대련 상대를 바라보았다.

기사단원은 슬쩍 블레인의 눈치를 보았다.

아침부터 루미에는 쉬지 않고 대련을 하고 있었다. 자신이 벌써 일곱 번째 상대였다.

그런 상대에게 달려드는 건 기사로서 기분 좋은 일은 아니었다.

하지만 자신의 기분과 상사의 명령이 항상 같이 갈 수는 없는 법.

그는 목검을 치켜 올렸다.

"시작."

블레인의 말이 떨어지기가 무섭게 기사는 검을 휘둘렀다. 이렇게 된 거 상대를 빠르게 때려눕혀 주는 게 낫다는 생각에서였다.

루미에는 거의 본능에 가까운 반사로 검을 피해내고 제 검을 휘둘렀다.

딱!

목검이 부딪치는 소리가 났다. 루미에는 입술을 깨물고 그대로 검을 밀어붙였다. 검날이 서로 미끄러지자 기사는 그걸 퉁겨내고 다시 검 끝을 루미에에게 향했다.

그 순간 루미에가 반대 손을 뻗어 기사의 손목을 잡았다. 완전히 빈틈을 찔려 어? 하는데 루미에가 손목을 비틀고 반대쪽 목검으로 그의 관절을 올려쳤다.

"악—!"

저절로 비명이 나왔다. 쓰러진 상대의 머리를 향해 목검을 휘두르는데 블레인이 사이에 끼어들었다.

텅—!

그의 브레이슬릿과 목검이 부딪치는 소리가 났다.

"그만."

블레인이 말하자 루미에는 눈을 깜박거리다가 뒤로 물러섰다.

"괜찮은가?"

블레인이 몸을 돌려 묻자 기사는 흐느끼며 고개를 저었다.

"의사!"

블레인의 말에 근처에서 대기하고 있던 의사가 허겁지겁 달려와서 진찰판을 펴 보았다.

루미에는 땀 때문에 눈이 따끔거리는 걸 느끼며 그걸 바라보았다. 어쩐지 현실 감각이 없었다.

'아직 못 끝냈는데?'

그런 생각이 그의 머릿속을 스쳤다.

"블레인 경? 루미에?"

그때 들려온 목소리에 루미에는 전신을 부르르 떨었다. 확 현실이 파도처럼 밀려왔다.

그제야 입이 떨어졌다.

"아…… 죄송합니다! 괜찮으십니까?"

루미에가 상대에게 말하자 블레인이 그를 뒤로 물러나게 하며 말했다.

"데리고 의무실로 가게."

"네. 그렇게 심하지는 않습니다."

의사는 진찰판을 가방에 넣으며 그렇게 말하고 기사를 조심스럽게 일으켜서 그를 데리고 연무장을 벗어났다.

"뭐야? 사고 난 거야?"

연무장 근처에서, 연무장에 들어가도 되나 서성이며 란이 목소리를 높였다.

블레인이 고개를 끄덕이고 말했다.

"대련 중에 부상은 흔한 일입니다."

"루미에는? 괜찮아?"

"네, 저는……."

루미에는 그렇게 말하고 어깨를 늘어트렸다. 블레인은 루미에를 바라보다가 낮게 속삭였다.

"제어를 못 한 거지."

흠칫 루미에의 어깨가 떨렸다. 망설이던 란이 결국 연무장에 걸음을 내디뎠다. 그녀가 의사와 함께 가는 기사를 곁눈질하며 후다닥 블레인에게 다가왔다.

"부상자는? 어떻대? 두 사람 다 괜찮아?"

"저는 괜찮습니다."

블레인이 그렇게 말한 뒤 루미에를 보았고, 루미에도 고개를 끄덕였다.

"저도 괜찮습니다."

"그렇다면 다행인데."

란은 그렇게 말하고 루미에를 보았다. 얼굴이 딱딱하게 굳어 있었다.

"루미에?"

그녀가 조심스럽게 그를 부르자 루미에가 웃었다.

"네."

그린 듯한 미소로 답하는 말에 란은 눈을 찌푸렸다가 말했다.

"오늘은 대련 그만하지."

"네."

블레인은 그렇게 대답하고 루미에에게 말했다.

"씻고 돌아가서 쉬게."

"네, 단장님."

루미에는 공손히 답했다. 그리고 란에게 말했다.

"더러우니 저는 먼저 가서 씻겠습니다. 주인님은 편안히 이야기 나누세요."

그리고 총총 연무장을 떠났고 란은 어색해졌다.

"주인님이요?"

블레인이 한쪽 눈썹을 치켜 올리며 물어서 란은 끙 하고 손을 저었다.

"그런 게 있어."

잠시 블레인은 침묵했다가 물었다.

"루미에의 과거 이력을 아십니까?"

"어? 조금……."

"그럼 알려주십시오."

"아— 그게."

블레인에게 이야기하지 않았구나. 하지만 이야기했다가 편견이 생기면 어떻게 하지?

란은 고민하다가 블레인을 똑바로 보았다.

"블레인 경. 내가 경을 믿고 말한다는 걸 알아줘."

"물론입니다."

"루미에는 불법 검투장의 검투노예였어."

그녀의 말에 그가 눈썹을 꿈틀했다가 길게 한숨을 내쉬었다.

"그랬군요. 그래서 검술이……."

"응. 다른 사람에게는 비밀로 해주겠어? 아무래도 출신 때문에 편견이 생길 수도 있으니까."

"알겠습니다."

블레인은 고개를 끄덕였다.

'어째서 살기가 담긴 공격 아니면 잘 싸우지 못하는지 알겠군.'

그리고 어째서 유스타프가 한계까지 밀어붙이라고 했는지도.

루미에는 시합을 하면 무조건 전력으로 상대를 '죽이는 것'만 생각했을 거다.

기사의 싸움은 그것과 다르다.

전쟁의 선봉에서야 당연히 상대를 '죽이는 것'만 생각하겠지만, 그 외의 때는 전략에 따라서 움직인다.

즉 싸움의 제어가, 고삐가 필요하다. 죽이는 것 말고도 다른 걸 생각해야 한다.

호위라면 말할 것도 없고.

그걸 익히려면 몸으로 감각을 익히는 수밖에 없었다.

"가주님."

"응?"

"저자는 위험합니다."

블레인의 말에 란은 허탈하게 웃었다.

"알아."

눈앞에서 세 사람을 단숨에 죽이는 걸 봤는걸.

"하지만 루미에는 분명히 좋은 기사가 될 거야. 그것도 알아."

빙긋 웃으며 란이 덧붙이자 블레인은 묘하게 미소를 지었다.

"부럽군요."

"응?"

"가주님께서 그렇게 믿어주신다는 점이 말입니다."

"블레인 경도 믿고 있어."

눈에 부릅 힘을 주며 하는 말에 블레인은 낮게 웃었다.

"그거 감사하군요."

기사단실은 얼마 전에 새로 샤워실을 정비했다.

란은 이것저것 마법 물품을 잔뜩 주문했고, 자동 펌프도 그중의 하나였다.

루미에는 아직 어색하게 레버를 돌렸고, 샤워기에서 차가운 물이 쏟아졌다.

여름, 대련으로 달아오른 몸에 찬물은 기분 좋았다.

루미에는 살짝 손이 떨리는 걸 느꼈다. 물줄기를 맞으며 멍하니 제 양손을 바라보다가 루미에는 주먹을 꽉 쥐고 벽을 때렸다.

상대를 끝장내고 싶었다.

목검으로 머리를 깨부수고 싶었다.

살의를 참을 수가 없었다.

'제어가······.'

자신은 길들여진 것일까? 살인귀가 되어서 벗어날 수 없나? 죽이는 것으로만 만족하게 되었나?

"피비린내랑 시체 냄새가 난다."

엘프의 말을 떠올리며 루미에는 강박적으로 몸을 씻었다.

씻고 나오니 란이 벽에 기대서 서 있는 게 보였다. 기다릴 거라고 생각도 못 했는지라 루미에는 빠르게 다가갔다.

"주인님."

"아니, 그건 그만두라니까. 란 님까지는 봐 줄게."

"그럼 란 님."

생글 웃으며 루미에가 대답했다. 란의 녹색 눈동자가 그를 빤히 보았다. 루미에는 저도 모르게 눈을 피했다.

눈을 내리깔자 란이 까치발을 하더니 제 머리를 쓰다듬었다.

"—!"

놀라 어깨를 움찔하자 란이 말했다.

"괜찮아, 아까 의사에게 물어봤는데 크게 부상당한 거 아니라고 하더라. 후유증 없이 나을 거래. 그리고 블레인 경도 대련 중에는 다칠 수도 있다고 했어. 피커 경도 괜찮다고 했고."

응? 그러니까 기운 차려.

속삭이는 말에 루미에는 양 무릎을 꿇었다. 란이 "그러니까 이런 짓은 —" 하고 말하려다가 끌어 안겨 말을 멈췄다.

'엥? 에엥?'

당황해 란은 어쩔 줄을 모르다가 몸에 힘을 뺐다. 만약 그가 추행이라도 하려는 거였다면 그대로 밀쳤겠지만, 어딘지 그의 몸짓에는 필사적인 곳이 있었다.

'꼭 동아줄을 붙잡는 것처럼.'

그래서 매정하게 밀칠 수가 없었다. 머뭇거리다가 란은 다시 살살 그의 머리를 쓰다듬기 시작했다.

"괜찮아. 괜찮아."

그녀의 속삭임에 루미에는 저도 모르게 웃을 뻔했다.

아니면 울 것 같은 기분.

사락사락.

부드러운 주홍색의 약간 긴 머리카락을 란은 한참 쓰다듬었다. 굽슬굽슬한 게 골드리트리버를 닮았다고 그녀는 생각했다.

한참, 그녀를 안은 채로 있다가 루미에는 팔을 풀었다.

"좀 괜찮아졌어?"

란의 물음에 루미에가 그녀를 올려다보며 물었다.

"정말로 저에게 뭔가 바라는 게 없으신가요?"

"말했잖아. 루미에가 행복해졌으면 한다고."

란이 미소 지었다.

"주― 란 님은 어려운 분이시군요."

루미에는 그렇게 말하고 바닥을 내려다보았다. 그가 힐끗 주홍색 눈동자만 들어 그녀를 올려다보았다.

"바라는 게 있다면 뭐든 해 드릴 텐데요."

기는 것도, 짖는 것도 성심성의껏 해 드릴 텐데.

"정 그렇게 신경 쓰이면 나중에 내가 부탁하면 들어주는 걸로 하자."

란은 가볍게 말했다.

"약속해주시는 겁니다?"

루미에가 빠르게 확답을 원해 란은 고개를 끄덕였다.

"그래. 그러니까 이제 일어나. 씻었는데 금방 흙투성이가 되잖아."

루미에가 일어나기 전에 고개를 갸웃하고 속삭이듯이 낮게 말했다.

"유스타프 님을 죽여 드릴까요."

란은 저도 모르게 입을 떡 벌렸다가 그의 어깨를 양손으로 꽉 잡았다.

"아니, 아니거든?! 누가 그런 소리를 해! 절대로 아니야!"

흔들흔들 그의 어깨를 붙잡고 흔들며 란이 추궁했다.

"누가 그랬어? 내가 그, 그런 걸 원한다고? 누구야? 누군데?"

루미에는 그녀의 격렬한 반응에 약간 당황해 고개를 저었다.

"아닙니다. 제가 생각해 본 것뿐입니다."

"정말?"

"네."

하아, 하고 란은 길게 한숨을 내쉬었다. 어떤 미친놈이 루미에를 이용해 먹으려는 건 줄 알았다.

"그럼 진짜로 틀렸어. 나랑 유스타프는 적이 아니야. 그리고 계약했거든."

"계약이요?"

"응. 그러니까 상잔(相殘)하지 않을 거야."

"알겠습니다."

루미에는 눈을 내리깔며 말했고 란은 그의 팔을 잡아당겼다. 그녀의 힘으로 일으켜 세워질 리 없지만, 루미에는 순순히 자리에서 일어났다.

"방으로 돌아갈 거지? 같이 가 줄게."

그녀의 말에 루미에는 저도 모르게 미소 지었다.

"네, 부탁드립니다."

데릴과 카루소는 인수인계를 하며 끊임없이 수다를 떨었다. 아니, 주로 말하는 건 카루소고 데릴은 맞장구 정도였지만.

"헐, 뭐야. 진짜 이만큼 버는 거야? 야, 이거―"

카루소가 입을 벌렸다 닫았다가 하다가 속삭였다.

"황실 재정보다 더 나은 거 아냐?"

"그럴지도."

유스타프는 어깨를 으쓱했고 데릴은 빠르게 숫자를 살폈다.

"관리는 잘되어 있네."

"이 앞쪽은 엉망이지. 이건 그냥 묻어 두자."

카루소가 예전 회계관이 다뤘던 자료를 보며 눈을 찌푸렸다. 그는 새로운 회계 자료를 보며 웃었다.

"이거 보기 편하게 되어 있는데. 서식을 다 지정한 거야? 괜찮네."

"누님의 아이디어야."

"그렇군."

카루소가 고개를 끄덕였고 데릴이 신기하다는 듯이 말했다.

"우리 둘을 데려오는 걸 반대할 줄 알았는데."

"누가?"

"유스타프의 누님."

"가주님이? 왜?"

카루소가 눈을 크게 뜨며 되물어 데릴이 중얼거렸다.

"넌 멍청해서 좋겠다."

둘 모두 유스타프가 데려온 사람이고, 유스타프의 사람이라고 할 수 있다. 그리고 회계만큼 행정에서 중요한 종목은 없다.

돈줄을 쥐고 있는 게 얼마나 중요한가?

그러니 그 자리를 유스타프의 사람으로 채우는 게 란에게는 불쾌하게 여겨질 수도 있을 거다.

데릴이 그렇게 설명하자 카루소가 눈을 깜박이더니 말했다.

"하지만 환영받았잖아."

"그야 겉으로는. 하긴, 환영이기는 했지."

"나와 란 사이는 너희가 신경 쓸 바는 아니지."

유스타프의 말에 카루소가 히죽 웃었다.

"맨날 찾아오는 누님을 문전박대했으니 말이야. 진짜 독하지. 어떻게 한 번을 제 발로 안 나가 보냐."

"그건 맞아."

데릴이 고개를 끄덕였다. 유스타프가 짤막하게 말했다.

"거기까지."

카루소는 잽싸게 입을 다물고 히죽거리는 웃음도 지웠다. 유스타프와 오래 부대낀 결과, 그는 어디까지가 선인지 알았다.

그는 평민이고, 유스타프는 귀족.

어쨌든 건너지 못하는 선은 있는 것이다.

"하여간 이 정도면 인수인계는 깔끔해. 나머지는 우리가 파악할 수 있어. 그런데— 우리 밑에 사무관들, 귀족도 있지."

속닥속닥 하는 말에 유스타프가 고개를 끄덕이고 말했다.

"작위 없는 귀족들은 신경 쓸 필요 없어."

깔끔하게 대답하고 유스타프가 행정관을 불렀다.

엘리자벳은 여전히 피곤한 얼굴이었지만, 그래도 표정은 밝았다.

돈이 없어서 돌아가지 않던 행정이 요즘 금화로 기름칠을 잔뜩 해서 빠르게 돌아가고 있기 때문이었다.

길을 재정비하고 집집마다 겨울을 대비한 마력 물품을 전달하는 일 등, 영지민들의 얼굴에는 요즘 웃음이 가득했다.

게다가 란은 시원하게 급료에 보너스도 쏴주었기 때문에 사기도 높았다.

"도련님."

엘리자벳이 가볍게 인사하자 유스타프가 소개했다.

"우리 쪽 행정관. 그리고 이쪽은 새로 온 회계관."

카루소가 재빠르게 인사했다.

"회계관을 맡게 된 카루소라고 합니다."

"데릴입니다. 부회계관입니다."

"행정관인 엘리자벳입니다."

마흔 중반쯤 된 엘리자벳은 날카로운 눈으로 두 사람을 훑어보았다.

"아카데미에서 내가 픽업해 왔어. 누님도 허락하신 일이고."

유스타프의 말에 "그렇군요." 하고 엘리자벳은 고개를 끄덕였지만, '절대로 그냥 호락호락하게 넘어가지는 않고 네놈들 실력을 보마.' 하는 기세가 느껴졌다.

"우리가 없는 한 달 동안, 잘 부탁해."

카루소가 눈을 찌푸리고 말했다.

"아까부터 생각했는데 말입니다. 한 달이라뇨?"

"아, 내일모레 나와 가주님은 자리를 비우거든. 한 달 정도."

카루소는 입을 떡 벌렸다. 데릴 역시 눈을 크게 떴다.

우리를 여기에 이렇게 내팽개치고!

"그러니까 물어볼 거 있으면 빠르게 파악해서 물어봐. 그럼."

유스타프는 그렇게 말하고 그대로 자리를 떴고 엘리자벳이 싱긋 웃으며 두 사람을 보았다.

"그럼 업무 파악 잘하시길."

〈다음 권에 계속〉